TOUTES les matières

1re

SPÉCIALITÉS SCIENTIFIQUES

Objectif BAC

Maths
Philippe ROUSSEAU

Physique-Chimie
Sébastien DESSAINT
Sébastien ZARDET

SVT
Laëtitia LEFÈVRE

Français
Isabelle de LISLE

Histoire-Géographie
Arnaud LÉONARD

Anglais
Caroline GARNIER

Espagnol
Michaël SALAÜN

Allemand
Véronique VEYRIER-MILAN

Enseignement scientifique
Nathalie THAU
Pierre BINZ
Sébastien DESSAINT

hachette
ÉDUCATION

ISBN : 978-2-01-715076-3

www.parascolaire.hachette-education.com

Sommaire

ENSEIGNEMENTS DE SPÉCIALITÉ

ENSEIGNEMENTS COMMUNS

Conception graphique
Couverture : Stéphanie Benoit
Intérieur : Françoise Bouvard – Médiamax – Graph'in Folio
Réalisation
Composition et mise en pages : Médiamax – Grafatom – Soft Office
Schémas Mathématiques, Physique-Chimie, Enseignement scientifique : Grafatom
Schémas SVT : Soft Office
Cartographie : Domino (pp. 412 et 413) et Hachette Éducation.

Crédits photographiques

pp. 146, 153 : Photo © Shutterstock.
Sauf mention contraire ci-après, tous les portraits d'auteurs et les documents sont crédités : © Photothèque Hachette. **p. 321 :** © National Gallery of Art, Washington ; **p. 327 :** © Shutterstock/Everett – Art ; **p. 329 :** Eluard © Collection Dupondt/akg-images ; Bonnefoy © akg-images/Marion Kalter ; Jaccottet/Photo © Louis Monier/Bridgeman Images ; Tableau de Delaunay © akg-images ; **p. 344 :** Rabelais et Montaigne © Shutterstock ; Colomb © Shutterstock/Everett historical ; **pp. 346, 348 :** Érasme et D'Alembert © Shutterstock/Georgios Kollidas ; **p. 347 :** La Bruyère © National Gallery of Art, Washington ; **pp. 348, 364 :** Voltaire, Diderot et Rousseau © Shutterstock ; **p. 350 :** © Shutterstock ; **p. 352 :** Collection privée © FineArtimages/Leemage ; **p. 369 :** Le Clézio © akg-images/TT News Agency/SVT ; **p. 371 :** Photo © Mario Dondero / Bridgeman Images ; **p. 375 :** Yourcenar © PVDE/Bridgeman Images ; **p. 380 :** Eschyle © Eric Vandeville/akg-images ; **p. 381 :** Molière © Shutterstock ; Tableau de Rubens © National Gallery of Art, Washington ; **p. 385 :** Hernani © akg-images/Erich Lessing ; **pp. 387 :** Beckett © akg-images/Pictures From History ; **p. 392 :** © Michel Quenneville.
p. 397 : caricatures révolutionnaires, DR ; **p. 402 :** Le Serment du Jeu de Paume © Photothèque Hachette ; **p. 404 :** Scène des massacres de Scio © RMN-Grand Palais (musée du Louvre) / Stéphane Maréchalle / Adrien Didierjean ; **p. 406 :** Le vote ou le fusil © Photothèque Hachette ; **p. 407 :** Allégorie de l'abolition de l'esclavage à La Réunion, 20 décembre 1848, © musée du quai Branly – Jacques Chirac, Dist. RMN-Grand Palais / Claude Germain ; **p. 408 :** L'arrestation de Louise Michel (pendant la Commune). © Saint-Denis, musée d'art et d'histoire / ©Bridgeman Images/Leemage ; **p. 410 :** Napoléon III remettant au baron Haussmann le décret d'annexion des communes limitrophes, © Musée Carnavalet / Dist. RMN Grand Palais ; **p. 411 :** Le marteau-pilon, forges et aciéries de Saint-Chamond. © Écomusée du Creusot-Montceau, CUCM, service écomusée, cliché D. Busseuil ; **p. 415 :** © Leemage ; **p. 416 :** D.R. ; **p. 421 :** © Shutterstock ; **p. 427 :** © Shutterstock.
p. 474 : © Shutterstock/banderlog ; **p. 479 :** © Shutterstock/Dr. Norbert Lange ; **p. 480 :** DR ; **p. 495 :** chaîne des triangles de Dunkerque à Barcelone © BnF ; **p. 496 :** © Shutterstock/Georgios Kollidas ; **p. 497 :** © Photothèque Hachette ; **p. 499 :** principe de cosmographie et géographie universelle de Jean-Baptiste Delambre, planche 4 © BnF ; **p. 500 :** DR ; **p. 501 :** référentiel héliocentrique © Shutterstock/D1min ; référentiel géocentrique © Shutterstock/aapsky ; **p. 502 :** phases de la lune © Shutterstock/BlueRingMedia ; **p. 505 :**harpe © Shutterstock/Peter Voronov ; **p. 506 :** © Shutterstock/Sterjman ; **p. 510 :** © Shutterstock/Svetlana Verbinskaya ; **p. 511 :** © Shuttertock/Sakurra.

Maths

	COURS	EXERCICES D'ENTRAÎNEMENT

1

1 Généralités

A Définition

- Une **suite numérique** (u_n) est une fonction u de $\mathbb{N}$ (ou d'une partie de $\mathbb{N}$) dans $\mathbb{R}$ qui, à un nombre entier naturel n, associe un réel $u(n)$ noté u_n.
- u_n désigne un nombre réel, c'est le **terme** d'**indice** n.
- (u_n) désigne la suite.

Attention !
Si le premier terme de la suite (u_n) est u_1, u_n désigne le $n^{\text{ième}}$ terme.
Si le premier terme de la suite (u_n) est u_0, u_n désigne le $(n+1)^{\text{ième}}$ terme.

B Modes de génération

- Une suite peut être donnée sous **forme explicite** :

– u_n est donnée en fonction de n (par exemple $u_n = 3n + 4$ ou $u_n = 3^n - 6$) ;
– u_n est définie comme solution d'une équation (par exemple, u_n est la plus grande solution de l'équation $nx^2 - 2x - n = 0$).

- Une suite peut être donnée sous **forme récurrente** :

– (u_n) est définie par un terme initial ou plusieurs termes initiaux et par un procédé de calcul de u_{n+1} en fonction des termes précédents (par exemple, $u_0 = 0$, $u_1 = 1$ et, pour tout entier naturel n non nul, $u_{n+1} = u_n + u_{n-1}$).

C Sens de variation

Soit une suite (u_n) définie à partir d'un indice n_0. La suite est :
– **croissante** si, pour tout entier naturel $n \geqslant n_0$, $u_{n+1} > u_n$;
– **décroissante** si, pour tout entier naturel $n \geqslant n_0$, $u_{n+1} < u_n$;
– **stationnaire** si, pour tout entier naturel $n \geqslant n_0$, $u_{n+1} = u_n$.

Remarque
Une suite qui est croissante ou décroissante est dite **monotone**.

D Représentation graphique d'une suite

- **Si $u_n = f(n)$**

Pour une suite (u_n) définie par une relation du type $y = f(n)$, la représentation graphique des termes est l'ensemble des points $(k\,;f(k))$ pour k entier.

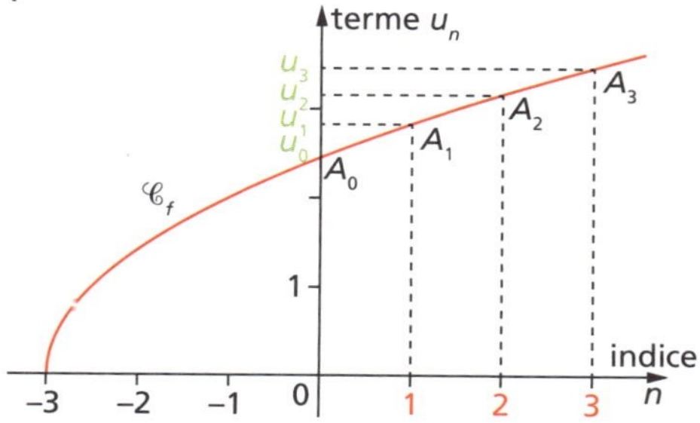

- **Si $u_{n+1} = f(u_n)$**

On porte sur l'axe des abscisses les valeurs de u_n construites à partir de la courbe représentative de la fonction f et la droite d'équation $y = x$.

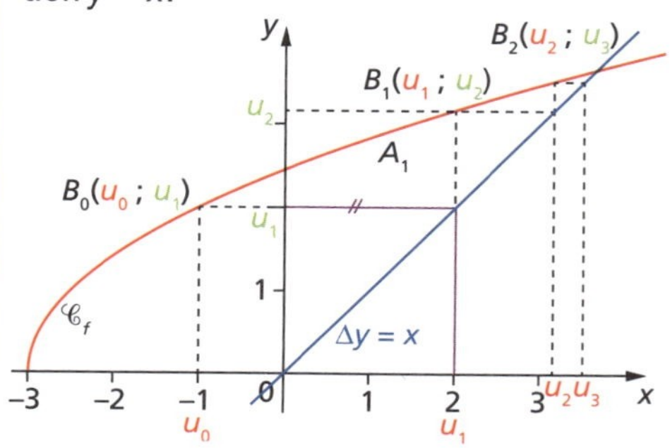

2 Suites arithmétiques

A Définition

Soit (u_n) une suite telle que, pour tout entier naturel n il existe un réel r tel que $u_{n+1} = u_n + r$. (u_n) est dite **arithmétique** de **raison r**.

> **À retenir**
> La relation $u_n = u_p + (n - p)r$ lie 5 nombres u_n, u_p, n, p et r.
> La connaissance de 4 des 5 nombres permet de déterminer le cinquième.

B Propriété

Soit (u_n) une suite arithmétique de raison r.

Pour tous entiers naturels p et n, on a : $u_n = u_p + (n - p)r$.

En particulier, on a :

– si $p = 0$, $u_n = u_0 + nr$;

– si $p = 1$, $u_n = u_1 + (n - 1)r$.

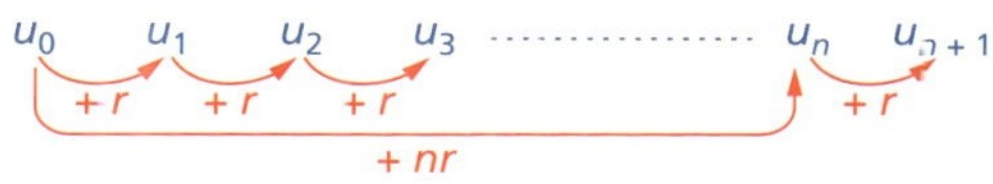

Appliquer le cours

Soit u_n une suite arithmétique définie par : $u_{20} = 53$ et $u_{15} = 23$.
Calculer la raison ; en déduire u_0.

Solution

La suite est arithmétique, donc, pour tous entiers naturels p et n, on a :
$u_n = u_p + (n - p)r$.

En particulier, on a :
$u_{20} = u_{15} + (20 - 15)r$,
$\Rightarrow 53 = 23 + 5r$
$\Rightarrow 30 = 5r$
$\Rightarrow 6 = r$

La raison de la suite est 6.

On a aussi :
$u_0 = u_{20} + (0 - 20)r = 53 - 20 \times 6$.
$\boldsymbol{u_0 = -67}$.

C Somme des termes

- Soit n un entier naturel supérieur ou égal à 1. $\displaystyle\sum_{k=1}^{n} k = 1 + 2 + \ldots + n = \frac{n(n+1)}{2}$.

Appliquer le cours

Calculer la somme des entiers naturels de 1 jusqu'à 100.

Solution

$$\sum_{i=1}^{100} i = \frac{100(100+1)}{2} = \mathbf{5\,050}.$$

- Soit (u_n) une suite arithmétique de raison r.

Pour tous entiers naturels p et n $(p \leqslant n)$, on a : $u_p + u_{p+1} + \ldots + u_n = \dfrac{u_p + u_n}{2}(n - p + 1)$.

En particulier, on a :

– si $p = 0$, $u_0 + u_1 + \ldots + u_n = \dfrac{u_0 + u_n}{2}(n+1)$;

– si $p = 1$, $u_1 + u_2 + \ldots + u_n = \dfrac{u_1 + u_n}{2} \times n$.

> **Remarque**
> Il est **nécessaire** de connaître la valeur du dernier terme u_n pour calculer la somme des termes d'une suite arithmétique.

3 Suites géométriques

A Définition

Soit (u_n) une suite telle que, pour tout entier naturel n, il existe un réel q avec $u_{n+1} = u_n \times q$. (u_n) est dite **géométrique** de **raison q**.

B Propriété

Soit (u_n) une suite géométrique de raison q.

Pour tous entiers naturels p et n, on a : $u_n = u_p \times q^{n-p}$.

En particulier, on a :

– si $p = 0$, $u_n = u_0 \times q^n$;

– si $p = 1$, $u_n = u_1 \times q^{n-1}$.

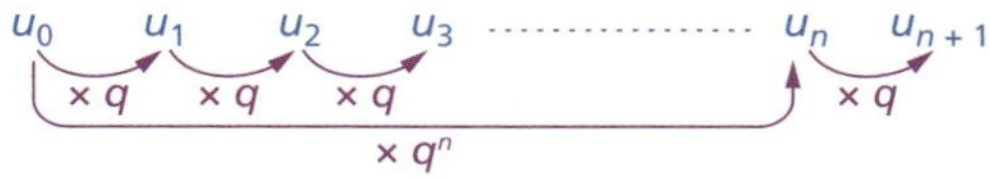

C Somme des termes

- Soit un réel q différent de 1. $\sum_{k=0}^{n} q^k = 1 + q + q^2 + \dots + q^n = \dfrac{1-q^{n+1}}{1-q}$.
- Soit (u_n) une suite géométrique de raison q $(q \neq 1)$. Pour tous entiers naturels p et n $(p \leqslant n)$, on a : $u_p + u_{p+1} + \dots + u_n = u_p \times \dfrac{1-q^{n-p+1}}{1-q}$.

En particulier, on a :

– si $p = 0$, $u_0 + u_1 + \dots + u_n = u_0 \times \dfrac{1-q^{n+1}}{1-q}$;

– si $p = 1$, $u_1 + u_2 + \dots + u_n = u_1 \times \dfrac{1-q^{n}}{1-q}$.

Remarque

Il est **inutile** de connaître la valeur du dernier terme u_n pour calculer la somme des termes d'une suite géométrique.

Appliquer le cours

On souhaite calculer la somme des termes d'une suite géométrique :

$S = 3 + 6 + 12 + \dots + 3\,072$.

On pose $u_0 = 3$, $u_1 = 6$, ...

Préciser la raison de la suite.

Déterminer l'indice n tel que $u_n = 3\,072$.

Calculer la somme S.

Solution

Comme $6 = 3 \times 2$, $12 = 6 \times 2$ et que la suite est géométrique, **sa raison est 2**.

On veut n tel que $u_n = 3\,072$.

Or (u_n) étant géométrique de raison 2, on a, pour tout entier naturel n, $u_n = 3 \times 2^n$.

On a donc $3 \times 2^n = 3\,072 \Leftrightarrow 2^n = 1\,024$.

On trouve $\boldsymbol{n = 10}$.

On a donc $S = u_0 + u_1 + \dots + u_{10}$ avec (u_n) une suite géométrique de raison 2 différente de 1.

$S = u_0 \times \dfrac{1-q^{n+1}}{1-q}$ avec $u_0 = 3$, $q = 2$ et $n = 10$.

$S = 3 \times \dfrac{1-2^{10+1}}{1-2} = \mathbf{6\,141}$.

Exercices d'entraînement

Exercice 1 ★ 8 min
Corrigé p. 65

Calculer les quatre premiers termes des suites :

a. $u_n = 2^n$ b. $u_n = (-1)^n$ c. $u_{n+1} = 2u_n + 1$ avec $u_0 = 0$ d. $u_{n+1} = 0{,}5 - 0{,}5\,u_n$ avec $u_0 = 2$

Exercice 2 ★ 10 min
Corrigé p. 65

Pour chacune des suites, préciser le type de définition et déterminer u_3.

a. $\forall\, n \geqslant 2,\, u_n = \dfrac{2n-5}{n-1}$ b. $\begin{cases} u_0 = 1 \\ \forall n \in \mathbb{N},\, u_{n+1} = 2u_n - 3 \end{cases}$ c. $\begin{cases} u_0 = 1, \quad u_1 = 0 \\ \forall n \in \mathbb{N},\, u_{n+2} = 2u_{n+1} + 3u_n \end{cases}$

Exercice 3 ★ 15 min
Corrigé p. 65

Pour chacune des deux suites, représenter les cinq premiers termes.

1. Pour tout entier n, $u_n = n^2 - 3n + 2$. 2. $u_0 = 4$ et, pour tout entier n, $u_{n+1} = \dfrac{4}{1+u_n}$.

Exercice 4 ★★ 10 min
Corrigé p. 65

Soit la suite (u_n) définie pour tout entier naturel n par $u_n = (n + 3)(n - 2) - n^2 + 5n$.

1. Simplifier l'expression de u_n.
2. Montrer que (u_n) est une suite arithmétique dont on précisera la raison.
3. Calculer $u_1 + u_2 + \ldots + u_{45}$.

Exercice 5 ★★ 10 min
Corrigé p. 65

Démontrer que les suites sont arithmétiques et préciser leurs raisons :

a. $u_n = 3n - 1$ b. $u_n = 9 - n$ c. $u_n = \dfrac{1}{3}\, n - 2019$ d. $u_n = u_{n-1} - 2$

Exercice 6 ★★ 10 min
Corrigé p. 66

(u_n) est une suite arithmétique avec $u_3 = 5$ et $u_7 = 11$.

1. Déterminer la raison r.
2. Calculer u_0.
3. Exprimer u_n en fonction de n, pour tout entier naturel n.

Exercice 7 ★★ 10 min
Corrigé p. 66

(u_n) est une suite géométrique avec $u_2 = 32$ et $u_5 = 4$.

1. Déterminer la raison q de la suite.
2. Calculer u_0.
3. Exprimer u_n en fonction de n.

Exercice 8 ★★ 10 min
Corrigé p. 66

Compléter avec 3 termes de façon logique chaque suite en justifiant la réponse :

a. 1 ; 2 ; 4 ; 8 ; 16 ; … b. 1 ; 3 ; 6 ; 10 ; …

c. 1 ; 1 ; 2 ; 3 ; 5 ; 8 ; 13 ; … d. 1 ; 4 ; 27 ; 256 ; …

Exercice 9 ★★ 10 min

Corrigé p. 66

Dans chacun des cas proposées, étudier les variations de la suite (u_n) en étudiant, pour tout entier naturel n, le signe de la différence $u_{n+1} - u_n$.

a. $u_n = 1 + \dfrac{1}{n+1}$ b. $u_n = n + \dfrac{1}{n+1}$ c. $u_n = n^2 + 3n$ d. $u_n = \dfrac{n-3}{n+2}$

Exercice 10 ★★ 10 min

Corrigé p. 66

Soit la suite (u_n) positive définie par $u_0 = 1$ et, pour tout entier naturel n, $u_{n+1} = \dfrac{n+2}{n+1}u_n$.

Montrer que la suite (u_n) est une suite croissante.

Exercice 11 ★★ 20 min

Corrigé p. 66

Le conseil municipal d'une station de tourisme de montagne a décidé de faire équiper une falaise afin de créer un site d'escalade. L'équipement doit se faire depuis le pied de la falaise. Deux entreprises spécialisées ont donné leurs devis.

Devis de l'entreprise A	Devis de l'entreprise B
Premier mètre : 20 €	Premier mètre : 10 €
Chaque mètre suivant : 4 € de plus que le précédent (24 € pour le second mètre, 28 € pour le troisième ...).	*Chaque mètre suivant : 5% de plus que le mètre précédent (10,50 € pour le second mètre, 11,025€ pour le troisième ...).*

On appelle u_n le prix du $n^{\text{ième}}$ mètre équipé et S_n le prix d'équipement d'une falaise de n mètres de hauteur par l'entreprise A.

On appelle v_n le prix du $n^{\text{ième}}$ mètre équipé et R_n le prix d'équipement d'une falaise de n mètres de hauteur par l'entreprise B.

1. Exprimer u_n, puis S_n en fonction de n.

2. Exprimer v_n puis R_n en fonction de n.

3. Calculer les prix à payer pour équiper une falaise de 50 mètres de hauteur avec chacune des deux entreprises. Préciser l'entreprise la moins chère. On arrondira les prix à l'euro près.

4. Le conseil municipal a décidé d'accorder un budget de 24 000 € pour équiper ce site. Calculer la hauteur de la falaise qui peut être équipée avec cette somme par chacune des deux entreprises A et B (arrondir au mètre près).

Exercice 12 ★★ 15 min

Corrigé p. 67

Dans le plan muni d'un repère orthonormé d'unité le centimètre, on considère, pour tout entier naturel n non nul :

- le point A_n de coordonnées $(n\ ;\ 0)$;
- le cercle C_n de centre A_n passant par O ;
- p_n le périmètre du cercle C_n ;
- a_n l'aire d'un croissant compris entre C_{n+1} et C_n.

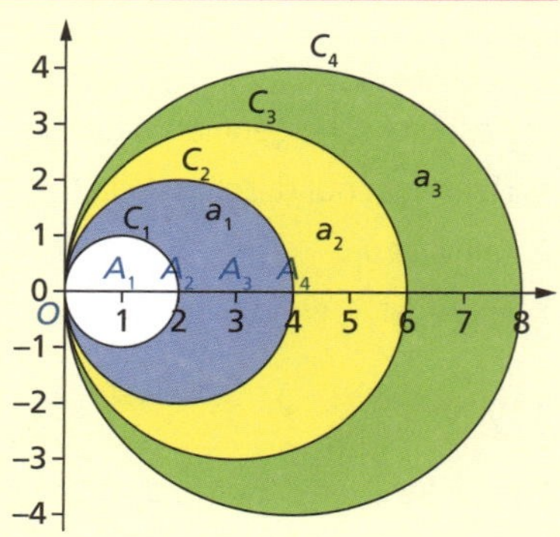

1. Montrer que la suite (p_n) est arithmétique.
Préciser sa raison.

2. Exprimer a_n en fonction de n.
Montrer que la suite (a_n) est arithmétique.

Exercice 13 ★★ 20 min

Corrigé p. 67

Jean et Pierre sont jumeaux. Jean, qui est fumeur, dépense 600 € par an pour l'achat de ses cigarettes. Pierre, qui ne fume pas, lui demande d'imaginer les économies qu'il réaliserait s'il plaçait cette somme plutôt que de continuer à fumer.

Il lui propose de déposer tous les ans, le 1er janvier, cette somme de 600€ sur un compte rémunéré à intérêts composés par la banque au taux annuel de 3%. La banque ajoute chaque année, le 31 décembre, les intérêts acquis sur le compte.

Le 1er janvier 2019, il verse 600 € et les intérêts acquis sont capitalisés le 31 décembre 2019. Tous les ans, le 1er janvier, il verse de nouveau 600€ .

1. Quelle est la somme disponible sur le livret aux dates suivantes :

a. le 3 janvier 2020 ?

b. le 3 janvier 2021 ?

2. On note u_0 la somme disponible sur le livret le 3 janvier 2019 et on désigne par u_n la somme d'argent disponible sur le livret le 3 janvier de l'année 2019+n.

Montrer qu'on a la relation $u_{n+1} = 1{,}03u_n + 600$.

3. Soit (v_n) la suite définie, pour tout entier naturel n, par $v_n = u_n + 20\,000$.

a. Montrer que la suite (v_n) est une suite géométrique dont on précisera la raison et le premier terme.

b. En déduire l'expression de v_n en fonction de n puis celle de u_n en fonction de n.

4. Pierre affirme qu'en moyenne un fumeur s'arrête de fumer après avoir fumé pendant trente ans. De quelle somme Jean pourrait-il disposer le 3 janvier 2049 ?

Exercice 14 ★★ 15 min

Corrigé p. 67

On dispose sur un sol n tuyaux cylindriques identiques, puis on empile autant que possible des rangées de tuyaux identiques tel que chaque tuyau empilé repose sur 2 autres tuyaux.

La figure ci-contre montre l'empilage avec 5 tuyaux posés sur le sol.

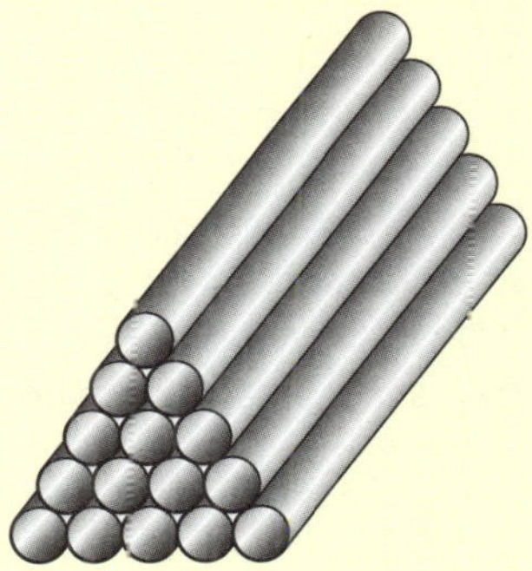

1. Calculer le nombre total de tuyaux si l'on dispose 6 tuyaux sur le sol.

2. On note u_n le nombre total de tuyaux nécessaires pour réaliser un empilage à partir de n tuyaux sur le sol.

a. Exprimer u_n en fonction de n.

b. Combien de tuyaux a-t-on posés au sol si on a un empilage de 2 016 tuyaux ?

Exercice 15 ★★★ 25 min

Corrigé p. 67

On appelle suite de Fibonacci, la suite (u_n) définie par $u_0 = 0$, $u_1 = 1$ et, pour tout entier naturel n, $u_{n+2} = u_{n+1} + u_n$.

1. Calculer u_2, u_3, u_4 et u_5.

2. Résoudre l'équation $x^2 = x + 1$; on note x_1 et x_2 les deux solutions.

3. Montrer que toute suite géométrique (v_n) de raison x_1 ou x_2 vérifie la relation : pour tout entier naturel n, $v_{n+2} = v_{n+1} + v_n$.

4. a. Trouver les réels a et b tels que, pour tout entier n, le terme u_n de la suite de Fibonacci soit égal à $ax_1^n + bx_2^n$.

b. En déduire l'expression de u_n en fonction de n.

Exercices d'approfondissement

Exercice 16 ★★★ 30 min

Corrigé p. 68

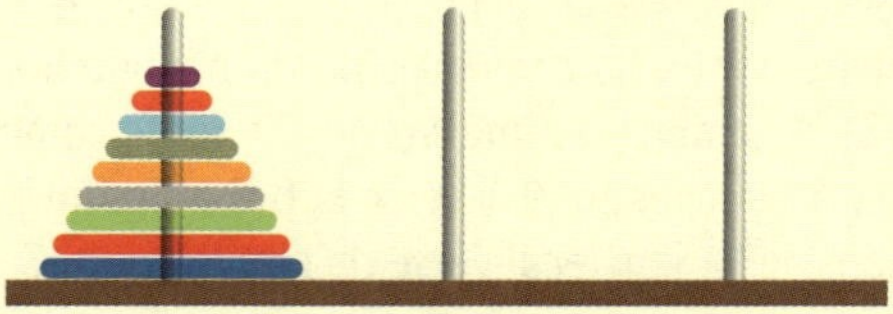

On dispose de n disques de tailles différentes et de 3 piquets. Ces n disques sont empilés sur le piquet de gauche, par ordre de taille, le plus grand en bas et le plus petit en haut.
Le but du jeu est de déplacer ces n disques du piquet de gauche sur le piquet de droite, en respectant les règles suivantes :
– on ne déplace qu'un seul disque à la fois et le disque déplacé doit être placé sur l'un des deux autres piquets ; c'est ce que l'on appelle un déplacement ;
– un disque ne doit jamais être placé au-dessus d'un disque plus petit que lui.

1. Représenter les différentes étapes du jeu pour $n = 3$.
Combien de déplacements sont-ils nécessaires ?

2. On note u_n le nombre de déplacements pour déplacer n disques.
a. Établir une stratégie pour déplacer $n+1$ disques si on sait déplacer n disques.
b. En déduire u_{n+1} en fonction de u_n.
c. Montrer qu'en posant $v_n = u_n + 1$ la suite (v_n) avec $n \geqslant 1$ est géométrique de raison 2.
d. En déduire u_n en fonction de n, pour $n \geqslant 1$.

Exercice 17 ★★★ 30 min

Corrigé p. 68

Pour financer l'achat de sa maison, un particulier emprunte un capital $\boldsymbol{C}$ à sa banque à un taux fixe $\boldsymbol{t}$. Chaque mois, il remboursera une mensualité fixe $\boldsymbol{m}$ sur une durée de $\boldsymbol{N}$ mois.
La mensualité m remboursée le n^{ième} mois ($1 \leqslant n \leqslant N$) se compose de deux parties :
- le remboursement d'une partie du capital notée $\boldsymbol{C_n}$;
- le paiement des intérêts notés $\boldsymbol{I_n}$ calculés pour une durée de 1 mois au taux de $\dfrac{t}{12}$ à partir du capital restant dû au début de ce n^{ième} mois.
On notera $\boldsymbol{R_n}$ le capital restant dû à la fin du n^{ième} mois ($R_0 = C$).

1. a. Justifier que $I_{n+1} = \dfrac{t \times R_n}{12}$.

b. En déduire que $C_{n+1} = m - \dfrac{t \times R_n}{12}$ et que $R_{n+1} = \left(1 + \dfrac{t}{12}\right) R_n - m$.

c. Prouver que $C_{n+1} = \left(1 + \dfrac{t}{12}\right) C_n$.

2. a. Exprimer C_n en fonction de n et de C_1.
b. Calculer I_1 en fonction de t et de C.
c. En déduire C_1 puis C_n en fonction de m, n, t et C.
d. Calculer $C_1 + C_2 + \ldots + C_N$.

3. Le remboursement s'arrête quand la somme des remboursements mensuels est égale au capital emprunté. Exprimer m en fonction de C, de t et de N.

4. Application : le prêt est de 90 000 euros sur 12 ans à 5,4 %.
Calculer la mensualité et le montant total des intérêts.

1 Fonctions polynômes de degré 2

A Définitions

- Soit a, b, c trois réels donnés avec $a \neq 0$.
La fonction $f : x \mapsto$ $ax^2 + bx + c$ est une **fonction polynôme de degré 2**.
- Soit $f : x \mapsto ax^2 + bx + c$ une fonction trinôme.
Il existe deux réels α et β tels que, pour tout réel x,
$f(x) = a(x + \alpha)^2 + \beta$.
Cette écriture $a(x + \alpha)^2 + \beta$ s'appelle **forme canonique** de $f(x)$.

Remarque
Une fonction polynôme de degré 2 s'appelle aussi une **fonction trinôme**.

À savoir
On prouve que : $\alpha = \frac{b}{2a}$ et
$\beta = f(-\alpha) = f\left(\frac{-b}{2a}\right)$

B Variations

Les variations de $f : x \mapsto a(x + \alpha)^2 + \beta$ dépendent du signe de a.

- **Si a < 0**

x	$-\infty$		$-\alpha$		$+\infty$
$f(x)$		↗	β	↘	

- **Si a > 0**

x	$-\infty$		$-\alpha$		$+\infty$
$f(x)$		↘	β	↗	

C Représentation graphique

La représentation graphique d'une fonction trinôme $f : x \mapsto ax^2 + bx + c$ de forme canonique $f(x) = a(x + \alpha)^2 + \beta$ est une **parabole** de **sommet** $S(-\alpha ; \beta)$ et qui possède, dans un repère orthogonal, un **axe de symétrie d'équation** $x = -\alpha$.

f admet un **maximum** β en $-\alpha$.

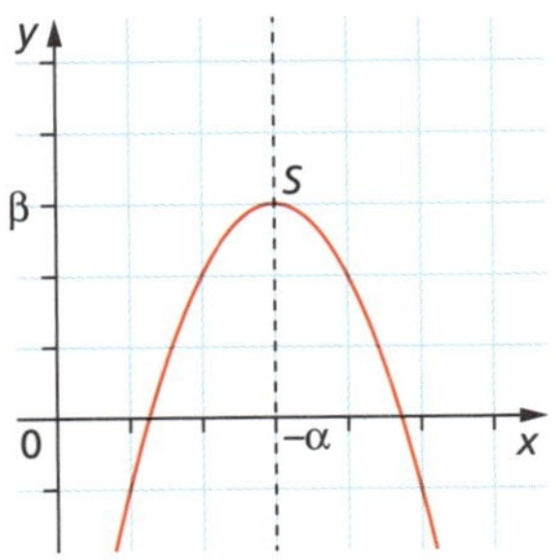

f admet un **minimum** β en $-\alpha$.

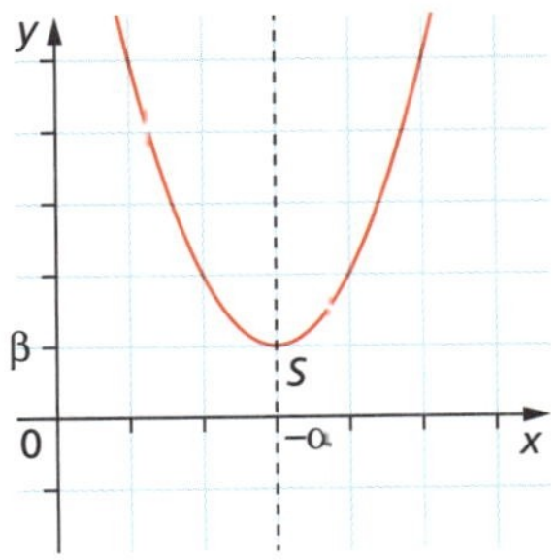

Appliquer le cours
Soit f la fonction définie sur $\mathbb{R}$ par :
$$f(x) = 2x^2 - 12x + 10.$$
a. Vérifier qu'une forme canonique de $f(x)$ est $2(x - 3)^2 - 8$.
b. Dresser le tableau des variations de f selon les valeurs de x.
c. Résoudre dans $\mathbb{R}$ les équations : $f(x) = -6$ et $f(x) = -10$.

Solution

a. Pour tout réel x, on a :

$2(x-3)^2 - 8 = 2(x^2 - 6x + 9) - 8 = 2x^2 - 12x + 18 - 8 = f(x)$.

$2(x-3)^2 - 8$ est une forme canonique de $f(x)$.

b. Dans cette forme canonique, on a $a = 2$ donc a est positif, $\alpha = -3$ et $\beta = -8$. On a donc :

x	$-\infty$	3	$+\infty$
$f(x)$	↘	-8	↗

À retenir

La forme canonique d'une fonction f permet de transformer une équation $f(x) = k$ en une équation du type $X^2 = a$.

c. $f(x) = -6 \Leftrightarrow 2(x-3)^2 - 8 = -6 \Leftrightarrow 2(x-3)^2 = 2 \Leftrightarrow (x-3)^2 = 1 \Leftrightarrow x - 3 = 1$ ou $x - 3 = -1$

$\Leftrightarrow x = 1 + 3$ ou $x = -1 + 3$.

Les solutions de $f(x) = -6$ sont 4 et 2.

$f(x) = -10 \Leftrightarrow 2(x-3)^2 - 8 = -10 \Leftrightarrow 2(x-3)^2 = -2$, ce qui est impossible, car un carré est toujours positif.

L'équation $f(x) = -10$ n'a pas de solution.

2 Équation du second degré

A Définitions

- Soit a, b, c trois réels donnés avec $a \neq 0$. $ax^2 + bx + c$ est un **polynôme du second degré** ou **trinôme**.
- Soit $ax^2 + bx + c$ un polynôme du second degré.
On appelle **discriminant** de $ax^2 + bx + c$ le nombre noté Δ avec $\Delta = b^2 - 4ac$.
- Soit a, b, c trois réels donnés avec $a \neq 0$. $ax^2 + bx + c = 0$ est une **équation du second degré**.

B Représentation graphique

La représentation de la fonction $f(x) = ax^2 + bx + c$ avec $a \neq 0$ est une parabole dont le nombre de points communs avec l'axe des abscisses est le nombre de solutions de l'équation $ax^2 + bx + c = 0$.

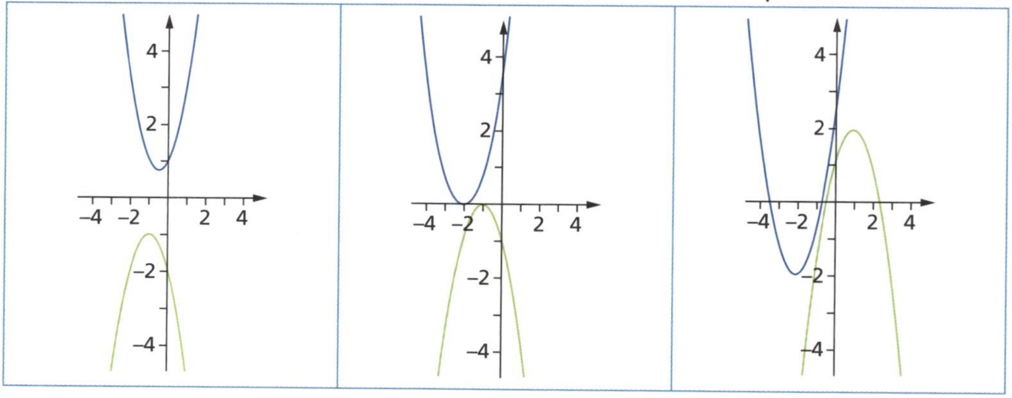

C Méthode de résolution

Soit une équation $ax^2 + bx + c = 0$ ($a \neq 0$), on calcule le discriminant Δ et on étudie le signe de Δ :

• si $\Delta < 0$, l'équation $ax^2 + bx + c = 0$ n'a **pas de solution réelle**.	• si $\Delta = 0$, l'équation $ax^2 + bx + c = 0$ a **une unique solution réelle** : $x_0 = \dfrac{-b}{2a}$.	• si $\Delta > 0$, l'équation $ax^2 + bx + c = 0$ a **deux solutions réelles** : $x_1 = \dfrac{-b + \sqrt{\Delta}}{2a}$ et $x_2 = \dfrac{-b - \sqrt{\Delta}}{2a}$.

Appliquer le cours

Résoudre dans $\mathbb{R}$ l'équation :
$-12x + 2x^2 = -16$.

Solution

Pour tout réel x, on a :

$2x^2 - 12x = -16 \Leftrightarrow -12x + 2x^2 + 16 = 0$

$\Leftrightarrow 2x^2 - 12x + 16 = 0$

On a $\Delta = b^2 - 4ac$

$= (-12)^2 - 4 \times 2 \times 16 = 144 - 128 = 16$

Comme on a $\Delta > 0$, il y a deux solutions :

$$x_1 = \frac{-b+\sqrt{\Delta}}{2a} = \frac{-(-12)+\sqrt{16}}{2\times 2} = \frac{12+4}{4} = 4$$

$$x_2 = \frac{-b-\sqrt{\Delta}}{2a} = \frac{-(-12)-\sqrt{16}}{2\times 2} = \frac{12-4}{4} = 2$$

Les solutions de l'équation $-12x + 2x^2 = -16$ sont 4 et 2.

À retenir

Écrire les équations du second degré sous la forme $ax^2 + bx + c = 0$ afin d'identifier correctement les nombres a, b et c.

D Somme et produit

- Si un trinôme $ax^2 + bx + c$ a deux racines x_1 et x_2, alors leur **somme** $x_1 + x_2$ vaut $\frac{-b}{a}$ et leur **produit** x_1x_2 vaut $\frac{c}{a}$.
- Deux nombres de somme s et de produit p sont solutions de l'équation $x^2 - sx + p = 0$.

Méthode

Si l'on connaît l'une des racines d'un trinôme, on peut déterminer l'autre racine soit en utilisant que leur somme vaut $\frac{-b}{a}$ soit en utilisant que leur produit vaut $\frac{c}{a}$.

3 Factorisation et signe d'un trinôme

Soit $ax^2 + bx + c$ un polynôme du second degré de discriminant Δ.

A Factorisation

- Si $\Delta < 0$, on ne peut pas factoriser $ax^2 + bx + c$.
- si $\Delta = 0$, $ax^2 + bx + c = a\left(x + \frac{b}{2a}\right)^2$.
- si $\Delta > 0$, $ax^2 + bx + c = a(x - x_1)(x - x_2)$ avec x_1 et x_2 les racines de $ax^2 + bx + c$.

À retenir

Les **racines d'un trinôme** $ax^2 + bx + c$ sont les solutions de l'équation $ax^2 + bx + c = 0$.

B Signe

Un trinôme $ax^2 + bx + c$ est du signe de a, sauf entre ses racines si celles-ci existent.

Appliquer le cours

Étudier le signe de $-x^2 + 5x + 6$ selon les valeurs de x.

Résoudre l'inéquation $-x^2 + 5x + 6 > 0$.

Solution

Pour $-x^2 + 5x + 6$, on a :

$\Delta = b^2 - 4ac = 5^2 - 4 \times (-1) \times 6 = 49$.

Comme $\Delta > 0$, $-x^2 + 5x + 6$ a deux racines :

$$x_1 = \frac{-b+\sqrt{\Delta}}{2a} = \frac{-5+\sqrt{49}}{2\times(-1)} = \frac{2}{-2} = -1$$

$$x_2 = \frac{-b-\sqrt{\Delta}}{2a} = \frac{-5-\sqrt{49}}{2\times(-1)} = \frac{-12}{-2} = 6$$

$-x^2 + 5x + 6$ est négatif (signe de a) sauf entre ses racines -1 et 6.

On a :

$-x^2 + 5x + 6 < 0$ sur $]-\infty ; -1[\cup]6 ; +\infty[$;

$-x^2 + 5x + 6 = 0$ pour $x = -1$ et $x = 6$;

$x^2 + 5x + 6 > 0$ sur $]-1 ; 6[$.

On en déduit que l'ensemble des solutions de $-x^2 + 5x + 6 > 0$ est **$]-1 ; 6[$**.

Exercices d'entraînement

Exercice 1 ★ 8 min

Corrigé p. 69

1. Étudier le signe des expressions $2x - 6$ et $x + 5$ selon les valeurs de x.
2. Soit $P(x) = (2x - 6)(x + 5)$. Dresser le tableau de signes de $P(x)$ selon les valeurs de x.
3. En déduire les solutions dans $\mathbb{R}$ de l'inéquation $P(x) > 0$.

Exercice 2 ★ 9 min

Corrigé p. 69

Résoudre les inéquations suivantes :

a. $(x - 3)(7 - x) \geqslant 0$ b. $3x(5 - x) \leqslant 0$ c. $(2x - 1)(6x + 3) > 0$

Exercice 3 ★★ 12 min

Corrigé p. 69

Résoudre dans $\mathbb{R}$ les équations suivantes sans utiliser les formules vues dans cette leçon (on recherchera une factorisation par un facteur commun ou une identité remarquable) :

a. $4x^2 - 25 = 0$ b. $x^2 = 25x$ c. $x^3 + 4x^2 + 4x = 0$

d. $25x^2 - 20x + 4 = 0$ e. $25 - (x - 3)^2 = 0$ f. $(x + 4)^2 + (x - 7)(x + 4) = 0$

Exercice 4 ★★ 12 min

Corrigé p. 69

Déterminer dans $\mathbb{R}$ les solutions des équations suivantes :

a. $x^2 - 4x + 3 = 0$ b. $-x^2 + x - 5 = 0$ c. $3x^2 - x + 1 = 0$

d. $5x^2 - x - 6 = 0$ e. $4x^2 + 4x + 1 = 0$ f. $x^2 - 5x - 6 = 0$

Exercice 5 ★★ 10 min

Corrigé p. 70

Pour chaque polynôme, déterminer ses racines et sa factorisation éventuelle.

a. $P(x) = 4x^2 + 12x + 9$ b. $Q(x) = -x^2 + 6x - 10$ c. $R(x) = 2x^2 + 10x - 12$

Exercice 6 ★★ 15 min

Corrigé p. 70

Soit les trinômes suivants :

$P(x) = x^2 - 3x + 2$, $Q(x) = 3x - 1 - 4x^2$ et $R(x) = 5x^2 - 30x + 45$.

1. Pour chacun des trinômes, déterminer ses racines éventuelles et son tableau de signes.
2. Déduire de la question précédente, les solutions des inéquations :

a. $P(x) \geqslant 0$ b. $Q(x) < 0$ c. $5x^2 - 30x > -45$

Exercice 7 ★★ 15 min

Corrigé p. 70

1. Résoudre les équations $x^2 + x - 2 = 0$ et $4x^2 - 9 = 0$.
2. Soit $P(x) = 4x^4 + 4x^3 - 17x^2 - 9x + 18$.

a. Vérifier que, pour tout réel x, $P(x) = (x^2 + x - 2)(4x^2 - 9)$.

b. En déduire les racines du polynôme $P(x)$.

3. Résoudre l'inéquation $P(x) < 0$.

Exercice 8 ★★ 5 min

Corrigé p. 71

Déterminer deux entiers relatifs consécutifs dont la somme des carrés vaut 8 148 685. On donnera toutes les solutions possibles.

Exercice 9 ★★ 12 min

Corrigé p. 71

Pour chaque polynôme, vérifier que a est une racine du polynôme et en déduire la seconde racine.

a. $P(x) = 4x^2 - 5x - 6$ et $a = 2$

b. $P(x) = 3x^2 + 3x - 6$ et $a = 1$

c. $P(x) = 6x^2 - 5x + 1$ et $a = 0{,}5$

d. $P(x) = x^2 + \sqrt{5}\,x - 10$ et $a = \sqrt{5}$

Exercice 10 ★★ 5 min

Corrigé p. 71

Déterminer deux nombres dont la somme vaut 1 et le produit vaut -1.

Exercice 11 ★ 5 min

Corrigé p. 71

Existe-t-il deux nombres réels dont la somme vaut 1 et le produit aussi ?

Exercice 12 ★★ 5 min

Corrigé p. 71

Déterminer les dimensions x et y d'un rectangle sachant que son périmètre fait 140 cm et son aire 1 176 cm².

Exercice 13 ★★ 10 min

Corrigé p. 71

Les deux paraboles P et Q représentées ci-contre ont pour équations respectives :

$y = x^2 + 2x - 2$ et $y = -x^2 + 2$.

1. Déterminer les abscisses des points d'intersection de chacune des paraboles avec l'axe des abscisses.

2. Déterminer les coordonnées des points d'intersection des deux paraboles.

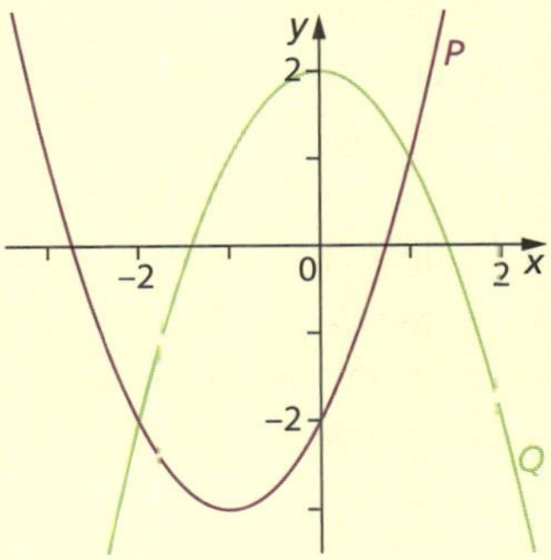

Exercice 14 ★★ 10 min

Corrigé p. 71

Soit f la fonction définie sur $\mathbb{R}$ par $f(x) = -x^2 - 6x + 1$.

1. Montrer qu'une forme canonique de $f(x)$ est $-(x + 3)^2 + 10$.

2. En déduire le tableau des variations de f selon les valeurs de x.

Exercice 15 ★★ 25 min

Corrigé p. 71

Soit f et g la fonction définie sur $\mathbb{R}$ par $f(x) = x^2 + 6x + 4$ et $g(x) = -x^2 - 2x + 4$.

1. Résoudre par le calcul l'équation $f(x) = g(x)$.

2. a. Montrer qu'une forme canonique de $f(x)$ est $(x + 3)^2 - 5$.

b. Montrer qu'une forme canonique de $g(x)$ est $-(x + 1)^2 + 5$.

c. Dresser les tableaux de variation de f et de g.

3. a. Représenter f et g dans un même repère orthonormé d'unité le centimètre.

b. Résoudre graphiquement l'inéquation $f(x) \leqslant g(x)$.

c. Retrouver par le calcul les solutions de l'inéquation $f(x) \leqslant g(x)$.

Exercice 16 ★★ 10 min

Corrigé p. 72

On considère l'équation $(E) : x^2 - 4x - 5 = k$.

1. Déterminer par le calcul, en fonction de k, le nombre de solutions de l'équation (E).
2. Lorsqu'elles existent, exprimer en fonction de k les solutions de (E).

Exercice 17 ★★ 15 min

Corrigé p. 72

Pour chacune des 4 équations suivantes, effectuer un changement d'inconnue, c'est-à-dire poser X = une expression simple en fonction de x et résoudre l'équation en X.
En déduire les solutions de l'équation initiale.

a. $4x^4 - 6x^2 - 4 = 0$ b. $\frac{-1}{x^2} + \frac{1}{x} + 6 = 0$ c. $x - \sqrt{x} - 5 = 0$

Exercice 18 ★★★ 12 min

Corrigé p. 73

Quel même nombre peut-on ajouter à chacun des trois nombres 2, 5 et 8 pour que le carré d'un nombre obtenu soit égal à la somme des carrés des deux autres nombres obtenus ?
Déterminer toutes les solutions.

Exercice 19 ★★★ 20 min

Corrigé p. 73

Soit f une fonction trinôme de forme canonique $f(x) = a(x + \alpha)^2 + \beta$.

1. On sait que $f(2) = f(4)$.
a. Quelle est l'équation de l'axe de symétrie de la parabole représentative de f ?
b. En déduire la valeur de α.

2. On sait de plus que $f(0) = 34$ et $f(2) = 2$.
a. Écrire un système d'équations d'inconnues a et β.
b. Le résoudre et donner la forme canonique de $f(x)$.
c. Représenter f dans un repère orthogonal, avec 1 cm pour une unité en abscisses et 1 cm pour 5 unités en ordonnées.

3. a. Résoudre par le calcul l'équation $f(x) = 5$.
b. Résoudre par le calcul l'inéquation $f(x) > 14$.

Exercice 20 ★★★ 20 min

Corrigé p. 73

Alain possède un voilier. La voile de son bateau a la forme du trapèze $ABCD$ ci-contre (les longueurs sont exprimées en mètre).

- CHD est un triangle rectangle isocèle de sommet H avec $CH = HD = 4$;
- $ABCH$ est un rectangle tel que $BC = 2$ et $AB = 4$;
- le point M est sur $[AB]$ et on pose $AM = x$;
- $AMNP$ est un rectangle avec N un point de $[CD]$.

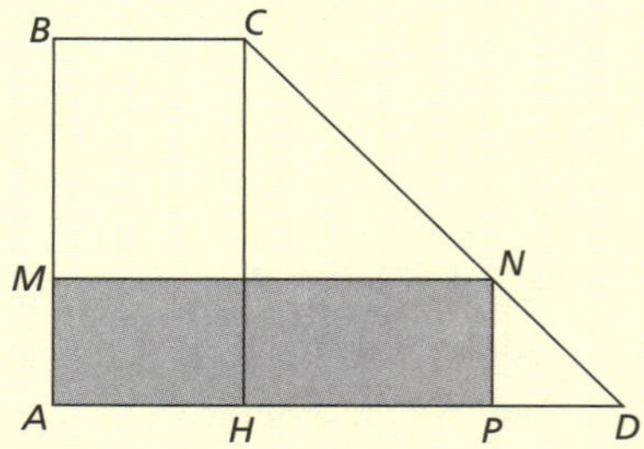

1. Quelles sont les valeurs possibles de x ?
2. Montrer que l'aire de $AMNP$ est $6x - x^2$.
3. Pour subventionner une course, Alain a un sponsor qui lui propose 1 000 euros par mètre carré d'une publicité rectangulaire apposée sur sa voile.
Quelle subvention maximale, Alain peut-il espérer avoir ?

Exercices d'approfondissement

Exercice 21 ★★★ 12 min

Corrigé p. 74

Soit la fonction polynôme P définie sur $\mathbb{R}$ par $P(x) = x^3 - 2x^2 - 5x + 6$.

1. Montrer que 1 est une racine de $P(x)$.

2. 1 étant racine de $P(x)$, on peut factoriser $P(x)$ par $x - 1$, c'est-à-dire qu'il existe trois réels a, b et c tels que, pour tout réel x, on a $P(x) = (x - 1)(ax^2 + bx + c)$.
Déterminer ces réels a, b et c.
On pourra développer cette expression et identifier dans un système les quatre coefficients des termes de même degré avec ceux initiaux.

3. En déduire toutes les racines de P.

Exercice 22 ★★★ 12 min

Corrigé p. 74

1. Factoriser le polynôme $x^4 - 1$.

2. En déduire les solution de l'équation $x^4 - 1 = 0$.

1 Point de vue local

A Taux de variation

Soit f une fonction définie sur un intervalle I.

Pour tout a de I et pour tout réel h non nul tel que $a + h$ appartienne à I, on appelle **taux de variation de f entre a et $a + h$**, le nombre $\dfrac{f(a+h)-f(a)}{h}$.

B Sécantes à la courbe représentative d'une fonction en un point donné

Soit $A(a\ ;\ f(a))$ et $B(a + h\ ;\ f(a + h))$ deux points de la courbe $\mathscr{C}_f$ représentative d'une fonction f. (AB) est une **sécante** à $\mathscr{C}_f$ de coefficient directeur $\dfrac{f(a+h)-f(a)}{h}$.

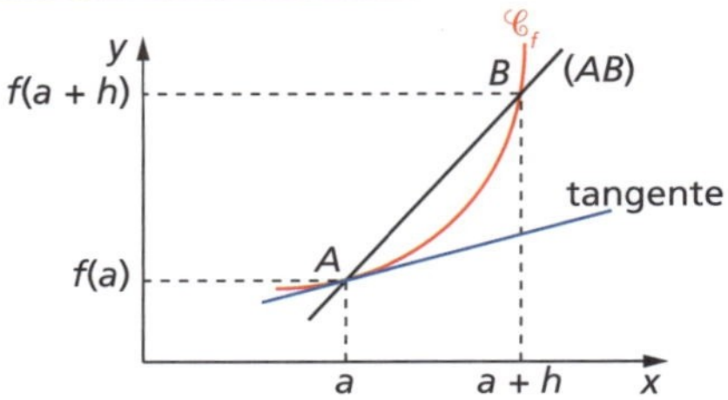

C Nombre dérivé d'une fonction en un point

- Si le taux de variation $\dfrac{f(a+h)-f(a)}{h}$ de f entre a et $a + h$ admet une limite finie l quand h tend vers 0, **f est dite dérivable en a** et cette limite l est le **nombre dérivé d'une fonction en a**. On note $f'(a) = l$.
- Si $f'(a)$ existe, la droite passant par a et de coefficient directeur $f'(a)$ est dite **tangente à $\mathscr{C}_f$ au point d'abscisse a.**

D Équation d'une tangente

La tangente à $\mathscr{C}_f$ au point d'abscisse a a pour équation $y = f(a) + f'(a)(x - a)$.

Appliquer le cours

Soit f la fonction définie sur $\mathbb{R}$ par : $f(x) = x^2 + 3$.

Déterminer le nombre dérivé de f en $a = -1$ en utilisant le taux de variation.

En déduire une équation de la tangente à $\mathscr{C}_f$ au point d'abscisse -1.

Solution

Pour tout réel h non nul, le taux de variation de f entre -1 et $-1 + h$ est :

$$\frac{f(-1+h)-f(-1)}{h} = \frac{(-1+h)^2+3-\left[(-1)^2+3\right]}{h} = \frac{1-2h+h^2+3-1-3}{h} = \frac{-2h+h^2}{h} = -2+h.$$

Quand h tend vers 0, ce taux de variation tend vers -2.

f est dérivable en -1 et le taux de variation de f en -1 est $\boldsymbol{f'(-1) = -2}$.

f étant dérivable en -1, $\mathscr{C}_f$ admet au point d'abscisse -1 une tangente d'équation :

$y = f'(-1)\,(x - (-1)) + f(-1) \Leftrightarrow y = -2(x + 1) + 4 \Leftrightarrow \boldsymbol{y = -2x + 2}$.

2 Point de vue global

A Fonction dérivable sur un intervalle

Soit f une fonction définie sur un intervalle I et telle que, pour tout réel x de I, f est dérivable en x. f est dite **dérivable sur I** et la fonction définie sur I par $x \mapsto f'(x)$ s'appelle **fonction dérivée** de f. On la note f'.

B Fonction dérivée des fonctions usuelles

Fonction	Fonction dérivée	Remarques
$f(x) = k$ $f(x) = x$ $f(x) = x^2$ $f(x) = x^n$	$f'(x) = 0$ $f'(x) = 1$ $f'(x) = 2x$ $f'(x) = nx^{n-1}$	k est une constante x est la variable n est un entier naturel non nul
$f(x) = \dfrac{1}{x}$ $f(x) = \dfrac{1}{x^n}$	$f'(x) = \dfrac{-1}{x^2}$ $f'(x) = \dfrac{-n}{x^{n+1}}$	**f est dérivable sur $]-\infty\,;0[\,\cup\,]0\,;+\infty[$** n est un entier naturel non nul
$f(x) = \sqrt{x}$	$f'(x) = \dfrac{1}{2\sqrt{x}}$	**f est dérivable sur $]0\,;+\infty[$**

C Opérations sur les fonctions dérivables

Soit u et v deux fonctions dérivables sur un même intervalle I. Soit k une constante réelle.

- La **somme $u + v$** est dérivable sur I avec $(u + v)' = u' + v'$.
- Le **produit ku** est dérivable sur I avec $(ku)' = ku'$.
- Le **produit uv** est dérivable sur I avec $(uv)' = u'v + uv'$.
- L'**inverse $\frac{1}{u}$** est dérivable pour toute valeur x de I telle que $u(x) \neq 0$ avec $\left(\dfrac{1}{u}\right)' = \dfrac{-u'}{u^2}$.

À retenir
Les fonctions usuelles sont dérivables sur leurs ensembles de définition, sauf les fonctions racine carrée et valeur absolue qui ne sont pas dérivables en 0.

- Le **quotient $\frac{u}{v}$** est dérivable pour toute valeur x de I telle que $v(x) \neq 0$ avec $\left(\dfrac{u}{v}\right)' = \dfrac{u'v - uv'}{v^2}$.
- Pour tout réels a et b, la **fonction $x \mapsto u(ax + b)$** est dérivable pour tout réel x tel que $ax + b$ appartienne à I avec $(u(ax + b))' = a\,u'(ax + b)$.

Appliquer le cours

Soit f la fonction définie sur $]0\,;+\infty[$ par $f(x) = (2x^2 - 5x + 1)\sqrt{x}$.
Déterminer la fonction dérivée de u définie sur $]0\,;+\infty[$ par $u(x) = 2x^2 - 5x + 1$.
En déduire la fonction dérivée de f.

Solution

On a u dérivable sur $]0\,;+\infty[$ comme fonction polynôme avec, pour tout x de $]0\,;+\infty[$, $u'(x) = 2 \times 2x - 5 \times 1 + 0$, soit $\boldsymbol{u'(x) = 4x - 5}$.
f est dérivable sur $]0\,;+\infty[$ comme produit de fonctions dérivables sur $]0\,;+\infty[$.

f est de la forme uv, donc f' est de la forme $u'v + uv'$ avec $v(x) = \sqrt{x}$ et $v'(x) = \dfrac{1}{2\sqrt{x}}$.

Pour tout x de $]0\,;+\infty[$, $\boldsymbol{f'(x) = (4x - 5)\sqrt{x} + (2x^2 - 5x + 1)\dfrac{1}{2\sqrt{x}}}$.

Exercices d'entraînement

Exercice 1 ★ 5 min

Corrigé p. 74

Calculer les limites suivantes.

a. $\lim\limits_{x \to 0} 2x + 3$ b. $\lim\limits_{x \to 0} x^2 - 3x$ c. $\lim\limits_{x \to 0} \dfrac{2x+3}{x-5}$

Exercice 2 ★ 5 min

Corrigé p. 74

On considère dans le plan muni d'un repère, la courbe $\mathscr{C}$ représentative d'une fonction f définie sur $\mathbb{R}$.
La tangente à $\mathscr{C}$ au point d'abscisse -1 est parallèle à l'axe des abscisses et la tangente à $\mathscr{C}$ au point d'abscisse 0 a pour équation $y = -0{,}5 + 3x$.
Quels sont les nombres dérivés que l'on connaît ?

Exercice 3 ★ 10 min

Corrigé p. 74

Soit f la fonction définie pour tout réel x par $f(x) = x^2 + 4x - 5$.

1. a. Exprimer en fonction de h le taux de variation de f entre 3 et $3 + h$.
b. En déduire $f'(3)$.
2. Déterminer $f'(0)$ à l'aide du taux de variation.
3. a. À l'aide des formules de dérivation, calculer, pour tout réel x, $f'(x)$.
b. Retrouver alors les valeurs de $f'(3)$ et $f'(0)$.

Exercice 4 ★★ 10 min

Corrigé p. 74

Le plan est muni du repère orthonormé $(O\,; I, J)$.
Soit f la fonction définie sur l'intervalle $[-1\,; 5]$ dont on donne la courbe représentative $\mathscr{C}$ ci-contre.

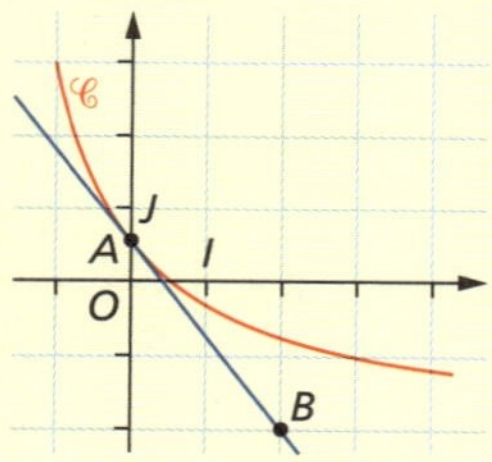

1. Déterminer le coefficient directeur de la droite (AB) sachant qu'on a $A\left(0\,; \dfrac{1}{2}\right)$ et $B(2\,; -2)$.
2. On admet que la droite (AB) est tangente à la courbe $\mathscr{C}$ au point A.
En déduire $f'(0)$.

Exercice 5 ★★ 10 min

Corrigé p. 74

Soit la fonction f définie par $x \mapsto \dfrac{x+3}{x-2}$, pour tout réel $x \neq 2$.

1. a. Montrer que le taux de variation de f entre 1 et $1 + h$ vaut $\dfrac{5}{h-1}$.
b. En déduire le nombre dérivé de f en 1.
2. Montrer que $f'(-3) = -0{,}2$.

Exercice 6 ★ 5 min

Corrigé p. 75

Pour chaque fonction f, calculer $f'(x)$ pour tout réel x.

1. $f(x) = 2x + 3$ 2. $f(x) = 3x^2$ 3. $f(x) = x^3 - 5x$ 4. $f(x) = 6x^2 - 2x + 3$

Exercice 7 ★★ 10 min *Corrigé p. 75*

Pour chaque fonction f, calculer $f'(x)$ sur I.

1. $f(x) = \dfrac{3}{x}$; $I =]0\,;+\infty[$.
2. $f(x) = \dfrac{2x-7}{x-5}$; $I =]-\infty\,;5\,[$.
3. $f(x) = \dfrac{x^2+3x}{(x-2)(x-3)}$; $I =]3\,;+\infty[$.
4. $f(x) = (2x+3)\sqrt{x}$; $I =]0\,;+\infty[$

Exercice 8 ★★ 10 min *Corrigé p. 75*

Pour chaque fonction f, préciser les valeurs pour lesquelles f est dérivable et calculer $f'(x)$.

1. $f(x) = 5x^2 - 3x + 2$
2. $f(x) = (2x+3)^2$
3. $f(x) = \dfrac{2x+3}{x-1}$
4. $f(x) = \dfrac{-x+3}{x^2-5}$

Exercice 9 ★★ 15 min *Corrigé p. 75*

Pour chaque fonction f, déterminer $f'(x)$, puis déterminer une équation de la tangente à la représentation graphique de f au point d'abscisse a.

1. $f(x) = x^2 + 4$ et $a = -3$.
2. $f(x) = \dfrac{x+2}{x+1}$ et $a = 0$.
3. $f(x) = 2\sqrt{x}$ et $a = 9$.

Exercice 10 ★★ 15 min *Corrigé p. 75*

Soit f la fonction définie sur $]0\,;+\infty[$ par $f(x) = \dfrac{1}{x}$.

On note $\mathscr{C}$ la courbe représentative de f dans un plan muni d'un repère orthonormé avec deux centimètres comme unité.

1. a. Montrer que $f'(1) = -1$, $f'(0{,}5) = -4$ et $f'(2) = -0{,}25$.

b. Interpréter graphiquement ces nombres dérivés.

2. Dessiner les tangentes à $\mathscr{C}$ aux points d'abscisses 0,5, 1 et 2, puis construire $\mathscr{C}$.

Exercices d'approfondissement

Exercice 11 ★★★ 25 min *Corrigé p. 76*

Soit f la fonction définie, pour tout réel strictement positif, par $f(x) = \sqrt{x}$.

1. Calculer $f(25)$ et $f'(25)$.

2. a. Donner sous la forme $y = mx + p$ une équation de la tangente à la représentation graphique de f au point d'abscisse 25.

b. On note g la fonction affine représentée par cette droite.
En posant $x = 25 + h$, montrer que $g(25 + h) = 5 + 0{,}1h$.

3. a. La fonction g définie ci-dessus permet de calculer des approximations de $f(x)$ pour des valeurs de x proches de 25. En utilisant cette fonction, donner des valeurs approchées de $\sqrt{25{,}02}$, $\sqrt{25{,}001}$ et $\sqrt{24{,}999}$.

b. Trouver de même des valeurs approchées des racines carrées de 249 999 et 2 500,000 32.

4. En procédant de même à partir de la fonction inverse, déterminer sans calculatrice des valeurs approchées de $\dfrac{1}{10{,}03}$ et de $\dfrac{1}{9{,}995}$.

4

1 Variation d'une fonction

A Théorème fondamental

Soit f une fonction définie et dérivable sur un intervalle I.

- **La fonction dérivée est positive** sur $I \Leftrightarrow$ **f est croissante** sur I.
- **La fonction dérivée est nulle** sur $I \Leftrightarrow$ **f est constante** sur I.
- **La fonction dérivée est négative** sur $I \Leftrightarrow$ **f est décroissante** sur I.

Appliquer le cours

Soit f la fonction définie sur $\mathbb{R}$ par :
$f(x) = -x^2 + 6x + 1$.
Déterminer f' la fonction dérivée de f.
Étudier le signe de f' selon les valeurs de x.
En déduire les variations f.

Solution

f est dérivable sur $\mathbb{R}$ comme fonction polynôme avec, pour tout réel x, $\boldsymbol{f'(x) = -2x + 6}$.
$f'(x) \geqslant 0 \Leftrightarrow -2x + 6 \geqslant 0 \Leftrightarrow -2x \geqslant -6$
$\Leftrightarrow x \leqslant -6 \div (-2) \Leftrightarrow x \leqslant 3$.

Sur $]-\infty ; 3]$, on a $f'(x) \geqslant 0$ et **sur $[3 ; +\infty[$, on a $f'(x) \leqslant 0$.**
Sur $]-\infty ; 3]$, on a f croissante et **sur $[3 ; +\infty[$, on a f décroissante.**

À retenir

Pour étudier les variations d'une fonction f :
– on détermine la dérivée f' ;
– on étudie le signe de $f'(x)$ selon les valeurs de x ;
– on en déduit les variations de f selon que le nombre dérivé $f'(x)$ est positif ou négatif.

B Remarques

- Si $f'(x)$ est strictement positive sur I, sauf en un nombre fini de valeurs, alors la fonction f est **strictement croissante** sur I.
- Si $f'(x)$ est strictement négative sur I, sauf en un nombre fini de valeurs, alors la fonction f est **strictement décroissante** sur I.

2 Extremum : théorème

Soit f une fonction définie et dérivable sur un intervalle $[a ; b]$. Soit c un réel de $]a ; b[$.
f admet **un extremum en c** si, et seulement si, sa dérivée f' s'annule en c **en changeant de signe**.

Minimum en c

x	$-\infty$	c	$+\infty$
$f'(x)$	$-$	0	$+$
f	décroît		croît

Maximum en c

x	$-\infty$	c	$+\infty$
$f'(x)$	$+$	0	$-$
f	croît		décroît

Exercices d'entraînement

Exercice 1 ★ 10 min

Corrigé p. 75

Soit f la fonction définie sur $\mathbb{R}$ par : $f(x) = \dfrac{15x+60}{x^2+9}$.

Sa courbe représentative dans un repère orthogonal du plan, notée $\mathscr{C}_f$, est donnée ci-contre.

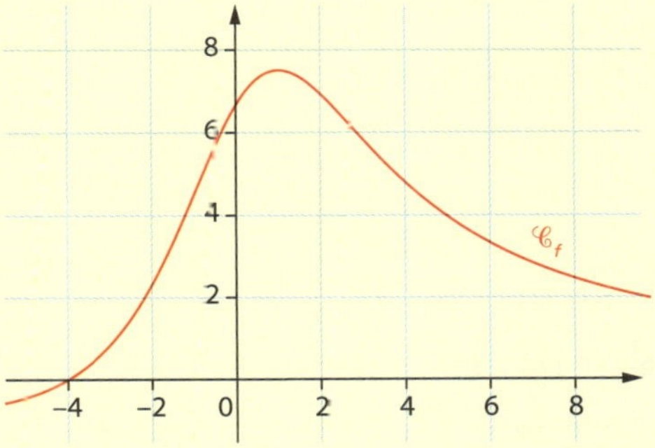

1. On note f' la dérivée de la fonction f. Calculer $f'(x)$.
2. Étudier le signe de $f'(x)$ selon les valeurs de x.
3. Dresser le tableau des variations de f.

Exercice 2 ★★ 20 min

Corrigé p. 76

Pour chaque fonction f, calculer $f'(x)$ et donner les variations de f sur I.

1. $f(x) = x^2 - 8x + 1$; $I = \mathbb{R}$.
2. $f(x) = x^3 - 3x + 1$; $I = \mathbb{R}$.
3. $f(x) = \dfrac{x+5}{x+3}$; $I =]-\infty\,;-3[$.
4. $f(x) = \dfrac{x+3}{x^2+x+3}$; $I = \mathbb{R}$.

Exercice 3 ★★ 20 min

Corrigé p. 77

Soit f la fonction définie, pour tout réel x différent de –1 et de 2, par : $f(x) = \dfrac{-3x+3}{x^2-x-2}$.

1. Montrer que, pour tout réel x différent de –1 et de 2, on a : $f(x) = \dfrac{-1}{x-2} - \dfrac{2}{x+1}$.
2. a. Calculer $f'(x)$ pour tout x différent de –1 et de 2.
b. En déduire les variations de f.
3. Soit $(\mathscr{C})$ la courbe représentative de f. Calculer les coordonnées des points d'intersection de $(\mathscr{C})$ avec les deux axes, ainsi qu'avec la droite d'équation $y = 1{,}2$.
4. Reproduire et compléter le tableau de valeurs suivant en arrondissant si nécessaire au dixième.

x	–5	–4	–3	–2	–1,5	–0,5	0	1	1,5	2,5	3	4
$f(x)$												

5. Dans un repère orthonormé, représenter $(\mathscr{C})$.

Exercice 4 ★★ 20 min

Corrigé p. 77

Soit f la fonction définie, pour tout réel x différent de –3, par : $f(x) = \dfrac{x+4}{x+3}$.

1. Établir le sens de variation de la fonction f.
2. Soit $\mathscr{C}_f$ la représentation graphique de f.

Montrer qu'il existe deux points A et B de $\mathscr{C}_f$ en lesquels la tangente à $\mathscr{C}_f$ est parallèle à la droite d'équation $y = -x$.

Préciser les coordonnées de ces points (A est celui de plus grande abscisse).

3. Compléter le tableau de valeurs suivant.

x	-8	-6	-4	$-3{,}5$	$-2{,}5$	-2	0	2
$f(x)$								

4. Tracer les droites d'équation $y = 1$ et $x = -3$, puis les tangentes à $\mathscr{C}_f$ aux points A et B et enfin la courbe $\mathscr{C}_f$.

Exercice 5 ★★ 10 min

Corrigé p. 78

La courbe $\mathscr{C}_f$ tracée ci-contre est la représentation graphique sur $[0 ; 4]$ d'une fonction f définie sur $[0 ; 4]$.
On admet que : la courbe $\mathscr{C}_f$ coupe l'axe des abscisses en $\dfrac{1}{2}$; la tangente T à la courbe $\mathscr{C}_f$ au point $A(0 ; -1)$ passe par le point $B(1 ; 2)$; la tangente à la courbe $\mathscr{C}_f$ au point d'abscisse $\dfrac{3}{2}$ est parallèle à l'axe des abscisses.

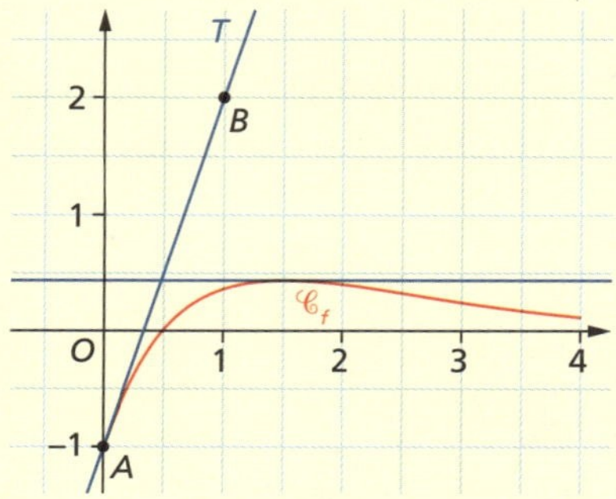

1. Dresser le tableau de signes de la fonction f sur l'intervalle $[0 ; 4]$.

2. a. Déterminer les valeurs de $f'(0)$ et de $f'\left(\dfrac{3}{2}\right)$.

b. Dresser le tableau de signes de la fonction f' sur l'intervalle $[0 ; 4]$.

Exercice 6 ★★ 20 min

Corrigé p. 78

Une entreprise décide la fabrication en série d'un article. Le coût de fabrication de chaque article est 20 € et au coût de fabrication s'ajoutent les frais fixes de production qui s'élèvent à 150 000 €.

1. a. Quel est le coût de fabrication de n articles ?

b. Exprimer le prix de revient $r(n)$, en euro, d'un article en fonction du nombre n d'articles fabriqués.

2. La demande de cet article sur le marché est fonction de son prix de vente. Une étude de marché a montré que pour un prix de vente unitaire p, le nombre d'articles demandés et vendus est : $2\,100\,000 - 60\,000p$, où p est un nombre de l'intervalle $[20 ; 35]$.

a. Exprimer en fonction de p la recette correspondant à un prix de vente p.

b. Montrer que le bénéfice total correspondant, en euro, est alors :

$$-60\,000\,p^2 + 3\,300\,000p - 42\,150\,000$$

3. a. Étudier les variations de la fonction f définie sur $[20 ; 35]$ par :

$$f(x) = -60\,000\,x^2 + 3\,300\,000x - 42\,150\,000$$

b. Déterminer le prix de vente unitaire qui assure un bénéfice maximal. Calculer alors ce bénéfice et le nombre d'articles correspondant.

Exercice 7 ★★★ 15 min

Corrigé p. 78

Un fermier souhaite construire un enclos rectangulaire $CDEF$ dont l'un des côtés est un mur.
Il dispose de 160 m de clôture pour réaliser la ligne brisée $CDEF$.
Quelle est l'aire maximale de l'enclos qu'il peut réaliser ?
Préciser les dimensions de cet enclos.

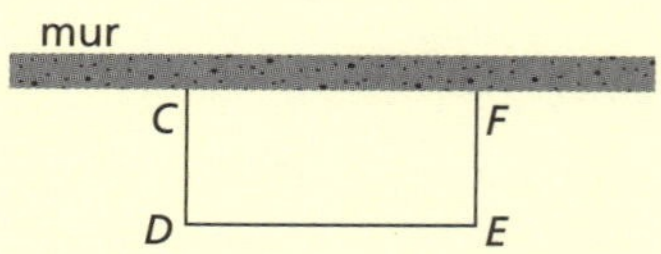

Exercice 8 ★★★ 10 min Corrigé p. 78

On considère la fonction f définie sur [0 ; 15] par $f(x) = 2x^3 - 60x^2 + 450x$.

1. a. Calculer $f'(x)$.

b. Étudier le signe de $f'(x)$ selon les valeurs de x.

c. En déduire le tableau de variations de f sur [0 ; 15].

d. On admet que l'équation $f(x) = 500$ a deux solutions distinctes dans l'intervalle [0 ; 15]. Donner des valeurs approchées, à 10^{-1} près, de ces solutions notées α et β.

2. Un fabricant envisage la production de boîtes en forme de pavé droit pour emballer des clous en découpant deux bandes de même largeur dans une feuille de carton carrée.
Le côté de la feuille mesure 30 cm et on désigne par x la mesure en cm de la largeur des bandes découpées. On admet que $0 \leqslant x \leqslant 15$.

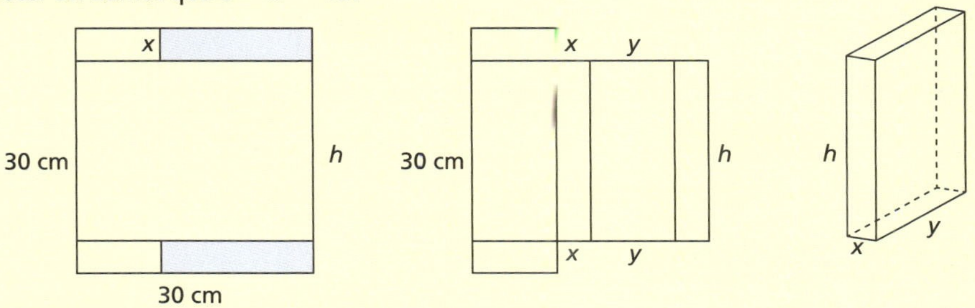

a. Calculer le volume de la boîte si $x = 2$.

b. Justifier que le volume $V(x)$, en cm³, de la boîte est $V(x) = f(x)$, où f est la fonction définie précédemment.

d. En déduire la valeur de x pour laquelle le volume de la boîte est maximal. Préciser la valeur du volume maximal.

3. Le fabricant veut des boîtes de 500 cm³. Combien a-t-il de possibilités ? Justifier la réponse.

Exercice d'approfondissement

Exercice 9 ★★★ 15 min Corrigé p. 79

Soit a est un réel.
On considère la fonction f définie sur $\mathbb{R}$ par : $f(x) = x^3 + ax$.

1. Calculer $f'(x)$ pour tout réel x.

2. En distinguant les cas $a > 0$, $a = 0$ et $a < 0$, étudier les variations de f sur $\mathbb{R}$ et préciser les tangentes à $\mathscr{C}_f$ parallèles à l'axe des abscisses quand elles existent.

1 Fonction exp

A Définitions

- Il existe une unique fonction f dérivable sur $\mathbb{R}$ et vérifiant $f' = f$ et $f(0) = 1$.
C'est la **fonction exponentielle** noté **exp**.
- La fonction exp est dérivable sur $\mathbb{R}$ et, pour tout x réel, on a $\exp'(x) = \exp(x)$.
- $\exp(0) = 1$.
- On appelle **e** l'image de 1 par la fonction exp : $\exp(1) = \mathrm{e}$.

B Propriétés de la fonction exp

- Pour tout x réel, $\exp(x) > 0$.
- La fonction exp est **strictement croissante** sur $\mathbb{R}$.

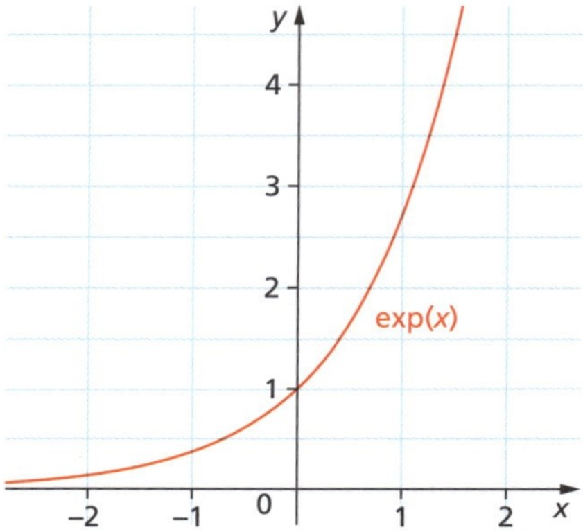

C Propriétés algébriques

Pour tout réels x et y, on a :

- $\exp(x + y) = \exp(x)\exp(y)$
- $\exp(x)\exp(-x) = 1 \Leftrightarrow \exp(-x) = \dfrac{1}{\exp(x)}$

Appliquer le cours

a. Montrer que, pour tous réels x et y,

$\exp(x - y) = \dfrac{\exp(x)}{\exp(y)}$.

b. Simplifier, pour tout réel x, les expressions suivantes :

$A(x) = \exp(2x - 2) \times \exp(-x + 2)$;

$B(x) = \dfrac{\exp(4x+1)}{\exp(2x)}$.

Solution

a. Pour tous réels x et y, on a:

$$\begin{aligned}\exp(x - y) &= \exp(x + (-y))\\ &= \exp(x)\exp(-y)\\ &= \exp(x)\dfrac{1}{\exp(y)} = \dfrac{\exp(x)}{\exp(y)}.\end{aligned}$$

b. Pour tout x réel, on a :

$$\begin{aligned}A(x) &= \exp(2x - 2) \times \exp(-x + 2)\\ &= \exp(2x - 2 + (-x + 2)) = \mathbf{\exp(x)}.\end{aligned}$$

$$\begin{aligned}B(x) &= \dfrac{\exp(4x+1)}{\exp(2x)}.\\ &= \exp(4x + 1 - 2x)\\ &= \mathbf{\exp(2x+1)}.\end{aligned}$$

2 Notation e^x

- Pour tout réel x, on note $\exp(x) = \mathrm{e}^x$.

A Propriétés de la fonction $x \mapsto \mathrm{e}^x$.

- La fonction $x \mapsto \mathrm{e}^x$ est dérivable sur $\mathbb{R}$ et, pour tout x réel, on a $x \mapsto (\mathrm{e}^x)' = \mathrm{e}^x$.
- Pour tout x réel, $\mathrm{e}^x > 0$ et en particulier $\mathrm{e}^0 = 1$ et $\mathrm{e}^1 = \mathrm{e}$.
- La fonction $x \mapsto \mathrm{e}^x$ est **strictement croissante** sur $\mathbb{R}$.

B Propriétés algébriques

Pour tous réels x et y, on a :

- $e^x \times e^y = e^{x+y}$
- $e^{-x} = \dfrac{1}{e^x}$
- $\dfrac{e^x}{e^y} = e^{x-y}$
- $e^{\frac{x}{2}} = \sqrt{e^x}$

Pour tout réel x et pour tout entier naturel n, on a :

- $(e^x)^n = e^{xn}$

C Variations de fonctions

Soit k un réel strictement positif.

- La fonction $x \mapsto e^{kx}$ est **strictement croissante** sur $\mathbb{R}$.
- La fonction $x \mapsto e^{-kx}$ est **strictement décroissante** sur $\mathbb{R}$.

• Exemple

La **courbe bleue** représente la fonction $x \mapsto e^x$ qui est strictement croissante sur $\mathbb{R}$.
La **courbe rouge** représente la fonction $x \mapsto e^{0,25x}$ qui est strictement croissante sur $\mathbb{R}$.
La **courbe verte** représente la fonction $x \mapsto e^{-0,5x}$ qui est strictement décroissante sur $\mathbb{R}$.

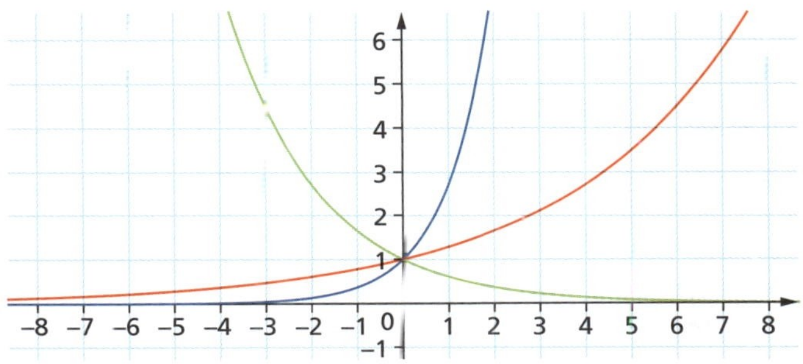

D Suite

Soit a un réel.
La suite de terme général e^{na} est une **suite géometrique** de raison e^a.

3 Équations - Inéquations

Soit a, b deux réels et c un réel **strictement positif**.

- $e^a = e^b$ équivaut à $a = b$.
- $e^a = c$ équivaut à $a = \ln(c)$.
- $e^a < e^b$ équivaut à $a < b$.
- $e^a < c$ équivaut à $a < \ln(c)$.
- $e^a > c$ équivaut à $a > \ln(c)$.

Attention
La fonction ln sera étudiée en Terminale. La touche ln de la calculatrice suffira en classe de Première.

Appliquer le cours

a. Résoudre l'équation $e^{-2x} = e^4$.
b. Résoudre l'inéquation $e^{-2x} > e^4$.
c. Dresser le tableau de signes de f définie par $f(x) = e^{-2x} - e^4$ selon les valeurs de x.

Solution

a. $e^{-2x} = e^4 \Leftrightarrow -2x = 4 \Leftrightarrow x = -2$.
La solution est –2.
b. $e^{-2x} > e^4 \Leftrightarrow -2x > 4 \Leftrightarrow x < -2$.
L'ensemble des solutions est $]-\infty\ ; -2[$.
c. $f(x) = 0 \Leftrightarrow e^{-2x} - e^4 = 0 \Leftrightarrow e^{-2x} = e^4$.
$f(x) > 0 \Leftrightarrow e^{-2x} - e^4 > 0 \Leftrightarrow e^{-2x} > e^4$.
D'après **a.** et **b.**, on a :

x	$-\infty$		-2		$+\infty$
$f(x)$		$+$	0	$-$	

Exercices d'entraînement

Exercice 1 ★ 10 min

Corrigé p. 79

Écrire plus simplement chacun des nombres suivants :

$a = (e^2)^4$ $b = e^3 \times e^{-2}$ $c = e^{6,5} \div e^{4,5}$ $d = \sqrt{e^6}$ $f = e^x \times e^{2x}$ $g = \dfrac{e^{3x+2}}{e^{2x+1}}$

Exercice 2 ★ 5 min

Corrigé p. 79

Résoudre les équations suivantes :

a. $e^{2x} = e^6$ **b.** $e^{2x+3} = e^x$ **c.** $e^{x(x-2)} = 1$ **d.** $e^x = 3$

Exercice 3 ★ 5 min

Corrigé p. 79

Résoudre les équations suivantes :

a. $e^x = \sqrt{e}$ **b.** $e^{x^2-1} = e^{15}$ **c.** $e^{x+1} + e^x = 1 + e$

Conseil : factoriser $e^{x+1} + e^x$ par e^x.

Exercice 4 ★★ 10 min

Corrigé p. 79

1. Résoudre l'équation $x^2 + x - 6 = 0$.

2. En déduire les solutions de $e^{2x} + e^x - 6 = 0$.

Exercice 5 ★★ 10 min

Corrigé p. 80

Résoudre les inéquations suivantes :

a. $e^x > e^{-2}$ **b.** $e^x < -2$ **c.** $e^{-x} \geqslant e^x$ **d.** $e^{2x-4} \leqslant e^x$

Exercice 6 ★★ 10 min

Corrigé p. 80

Résoudre les inéquations suivantes :

a. $e^x > 3$ **b.** $e^x < -1$ **c.** $e^{x+3} \geqslant -2$ **d.** $e^{3x-4} > e^x$

Exercice 7 ★★ 12 min

Corrigé p. 80

Dans chaque cas, discuter le signe de $f(x)$ suivant les valeurs de x :

a. $f(x) = e - e^x$ **b.** $f(x) = 1 - e^x$ **c.** $f(x) = -2x(e^x - 1)$ **d.** $f(x) = (e^x + 2)(e^x - e)$

Exercice 8 ★★ 10 min

Corrigé p. 80

Déterminer les dérivées des fonctions f sur $\mathbb{R}$:

a. $f(x) = e^{-3x}$ **b.** $f(x) = (x + 2)\, e^x$ **c.** $f(x) = 4\, e^{5x}$ **d.** $f(x) = x^2 - 2x + 3 + e^{-x}$

Exercice 9 ★★ 20 min

Corrigé p. 80

Déterminer les dérivées des fonctions f et étudier leurs variations sur $\mathbb{R}$:

a. $f(x) = e^{-x}$ **b.** $f(x) = (x - 2)e^x$ **c.** $f(x) = (2x^2 + 3x)\, e^x$ **d.** $f(x) = -x + e^{2x}$

Exercice 10 ★★ 30 min

Corrigé p. 80

Les êtres vivants contiennent du carbone 14 radioactif (constamment renouvelé) qui se maintient à la valeur de 15,3 unités. À leur mort, ce carbone 14 n'est plus renouvelé ; il est désintégré à une vitesse proportionnelle, à tout instant, au carbone 14 encore présent dans l'organisme.

La radioactivité du carbone 14 dans un organisme après sa mort, en fonction de t (en millier d'années) est $f(t)$ où f est la fonction définie sur $[0\,;+\infty[$ par $f(t) = 15{,}3e^{-0{,}123t}$.

1. a. Pour tout nombre t positif, calculer $f'(t)$, où f' désigne la dérivée de f.
b. Étudier le signe de $f'(t)$ et en déduire les variations de f sur $[0\,;+\infty[$.

2. Déterminer une équation de la tangente T à $\mathscr{C}$ la courbe représentative de f en $A(0\,;15{,}3)$.

3. Construire T et $\mathscr{C}$ en prenant 2 cm pour 1 millier d'années en abscisses, et 0,5 cm pour 1 unité en ordonnées.

4. On trouve dans une grotte des débris d'os présentant une radioactivité égale à 10,2 unités. Estimer l'âge de ces débris à l'aide d'une lecture graphique.

5. Lorsque la radioactivité devient inférieure à 1 % de sa valeur initiale, le calcul de $f(t)$ est entaché de trop d'incertitude pour permettre de dater raisonnablement à l'aide du carbone 14. Trouver à partir de combien d'années après sa mort un organisme ne peut plus être daté au carbone 14.

Exercice 11 ★★ 15 min

Corrigé p. 81

Soit a, b et c des nombres réels.
On définit une fonction g sur $\mathbb{R}$ par :
$$g(x) = (ax + b)e^{-x} + c.$$
On note g' la fonction dérivée de g.

1. Calculer, pour tout x réel, $g'(x)$.
2. Le tableau des variations de g est donné ci-contre.

x	$-\infty$		0		1		2		$+\infty$
$g'(x)$				+			0	−	
$g(x)$	$-\infty$	↗	1	↗	2	↗	$e^{-2}+2$	↘	2

En utilisant les données numériques de ce tableau, établir que $a = 1$, $b = -1$ et $c = 2$.

Exercice 12 ★★ 30 min

Corrigé p. 81

On considère la fonction f définie par : $f(x) = 1 - e^{-3x}$ pour tout x réel.
Dans le plan rapporté à un repère orthogonal avec 5 cm comme unité en abscisses et 2 cm comme unité en ordonnées, on note $(\mathscr{C})$ la courbe représentative de la fonction f.

1. Montrer que la fonction f est strictement croissante sur $\mathbb{R}$.

2. On note g la fonction définie par : $g(x) = f(x) - x$ pour tout x réel.
a. Calculer $g'(x)$ (g' désigne la fonction dérivée de la fonction g).
Montrer que $g'(x) < 0$ équivaut à $x > \dfrac{\ln(3)}{3}$.
b. En déduire les variations de la fonction g.
c. On note a l'unique nombre réel non nul solution de l'équation $g(x) = 0$.
À l'aide de la calculatrice, expliquer pourquoi a appartient à l'intervalle $]0{,}94\,;0{,}95[$.
d. Sans fournir de justifications, donner le signe de $g(x)$ suivant les valeurs du nombre réel x.
En déduire la position de la courbe $(\mathscr{C})$ par rapport à la droite $(\mathscr{D})$ d'équation $y = x$.

3. a. Donner une équation de la droite $(\mathscr{T})$ tangente à la courbe $(\mathscr{C})$ au point O.
b. Recopier et compléter le tableau ci-dessous (arrondir les résultats à 10^{-2} près).

x	−0,5	−0,3	0,3	0,5	0,75	1	1,5
$f(x)$							

c. Tracer les droites $(\mathscr{T})$ et $(\mathscr{D})$, puis la courbe $(\mathscr{C})$.
On admettra que la courbe $(\mathscr{C})$ est toujours au-dessous de la droite $(\mathscr{T})$.

Exercice 13 ★★ 30 min

Corrigé p. 82

Soit la fonction numérique f définie sur l'intervalle $I = [0\,;+\infty[$ par $f(x) = 0{,}4x + e^{-0{,}4x+1}$.
On note $(\mathscr{C})$ sa courbe représentative dans le plan muni d'un repère orthogonal (unités graphiques : 2 cm en abscisses, 4 cm en ordonnées).

1. a. Résoudre sur l'intervalle I l'inéquation suivante : $1 - e^{-0{,}4x+1} \geqslant 0$.
b. À l'aide de la question précédente, étudier les variations de la fonction f sur I.
c. Dresser le tableau de variations de f.

2. a. Montrer que la tangente $(\mathscr{T})$ à $(\mathscr{C})$ au point d'abscisse 0 passe par le point $B(2{,}5\,;1)$.
b. Construire $(\mathscr{C})$ et $(\mathscr{T})$.

3. x étant le nombre d'objets, exprimé en centaine, fabriqués par une usine, $f(x)$ est leur coût total exprimé en millier d'euros. On suppose que x appartient à l'intervalle $J = [2{,}5\,;+\infty[$.
Chaque objet est vendu 5 euros pièce.
On suppose que la fabrication est vendue dans sa totalité.
a. Exprimer la recette $R(x)$, en millier d'euros, en fonction du nombre x de centaines d'objets fabriqués et représenter graphiquement R par une courbe (Δ).
b. Vérifier graphiquement que (Δ) et $(\mathscr{C})$ se coupent en un seul point.
On désigne par a l'abscisse de ce point ; en donner une valeur approchée à 10^{-1} près.
c. Par lecture graphique, déterminer le nombre entier minimum d'objets à produire pour réaliser un bénéfice.

Exercice d'approfondissement

Exercice 14 ★★★ 30 min

Corrigé p. 82

Soit f une fonction définie sur $\mathbb{R}$ et vérifiant, pour tous réels x et y, $f(x+y) = f(x)\,f(y)$.

1. Montrer que pour tout réel x, $f(x) \geqslant 0$. (Astuce : $x = 0{,}5x \times 2$)

2. a. On pose $f(1) = a$. Que peut-on affirmer sur a ?
b. Montrer que si $a = 0$, alors pour tout réel x, $f(x) = 0$. (Astuce : $x = 1 + (x-1)$)

Dans les questions suivantes, on a $f(1) = a$ avec $a > 0$.

3. a. Montrer que $f(0) = 1$.
b. Montrer par l'absurde que la fonction f ne s'annule pas sur $\mathbb{R}$.
c. Pour tout réel x, exprimer $f(-x)$ en fonction de $f(x)$.

4. Soit k un entier naturel non nul. On pose, pour tout entier naturel n, $u_n = f\left(\dfrac{n}{k}\right)$.
a. Montrer que la suite (u_n) est une suite géométrique.
b. Exprimer u_n en fonction de n. En déduire $f\left(\dfrac{1}{k}\right)$.
c. Soit q un nombre rationnel. Prouver que $f(q) = a^q$.

6

1 Cercle trigonométrique

A Définitions

- Soit (O, I, J) un repère orthonormé.
On appelle **cercle trigonométrique** le cercle de centre O et de rayon 1 orienté dans le sens direct.

> **À retenir**
> Le sens direct est le sens contraire de celui des aiguilles d'une montre.

- Soit (d) la tangente au cercle trigonométrique au point I.
À tout point $P(1 ; x)$, on associe par enroulement un unique point M du cercle trigonométrique.
x s'appelle **mesure en radian de l'angle orienté** $\widehat{IOM}$.

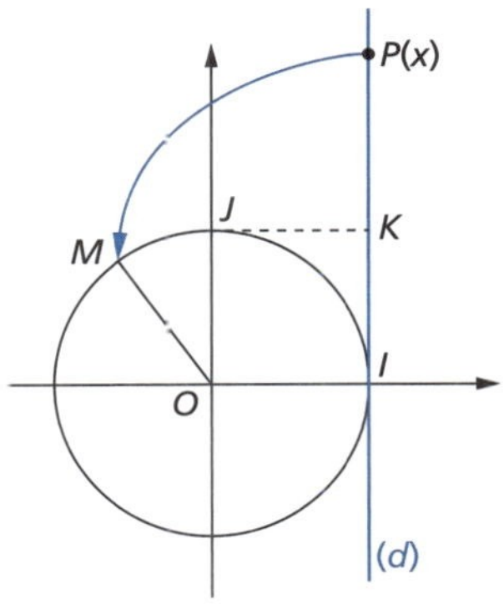

- Soit x un réel. L'unique point M du cercle trigonométrique tel que x soit une mesure en radian de l'angle orienté $\widehat{IOM}$ est appelé **point associé à x sur le cercle trigonométrique**.

B Propriétés

Soit M un point du cercle trigonométrique et x une mesure en radian de l'angle orienté $\widehat{IOM}$.

- Pour tout entier relatif k, $x + 2k\pi$ est aussi une mesure de l'angle orienté $\widehat{IOM}$.
Un angle orienté possède donc une infinité de mesures
- Si x appartient à $[0 ; 2\pi[$, alors x est aussi **la longueur de l'arc** de cercle partant de I et arrivant à M dans le sens direct.
- Les mesures en radian et celles en degré sont proportionnelles avec $2\pi \text{ rad} = 360°$.

Appliquer le cours

Pour chacun des réels suivants, placer à la règle et au compas sur le cercle trigonométrique le point associé.

- π
- $\frac{\pi}{2}$
- $\frac{\pi}{4}$
- $\frac{\pi}{3}$
- $\frac{-\pi}{3}$

Solution

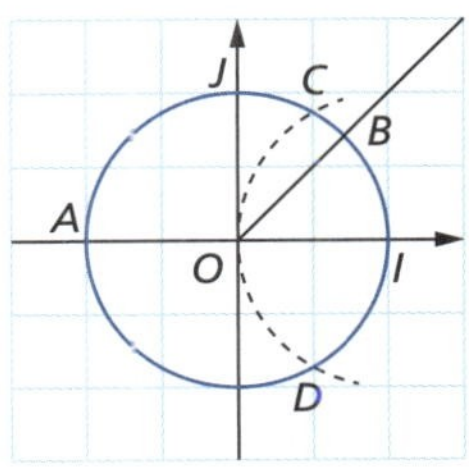

- π est associé à A le symétrique de I par rapport à O.
- $\frac{\pi}{2}$ est la moitié de π donc $\frac{\pi}{2}$ est associé à J.
- $\frac{\pi}{4}$, moitié de $\frac{\pi}{2}$, est associé au milieu de l'arc $\widehat{IJ}$. Le point associé est le point B.
- $\frac{\pi}{3}$ représente un sixième de 2π. Le point associé est le point C, intersection du cercle et d'un arc de cercle de centre I et de rayon 1.
- $\frac{-\pi}{3}$ est l'opposé de $\frac{\pi}{3}$, donc le point associé est D, le symétrique de C par rapport à (OI).

2 Cosinus et sinus d'un réel

A Cosinus et sinus d'un réel

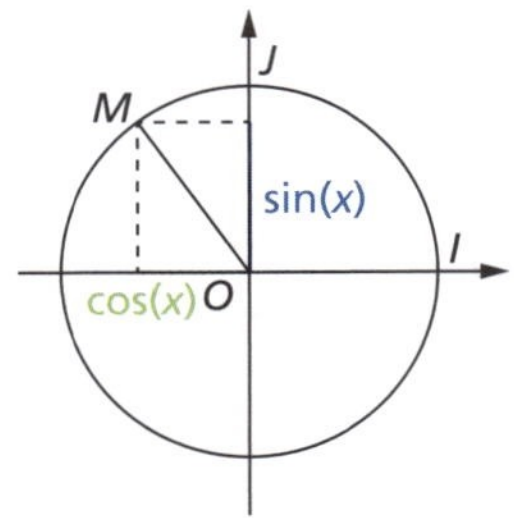

Soit x un réel et M le point associé du cercle trigonométrique.

- On appelle cosinus du réel x, l'abscisse du point M.
- On appelle sinus du réel x, l'ordonnée du point M.
- On a donc $M(\cos(x)\ ;\ \sin(x))$.

B Valeurs remarquables de trigonométrie

Mesure x en radian	0	$\frac{\pi}{6}$	$\frac{\pi}{4}$	$\frac{\pi}{3}$	$\frac{\pi}{2}$
$\sin(x)$	0	$\frac{1}{2}$	$\frac{\sqrt{2}}{2}$	$\frac{\sqrt{3}}{2}$	1
$\cos(x)$	1	$\frac{\sqrt{3}}{2}$	$\frac{\sqrt{2}}{2}$	$\frac{1}{2}$	0

C Propriétés

Pour tout réel x, on a :

- $\cos^2(x) + \sin^2(x) = 1$ (relation fondamentale) ;
- $-1 \leqslant \cos(x) \leqslant 1$;
- $-1 \leqslant \sin(x) \leqslant 1$

Appliquer le cours

À l'aide du cercle trigonométrique, déterminer le signe de $\sin\left(\frac{2\pi}{3}\right)$ et celui de $\cos\left(\frac{2\pi}{3}\right)$.

Solution

On a $\frac{\pi}{2} < \frac{2\pi}{3} < \pi$, donc le point M du cercle trigonométrique associé au réel $\frac{2\pi}{3}$ est sur le quart de cercle joignant le point J associé au réel $\frac{\pi}{2}$ et le point A associée au réel π.

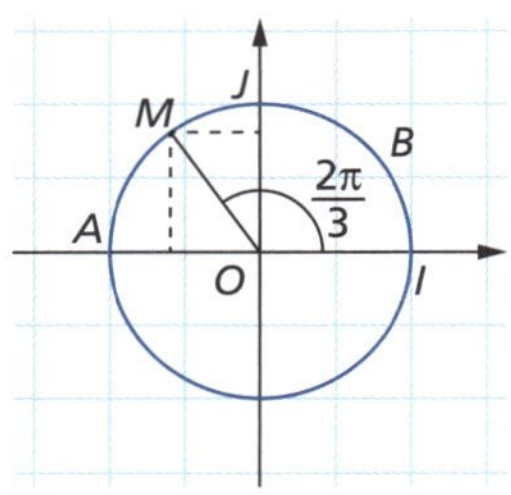

L'ordonnée du point M est positive, donc **le sinus de $\frac{2\pi}{3}$ est positif.**

L'abscisse du point M est négative, donc **le cosinus de $\frac{2\pi}{3}$ est négatif.**

D Lien avec la trigonométrie dans le triangle rectangle

Soit x un réel compris dans $[0\ ;\ \frac{\pi}{2}]$ et M le point associé à x sur le cercle trigonométrique.

Soit N le point de (OI) de même abscisse que M.
Le triangle OMN est rectangle en N avec $OM = 1$.

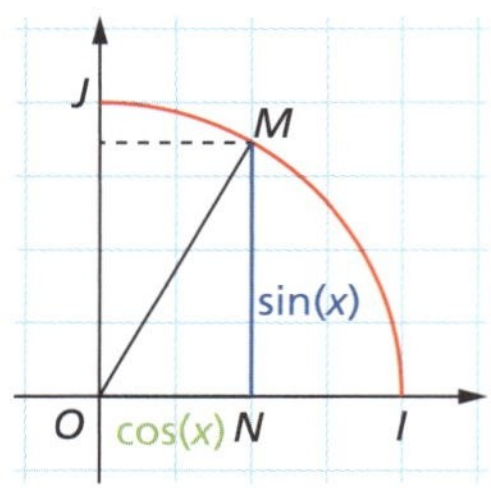

- $\cos(\widehat{NOM}) = \dfrac{\text{côté adjacent à } O}{\text{hypoténuse}} = \dfrac{ON}{OM} = \cos(x)$;
- $\sin(\widehat{NOM}) = \dfrac{\text{côté opposé à } O}{\text{hypoténuse}} = \dfrac{MN}{OM} = \sin(x)$.

E Angles associés

Pour tout réel α, on a

$\cos(-\alpha) = \cos(\alpha)$ $\sin(-\alpha) = -\sin(\alpha)$

$\cos(\pi - \alpha) = -\cos(\alpha)$ $\sin(\pi - \alpha) = \sin(\alpha)$

$\cos(\pi + \alpha) = -\cos(\alpha)$ $\sin(\pi + \alpha) = -\sin(\alpha)$

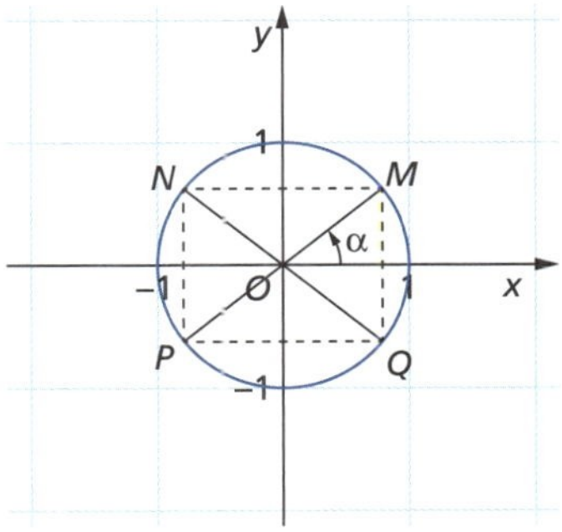

• **Exemples :**

$$\sin\left(\frac{-\pi}{3}\right) = -\sin\left(\frac{\pi}{3}\right) = \frac{-\sqrt{3}}{2}$$

$$\sin\left(\frac{3\pi}{4}\right) = \sin\left(\pi - \frac{\pi}{4}\right) = \sin\left(\frac{\pi}{4}\right) = \frac{\sqrt{2}}{2}$$

3 Fonctions cosinus et sinus

A Définitions

• Une fonction f telle que, pour tout x de D_f, $-x \in D_f$ et $f(-x) = f(x)$ est dite **paire**.
Sa représentation graphique est **symétrique par rapport à l'axe des ordonnées.**

• Une fonction f telle que, pour tout x de D_f, $-x \in D_f$ et $f(-x) = -f(x)$ est dite **impaire**.
Sa représentation graphique est **symétrique par rapport à l'origine du repère.**

• Une fonction f telle qu'il existe un réel k avec,
pour tout x de D_f, $x + k \in D_f$ et $f(x + k) = f(x)$ est dite **k-périodique**.
Sa représentation graphique est **invariante par translation** de vecteur $k\vec{i}$.

B Fonction cosinus

• La fonction cosinus est **paire**.
Sa courbe représentative est symétrique par rapport à l'axe des ordonnées.

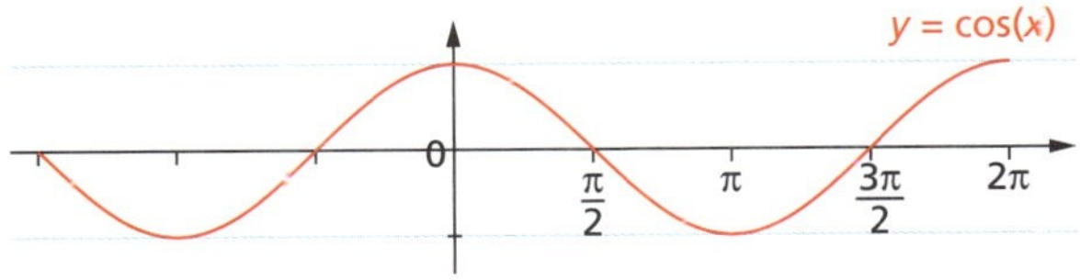

• La fonction cosinus est **2π-périodique**.

$\forall x \in \mathbb{R}, \cos(x + 2\pi) = \cos(x)$.

• Elle est **dérivable** sur $\mathbb{R}$ avec $\forall x \in \mathbb{R}, (\cos(x))' = -\sin(x)$.

C Fonction sinus

• La fonction sinus est **impaire**.
Sa courbe représentative est symétrique par rapport à l'origine du repère.

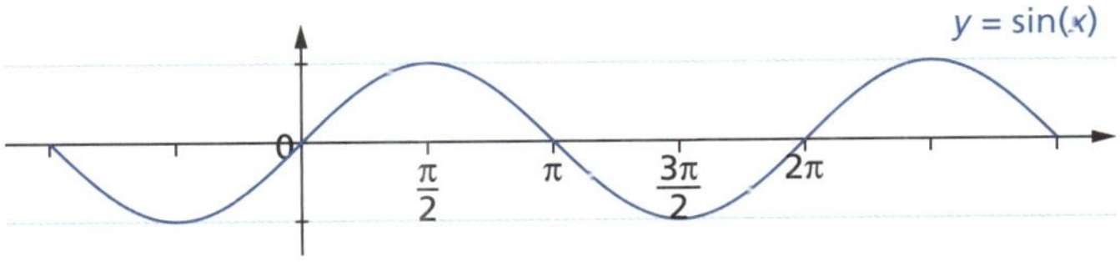

• La fonction sinus est **2π-périodique**.

$\forall x \in \mathbb{R}, \sin(x + 2\pi) = \sin(x)$.

• Elle est dérivable sur $\mathbb{R}$ avec $\forall x \in \mathbb{R}, (\sin(x))' = \cos(x)$.

Exercices d'entraînement

Exercice 1 ★ 6 min

Corrigé p. 82

Placer sur un cercle trigonométrique les points M, N et P associés respectivement aux réels $\frac{\pi}{3}$, $\frac{-\pi}{2}$ et $\frac{2\pi}{3}$.

Exercice 2 ★ 6 min

Corrigé p. 83

a. Montrer que $\frac{\pi}{4}$ et $\frac{9\pi}{4}$ sont associés au même point du cercle trigonométrique.

b. Faire de même avec $\frac{\pi}{3}$ et $\frac{-11\pi}{3}$.

Exercice 3 ★ 6 min

Corrigé p. 83

On considère les quatre points « cardinaux » N, E, S et W du cercle trigonométrique. Donner 2 réels associés à chacun de ces points, un négatif et un positif.

Exercice 4 ★★ 8 min

Corrigé p. 83

1. Calculer $a = \frac{\pi}{3}+\frac{\pi}{2}$ et $b = \frac{\pi}{3}+\frac{\pi}{4}$.
2. Construire les points A et B sur le cercle trigonométrique associés aux réels $\frac{5\pi}{6}$ et $\frac{7\pi}{12}$.

Exercice 5 ★★ 12 min

Corrigé p. 83

IBJCDEFG est un octogone régulier inscrit dans le cercle trigonométrique.

1. À quels réels de l'intervalle $]-\pi ; \pi]$ sont associés les points I, B, J, C, D, E, F et G ?
2. Pour chacun de ces huit points, préciser les signes du sinus et du cosinus du réel associé à ce point.

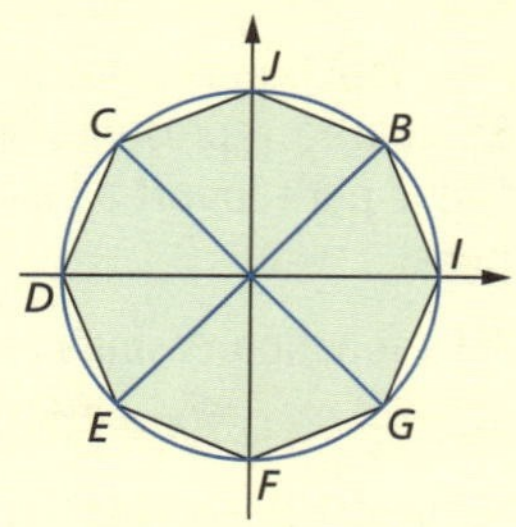

Exercice 6 ★★ 5 min

Corrigé p. 83

Déterminer la valeur exacte de $\cos(x)$ sachant que $\sin(x) = \frac{2}{3}$ et x appartient à $\left[\frac{\pi}{2};\pi\right]$.

Exercice 7 ★★ 5 min

Corrigé p. 84

Déterminer la valeur exacte de $\sin(x)$, sachant que $\cos(x) = -0{,}5$ et x appartient à $\left[\pi ; \frac{3\pi}{2}\right]$.

Exercice 8 ★★ 5 min

Corrigé p. 84

Démontrer que, pour tout réel x, on a : $[\sin(x) + \cos(x)]^2 + [\sin(x) - \cos(x)]^2 = 2$.

Exercice 9 ★★ 5 min

Corrigé p. 84

Existe-t-il un réel x vérifiant $\sin(x) = 0{,}4$ et $\cos(x) = 0{,}6$? Justifier la réponse.

Exercice 10 ★★ 10 min

Corrigé p. 84

Soit x un réel et M le point du cercle trigonométrique associé à x.

1. Que peut-on dire du point associé au réel $x + 2\pi$?
2. Que peut-on en déduire pour $\sin(x + 2\pi)$ et $\cos(x + 2\pi)$?
3. Déterminer les valeurs exactes de : • $\cos\left(\frac{9\pi}{4}\right)$ • $\sin\left(\frac{9\pi}{4}\right)$ • $\sin\left(\frac{7\pi}{3}\right)$ • $\cos\left(\frac{13\pi}{6}\right)$

Exercice 11 ★★ 10 min

Corrigé p. 84

1. Déterminer les valeurs exactes des nombres suivants :

• $\cos\left(\frac{-\pi}{4}\right)$ • $\sin\left(\frac{-\pi}{2}\right)$ • $\sin\left(\frac{-\pi}{3}\right)$ • $\cos\left(\frac{-\pi}{6}\right)$

2. Calculer sans calculatrice les expressions suivantes :

$A = \sin\left(\frac{-\pi}{6}\right) + \cos\left(\frac{-\pi}{6}\right) + \sin\left(\frac{\pi}{6}\right) + \cos\left(\frac{\pi}{6}\right)$; $B = \sin\left(\frac{-\pi}{4}\right) - \cos\left(\frac{-\pi}{4}\right) + \sin\left(\frac{\pi}{4}\right) + \cos\left(\frac{\pi}{4}\right)$.

Exercice 12 ★★ 10 min

Corrigé p. 84

Soit f la fonction définie sur $\mathbb{R}$ par $f(x) = \sin(x)\cos(x)$.
Montrer que f est impaire et π-périodique.

Exercice 13 ★★ 15 min

Corrigé p. 85

Soit les fonctions f et g définies sur $\mathbb{R}$ par $f(x) = \frac{e^x + e^{-x}}{2}$ et $g(x) = \frac{e^x - e^{-x}}{2}$.

1. Montrer que f est paire et que g est impaire.
2. Pour tout réel x, calculer $f^2(x) - g^2(x)$.
3. Vérifier que $f' = g$ et que $g' = f$.

Exercice 14 ★★ 10 min

Corrigé p. 85

MNO est un triangle rectangle en N avec $ON = 5$ cm et $\widehat{NOM} = \frac{\pi}{6}$.

1. Faire une figure.
2. Calculer la longueur OM en valeur exacte, puis donner la valeur approchée à 0,01 près. Vérifier le résultat à l'aide de la figure.

Exercice 15 ★★★ 15 min

Corrigé p. 85

Soit ABC un triangle possédant trois angles aigus et soit H le pied de la hauteur issue de A.

1. Exprimer $\sin(\widehat{ABC})$ et $\sin(\widehat{ACB})$ à l'aide des longueurs marquées sur la figure ci-contre.
2. Exprimer l'aire de ABC à l'aide de $\sin(\widehat{ABC})$ une première fois et de $\sin(\widehat{ACB})$ une seconde fois.
3. Démontrer que $\frac{b}{\sin(\hat{B})} = \frac{c}{\sin(\hat{C})}$.

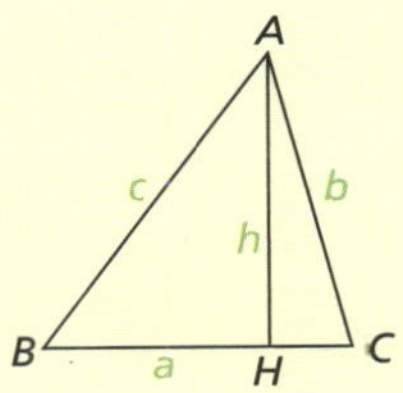

7

1 Généralités

A Définitions

- Soit A, B et C trois points.

On appelle **produit scalaire** de $\overrightarrow{AB}$ par $\overrightarrow{AC}$ le nombre noté $\overrightarrow{AB}.\overrightarrow{AC}$ et défini par $\overrightarrow{AB}.\overrightarrow{AC} = AB \times AC \times \cos(\widehat{BAC})$.

- Soit $\vec{u}$ et $\vec{v}$ deux vecteurs tels que $\vec{u} = \overrightarrow{AB}$ et $\vec{v} = \overrightarrow{AC}$.

Le **produit scalaire** de $\vec{u}$ par $\vec{v}$ est $\vec{u}.\vec{v} = \overrightarrow{AB}.\overrightarrow{AC}$.

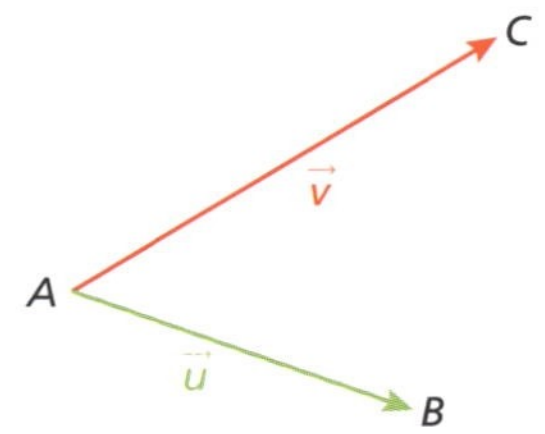

B Projeté orthogonal

Soit A, B et C trois points et H le projeté orthogonal de C sur la droite (AB).

- $\overrightarrow{AB}.\overrightarrow{AC} = \overrightarrow{AB}.\overrightarrow{AH}$
- Si H est sur $[AB]$, $\overrightarrow{AB}.\overrightarrow{AC} = AB \times AH$.
- Si H n'est pas sur $[AB]$, $\overrightarrow{AB}.\overrightarrow{AC} = -AB \times AH$.

Définition

Le **projeté orthogonal** d'un point C sur une droite (AB) est le point H intersection de la droite perpendiculaire à (AB) passant par C avec (AB).

C Orthogonalité

Deux vecteurs $\vec{u}$ et $\vec{v}$ sont **orthogonaux** équivaut à $\vec{u}.\vec{v} = 0$.

Appliquer le cours

On donne la figure ci-contre avec $AB = 2$.
Calculer le produit scalaire $\overrightarrow{AB}.\overrightarrow{AC}$.
En déduire la longueur AC.

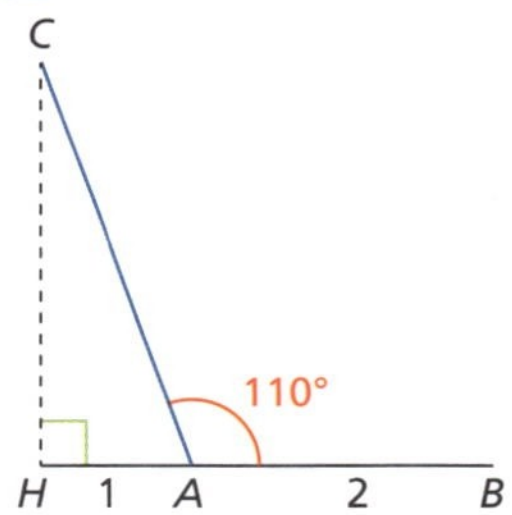

Solution

H est le projeté orthogonal de C sur (AB).
$\overrightarrow{AB}.\overrightarrow{AC} = \overrightarrow{AB}.\overrightarrow{AH}$
$= -AB \times AH$ car H n'est pas sur $[AB]$
$= -2 \times 1$
$\mathbf{\overrightarrow{AB}.\overrightarrow{AC} = -2}$.
On a aussi $\overrightarrow{AB}.\overrightarrow{AC} = AB \times AC \times \cos(\widehat{BAC})$,
$\Leftrightarrow -2 = 2 \times AC \times \cos(110°)$
$\Leftrightarrow -2 \div (2\cos(110°)) = AC$
$\Leftrightarrow -1 \div \cos(110°) = AC$.
On a $AC \approx$ **2,92** à 0,01 près.

À retenir

Les différentes expressions du produit scalaire peuvent être combinées pour déterminer une grandeur inconnue.

D Propriétés

- Le produit scalaire est **symétrique** : pour tous vecteurs $\vec{u}$ et $\vec{v}$, $\vec{u}.\vec{v} = \vec{v}.\vec{u}$.
- Le produit scalaire est **bilinéaire** : pour tous vecteurs $\vec{u}$, $\vec{v}$ et $\vec{w}$, pour tout réel k,

$(k\vec{u}).\vec{v} = k \times \vec{u}.\vec{v} = \vec{u}.(k\vec{v})$ et $\vec{u}.(\vec{v}+\vec{w}) = \vec{u}.\vec{v} + \vec{u}.\vec{w}$.

2 Norme d'un vecteur

A Définition

- Soit $\vec{u}$ un vecteur. On appelle **norme** de $\vec{u}$ le nombre positif noté $\|\vec{u}\|$ avec $\|\vec{u}\|^2 = \vec{u}.\vec{u}$.
- Soit A et B deux points. On a $\|\overrightarrow{AB}\| = AB$.

B Propriété

Soit $\vec{u}$ et $\vec{v}$ deux vecteurs. On a $\|\vec{u}+\vec{v}\|^2 = \|\vec{u}\|^2 + \|\vec{v}\|^2 + 2\vec{u}.\vec{v}$.

C Expressions du produit scalaire avec des normes

Soit $\vec{u}$ et $\vec{v}$ deux vecteurs.

On a $\vec{u}.\vec{v} = \frac{1}{2}\left[\|\vec{u}+\vec{v}\|^2 - \|\vec{u}\|^2 - \|\vec{v}\|^2\right]$ et $\vec{u}.\vec{v} = \frac{1}{4}\left[\|\vec{u}+\vec{v}\|^2 - \|\vec{u}-\vec{v}\|^2\right]$

D Coordonnées

Dans le plan muni d'un repère orthonormé, soit $\vec{u}\begin{pmatrix} x \\ y \end{pmatrix}$ et $\vec{v}\begin{pmatrix} x' \\ y' \end{pmatrix}$.

On a $\vec{u}.\vec{v} = xx' + yy'$ et $\|\vec{u}\| = \sqrt{x^2 + y^2}$.

Appliquer le cours

Dans le plan muni d'un repère orthonormé, on a $A(2 ; 3)$, $B(6 ; 6)$ et $C(12 ; -2)$.
Calculer le produit scalaire $\overrightarrow{AB}.\overrightarrow{BC}$.
Démontrer que les droites (AB) et (BC) sont perpendiculaires.

Solution

On a $\overrightarrow{AB}\begin{pmatrix} x_B - x_A \\ y_B - y_A \end{pmatrix} = \overrightarrow{AB}\begin{pmatrix} 4 \\ 3 \end{pmatrix}$ et

$\overrightarrow{BC}\begin{pmatrix} x_C - x_B \\ y_C - y_B \end{pmatrix} = \overrightarrow{BC}\begin{pmatrix} 6 \\ -8 \end{pmatrix}$

Le repère étant orthonormé, on a :

$$\begin{aligned}\overrightarrow{AB}.\overrightarrow{BC} &= x_{\overrightarrow{AB}}x_{\overrightarrow{BC}} + y_{\overrightarrow{AB}}y_{\overrightarrow{BC}} \\ &= 4 \times 6 + 3 \times (-8) \\ &= 24 - 24.\end{aligned}$$

Le produit scalaire vaut 0.

Le produit scalaire étant nul, les vecteurs non nuls sont orthogonaux et les droites (AB) et (BC) sont **perpendiculaires**.

3 Applications à la géométrie

A Théorème de Pythagore généralisé – Formule d'Al-Kashi

Soit ABC un triangle et $a = BC$, $b = CA$ et $c = AB$.

On a $AB^2 = AC^2 + BC^2 - 2AC \times BC \times \cos(\hat{C})$

ou encore $c^2 = a^2 + b^2 - 2ab\cos(\hat{C})$
On a aussi $b^2 = a^2 + c^2 - 2ac\cos(\hat{B})$
et $a^2 = b^2 + c^2 - 2bc\cos(\hat{A})$.

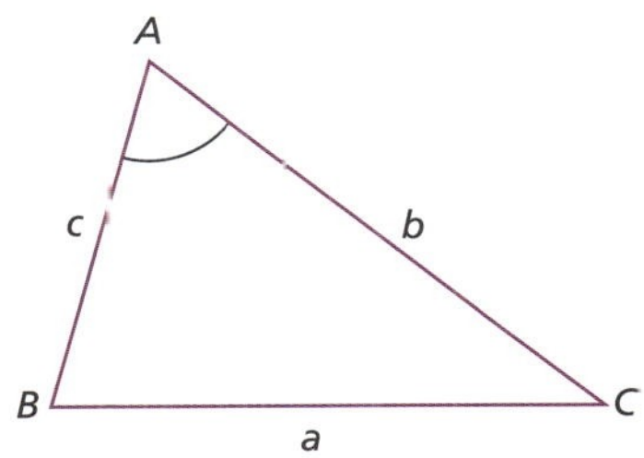

Appliquer le cours

Soit ABC un triangle avec $BC = 7$, $CA = 5$ et $AB = 8$.
Déterminer une mesure de $\widehat{B}$.
Arrondir à 0,1° près.

Solution

La formule d'Al-Kashi donne :
$AC^2 = AB^2 + BC^2 - 2AB \times BC \cos(\widehat{B})$
$\Leftrightarrow 25 = 64 + 49 - 112 \cos(\widehat{B})$
$\Leftrightarrow \dfrac{25-64-49}{-112} = \cos(\widehat{B})$
$\Leftrightarrow 0{,}786 \approx \cos(\widehat{B}) \Leftrightarrow \widehat{B} \approx \cos^{-1}(0786)$

Une mesure de $\widehat{B}$ est 38,2° à 0,1 ° près.

À retenir

La formule d'Al-Kashi lie les longueurs des trois côtés d'un triangle et la mesure d'un des angles. La connaissance de 3 des 4 valeurs permet de calculer la quatrième.

B Cercle

- Un **cercle de centre I et de rayon R** est l'ensemble des points M tels que $IM^2 = R^2$.
- Soit A et B deux points distincts et I le milieu de $[AB]$.

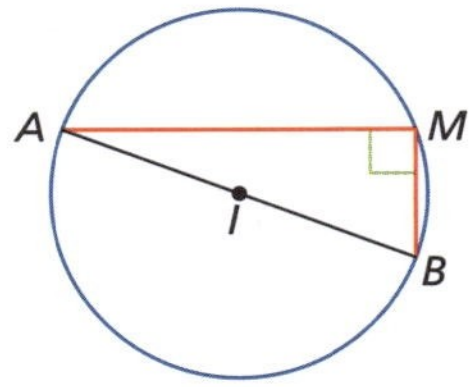

Pour tout point M, on a $\overrightarrow{MA}.\overrightarrow{MB} = MI^2 - \dfrac{1}{4}AB^2$.

L'ensemble des points M tels que $\overrightarrow{MA}.\overrightarrow{MB} = 0$ est le **cercle de diamètre $[AB]$.**

C Théorème de la médiane

Soit $[AB]$ un segment de milieu I.

Pour tout point M, on a $MA^2 + MB^2 = 2MI^2 + \dfrac{1}{2}AB^2$.

Si M n'est pas aligné avec A et B, alors (MI) est la **médiane du triangle** ABM issue de M.

D Centre de gravité d'un triangle

Les trois médianes d'un triangle sont concourantes en un point G appelé centre de gravité du triangle.
G est le centre de gravité de ABC si, et seulement si, $\overrightarrow{GA} + \overrightarrow{GB} + \overrightarrow{GC} = \vec{0}$.

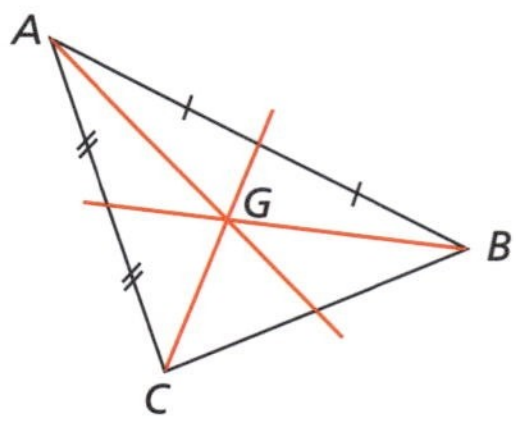

E Minimisation de $MA^2 + MB^2 + MC^2$

Soit ABC un triangle de centre de gravité G.
Pour tout point M, on a $MA^2 + MB^2 + MC^2 = 3MG^2 + GA^2 + GB^2 + GC^2$.
La somme $MA^2 + MB^2 + MC^2$ est minimale pour $M = G$.

Exercices d'entraînement

Exercice 1 ★ 8 min
Corrigé p. 85

1. On donne $AB = 5$, $AC = 3$ et $\widehat{BAC} = 15°$.
Calculer le produit scalaire $\overrightarrow{AB}.\overrightarrow{AC}$ à 0,1 près.
2. Calculer $\vec{u}.\vec{v}$ en valeur exacte avec $\|\vec{u}\| = \sqrt{3}$, $\|\vec{v}\| = 2$ et $(\vec{u}\,;\vec{v}) = \frac{\pi}{3}$.

Exercice 2 ★ 5 min
Corrigé p. 85

Soit ABC un triangle isocèle en C tel que $BA = 6$ et I le milieu de $[AB]$.
Calculer le produit scalaire $\overrightarrow{BA}.\overrightarrow{BC}$.

Exercice 3 ★ 8 min
Corrigé p. 85

Dans un repère orthonormé, on a les points $A(-5\,;1)$, $B(-1\,;4)$ et $C(3\,;2)$.
Calculer le produit scalaire $\overrightarrow{AB}.\overrightarrow{AC}$.

Exercice 4 ★★ 10 min
Corrigé p. 86

On considère un rectangle $ABCD$ tel que $AB = 2{,}5$ cm et $AD = 6$ cm.
1. Calculer $\overrightarrow{AC}.\overrightarrow{AD}$ et AC.
2. En déduire $\cos(\widehat{DAC})$ et une valeur approchée de $\widehat{DAC}$ à un degré près.

Exercice 5 ★★ 10 min
Corrigé p. 86

Dans un repère orthonormé, on considère les points :
$A(4\,;-1)$, $B(-1\,;-3)$ et $C(0\,;2)$.
1. Calculer le produit scalaire $\overrightarrow{AB}.\overrightarrow{AC}$.
2. Déterminer une valeur approchée à 0,01° près de l'angle $\widehat{BAC}$.

Exercice 6 ★★ 15 min
Corrigé p. 86

Dans un triangle ABC, on considère le point H, le projeté orthogonal de B sur la droite (AC), et K, le projeté orthogonal de C sur la droite (AB), tels que $AB = 5$ cm, $AC = 6$ cm et $AH = 2$ cm.
1. Faire une figure et calculer le produit scalaire $\overrightarrow{AB}.\overrightarrow{AC}$.
2. Exprime le produit scalaire $\overrightarrow{AB}.\overrightarrow{AC}$ en fonction de AK.
3. En déduire la longueur AK.

Exercice 7 ★★ 15 min
Corrigé p. 86

Pour quelles valeurs de m, les vecteurs $\vec{u}\begin{pmatrix} m-2 \\ -4 \end{pmatrix}$ et $\vec{v}\begin{pmatrix} m+2 \\ 24 \end{pmatrix}$ sont-ils orthogonaux ?

Exercice 8 ★★ 10 min
Corrigé p. 86

Soit EFG un triangle et soit W le milieu de $[FG]$ tels que $EF = 6$, $EW = 4$ et $EG = 3$.
Calculer la valeur exacte de FG.

Exercice 9 ★★ 10 min *Corrigé p. 86*

Dans le plan muni d'un repère orthonormé, on a $A(3\,;3)$, $B(-2\,;0)$ et $C(-1\,;6)$.
Soit $M(x\,;y)$ un point du plan. On pose $S = MA^2 + MB^2 + MC^2$.
Quelles sont les coordonnées de M tel que S soit minimale. Que vaut alors S ?

Exercice 10 ★★ 8 min *Corrigé p. 87*

1. $ABCD$ étant un quadrilatère, montrer que $AB^2 - BC^2 + CD^2 - DA^2 = 2\ \overrightarrow{AC}.\overrightarrow{DB}$.

2. On donne $AB = 3$, $BC = 9$, $CD = 11$ et $DA = 7$.
Que peut-on dire des diagonales de $ABCD$?

Exercice 11 ★★ 5 min *Corrigé p. 87*

Dans le plan muni d'un repère orthonormé, on a $A(-4\,;2)$, $B(8\,;-3)$.
Déterminer une équation du cercle Γ de diamètre $[AB]$.

Exercice d'approfondissement

Exercice 12 ★★★ 20 min *Corrigé p. 87*

Rappels
– **Orthocentre :** point de concours des hauteurs.
– **Centre de gravité :** point de concours des médianes.
– **Centre du cercle circonscrit :** point de concours des médiatrices.

1. Tracer un triangle ABC, puis son orthocentre H, son centre de gravité G et le centre de son cercle circonscrit O.
Que remarque-t-on ?

2. On considère un triangle ABC non rectangle.
On désigne par A', B' et C' les milieux respectifs des côtés $[BC]$, $[CA]$ et $[AB]$ et par O le centre du cercle circonscrit à ABC.
a. On désigne par G le centre de gravité du triangle ABC.
Quelle égalité vectorielle peut-on écrire avec G ?
b. Soit K le point défini par la relation $\overrightarrow{OK} = \overrightarrow{OA} + \overrightarrow{OB} + \overrightarrow{OC}$.
Démontrer que $\overrightarrow{OK} = 3\overrightarrow{OG}$.
Que peut-on en déduire pour les points O, G et K ?
c. Démontrer que $\overrightarrow{AK} = \overrightarrow{OB} + \overrightarrow{OC} = 2\overrightarrow{OA'}$.
En déduire que les droite (KA) et (BC) sont perpendiculaires.
d. Démontrer que K est l'orthocentre de ABC.
e. Conclure.

8

1 Équations de droites

A Propriété – Définition

Soit d une droite du plan muni d'un repère.
Il existe trois réels a, b et c tels que $M(x\,;y) \in d \Leftrightarrow ax + by + c = 0$.
$ax + by + c = 0$ s'appelle **équation cartésienne de la droite d**.

B Propriété réciproque

Soit a, b et c trois réels avec a ou b non nul.
$ax + by + c = 0$ est l'équation d'une droite dans le plan muni d'un repère.

C Vecteurs et droites

Soit d une droite d'équation cartésienne $ax + by + c = 0$ (a ou b non nul).

- Un **vecteur directeur** de d est $\vec{u}\begin{pmatrix}-b\\a\end{pmatrix}$.
- On appelle **vecteur normal** à d, tout vecteur $\vec{n}$ non nul orthogonal à $\vec{u}$.
- Dans un repère orthonormé, un vecteur normal à d est $\vec{n}\begin{pmatrix}a\\b\end{pmatrix}$.

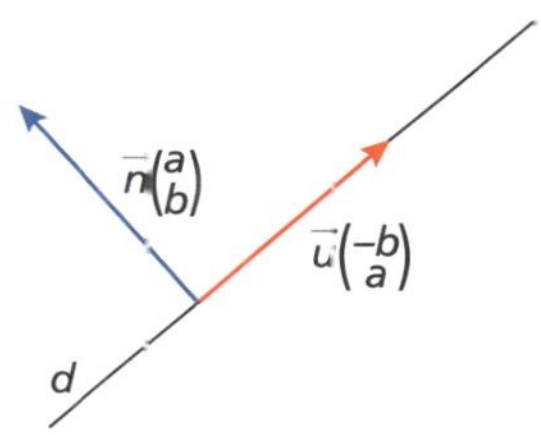

Appliquer le cours

Dans le plan muni d'un repère, on considère la droite d passant par $A(5\,;6)$ et de vecteur normal $\vec{n}\begin{pmatrix}-2\\3\end{pmatrix}$.

a. Donner un vecteur directeur de d.
b. Déterminer une équation cartésienne de la droite d.

Solution

a. Pour un vecteur normal $\vec{n}\begin{pmatrix}a\\b\end{pmatrix}$ d'une droite, un vecteur directeur est $\vec{u}\begin{pmatrix}-b\\a\end{pmatrix}$. On a $\vec{n}\begin{pmatrix}-2\\3\end{pmatrix}$, donc un **vecteur directeur de d est $\vec{u}\begin{pmatrix}3\\2\end{pmatrix}$**.

b. Un vecteur normal $\vec{n}\begin{pmatrix}a\\b\end{pmatrix}$ est associé à une droite d'équation $ax + by + c = 0$.
Comme on a $\vec{n}\begin{pmatrix}-2\\3\end{pmatrix}$ vecteur normal à d, une équation cartésienne de d est :
$-2x + 3y + c = 0$.
Or, $A(5\,;6)$ appartient à d. On a :
$-2x_A + 3y_A + c = 0$
$\Rightarrow -2 \times 5 + 3 \times 6 + c = 0$
$\Rightarrow 8 + c = 0$
$\Rightarrow c = -8$
Une équation cartésienne de d est :
$\mathbf{-2x + 3y - 8 = 0}$.

D Propriétés

- Deux droites d et d' sont **parallèles**
$\Leftrightarrow$ elles ont des vecteurs directeurs colinéaires,
$\Leftrightarrow$ elles ont des vecteurs normaux colinéaires.

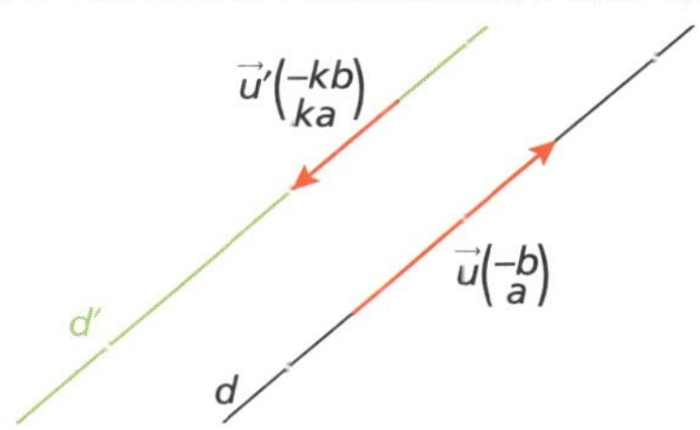

- Deux droites d et d' sont **perpendiculaires**
$\Leftrightarrow$ elles ont des vecteurs directeurs orthogonaux
$\Leftrightarrow$ elles ont des vecteurs normaux orthogonaux
$\Leftrightarrow$ un vecteur directeur de l'une est un vecteur normal à l'autre.

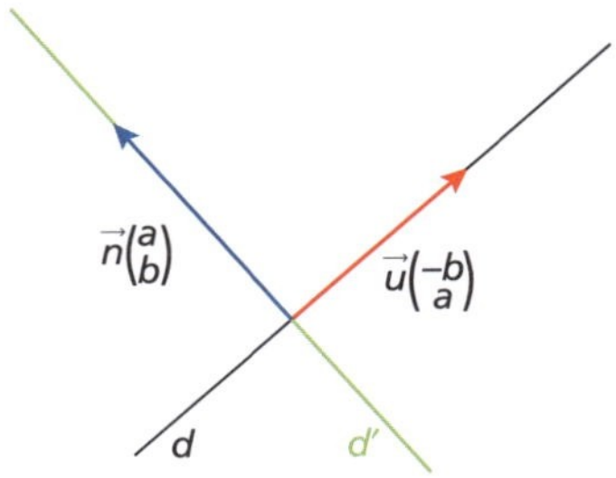

E Définition

Soit d une droite et M un point du plan.

- On appelle **projeté orthogonal** de M sur d, l'intersection H de d et de la droite perpendiculaire à d passant par M.
- La distance HM s'appelle **distance du point M à la droite d**.

Appliquer le cours

Dans le plan muni d'un repère, on considère :
– la droite d d'équation $2x - y + 3 = 0$,
– les points $M(5 ; 3)$ et $H(1 ; 5)$.

a. Prouver que H appartient à d.

b. Donner des vecteurs directeurs de d et de (HM).

c. Montrer que H est le projeté orthogonal de M sur d.

Solution

a. On a $2x_H - y_H + 3 = 2 \times 1 - 5 + 3 = 0$, donc $H(1 ; 5)$ est un point de d.

b. On a $d : 2x - y + 3 = 0$.

Un vecteur directeur de d est $\vec{u}\begin{pmatrix}-b\\a\end{pmatrix} = \vec{u}\begin{pmatrix}1\\2\end{pmatrix}$.

Un vecteur directeur de (HM) est
$\overrightarrow{HM}\begin{pmatrix}x_M - x_H\\y_M - y_H\end{pmatrix} = \overrightarrow{HM}\begin{pmatrix}4\\-2\end{pmatrix}$.

c. Le produit scalaire $xx' + yy'$ de $\vec{u}$ et $\overrightarrow{HM}$ vaut $1 \times 4 + 2 \times (-2) = 0$. Les vecteurs directeurs $\vec{u}$ et $\overrightarrow{HM}$ de d et de (HM) sont orthogonaux.
Ayant des vecteurs directeurs orthogonaux, d et (HM) sont perpendiculaires.
H est l'intersection de d et de (HM) droite perpendiculaire à d passant par M, donc
***H* est le projeté orthogonal de *M* sur *d*.**

2 Équations de cercles

A Définition

Soit Ω un point d'un plan et r un réel strictement positif.
On appelle **cercle de centre Ω** et de **rayon r** l'ensemble des points M du plan tels que $\Omega M = r$.

B Propriété

Dans un plan muni d'un repère orthonormé, on a $\Omega(a ; b)$ et r un réel strictement positif.
$M(x ; y)$ appartient au cercle de centre Ω et de rayon r
$\Leftrightarrow \Omega M^2 = r^2 \Leftrightarrow (x - a)^2 + (y - b)^2 = r^2$.

$(x - a)^2 + (y - b)^2 = r^2$ est **une équation du cercle** de centre $\Omega(a ; b)$ et de rayon r.

Appliquer le cours

Le plan est muni d'un repère orthonormé.

a. Écrire $x^2 + 2x$ sous la forme $(x - a)^2 - a^2$.

b. Quel est l'ensemble des points $M(x ; y)$ du plan tels que $x^2 + 2x + y^2 - 4y = 0$?

Solution

a. Pour tout x réel, on a :

$x^2 + 2x = x^2 + 2x + 1 - 1$

$= (x + 1)^2 - 1 = \mathbf{(x - (-1))^2 - 1}$.

À retenir

Toute expression $x^2 \pm kx$ peut s'écrire sous la forme $(x - a)^2 - a^2$.

b. $x^2 + 2x + y^2 - 4y = 0$

$\Leftrightarrow (x + 1)^2 - 1 + (y - 2)^2 - 4 = 0$

$\Leftrightarrow (x - (-1))^2 + (y - 2)^2 = 5$

qui est l'équation d'un cercle.

L'ensemble des points $M(x ; y)$ du plan tels que $x^2 + 2x + y^2 - 4y = 0$ est **le cercle de centre $\Omega(-1 ; 2)$ et de rayon $\sqrt{5}$**.

3 Paraboles : propriétés

• La représentation graphique d'une fonction trinôme $f : x \mapsto ax^2 + bx + c$ est une **parabole** de **sommet** $S\left(\dfrac{-b}{2a} ; \dfrac{-\Delta}{4a}\right)$ et qui possède, dans un repère orthogonal, un **axe de symétrie d'équation** $x = \dfrac{-b}{2a}$.

• Soit $f : x \mapsto ax^2 + bx + c$ une fonction trinôme.
Si $f(x_1) = f(x_2)$ avec $x_1 \neq x_2$ alors la parabole représentative de f a pour axe de symétrie la droite d'équation $x = \dfrac{x_1 + x_2}{2}$ et l'ordonnée du sommet S est $f\left(\dfrac{x_1 + x_2}{2}\right)$.

Exercices d'entraînement

Dans tous les exercices de ce chapitre, le plan est muni d'un repère orthonormé d'origine O.

Exercice 1 ★ 10 min

Corrigé p. 87

1. Dans chacun des cas, les vecteurs $\vec{u}$ et $\vec{v}$ sont-ils colinéaires ?

a. $\vec{u}\begin{pmatrix}-0,5\\2\end{pmatrix}$ et $\vec{v}\begin{pmatrix}1\\-4\end{pmatrix}$ **b.** $\vec{u}\begin{pmatrix}2\\3\end{pmatrix}$ et $\vec{v}\begin{pmatrix}3\\4\end{pmatrix}$ **c.** $\vec{u}\begin{pmatrix}3\\-9\end{pmatrix}$ et $\vec{v}\begin{pmatrix}-2\\6\end{pmatrix}$

2. Dans chacun des cas, déterminer a pour que les vecteurs $\vec{u}$ et $\vec{v}$ soient colinéaires.

a. $\vec{u}\begin{pmatrix}3\\4\end{pmatrix}$ et $\vec{v}\begin{pmatrix}5\\a\end{pmatrix}$ **b.** $\vec{u}\begin{pmatrix}3\\1\end{pmatrix}$ et $\vec{v}\begin{pmatrix}a-2\\2\end{pmatrix}$ **c.** $\vec{u}\begin{pmatrix}a+2\\2\end{pmatrix}$ et $\vec{v}\begin{pmatrix}-6\\2-a\end{pmatrix}$

Exercice 2 ★ 10 min

Corrigé p. 88

1. Soit D la droite de vecteur directeur $\vec{u}\begin{pmatrix}4\\2\end{pmatrix}$ passant par $A(3 ; 1)$.

Déterminer une équation cartésienne de D.

2. Soit D' la droite d'équation cartésienne : $3x + 6y - 9 = 0$.
Déterminer les coordonnées d'un vecteur directeur de D'.

3. Les droites D et D' sont-elles parallèles ?

Exercice 3 ★★ 12 min

Corrigé p. 88

Déterminer une équation cartésienne de chacune des droites suivantes :

a. d_1 passe par $A(4 ; 3)$ et est dirigée par $\vec{u}\begin{pmatrix} 2 \\ 0,5 \end{pmatrix}$.

b. d_2 est la droite (AB) avec $A(-3 ; 2)$ et $B(5 ; -1)$.

c. d_3 est la droite passant par $C(-4 ; 6)$ et dirigée par le vecteur $\overrightarrow{AB}$ de la question b.

d. d_4 est la parallèle à d_1 passant par $E(1 ; 2)$.

Exercice 4 ★★ 15 min

Corrigé p. 88

On considère les points $A(-2 ; -1)$, $B(0 ; 3)$ et $C(4 ; -3)$. Soit A' le milieu de $[BC]$.

1. Déterminer les coordonnées de A'.
En déduire une équation de (AA'), la médiane de ABC issue de A.

2. Montrer que la droite d d'équation $5x + y - 3 = 0$ passe par B et que c'est une médiane du triangle ABC.

3. Déterminer les coordonnées du centre de gravité de ABC, point de concours des médianes.

Exercice 5 ★ 5 min

Corrigé p. 88

Montrer que les droites d d'équation $3x + 2y - 1 = 0$ et d' d'équation $4x - 6y + 5 = 0$ sont perpendiculaires.

Exercice 6 ★★ 10 min

Corrigé p. 89

Déterminer une équation cartésienne de chacune des droites suivantes :

a. d_1 passe par $A(4 ; 3)$ et a pour vecteur normal $\vec{n}\begin{pmatrix} 2 \\ 0,5 \end{pmatrix}$.

b. d_2 est la droite perpendiculaire à (AB) passant par C avec $A(-3 ; 2)$, $B(5 ; -1)$ et $C(-4 ; 6)$.

c. d_4 est la droite perpendiculaire à d_1 passant par $E(1 ; 2)$.

Exercice 7 ★★ 15 min

Corrigé p. 89

1. Montrer que les droites d et d' d'équations respectives $2x + y - 4 = 0$ et $3x - 6y + 7 = 0$ sont perpendiculaires.

2. Déterminer une équation cartésienne de la droite Δ perpendiculaire à d passant par $C(1 ; 3)$.

3. Comment sont Δ et d' ? Argumenter deux fois la réponse, par un raisonnement géométrique et par un argument numérique.

Exercice 8 ★★ 12 min

Corrigé p. 89

Soit D la droite d'équation cartésienne : $3x + y - 2 = 0$.
Soit D' la droite perpendiculaire à D qui passe par $A(1 ; -2)$.

1. Déterminer les coordonnées d'un vecteur normal $\vec{n}$ à D.

2. Que représente le vecteur pour la droite D' ?
En déduire une équation de D'.

3. a. Déterminer les coordonnées de H, le projeté orthogonal de A sur D.
b. Calculer la distance du point A à la droite D

Exercice 9 ★ 10 min

Corrigé p. 89

Déterminer une équation du cercle C dans chacun des cas suivants :

a. C est le cercle de centre $\Omega(3\,;-2)$ et de rayon 3.

b. C est le cercle de centre $\Omega(3\,;-2)$ passant par le point $B(5\,;4)$.

c. C est le cercle de diamètre $[EF]$ avec $E(2\,;1)$ et $F(-4\,;-3)$.

Exercice 10 ★★ 6 min

Corrigé p. 90

Montrer que $x^2 - 8x + y^2 + 6y = 24$ est une équation de cercle.
Préciser son centre et son rayon.

Exercice 11 ★★ 15 min

Corrigé p. 90

Parmi les équations suivantes, lesquelles sont des équations de cercle. Pour les équations de cercle, préciser le centre et le rayon.

a. $x^2 + y^2 + 6x - 4y = 0$
b. $x^2 + y^2 + 6x - 4y + 15 = 0$
c. $x^2 + y^2 + 6x = 0$
d. $x^2 + 6x - 4y = 0$
e. $2(x-2)^2 + 2y^2 = x^2 + (y+1)^2$

Exercice 12 ★★ 12 min

Corrigé p. 90

Soit d la droite d'équation $x - 3y + 1 = 0$ et Ω le point de coordonnées $(3\,;-2)$.

1. Déterminer les coordonnées du projeté orthogonal H de Ω sur d

2. Calculer la distance ΩH.

3. En déduire une équation du cercle de centre Ω tangent à la droite d.

Exercice 13 ★★★ 20 min

Corrigé p. 90

On considère le cercle C d'équation $x^2 + 2x + y^2 - y = 5$ et le cercle C' de centre $D(4\,;3)$ et de rayon 5.

1. a. Déterminer le centre et le rayon du cercle C.
b. Déterminer une équation du cercle C'.
c. Tracer les deux cercles dans un repère orthonormé.

2. Déterminer par le calcul les coordonnées des points d'intersection G et H des deux cercles. On notera H le point d'intersection d'abscisse positive.

3. a. Déterminer les équations des tangentes à chacun des cercles C et C' au point H.
b. Montrer que ces tangentes sont perpendiculaires.

Exercice 14 ★★ 15 min

Corrigé p. 91

ABC est un triangle avec $A(1\,;2)$, $B(6\,;-1)$ et $C(8\,;-9)$.

1. Déterminer une équation cartésienne de la droite (AB).

2. a. Déterminer une équation cartésienne de la hauteur de ABC issue de C.
b. En déduire les coordonnées du projeté orthogonal de C sur (AB).
c. Calculer l'aire du triangle ABC.

Exercice 15 ★★★ 15 min Corrigé p. 91

Soit C le cercle de centre $A(4 ; 0)$ et de rayon 2.
Pour tout réel a, on appelle d_a la droite d'équation $ax - y = 0$.

1. Discuter en fonction de a, le nombre de points d'intersection de la droite d_a et du cercle C.

2. On note a_1 et a_2 les deux réels pour lesquels d_a et C ont exactement un point en commun, a_1 étant positif.
a. Déterminer les coordonnées de H, l'intersection de C et de d_{a_1}.
b. Démontrer que d_{a_1} est la tangente à C en H.

Exercice 16 ★★ 15 min Corrigé p. 92

1. Parmi les fonctions trinômes suivantes, quelles sont celles dont les représentations graphiques ont le même axe de symétrie ?
a. $f_1(x) = 2x^2 + 4x + 3$ b. $f_2(x) = 3x^2 - 12x - 9$ c. $f_3(x) = (x - 3)(x - 1)$
d. $f_4(x) = 3x^2 + x - 1$ e. $f_5(x) = -x^2 - 2x$ f. $f_6(x) = 6x^2 + 2x + 1$-

2. Parmi les paraboles représentations graphiques des fonctions trinômes précédentes, en existe-t-il qui ont le même sommet ?

Exercice 17 ★★ 10 min Corrigé p. 92

Soit f et g les fonctions définies sur $\mathbb{R}$ par $f(x) = 3x^2 - x - 1$ et $g(x) = x^2 + x + 3$.

1. Déterminer les coordonnées des points d'intersection des paraboles représentatives des deux fonctions trinômes f et g.

2. Étudier la position relative des deux paraboles.

Exercice 18 ★★★ 15 min Corrigé p. 92

Soit f une fonction trinôme telle que $f(-2) = f(4) = 5$ et qui un admet un maximum qui vaut 10.

1. On pose $f(x) = ax^2 + bx + c$. Quel est le signe de a ?

2. a. Donner une équation de l'axe de symétrie de la parabole P représentative de la fonction f.
b. En déduire l'expression de b en fonction de a.
3.a. En utilisant $f(4) = 5$, exprimer c en fonction de a.
b. Déterminer l'expression algébrique de f.

4. Déterminer les coordonnées du point d'intersection de P avec l'axe des abscisses.

Exercice d'approfondissement

Exercice 19 ★★ 15 min Corrigé p. 92

Soit ABC un triangle avec $A(-3 ; -1)$, $B(-2 ; 6)$ et $C(6 ; 2)$.

1. Déterminer une équation cartésienne de la médiatrice de $[AB]$.

2. Déterminer les coordonnées du centre du cercle circonscrit au triangle ABC (point de concours des médiatrices).

3. Donner une équation du cercle circonscrit au triangle ABC.

9

1 Probabilités conditionnelles

Soit Ω un univers fini muni d'une probabilité p.

A Définition

Soit A un événement de Ω de probabilité non nulle et soit B un événement de Ω.
La probabilité que B soit réalisé sachant que A est réalisé est la **probabilité conditionnelle de B sachant A.**

On la note $P_A(B)$ et on a $P_A(B) = \dfrac{p(A \cap B)}{p(A)}$.

B Propriétés

- On a $P(A \cap B) = P_A(B)\, P(A)$ et $P_A(\overline{B}) = 1 - P_A(B)$.
- Si B est aussi de probabilité non nulle, on a $P(A \cap B) = P_B(A)\, P(B)$.

Appliquer le cours

Dans un lycée, la probabilité qu'un élève soit une fille est 0,60, celle qu'un élève soit majeur est 0,20 et celle qu'un élève soit une fille majeure est 0,05.
On choisit au hasard un élève.
On note F : « l'élève est une fille » et M : « l'élève est majeur ».

1. Traduire les données de l'énoncé en terme de probabilités.
2. Calculer les probabilités conditionnelles :
a. qu'une fille soit majeure ;
b. qu'un élève majeur soit une fille.

Solution

1. L'énoncé donne $P(F) = 0,6$, $P(M) = 0,2$ et $P(F \cap M) = 0,05$.

2. a. On sait que l'élève est une fille donc on cherche la probabilité conditionnelle $p_F(M)$.

$$p_F(M) = \frac{P(F \cap M)}{p(F)} = \frac{0,05}{0,60} = \frac{0,05}{0,05 \times 12} = \frac{1}{12}.$$

La probabilité qu'une fille soit majeure est $\frac{1}{12}$.

b. On sait que l'élève est majeur, donc on cherche la probabilité conditionnelle $P_M(F)$.

$$P_M(F) = \frac{P(F \cap M)}{p(M)} = \frac{0,05}{0,20} = \frac{0,05}{0,05 \times 4} = \frac{1}{4}.$$

La probabilité qu'un élève majeur soit une fille est $\frac{1}{4}$.

Remarque
Il faut identifier correctement la condition réalisée pour calculer une probabilité conditionnelle.

2 Probabilités totales

A Définition

Soit Ω un univers fini et $A_1, A_2, \ldots, A_k$, k sous-ensembles de Ω.
On dit que $A_1, A_2, \ldots, A_k$ constituent **une partition** de Ω (système complet d'événements) si, et seulement si :
– les A_i $(1 \leqslant i \leqslant k)$ sont non vides ;

– les A_i ($1 \leqslant i \leqslant k$) sont deux à deux disjoints ;
– $\forall\, x \in \Omega$, il existe un entier i compris entre 1 et k tel que $x \in A_i$.

B Formule des probabilités totales

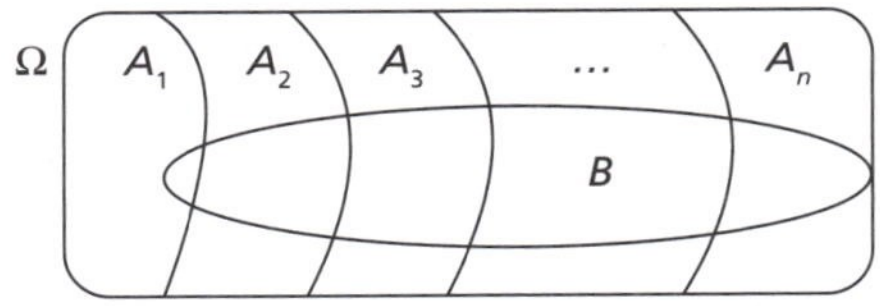

• Soit $A_1, A_2, \ldots, A_n$ une partition de Ω et soit B un événement.

$P(B) = P(B \cap A_1) + P(B \cap A_1) + \ldots + P(B \cap A_n)$.

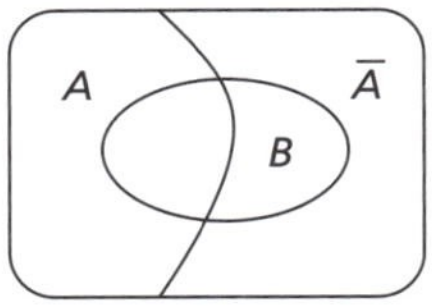

• En particulier si $A \neq \Omega$ et $A \neq \varnothing$, A et $\overline{A}$ forment une partition de l'univers et on a, pour tout événement B,
$P(B) = P(B \cap A) + P(B \cap \overline{A})$.

Appliquer le cours

Pour prévenir l'extension d'une maladie, on vaccine 60 % d'une population.
Parmi les gens vaccinés, 10 % sont atteints de la maladie.
Parmi les gens non vaccinés, 70 % sont atteints par la maladie.
On note :
V : « une personne est vacinée » ;
M : « une personne est atteinte par la maladie ».
On choisit une personne au hasard.
1. Quelle est la probabilité :
a. qu'elle soit malade et vaccinée ?
b. qu'elle soit malade et non vaccinée ?
2. En déduire la probabilité que la personne soit malade.

Solution

1. L'énoncé donne $P(V) = 0{,}6$, $P_V(M) = 0{,}1$ et $P_{\overline{V}}(M) = 0{,}7$.
a. $P(V \cap M) = P(V)P_V(M) = 0{,}6 \times 0{,}1 = 0{,}06$.
La probabilité que la personne soit malade et vaccinée est 0,06.
b. $P(\overline{V} \cap M) = P(\overline{V})P_{\overline{V}}(M)$
$= (1 - P(V)) \times P_{\overline{V}}(M) = 0{,}4 \times 0{,}7 = 0{,}28$.
La probabilité que la personne soit malade et non vaccinée est 0,28.
2. V et $\overline{V}$ constituent une partition de l'univers.
D'après la formule des probabilités totales, on a :
$P(M) = P(V \cap M) + P(\overline{V} \cap M) = 0{,}06 + 0{,}28$.
La probabilité qu'une personne soit malade est 0,34.

3 Représentation sous forme d'arbre

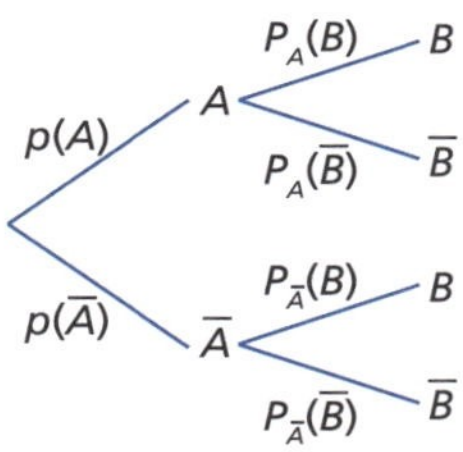

• On peut représenter une situation de probabilités conditionnelle par un **arbre pondéré** :
– les probabilités au premier niveau de l'arbre sont des probabilités simples ;
– celles au second niveau de l'arbre sont des probabilités conditionnelles ;
– les événements situés au premier niveau de l'arbre constituent une partition de l'univers.

• **Règle du produit :** la probabilité d'un événement à l'extrémité d'une branche est égale au produit des probabilités entre la racine et l'extrémité de la branche.

• **Règle de la somme :** la somme des probabilités issues d'un même nœud est égale à 1.

4 Événements indépendants

A Définition

Deux événements A et B de Ω sont **indépendants** si, et seulement si, $P(A \cap B) = P(A)P(B)$.

B Propriétés

- Soit A et B deux événements indépendants tels que $P(A) \neq 0$.
A et B sont **indépendants** si, et seulement si, $P_A(B) = P(B)$.
- Si A et B sont deux événements **indépendants**,
alors les événements A et $\overline{B}$ sont **indépendants**.

Appliquer le cours

Dans un lycée proposant série générale et série technologique, il y a 1 000 lycéens.

On choisit un lycéen au hasard et on note :

- F : « le lycéen est une fille »,
- $\overline{F}$: « le lycéen est un garçon»,
- G : « le lycéen est en série générale »,
- T : « le lycéen est en série technologique ».

On a le tableau de répartition suivant :

	G	T	Total
F	120	480	600
$\overline{F}$	80	320	400
Total	200	800	1 000

1. Montrer que les événements F et G sont indépendants.

2. Que peut-on en déduire pour les événements $\overline{F}$ et G ?

Solution

1. Choisissant au hasard, l'univers Ω de cardinal 1 000 est équiprobable.

$P(F \cap G) = \dfrac{card(F \cap G)}{car(\Omega)} = \dfrac{120}{1000} = 0{,}12$,

$P(F) = \dfrac{card(F)}{car(\Omega)} = \dfrac{600}{1000} = 0{,}6$ et

$P(G) = \dfrac{card(G)}{car(\Omega)} = \dfrac{200}{1000} = 0{,}2$.

$P(F)P(G) = 0{,}6 \times 0{,}2 = 0{,}12 = P(F \cap G)$,

***F* et *G* sont indépendants.**

2. Les événements F et G étant indépendants, on en déduit que les événements $\overline{F}$ et G sont aussi **indépendants**.

Exercices d'entraînement

Exercice 1 ★ 10 min *Corrigé p. 92*

On sait que 5 % des hommes, ainsi que 0,25 % des femmes, sont daltoniens. On considère une population composée de 48 % d'hommes et de 52 % de femmes. Quelle est la probabilité qu'une personne choisie au hasard dans cette population soit

a. une femme daltonienne ?

b. une personne daltonienne ?

c. Quelle est la probabilité qu'une personne daltonienne soit un homme ?

Exercice 2 ★★ 10 min *Corrigé p. 93*

Trois machines A, B, C produisent respectivement 60 %, 30 %, 10 % de la production des pièces d'une entreprise.

La machine A produit 2 % d'objets défectueux. La machine B en produit 3 % et la machine C 4 %.

1. Calculer la probabilité qu'une pièce prise au hasard à la sortie de l'usine soit défectueuse.
2. Calculer la probabilité qu'une pièce défectueuse ait été fabriquée par la machine B.

Exercice 3 ★★ 10 min

Corrigé p. 93

On considère 100 dés dont 25 sont pipés. Pour ces derniers, la probabilité d'obtenir 6 est 0,5.
On prend un dé au hasard, on le lance.

1. Quelle est la probabilité de l'événement « obtenir 6 » ?

2. On prend un dé au hasard, on le lance, on obtient 6.
Quelle est la probabilité de l'événement « le dé est pipé » ?

Exercice 4 ★★★ 10 min

Corrigé p. 93

On dispose de deux urnes U_1 et U_2 contenant chacune a boules blanches et b boules noires.
On tire une boule dans U_1 et on la met dans U_2, puis on tire une boule dans U_2 et on la met dans U_1.

1. Quelle est la probabilité que les deux boules tirées soient blanches?

2. Quelle est la probabilité qu'à la fin des deux opérations les urnes soient revenues à leur état initial ?

Exercice 5 ★★★ 10 min

Corrigé p. 93

Pour garantir l'anonymat dans certaines enquêtes par sondage, on introduit le hasard dans les réponses possibles.
Admettons que l'on cherche à savoir quelle est la proportion de conducteurs ayant déjà dépassé les limitations de vitesse.
On demande alors à chaque conducteur interrogé de jouer à pile ou face de la façon suivante. S'il obtient pile, il doit répondre, sincèrement, à la question : « Avez-vous un jour dépassé les limitations de vitesse ? »
S'il obtient face, il doit rejouer et répondre, toujours aussi sincèrement, à la question : « Avez-vous obtenu face au deuxième tirage ? »
Ainsi le conducteur donne une seule réponse « Oui » ou « Non », mais l'enquêteur ne sait pas s'il a répondu à la première ou à la deuxième question. Supposons que la proportion de « Oui » ait été de 41 % .
Quelle est la proportion de conducteurs ayant dépassé les limitations de vitesse ?

Exercice 6 ★★★ 20 min

Corrigé p. 93

Un fumeur décide de ne plus fumer. On admet que, s'il fume un jour donné, la probabilité qu'il fume le lendemain est α et que, s'il ne fume pas un jour donné, la probabilité qu'il fume le lendemain est β. On admet qu'il ne fume pas au jour 0.

1. À l'aide des variations de $f : x \mapsto x(2-x)$, démontrer que $0 \leqslant \beta(2-\beta) \leqslant 1$.
2. Quelle est la probabilité qu'il fume :

a. le jour 1 ? b. le jour 2 ? c. le jour 1 ou le jour 2 ?

3. Quelle est la probabilité qu'il ait fumé le jour 1 sachant qu'il a fumé le jour 2 ?

Exercice 7 ★★ 20 min

Corrigé p. 94

Une étude statistique a porté sur 1 250 personnes âgées de 18 à 65 ans. On a dénombré combien d'entre elles souffraient d'obésité et combien étaient atteintes d'une maladie cardio-vasculaire. On a obtenu les résultats suivants :
– 150 d'entre elles souffrent d'obésité ;
– parmi ces 150 personnes souffrant d'obésité, 27 sont atteintes d'une maladie cardiovasculaire ;
– parmi les personnes ne souffrant pas d'obésité, 7% sont atteintes d'une maladie cardiovasculaire.

On interroge une personne prise au hasard parmi les 1 250 sur lesquelles a porté l'étude.
On note O l'évènement : « la personne interrogée souffre d'obésité » et C l'événement : « la personne interrogée est atteinte d'une maladie cardio-vasculaire ».
On rappelle les notations usuelles : A et B étant deux évènements non vides, on note :
$\overline{A}$ l'évènement contraire de l'évènement A ;
$P(A)$ la probabilité d'un évènement A ;
$P_B(A)$ la probabilité de l'évènement A sachant que l'évènement B est réalisé.
Les probabilités seront données sous forme décimale.

1. a. Donner $P(O)$ et $P_O(C)$.
b. Reproduire et compléter l'arbre de probabilités ci-contre.
c. Calculer $P(O \cap C)$.
d. Calculer la probabilité que la personne interrogée soit atteinte d'une maladie cardiovasculaire sans souffrir d'obésité.

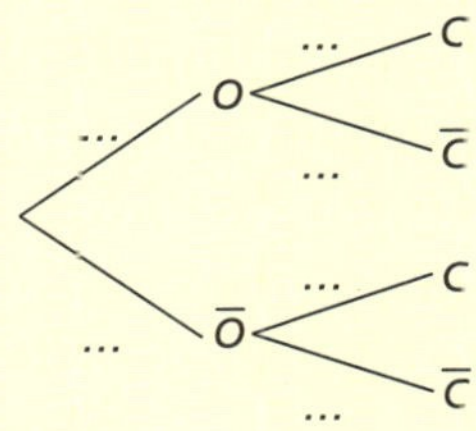

2. Calculer la probabilité que la personne interrogée soit atteinte d'une maladie cardiovasculaire.

3. Sachant que la personne interrogée est atteinte d'une maladie cardio-vasculaire, quelle est la probabilité qu'elle souffre d'obésité ? Donner un arrondi à 10^{-4} près.

Exercice 8 ★★ 10 min

Corrigé p. 94

1. Démontrer que « si A et B sont deux événements indépendants, alors A et $\overline{B}$ sont indépendants».

2. Soit A et B deux événements indépendants.
Que peut-on affirmer pour les événements $\overline{A}$ et $\overline{B}$? Justifier la réponse.

Exercice 9 ★★ 10 min

Corrigé p. 94

La population des USA en 1980, classée par région, a répondu à un sondage sur son attitude face à la législation de la marijuana avec les résultats indiqués dans le tableau ci-contre :

	Pour	Contre
Région Est	7,8 %	22,2 %
Autres régions	18,2 %	51,8 %

Les évènements « Appartenir à la région Est » et « Être pour la législation de la marijuana » sont-ils indépendants ?

Exercice d'approfondissement

Exercice 10 ★★★ 10 min

Corrigé p. 94

On lance un dé cubique et on considère les événements :
$A = \{1, 2\}$ et $B = \{2, 3\}$.

	Pour	Contre
Région Est	7,8 %	22,2 %
Autres régions	18,2 %	51,8 %

1. Les événements A et B sont-ils indépendants lorsque le dé est équilibré ?

2. Le sont-ils lorsque le dé est un dé pipé pour lequel :

x_i	1	2	3	4	5	6
$P_i = P(X = x_i)$	$\frac{1}{3}$	$\frac{1}{6}$	$\frac{1}{6}$	$\frac{1}{9}$	$\frac{1}{9}$	$\frac{1}{9}$

3. Que peut-on déduire des questions 1. et 2. ?

10

1 Variable aléatoire : définitions

Soit une expérience aléatoire d'univers fini Ω.

- On appelle **variable aléatoire** toute fonction X de Ω vers $\mathbb{R}$.

À chaque éventualité a de Ω, on associe le réel $X(a)$.

- L'ensemble des valeurs que peut prendre la variable aléatoire X se note $X(\Omega)$.

Les éléments de $X(\Omega)$ peuvent être numérotés $x_1, x_2, \ldots, x_n$.

- $X = x_i$ est l'ensemble des éventualités a telles que $X(a) = x_i$.
- $X \leqslant x_i$ est l'ensemble des éventualités a telles que $X(a) \leqslant x_i$.

À savoir

L'univers étant fini, la variable aléatoire est dite **discrète finie**.

Appliquer le cours

Une expérience aléatoire consiste à lancer trois fois de suite une pièce de monnaie et on note sous forme d'une liste de P et de F le résultat des faces obtenues

1. Soit Ω l'univers de cette expérience aléatoire. Donner Ω sous forme d'un ensemble.

2. On appelle X la variable aléatoire qui à chaque issue de l'expérience associe le nombre de côtés Pile obtenus.

Donner $X(\Omega)$ et préciser les ensembles $X = 1$, $X \leqslant 2$ et $X = 4$.

Solution

1. $\Omega = \{FFF, FFP, FPF, FPP, PFF, PFP, PPF, PPP\}$

2. $X(\Omega) = \{0 ; 1 ; 2 ; 3\}$

$X = 1$ désigne $\{FFP, FPF, PFF\}$

$X \leqslant 2$ désigne $\{FFF, FFP, FPF, FPP, PFF, PFP, PPF\}$

$X = 4$ désigne l'ensemble vide.

2 Loi de probabilité

A Définition

Soit X une variable aléatoire sur un univers Ω muni d'une probabilité P.

On appelle **loi de probabilité de la variable aléatoire X** la fonction qui à chaque élément x_i de $X(\Omega)$ associe le nombre $P(X = x_i)$.

$P(X = x_i)$ se note aussi p_i.

B Propriété

Si les valeurs $x_1, x_2, \ldots, x_n$ d'une variable aléatoire discrète finie ont pour probabilités respectives $p_1, p_2, \ldots, p_n$, on a, pour tout i entier tel que $1 \leqslant i \leqslant n$, $0 \leqslant p_i \leqslant 1$ et $\sum_{i=1}^{n} p_i = 1$.

Appliquer le cours

On reprend l'expérience précédente et on suppose la pièce correctement équilibrée,

1. Établir la loi de probabilité de la variable aléatoire X.

2. Vérifier la cohérence des résultats.

Solution

1. Si la pièce est équilibrée, les huit issues de Ω sont équiprobables. On en déduit que :

$P(X = 0) = \dfrac{card(X=0)}{card(\Omega)} = \dfrac{1}{8} = \mathbf{0{,}125}$.

De même, $P(X = 1) = \dfrac{3}{8} = \mathbf{0{,}375}$,

$P(X = 2) = \dfrac{3}{8} = \mathbf{0{,}375}$ et $P(X = 3) = \dfrac{1}{8} = \mathbf{0{,}125}$.

2. Chacun des nombres obtenus est compris entre 0 et 1 et leur somme vaut 1. **C'est cohérent.**

À savoir

On donne parfois la loi de probabilité d'une variable aléatoire sous forme d'un tableau.

x_i	0	1	2	3
$P(X = x_i)$	0,125	0,375	0,375	0,125

3 Espérance et variance

A Espérance

Soit X une variable aléatoire prenant des valeurs $x_1, x_2, \ldots, x_n$.

• **Définition.** On appelle **espérance de X**, le nombre noté $E(X)$ et défini par :

$$E(X) = x_1p_1 + x_2p_2 + \ldots + x_np_n = \sum_{i=1}^{n} x_ip_i\ .$$

• **Interprétation.** L'espérance $E(X)$ d'une variable aléatoire est la valeur moyenne de X qu'on peut espérer avoir en répétant un grand nombre de fois l'expérience aléatoire.

Appliquer le cours

On reprend l'expérience précédente de lancer 3 fois une pièce de monnaie correctement équilibrée et de compter, avec la variable X, le nombre de côtés Pile obtenus.

1. Déterminer l'espérance de X,

2. Interpréter le résultat.

Solution

1. $E(X) = 0 \times P(X = 0) + 1 \times P(X = 1) + 2 \times P(X = 2) + 3 \times P(X = 3)$
$= 0 + 0{,}375 + 0{,}75 + 0{,}375$

L'espérance de X vaut 1,5.

2. En répétant un grand nombre de fois l'expérience, on obtient **en moyenne environ 1,5 fois le côté Pile**, même si on n'obtient jamais 1,5 fois le côté Pile lors d'une expérience.

B Variance

• **Définition.** On appelle **variance de X**, le nombre noté $V(X)$ et défini par :

$$V(X) = (x_1 - E(X))^2\, p_1 + (x_2 - E(X))^2\, p_2 + \ldots + (x_n - E(X))^2\, p_n = \sum_{i=1}^{n} (x_i - E(x))^2 p_i\ .$$

À retenir

$V(X)$ est toujours positive.

• **La formule de Kœnig-Huygens** permet de calculer la variance avec moins de calculs.

$$V(X) = \sum_{i=1}^{n} x_i^2 p_i - E^2(X).$$

À retenir

On retient l'espérance du carré moins le carré de l'espérance.

C Écart-type

Soit X une variable aléatoire de variance $V(X)$.

On appelle **écart-type** de X le nombre noté $\sigma(X)$ et défini par $\sigma(X) = \sqrt{V(X)}$.

Exercices d'entraînement

Exercice 1 ★ 10 min

Corrigé p. 94

Dans une fête foraine, on vous propose le « jeu » suivant : vous lancez un dé ; si vous obtenez 6, vous gagnez 10€ ; si vous obtenez 3 ou 5, vous perdez 3€ ; si vous obtenez 1, 2 ou 4, vous perdez 2€. Le dé n'est pas pipé. On note X la variable aléatoire qui indique le « gain » d'une partie.

1. Déterminer $X(\Omega)$, puis la loi de probabilité de X et compléter le tableau ci-dessous.

x_i			
$p_i = P(X = x_i)$			

2. Calculer la moyenne des gains espérés. Interpréter.
3. Calculer la variance de X.

Exercice 2 ★★ 20 min

Corrigé p. 95

Dans une urne, il y a 4 boules blanches et 6 noires. Les boules sont indiscernables au toucher.
On tire au hasard 2 boules parmi les 10.
On note X la variable aléatoire qui, à chaque tirage, associe le nombre de boules blanches obtenues.
Premier cas : les tirages sont successifs avec remise.

a. Représenter la situation par un arbre pondéré.
b. Déterminer la loi de X.
c. Déterminer l'espérance de X et l'interpréter.

Second cas : les tirages sont successifs sans remise.
Reprendre les trois questions précédentes.

Exercice 3 ★★★ 10 min

Corrigé p. 95

Dans une urne, il y a 10 boules dont 4 blanches.
On effectue des tirages successifs sans remise d'une boule selon la règle suivante :
– on s'arrête dès qu'on obtient une boule blanche ;
– si au bout de 3 tirages, on n'a pas obtenu de boule blanche, on arrête aussi.
On note Y le nombre de tirages effectués.

1. Représenter l'expérience par un arbre pondéré.
2. Déterminer la loi de Y.

Exercice 4 ★★ 10 min

Corrigé p. 96

On lance 2 fois de suite un dé non pipé et on note X la variable aléatoire qui indique la somme des 2 nombres obtenus.
Déterminer la loi de probabilité de X et son espérance.
Conseil : utiliser un tableau à double entrée avec l'ensemble des sommes possibles.

Exercice 5 ★★ 15 min

Corrigé p. 96

Une urne contient 6 boules dont 2 portent le numéro 0, 1 le numéro 3 et 3 le numéro 5.
On tire 2 boules successivement sans remise. X est la variable aléatoire qui, à chaque tirage de 2 boules, associe la somme des numéros marqués sur ces boules.
À l'aide d'un arbre, déterminer la loi de X, son espérance et son écart-type.

Exercice 6 ★★★ 20 min

Corrigé p. 96

On place un hamster dans une cage, face à 4 portillons, dont un seul permet de sortir.
À chaque essai infructueux, il reçoit une petite impulsion électrique et on le replace à l'endroit initial.
On désigne par X la variable aléatoire égale au nombre d'essais effectués pour arriver à sortir.

Hypothèse n° 1 : le hamster mémorise les essais infructueux et choisit de façon équiprobable entre les portillons qu'il n'a pas encore essayés.

1. Déterminer la loi de X
2. Calculer son espérance et interpréter le résultat.

Hypothèse n° 2 : le hamster choisit de façon équiprobable entre les 4 solutions à chaque essai (pas d'apprentissage).

1. Calculer $P(X = 1)$, $P(X = 2)$.
2. Pour tout entier naturel n non nul, on pose $u_n = P(X = n)$.
Montrer que (u_n) est une suite géométrique dont on précisera la raison et le premier terme.

Exercice 7 ★★★ 15 min

Corrigé p. 97

On lance 4 fois de suite une pièce (non truquée). X est la variable aléatoire qui prend la valeur n si Pile apparaît pour la première fois au cours du $n^{\text{ième}}$ lancer et 0 si pile n'apparaît pas.

1. Quelles valeurs peut prendre X ? Donner la loi de X.
2. Calculer $E(X)$ et $V(X)$.

1 Généralités

A Algorithme

• Un **algorithme** est un ensemble d'instructions qui s'enchaînent dans un ordre déterminé pour obtenir un résultat.

• Un algorithme peut s'écrire en **langage naturel** ou en **langage spécifique** à une machine.

• Un algorithme peut être composé :
– d'instructions d'entrée de données ;
– d'instructions de traitement ;
– d'instructions de sortie.

B Variable informatique

• Une **variable informatique** est un emplacement mémoire qui contient une information.

• Le contenu d'une variable informatique peut être :
– un nombre : c'est alors une **variable numérique** ;
– un texte : c'est une variable **chaîne de caractères** ;
– une **liste** ordonnée de valeurs, etc.

• **Une variable simple contient une information et une seule.** Tant que cette information n'est pas modifiée manuellement ou par un programme, elle est conservée. Dès qu'on la modifie, l'ancienne information est perdue et remplacée par la nouvelle. En langage naturel, pour qu'une instruction modifie le contenu d'une variable Y, on écrira par exemple :
$Y \leftarrow 13$ pour mettre dans Y la valeur 13 ;
$Y \leftarrow 2Y + 3$ pour remplacer l'ancienne valeur de Y par son double augmenté de 3.
En Python, on écrira Y=13 et Y=2*Y+3.

C Instructions d'entrée-sortie

• Les **entrées** sont les valeurs que doit saisir l'utilisateur. En Python, on écrira :
A=float(input("message")) si A réel ou A=int(input("message")) si A entier.

• Les **sorties** sont les affichages fournis lors de l'exécution de l'algorithme.
Afficher A indique à l'utilisateur la valeur contenue dans la variable A.
En Python, on écrira print(A).

2 Structures usuelles

A Instruction conditionnelle

• Dans un algorithme, il est parfois nécessaire de différentier les calculs à effectuer selon les conditions rencontrées. On utilise une **instruction conditionnelle** :
si condition alors instructions_1 sinon instructions_2.

• Si la condition est vraie alors les instrutions_1 sont exécutées sinon ce sont les instructions_2 qui sont exécutées.

En Python

```
if conditions :
    Bloc Instructions_1
else :
    Bloc Instructions_2
```

La partie «sinon instructions_2» est facultative : si elle est omise et que la condition est fausse alors aucune instruction n'est exécutée.

Appliquer le cours

Dans un parking, le tarif est fonction de la durée d'occupation.

Si la durée est inférieure à 3 heures, on paie 5 euros par heure.

Si la durée est supérieure ou égale à 3 heures, on paie 15 euros plus 2 euros par heure supplémentaire.

1. Exprimer en fonction de x le prix à payer selon que $0 \leqslant x < 3$ ou que $x \geqslant 3$.

2. Écrire en Python, un programme qui demande la durée d'occupation et renvoie le prix à payer.

Solution

1. Si $0 \leqslant x < 3$, alors le prix à payer est $\mathbf{5x}$.

Si $x \geqslant 3$, le prix à payer est $15 + 2(x - 3) = \mathbf{2x + 9}$.

2. Un programme peut être :

```
x=float(input("durée ="))
if 0<=x and x<3 :
    p = 5*x
else :
    p = 2*x + 9
print("le prix à payer est",p)
```

B Note sur les blocs

En Python, il n'y a pas de fin de bloc. C'est l'indentation (décalage vers la droite du texte) qui indique le début et la fin du bloc.

C Boucle itérative

- Dans un algorithme, il est possible de répéter une instruction un nombre donné de fois. On utilise pour cela une **boucle itérative** :

  pour *I* variant de *k* jusqu'à *n* faire instructions.

- *I* prend toutes valeurs entières comprises entre *k* (inclus) et *n* (inclus) et pour chacune de ces valeurs les instructions sont exécutées.

En Python

For *i* in range(*k*,*n*+1) :
    Bloc Instructions

Attention au *n*+1.

Appliquer le cours

On considère l'algorithme ci-dessous.

```
U ← 0
Pour I variant de 1 à 6
    U ← U + I
    Afficher U
Fin_Pour
```

En utilisant un tableau d'avancement, donner les différentes valeurs affichées par l'algorithme.

Solution

U	0	1	3	6	10	15	21
I	╳	1	2	3	4	5	6

I n'a pas de valeur définie au début avant le traitement.

On calcule 0 + 1 et on met la somme 1 dans *U* au-dessus du 1 de *I* ; 1 + 2 et on met la somme 3 dans *U* ; …

Cet algorithme affiche les nombres **1 – 3 – 6 – 10 – 15 – 21**.

D Boucle conditionnelle

- Dans un algorithme, on peut répéter des instructions tant qu'une condition est vraie. On utilise pour cela une **boucle conditionnelle** :

  tant que la condition est vraie faire instructions.

- Si la condition est vraie, alors les instructions sont exécutées et répétées jusqu'à ce que la condition devienne fausse.

En Python

While condition :
    Bloc Instructions

- **Attention :** pour que l'algorithme s'arrête, il est nécessaire que les instructions modifient une (ou plusieurs) variable(s) qui intervienne(nt) dans la condition.

E Fonction

- Une **fonction** est un bloc de code qui exécute un traitement, puis rend la main : on peut la considérer comme un « sous-algorithme ».
- Elle reçoit, la plupart du temps, des données à traiter : les **paramètres**, effectue des actions avec et enfin, éventuellement, renvoie un résultat appelé sortie ou valeur retournée.

En Python

```
def nom_fonction(paramètres) :
    Bloc Instructions
    return(résultat)
```

Appliquer le cours

Soit n un entier non nul. On appelle factorielle n, le nombre noté $n!$ et défini par
$0! = 1$ et si $n > 0$, $n! = (n-1)!n$.
Écrire une fonction Python qui reçoit n en paramètre et retourne $n!$.

Solution

```
def fact(n) :
   if n==1 :
      return(1)
else
   return(fact(n–1)*n)
```

- **Remarque :** une telle fonction qui est définie en fonction d'elle-même est une **fonction récurrente** (en mathématique) ou **récursive** (en informatique).

3 Notion de liste

Une **liste** en Python est une variable dans laquelle on peut mettre plusieurs variables.

Commandes	Exemple évolutif d'une liste

Créer une liste en Python
liste = [] pour créer une liste vide.
Création d'une liste contenant les éléments 1, "a" et 14.
Remarque : les variables peuvent être de types différents.
	>>> liste = [1,"a",14]
	>>> liste
	[1,"a",14]

Ajouter un élément à une liste
Ou les ajouter après la création de la liste avec la méthode append.
liste.append(valeur)
	>>> liste.append(13)
	>>> liste
	[1,"a",14,13]

Lire un élément dans une liste
liste[indice]
Remarque : le premier item commence toujours avec l'indice 0. Pour lire le premier item, on utilise la valeur 0, le deuxième, on utilise la valeur 1, etc. Dans une liste de longueur n, le dernier élément est liste[n-1].
	>>> liste[1]
	"a"
	>>> liste[2]
	14

Modifier une valeur avec son indice
liste[indice] = valeur
	>>> liste[1]="z"
	>>> liste
	[1,"z",13,14]

Supprimer une entrée avec un indice
del liste[indice]
pour supprimer la valeur correspondante à l'indice.
	>>> del liste[0]
	>>> liste
	["z",13,14]

Supprimer une entrée avec sa valeur
liste.remove(valeur)
	>>> liste.remove(13)
	>>> liste
	["z",14]

Compter le nombre d'items d'une liste len(liste)	>>> len(liste) 2

Exercices d'entraînement

Exercice 1 ★ 10 min

Corrigé p. 97

On considère l'algorithme ci-contre :

```
Lire x
a ← x + 1
b ← a²
y ← − b + 16
Afficher y
```

1. Déterminer l'affichage correspondant à la saisie $x = 0$, puis celui correspondant à la saisie $x = 1$.

2. a. Déterminer en fonction de x l'expression de y obtenue.

b. Quelles valeurs de x peut-on saisir pour obtenir 0 en sortie ?

Exercice 2 ★★ 15 min

Corrigé p. 97

Mat possède un livret bancaire où l'argent est rémunéré au taux de 2 % par an, c'est-à-dire que la somme augmente de 2 % le 1er janvier de chaque année.
Mat a placé 1 000 € le 1er janvier 2016.

1. De quelle somme dispose-t-il le 1er janvier 2017, le 1er janvier 2018 ?

2. Il souhaite connaître la somme disponible le 1er janvier de l'année 2016 + n.

a. Écrire un algorithme qui demande n et renvoie la somme disponible le 1er janvier 2016 + n.

b. Le programmer en Python et déterminer la somme disponible le 1er janvier 2030.

Exercice 3 ★★ 15 min

Corrigé p. 97

On considère pour tout entier naturel n non nul la somme $S_n = 1 + 2^2 - 3^2 + \ldots + n^2$.

1. Écrire un algorithme qui demande un nombre T et qui affiche le plus petit entier n tel que S_n soit égal ou supérieur à T.

2. a. Le programmer en Python.

b. Quel résultat obtient-on si $T = 100$? $T = 2\,020$? $T = 10\,000$?

Exercice 4 ★★ 10 min

Corrigé p. 98

On considère l'algorithme ci-dessous :

```
x ← 0
Tant que x est inférieur ou égal à 1
    y ← −x² + 5x − 6
    Afficher y
    x ← x + 0,2
Fin_Tant que
```

1. Reproduire et compléter le tableau d'avancement ci-dessous.

	x	y
Étape 1	0	−6
Étape 2		
Étape 3		
…	…	…

2. Que calcule cet algorithme ?

Exercice 5 ★★ 15 min

Corrigé p. 98

L'organisateur d'un jeu offre une montre en cadeau si le nombre affiché par l'algorithme ci-contre est égal au plus petit des 2 nombres de départ.

```
Entrer la valeur de A
Entrer la valeur  B
Tant Que A ≠ B
   Si A > B
      Alors A ← A – B
      Sinon B ← B – A
   FinSi
Fin_Tant Que
Afficher A
```

1. En complétant le tableau de suivi ci-dessous, donner la valeur affichée par l'algorithme.

Étape	Valeur prise par A	Valeur prise par B	Condition $A \neq B$
Initialisation	12	30	vraie
1er tour			
2e tour			
3e tour			
Affichage			

2. a. Comment peut-on faire pour être sûr de gagner ?

b. Donner 2 nombres entiers distincts supérieurs à 10 à entrer pour A et B qui permettent de gagner une montre.

Exercice 6 ★★ 5 min

Corrigé p. 98

L'organisateur du jeu précédent dispose de 2 modèles de montre M_1 et M_2.
Il utilise l'algorithme suivant :

```
M prend la valeur PartieEntière(NombreAlétoire × 2 + 1)
Afficher M
```

N.B. NombreAléatoire donne un nombre réel de [0 ; 1[.

1. Quelles valeurs peut prendre la variable M ?

2. À quoi sert-elle pour le jeu ?

Exercice 7 ★★★ 15 min

Corrigé p. 98

On considère l'algorithme ci-contre :

```
k prend la valeur 0
Lire n
Pour i variant de 1 à n
   x ← valeur aléatoire entre 0 et 1
   y ← valeur aléatoire entre 0 et 1
   Si x² + y² ⩽ 1
      alors k ← k+1
   Fin_Si
Fin_Pour
Afficher 4k÷n
```

1. Pour chaque valeur de i, x et y calculés sont les coordonnées d'un point M.

a. Dans quelle figure se situe le point M ? Quelle est son aire ?

b. Caractériser les points M qui sont comptés par la variable k ?

c. Calculer l'aire du domaine des points M qui sont comptés par k.

2. On a fait tourner un logiciel avec cet algorithme pour diverses valeurs de n.
On a obtenu les résultats suivants.

Valeur de n	100	200	400	700	1 000
Affichage	3,2	3,08	3,17	3,11	3,15

À quoi peut servir cet algorithme ? Argumenter la réponse.

Exercice 8 ★★ 10 min

Corrigé p. 99

On considère la suite fibo définie par fibo(0) = 0, fibo(1) = 1 et, pour tout entier naturel, n par fibo(n +2) = fibo(n + 1) + fibo(n).
Écrire un programme en Python qui demande une valeur de n et qui calcule fibo(n).
On pourra utiliser une fonction récursive.

Exercice 9 ★★ 20 min

Corrigé p. 99

On souhaite étudier une série statistique.

1. Écrire un programme en Python qui demande le nombre de valeurs de la série, puis les valeurs de la série et qui les met dans une liste.

2. Compléter le programme pour avoir :

a. le minimum de la série et le maximum de la série ;
b. l'étendue de la série ;
c. sa moyenne ;
d. sa variance.

Exercice 10 ★★ 10 min

Corrigé p. 99

On dispose d'une liste L=[2, 4 , 7 , 3, 11 , 23, 41, 10, 25].

1. Écrire un algorithme qui détermine le nombre de valeurs paires dans la liste.
(On utilisera v % 2 qui donne le reste de la division entière d'un entier v par 2.)

2. Traduire cet algorithme par un programme en Python.

Exercice 11 ★★ 10 min

Corrigé p. 99

1. On dispose d'une liste L = [2, 4 , 7 , 3, 11 , 23, 41, 10, 25].
Transformer en Python cette liste en la liste de ses carrés.

2. On dispose d'une liste L = [2, 4 , 7 , 3, 11 , 23, 41, 10, 25].
Transformer en Python cette liste en la liste de ses valeurs paires.

Exercice 12 ★★ 10 min

Corrigé p. 100

1. Écrire une fonction listecarrés en Python qui renvoie la liste des carrés d'une liste L donnée en paramètre par extension à partir d'une liste LC vide.

2. Écrire une fonction listepairs en Python qui renvoie la liste des nombres pairs d'une liste L donnée en paramètre par extension à partir d'une liste LP vide.

3. On dispose d'une liste L=[2, 4 , 7 , 3, 11 , 23, 41, 10, 25].

a. Écrire un programme en Python qui affiche listecarrés(listepairs(L)) et listepairs(listecarrés(L)).
b. Exécuter le programme. Que constate-t-on ? Justifier la réponse.

Exercice 13 ★★ 10 min

Corrigé p. 100

On souhaite simuler 10 000 fois l'expérience suivante : on lance deux dés tétraédriques et on note la somme S des deux dés.
En utilisant une liste pour stocker les résultats, écrire un programme Python qui réalise cette simulation et affiche le résultat. On utilisera la fonction randrange(n) de la bibliothèque **random** qui renvoie un entier compris entre 0 (inclus) et n (exclu).

Exercices d'approfondissement

Exercice 14 ★★ 15 min

Corrigé p. 100

Les Égyptiens écrivaient les fractions représentant des nombres compris entre 0 et 1 autres que $\frac{2}{3}$ sous la forme de somme d'inverses d'entiers distincts, c'est-à-dire comme somme de fractions de numérateur 1.

Ainsi, pour $\frac{11}{28}$, ils écrivaient $\frac{1}{4}+\frac{1}{7}$ et pour $\frac{3}{5}$, ils écrivaient $\frac{1}{3}+\frac{1}{5}+\frac{1}{15}$.

Pour obtenir les différents inverses dont la somme vaut une fraction A comprise entre 0 et 1, on peut appliquer l'algorithme ci-contre.

```
Saisir A
Tant que A n'est pas de la forme 1/N,
    Calculer M le plus petit entier supérieur à 1/A
    Afficher 1/M
    Remplacer A par A − 1/M
Fin de tant que
```

1. Appliquer l'algorithme au nombre $\frac{3}{4}$ et écrire $\frac{3}{4}$ comme la somme des inverses de deux entiers.

2. En appliquant l'algorithme, écrire le nombre $\frac{17}{18}$ comme la somme des inverses de trois entiers.

3. Soit A une fraction comprise entre 0 et 1. On souhaite savoir si la décomposition de A en somme d'inverses d'entiers distincts est unique.

Appliquer l'algorithme au nombre $\frac{3}{5}$ et conclure.

Exercice 15 ★★★ 15 min

Corrigé p. 100

On souhaite déterminer un encadrement d'amplitude inférieure à p de la solution d'une équation du type $f(x) = 0$ qui est comprise entre deux valeurs A et B

On utilise le programme ci-contre.

```
def f(x) :
    return(x**2-x-1)
#Main
a=float(input("a="))
b=float(input("b="))
p=float(input("p="))
fa=f(a)
while b-a>=p
    m=(b+a)/2
    if f(m)*fa>0 :
        a=m
    else :
        b=m
print(a,b)
```

1. a. Implanter ce programme sur une machine.

b. Déterminer un encadrement d'amplitude inférieure à 0,001 de la solution de l'équation $x^2 - x - 1 = 0$ comprise entre 1 et 2.

2. Modifier le programme pour déterminer un encadrement d'amplitude inférieure à 10^{-5} de la solution de l'équation $x^3 - 2\,020 = 0$ comprise entre 10 et 22.

CHAPITRE 1 (Énoncés p. 9)

1 a. Pour $u_n = 2^n$, on a : $u_0 = 2^0 = \mathbf{1}$, $u_1 = 2^1 = \mathbf{2}$, $u_2 = 2^2 = \mathbf{4}$ et $u_3 = 2^3 = \mathbf{8}$.

Comme le premier terme est u_0, le quatrième est u_3.

b. Pour $u_n = (-1)^n$, $u_0 = (-1)^0 = \mathbf{1}$, $u_1 = (-1)^1 = \mathbf{-1}$, $u_2 = (-1)^2 = \mathbf{1}$ et $u_3 = (-1)^3 = \mathbf{-1}$.

c. Pour $u_{n+1} = 2u_n + 1$ avec $u_0 = 0$, on a : $u_0 = \mathbf{0}$,
$u_1 = 2u_0 + 1 = 2 \times 0 + 1 = \mathbf{1}$,
$u_2 = 2u_1 + 1 = 2 \times 1 + 1 = \mathbf{3}$,
$u_3 = 2u_2 + 1 = 2 \times 3 + 1 = \mathbf{7}$.

d. Pour $u_{n+1} = 0{,}5 - 0{,}5u_n$ avec $u_0 = 2$, on a :
$u_0 = \mathbf{2}$,
$u_1 = 0{,}5 - 0{,}5u_0 = 0{,}5 - 0{,}5 \times 2 = \mathbf{-0{,}5}$,
$u_2 = 0{,}5 - 0{,}5u_1 = 0{,}5 - 0{,}5 \times (-0{,}5) = \mathbf{0{,}75}$,
$u_3 = 0{,}5 - 0{,}5u_2 = 0{,}5 - 0{,}5 \times 0{,}75 = \mathbf{0{,}125}$.

2 a. $\forall\, n \geqslant 2$, $u_n = \dfrac{2n-5}{n-1}$. C'est une suite **explicite**.

$u_3 = \dfrac{2\times3-5}{3-1} = \mathbf{\dfrac{1}{2}}$.

b. $\begin{cases} u_0 = 1 \\ \forall n \in \mathbb{N},\ u_{n+1} = 2u_n - 3 \end{cases}$

C'est une suite **récurrente** avec $u_1 = 2u_0 - 3 = -1$; $\mathbf{u_2} = 2u_1 - 3 = \mathbf{-5}$ et $\mathbf{u_3} = 2u_2 - 3 = \mathbf{-13}$.

Pour une suite récurrente, le calcul d'un terme u_n nécessite le calcul des termes précédents.

c. $\begin{cases} u_0 = 1, \quad u_1 = 0 \\ \forall n \in \mathbb{R},\ u_{n+2} = 2u_{n+1} + 3u_n \end{cases}$

C'est une suite **récurrente** avec
$u_2 = 2u_1 + 3u_0 = 3$;
$u_3 = 2u_2 + 3u_1 = \mathbf{6}$.

3 1. On place les points de coordonnées $(n\ ;\ u_n)$.

n	0	1	2	3	4
u_n	2	0	0	2	6

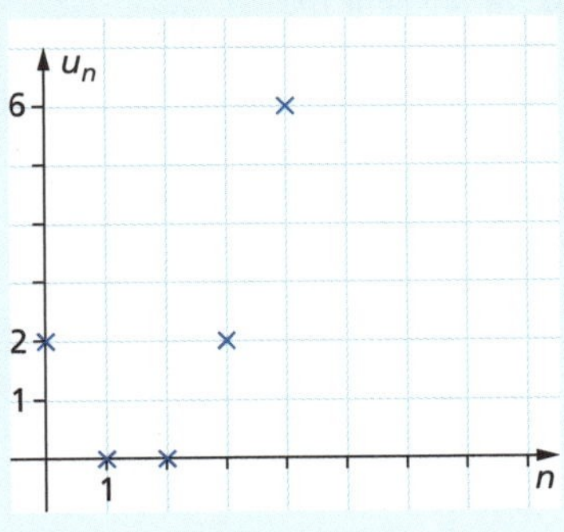

2. Soit f la fonction définie sur $]-1\ ;\ +\infty[$ par :

$$f(x) = \frac{4}{x+1}$$

On représente f et la droite D d'équation $y = x$.

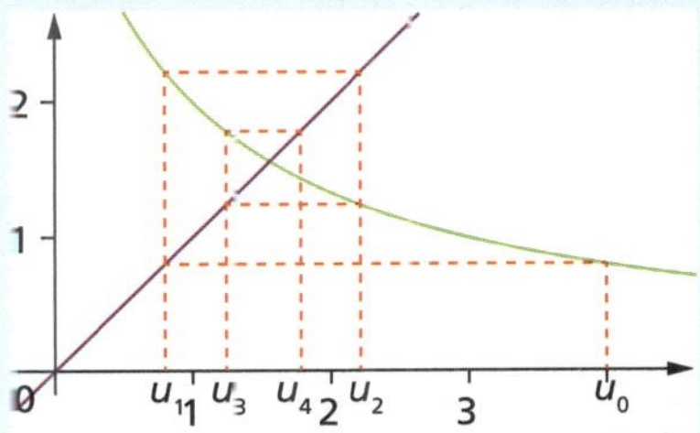

4 1. Pour tout entier naturel n, on a :
$u_n = (n + 3)(n - 2) - n^2 + 5n$
$= n^2 - 2n + 3n - 6 - n^2 - 5n = \mathbf{6n - 6}$.

2. Pour tout entier naturel n, on a :
$u_{n+1} - u_n = 6(n + 1) - 6 - (6n - 6)$
$= 6n + 6 - 6 - 6n + 6 = 6$.
(u_n) est une suite arithmétique de raison **6**.

3. La suite étant arithmétique, on utilise :

$$u_p + u_{p+1} + \ldots + u_n = \frac{u_p + u_n}{2}(n - p + 1)$$

donc $u_1 + u_2 + \ldots + u_{45} = \dfrac{u_1 + u_{45}}{2}(45 - 1 + 1)$
avec $u_1 = 6 \times 1 - 6 = 0$ et $u_{45} = 6 \times 45 - 6 = 264$
donc $u_1 + u_2 + \ldots + u_{45} = 264 \div 2 \times 45 = \mathbf{5\ 940}$.

5 a. Pour tout entier naturel n, on a :
$u_{n+1} = 3(n + 1) - 1 = 3n + 3 - 1 = u_n + 3$.
La suite de terme général $u_n = 3n - 1$ est **arithmétique de raison 4**.

b. Pour tout entier naturel n, on a :
$u_{n+1} = 9 - (n + 1) = 9 - n - 1 = u_n - 1$.
La suite de terme général $u_n = 9 - n$ est **arithmétique de raison −1**.

c. Pour tout entier naturel n, on a :
$u_{n+1} = \dfrac{1}{3}(n + 1) - 2019 = \dfrac{1}{3}n + \dfrac{1}{3} - 2\ 019$
$= u_n + \dfrac{1}{3}$.
La suite de terme général $u_n = \dfrac{1}{3}n - 2\ 019$ est **arithmétique de raison $\mathbf{\dfrac{1}{3}}$**.

d. Pour tout entier naturel n non nul, on a :
$u_n = u_{n-1} - 2$, donc $u_{n+1} = u_n - 2$.
La suite définie par la relation de récurrence $u_n = u_{n-1} - 2$ est **arithmétique de raison −2**.

6 1. (u_n) étant une suite arithmétique, on a :
$u_7 = u_3 + (7-3)r$
$\Leftrightarrow 11 = 5 + 4r$
$\Leftrightarrow (11-5) \div 4 = r$
$\Leftrightarrow r = 1{,}5.$

Si (u_n) est une suite arithmétique de raison r, pour tous entiers naturels p et n, on a :
$u_n = u_p + (n-p)r.$

La raison de la suite est 1,5.

2. On a $u_0 = u_3 + (0-3)r = 5 - 3 \times 1{,}5 = \mathbf{0{,}5}$.

3. Pour tout entier n, $u_n = u_0 + n\,r = \mathbf{0{,}5 + 1{,}5\,n}$.

7 1. (u_n) est une suite géométrique avec $u_2 = 32$ et $u_5 = 4$. On a par définition :

$$u_5 = u_2 \times q^3 \Leftrightarrow 4 = 32 \times q^3 \Leftrightarrow \frac{4}{32} = q^3$$

$$\Leftrightarrow \frac{1}{8} = q^3 \Leftrightarrow \left(\frac{1}{2}\right)^3 = q^3.$$ La raison est $\boldsymbol{q = \frac{1}{2}}$.

2. $u_0 = u_2 \times q^{0-2} = 32 \times \left(\frac{1}{2}\right)^{-2} = 32 \times 4 = \mathbf{128}.$

3. Pour tout entier naturel n, on a :

$$u_n = u_0 \times q^n = 128 \times \left(\frac{1}{2}\right)^n = 2^7 \times 2^{-n} = \mathbf{2^{7-n}}.$$

8 a. 1 ; 2 ; 4 ; 8 ; 16 ; ... On passe d'un terme au suivant en multipliant toujours par 2.
On a donc 1 ; 2 ; 4 ; 8 ; 16 ; **32 ; 64 ; 128**.

b. 1 ; 3 ; 6 ; 10 ; ... On passe d'un terme au suivant en ajoutant 2, puis en ajoutant 3, puis 4.
On poursuit en ajoutant 5, puis 6 et enfin 7.
1 ; 3 ; 6 ; 10 ; **15 ; 21 ; 28**.

c. 1 ; 1 ; 2 ; 3 ; 5 ; 8 ; 13 ; ... À partir du troisième terme, chaque terme est la somme des deux termes précédents (2 = 1 + 1 ; 3 = 2 + 1 ; 5 = 3 + 2 ; ...)
1 ; 1 ; 2 ; 3 ; 5 ; 8 ; 13 ; **21 ; 34 ; 55**.
Cette suite s'appelle suite de Fibonacci.

d. 1 ; 4 ; 27 ; 256 ; ... On reconnaît 1^1 ; 2^2 ; 3^3 ; 4^4.
On poursuit avec 5^5, 6^6 et 7^7.
1 ; 4 ; 27 ; 256 ; **3 125 ; 46 656 ; 823 543**.

9 Pour comparer u_{n+1} et u_n, on étudie le signe de la différence $u_{n+1} - u_n$.
$u_{n+1} - u_n < 0 \Leftrightarrow u_{n+1} < u_n$; la suite décroît.
$u_{n+1} - u_n > 0 \Leftrightarrow u_{n+1} > u_n$; la suite croît.

a. Pour tout entier naturel n, on a :

$$u_{n+1} - u_n = 1 + \frac{1}{n+2} - \left(1 + \frac{1}{n+1}\right)$$
$$= \frac{1}{n+2} - \frac{1}{n+1} = \frac{-1}{(n+2)(n+1)}.$$

On a $u_{n+1} - u_n < 0$, donc **la suite est décroissante**.

b. Pour tout entier naturel n, on a :

$$u_{n+1} - u_n = n + 1 + \frac{1}{n+2} - \left(n + \frac{1}{n+1}\right)$$
$$= 1 + \frac{1}{n+2} - \frac{1}{n+1} = \frac{n^2+3n+1}{(n+2)(n+1)}.$$

On a $u_{n+1} - u_n > 0$, donc **la suite est croissante**.

c. Pour tout entier naturel n, on a :
$$u_{n+1} - u_n = (n+1)^2 + 3(n+1) - (n^2 + 3n)$$
$$= n^2 + 2n + 1 + 3n + 3 - n^2 - 3n = 2n + 5.$$
On a $u_{n+1} - u_n > 0$, donc **la suite est croissante**.

d. Pour tout entier naturel n, on a :

$$u_{n+1} - u_n = \frac{n-2}{n+3} - \frac{n-3}{n+2}$$
$$= \frac{(n-2)(n+2)-(n-3)(n+3)}{(n+3)(n+2)}$$
$$= \frac{5}{(n+3)(n+2)}.$$

On a $u_{n+1} - u_n > 0$, donc **la suite est croissante**.

10 Pour tout entier naturel n, on a :

$$u_{n+1} - u_n = \frac{n+2}{n+1}u_n - u_n = \frac{1}{n+1}u_n.$$

Comme (u_n) est une suite positive, on a, pour tout entier n, $u_n \geqslant 0$.
On a $u_{n+1} - u_n \geqslant 0$, donc **la suite est croissante**.

11 1. Comme chaque mètre coûte 4 € de plus que le précédent, on a pour tout entier naturel n non nul, $u_{n+1} = u_n + 4$. La suite (u_n) est arithmétique de raison 4 avec $u_1 = 20$.
Pour tout entier naturel n non nul, on a :

$u_n = u_1 + (n-1)r$ $= 20 + (n-1) \times 4 = \mathbf{16 + 4n}$

et $S_n = u_1 + u_2 + \ldots + u_n = \dfrac{u_1 + u_n}{2} \times n$

$$= \frac{20+16+4n}{2}n = \mathbf{18n + 2n^2}.$$

2. Comme chaque mètre coûte 5 % de plus que le précédent, on a, pour tout entier naturel n non nul, $u_{n+1} = 1{,}05u_n$

Augmenter une valeur de a % revient à multiplier cette valeur par $1 + \dfrac{a}{100}$.

La suite (v_n) est géométrique de raison 1,05 avec $v_1 = 10$.
Pour tout entier naturel n non nul, on a :

$v_n = v_1 \times q^{n-1}$ $= \mathbf{10 \times 1{,}05^{n-1}}$ et

$R_n = v_1 + v_2 + \ldots + v_n = v_1 \dfrac{1-q^n}{1-q}$

$$= 10 \times \frac{1-1{,}05^n}{-0{,}05} = \mathbf{200(1{,}05^n - 1)}.$$

3. $S_{50} = 18 \times 50 + 2 \times 50^2 = 5\,900$.
Avec l'entreprise *A*, il faut payer **5 900 €** pour équiper une falaise de 50 mètres de hauteur.
$R_{50} = 200(1{,}05^{50} - 1) \approx 2\,093$.
Avec l'entreprise *B*, il faut payer **2 093 €** pour équiper une falaise de 50 mètres de hauteur.
C'est l'entreprise *B* la moins chère.

4. $S_n = 24\,000 \Leftrightarrow 18n + 2n^2 = 24\,000$
$\Leftrightarrow n^2 + 9n - 12\,000 = 0$
$\Delta = b^2 - 4ac = 48\,081$. Il y a deux solutions :
$x_1 = \dfrac{-b+\sqrt{\Delta}}{2a} \approx 105$ et x_2 qui est négatif.
Avec 24 000 €, **l'entreprise *A* peut aménager 105 m de falaise.**
$R_n = 24\,000 \Leftrightarrow 200\,(1{,}05^n - 1) = 24\,000$
$\Leftrightarrow 1{,}05^n = 121$. Par essais, on a :

n	100	99	98
$1{,}05^n$	131,5	125,2	119,3

On a donc $n = 98$.
Avec 24 000 €, **l'entreprise *B* ne peut aménager que 98 m de falaise.**

12 **1.** C_n est le cercle de centre A_n passant par O ; son rayon est $OA_n = n$ et son périmètre est $p_n = 2\pi n$.
Pour tout entier naturel n non nul, on a :
$p_{n+1} - p_n = 2\pi$.
La suite (p_n) est arithmétique de raison 2π.

Le périmètre d'un cercle de rayon r est $2\pi r$.

2. Pour tout entier naturel n supérieur à 1, a_n est la différence entre l'aire d'un disque de rayon $n + 1$ et l'aire d'un disque de rayon n et on a :
$a_n = \pi(n + 1)^2 - \pi n^2 = \pi(2n + 1)$.
$a_{n+1} - a_n = \pi(2(n + 1) + 1) - \pi(2n + 1) = 2\pi$.
La suite (a_n) est arithmétique de raison 2π.

L'aire d'un disque de rayon r est πr^2.

13 **1. a.** Le 3 janvier 2020, la somme disponible correspond à la somme versée le 1er janvier 2019 augmentée de ses intérêts et de la somme versée le 1er janvier 2020, soit
$600\text{ €} \times \left(1+\dfrac{3}{100}\right) + 600\text{ €}$.
La somme disponible le 3 janvier 2020 est 1 218 €.

b. Le 3 janvier 2021, la somme disponible correspond à la somme disponible le 3 janvier 2020 augmentée de ses intérêts pour l'année 2020 et de la somme versée le 1er janvier 2021, soit
$1\,281\text{ €} \times \left(1+\dfrac{3}{100}\right) + 600\text{ €}$.
La somme disponible le 3 janvier 2021 est 1 854,54 €.

2. Pour tout entier naturel n, la somme u_{n+1} disponible le 3 janvier de l'année 2019+n+1 correspond à la somme disponible le 3 janvier 2019+n augmentée de ses intérêts pour l'année 2019+n et de la somme versée le 1er janvier 2019+n+1,
soit $u_n \times \left(1+\dfrac{3}{100}\right) + 600$ €.
On a bien la relation $\boldsymbol{u_{n+1} = 1{,}03u_n + 600}$.

3. a. Pour tout entier naturel n, on a :
$v_n = u_n + 20\,000$ et
$v_{n+1} = u_{n+1} + 20\,000$
$= 1{,}03u_n + 600 + 20\,000$
$= 1{,}03u_n + 20\,600$
$= 1{,}03(u_n + 20\,000)$
$= 1{,}03\,v_n$.
La suite (v_n) est une suite géométrique de raison $q = 1{,}03$.
Son premier terme est $v_0 = u_0 + 20\,000 = 20\,600$.

b. Pour tout entier naturel n,
$v_n = v_0 \times q^n = \mathbf{20\,600 \times 1{,}03^n}$ et
$u_n = v_n - 20\,000 = \mathbf{20\,600 \times 1{,}03^n - 20\,000}$.

4. La somme dont Jean pourrait disposer le 3 janvier 2049 est u_{30}, soit environ **30 001,61 euros**.

14 **1.** Si on pose 6 tuyaux au sol, au-dessus, on en empile 5, puis 4, puis 3, puis 2 et enfin 1 en haut. Le nombre total de tuyaux est :
$6 + 5 + 4 + 3 + 2 + 1 = \mathbf{21}$.

2. a. Si on pose n tuyaux au sol, au-dessus, on en empile $n - 1$, … , puis 2 et enfin 1 en haut.
Le nombre total de tuyaux est :
$u_n = n + (n - 1) + \ldots + 2 + 1 = \mathbf{\dfrac{n(n+1)}{2}}$.

b. On veut $u_n = 2\,016 \Leftrightarrow n(n + 1) = 2 \times 2\,016$
$\Leftrightarrow n^2 + n = 4\,032 \Leftrightarrow n^2 + n - 4\,032 = 0$.
$\Delta = b^2 - 4ac = 1 + 4 \times 4032 = 16\,129 = 127^2$.
Il y a 2 solutions : $x_1 = \dfrac{-b+\sqrt{\Delta}}{2a} = 63$ et x_2 qui est négative. Si on a un empilage de 2 016 tuyaux, alors on a posé **63 tuyaux au sol.**

15 **1.** $u_2 = u_1 + u_0 = 1 + 0 = \mathbf{1}$.
$u_3 = u_2 + u_1 = 1 + 1 = \mathbf{2}$.
$u_4 = u_3 + u_2 = 2 + 1 = \mathbf{3}$.
$u_5 = u_4 + u_3 = 3 + 2 = \mathbf{5}$.

2. $x^2 = x + 1 \Leftrightarrow x^2 - x - 1 = 0$
$\Delta = b^2 - 4ac = 1 + 4 = 5$. Comme $\Delta > 0$, il y a 2 solutions : $x_1 = \dfrac{-b+\sqrt{\Delta}}{2a} = \mathbf{\dfrac{1+\sqrt{5}}{2}}$
et $x_2 = \dfrac{-b-\sqrt{\Delta}}{2a} = \mathbf{\dfrac{1-\sqrt{5}}{2}}$.

3. Soit (v_n) une suite géométrique de raison q qui vaut x_1 ou x_2. q vérifie donc $q^2 = q + 1$.
Pour tout entier naturel n, on a :
$v_n = v_0 q^n$, $v_{n+1} = v_0 q^{n+1}$ et $v_{n+2} = v_0 q^{n+2}$.

On a aussi pour tout entier naturel n,

$v_{n+2} = v_0 q^{n+2} = v_0 q^n \times q^2$
$= v_0 q^n (q + 1)$
$= v_0 q^{n+1} + v_0 q^n$
$= v_{n+1} + v_n$.

On a bien, pour tout entier naturel n, $\boldsymbol{v_{n+2} = v_{n+1} + v_n}$.

4. a. On veut pour tout entier naturel n, $u_n = ax_1^{\ n} + bx_2^{\ n}$.

Ceci doit être vrai en particulier pour $n = 0$ et pour $n = 1$. On a donc :

$$\begin{cases} 0 = a + b \\ 1 = ax_1 + bx_2 \end{cases} \Leftrightarrow \begin{cases} a = -b \\ 1 = a(x_1 - x_2) \end{cases}$$

Or $x_1 - x_2 = \sqrt{5}$.

On a donc $\boldsymbol{a = \frac{1}{\sqrt{5}}}$ **et** $\boldsymbol{b = \frac{-1}{\sqrt{5}}}$.

b. Pour tout entier naturel n, on a donc

$$\boldsymbol{u_n = \frac{1}{\sqrt{5}}\left(\left(\frac{1+\sqrt{5}}{2}\right)^n - \left(\frac{1-\sqrt{5}}{2}\right)^n\right)}$$

16 1. On a :

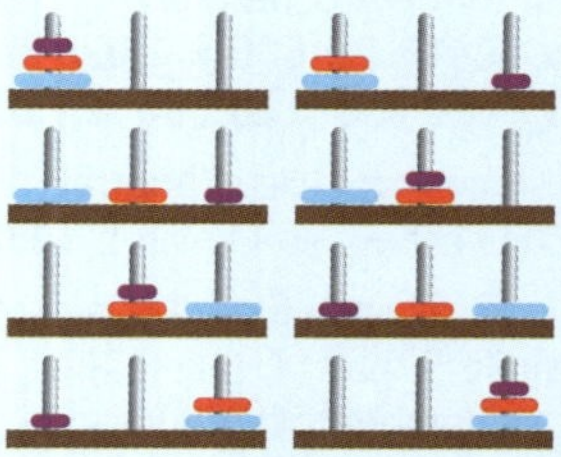

7 déplacements sont nécessaires.

2. a. Si on sait déplacer n disques d'un piquet vers un autre, on déplace les n disques les plus petits du piquet de gauche vers le piquet du centre (u_n déplacements), puis on déplace le plus grand disque sur le piquet de droite (1 déplacement) et on déplace les n disques les plus petits du piquet du centre vers le piquet de droite (u_n déplacements).

b. Pour tout entier n supérieur ou égal à 1, on a : $\boldsymbol{u_{n+1} = 2u_n + 1}$ avec $u_1 = 1$.

c. Pour tout entier n supérieur ou égal à 1, on a :

$v_n = u_n + 1$
$\Rightarrow v_{n+1} = u_{n+1} + 1$
$\Rightarrow v_{n+1} = 2u_n + 1 + 1$
$\Rightarrow v_{n+1} = 2(u_n + 1)$
$\Rightarrow v_{n+1} = 2v_n$

La suite (v_n) avec $n \geqslant 1$ est géométrique de raison 2.

d. On a aussi $v_1 = u_1 + 1 = 1 + 1 = 2$.

Pour tout entier naturel n non nul, on a :

$v_n = v_1 \times q^{n-1} = 2 \times 2^{n-1} = 2^n$.

Pour $n \geqslant 1$, $u_n = v_n - 1 = \boldsymbol{2^n - 1}$.

17 1.a. À la fin du $n^{\text{ième}}$ mois, donc au début du $(n + 1)^{\text{ième}}$ mois, il reste R_n de capital à rembourser. Les intérêts payés le $(n + 1)^{\text{ième}}$ mois sont bien

$$I_{n+1} = \frac{t \times R_n}{12}.$$

b. Comme, chaque mois, la mensualité fixe est égale à la somme des intérêts de ce mois et de la partie de capital remboursée, on a, pour tout entier naturel n non nul, $m = I_{n+1} + C_{n+1}$, d'où

$$\boldsymbol{C_{n+1} = m - \frac{t \times R_n}{12}}.$$

Le capital restant à rembourser à la fin du $(n + 1)^{\text{ième}}$ mois est la différence entre le capital restant à rembourser à la fin du $n^{\text{ième}}$ mois et le capital remboursé pendant ce $(n + 1)^{\text{ième}}$ mois.

Pour tout entier naturel n non nul, on a :

$$R_{n+1} = R_n - C_{n+1} = \boldsymbol{\left(1+\frac{t}{12}\right)R_n - m}.$$

c. D'après 1. b., on a aussi, pour tout entier naturel n supérieur ou égal à 2,

$$C_{n+2} = m - \frac{t}{12}R_{n+1} = m - \frac{t}{12}\left[\left(1+\frac{t}{12}\right)R_n - m\right]$$
$$= m + \frac{t}{12}m - \frac{t}{12}\left(1+\frac{t}{12}\right)R_n$$
$$= \left(1+\frac{t}{12}\right)\left(m - \frac{t}{12}R_n\right) = \left(1+\frac{t}{12}\right)C_{n+1}$$

Par changement d'indice, on a, pour tout entier naturel n supérieur ou égal à 1,

$$\boldsymbol{C_{n+1} = \left(1+\frac{t}{12}\right)C_n}.$$

2. a. On en déduit que la suite (C_n) est géométrique de raison $q = 1 + \frac{t}{12}$.

Pour tout entier naturel n supérieur ou égal à 1, on a $C_n = C_1\, q^{n-1}$, soit

$$\boldsymbol{C_n = C_1 \times \left(1+\frac{t}{12}\right)^{n-1}}$$

b. I_1 représente les intérêts payés le premier mois sur la totalité du capital emprunté, donc $\boldsymbol{I_1 = \frac{t}{12}C}$.

c. On a $m = C_1 + I_1$, donc $C_1 = m - I_1$,

soit $\boldsymbol{C_1 = m - \frac{t}{12}C}$.

On a donc $C_n = \left(m - \frac{t}{12}\right)\left(1+\frac{t}{12}C\right)^{n-1}$.

d. $C_1 + C_2 + \ldots + C_N$ est la somme des termes d'une suite géométrique.

$$C_1 + C_2 + \ldots + C_N = C_1 \frac{1-\left(1+\frac{t}{12}\right)^N}{1-\left(1+\frac{t}{12}\right)}$$
$$= \left(m - \frac{t}{12}C\right)\frac{1-\left(1+\frac{t}{12}\right)^N}{\frac{-t}{12}}$$
$$= \left(\frac{12m}{t} - C\right)\left(\left(1+\frac{t}{12}\right)^N - 1\right)$$

3. $C=\left(\frac{12m}{t}-C\right)\left(\left(1+\frac{t}{12}\right)^N-1\right)$

$\Leftrightarrow \frac{C}{\left(1+\frac{t}{12}\right)^N-1}=\frac{12m}{t}-C$

$\Leftrightarrow C\left(\frac{1}{\left(1+\frac{t}{12}\right)^N-1}+1\right)=\frac{12m}{t}$

$\Leftrightarrow$ $\boldsymbol{m=C\times\frac{t}{12}\left(\frac{1}{\left(1+\frac{t}{12}\right)^N-1}+1\right)}$

4. Ici, on a $C = 90\ 000$, $t = 5{,}4\ \% = 0{,}054$ et $N = 144$ car 12 ans = 12 × 12 mois.

$m = 90\ 000\times\frac{0{,}054}{12}\left(1+\frac{1}{\left(1+\frac{0{,}054}{12}\right)^{144}-1}\right)$.

La mensualité est m = 850,58 euros au centime près.
Le total des remboursements est $144m$, soit 122 483,52 euros.
Le total des intérêts est 122 483,52 € – 90 000 €, soit **32 483,52€**.

CHAPITRE 2 *(Énoncés p. 16)*

1 Un binôme $ax + b$ ($a \neq 0$) a pour racine $\frac{-b}{a}$.

1. La racine $\frac{-b}{a}$ de $2x - 6$ vaut $\frac{-(-6)}{2}$, soit 3.

x	$-\infty$		3		$+\infty$
$2x-6$		–	0	+	

La racine de $x + 5$ vaut –5. On a :

x	$-\infty$		–5		$+\infty$
$x+5$		–	0	+	

2. Le signe du produit de binômes s'obtient à partir des signes de chacun des binômes en appliquant les règles sur le signe d'un produit.

x	$-\infty$		–5		3		$+\infty$
$2x-6$		–		–	0	+	
$x+5$		–	0	+		+	
$(2x-6)(x+5)$		+	0	–	0	+	

3. Pour $P(x) > 0$, on a $S =]-\infty\ ; \mathbf{-5}[\ \cup\ ]\mathbf{3}\ ; +\infty[$.

2 a. La racine $\frac{-b}{a}$ de $x - 3$ est 3 et celle de $7 - x$ est 7.

x	$-\infty$		3		7		$+\infty$
$x-3$		–	0	+		+	
$7-x$		+		+	0	–	
produit		–	0	+	0	–	

Pour $(x - 3)(7 - x) \geqslant 0$, on a $\boldsymbol{S = [3\ ;\ 7]}$.

b. La racine $\frac{-b}{a}$ de $3x$ est $\frac{-0}{3}$, soit 0 et celle $5 - x$ est 5.

x	$-\infty$		0		5		$+\infty$
$3x$		–	0	+		+	
$5-x$		+		+	0	–	
produit		–	0	+	0	–	

Pour $3x(5 - x) \leqslant 0$, on a $\boldsymbol{S =]-\infty\ ;\ 0] \cup [5\ ;\ +\infty[}$.

c. La racine $\frac{-b}{a}$ de $2x - 1$ est $\frac{-(-1)}{2}$, soit 0,5 et celle de $6x + 3$ est $\frac{-3}{6}$, soit –0,5.

x	$-\infty$		–0,5		0,5		$+\infty$
$2x-1$		–		–	0	+	
$6x+3$		–	0	+		+	
produit		+	0	–	0	+	

Pour $(2x - 1)(6x + 3) > 0$, on a $\boldsymbol{S =]-\infty\ ;\ -0{,}5[\ \cup\ ]0{,}5\ ;\ +\infty[}$.

3 a. $4x^2 - 25 = 0$
$\Leftrightarrow (2x + 5)(2x - 5) = 0$
$\Leftrightarrow 2x + 5 = 0$ ou $2x - 5 = 0$
$\Leftrightarrow 2x = -5$ ou $2x = 5$
$\boldsymbol{S = \{-2{,}5\ ;\ 2{,}5\}}$

b. $x^2 = 25x \Leftrightarrow x^2 - 25x = 0$
$\Leftrightarrow x(x - 25) = 0$
$\Leftrightarrow x = 0$ ou $x - 25 = 0$
$\boldsymbol{S = \{0\ ;\ 25\}}$

Quand dans une équation du second degré, on a $b = 0$ ou $c = 0$, il est maladroit d'utiliser Δ car il suffit de transformer l'équation en équation produit ou en équation de la forme $X^2 = a$.

c. $x^3 + 4x^2 + 4x = 0 \Leftrightarrow x(x^2 + 4x + 4) = 0$
$\Leftrightarrow x(x + 2)^2 = 0 \Leftrightarrow x = 0$ ou $x + 2 = 0$
$\boldsymbol{S = \{0\ ;\ -2\}}$

d. $25x^2 - 20x + 4 = 0$
$\Leftrightarrow (5x)^2 - 2 \times 5x \times 2 + 2^2 = 0$
$\Leftrightarrow (5x + 2)^2 = 0 \Leftrightarrow 5x + 2 = 0$
$\Leftrightarrow 5x = -2$ $\qquad \boldsymbol{S = \{-0{,}4\}}$

e. $25 - (x - 3)^2 = 0$
$\Leftrightarrow 25 = (x - 3)^2$
$\Leftrightarrow 5 = x - 3$ ou $-5 = x - 3$
$\Leftrightarrow 5 + 3 = x$ ou $-5 + 3 = x$ $\qquad \boldsymbol{S = \{8\ ;\ -2\}}$

$X^2 = a$ avec $a > 0$
$\Leftrightarrow X = \sqrt{a}$ ou $X = -\sqrt{a}$

f. $(x + 4)^2 + (x - 7)(x + 4) = 0$
$\Leftrightarrow (x + 4)[(x + 4) + (x - 7)] = 0$
$\Leftrightarrow (x + 4)(2x - 3) = 0 \Leftrightarrow x + 4 = 0$ ou $2x - 3 = 0$
$\boldsymbol{S = \{-4\ ;\ 1{,}5\}}$

4 a. $x^2 - 4x + 3 = 0$: $\Delta = b^2 - 4ac = 16 - 12 = 4$
$\Delta > 0$, donc il y a 2 solutions :

$x_1 = \dfrac{-b+\sqrt{\Delta}}{2a} = \dfrac{4+2}{2} = 3$

et $x_2 = \dfrac{-b-\sqrt{\Delta}}{2a} = \dfrac{4-2}{2} = 1$ **$S = \{1 ; 3\}$**

b. $-x^2 + x - 5 = 0 : \Delta = b^2 - 4ac = 1 - 20 = -19$
$\Delta < 0$: **il n'y a pas de solution.**

c. $3x^2 - x + 1 = 0 : \Delta = b^2 - 4ac = 1 - 12 = -11$
$\Delta < 0$: **il n'y a pas de solution.**

d. $5x^2 - x - 6 = 0 : \Delta = b^2 - 4ac = 1 + 120 = 121$
$\Delta > 0$, donc il y a 2 solutions :

$x_1 = \dfrac{-b+\sqrt{\Delta}}{2a} = \dfrac{1+11}{10} = 1{,}2$

et $x_2 = \dfrac{-b-\sqrt{\Delta}}{2a} = \dfrac{1-11}{10} = -1$ **$S = \{-1 ; 1{,}2\}$**

e. $4x^2 + 4x + 1 = 0 : \Delta = b^2 - 4ac = 16 - 16 = 0$
$\Delta = 0$: il y a une unique solution :

$x_0 = \dfrac{-b}{2a} = \dfrac{-4}{8}$ **$S = \{-0{,}5\}$**

f. $x^2 - 5x - 6 = 0 : \Delta = b^2 - 4ac = 25 + 24 = 49$
$\Delta > 0$, donc il y a 2 solutions :

$x_1 = \dfrac{-b+\sqrt{\Delta}}{2a} = \dfrac{5+7}{2} = 6$

et $x_2 = \dfrac{-b-\sqrt{\Delta}}{2a} = \dfrac{5-7}{2} = -1$ **$S = \{-1 ; 6\}$**

5 a. $P(x) = 4x^2 + 12x + 9$
$\Delta = b^2 - 4ac = 144 - 144 = 0$

$\Delta = 0$: il y a une unique racine : $x_0 = \dfrac{-b}{2a}$ **$= -1{,}5$.**

Sa factorisation $a(x - x_0)^2$ est **$P(x) = 4(x + 1{,}5)^2$.**

Remarque : Quand $\Delta = 0$, forme canonique et forme factorisée sont identiques.

b. $Q(x) = -x^2 + 6x - 10$
$\Delta = b^2 - 4ac = 36 - 40 = -4$
$\Delta < 0$: il n'y a ni racine réelle ni factorisation.

c. $R(x) = 2x^2 + 10x - 12$
$\Delta = b^2 - 4ac = 100 + 96 = 196$
$\Delta > 0$: il y a deux racines :

$x_1 = \dfrac{-b+\sqrt{\Delta}}{2a} = \dfrac{-10+14}{4} = 1$

et $x_2 = \dfrac{-b-\sqrt{\Delta}}{2a} = \dfrac{-10-14}{4}$ **$= -6$**

$\Delta > 0$, la factorisation est $a(x - x_1)(x - x_2)$

$R(x) = 2(x - 1)(x + 6)$.

6 1. • Pour $P(x) = x^2 - 3x + 2$,
on a $\Delta = b^2 - 4ac = (-3)^2 - 4 \times 1 \times 2 = 1$.

Comme on a $\Delta > 0$, il y 2 racines :

$x_1 = \dfrac{-b+\sqrt{\Delta}}{2a}$ **$= 2$** et $x_2 = \dfrac{-b-\sqrt{\Delta}}{2a}$ **$= 1$.**

***P*(*x*) est positif** (signe de *a*) **sauf entre ses racines 1 et 2.**

x	$-\infty$		1		2		$+\infty$
$P(x)$		+	0	−	0	+	

• Pour $Q(x) = 3x - 1 - 4x^2$,
on a $\Delta = b^2 - 4ac = 3^2 - 4 \times (-4) \times (-1) = -7$.
Pensez à ordonner les termes pour ne pas confondre *a*, *b* et *c*.
Comme on a $\Delta < 0$, le trinôme **$Q(x)$ n'a pas de racine.**
$Q(x)$ est donc toujours (strictement) négatif (signe de *a*).

x	$-\infty$		$+\infty$
$Q(x)$		−	

• Pour $R(x) = 5x^2 - 30x + 45$,
on a $\Delta = b^2 - 4ac = (-30)^2 - 4 \times 5 \times 45 = 0$.
Comme on a $\Delta = 0$, il y une unique racine :

$x_1 = \dfrac{-b}{2a}$ **$= 3$.**

***R*(*x*) est donc toujours positif** (nul pour sa racine).

x	$-\infty$		3		$+\infty$
$R(x)$		+	0	+	

2. On déduit que :

a. pour $P(x) \geqslant 0$, **$S =]-\infty ; 1] \cup [2 ; +\infty[$**

b. pour $Q(x) < 0$, **$S = \mathbb{R}$** ;

c. $5x^2 - 30x > -45 \Leftrightarrow 5x^2 - 30x + 45 > 0$
$\Leftrightarrow R(x) > 0$: **$S = \mathbb{R} \setminus \{3\}$.**

7 1. $x^2 + x - 2 = 0$, $\Delta = 9$, **$S = \{1 ; -2\}$.**
$4x^2 - 9 = 0 \Leftrightarrow 4x^2 = 9 \Leftrightarrow x^2 = 9 \div 4$
$\Leftrightarrow x^2 = 2{,}25 \Leftrightarrow x = 1{,}5$ ou $x = -1{,}5$;
$S = \{1{,}5 ; -1{,}5\}$.

2. a. Pour tout réel x, on a :
$(x^2 + x - 2)(4x^2 - 9)$
$= 4x^4 - 9x^2 + 4x^3 - 9x - 8x^2 + 18$
$= 4x^4 + 4x^3 - 17x^2 - 9x + 18.$
On a, pour tout réel x, **$P(x) = (x^2 + x - 2)(4x^2 - 9)$.**

b. Les racines du polynôme $P(x)$ sont les solutions de $P(x) = 0$, c'est-à-dire les solutions de $x^2 + x - 2 = 0$ et celles de $4x^2 - 9 = 0$.
Les racines de *P*(*x*) sont −2 ; −1,5 ; 1 et 1,5.

3. On a :

x	$-\infty$		−2		−1,5		1		1,5		$+\infty$
$x^2 + x - 2$		+	0	−		−	0	+		+	
$4x^2 - 9$		+		+	0	−		−	0	+	
$P(x)$		+	0	−	0	+	0	−	0	+	

Pour $P(x) < 0$, on a **$S =]-2 ; -1{,}5[\cup]1 ; 1{,}5[$.**

8 Soit n et $n + 1$ les deux entiers consécutifs.

Des entiers consécutifs sont des entiers de différence 1 comme n et $n + 1$.

On veut :
$n^2 + (n + 1)^2 = 8\ 148\ 685$
$\Leftrightarrow 2n^2 + 2n + 1 = 8\ 148\ 685$
$\Leftrightarrow 2n^2 + 2n - 8\ 148\ 684 = 0$
$\Delta = b^2 - 4ac = 65\ 189\ 476$
Comme $\Delta > 0$, il y a deux solutions : $n_1 = -2019$ et $n_2 = 2018$.
Les entiers recherchés sont – 2019 et –2018 ou bien 2018 et 2019.

9 a. $P(x) = 4x^2 - 5x - 6$
$P(2) = 4 \times 2^2 - 5 \times 2 - 6 = 16 - 10 - 6 = 0$
donc **2 est une racine de $P(x)$.**

Si $ax^2 + bx + c$ a deux racines x_1 et x_2, alors $x_1x_2 = \dfrac{c}{a}$.

On a $2 \times x_2 = \dfrac{-6}{4}$, d'où $x_2 = -1{,}5 \div 2$.
La seconde racine est –0,75.

b. $P(x) = 3x^2 + 3x - 6$
$P(1) = 3 \times 1^2 + 3 \times 1 - 6 = 3 + 3 - 6 = 0$
donc **1 est une racine de $P(x)$.**
On a $1 \times x_2 = \dfrac{-6}{3}$, d'où $x_2 = -2$.
La seconde racine est –2.

c. $P(x) = 6x^2 - 5x + 1$
$P(0{,}5) = 6 \times 0{,}5^2 - 5 \times 0{,}5 + 1 = 1{,}5 - 2{,}5 + 1 = 0$
donc **0,5 est une racine de $P(x)$.**
On a $0{,}5 \times x_2 = \dfrac{1}{6}$, d'où $x_2 = \dfrac{1}{6} \times 2$.
La seconde racine est $\dfrac{1}{3}$.

d. $P(x) = x^2 + \sqrt{5}\,x - 10$
$P(\sqrt{5}) = \sqrt{5}^2 + \sqrt{5} \times \sqrt{5} - 10 = 5 + 5 - 10 = 0$
donc **$\sqrt{5}$ est une racine de $P(x)$.**
On a $\sqrt{5} \times x_2 = -10$,
d'où $x_2 = \dfrac{-10}{\sqrt{5}} = \dfrac{-2\sqrt{5}\sqrt{5}}{\sqrt{5}} = -2\sqrt{5}$
La seconde racine est $-2\sqrt{5}$.

10 Les deux nombres dont la somme vaut $s = 1$ et le produit vaut $p = -1$ sont solutions de $x^2 - sx + p = 0$, soit de $x^2 - x - 1 = 0$.
$\Delta = b^2 - 4ac = (-1)^2 - 4 \times 1 \times (-1) = 5$.
$\Delta > 0$, donc il y a deux solutions :
$x_1 = \dfrac{-b+\sqrt{\Delta}}{2a} = \dfrac{1+\sqrt{5}}{2}$ et $x_2 = \dfrac{-b-\sqrt{\Delta}}{2a} = \dfrac{1-\sqrt{5}}{2}$.
Ce sont les deux nombres recherchés.

11 Deux nombres de somme $s = 1$ et de produit $p = 1$ sont solutions de $x^2 - sx + p = 0$, soit de $x^2 - x + 1 = 0$.
Or $\Delta = b^2 - 4ac = 1 - 4 = -3$.
$x^2 - x + 1 = 0$ n'a pas de solution et **il n'existe pas deux réels de somme 1 et de produit 1.**

12 Un rectangle de dimensions x et y a pour périmètre $2(x + y) = 140$ et pour aire $xy = 1\ 176$.
On cherche deux nombres de somme 70 et de produit 1 176 : ce sont les solutions de l'équation $x^2 - 70\,x + 1\ 176$. $\Delta = 196$. Il y a deux solutions $x_1 = 42$ et $x_2 = 28$.
Le rectangle mesure 42 cm sur 28 cm.

13 Les abscisses des points d'intersection d'une courbe d'équation $y = f(x)$ avec l'axe des abscisses sont les solutions de l'équation $f(x) = 0$.

1. Pour $x^2 + 2x - 2 = 0$, $\Delta = 2^2 - 4 \times 1 \times (-2) = 12$.
$x_1 = \dfrac{-b+\sqrt{\Delta}}{2a} = \dfrac{-2+\sqrt{12}}{2} = \dfrac{-2+2\sqrt{3}}{2} = -1+\sqrt{3}$
et $x_2 = -1-\sqrt{3}$.
P coupe l'axe des abscisses aux points d'abscisses $-1+\sqrt{3}$ et $-1-\sqrt{3}$.
De même, $-x^2 + 2 = 0 \Leftrightarrow x^2 = 2$. **$Q$ coupe l'axe des abscisses aux points d'abscisses $\sqrt{2}$ et $-\sqrt{2}$.**

2. Les abscisses des points d'intersection de P et de Q sont solutions de $x^2 + 2x - 2 = -x^2 + 2$, soit de $2x^2 + 2x - 4 = 0$. Une solution évidente est 1 et l'autre solution est $\dfrac{c}{a} = \dfrac{-4}{2} = -2$.
Pour $x = 1$, $y = -1^2 + 2 = 1$
et pour $x = -2$, $y = -(-2)^2 + 2 = -2$.
P et Q sont sécantes en $A(1 ; 1)$ et en $B(-2 ; -2)$.

14 1. Pour tout x réel, on a :
$-(x + 3)^2 + 10 = -(x^2 + 6x + 9) + 10$
$= -x^2 - 6x - 9 + 10 = -x^2 - 6x + 1 = f(x)$.
$-(x + 3)^2 + 10$ est une forme canonique de $f(x)$.

2. Dans la forme canonique $-(x + 3)^2 + 10$, on a $a = -1$ (qui est donc négatif), $\alpha = 3$ et $\beta = 10$.
Le tableau des variations de f est :

x	$-\infty$	-3	$+\infty$
$f(x)$	↗	10	↘

15 1. $f(x) = g(x) \Leftrightarrow x^2 + 6x + 4 = -x^2 - 2x + 4$
$\Leftrightarrow 2x^2 + 8x = 0 \Leftrightarrow 2x(x + 4) = 0$
$\Leftrightarrow 2x = 0$ ou $x + 4 = 0 \Leftrightarrow x = 0$ ou $x = -4$.
Pour l'équation $f(x) = g(x)$, on a **$S = \{0 ; -4\}$.**

2. a. Pour tout x réel, on a : $(x + 3)^2 - 5$
$= x^2 + 6x + 9 - 5 = x^2 + 6x + 4 = f(x)$.
Une forme canonique de $f(x)$ est $(x + 3)^2 - 5$.

b. Pour tout x réel, on a :
$-(x + 1)^2 + 5 = -(x^2 + 2x + 1) + 5$
$= -x^2 - 2x - 1 + 5$
$= -x^2 - 2x + 4 = g(x)$.

Une forme canonique de $g(x)$ est :
$-(x + 1)^2 + 5$.

c. Pour $f(x) = (x + 3)^2 - 5$, on a $a = 1$ donc a (qui est positif), $\alpha = 3$ et $\beta = -5$.

x	$-\infty$	-3	$+\infty$
$f(x)$	↘	-5	↗

Pour $g(x) = -(x + 1)^2 + 5$, on a $a = -1$ donc a (qui est négatif), $\alpha = 1$ et $\beta = 5$.

x	$-\infty$	-1	$+\infty$
$g(x)$	↗	5	↘

3. a. Pour représenter une courbe, on commence par établir un tableau de valeurs, valeurs choisies à l'aide de l'extremum du tableau de variations.

x	5	−3,5	−3	−2,5	−2	−1	0
$f(x)$	−1	−4,75	−5	−4,75	−4	−1	4

x	−4	−3	−1,5	−1	−0,5	0	1	2
$g(x)$	−4	1	4,75	5	4,75	4	1	−4

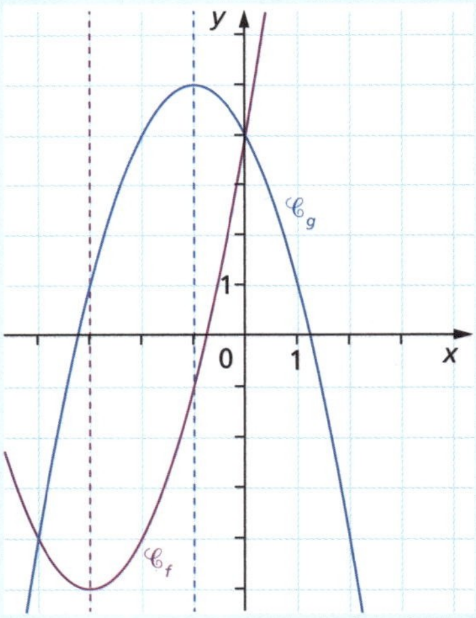

b. Graphiquement, les solutions de l'inéquation $f(x) \leqslant g(x)$ sont les abscisses des points de $\mathscr{C}_f$ situés au-dessous de $\mathscr{C}_g$ ou sur $\mathscr{C}_g$. **$S = [-4 ; 0]$.**

c. $f(x) \leqslant g(x) \Leftrightarrow x^2 + 6x + 4 \leqslant -x^2 - 2x + 4$
$\Leftrightarrow 2x^2 + 8x \leqslant 0 \Leftrightarrow 2x(x + 4) \leqslant 0$
La racine de $2x$ est 0 et celle de $x + 4$ est -4.

x	$-\infty$		-4		0		$+\infty$
$2x$		−		−	0	+	
$x + 4$		−	0	+		+	
$2x(x + 4)$		+	0	−	0	+	

Pour l'inéquation $f(x) \leqslant g(x)$, on a **$S = [-4 ; 0]$**.

16 1. On ne demande pas de résoudre, mais juste de déterminer le nombre de solutions éventuelles.
$(E) : x^2 - 4x - 5 = k \Leftrightarrow x^2 - 4x - 5 - k = 0$
On n'utilise Δ que si le membre de droite est nul.
On a : $\Delta = b^2 - 4ac = (-4)^2 - 4 \times 1 \times (-5 - k)$
$= 36 + 4k$.
La racine de $36 + 4k$ est -9 et on a le binôme $36 + 4k$ positif pour les valeurs de k supérieures à sa racine.
Si $\boldsymbol{k > -9}$, alors $\Delta > 0$ et **(*E*) a deux solutions.**
Si $\boldsymbol{k = -9}$, alors $\Delta = 0$ et **(*E*) a une solution** dite double.
Si $\boldsymbol{k < -9}$, alors $\Delta < 0$ et **(*E*) n'a aucune solution.**

2. **Si $\boldsymbol{k = -9}$**, il y a une seule solution : $x = \dfrac{-b}{2a} = \dfrac{4}{2}$.
$S = \{2\}$
• **Si $\boldsymbol{k > -9}$**, il y a deux solutions :
$$x_1 = \frac{-b+\sqrt{\Delta}}{2a} = \frac{4+\sqrt{36+4k}}{2} = \frac{4+2\sqrt{9+k}}{2}$$
$$= 2+\sqrt{9+k}$$
$$x_2 = \frac{-b-\sqrt{\Delta}}{2a} = 2-\sqrt{9+k}$$
$$\boldsymbol{S = \{\, 2 + \sqrt{9+k}\ ;\ 2 - \sqrt{9+k} \,\}}$$

17 Un changement de variable permet d'obtenir une équation d'inconnue X qu'on sait résoudre. Une fois cette équation résolue, on recherche à partir des valeurs possibles de X, les valeurs de x solutions en faisant attention aux conditions d'existence tant de x que de X.

a. $4x^4 - 6x^2 - 4 = 0$
$\Leftrightarrow 4X^2 - 6X - 4 = 0$ avec $X = x^2$.
$\Delta = b^2 - 4ac = (-6)^2 - 4 \times 4 \times (-4) = 100$.
On a $\Delta > 0$, donc il y a deux solutions en X :
$$X_1 = \frac{-b+\sqrt{\Delta}}{2a} = \frac{6+\sqrt{100}}{8} = 2$$
et $X_2 = \dfrac{-b-\sqrt{\Delta}}{2a} = -0,5$.
Comme on a $X = x^2$, on a donc :
$x^2 = 2$ ou $x^2 = -0,5 \Leftrightarrow x = \pm\sqrt{2}$ car un carré ne peut pas être négatif. **$S = \{-\sqrt{2}\ ;\ \sqrt{2}\}$.**
N.B. $x = \pm\sqrt{2}$ signifie $x = \sqrt{2}$ ou $x = -\sqrt{2}$.

b. Pour $x \neq 0$, $\dfrac{-1}{x^2} + \dfrac{1}{x} + 6 = 0 \Leftrightarrow -X^2 + X + 6 = 0$ avec $X = \dfrac{1}{x}$. $\Delta = b^2 - 4ac = 1^2 - 4 \times (-1) \times 6 = 25$.
On a $\Delta > 0$, donc il y a deux solutions en X :
$X_1 = -2$ et $X_2 = 3$.
Comme on a $X = \dfrac{1}{x}$, on a $x = \dfrac{1}{-2}$ ou $x = \dfrac{1}{3}$.
$$S = \left\{\frac{-1}{2} ; \frac{1}{3}\right\}.$$

c. Pour $x \geqslant 0$, $x - \sqrt{x} - 5 = 0 \Leftrightarrow X^2 - X - 5 = 0$ avec $X = \sqrt{x}$. $\Delta = b^2 - 4ac = 1^2 - 4 \times 1 \times (-5) = 21$.
On a $\Delta > 0$, donc il y a deux solutions en X :
$X_1 = \frac{1+\sqrt{21}}{2}$ et $X_2 = \frac{1-\sqrt{21}}{2}$, ce qui est impossible, car $X = \sqrt{x}$, donc X est positif.
On a donc $\sqrt{x} = \frac{1+\sqrt{21}}{2}$,
soit $x = \left(\frac{1+\sqrt{21}}{2}\right)^2 = \frac{1+2\sqrt{21}+21}{4} = \frac{11+\sqrt{21}}{2}$.
$S = \left\{\frac{11+\sqrt{21}}{2}\right\}$.

18 Soit x le nombre commun ajouté à 2, 5 et 8.
Les carrés sont $(2 + x)^2$; $(5 + x)^2$ et $(8 + x)^2$.
- **1er cas**

$(2 + x)^2 + (5 + x)^2 = (8 + x)^2$
$\Leftrightarrow 4 + 4x + x^2 + 25 + 10x + x^2 = 64 + 16x + x^2$
$\Leftrightarrow x^2 - 2x - 35 = 0$
$\Delta = 144 \Rightarrow x_1 = 7$ et $x_2 = -5$.
- **2e cas**

$(2 + x)^2 + (8 + x)^2 = (5 + x)^2$
$\Leftrightarrow 4 + 4x + x^2 + 64 + 16x + x^2 = 25 + 10x + x^2$
$\Leftrightarrow x^2 + 10x + 43 = 0$
$\Delta = -72 \Rightarrow$ Il n'y pas de solution dans ce cas.
- **3e cas**

$(2 + x)^2 = (5 + x)^2 + (8 + x)^2$
$\Leftrightarrow 4 + 4x + x^2 = 25 + 10x + x^2 + 64 + 16x + x^2$
$\Leftrightarrow x^2 + 22x + 85 = 0$
$\Delta = 144 \Rightarrow x_3 = -5$ et $x_4 = -17$.
- **Il y a 3 solutions au problème : –17 ; –5 et 7.**

19 Si deux réels ont la même image par une fonction trinôme, alors l'axe de symétrie de la parabole associée a pour équation x = moyenne de ces réels.

1. a. On sait que $f(2) = f(4)$ donc les points de la parabole représentant f d'abscisses 2 et 4 sont symétriques par rapport à la droite d'équation $\boldsymbol{x = 3}$, axe de symétrie de la parabole représentative de f.

Une fonction trinôme f de forme canonique $f(x) = a(x + \alpha)^2 + \beta$ est représentée par une parabole dont l'axe de symétrie a pour équation $x = -\alpha$.

b. La droite d'équation $x = -\alpha$ est aussi l'axe de symétrie de la parabole représentant f.
On en déduit que $\boldsymbol{\alpha = -3}$.
On a donc $f(x) = a(x - 3)^2 + \beta$.

2. a. On a : $\begin{cases} f(0)=34 \\ f(2)=2 \end{cases} \Leftrightarrow \begin{cases} 9a+\beta=34 & \text{(A)} \\ a+\beta=2 & \text{(B)} \end{cases}$

b. (A) – (B) $\Leftrightarrow 8a = 32 \Leftrightarrow a = 4$.
Par substitution, (B) $\Leftrightarrow 4 + \beta = 2 \Leftrightarrow \beta = -2$.
La solution $(a ; \beta)$ est $(4 ; -2)$.
La forme canonique de $f(x)$ est $4(x - 3)^2 - 2$.

c.

x	0	1	2	2,5	3	3,5	4	5	6
$f(x)$	34	14	2	–1	–2	–1	2	14	34

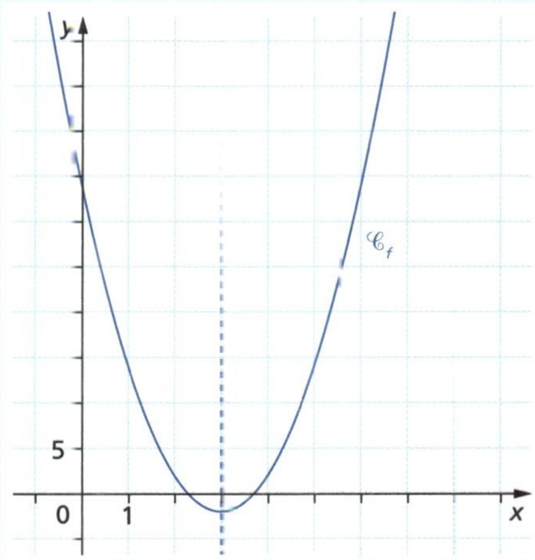

La forme canonique permet de résoudre des équations ou inéquations sans utiliser Δ.

3. a. $f(x) = 5 \Leftrightarrow 4(x - 3)^2 - 2 = 5 \Leftrightarrow 4(x - 3)^2 = 7$
$\Leftrightarrow (x - 3)^2 = \frac{7}{4} \Leftrightarrow x - 3 = \frac{\sqrt{7}}{2}$ ou $x - 3 = \frac{-\sqrt{7}}{2}$
$\Leftrightarrow x = 3 + \frac{\sqrt{7}}{2}$ ou $x = 3 - \frac{\sqrt{7}}{2}$.
Pour l'équation $f(x) = 5$, on a $S = \left\{\frac{6+\sqrt{7}}{2} ; \frac{6-\sqrt{7}}{2}\right\}$.

b. $f(x) > 14 \Leftrightarrow 4(x - 3)^2 - 2 > 14$
$\Leftrightarrow 4(x - 3)^2 - 16 > 0 \Leftrightarrow (x - 3)^2 - 4 > 0$
$\Leftrightarrow (x - 3 - 2)(x - 3 + 2) > 0 \Leftrightarrow (x - 5)(x - 1) > 0$.

x	$-\infty$		1		5		$+\infty$
$x - 5$		–		–	0	+	
$x - 1$		–	0	+		+	
$(x - 5)(x - 1)$		+	0	–	0	+	

Pour l'inéquation $f(x) > 14$, on a :
$S =]-\infty ; 1[\cup]5 ; +\infty[$.

20 1. M est un point de $[AB]$ donc $0 \leqslant AM \leqslant AB$, soit $0 \leqslant x \leqslant 4$. **$x$ peut varier dans $[0 ; 4]$.**

2. $MNPA$ étant un rectangle, on a $NP = AM = x$.
DCH étant un triangle isocèle en H, sa réduction DNP est isocèle en P, donc $DP = PN = x$.
Comme A, H, P et D sont alignés dans cet ordre, on a :
$AP = AH + HD - DP = 2 + 4 - x$, soit $\boldsymbol{AP = 6 - x}$.
L'aire du rectangle $AMNP$ est :
$AP \times DP = (6 - x) \times x$, soit $\boldsymbol{6x - x^2}$.

3. La fonction trinôme $x \mapsto -x^2 + 6x$ admet un maximum (car $a < 0$) en $\frac{-b}{2a} = 3$.
Ce maximum vaut $-3^2 + 6 \times 3 = 9$.
L'aire maximale du rectangle publicitaire est 9 m².

La subvention maximale qu'Alain peut espérer gagner est de 9 000 euros.

N.B. Pour $x = 3$, *MNPA* est un carré.

21 1. $P(1) = 1^3 - 2 \times 1^2 - 5 \times 1 + 6$
$= 1 - 2 - 5 + 6 = 0.$

1 est une racine de *P*.

2. $\forall x \in \mathbb{R}$, on veut :
$P(x) = (x-1)(ax^2 + bx + c)$
$= ax^3 + bx^2 + cx - ax^2 - bx - c$
$= ax^3 + (b-a)x^2 + (c-b)x - c$

Par identification des coefficients des termes de même degré, on a :

$$\begin{cases} a = 1 \\ b - a = -2 \\ c - b = -5 \\ -c = 6 \end{cases} \Leftrightarrow \begin{cases} a = 1 \\ b - 1 = -2 \\ -6 - b = -5 \\ -c = 6 \end{cases} \Leftrightarrow \begin{cases} a = 1 \\ b = -1 \\ -b = 1 \\ c = -6 \end{cases}$$

On a donc $a = 1$, $b = -1$ et $c = -6$ et pour tout x réel, $P(x) = (x-1)(x^2 - x - 6)$.

Si a est une racine d'un polynôme P, alors $P(x)$ est factorisable par $x - a$.

3. $P(x) = 0 \Leftrightarrow (x-1)(x^2 - x - 6) = 0$
$\Leftrightarrow x - 1 = 0$ ou $x^2 - x - 6 = 0$

- $x - 1 = 0 \Leftrightarrow x = 1$
- $x^2 - x - 6 = 0$: $\Delta = 25 \Rightarrow x_1 = 3$ et $x_2 = -2$.

Les solutions de $P(x) = 0$ sont 1, 3 et −2.

22 1. $x^4 - 1 = (x^2)^2 - 1 = (x^2 - 1)(x^2 + 1)$
$= \mathbf{(x + 1)(x - 1)(x^2 + 1)}$

2. $x^4 - 1 = 0 \Leftrightarrow (x + 1)(x - 1)(x^2 + 1) = 0$
$\Leftrightarrow x + 1 = 0$ ou $x - 1 = 0$ ou $x^2 + 1 = 0$
$\Leftrightarrow x = -1$ ou $x = 1$ ou $x^2 = -1$ ce qui est impossible.

$\boldsymbol{S = \{-1\ ;\ 1\}}$

CHAPITRE 3

(Énoncés p. 22)

1 a. $\lim\limits_{x \to 0} 2x + 3 = 2 \times 0 + 3 = \mathbf{3}$

Pour calculer la limite quand x tend vers 0 d'une expression définie en 0, il suffit de remplacer la variable x par 0.

b. $\lim\limits_{x \to 0} x^2 - 3x = 0^2 - 3 \times 0 = \mathbf{0}$

c. $\lim\limits_{x \to 0} \dfrac{2x+3}{x-5} = \dfrac{2 \times 0 + 3}{0 - 5} = \dfrac{-3}{5}$

2 $f'(a)$ est le coefficient directeur de la tangente à $\mathscr{C}_f$ au point d'abscisse a.

La tangente à $\mathscr{C}$ au point d'abscisse −1 est parallèle à l'axe des abscisses, donc $\mathbf{f'(-1) = 0}$.

Une droite parallèle à l'axe des abscisses a un coefficient directeur nul.

La tangente à $\mathscr{C}$ au point d'abscisse 0 a pour équation $y = -0{,}5 + 3x$. On a $\mathbf{f'(0) = 3}$.

Dans une équation de type $y = mx + p$, m est le coefficient directeur.

3 1. a. Pour tout réel x, on a $f(x) = x^2 + 4x - 5$.
Le taux de variation de f entre 3 et $3 + h$ est

$$\frac{f(3+h)-f(3)}{h}$$
$$= \frac{(3+h)^2 + 4(3+h) - 5 - (3^2 + 4 \times 3 - 5)}{h}$$
$$= \frac{3^2 + 6h + h^2 + 12 + 4h - 5 - 3^2 - 12 + 5}{h}$$
$$= \frac{10h + h^2}{h} = \mathbf{10 + h}$$

b. La limite en 0 de $10 + h$ est 10, donc $\mathbf{f'(3) = 10}$.

2. Le taux de variation de f entre 0 et $0 + h$ est

$$\frac{f(0+h)-f(0)}{h}$$
$$= \frac{(0+h)^2 + 4(0+h) - 5 - (0^2 + 4 \times 0 - 5)}{h}$$
$$= \frac{h^2 + 4h - 5 + 5}{h} = \frac{4h + h^2}{h} = 4.$$ On a $\mathbf{f'(0) = 4}$.

3. a. Pour tout réel x, $f'(x) = 2x + 4 \times 1 - 0 = \mathbf{2x + 4}$.

b. $f'(3) = 2 \times 3 + 4 = \mathbf{10}$ et $f'(0) = 2 \times 0 + 4 = \mathbf{4}$.

4 1. Le coefficient directeur de la droite (AB) est

$$\frac{y_B - y_A}{x_B - x_A} = \frac{-2 - 0{,}5}{2 - 0} = \frac{-2{,}5}{2} = \mathbf{\frac{-5}{4}}.$$

2. Comme la droite (AB) est tangente à la courbe $\mathscr{C}$ au point A d'abscisse 0, son coefficient directeur est $f'(0)$. On a donc $\mathbf{f'(0) = \dfrac{-5}{4}}$.

5 1. a. Le taux de variation de f entre 1 et $1 + h$ vaut :

$$\frac{f(1+h)-f(1)}{h} = \frac{\dfrac{1+h+3}{1+h-2} - \dfrac{1+3}{1-2}}{h} = \left(\frac{4+h}{h-1} + 4\right)\frac{1}{h}$$
$$= \left(\frac{4+h}{h-1} + \frac{4(h-1)}{h-1}\right)\frac{1}{h} = \frac{5h}{h-1} \times \frac{1}{h} = \mathbf{\frac{5}{h-1}}$$

b. La limite du taux de variation quand h tend vers 0 est 5, donc **le nombre dérivé de f en 1 vaut −5.**

2. Le taux de variation de f entre −3 et $-3 + h$ vaut :

$$\frac{f(-3+h)-f(-3)}{h} = \frac{\dfrac{-3+h+3}{-3+h-2} - \dfrac{-3+3}{-3-2}}{h}$$
$$= \frac{h}{h-5} \times \frac{1}{h} = \frac{1}{h-5}$$

La limite du taux de variation quand h tend vers 0 est −0,2, donc $\mathbf{f'(-3) = -0{,}2}$.

6 Chaque fonction est définie sur $\mathbb{R}$.

1. Pour tout réel x, $f'(x) = 2 \times 1 + 0 = \mathbf{2}$.
2. Pour tout réel x, $f'(x) = 3 \times 2x = \mathbf{6x}$.
3. Pour tout réel x, $f'(x) = 3x^{3-1} - 5 \times 1 = \mathbf{3x^2 - 5}$.
4. Pour tout réel x, $f'(x) = 6 \times 2x - 2 \times 1 + 0$ $= \mathbf{12x - 2}$.

7 Chaque fonction f est définie sur I comme quotient ou produit de fonctions dérivables sur I.

1. Pour tout $x > 0$, $f(x) = 3 \times \frac{1}{x}$ et

$f'(x) = 3 \times \frac{-1}{x^2} = \mathbf{\frac{-3}{x^2}}$.

2. Pour tout $x < 5$, $f(x) = \frac{2x-7}{x-5}$.

On utilise $\left(\frac{u}{v}\right)' = \frac{u'v - uv'}{v^2}$

avec $u(x) = 2x - 7$, $u'(x) = 2$, $v(x) = x - 5$ et $v'(x) = 1$.

Rappeler les formules employées et calculer séparément $u'(x)$ et $v'(x)$.

Pour tout $x < 5$, $f'(x) = \frac{2(x-5)-(2x-7)\times 1}{(x-5)^2} = \frac{-3}{(x-5)^2}$.

3. Pour tout $x > 3$,

$f(x) = \frac{x^2+3x}{(x-2)(x-3)} = \frac{x^2+3x}{x^2-5x+6}$

et $f'(x) = \frac{(2x+3)(x^2-5x+6)-(x^2+3x)(2x-5)}{(x^2-5x+6)^2}$

$= \frac{2x^3-10x^2+12x+3x^2-15x+18-(2x^3-5x^2+6x^2-15x)}{(x^2-5x+6)^2}$

$= \mathbf{\frac{-8x^2+12x+18}{(x^2-5x+6)^2}}$.

Ne pas développer les carrés au dénominateur des dérivées, car cela permettra une étude plus facile du signe de $f'(x)$.

4. Pour $x > 0$, $f(x) = (2x + 3)\sqrt{x}$.

On utilise $(uv)' = u'v + uv'$ avec $u(x) = 2x + 3$

$u'(x) = 2$, $v(x) = \sqrt{x}$ et $v'(x) = \frac{1}{2\sqrt{x}}$.

Pour $x > 0$, $f'(x) = 2\sqrt{x} + (2x + 3)\frac{1}{2\sqrt{x}}$

$= \frac{2\sqrt{x}\times 2\sqrt{x}}{2\sqrt{x}} + \frac{2x+3}{2\sqrt{x}} = \mathbf{\frac{6x+3}{2\sqrt{x}}}$.

8 1. $f(x) = 5x^2 - 3x + 2$. f est dérivable sur $\mathbb{R}$ comme fonction polynôme.

Pour tout réel x, $\mathbf{f'(x) = 10x - 3}$.

2. $f(x) = (2x + 3)^2 = 4x^2 + 12x + 9$.

f est dérivable sur $\mathbb{R}$ comme fonction polynôme.

Pour tout réel x, $\mathbf{f'(x) = 8x + 12}$.

3. $f(x) = \frac{2x+3}{x-1}$. f est définie et dérivable sur $\mathbb{R} \setminus \{1\}$ comme fonction rationnelle avec pour tout réel $x \neq 1$, $f'(x) = \frac{2(x-1)-(2x+3)\times 1}{(x-1)^2} = \mathbf{\frac{-5}{(x-1)^2}}$.

4. $f(x) = \frac{-x+3}{x^2-5}$. f est définie et dérivable sur $D_f = \mathbb{R} \setminus \{\sqrt{5}\ ; -\sqrt{5}\}$ avec, pour tout réel x de D_f,

$f'(x) = \frac{-1(x^2-5)-(-x+3)\times 2x}{(x^2-5)^2}$

$= \frac{-x^2+5+2x^2-6x}{(x^2-5)^2} = \mathbf{\frac{x^2-6x+5}{(x^2-5)^2}}$.

9 Si f est dérivable en a, une équation de la tangente à $\mathscr{C}_f$ au point d'abscisse a est $y = f'(a)(x - a) + f(a)$.

1. $f(x) = x^2 + 4$. f est définie et dérivable sur $\mathbb{R}$ avec, pout tout réel x, $f'(x) = 2x$.

On a $f(-3) = (-3)^2 + 4 = 13$ et

$f'(-3) = 2 \times (-3) = -6$.

Une équation de la tangente à $\mathscr{C}_f$ au point d'abscisse -3 est $y = -6(x - (-3)) + 13$, soit

$\mathbf{y = -6x - 5}$.

2. $f(x) = \frac{x+2}{x+1}$. f est définie et dérivable sur $\mathbb{R} \setminus \{-1\}$ avec, pour tout réel x différent de -1,

$f'(x) = \frac{1(x+1)-(x+2)\times 1}{(x+1)^2} = \frac{-1}{(x+1)^2}$.

On a $f(0) = 2$ et $f'(0) = -1$.

Une équation de la tangente à $\mathscr{C}_f$ au point d'abscisse 0 est $y = -1(x - 0) + 2$, soit $\mathbf{y = -x + 2}$.

3. $f(x) = 2\sqrt{x}$. f est définie sur $[0\ ; +\infty[$ et dérivable sur $]0\ ; +\infty[$ avec pour tout réel $x > 0$,

$f'(x) = \frac{1}{\sqrt{x}}$. On a $f(9) = 6$ et $f'(9) = \frac{1}{3}$.

Une équation de la tangente à $\mathscr{C}_f$ au point d'abscisse 9 est $y = \frac{1}{3}(x - 9) + 6$,

soit $\mathbf{y = \frac{1}{3}x + 3}$.

10 1. a. f est dérivable sur $]0\ ; +\infty[$ comme fonction inverse avec pour tout réel $x > 0$, $f'(x) = \frac{-1}{x^2}$.

On a : $\mathbf{f'(1) = -1, f'(0{,}5) = -4}$ **et** $\mathbf{f'(2) = -0{,}25}$.

b. $f'(a)$ est le coefficient directeur de la tangente à $\mathscr{C}_f$ au point d'abscisse a.

Les tangentes à $\mathscr{C}$ ont pour coefficients directeurs **−1 au point d'abscisse 1, −4 au point d'abscisse 0,5 et −0,25 au point d'abscisse 2.**

2. On place les points de coordonnées $(a\ ; f(a))$ pour $a = 1$, $a = 0{,}5$ et $a = 2$, soit les points de coordonnées $(1\ ; 1)$, $(0{,}5\ ; 2)$ et $(2\ ; 0{,}5)$ et on trace

les droites passant par ces points de coefficients directeurs respectifs –1, –4 et –0,25.

Échelle : réduction 70%

11 1. f est définie sur $[0 ; +\infty[$ et dérivable sur $]0 ; +\infty[$ avec, pour tout réel $x > 0$,
$f'(x) = \dfrac{1}{2\sqrt{x}}$. On a $\boldsymbol{f(25) = 5}$ et $\boldsymbol{f'(25) = 0,1}$.

2. a. Une équation de la tangente à la représentation graphique de f au point d'abscisse 25 est $y = f'(25)(x - 25) + f(25)$, soit $\boldsymbol{y = 0,1x + 2,5}$.

b. La fonction affine g représentée par cette droite a pour expression $g(x) = 0,1x + 2,5$.
En posant $x = 25 + h$, on a :
$g(25 + h) = 0,1(25 + h) + 2,5 = \boldsymbol{5 + 0,1h}$.

3. a. On a $g(25 + 0,02) = 5 + 0,1 \times 0,02 = 5,002$, donc $\boldsymbol{\sqrt{25,02} \approx 5,002}$.
On a $g(25 + 0,001) = 5 + 0,1 \times 0,001 = 5,000\,1$, donc $\boldsymbol{\sqrt{25,001} \approx 5,000\,1}$.
On a $g(25 - 0,001) = 5 + 0,1 \times (-0,001) = 4,999\,9$, donc $\boldsymbol{\sqrt{24,999} \approx 4,999\,9}$.

b.
$\sqrt{249999} = \sqrt{24,9999} \times \sqrt{10000} = 100\sqrt{24,9999}$
Comme $g(25 - 0,000\,1) = 4,999\,99$, on en déduit que $\sqrt{249999} \approx 100 \times 4,999\,99 \approx \boldsymbol{499,999}$.
$\sqrt{2500,00032} = 10\sqrt{25,0000032}$ avec $g(25 + 0,000\,003\,2) = 5,000\,000\,32$. On en déduit que $\sqrt{2500,00032} \approx 10 \times 5,000\,000\,32 \approx \boldsymbol{50,000\,003\,2}$.

4. La fonction inverse est dérivable sur $]0 ; +\infty[$, avec, pour tout réel $x > 0$, $f'(x) = \dfrac{-1}{x^2}$.
En particulier, on a $f'(10) = -0,01$ et une équation de la tangente à $\mathscr{C}_f$ au point d'abscisse 10 est $y = f'(10)(x - 10) + f(10)$, soit $y = -0,01x + 0,2$.
Cette droite représente la fonction affine k définie par $k(x) = -0,01x + 0,2$.
On a $k(10 + h) = 0,1 - 0,01h$.
$k(10 + 0,03) = 0,1 - 0,01 \times 0,03 = 0,099\,7$, donc $\dfrac{1}{10,03} \approx \boldsymbol{0,099\,7}$.
$k(10 - 0,005) = 0,1 - 0,01 \times (-0,005) = 0,100\,05$, donc $\dfrac{1}{9,995} \approx \boldsymbol{0,100\,05}$.

CHAPITRE 4 *(Énoncés p. 25)*

1 1. Pour tout réel x, on a $f(x) = \dfrac{15x+60}{x^2+9}$.
On utilise $\left(\dfrac{u}{v}\right)' = \dfrac{u'v - uv'}{v^2}$ avec $u(x) = 15x + 60$, $u'(x) = 15$, $v(x) = x^2 + 9$ et $v'(x) = 2x$.
On a donc, pour tout réel x,
$f'(x) = \dfrac{15(x^2+9)-(15x+60)\times 2x}{(x^2+9)^2} = \dfrac{15x^2+135-30x^2-120x}{(x^2+9)^2}$,
soit $\boldsymbol{f'(x) = \dfrac{-15x^2-120x+135}{(x^2+9)^2}}$.

2. Le dénominateur de $f'(x)$ étant un carré, il est positif et $f'(x)$ est du même signe que $-15x^2 - 120x + 135$ pour lequel on a $\Delta = b^2 - 4ac = 22\,500$: il y a donc deux racines.
$x_1 = \dfrac{-b+\sqrt{\Delta}}{2a} = \dfrac{120+150}{-30} = -9$ et
$x_2 = \dfrac{-b-\sqrt{\Delta}}{2a} = \dfrac{120-150}{-30} = 1$.

Un trinôme $ax^2 + bx + c$ est du signe de a sauf entre ses racines si elles existent.

$f'(x)$ est donc négatif (signe de a) **sauf entre ses racines –9 et 1.**

3. Sur $]-\infty ; -9]$ et sur $[1 ; +\infty[$, on a $f'(x) \leqslant 0$ et f décroît sur ces intervalles.
Sur $[-9 ; 1]$, on a $f'(x) \geqslant 0$ et f croît sur cet intervalle.

x	$-\infty$		-9		1		$+\infty$
$f'(x)$		$-$	0	$+$	0	$-$	
$f(x)$		↘	$\dfrac{-5}{6}$	↗	7,5	↘	

2 1. f est dérivable sur $\mathbb{R}$ comme fonction polynôme.
Pour tout réel x, on a $f(x) = x^2 - 8x + 1$ et $f'(x) = 2x - 8$.
$f'(x) \geqslant 0 \Leftrightarrow 2x - 8 \geqslant 0 \Leftrightarrow 2x \geqslant 8 \Leftrightarrow x \geqslant 4$.
f est croissante sur $[4 ; +\infty[$ et f est décroissante sur $]-\infty ; 4]$.

2. Pour tout réel x, on a $f(x) = x^3 - 3x + 1$ et $f'(x) = 3x^2 - 3 = 3(x^2 - 1) = 3(x + 1)(x - 1)$.
Les racines de $f'(x)$ sont –1 et 1. $f'(x)$ est positif sauf entre ses racines.
f est croissante sur $]-\infty ; -1]$ et sur $[1 ; +\infty[$ et f est décroissante sur $[-1 ; 1]$.

3. Sur $]-\infty\,;-3[$, on a $f(x)=\dfrac{x+5}{x+3}$.

On utilise $\left(\dfrac{u}{v}\right)'=\dfrac{u'v-uv'}{v^2}$ avec

$u(x)=x+5$, $u'(x)=1$, $v(x)=x+3$ et $v'(x)=1$.
Pour tout x inférieur à -3,

$$f'(x)=\frac{1(x+3)-(x+5)\times1}{(x+3)^2}=\frac{-2}{(x+3)^2}.$$

Sur $]-\infty\,;-3[$, on a $f'(x)<0$ et **f est strictement décroissante sur $]-\infty\,;-3[$.**

4. Pour tout réel x, on a $f(x)=\dfrac{x+3}{x^2+x+3}$.

On utilise $\left(\dfrac{u}{v}\right)'=\dfrac{u'v-uv'}{v^2}$ avec $u(x)=x+3$,

$u'(x)=1$, $v(x)=x^2+x+3$ et $v'(x)=2x+1$.

On a : $f'(x)=\dfrac{1(x^2+x+3)-(x+3)(2x+1)}{(x^2+x+3)^2}$

$$=\frac{x^2+x+3-2x^2-x-6x-3}{(x^2+x+3)^2}=\frac{-x^2-6x}{(x^2+x+3)^2}.$$

Le dénominateur étant un carré, il est positif. $f'(x)$ est donc du même signe que le numérateur $-x^2-6x$, donc les racines sont 0 et -6.

On n'utilise pas Δ si c est nul.

Le trinôme, et donc $f'(x)$, est négatif sauf entre les racines -6 et 0.

***f* décroît sur $]-\infty\,;-6]$ et sur $[0\,;+\infty[$.**
***f* croît sur $[-6\,;0]$.**

3 **1.** Pour tout x différent de -1 et de 2, on a :

$$\frac{-1}{x-2}-\frac{2}{x+1}=\frac{-(x+1)-2(x-2)}{(x-2)(x+1)}$$

$$=\frac{-x-1-2x+4}{x^2+x-2x-2}=\frac{-3x+3}{x^2-x-2}$$

On a bien : $\boldsymbol{f(x)=\dfrac{-1}{x-2}-\dfrac{2}{x+1}}$.

2. a. f est dérivable comme fonction rationnelle, avec, pour tout x différent de -1 et de 2 :

$$f'(x)=\left(\frac{-1}{x-2}\right)'-\left(\frac{2}{x+1}\right)'=-1\times\frac{-1}{(x-2)^2}-2\frac{-1}{(x+1)^2},$$

soit $\boldsymbol{f'(x)=\dfrac{1}{(x-2)^2}+\dfrac{2}{(x+1)^2}}$.

b. $f'(x)$ étant la somme de deux expressions positives, $f'(x)$ est positive sur chacun des intervalles où elle est définie. ***f* est croissante sur** chacun des intervalles où elle est définie, c'est-à-dire sur **$]-\infty\,;-1[$**, sur **$]-1\,;2[$** et sur **$]2\,;+\infty[$**.

3. • $(\mathscr{C})$ coupe l'axe des ordonnées en un point d'abscisse 0. Son ordonnée est :

$$f(0)=\frac{-3\times0+3}{0^2-0-2}=-1{,}5.$$

$(\mathscr{C})$ coupe l'axe des ordonnées en $A(0\,;-1{,}5)$.
• $f(x)=0 \Leftrightarrow -3x+3=0 \Leftrightarrow x=1$.
$(\mathscr{C})$ coupe l'axe des abscisses en $B(1\,;0)$.

• $f(x)=1{,}2 \Leftrightarrow \dfrac{-3x+3}{x^2-x-2}=1{,}2$

$\Leftrightarrow -3x+3=1{,}2(x^2-x-2)$
$\Leftrightarrow -3x+3=1{,}2x^2-1{,}2x-2{,}4$
$\Leftrightarrow 0=1{,}2x^2+1{,}8x-5{,}4$.
Pour $1{,}2x^2+1{,}8x-5{,}4$,
on a $\Delta=1{,}8^2-4\times1{,}2\times(-5{,}4)=29{,}16$.

On a $x_1=\dfrac{-1{,}8+\sqrt{29{,}16}}{2\times1{,}2}=1{,}5$ et

$x_2=\dfrac{-1{,}8-\sqrt{29{,}16}}{2\times1{,}2}=-3$.

$(\mathscr{C})$ coupe la droite d'équation $y=1{,}2$ en $D(-3\,;1{,}2)$ et en $E(1{,}5\,;1{,}2)$.

4.

x	-5	-4	-3	-2	$-1{,}5$	$-0{,}5$	0	1	1,5	2,5	3	4
$f(x)$	0,6	0,8	1,2	2,3	4,3	$-3{,}6$	$-1{,}5$	0	1,2	$-2{,}6$	$-1{,}5$	$-0{,}9$

5.

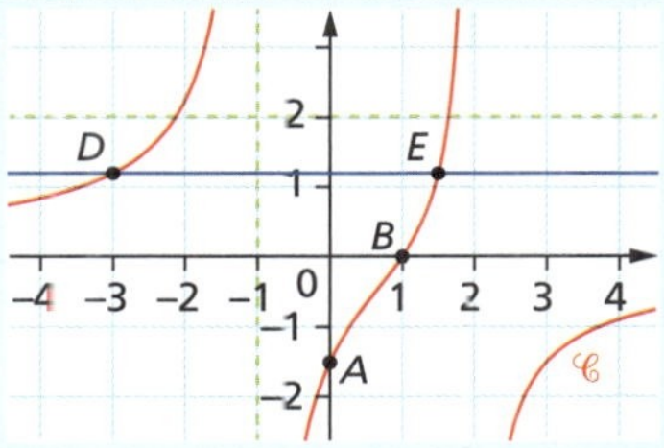

4 **1.** Pour tout réel x différent de -3, $f(x)=\dfrac{x+4}{x+3}$ et f est dérivable comme fonction rationnelle.

On utilise $\left(\dfrac{u}{v}\right)'=\dfrac{u'v-uv'}{v^2}$ avec :

$u(x)=x+4$, $u'(x)=1$, $v(x)=x+3$ et $v'(x)=1$.
Pour $x\neq-3$, on a :

$$f'(x)=\frac{1\times(x+3)-(x+4)\times1}{(x+3)^2}=\frac{x+3-x-4}{(x+3)^2}=\frac{-1}{(x+3)^2}.$$

Le dénominateur étant positif, $f'(x)$ est du même signe que le numérateur -1, donc négatif.
***f* décroît sur $]-\infty\,;-3[$ et sur $]-3\,;+\infty[$.**

2. Soit $\mathscr{C}_f$ la représentation graphique de f.

Le coefficient directeur d'une tangente au point d'abscisse a est le nombre dérivée en a, soit $f'(a)$.

Ici, on a $f'(a)=\dfrac{-1}{(a+3)^2}$.

On veut des tangentes à $\mathscr{C}$ parallèles à la droite d'équation $y=-x$ dont le coefficient directeur est -1.

Deux droites sont parallèles si elles ont le même coefficient directeur.

Il faut donc avoir :

$f'(a) = -1 \iff \dfrac{-1}{(a+3)^2} = -1 \iff (a+3)^2 = 1$

$\iff a + 3 = 1$ ou $a + 3 = -1$

$\iff a = -2$ ou $a = -4$.

De plus, on a :

$f(-2) = \dfrac{-2+4}{-2+3} = \dfrac{2}{1} = 2 = 1{,}5$ et $f(-4) = \dfrac{-4+4}{-4+3} = 0$.

Il existe deux points A et B de $\mathscr{C}$ en lesquels la tangente à $\mathscr{C}$ est parallèle à la droite d'équation $y = -x$: **ce sont $A(-2\ ;\ 2)$ et $B(-4\ ;\ 0)$.**

Quand on connaît l'abscisse a d'un point d'une courbe représentative d'une fonction f, alors l'ordonnée du point est $f(a)$.

3.

x	–8	–6	–4	–3,5	–2,5	–2	0	2
$f(x)$	0,8	0,7	0	–1	3	2	1,3	1,2

4.

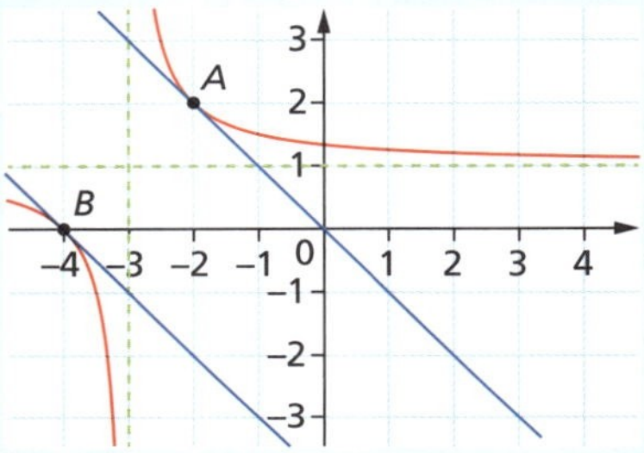

5 1. Graphiquement, on a :

x	0	0,5	4
$f(x)$	–	0	+

2. a. $f'(0)$ est le coefficient directeur de (AB), la tangente à $\mathscr{C}_f$ au point d'abscisse 0.

$f'(0) = \dfrac{y_B - y_A}{x_B - x_A} = \dfrac{2+1}{1-0} = 3.$

$f'(a)$ est le coefficient directeur de la tangente à $\mathscr{C}_f$ au point d'abscisse a.

$f'(1{,}5)$ est le coefficient directeur de la tangente à $\mathscr{C}_f$ au point d'abscisse 1,5, tangente parallèle à l'axe des abscisses, donc **$f'(1{,}5) = 0$.**

Une droite parallèle à l'axe des abscisses a un coefficient directeur nul.

b. Des variations de f, on en déduit que :

x	0	1,5	4
$f'(x)$	+	0	–

6 1.a. Le coût en euro de fabrication de n articles est **$20n + 150\,000$**.

b. Le prix de revient en euro d'un article est :

$r(n) = \dfrac{20n+150000}{n} = \mathbf{20 + \dfrac{150000}{n}}$.

2. a. La recette correspondant à un prix de vente p est $(2\,100\,000 - 60\,000p)p$, soit **$-60\,000p^2 + 2\,100\,000p$**.

La recette est le produit du nombre d'articles par le prix unitaire de vente.

b. Le bénéfice total correspondant, en euro, est alors $-60\,000p^2 + 2\,100\,000p - (20n + 150\,000)$ avec $n = 2\,100\,000 - 60\,000p$.

On obtient bien comme recette :

$-60\,000\,p^2 + 3\,300\,000p - 42\,150\,000$.

Le bénéfice est la différence entre la recette et le coût de production.

3. a. f définie sur $[20\ ;\ 35]$ par :

$f(x) = -60\,000\,x^2 + 3\,300\,000x - 42\,150\,000$

est dérivable sur $[20\ ;\ 35]$ comme fonction polynôme avec pour tout réel de $[20\ ;\ 35]$,

$f'(x) = -120\,000\,x + 3\,300\,000$.

$f'(x) \geqslant 0 \iff -120\,000\,x + 3\,300\,000 \geqslant 0$

$\iff -120\,000\,x \geqslant -3\,300\,000$

$\iff x \leqslant -3\,300\,000 \div (-120\,000)$

$\iff x \leqslant 27{,}5$.

f est croissante sur $[20\ ;\ 27{,}5]$ et décroissante sur $[27{,}5\ ;\ 30]$.

b. f atteint donc son maximum pour $x = 27{,}5$.

Le prix de vente unitaire qui assure un bénéfice maximal est **27,5 euros**.

On a $f(27{,}5) = 3\,225\,000$.

Ce bénéfice maximal est de **3 225 000 euros**.

$n = 2\,100\,000 - 60\,000 \times 27{,}5 = 450\,000$.

Cela correspond à la fabrication et la vente de **450 000 articles**.

7 On pose $x = CD = EF$.

La longueur totale du grillage est $CD + DE + EF$.

On a donc $x + DE + x = 160$, soit $DE = 160 - 2x$.

L'aire de l'enclos rectangulaire est $CD \times DE$, soit $f(x) = x(160 - 2x) = -2x^2 + 160x$.

f est dérivable sur $[0\ ;\ 160]$ avec, pour tout réel de $[0\ ;\ 160]$, $f'(x) = -4x + 160$.

$f'(x)$ s'annule en changeant de signe en $x = 40$.

f atteint son maximum en $x = 40$ avec $f(40) = 3\,200$.

Pour $CD = 40$, $DE = 80$, l'aire de l'enclos est maximale et cette aire maximale vaut **3 200 m²**.

8 1. a. Sur $[0\ ;\ 15]$, on a :

$f(x) = 2x^3 - 60x^2 + 450x$.

f est dérivable sur $[0\ ;\ 15]$, avec

$f'(x) = 2 \times 3\,x^2 - 60 \times 2x + 450$,

soit **$f'(x) = 6x^2 - 120x + 450$.**

b. Pour $6x^2 - 120x + 450$,

on a :

$\Delta = b^2 - 4ac = (-120)^2 - 4 \times 6 \times 450 = 3\,600$.

Comme $\Delta > 0$, il y a deux racines :

$x_1 = \frac{-b+\sqrt{\Delta}}{2a} = \frac{120+60}{12} = 15$ et

$x_2 = \frac{-b-\sqrt{\Delta}}{2a} = \frac{120-60}{12} = 5$.

Le trinôme $6x^2 - 120x + 450$ est positif sauf entre ses racines 5 et 15. On a donc **$f'(x)$ positif sur [0 ; 5] et négatif sur [5 ; 15].**

c. f croît donc sur [0 ; 5] et décroît sur [5 ; 15].
$f(0) = 2 \times 0^3 - 60 \times 0^2 + 450 \times 0 = 0$
$f(5) = 2 \times 5^3 - 60 \times 5^2 + 450 \times 5 = 1\,000$
$f(15) = 2 \times 15^3 - 60 \times 15^2 + 450 \times 15 = 0$

x	0	5	15
$f(x)$	0 ↗	1000	↘ 0

d. À l'aide de la calculatrice, on trouve que, dans l'intervalle [0 ; 15], $f(x) = 500$ a pour solutions à 10^{-1} près, **$\alpha = 1{,}3$ et $\beta = 10$** (valeur exacte).

2. a. Si $x = 2$, $y = (30 - 2 \times 2) \div 2 = 13$ et $h = 30 - 2 \times 2 = 26$.
Le volume xyh de la boîte est $2 \times 13 \times 26$, soit **676 cm³**.

b. On a $y = (30 - 2x) \div 2 = 15 - x$ et $h = 30 - 2x$.
Le volume xyh de la boîte est :
$V(x) = xyh = x(15 - x)(30 - 2x)$
$= (15x - x^2)(30 - 2x) = 450x - 30x^2 - 30x^2 + 2x^3$.
On a bien **$V(x) = f(x)$**, où f est la fonction définie précédemment.

c. Comme f atteint son maximum en $x = 5$, **le volume de la boîte est maximal pour $x = 5$. Ce volume maximal est de 1 000 cm³.**

3. L'équation $f(x) = 500$ admettant 2 solutions sur [0 ; 15], il y a **deux possibilités** pour avoir des boîtes de 500 cm³, soit **$x = 1{,}3$**, soit **$x = 10$**.

9 1. Sur $\mathbb{R}$, on a $f(x) = x^3 + ax$. f est dérivable comme fonction polynôme avec, pour tout réel x, **$f'(x) = 3x^2 + a$.**

2. **Si $a > 0$,** alors $f'(x)$ est strictement positive sur $\mathbb{R}$ et **f est strictement croissante sur $\mathbb{R}$.**
Si $a = 0$, alors $f'(x)$ est strictement positive sur $\mathbb{R}$ sauf pour $x = 0$ et **f est strictement croissante sur $\mathbb{R}$.**
La fonction $x \mapsto x^3$ est un exemple de fonction dont la dérivée s'annule (ici en 0) sans changer de signe et qui n'admet donc pas d'extremum quand la dérivée s'annule.
Si $a < 0$, alors $-a > 0$ et
$f'(x) = 0 \Leftrightarrow 3x^2 = -a \Leftrightarrow x^2 = \frac{-a}{3}$
$\Leftrightarrow x = \sqrt{\frac{-a}{3}}$ ou $x = -\sqrt{\frac{-a}{3}}$.
$f'(x)$ est positive sauf entre ses racines.

f est strictement **croissante sur** $\left]-\infty ; -\sqrt{\frac{-a}{3}}\right]$ **et sur** $\left[\sqrt{\frac{-a}{3}} ; +\infty\right[$ et f est strictement **décroissante sur** $\left[-\sqrt{\frac{-a}{3}} ; \sqrt{\frac{-a}{3}}\right]$.

$\mathscr{C}_f$ admet des tangentes parallèles à l'axe des abscisses aux points d'abscisses $\sqrt{\frac{-a}{3}}$ et $-\sqrt{\frac{-a}{3}}$.

CHAPITRE 5 *(Énoncés p. 30)*

1 $a = (e^2)^4 = e^{4\times 2} = e^8$ — $(e^x)^n = e^{xn}$
$b = e^3 \times e^{-2} = e^{3+(-2)} = e^1$
$c = e^{6,5} \div e^{4,5} = e^{6,5-4,5} = e^2$
$d = \sqrt{e^6} = e^{6/2} = e^3$ — $e^{\frac{x}{2}} = \sqrt{e^x}$
$f = e^x \times e^{2x} = e^{x+2x} = e^{3x}$
$g = \frac{e^{3x+2}}{e^{2x+1}} = e^{3x+2-(2x+1)} = e^{x+1}$

2 a. $e^{2x} = e^6 \Leftrightarrow 2x = 6$
$\Leftrightarrow x = 3$ — $e^a = e^b$ équivaut à $a = b$
La solution est 3.

b. $e^{2x+3} = e^x \Leftrightarrow 2x + 3 = x \Leftrightarrow 2x - x = -3$
$\Leftrightarrow x = -3$
La solution est –3.

c. $e^{x(x-2)} = 1 \Leftrightarrow e^{x(x-2)} = e^0$ — $e^0 = 1$
$\Leftrightarrow x(x - 2) = 0 \Leftrightarrow x = 0$ ou $x - 2 = 0$
Les solutions sont 0 et 2.

d. $e^x = 3 \Leftrightarrow x = \ln(3)$
Pour $c > 0$, $e^x = c \Leftrightarrow x = \ln(c)$
La solution est ln(3).

3 a. $e^x = \sqrt{e} \Leftrightarrow e^x = e^{0,5} \Leftrightarrow x = 0{,}5$ — $\sqrt{e} = e^{0,5}$
La solution est 0,5.

b. $e^{x^2-1} = e^{15} \Leftrightarrow x^2 - 1 = 15 \Leftrightarrow x^2 = 16$
$\Leftrightarrow x = \sqrt{16}$ ou $x = -\sqrt{16}$
Les solutions sont 4 et –4.

c. $e^{x+1} + e^x = 1 + e$
$\Leftrightarrow e^x e^1 + e^x = 1 + e$
$\Leftrightarrow e^x(e + 1) = 1 + e$
$\Leftrightarrow e^x = \frac{1+e}{e+1} \Leftrightarrow e^x = 1$.
La solution est 0.

4 1. Pour $x^2 + x - 6 = 0$, $\Delta = b^2 - 4ac = 25$.
$\Delta > 0$, donc il y a deux solutions :
$x_1 = \frac{-b+\sqrt{\Delta}}{2a} = \frac{-1+5}{2} = 2$ et
$x_2 = \frac{-b-\sqrt{\Delta}}{2a} = \frac{-1-5}{2} = -3$
Les solutions sont 2 et –3.

2. $e^{2x} + e^x - 6 = 0$
$\Leftrightarrow (e^x)^2 + e^x - 6 = 0$ $e^{2x} = (e^x)^2$
En posant $X = e^x$, on a $X^2 + X - 6 = 0$
d'où $X = 2$ ou $X = -3$.
On a donc $e^x = 2$ ou $e^x = -3$.
Comme pour tout réel x, $e^x > 0$,
on a $e^x = 2 \Leftrightarrow x = \ln(2)$.
La solution est ln(2).

5 a. $e^x > e^{-2} \Leftrightarrow x > -2$. $\boldsymbol{S =]-2\ ;+\infty[}$

$e^a > e^b \Leftrightarrow a > b$

b. $e^x < -2$
C'est impossible car, pour tout réel x, $e^x > 0$.
$\boldsymbol{S = \varnothing}$

c. $e^{-x} \geqslant e^x \Leftrightarrow -x \geqslant x \Leftrightarrow 0 \geqslant 2x \Leftrightarrow 0 \geqslant x$. $\boldsymbol{S = \mathbb{R}^-}$

d. $e^{2x-4} \leqslant e^x \Leftrightarrow 2x - 4 \leqslant x \Leftrightarrow x \leqslant 4$. $\boldsymbol{S =]-\infty\ ; 4]}$

6 a. $e^x > 3 \Leftrightarrow x > \ln(3)$. $\boldsymbol{S =]\ln(3)\ ; +\infty[}$

b. $e^x < -1$
C'est impossible car, pour tout réel x, $e^x > 0$.
$\boldsymbol{S = \varnothing}$

c. $e^{x+3} \geqslant -2$. C'est toujours vrai. $\boldsymbol{S = \mathbb{R}}$

Une exponentielle est toujours strictement positive.

d. $e^{3x-4} > e^x \Leftrightarrow 3x - 4 > x \Leftrightarrow 2x > 4 \Leftrightarrow x > 2$.
$\boldsymbol{S =]2\ ; +\infty[}$

7 a. $f(x) = e - e^x$
$f(x) > 0 \Leftrightarrow e - e^x > 0 \Leftrightarrow e > e^x \Leftrightarrow e^1 > e^x$ $e = e^1$
$\Leftrightarrow 1 > x$. ***f* est positive sur]–∞ ; 1[, nulle en 1 et négative sur]1 ; +∞[.**

b. $f(x) = 1 - e^x$
$f(x) > 0 \Leftrightarrow 1 - e^x > 0 \Leftrightarrow 1 < e^x \Leftrightarrow e^0 < e^x$ $1 = e^0$
$\Leftrightarrow 0 < x$
***f* est positive sur]–∞ ; 0[, nulle en 0 et négative sur]0 ; +∞[.**

c. $f(x) = -2x(e^x - 1)$
$e^x - 1 > 0 \Leftrightarrow e^x > e^0 \Leftrightarrow x > 0$

x	$-\infty$		0		$+\infty$
$-2x$		$+$	0	$-$	
$e^x - 1$		$-$	0	$+$	
$f(x)$		$-$	0	$-$	

On étudie le signe d'un produit à l'aide d'un tableau de signes.

***f* est toujours négative (nulle en 0).**

d. $f(x) = (e^x + 2)(e^x - e)$
Pour tout réel x, on a $e^x + 2 > 0$, donc $f(x)$ est du même signe que $e^x - e$.
$e^x - e > 0 \Leftrightarrow e^x > e^1 \Leftrightarrow x > 1$
***f* est positive sur]1 ; + ∞[, nulle en 1 et négative sur]–∞; 1[.**

8 Comme $(e^x)' = e^x$ et $(g(ax+b))' = a\,g'(ax+b)$, on a $(e^{ax+b})' = ae^{ax+b}$.

a. $f(x) = e^{-3x}$. f est dérivable sur $\mathbb{R}$ avec, pour tout x réel, $\boldsymbol{f'(x) = -3e^{-3x}}$.

b. $f(x) = (x + 2)\,e^x$. f est dérivable sur $\mathbb{R}$ comme produit de fonctions dérivables sur $\mathbb{R}$.
On utilise $(uv)' = u'v + uv'$ avec $u(x) = x + 2$, $u'(x) = 1$, $v(x) = e^x$ et $v'(x) = e^x$.
Pour tout x réel, $f'(x) = 1 \times e^x + (x + 2) \times e^x$.
$\boldsymbol{f'(x) = (x + 3)\,e^x}$.

c. $f(x) = 4\,e^{5x}$. f est dérivable sur $\mathbb{R}$ avec, pour tout x réel, $\boldsymbol{f'(x) = 4 \times 5e^{5x} = 20e^{5x}}$.

d. $f(x) = x^2 - 2x + 3 + e^{-x}$. f est dérivable sur $\mathbb{R}$ avec, pour tout x réel, $\boldsymbol{f'(x) = 2x - 2 - e^{-x}}$.

9 a. $f(x) = e^{-x}$. f est dérivable sur $\mathbb{R}$ avec pour tout x réel, $\boldsymbol{f'(x) = -e^{-x}}$.
Comme $e^{-x} > 0$, pour tout réel x, on a $f'(x) < 0$ et ***f* est strictement décroissante sur ℝ.**

b. $f(x) = (x - 2)e^x$. f est dérivable sur $\mathbb{R}$ comme produit de fonctions dérivables sur $\mathbb{R}$.
On utilise $(uv)' = u'v + uv'$ avec $u(x) = x - 2$, $u'(x) = 1$, $v(x) = e^x$ et $v'(x) = e^x$.
Pour tout x réel, $f'(x) = 1 \times e^x + (x - 2) \times e^x$.
$\boldsymbol{f'(x) = (x - 1)\,e^x}$.
Comme $e^x > 0$, pour tout réel x, $f'(x)$ est du même signe que $x - 1$ qui est positif pour $x > 1$ et qui est négatif pour $x < 1$. ***f* croît strictement sur [1 ; +∞[et *f* décroît strictement sur]–∞ ; 1].**

c. $f(x) = (2x^2 + 3x)\,e^x$. f est dérivable sur $\mathbb{R}$ comme produit de fonctions dérivables sur $\mathbb{R}$.
On utilise $(uv)' = u'v + uv'$ avec $u(x) = 2x^2 + 3x$, $u'(x) = 4x + 3$, $v(x) = e^x$ et $v'(x) = e^x$.
Pour tout x réel,
$f'(x) = (4x + 3) \times e^x + (2x^2 + 3x) \times e^x$.
$\boldsymbol{f'(x) = (2x^2 + 7x + 3)\,e^x}$.
Comme $e^x > 0$, pour tout réel x, $f'(x)$ est du même signe que $2x^2 + 7x + 3$.
Pour $2x^2 + 7x + 3$, $\Delta = 7^2 - 4 \times 2 \times 3 = 25$.
Il a deux racines $x_1 = -3$ et $x_2 = -0{,}5$.
$2x^2 + 7x + 3$ est positif sauf entre ses racines $-0{,}5$ et -3. ***f* croît strictement sur]–∞ ; –3[, *f* décroît strictement sur [–3 ; –0,5] et *f* croît strictement sur [–0,5 ; +∞[.**

d. $f(x) = -x + e^{2x}$. f est dérivable sur $\mathbb{R}$ comme somme de fonctions dérivables sur $\mathbb{R}$.
Pour tout réel x, on a $\boldsymbol{f'(x) = -1 + 2e^{2x}}$.
$f'(x) > 0 \Leftrightarrow -1 + 2e^{2x} > 0 \Leftrightarrow e^{2x} > 0{,}5$
$\Leftrightarrow 2x > \ln(0{,}5) \Leftrightarrow x > 0{,}5\ln(0{,}5)$.
***f* croît strictement sur [0,5ln(0,5) ; +∞[et *f* décroît strictement sur]–∞ ; 0,5ln(0,5)].**

10 1.a. f est dérivable sur $[0\ ; +\infty[$ comme fonction exponentielle. Pour tout nombre t positif, on a $\boldsymbol{f'(t) = 15{,}3 \times (-0{,}123)\,e^{-0{,}123t}}$.

b. Une exponentielle étant strictement positive, on a $f'(t)$ strictement négative sur $[0\ ; +\infty[$ et ***f* est strictement décroissante sur [0 ; +∞[.**

2. f étant dérivable en 0, une équation de T la tangente à $\mathscr{C}$ est $y = f'(0)\ (t - 0) + f(0)$ avec $f(0) = 15{,}3e^0 = 15{,}3$
et $f'(0) = 15{,}3 \times (-0{,}123)\ e^0 = -1{,}881\ 9$.
Une équation de la tangente T à $\mathscr{C}$ est $y = -1{,}881\ 9\ t + 15{,}3$.

3. Pour $\mathscr{C}$, on a :

t	0	1	2	3	4	6	8
$f(t)$	15,3	13,2	12,0	10,6	9,4	7,3	5,7

Pour T, on a :

t	0	6
y	15,3	4,0

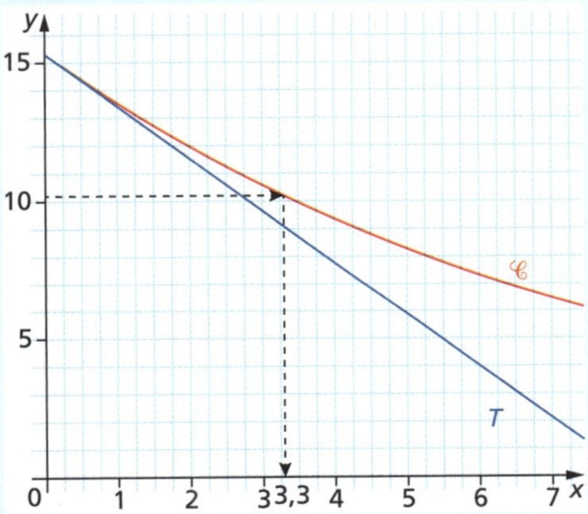

4. Graphiquement, des débris d'os présentant une radioactivité égale à 10,2 unités datent de **3,3 milliers d'années.**

5. On veut :
$f(t) < 0{,}01 \times 15{,}3 \Leftrightarrow e^{-0{,}123t} < 0{,}01$
$\Leftrightarrow -0{,}123t < \ln(0{,}01) \Leftrightarrow t > \ln(0{,}01) \div (-0{,}123)$
$\Leftrightarrow t > 37{,}44$
On ne peut plus détecter l'âge d'un organisme 37 440 après sa mort.

11 1. On a $g(x) = (ax + b)e^{-x} + 2$.
g est dérivable sur $\mathbb{R}$ comme somme et produit de fonctions dérivables sur $\mathbb{R}$.
On utilise $(uv)' = u'v + uv'$ avec $u(x) = ax + b$, $u'(x) = a$, $v(x) = e^{-x}$ et $v'(x) = -e^{-x}$.
Pour tout réel x, on a :
$g'(x) = a\ e^{-x} + (ax + b)(-e^{-x}) = \mathbf{(-ax + a - b)\ e^{-x}}$.

2. $g'(2) = 0 \Leftrightarrow (-a - b)e^{-2} = 0 \Leftrightarrow a = -b$ (1)
$g(1) = 2 \Leftrightarrow (a - a)e^1 + c = 2 \Leftrightarrow c = 2$
$g(0) = 1 \Leftrightarrow b + c = 1 \Leftrightarrow b = 1 - c \Leftrightarrow b = -1$.
(1) $\Leftrightarrow a = b \Leftrightarrow a = 1$
On a donc **$a = 1$, $b = -1$ et $c = 2$.**

12 1. f est une fonction dérivable sur $\mathbb{R}$ comme différence de fonctions dérivables avec, pour tout réel x, $f'(x) = 0 - (-3)\ e^{-3x} = 3e^{-3x}$.

Comme une exponentielle est toujours strictement positive, on a, pour tout x réel, $f'(x) > 0$.
f est strictement croissante sur $\mathbb{R}$.

2. a. g est une fonction dérivable sur $\mathbb{R}$ comme différence de fonctions dérivables avec, pour tout réel x, $g'(x) = f'(x) - 1 = \mathbf{3e^{-3x} - 1}$.
$g'(x) < 0 \Leftrightarrow 3e^{-3x} - 1 < 0 \Leftrightarrow 3e^{-3x} < 1$
$\Leftrightarrow 3e^{-3x}\ e^{3x} < e^{3x}$ car $e^{3x} > 0$
$\Leftrightarrow \ln(3) < 3x \Leftrightarrow x > \dfrac{\ln(3)}{3}$.

b. Sur $\left]\dfrac{\ln(3)}{3}\ ;\ +\infty\right[$, $g'(x) < 0$,
donc **g décroît strictement sur $\left[\dfrac{\ln(3)}{3}\ ;\ +\infty\right[$**
et croît strictement sur $\left]-\infty\ ;\ \dfrac{\ln(3)}{3}\right]$.

c. Comme $\dfrac{\ln(3)}{3} < 0{,}94$, la fonction g est décroissante sur $[0{,}94\ ;\ 0{,}95]$ avec $g(0{,}94) \approx 3{,}9 \times 10^{-4}$ et $g(0{,}95) \approx -0{,}008$. g change de signe entre 0,94 et 0,95. **g s'annule en un réel a compris entre 0,94 et 0,95.**
Si une fonction est dérivable sur un intervalle I en changeant de signe, alors il existe au moins un réel de I en lequel la fonction s'annule.

d. On a donc **$g(x) < 0$ sur $]-\infty\ ;\ 0[$ et sur $]a\ ;\ +\infty[$,**
$g(0) = 0$ et $g(a) = 0$ et $g(x) > 0$ sur $]0\ ;\ a[$.
Or $g(x) < 0 \Leftrightarrow f(x) - x < 0 \Leftrightarrow f(x) < x$
$\Leftrightarrow$ ($\mathscr{C}$) est au-dessous de ($\mathscr{D}$).
Pour $x \in\ ]-\infty\ ;\ 0[\ \cup\ ]a\ ;\ +\infty[$, ($\mathscr{C}$) est au-dessous de ($\mathscr{D}$).
Pour $x = 0$ et $x = a$, ($\mathscr{C}$) rencontre ($\mathscr{D}$).
Pour $x \in\ ]0\ ;\ a[$, ($\mathscr{C}$) est au-dessus de ($\mathscr{D}$).

3. a. Comme f est dérivable en 0, une équation de la tangente à ($\mathscr{C}$) au point d'abscisse 0 est $y = f'(0)(x - 0) + f(0)$ avec $f'(0) = 3e^{-3\times0} = 3$ et $f(0) = 1 - e^{-3\times0} = 0$.
Une équation de la droite ($\mathscr{T}$) est $y = 3x$.

b.

x	– 0,5	– 0,3	0,3	0,5	0,75	1	1,5
$f(x)$	–3,48	–1,45	0,59	0.78	0,89	0,95	0,99

c.

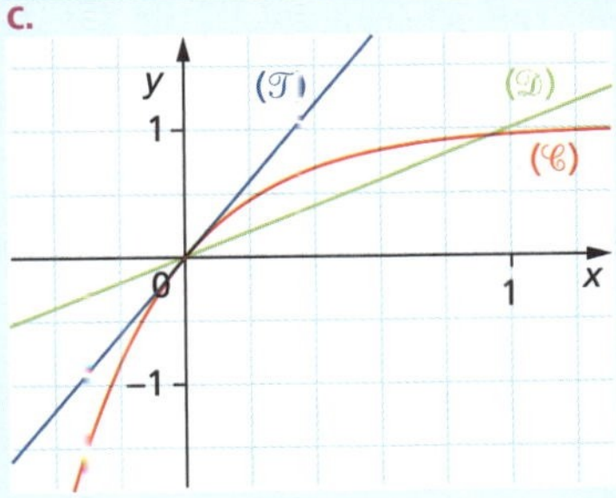

13 1. a. $1-e^{-0,4x+1} \geqslant 0 \Leftrightarrow 1 \geqslant e^{-0,4x+1} \Leftrightarrow e^0 \geqslant e^{-0,4x+1}$
$\Leftrightarrow 0 \geqslant -0,4x+1 \Leftrightarrow 0,4x \geqslant 1 \Leftrightarrow x \geqslant 1 \div 0,4$
$\boldsymbol{S = [2,5\ ;\ +\infty[}$.

b. f est dérivable sur $\mathbb{R}$ comme somme de fonctions dérivables.
On utilise $(e^u)' = u'e^u$
avec $u(x) = -0,4x+1$ et $u'(x) = -0,4$.
Pour tout x réel, on a :
$f'(x) = 0,4 - 0,4\ e^{-0,4x+1}$.
$f'(x) \geqslant 0 \Leftrightarrow 0,4 - 0,4\ e^{-0,4x+1} \geqslant 0$
$\Leftrightarrow 1 - e^{-0,4x+1} \geqslant 0 \Leftrightarrow x \geqslant 2,5$.
f est donc croissante sur [2,5 ; +∞[et décroissante sur [0 ; 2,5].

c. $f(2,5) = 0,4 \times 2,5 + e^{-0,4 \times 2,5+1} = 1 + e^0 = 2$
$f(0) = 0,4 \times 0 + e^{-0,4 \times 0+1} = e$

x	0	2,5	$+\infty$
$f(x)$	e ↘	2	↗

2. a. f est dérivable en 0, donc on utilise $y = f'(a)(x-a) + f(a)$ avec $a = 0$,
et $f'(0) = 0,4 - 0,4\ e^{-0,4 \times 0+1} = 0,4 - 0,4e$.
Une équation de $(\mathcal{T})$ est $y = (0,4 - 0,4e)x + e$.
En particulier, pour $x = 2,5$, on a
$y = (0,4 - 0,4e) \times 2,5 + e$.
La tangente $(\mathcal{T})$ à $(\mathcal{C})$ au point d'abscisse 0 passe par le point $B(2,5\ ;\ 1)$.

b.

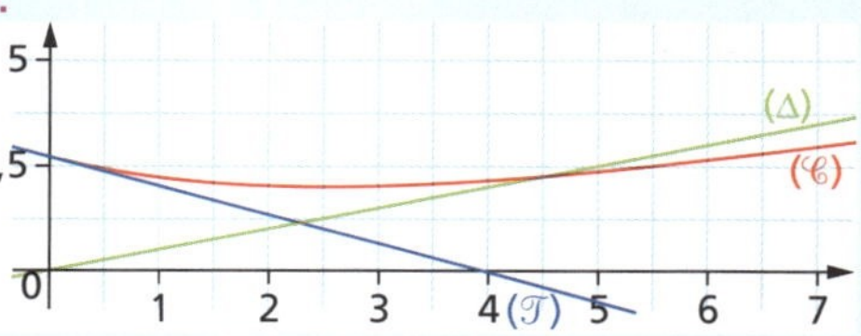

3. a. Comme chaque objet est vendu 5 euros, x centaines d'objets sont vendues $500x$ euros, soit $0,5x$ milliers d'euros.
$\boldsymbol{R(x) = 0,5x}$.

b. Graphiquement, (Δ) et $(\mathcal{C})$ se coupent en un seul point d'abscisse $\boldsymbol{a = 4,5}$ à 10^{-1} près.

c. Par lecture graphique, il faut produire **450 objets** pour réaliser un bénéfice.

14 1. Comme pour tous réels x et y,
$f(x+y) = f(x)\,f(y)$, on a, pour tout réel x,
$f(0,5x + 0,5x) = f(0,5x)\,f(0,5x) \Leftrightarrow f(x) = [f(0,5x)]^2$
Pour tout réel x, $f(x) \geqslant 0$.

2. a. Si $f(1) = a$, comme $f(1) \geqslant 0$, on a $\boldsymbol{a \geqslant 0}$.

b. Si $a = 0$, alors, tout réel x,
$f(x) = f(1 + (x-1)) = f(1)f(x-1) = 0 \times f(x-1) = 0$.

3. a. Avec $a > 0$, on a $f(1) = f(1+0) = f(1)f(0)$,
soit $a = a \times f(0) \Leftrightarrow a \div a = f(0) \Leftrightarrow \boldsymbol{f(0) = 1}$.

b. Supposons qu'il existe un réel x_0 tel que $f(x_0) = 0$.
On aurait alors $f(0) = f(x_0 + (-x_0)) = f(x_0)f(-x_0) = 0$, ce qui est absurde car $f(0) = 1$. Un tel x_0 n'existe pas. **La fonction f ne s'annule pas sur $\mathbb{R}$.**

c. Pour tout réel x, $f(x + (-x)) = f(0)$
$\Leftrightarrow f(x)f(-x) = 1 \Leftrightarrow \boldsymbol{f(-x) = \dfrac{1}{f(x)}}$ car $f(x) \neq 0$.

4. a. Soit k un entier naturel non nul.
Pour tout entier naturel n, on a :
$$u_{n+1} = f\left(\frac{n+1}{k}\right) = f\left(\frac{1}{k} + \frac{n}{k}\right)$$
$$= f\left(\frac{1}{k}\right)f\left(\frac{n}{k}\right) = f\left(\frac{1}{k}\right)u_n$$
La suite (u_n) est une suite géométrique de raison
$q = f\left(\dfrac{1}{k}\right)$.

b. Pour tout entier naturel n, on a $u_n = u_0 \times q^n$, soit
$\boldsymbol{u_n} = \left[f\left(\dfrac{1}{k}\right)\right]^n$.
En particulier, on a $u_k = f\left(\dfrac{k}{k}\right) = f(1) = a$ et
$u_k = \left[f\left(\dfrac{1}{k}\right)\right]^k$ donc $\left[f\left(\dfrac{1}{k}\right)\right]^k = a$.
On obtient $f\left(\dfrac{1}{k}\right) = a^{\frac{1}{k}}$.

c. Soit q un nombre rationnel.
• Si $q \geqslant 0$, il existe deux entiers naturels n et k (k non nul) tels que $q = \dfrac{n}{k}$.

Un nombre rationnel est le quotient de deux entiers.

On a $f(q) = u_n = \left[f\left(\dfrac{1}{k}\right)\right]^n = (a^{\frac{1}{k}})^n = a^{\frac{n}{k}} = a^q$.
• Si $q < 0$, $-q > 0$, et il existe deux entiers naturels n et k (k non nul) tels que $-q = \dfrac{n}{k}$.
$f(q) = \dfrac{1}{f(-q)} = \dfrac{1}{a^{-q}} = a^q$.
Pour tout nombre rationnel q, $f(q) = a^q$.
On prouve que, si f est dérivable sur $\mathbb{R}$, pour tout réel x, on a $f(x) = a^x$. f s'appelle fonction exponentielle de base a.

CHAPITRE 6 *(Énoncés p. 36)*

1 Si un réel est de la forme $\dfrac{2p\pi}{n}$ avec n et p entiers, il suffit de partager le cercle trigonométrique en n parties égales à partir de I pour placer le point associé à ce réel.

• On a $\dfrac{\pi}{3} = \dfrac{2\pi}{6}$, donc il faut partager le cercle trigonométrique en 6. Il suffit de tracer un arc de cercle de centre I et de rayon 1 qui coupe le cercle en M.

• On a $\frac{-\pi}{2} = \frac{-2\pi}{4}$, donc il faut partager le cercle trigonométrique en 4 et tourner dans le sens indirect pour obtenir le point N associé à $\frac{-\pi}{2}$.

• On a $\frac{2\pi}{3} = \frac{2\times 2\pi}{6}$, donc il suffit de poursuive le partage du cercle trigonométrique en 6 en traçant un arc de cercle de centre M et de rayon 1 qui coupe le cercle au point P associé à $\frac{2\pi}{3}$.

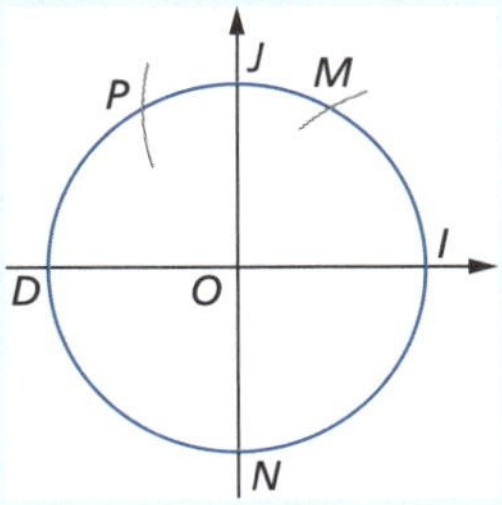

2 Si la différence entre deux réels est un multiple de 2π, alors ces deux réels sont associés au même point du cercle trigonométrique.

a. On a $\frac{9\pi}{4} = \frac{8\pi}{4} + \frac{\pi}{4} = 2\pi + \frac{\pi}{4}$, donc $\frac{\pi}{4}$ et $\frac{9\pi}{4}$ sont associés au même point du cercle trigonométrique.

b. On a $\frac{-11\pi}{3} = \frac{-12\pi}{3} + \frac{\pi}{3} = -4\pi + \frac{\pi}{3} = -2\times 2\pi + \frac{\pi}{3}$, donc $\frac{\pi}{3}$ et $\frac{-11\pi}{3}$ sont associés au même point du cercle trigonométrique.

3 Connaissant un réel associé à un point du cercle trigonométrique, il suffit d'ajouter un multiple de 2π à ce réel pour en obtenir un autre associé au même point.

• Le cercle trigonométrique étant partagé en 4 parties égales, un réel associé à N est $\frac{2\pi}{4}$, soit $\frac{\pi}{2}$.

Un autre réel associé à N est $\frac{\pi}{2} - 2\pi$, soit $-\frac{3\pi}{2}$.

Remarque : tout réel de la forme $\frac{\pi}{2} + 2k\pi$ avec k entier relatif est associé au point N.

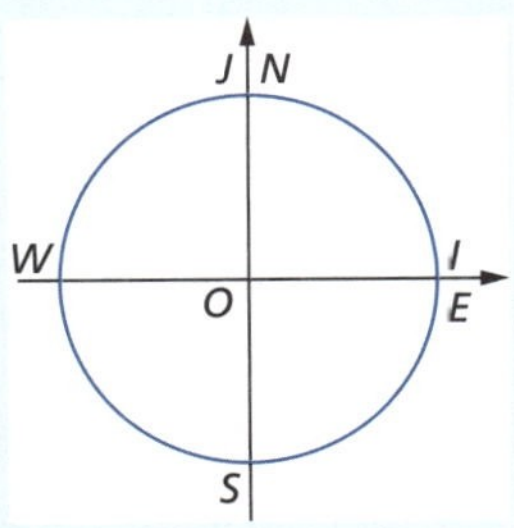

• Le point E est associé à tous les réels de la forme $2k\pi$ avec k entier relatif. On peut prendre par exemple **0** et **-2020π**.

• Le point W est associé à tous les réels de la forme $2k\pi + \pi$ avec k entier relatif. On peut prendre par exemple $-\pi$ et π.

• 2 réels associés au point S sont $\frac{-\pi}{2}$ et $\frac{3\pi}{2}$.

4 1. $a = \frac{\pi}{3} + \frac{\pi}{2} = \frac{2\pi}{6} + \frac{3\pi}{6} = \mathbf{\frac{5\pi}{6}}$ et $b = \frac{\pi}{3} + \frac{\pi}{4} = \frac{4\pi}{12} + \frac{3\pi}{12} = \mathbf{\frac{7\pi}{12}}$.

On peut au compas « additionner » deux arcs de cercles de longueurs x et y pour obtenir un arc de cercle de longueur $x + y$.

2. On commence par placer le point M associé au réel $\frac{\pi}{3}$ et le point N associé au réel $\frac{\pi}{4}$. On trace un arc de cercle de centre J et de rayon OJ qui coupe le cercle trigonométrique en A. On trace un arc de cercle de centre N et de rayon ON qui coupe le cercle trigonométrique en B.

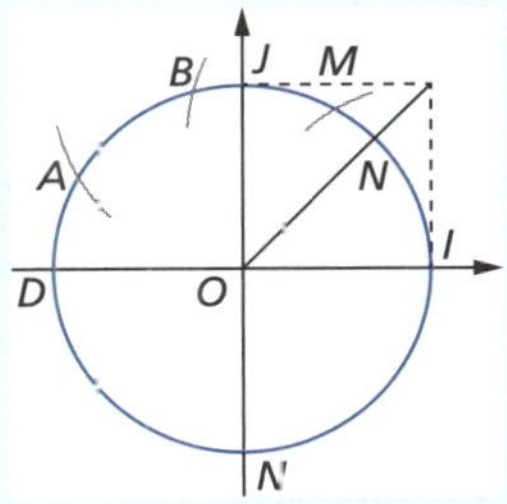

5 1. $IBJCDEFG$ étant un octogone régulier inscrit dans le cercle trigonométrique, celui-ci est partagé en 8 parties de même longueur.

Le réel de $]-\pi\ ;\ \pi]$ associé à I est **0**, pour B c'est $\frac{2\pi}{8}$, soit $\mathbf{\frac{\pi}{4}}$, pour J c'est $\mathbf{\frac{\pi}{2}}$, pour C c'est $3 \times \frac{2\pi}{8}$, soit $\mathbf{\frac{3\pi}{4}}$ et pour D c'est π.

Si deux points du cercle trigonométrique sont symétriques par rapport à l'axe des abscisses, alors ils sont associés à des réels opposés.

Comme E, F et G sont les symétriques respectifs des points C, J et B, alors ils sont associés respectivement aux réels $\mathbf{-\frac{3\pi}{4}}$, $\mathbf{-\frac{\pi}{2}}$ et $\mathbf{-\frac{\pi}{4}}$.

2. On a donc :

réel x	$\frac{-3\pi}{4}$	$\frac{-\pi}{2}$	$\frac{-\pi}{4}$	0
$\sin(x)$	négatif	négatif	négatif	nul
$\cos(x)$	négatif	nul	positif	positif

réel x	$\frac{\pi}{4}$	$\frac{\pi}{2}$	$\frac{3\pi}{4}$	π
$\sin(x)$	positif	positif	positif	nul
$\cos(x)$	positif	nul	négatif	négatif

Remarque : quand un sinus ou un cosinus est nul, alors il est à la fois positif et négatif.

6 On utilise la relation $\cos^2(x) + \sin^2(x) = 1$.

Ici, on a $\cos^2(x) + \left(\frac{2}{3}\right)^2 = 1 \Leftrightarrow \cos^2(x) = 1 - \frac{4}{9}$

$\Leftrightarrow \cos^2(x) = \frac{5}{9} \Leftrightarrow \cos(x) = \sqrt{\frac{5}{9}}$ ou $\cos(x) = -\sqrt{\frac{5}{9}}$.

L'appartenance de x à un intervalle permet de trouver dans quel quart du cercle trigonométrique se situe le point M associé à x et donc d'avoir le signe de ses coordonnées, c'est-à-dire le signe de $\cos(x)$ et de $\sin(x)$.

Comme x appartient à $\left[\frac{\pi}{2};\pi\right]$, le point M associé appartient à l'arc du cercle trigonométrique dessiné en rouge et on a donc $\cos(x) \leqslant 0$.

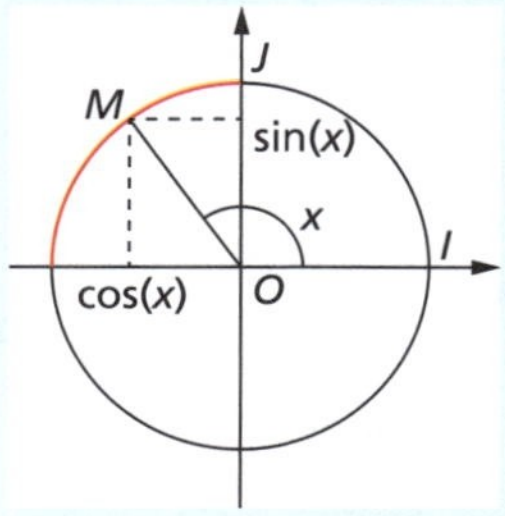

On a $\cos(x) = \frac{-\sqrt{5}}{3}$.

7 Il est commode d'exprimer $\sin^2(x)$ comme une fraction pour en déduire une expression fractionnaire de $\sin(x)$.

La relation fondamentale est $\cos^2(x) + \sin^2(x) = 1$.

Ici, on a $(-0,5)^2 + \sin^2(x) = 1 \Leftrightarrow \sin^2(x) = 1 - 0,25$

$\Leftrightarrow \sin^2(x) = 0,75 \Leftrightarrow \sin^2(x) = \frac{3}{4}$

$\Leftrightarrow \sin(x) = \sqrt{\frac{3}{4}}$ ou $\sin(x) = -\sqrt{\frac{3}{4}}$.

Comme x appartient à $\left[\pi;\frac{3\pi}{2}\right]$, le point M associé appartient à l'arc du cercle trigonométrique dessiné en rouge et on a donc $\sin(x) \leqslant 0$.

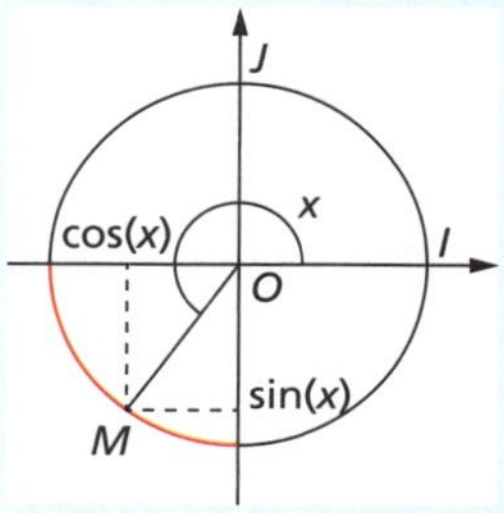

On a $\sin(x) = \frac{-\sqrt{3}}{2}$.

8 Pour démontrer qu'une égalité A = B est vraie, on peut partir de l'un des membres et le transformer jusqu'à obtenir l'autre membre.

Pour tout réel x, on a :

$[\sin(x) + \cos(x)]^2 + [\sin(x) - \cos(x)]^2$

$= \sin^2(x) + 2\sin(x)\cos(x) + \cos^2(x)$

$+ \sin^2(x) - 2\sin(x)\cos(x) + \cos^2(x)$

$= \sin^2(x) + \cos^2(x) + \sin^2(x) + \cos^2(x)$

$= 1 + 1$ en appliquant deux fois la relation fondamentale.

On a bien, pour tout réel x,

$\mathbf{[\sin(x) + \cos(x)]^2 + [\sin(x) - \cos(x)]^2 = 2}$.

9 Pour montrer qu'un résultat est négatif, on utilise souvent un raisonnement par l'absurde en supposant vrai le contraire du résultat qu'on veut prouver et en montrant qu'on aboutit alors à une contradiction.

Supposons qu'il existe un réel x vérifiant :

$\sin(x) = 0,4$ et $\cos(x) = 0,6$.

D'après la relation fondamentale, on aurait $\sin^2(x) + \cos^2(x) = 1$, soit $0,4^2 + 0,6^2 = 1$, c'est-à-dire $0,52 = 1$, ce qui est faux.

Il n'existe aucun réel x vérifiant $\sin(x) = 0,4$ et $\cos(x) = 0,6$.

10 1. Le point associé au réel $x + 2\pi$ est aussi M le point associé au réel x car 2π est la longueur du cercle trigonométrique.

2. x et $2\pi + x$ étant associée au même point M du cercle trigonométrique, on en déduit que :

- pour tout réel x, $\mathbf{\cos(x + 2\pi) = \cos(x)}$;
- pour tout réel x, $\mathbf{\sin(x + 2\pi) = \sin(x)}$.

3. On cherche à appliquer les formules en faisant apparaître le modèle $x + 2\pi$ dans chaque calcul.

- $\cos\left(\frac{9\pi}{4}\right) = \cos\left(\frac{\pi}{4}+2\pi\right) = \cos\left(\frac{\pi}{4}\right) = \frac{\sqrt{2}}{2}$.
- $\sin\left(\frac{9\pi}{4}\right) = \sin\left(\frac{\pi}{4}+2\pi\right) = \sin\left(\frac{\pi}{4}\right) = \frac{\sqrt{2}}{2}$.
- $\sin\left(\frac{7\pi}{3}\right) = \sin\left(\frac{\pi}{3}+2\pi\right) = \sin\left(\frac{\pi}{3}\right) = \frac{\sqrt{3}}{2}$.
- $\cos\left(\frac{13\pi}{6}\right) = \cos\left(\frac{\pi}{6}+2\pi\right) = \cos\left(\frac{\pi}{6}\right) = \frac{\sqrt{3}}{2}$.

11 1. • $\cos\left(\frac{-\pi}{4}\right) = \cos\left(\frac{\pi}{4}\right) = \frac{\sqrt{2}}{2}$

- $\sin\left(\frac{-\pi}{2}\right) = -\sin\left(\frac{\pi}{2}\right) = -1$
- $\sin\left(\frac{-\pi}{3}\right) = -\sin\left(\frac{\pi}{3}\right) = \frac{-\sqrt{3}}{2}$
- $\cos\left(\frac{-\pi}{6}\right) = \cos\left(\frac{\pi}{6}\right) = \frac{\sqrt{3}}{2}$

2. On commence par remplacer $\sin(-x)$ par $-\sin(x)$ et $\cos(-x)$ par $\cos(x)$ afin d'utiliser les valeurs remarquables de trigonométrie.

$A = \sin\left(\frac{-\pi}{6}\right) + \cos\left(\frac{-\pi}{6}\right) + \sin\left(\frac{\pi}{6}\right) + \cos\left(\frac{\pi}{6}\right)$

$= -\sin\left(\frac{\pi}{6}\right) + \cos\left(\frac{\pi}{6}\right) + \sin\left(\frac{\pi}{6}\right) + \cos\left(\frac{\pi}{6}\right)$

$= 2\cos\left(\frac{\pi}{6}\right) = \mathbf{\sqrt{3}}$

$B = \sin\left(\frac{-\pi}{4}\right) - \cos\left(\frac{-\pi}{4}\right) + \sin\left(\frac{\pi}{4}\right) + \cos\left(\frac{\pi}{4}\right)$

$= -\sin\left(\frac{\pi}{4}\right) - \cos\left(\frac{\pi}{4}\right) + \sin\left(\frac{\pi}{4}\right) + \cos\left(\frac{\pi}{4}\right)$

$= \mathbf{0}$.

12 • On a $\forall x \in D_f = \mathbb{R}, -x \in D_f$ et

$f(-x) = \sin(-x)\cos(-x)$ $\sin(-x) = -\sin(x)$

$= -\sin(x)\cos(x) = -f(x)$ $\cos(-x) = \cos(x)$

f est une fonction impaire.

On a $\forall x \in D_f, x + \pi \in D_f$ et

$f(x + \pi) = \sin(x + \pi)\cos(x + \pi)$

$= \sin(x)\cos(x) = f(x)$

f est une fonction π-périodique.

$\sin(x + \pi) = -\sin(x)$ $\cos(x + \pi) = -\cos(x)$

13 1. On a $\forall x \in D_f = \mathbb{R}, -x \in D_f$ et

$$f(-x) = \frac{e^{x}+e^{-x}}{2} = f(x).$$ ***f* est paire.**

On a $\forall x \in D_g = \mathbb{R}, -x \in D_g$ et

$$g(-x) = \frac{e^{-x}-e^{x}}{2} = \frac{-(e^{x}-e^{-x})}{2} = -g(x).$$

***g* est impaire.**

2. Pour tout réel x,

$$f^2(x) - g^2(x)$$

$$= \left(\frac{e^{x}+e^{-x}}{2}\right)^2 - \left(\frac{e^{x}-e^{-x}}{2}\right)^2$$

$$= \frac{e^{2x}+2e^{x}e^{-x}+e^{-2x}}{4} - \frac{e^{2x}-2e^{x}e^{-x}+e^{-2x}}{4}$$

$= e^{x}e^{-x} = \mathbf{1}$

3. f est dérivable sur $\mathbb{R}$ avec, pour tout réel x,

$$f'(x) = \frac{e^{x}-e^{-x}}{2} = g(x),$$ donc $\boldsymbol{f' = g}$.

$(e^{ax+b})' = ae^{ax+b}$

g est dérivable sur $\mathbb{R}$ avec, pour tout réel x,

$$g'(x) = \frac{e^{x}-(-e^{-x})}{2} = \frac{e^{x}+e^{-x}}{2} = f(x),$$

donc $\boldsymbol{g' = f}$.

Les fonctions f et g s'appellent fonctions cosinus hyperbolique et sinus hyperbolique. Les propriétés démontrées aux questions 2 et 3 rappellent celles des fonctions sinus et cosinus.

14 1. $\frac{\pi}{6}$ radian correspond à 180° ÷ 6, soit 30°.

Les mesures en radian et en degré sont proportionnelles avec π rad = 180°.

On trace le segment $[ON]$ de longueur 5 cm, puis $[Ny)$ perpendiculaire à (ON) et $[Ox)$ telle que l'angle $\widehat{NOx}$ mesure 30°. Les demi-droites $[Ny)$ et $[Ox)$ se coupent en M.

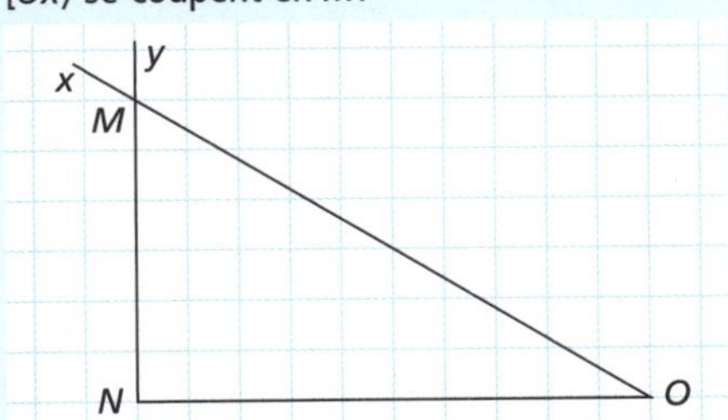

2. Dans le triangle MNO rectangle en N, on a :

$$\cos(\widehat{NOM}) = \frac{\text{côté adjacent à } O}{\text{hypoténuse}}$$

$$\Leftrightarrow \cos\left(\frac{\pi}{6}\right) = \frac{ON}{OM} \Leftrightarrow \frac{\sqrt{3}}{2} = \frac{5}{OM}$$

$\Leftrightarrow \sqrt{3}\,OM = 2 \times 5 \Leftrightarrow \boldsymbol{OM = \frac{10}{\sqrt{3}}}$ **cm** (valeur exacte), soit $\boldsymbol{OM} \approx$ **5,77 cm** à 0,01 près (valeur approchée et vérifiée sur la figure).

15 1. Dans le triangle ABH rectangle en H, on a :

$$\sin(\widehat{ABC}) = \frac{\text{côté opposé à } B}{\text{hypoténuse}} = \frac{AH}{AB},$$

soit $\boldsymbol{\sin(\widehat{ABC}) = \frac{h}{c}}$ (1).

Dans le triangle ACH rectangle en H, on a :

$$\sin(\widehat{ACB}) = \frac{\text{côté opposé à } C}{\text{hypoténuse}} = \frac{AH}{AC},$$

soit $\boldsymbol{\sin(\widehat{ACB}) = \frac{h}{b}}$ (2).

2. Aire de $ABC = \frac{\text{base } BC \times \text{hauteur } AH}{2} = \frac{ah}{2}$.

Or, d'après (1), on a $h = c\sin(\widehat{ABC})$, donc aire de $ABC = \frac{ac\sin(\widehat{B})}{2}$.

Or, d'après (2), on a $h = b\sin(\widehat{ACB})$, donc aire de $ABC = \frac{ab\sin(\widehat{C})}{2}$.

3. Des deux résultats précédents, on en déduit que : $ac\sin(\widehat{B}) = ab\sin(\widehat{C})$.

En divisant chaque membre par $a\sin(\widehat{B})\sin(\widehat{C})$,

on obtient $\frac{b}{\sin(\widehat{B})} = \frac{c}{\sin(\widehat{C})}$.

Avec les notations de la figure de l'énoncé, on démontre que dans tout triangle, on a :

$$\frac{a}{\sin(\widehat{A})} = \frac{b}{\sin(\widehat{B})} = \frac{c}{\sin(\widehat{C})}.$$

CHAPITRE 7 *(Énoncés p. 41)*

1 1. $\overrightarrow{AB}.\overrightarrow{AC} = AB \times AC \times \cos(\widehat{BAC})$

$= 5 \times 3 \times \cos(15°)$

On a $\overrightarrow{AB}.\overrightarrow{AC}$ = **14,5 à 0,1 près.**

2. $\vec{u}.\vec{v} = \|\vec{u}\| \times \|\vec{v}\| \times \cos(\vec{u}\,;\vec{v})$

$$= \sqrt{3} \times 2 \times \cos\left(\frac{\pi}{3}\right) = 2\sqrt{3} \times \frac{1}{2} = \sqrt{3}.$$

2 ABC étant un triangle isocèle en C et I le milieu de $[AB]$, la médiane (CI) est aussi une hauteur, donc I est le projeté orthogonal de C sur (AB).

$\overrightarrow{BA}.\overrightarrow{BC} = \overrightarrow{BA}.\overrightarrow{BI}$

$= BA \times BI$ car I est sur $[BA)$ $= 6 \times 3 = \mathbf{18}$.

3 Le repère est orthonormé avec

$$\overrightarrow{AB}\begin{pmatrix} x_B - x_A \\ y_B - y_A \end{pmatrix} = \overrightarrow{AB}\begin{pmatrix} 4 \\ 3 \end{pmatrix}$$

et $$\overrightarrow{AC}\begin{pmatrix} x_C - x_A \\ y_C - y_A \end{pmatrix} = \overrightarrow{AC}\begin{pmatrix} 8 \\ 1 \end{pmatrix}$$

On a $\overrightarrow{AB}.\overrightarrow{AC} = x_{\overrightarrow{AB}} \times x_{\overrightarrow{AC}} + y_{\overrightarrow{AB}} \times y_{\overrightarrow{AC}}$

$= 4 \times 8 + 3 \times 1 = \mathbf{35}$.

4 1. $\overrightarrow{AC}.\overrightarrow{AD}=(\overrightarrow{AD}+\overrightarrow{DC}).\overrightarrow{AD}$

d'après la relation de Chasles

$= \overrightarrow{AD}.\overrightarrow{AD}+\overrightarrow{DC}.\overrightarrow{AD}$

$= AD^2 + 0$ car $\overrightarrow{DC}$ et $\overrightarrow{AD}$ sont orthogonaux dans le rectangle $ABCD$

$= 6^2 =$ **36**.

En appliquant le théorème de Pythagore dans le triangle ACD rectangle en D, on a :

$AC = \sqrt{AD^2+DC^2} = \sqrt{6^2+2{,}5^2} = \sqrt{42{,}25} = \mathbf{6{,}5}$.

2. De la définition du produit scalaire, on a :

$$\cos(\widehat{DAC}) = \frac{\overrightarrow{AC}.\overrightarrow{AD}}{AC\times AD} = \frac{36}{6{,}5\times 6}=\frac{6}{6{,}5} = \frac{12}{13}.$$

On a $\widehat{DAC} = \cos^{-1}\left(\frac{12}{13}\right)$, soit **23°** à un degré près.

5 1. Le repère est orthonormé avec

$\overrightarrow{AB}\begin{pmatrix} x_B-x_A \\ y_B-y_A \end{pmatrix} = \overrightarrow{AB}\begin{pmatrix} -5 \\ -2 \end{pmatrix}$

et $\overrightarrow{AC}\begin{pmatrix} x_C-x_A \\ y_C-y_A \end{pmatrix}=\overrightarrow{AC}\begin{pmatrix} -4 \\ 3 \end{pmatrix}$

On a $\overrightarrow{AB}.\overrightarrow{AC} = x_{\overrightarrow{AB}}\times x_{\overrightarrow{AC}}+y_{\overrightarrow{AB}}\times y_{\overrightarrow{AC}}$

$= -5 \times (-4) + (-2) \times 3 =$ **14**.

2. De la définition du produit scalaire, on a :

$AB = \left\|\overrightarrow{AB}\right\|=\sqrt{(-5)^2+(-2)^2} = \sqrt{29}$,

$AC = \left\|\overrightarrow{AC}\right\|=\sqrt{(-4)^2+3^2} = 5$ et

$$\cos(\widehat{BAC}) = \frac{\overrightarrow{AB}.\overrightarrow{AC}}{AB\times AC} = \frac{14}{\sqrt{29}\times 5}$$

On a $\widehat{BAC} = \cos^{-1}\left(\frac{14}{\sqrt{29}\times 5}\right)$,

soit **58,67°** à 0,01° près.

6 1. On trace $[AC]$ de longueur 6 et on place, sur $[AC]$, H avec $AH = 2$. La droite perpendiculaire à (AC) passant par H coupe un arc de cercle de centre A et de rayon 5 en B. On trace $[BC]$ et $[BA]$, puis la perpendiculaire à (AB) passant par C, qui coupe (AB) en K.

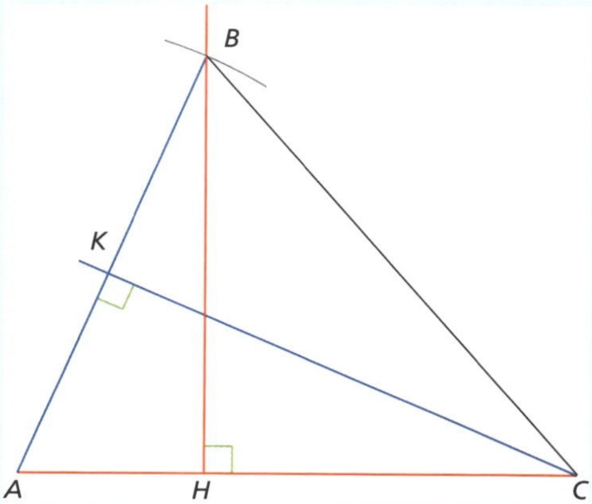

Comme H est le projeté orthogonal de B sur (AC) et que H appartient à $[AC]$, on a : $\overrightarrow{AB}.\overrightarrow{AC} = \overrightarrow{AH}.\overrightarrow{AC} = AH \times AC =$ **12**.

2. Comme K est le projeté orthogonal de C sur (AB) et que K appartient à $[AB]$, on a : $\overrightarrow{AB}.\overrightarrow{AC} = \overrightarrow{AB}.\overrightarrow{AK} = AB \times AK = \mathbf{5AK}$.

3. On a donc $5AK = 12$, soit $AK = 12 \div 5$.

$\mathbf{AK = 2{,}4}$ **cm.**

7 Dans un repère orthonormé, on a :

$\vec{u}\begin{pmatrix} m-2 \\ -4 \end{pmatrix}$ et $\vec{v}\begin{pmatrix} m+2 \\ 24 \end{pmatrix}$ orthogonaux

$\Leftrightarrow$ leur produit scalaire est nul

$\Leftrightarrow (m-2)(m+2) + (-4) \times 24 = 0$

$\Leftrightarrow m^2 - 100 = 0$

$\Leftrightarrow m^2 = 100$

$\Leftrightarrow m = 10$ ou $m = -10$

Deux vecteurs sont orthogonaux si, et seulement si, leur produit scalaire est nul.

Pour les valeurs 10 et –10 de m, les vecteurs $\vec{u}\begin{pmatrix} m-2 \\ -4 \end{pmatrix}$ et $\vec{v}\begin{pmatrix} m+2 \\ 24 \end{pmatrix}$ sont orthogonaux.

8 Comme W est le milieu de $[FG]$, on utilise le théorème de la médiane.

On a :

$$EF^2 + EG^2 = 2EW^2 + \frac{1}{2}FG^2$$

$\Leftrightarrow 6^2 + 3^2 = 2 \times 4^2 + 0{,}5FG^2$

$\Leftrightarrow (36 + 9 - 32) \times 2 = FG^2$

$\Leftrightarrow 26 = FG^2$

$\Leftrightarrow \mathbf{FG = \sqrt{26}}$ car c'est une longueur.

9 Dans le plan muni d'un repère orthonormé, on a, d'après le cours, la somme $S = MA^2 + MB^2 + MC^2$ qui est minimale si M est le centre de gravité G de ABC.

On a alors $\overrightarrow{GA}+\overrightarrow{GB}+\overrightarrow{GC} = \vec{0}$, d'où

$$\begin{cases} x_A-x_G+x_B-x_G+x_C-x_G=0 \\ y_A-y_G+y_B-y_G+y_C-y_G=0 \end{cases}$$

$$\Leftrightarrow \begin{cases} x_A+x_B+x_C=3x_G \\ y_A+y_B+y_C=3y_G \end{cases}$$

$$\Leftrightarrow \begin{cases} 0=3x_G \\ 9=3y_G \end{cases}$$

Si G est le centre de gravité de ABC, alors

$$\begin{cases} x_A+x_B+x_C=3x_G \\ y_A+y_B+y_C=3y_G \end{cases}$$

Les coordonnées de M tel que S soit minimale sont **(0 ; 3)**.

On a alors :

$MA^2 = (x_A - x_M)^2 + (y_A - y_M)^2 = (3 - 0)^2 + (3 - 3)^2 = 9$

De même, on a $MB^2 = 13$ et $MC^2 = 10$.

et la valeur minimale de S est $9 + 13 + 10 =$ **32**.

10 1. Soit $ABCD$ un quadrilatère.

Comme on a $AB^2 = \overrightarrow{AB}^2$, par propriété des produits scalaires, on a :

$AB^2 - BC^2 + CD^2 - DA^2$
$= \overrightarrow{AB}^2 - \overrightarrow{BC}^2 + \overrightarrow{CD}^2 - \overrightarrow{DA}^2$
$= (\overrightarrow{AB}+\overrightarrow{BC}).(\overrightarrow{AB}-\overrightarrow{BC})+(\overrightarrow{CD}+\overrightarrow{DA}).(\overrightarrow{CD}-\overrightarrow{DA})$
$= \overrightarrow{AC}.(\overrightarrow{AB}-\overrightarrow{BC})+\overrightarrow{CA}.(\overrightarrow{CD}-\overrightarrow{DA})$
d'après la relation de Chasles
$= \overrightarrow{AC}.(\overrightarrow{AB}+\overrightarrow{CB})-\overrightarrow{AC}.(-\overrightarrow{DC}-\overrightarrow{DA})$
$= \overrightarrow{AC}.(\overrightarrow{AB}+\overrightarrow{CB}+\overrightarrow{DC}+\overrightarrow{DA})$
$= \overrightarrow{AC}.(\overrightarrow{DC}+\overrightarrow{CB}+\overrightarrow{DA}+\overrightarrow{AB})$

En appliquant deux fois la relation de Chasles, on a bien :

$\mathbf{AB^2 - BC^2 + CD^2 - DA^2 = 2\,\overrightarrow{AC}.\overrightarrow{DB}}$

2. Si $AB = 3$, $BC = 9$, $CD = 11$ et $DA = 7$, alors on a :

$AB^2 - BC^2 + CD^2 - DA^2$
$= 3^2 - 9^2 + 11^2 - 7^2$
$= 9 - 81 + 121 - 49 = 0$

Le produit scalaire $\overrightarrow{AC}.\overrightarrow{DB}$ est nul, donc les vecteurs $\overrightarrow{AC}$ et $\overrightarrow{DB}$ sont orthogonaux en étant non nuls : **les diagonales de *ABCD* sont perpendiculaires.**

11 Soit $M(x\ ;\ y)$ un point du cercle de diamètre $[AB]$ dans le plan muni d'un repère orthonormé.

M appartient au cercle de diamètre $[AB]$
$\Leftrightarrow \overrightarrow{MA}.\overrightarrow{MB} = 0$

$\Leftrightarrow x_{\overrightarrow{MA}} \times x_{\overrightarrow{MB}} + y_{\overrightarrow{MA}} \times y_{\overrightarrow{MB}} = 0$
$\Leftrightarrow (-4 - x)(8 - x) + (2 - y)(-3 - y) = 0$
$\Leftrightarrow -32 + 4x - 8x + x^2 - 6 - 2y + 3y + y^2 = 0$

Une équation du cercle Γ de diamètre $[AB]$ est
$\mathbf{x^2 - 4x + y^2 + y - 38 = 0}$.

12 1.

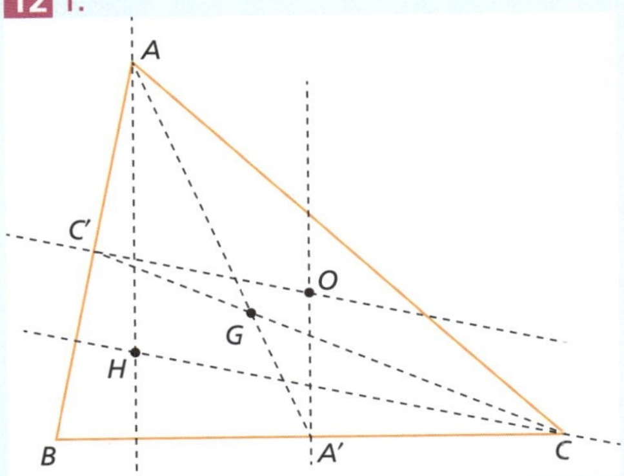

L'orthocentre étant le point de concours des trois hauteurs, il suffit d'en tracer deux pour avoir H. De même, O et G sont obtenus à partir de deux médiatrices et de deux médianes.

On conjecture que ***H*, *G* et *O* sont alignés.**

2. a. Si G est le centre de gravité du triangle ABC, alors $\overrightarrow{GA}+\overrightarrow{GB}+\overrightarrow{GC} = \vec{0}$.

b. $\overrightarrow{OK} = \overrightarrow{OA}+\overrightarrow{OB}+\overrightarrow{OC}$
$\Rightarrow \overrightarrow{OK} = \overrightarrow{OG}+\overrightarrow{GA}-\overrightarrow{OG}+\overrightarrow{GB}+\overrightarrow{OG}+\overrightarrow{GC}$
d'après la relation de Chasles
$\Rightarrow \overrightarrow{OK} = 3\overrightarrow{OG}+(\overrightarrow{GA}+\overrightarrow{GB}+\overrightarrow{GC})$
$\Rightarrow \overrightarrow{OK} = 3\overrightarrow{OG}$ car $\overrightarrow{GA}+\overrightarrow{GB}+\overrightarrow{GC} = \vec{0}$.

Les vecteurs $\overrightarrow{OK}$ et $\overrightarrow{OG}$ étant colinéaires, **les points *O*, *G* et *K* sont alignés.**

c. $\overrightarrow{OK} = \overrightarrow{OA}+\overrightarrow{OB}+\overrightarrow{OC}$
$\Rightarrow \overrightarrow{OK}-\overrightarrow{OA} = \overrightarrow{OB}+\overrightarrow{OC}$
$\Rightarrow \overrightarrow{AO}+\overrightarrow{OK} = \overrightarrow{OB}+\overrightarrow{OC}$
$\Rightarrow \overrightarrow{AK} = \overrightarrow{OB}+\overrightarrow{OC}$ d'après la relation de Chasles
$\Rightarrow \overrightarrow{AK} = \overrightarrow{OA'}+\overrightarrow{A'B}+\overrightarrow{OA'}+\overrightarrow{A'C}$
d'après la relation de Chasles
$\Rightarrow \overrightarrow{AK} = 2\overrightarrow{OA'}$

car A' milieu de $[BC] \Leftrightarrow \overrightarrow{A'B}+\overrightarrow{A'C} = \vec{0}$

ABC étant non rectangle, on a $O \neq A'$ et $\overrightarrow{OA'}$ est non nul et on en déduit que les droites (AK) et (OA') sont parallèles avec (OA') la médiatrice de $[BC]$, donc avec (OA') perpendiculaire à (BC).

Les droites (*KA*) et (*BC*) sont perpendiculaires.

d. (KA) est donc la hauteur de ABC issue de A.

De même avec B' milieu de $[AC]$, on prouve que $\overrightarrow{OK} = \overrightarrow{OA}+\overrightarrow{OB}+\overrightarrow{OC} \Rightarrow \overrightarrow{BK} = 2\overrightarrow{OB'}$ donc que les droites (BK) et (OB') sont parallèles avec (OB') la médiatrice de $[AC]$, avec (OB') perpendiculaire à (AC). Les droites (KB) et (AC) sont perpendiculaires. (KB) est donc la hauteur de ABC issue de B. Étant situé sur deux hauteurs de ABC, ***K* est l'orthocentre de *ABC*.**

e. On a K, O et G alignés avec $K = H$, donc ***H*, *G* et *O* sont alignés.**

CHAPITRE 8 (Énoncés p. 45)

1 1. a. Le déterminant de $\vec{u}\begin{pmatrix} -0{,}5 \\ 2 \end{pmatrix}$ et de $\vec{v}\begin{pmatrix} 1 \\ -4 \end{pmatrix}$ vaut $-0{,}5 \times (-4) - 2 \times 1 = 0$.

C'est nul, **les vecteurs sont colinéaires.**

Deux vecteurs $\vec{u}\begin{pmatrix} x \\ y \end{pmatrix}$ et $\vec{v}\begin{pmatrix} x' \\ y' \end{pmatrix}$ sont colinéaires
$\Leftrightarrow$ leur déterminant $xy' - x'y$ est nul.

b. Le déterminant de $\vec{u}\begin{pmatrix} 2 \\ 3 \end{pmatrix}$ et de $\vec{v}\begin{pmatrix} 3 \\ 4 \end{pmatrix}$ vaut $2 \times 4 - 3 \times 3 = -1$. C'est non nul, **les vecteurs ne sont pas colinéaires.**

c. Le déterminant de $\vec{u}\begin{pmatrix} 3 \\ -9 \end{pmatrix}$ et de $\vec{v}\begin{pmatrix} -2 \\ 6 \end{pmatrix}$ vaut $3 \times 6 - (-9) \times (-2) = 18 - 18 = 0$.

C'est nul, **les vecteurs sont colinéaires.**

2. a. Le déterminant de $\vec{u}\begin{pmatrix}3\\4\end{pmatrix}$ et $\vec{v}\begin{pmatrix}5\\a\end{pmatrix}$ vaut $3 \times a - 4 \times 5 = 3a - 20$.

On veut $3a - 20 = 0 \Leftrightarrow 3a = 20 \Leftrightarrow a = \dfrac{20}{3}$.

Pour $a = \dfrac{20}{3}$, **les vecteurs sont colinéaires.**

b. Le déterminant de $\vec{u}\begin{pmatrix}3\\1\end{pmatrix}$ et $\vec{v}\begin{pmatrix}a-2\\2\end{pmatrix}$ vaut $3 \times 2 - 1 \times (a - 2) = 8 - a$.

On veut $8 - a = 0 \Leftrightarrow 8 = a$.

Pour $a = 8$, **les vecteurs sont colinéaires.**

c. Le déterminant de $\vec{u}\begin{pmatrix}a+2\\2\end{pmatrix}$ et $\vec{v}\begin{pmatrix}-6\\2-a\end{pmatrix}$ vaut $(a + 2)(2 - a) - 2 \times (-6) = 16 - a^2$.

On veut $16 - a^2 = 0 \Leftrightarrow a^2 = 16 \Leftrightarrow a = 4$ ou $a = -4$.

Pour $a = 4$ et $a = -4$, **les vecteurs sont colinéaires.**

2 **1.** Le vecteur $\vec{u}\begin{pmatrix}4\\2\end{pmatrix}$ dirige les droites d'équations :

$ax + by + c = 0$ avec $-b = 4$, soit $b = -4$ et $a = 2$.

Une équation de D est du type $2x - 4y + c = 0$.

Comme D passe par $A(3 ; 1)$, on a $2x_A - 4y_A + c = 0$
$\Leftrightarrow 2 \times 3 - 4 \times 1 + c = 0 \Leftrightarrow 2 + c = 0 \Leftrightarrow c = -2$.

Une équation cartésienne de D est $\mathbf{2x - 4y - 2 = 0}$.

Un vecteur $\vec{u}\begin{pmatrix}-b\\a\end{pmatrix}$ dirige une droite d'équation cartésienne $ax + by + c = 0$.

2. D' a pour équation cartésienne $3x + 6y - 9 = 0$, donc un vecteur directeur de D' est $\vec{v}\begin{pmatrix}-6\\3\end{pmatrix}$.

Tout vecteur $\vec{v}\begin{pmatrix}-2k\\k\end{pmatrix}$ avec k réel non nul est un vecteur directeur de D'.

3. Le déterminant de $\vec{u}\begin{pmatrix}4\\2\end{pmatrix}$ et de $\vec{v}\begin{pmatrix}-6\\3\end{pmatrix}$ vaut $3 \times 4 - 2 \times (-6) = 24$: c'est non nul.

Les vecteurs directeurs ne sont pas colinéaires, donc ***D* et *D'* ne sont pas parallèles.**

3 **a.** d_1 est dirigée par $\vec{u}\begin{pmatrix}2\\0,5\end{pmatrix}$, donc une équation cartésienne de d_1 est $0,5x - 2y + c = 0$.

d_1 passe par $A(4 ; 3)$, donc on a $0,5x_A - 2y_A + c = 0$
$\Leftrightarrow 0,5 \times 4 - 2 \times 3 + c = 0 \Leftrightarrow -4 + c = 0 \Leftrightarrow c = 4$.

d_1 a pour équation cartésienne $\mathbf{0,5x - 2y + 4 = 0}$.

b. Un vecteur directeur de d_2 est $\overrightarrow{AB}\begin{pmatrix}x_B - x_A\\y_B - y_A\end{pmatrix}$ $= \overrightarrow{AB}\begin{pmatrix}8\\-3\end{pmatrix}$. Une équation cartésienne de d_2 est $-3x - 8y + c = 0$.

d_2 passe par $A(-3 ; 2)$, donc on a $-3x_A - 8y_A + c = 0$
$\Leftrightarrow -3 \times (-3) - 8 \times 2 + c = 0 \Leftrightarrow -7 + c = 0$
$\Leftrightarrow c = 7$.

d_2 a pour équation cartésienne $\mathbf{-3x - 8y + 7 = 0}$.

c. Une équation cartésienne de d_3 dirigée par $\overrightarrow{AB}\begin{pmatrix}8\\-3\end{pmatrix}$ est $-3x - 8y + c = 0$.

d_3 passe par $C(-4 ; 6)$, donc on a $-3x_C - 8y_C + c = 0$
$\Leftrightarrow -3 \times (-4) - 8 \times 6 + c = 0 \Leftrightarrow -36 + c = 0$
$\Leftrightarrow c = 36$.

d_2 a pour équation cartésienne $\mathbf{-3x - 8y + 36 = 0}$.

d. Si d_4 est parallèle à d_1, alors d_4 a le même vecteur directeur $\vec{u}\begin{pmatrix}2\\0,5\end{pmatrix}$ que d_1 et a pour équation cartésienne $0,5x - 2y + c = 0$.

d_4 passe par $E(1 ; 2)$, donc on a $0,5x_E - 2y_E + c = 0$
$\Leftrightarrow 0,5 \times 1 - 2 \times 2 + c = 0 \Leftrightarrow -3,5 + c = 0$
$\Leftrightarrow c = 3,5$.

d_4 a pour équation cartésienne $\mathbf{0,5x - 2y + 3,5 = 0}$.

$ax + by + c = 0$ et $ax + by + c' = 0$ sont les équations cartésiennes de deux droites parallèles.

4 **1.** A' est le milieu de $[BC]$, donc $x_{A'} = \dfrac{x_B + x_C}{2} = 2$ et $y_{A'} = \dfrac{y_B + y_C}{2} = 0$. On a $\mathbf{A'(2 ; 0)}$.

(AA') est dirigée par $\overrightarrow{AA'}\begin{pmatrix}4\\1\end{pmatrix}$, donc (AA') a pour équation $-x + 4y + c = 0$ avec en particulier $-x_A + 4y_A + c = 0 \Leftrightarrow 2 - 4 + c = 0 \Leftrightarrow c = 2$.

Dans un triangle, la médiane est une droite passant par un sommet et par le milieu du côté opposé.

La médiane (AA') a pour équation $\mathbf{-x + 4y + 2 = 0}$.

2. On a $5x_B + y_B - 3 = 5 \times 0 + 3 - 3 = 0$, donc **la droite *d* d'équation $5x + y - 3 = 0$ passe par *B*.**

Le milieu de $[AC]$ est $B'(1 ; -2)$.

On a $5x_{B'} + y_{B'} - 3 = 5 \times 1 + (-2) - 3 = 0$, donc la droite d d'équation $5x + y - 3 = 0$ passe par B'.

Passant par B et par B', ***d* est la médiane du triangle *ABC* issue de *B*.**

3. $G(x ; y)$ centre de gravité de ABC est l'intersection des médianes (AA') et de (BB'). Ses coordonnées sont solutions de $\begin{cases}-x+4y+2=0 & (1)\\ 5x+y-3=0 & (2)\end{cases}$

$(1) \Leftrightarrow 4y + 2 = x$ (3).

Par substitution, $(2) \Leftrightarrow 5(4y + 2) + y - 3 = 0$
$\Leftrightarrow 21y + 7 = 0 \Leftrightarrow y = \dfrac{-1}{3}$.

Par substitution, $(3) \Leftrightarrow 4 \times \dfrac{-1}{3} + 2 = x \Leftrightarrow \dfrac{2}{3} = x$.

Le centre de gravité de *ABC*, est $\mathbf{G\left(\dfrac{2}{3} ; \dfrac{-1}{3}\right)}$.

On a aussi les formules pour le centre de gravité : $x_G = \dfrac{x_A + x_B + x_C}{3}$ et $y_G = \dfrac{y_A + y_B + y_C}{3}$.

5 d d'équation $3x + 2y - 1 = 0$ a pour vecteur normal $\vec{u}\begin{pmatrix}3\\2\end{pmatrix}$ et d' d'équation $4x - 6y + 5 = 0$ a pour vecteur normal $\vec{v}\begin{pmatrix}4\\-6\end{pmatrix}$. Leur produit scalaire $xx' + yy'$ vaut $3 \times 4 + 2 \times (-6)$, soit 0.

Les vecteurs normaux sont orthogonaux, donc **les droites d et d' sont perpendiculaires.**

Deux vecteurs $\vec{u}\begin{pmatrix} x \\ y \end{pmatrix}$ et $\vec{v}\begin{pmatrix} x' \\ y' \end{pmatrix}$ sont orthogonaux $\Leftrightarrow$ leur produit scalaire $xx' + yy'$ est nul.

6 a. d_1 a pour vecteur normal $\vec{u}\begin{pmatrix} 2 \\ 0{,}5 \end{pmatrix}$, donc une équation cartésienne de d_1 est du type $2x + 0{,}5y + c = 0$.
Comme d_1 passe par $A(4\ ;3)$, on a :
$2x_A + 0{,}5y_A + c = 0 \Leftrightarrow 2 \times 4 + 0{,}5 \times 3 + c = 0$
$\Leftrightarrow 9{,}5 + c = 0 \Leftrightarrow c = -9{,}5$.
Une équation cartésienne de d_1 est :
$\mathbf{2x + 0{,}5y - 9{,}5 = 0}$.

Un vecteur $\vec{n}\begin{pmatrix} a \\ b \end{pmatrix}$ est normal à toute droite d'équation cartésienne $ax + by + c = 0$.

b. d_2 étant perpendiculaire à (AB), $\overrightarrow{AB}\begin{pmatrix} 8 \\ -3 \end{pmatrix}$ est un vecteur normal à d_2, qui a une équation du type $8x - 3y + c = 0$.
d_2 passe par $C(-4\ ;6)$, donc $8x_C - 3y_C + c = 0$
$\Leftrightarrow 8 \times (-4) - 3 \times 6 + c = 0 \Leftrightarrow -50 + c = 0$
Une équation cartésienne de d_2 est :
$\mathbf{8x - 3y + 50 = 0}$.

c. d_4 est une droite perpendiculaire à d_1 donc $\vec{u}\begin{pmatrix} 2 \\ 0{,}5 \end{pmatrix}$, vecteur normal à d_1 dirige d_4 qui a une équation cartésienne du type $-0{,}5x + 2y + c = 0$.
d_4 passant par $E(1\ ;2)$, on a $-0{,}5x_E + 2y_E + c = 0$
$\Leftrightarrow -0{,}5 \times 1 + 2 \times 2 + c = 0 \Leftrightarrow 3{,}5 + c = 0$
$\Leftrightarrow c = -3{,}5$.
Une équation cartésienne de d_4 est :
$\mathbf{-0{,}5x + 2y - 3{,}5 = 0}$.

7 1. Un vecteur normal à d d'équation $2x + y - 4 = 0$ est $\vec{n}\begin{pmatrix} 2 \\ 1 \end{pmatrix}$ et un vecteur normal à d' d'équation
$3x - 6y + 7 = 0$ est $\vec{n'}\begin{pmatrix} 3 \\ -6 \end{pmatrix}$.
Leur produit scalaire $xx' + yy'$ vaut $2 \times 3 + 1 \times (-6)$, soit 0.
C'est nul, les vecteurs normaux sont orthogonaux.
Les droites d et d' sont perpendiculaires.
Deux droites sont perpendiculaires si, et seulement si, leurs vecteurs normaux sont orthogonaux.

2. Si Δ est perpendiculaire à d, alors un vecteur directeur de Δ est $\vec{n}\begin{pmatrix} 2 \\ 1 \end{pmatrix}$, vecteur normal à d. Une équation de Δ est du type $x - 2y + c = 0$ avec en particulier $x_C - 2y_C + c = 0 \Leftrightarrow 1 - 2 \times 3 + c = 0$
$\Leftrightarrow -5 + c = 0 \Leftrightarrow c = 5$.
Une équation de Δ est $x - 2y + 5 = 0$.

3. • Δ et d' sont deux droites perpendiculaires à d. Or, si deux droites sont perpendiculaires à une même troisième droite, alors elles sont parallèles, donc **Δ et d' sont parallèles.**
• Les vecteurs normaux $\vec{n''}\begin{pmatrix} 1 \\ -2 \end{pmatrix}$ de Δ et $\vec{n'}\begin{pmatrix} 3 \\ -6 \end{pmatrix}$ de d' vérifient la relation $\vec{n'} = 3\vec{n''}$. Ils sont colinéaires, donc **Δ et d' sont parallèles.**

8 1. Pour D d'équation $3x + y - 2 = 0$, **un vecteur normal est $\vec{n}\begin{pmatrix} 3 \\ 1 \end{pmatrix}$.**

2. Comme D' est perpendiculaire à D, $\vec{n}\begin{pmatrix} 3 \\ 1 \end{pmatrix}$ vecteur normal à D est un **vecteur directeur de D'.**
Une équation de D' est donc du type $x - 3y + c = 0$.
A est sur D', donc on a $x_A - 3y_A + c = 0$
$\Leftrightarrow 1 + 6 + c = 0 \Leftrightarrow c = -7$.
Une équation de D' est $x - 3y - 7 = 0$.

3. a. H, le projeté orthogonal de A sur D est l'intersection de D et de D', la droite perpendiculaire à D passant par A.
Les coordonnées de $H(x\ ;y)$ sont la solution de
$$\begin{cases} 3x + y - 2 = 0 & (1) \\ x - 3y - 7 = 0 & (2) \end{cases}$$
$(2) \Leftrightarrow x = 3y + 7$ (3).
Par substitution, $(1) \Leftrightarrow 3(3y + 7) + y - 2 = 0$
$\Leftrightarrow 10y + 19 = 0 \Leftrightarrow y = -1{,}9$.
Par substitution, $(3) \Leftrightarrow x = 3 \times (-1{,}9) + 7 \Leftrightarrow$
$x = 1{,}3$.
On a $\mathbf{H(1{,}3\ ;-1{,}9)}$.

b. On a $AH = \sqrt{(x_H - x_A)^2 + (y_H - y_A)^2}$
$= \sqrt{(1{,}3-1)^2 + (-1{,}9+2)^2} = \sqrt{0{,}1}$.
La distance du point A à la droite D est $\sqrt{0{,}1}$.
La distance entre un point et une droite est la distance entre ce point et son projeté orthogonal sur la droite.

9 a. Une équation de C est $(x - 3)^2 + (y - (-2))^2 = 3^2$, soit $\mathbf{(x - 3)^2 + (y + 2)^2 = 9}$.

Une équation d'un cercle de centre $\Omega(a\ ;b)$ et de rayon r est $(x - a)^2 + (y - b)^2 = r^2$.

b. Le cercle de centre Ω passant par B a pour rayon
$\Omega B = \sqrt{(x_B - x_\Omega)^2 + (y_B - y_\Omega)^2}$
$= \sqrt{2^2 + 6^2} = \sqrt{40}$.
Une équation de C est $(x - 3)^2 + (y - (-2))^2 = \sqrt{40}^2$,
soit $\mathbf{(x - 3)^2 + (y + 2)^2 = 40}$.

c. Le centre du cercle est Ω le milieu de $[EF]$ avec
$x_\Omega = \dfrac{x_E + x_F}{2} = -1$ et $y_\Omega = \dfrac{y_E + y_F}{2} = -1$.
Son rayon est la moitié de son diamètre,
soit $0{,}5EF = 0{,}5\sqrt{(x_F - x_E)^2 + (y_F - y_E)^2}$
$= 0{,}5\sqrt{(-6)^2 + (-4)^2} = 0{,}5\sqrt{52} = 0{,}5 \times 2\sqrt{13} = \sqrt{13}$.

Une équation du cercle de diamètre $[EF]$ est

$(x-(-1))^2+(y-(-1))^2=\sqrt{13}^2$,

soit $\mathbf{(x+1)^2+(y+1)^2=13}$.

On peut aussi déterminer une équation du cercle de diamètre $[EF]$ en écrivant que c'est l'ensemble des points $M(x\,;y)$ tels que $\overrightarrow{ME}.\overrightarrow{MF}=0$.

10 $x^2-8x+y^2+6y=24$

$\Leftrightarrow (x-4)^2-4^2+(y+3)^2-3^2=24$

$\Leftrightarrow (x-4)^2+(y+3)^2=24+16+9$

$\Leftrightarrow (x-4)^2+(y+3)^2=7^2$

C'est une équation de cercle de centre $\Omega(4\,;-3)$ et de rayon 7.

On transforme les expressions de type $x^2\pm 2ax$ en $(x\pm a)^2-a^2$ pour déterminer les équations de cercle à partir des formes développées.

11 a. $x^2+y^2+6x-4y=0$

$\Leftrightarrow (x+3)^2-3^2+(y-2)^2-2^2=0$

$\Leftrightarrow (x-(-3))^2+(y-2)^2=9+4$.

C'est l'équation d'un cercle de centre $\Omega(-3\,;2)$ et de rayon $\sqrt{13}$.

b. $x^2+y^2+6x-4y+15=0$

$\Leftrightarrow (x+3)^2-9+(y-2)^2-4+15=0$

$\Leftrightarrow (x+3)^2+(y-2)^2=-2$: c'est impossible.

Ce n'est pas une équation de cercle.

La somme de carrés de nombres réels ne peut pas être négative.

c. $x^2+y^2+6x=0$

$\Leftrightarrow (x+3)^2-3^2+y^2=0$

$\Leftrightarrow (x-(-3))^2+(y-0)^2=9$.

C'est l'équation d'un cercle de centre **$\Omega(-3\,;0)$ et de rayon 3.**

d. $x^2+6x-4y=0$ **n'est pas une équation de cercle** car il n'y a pas de y^2.

Dans une équation de cercle développée, il faut avoir des termes en x^2 et en y^2 avec le même coefficient.

e. $2(x-2)^2+2y^2=x^2+(y+1)^2$

$\Leftrightarrow 2(x^2-4x+4)+2y^2=x^2+y^2+2y+1$

$\Leftrightarrow x^2-8x+y^2-2y+8=1$

$\Leftrightarrow (x-4)^2-4^2+(y-1)^2-1+8=1$

$\Leftrightarrow (x-4)^2+(y-1)^2=10$.

C'est l'équation d'un cercle de centre $\Omega(4\,;1)$ et de rayon $\sqrt{10}$.

12 1. Le projeté orthogonal $H(x\,;y)$ de Ω sur d est un point de d tel que $\overrightarrow{\Omega H}\begin{pmatrix}x-3\\y+2\end{pmatrix}$ soit orthogonal à $\vec{u}\begin{pmatrix}3\\1\end{pmatrix}$, vecteur directeur de d. Le produit scalaire de ces vecteurs doit être nul,

soit $3(x-3)+1(y+2)=0$

$\Leftrightarrow 3x+y=7$.

On a donc : $\begin{cases}x-3y+1=0 & (1)\\ 3x+y-7=0 & (2)\end{cases}$

(1) $\Leftrightarrow x=3y-1$ (3)

Par substitution, (2) $\Leftrightarrow 3(3y-1)+y-7=0$

$\Leftrightarrow 10y-10=0 \Leftrightarrow y=1$.

Par substitution, (3) $\Leftrightarrow x=3\times 1-1 \Leftrightarrow x=2$.

On a **$H(2\,;1)$**.

2. $\Omega H=\sqrt{(x_H-x_\Omega)^2+(y_H-y_\Omega)^2}$

$=\sqrt{1^2+3^2}$. On a donc $\Omega H=\mathbf{\sqrt{10}}$.

3. On a (ΩH) perpendiculaire en H à d, donc d est la tangente au cercle de centre Ω qui passe par H. Ce cercle a pour équation : $\mathbf{(x-3)^2+(y+2)^2=10}$.

La tangente à un cercle de centre Ω en un point A est la droite perpendiculaire à (ΩA) en A.

13 1. a. $x^2+2x+y^2-y=5$

$\Leftrightarrow (x+1)^2-1^2+(y-0{,}5)^2-0{,}5^2=5$

$\Leftrightarrow (x+1)^2+(y-0{,}5)^2=6{,}25$

$\Leftrightarrow (x-(-1))^2+(y-0{,}5)^2=2{,}5^2$.

C'est l'équation d'un cercle de centre **$A(-1\,;0{,}5)$ et de rayon 2,5.**

b. Le cercle C' de centre $D(4\,;3)$ et de rayon 5 a pour équation $\mathbf{(x-4)^2+(y-3)^2=25}$.

Soit aussi $x^2-8x+y^2-6y=0$.

c.

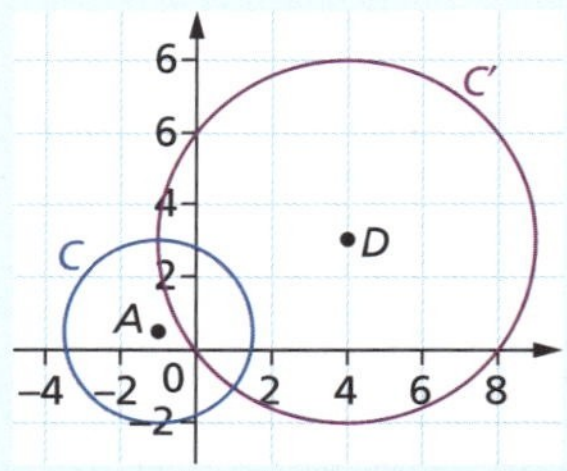

2. Les coordonnées des points d'intersection sont solutions de $\begin{cases}x^2+2x+y^2-y=5 & (1)\\ x^2-8x+y^2-6y=0 & (2)\end{cases}$

(1) – (2) $\Rightarrow 10x+5y=5$

$\Leftrightarrow 2x+y=1 \Leftrightarrow y=1-2x$ (3). Par substitution,

(1) $\Leftrightarrow x^2+2x+(1-2x)^2-(1-2x)=5$

$\Leftrightarrow x^2+2x+1-4x+4x^2-1+2x-5=0$

$\Leftrightarrow 5x^2-5=0$

$\Leftrightarrow x^2=1 \Leftrightarrow x=1$ ou $x=-1$.

Pour $x=1$, (3) donne $y=-1$

Pour $x=-1$, (3) donne $y=3$.

Les cercles sont sécants en $H(1\,;-1)$ et $G(-1\,;3)$.

3. a. La tangente à C' en H a pour vecteur normal $\overrightarrow{DH}\begin{pmatrix}-3\\-4\end{pmatrix}$. Une équation de cette tangente est

$-3x-4y+c=0$ avec en particulier

$-3x_H-4y_H+c=0$, soit $1+c=0$.

Une équation de la tangente à C' en H est

$\mathbf{-3x-4y-1=0}$.

La tangente en H à C a pour vecteur normal $\overrightarrow{AH}\begin{pmatrix}2\\-1{,}5\end{pmatrix}$. Une équation de cette tangente est

$2x-1{,}5y+c=0$ avec en particulier

$2x_H-1{,}5y_H+c=0$, soit $3{,}5+c=0$.

Une équation de la tangente à C en H est **$2x - 1{,}5y - 3{,}5 = 0$.**

b. Les vecteurs $\overrightarrow{DH}\begin{pmatrix}-3\\-4\end{pmatrix}$ et $\overrightarrow{AH}\begin{pmatrix}2\\-1{,}5\end{pmatrix}$ aux tangentes ont pour produit scalaire $-3 \times 2 + (-4) \times (-1{,}5) = 0$. Ils sont orthogonaux. **Les tangentes aux deux cercles en H sont perpendiculaires.**

14 1. (AB) a pour vecteur directeur $\overrightarrow{AB}\begin{pmatrix}5\\-3\end{pmatrix}$ et donc une équation du type $3x + 5y + c = 0$.
En particulier, on a $3x_A + 5y_A + c = 0$
$\Leftrightarrow 13 + c = 0 \Leftrightarrow c = -13$.
Une équation de (AB) est $3x + 5y - 13 = 0$.

2.a. La hauteur de ABC issue de C est perpendiculaire à (AB), donc $\overrightarrow{AB}\begin{pmatrix}5\\-3\end{pmatrix}$ est un vecteur normal à cette hauteur qui a pour équation $5x - 3y + c = 0$ avec en particulier $5x_C - 3y_C + c = 0 \Leftrightarrow 67 + c = 0$.
Une équation cartésienne de la hauteur de ABC issue de C est $5x - 3y - 67 = 0$.

b. Soit $H(x\,;y)$ le projeté orthogonal de C sur (AB). Ses coordonnées vérifient :
$$\begin{cases}3x+5y-13=0 \quad (1)\\5x-3y-67=0 \quad (2)\end{cases}$$
La combinaison linéaire $3 \times (1) + 5 \times (2)$ donne
$9x + 25x + 15y - 15y - 39 - 335 = 0$
Soit $34x - 374 = 0 \Leftrightarrow x = 11$.
Par substitution, (1) donne $33 + 5y - 13 = 0$
$\Leftrightarrow 5y + 20 = 0 \Leftrightarrow y = -4$. On a **$H(11\,;-4)$.**

c. On a par calcul $AB = \sqrt{34}$ et $CH = \sqrt{34}$.
L'aire de ABC est $\dfrac{AB\times CH}{2} = \dfrac{\sqrt{34}\times\sqrt{34}}{2}$ **= 17.**

Aire d'un triangle = $\dfrac{\text{base} \times \text{hauteur}}{2}$

15 1. Une équation du cercle C est $(x-4)^2 + y^2 = 4$.
Soit $M(x\,;y)$ un point commun au cercle C et à la droite d_a.
Ses coordonnées vérifient $\begin{cases}(x-4)^2+y^2=4 \quad (1)\\ ax-y=0 \quad (2)\end{cases}$
(2) $\Leftrightarrow y = ax$ (4) et par substitution
(1) $\Leftrightarrow (x-4)^2 + (ax)^2 = 4$
$\Leftrightarrow x^2 - 8x + 16 + a^2x^2 - 4 = 0$
$\Leftrightarrow (1 + a^2)x^2 - 8x + 12 = 0$ (3).
Le discriminant de cette équation est
$\Delta = (-8)^2 - 4 \times (1+a^2) \times 12 = 64 - 48 - 48a^2$
$= 16 - 48a^2 = 16(1 - 3a^2)$
$= 16(1 - \sqrt{3}a)(1 + \sqrt{3}a)$.

Δ est nul pour $a = \dfrac{\sqrt{3}}{3}$ et $a = -\dfrac{\sqrt{3}}{3}$, négatif sauf entre ses racines.

Si $a \in \left]-\infty\,;-\dfrac{\sqrt{3}}{3}\right[\cup \left]\dfrac{\sqrt{3}}{3}\,;+\infty\right[$, $\Delta < 0$ et C et d_a n'ont **pas de point en commun.**

Si $a = \dfrac{\sqrt{3}}{3}$ ou $a = -\dfrac{\sqrt{3}}{3}$, $\Delta = 0$ et C et d_a ont **un unique point en commun.**

Si $a \in \left]-\dfrac{\sqrt{3}}{3}\,;\dfrac{\sqrt{3}}{3}\right[$, $\Delta > 0$ et C et d_a ont **deux points en commun.**

Une droite et un cercle du plan peuvent avoir 0, 1 ou 2 points en commun.

2. On a donc $a_1 = \dfrac{\sqrt{3}}{3}$.

a. L'équation (3) s'écrit $\dfrac{4}{3}x^2 - 8x + 12$ et sa solution est $\dfrac{-b}{2a} = \dfrac{8}{\frac{8}{3}} = 3$.

L'équation (4) donne $y = \dfrac{\sqrt{3}}{3} \times 3 = \sqrt{3}$.
On a **$H(3\,;\sqrt{3})$.**

b. On a $\overrightarrow{OH}\begin{pmatrix}3\\\sqrt{3}\end{pmatrix}$ et $\overrightarrow{HA}\begin{pmatrix}1\\-\sqrt{3}\end{pmatrix}$. Leur produit scalaire vaut $3 \times 1 + \sqrt{3} \times (-\sqrt{3}) = 0$.
Les droites (OH) et (HA) sont perpendiculaires. (OH) étant perpendiculaire en H à la droite passant par A le centre du cercle et H, **d_{a_1} est la tangente à C en H.**

Une droite qui ne possède qu'un seul point en commun avec un cercle est tangente à ce cercle.

16 1. Soit P_i la parabole représentative de la fonction f_i.

L'axe de symétrie d'une parabole représentative d'une fonction trinôme $x \mapsto ax^2 + bx + c$ est $x = \dfrac{-b}{2a}$. Il suffit pour chaque fonction trinôme de calculer ce nombre.

a. Pour $f_1(x) = 2x^2 + 4x + 3$, $\dfrac{-b}{2a} = -1$.

b. Pour $f_2(x) = 3x^2 - 12x - 9$, $\dfrac{-b}{2a} = 2$.

c. Pour $f_3(x) = (x-3)(x-1) = x^2 - 4x - 3$, $\dfrac{-b}{2a} = 2$.

d. Pour $f_4(x) = 3x^2 + x - 1$, $\dfrac{-b}{2a} = \dfrac{-1}{6}$.

e. Pour $f_5(x) = -x^2 - 2x$, $\dfrac{-b}{2a} = -1$.

f. Pour $f_6(x) = 6x^2 + 2x + 1$, $\dfrac{-b}{2a} = \dfrac{-1}{6}$.

P_1 et P_5 ont le même axe de symétrie, ainsi que P_2 et P_3 et aussi P_4 et P_6.

2. Le sommet d'une parabole est situé sur son axe de symétrie et son ordonnée est l'image de son abscisse par la fonction trinôme représentée par la parabole.

On a $f_1(-1) = 2 \times (-1)^2 + 4 \times (-1) + 3 = 1$ et $f_5(1) = -(-1)^2 - 2 \times (-1) = 1$ donc **P_1 et P_5 qui ont le même axe de symétrie, ont le même sommet.**

On a $f_2(2) = 3 \times 2^2 - 12 \times 2 - 9 = -21$ et $f_3(2) = (2 - 3)(2 - 1) = -1$ donc **P_2 et P_3, qui ont le même axe de symétrie, n'ont pas le même sommet.**

Comme $f_4(-1/6) = -13/12$ et $f_6(-1/6) = 5/6$ **P_4 et P_6, qui ont le même axe de symétrie, n'ont pas le même sommet.**

17 1. Les abscisses des points d'intersection des paraboles représentatives des deux fonctions trinômes f et g sont solutions de $f(x) = g(x)$.

$f(x) = g(x) \Leftrightarrow 3x^2 - x - 1 = x^2 + x + 3$

$\Leftrightarrow 2x^2 - 2x - 4 = 0 \Leftrightarrow x^2 - x - 2 = 0.$

$\Delta = b^2 - 4ac = (-1)^2 - 4 \times 1 \times (-2) = 9.$

Il y a deux solutions $x_1 = \dfrac{-b+\sqrt{\Delta}}{2a} = \dfrac{1+3}{2} = 2$ et $x_2 = \dfrac{-b-\sqrt{\Delta}}{2a} = \dfrac{1-3}{2} = -1.$

L'ordonnée de chaque point est l'image de son abscisse par f ou par g. $f(2) = 3 \times 2^2 - 2 - 1 = 9$ et et $f(-1) = 3 \times (-1)^2 - (-1) - 1 = 3$. **Les paraboles sont sécantes en $A(2 ; 9)$ et $B(-1 ; 3)$.**

2. On étudie le signe de $f(x) - g(x)$ soit celui de $2x^2 - 2x - 4$ qui est le même que celui de $x^2 - x - 2$, dont les racines sont -1 et 2. $x^2 - x - 2$ est positif sauf entre ses racines.

Sur $]-\infty ; -1[\cup]2 ; +\infty[$, on a $f(x) - g(x) > 0$ et **C_f est au-dessus de C_g.**

Pour $x = -1$ ou $x = 2$, **C_f et C_g se rencontrent.**

Sur $]-1 ; 2[$,on a $f(x) - g(x) < 0$ et **C_f est au-dessous de C_g.**

Étudier la position de C_f par rapport à C_g revient à étudier le signe de $f(x) - g(x)$.
Si $f(x) - g(x) > 0$, alors C_f est au-dessus de C_g.
Si $f(x) - g(x) = 0$ alors C_f rencontre C_g.
Si $f(x) - g(x) < 0$, alors C_f est au-dessous de C_g.

18 Soit f une fonction trinôme telle que $f(-2) = f(4) = 5$ et qui admet un maximum qui vaut 10.

1. f admettant un maximum, **a est négatif.**

2. a. Comme $f(-2) = f(4)$, l'axe de symétrie de la parabole P représentative de la fonction f est $x = \dfrac{-2+4}{2}$, soit $\mathbf{x = 1}$.

b. Or pour une parabole, l'axe de symétrie a pour équation $x = \dfrac{-b}{2a}$, donc on a $\dfrac{-b}{2a} = 1$ soit $\mathbf{b = -2a}$.

3. a. $f(4) = 5 \Leftrightarrow a \times 4^2 + 4b + c = 5$

$\Leftrightarrow a \times 4^2 + (-2a) \times 4 + c = 5 \Leftrightarrow \mathbf{c = 5 - 8a}$.

b. On a aussi $f(1) = 10 \Leftrightarrow a + b + c = 10$

$\Leftrightarrow a - 2a + 5 - 8a = 10$

$\Leftrightarrow -9a - 5 = 0 \Leftrightarrow a = \dfrac{-5}{9}.$

On en déduit $b = -2a = \dfrac{10}{9}$ et $c = 5 - 8a = \dfrac{85}{9}$.

Pour tout réel x, on a $\boldsymbol{f(x) = \dfrac{-5x^2+10x+85}{9}}$.

4. On veut $f(x) = 0 \Leftrightarrow -5x^2 + 10x + 85 = 0$

$\Leftrightarrow x^2 - 2x - 17 = 0 \Leftrightarrow (x - 1)^2 - 18 = 0$

$\Leftrightarrow (x - 1)^2 = 18 \Leftrightarrow x - 1 = 3\sqrt{2}$ ou $x - 1 = -3\sqrt{2}$.

P coupe l'axe des abscisses en $A(1 + 3\sqrt{2} ; 0)$ et en $B(1 - 3\sqrt{2} ; 0)$.

19 1. $M(x ; y)$ appartient à la médiatrice de $[AB]$

$\Leftrightarrow AM^2 = BM^2$

$\Leftrightarrow (x + 3)^2 + (y + 1)^2 = (x + 2)^2 + (y - 6)^2$

$\Leftrightarrow x^2 + 6x + 9 + y^2 + 2y + 1 = x^2 + 4x + 4 + y^2 - 12y + 36$

$\Leftrightarrow 2x + 14y - 30 = 0 \Leftrightarrow x + 7y - 15 = 0.$

Une équation cartésienne de la médiatrice de $[AB]$ est $x + 7y - 15 = 0$.

La médiatrice d'un segment est l'ensemble des points équidistants des extrémités du segment.

2. $M(x ; y)$ appartient à la médiatrice de $[AC]$

$\Leftrightarrow AM^2 = CM^2$

$\Leftrightarrow (x + 3)^2 + (y + 1)^2 = (x - 6)^2 + (y - 2)^2$

$\Leftrightarrow x^2 + 6x + 9 + y^2 + 2y + 1 = x^2 - 12x + 36 + y^2 - 4y + 4$

$\Leftrightarrow 18x + 6y - 30 = 0 \Leftrightarrow 3x + y - 5 = 0.$

Une équation cartésienne de la médiatrice de $[AC]$ est $3x + y - 5 = 0$.

Les coordonnées de W centre du cercle circonscrit sont solution de :

$$\begin{cases} x+7y-15=0 & (1) \\ 3x+y-5=0 & (2) \end{cases}$$

$(2) \Leftrightarrow y = 5 - 3x$ (3)

Par substitution, $(1) \Leftrightarrow x + 7(5 - 3x) - 15 = 0$

$\Leftrightarrow -20x + 20 = 0 \Leftrightarrow x = 1.$

(3) donne alors $y = 5 - 3 \times 1$, soit $y = 2$.

On a $W(1 ; 2)$ centre du cercle circonscrit au triangle ABC.

3. Le carré du rayon du cercle est $AW^2 = (x_W - x_A)^2 + (y_W - y_A)^2 = (1 + 3)^2 + (2 + 1)^2 = 25.$

Une équation du cercle circonscrit au triangle ABC est $(x - 1)^2 + (y - 2)^2 = 25$.

CHAPITRE 9 (Énoncés p. 51)

1 Soit H : «la personne est un homme», F : «la personne est une femme» et D : «la personne est daltonienne».

L'énoncé donne $P(H) = 0,48$, $P(F) = 0,52$, $P_H(D) = 0,05$ et $P_F(D) = 0,0025$.

a. $P(F \cap D) = P(F) \times P_F(D) = 0,52 \times 0,0025 = 0,0013.$

La probabilité qu'une personne soit une femme daltonienne est **0,0013**.

b. H et F constituent une partition de l'univers. D'après la formule des probabilités totales, on a :

$P(D) = P(F \cap D) + P(H \cap D)$
$= 0{,}0013 + P(H) \times P_H(D)$
$= 0{,}0013 + 0{,}48 \times 0{,}05.$
La probabilité qu'une personne soit daltonienne est **0,0253.**

c. $P_D(H) = \dfrac{p(H \cap D)}{P(D)} = \dfrac{0{,}024}{0{,}0253}$

La probabilité qu'une personne daltonienne soit un homme est environ **0,949.**

2 Soit A, B, C, les événements «la pièce provient respectivement de la machine A, B, C» et soit D : «la pièce est défectueuse».

1. A, B et C constituent une partition de l'univers. D'après la formule des probabilités totales, on a :
$P(D) = P(A \cap D) + P(B \cap D) + P(C \cap D)$
$= P(A) \times P_A(D) + P(B) \times P_B(D) + P(C) \times P_C(D)$
$= 0{,}6 \times 0{,}02 + 0{,}3 \times 0{,}03 + 0{,}1 \times 0{,}04 = 0{,}025.$
La probabilité qu'une pièce prise au hasard à la sortie de l'usine soit défectueuse est **0,025.**

2. $P_D(B) = \dfrac{P(D \cap B)}{P(D)} = \dfrac{0{,}009}{0{,}025} = 0{,}36.$

La probabilité qu'une pièce défectueuse ait été fabriquée par la machine B est **0,36.**

3 Soit T «utiliser un dé truqué» et S «obtenir un 6».
Comme on choisit le dé au hasard, on a une situation d'équiprobabilité avec

$P(T) = \dfrac{card(T)}{card(\Omega)} = 0{,}25$ et $P(\overline{T}) = 1 - P(T) = 0{,}75.$

1. T et $\overline{T}$ constituent une partition de l'univers.
D'après la formule des probabilités totales, on a :
$P(S) = P(T \cap S) + P(\overline{T} \cap S)$
$= P(T) \times P_T(S) + P(\overline{T}) \times P_{\overline{T}}(S)$
$= 0{,}25 \times 0{,}5 + 0{,}75 \times \dfrac{1}{6} = 0{,}25.$

La probabilité de l'événement «obtenir 6» est 0,25.

2. $P_S(T) = \dfrac{P(S \cap T)}{P(S)} = \dfrac{0{,}25 \times 0{,}5}{0{,}25} = 0{,}5.$

En obtenant 6 sur un dé, la probabilité que le dé soit pipé est 0,5.

4 On note B_1 « la première boule tirée est blanche » et B_2 « la seconde boule tirée est blanche».
Comme la première boule tirée est ensuite mise dans la seconde urne, la composition de la seconde urne change selon le tirage de la première boule.
À chaque tirage, il y a équiprobabilité entre les boules dans l'urne, donc si il y a x boules d'une couleur parmi un total de y boules dans l'urne, alors la probabilité d'obtenir une boule de cette couleur est x/y.

1. On veut $P(B_1 \cap B_2) = P(B_1) \times P_{B_1}(B_2)$
$= \dfrac{a}{a+b} \times \dfrac{a+1}{a+b+1} = \dfrac{a(a+1)}{(a+b)(a+b+1)}.$

La probabilité que les deux boules tirées soient blanches est $\dfrac{a(a+1)}{(a+b)(a+b+1)}$.

2. Les urnes retournent à leur état initial si, et seulement si, on tire deux boules blanches ou deux boules noires, cas incompatibles.
On veut donc $P((B_1 \cap B_2) \cup (N_1 \cap N_2))$
$= P(B_1 \cap B_2) + P(N_1 \cap N_2)$
$= \dfrac{a(a+1)}{(a+b)(a+b+1)} + \dfrac{b(b+1)}{(a+b)(a+b+1)}.$

La probabilité qu'à la fin des deux opérations les urnes soient revenues à leur état initial est $\dfrac{\boldsymbol{a(a+1)+b(b+1)}}{\boldsymbol{(a+b)(a+b+1)}}$.

5 Soit P : «le conducteur a obtenu pile lors du lancer initial de la pièce».
Soit O : «le conducteur a répondu oui».
Soit A : «le conducteur a dépassé un jour les limitations de vitesse ».
Les événements A et P étant indépendants, la proportion de conducteurs ayant dépassé un jour les limitations de vitesse est égale à la proportion de conducteurs ayant répondu «oui» sachant qu'ils ont obtenu pile au lancer initial, c'est-à-dire $P(A) = P_p(O)$.
P et $\overline{P}$ constituent une partition de l'univers.
D'après la formule des probabités totales,
$P(O) = P(O \cap P) + P(O \cap \overline{P})$
$\Leftrightarrow 0{,}41 = P(P) \times P_p(O) + P(\overline{P}) \times P_{\overline{P}}(O)$
$\Leftrightarrow 0{,}41 = 0{,}5 \times P(A) + 0{,}5 \times 0{,}5$
$\Leftrightarrow (0{,}41 - 0{,}25) \div 0{,}5 = P(A).$
32 % des conducteurs ont dépassé un jour les limitations de vitesse.

6 1. Soit $f : x \mapsto x(2 - x) = -x^2 + 2x$.
C'est une fonction trinôme avec $a = -1$ et $b = 2$.

Elle admet un maximum en $\dfrac{-b}{2a} = 1.$

f est croissante sur $[0 ; 1]$ avec $f(0) = 0$ et $f(1) = 1$.
Pour tout réel x de $[0 ; 1]$, on a $f(0) \leqslant f(x) \leqslant f(1)$,
soit $0 \leqslant f(x) \leqslant 1$. Or β est une probabilité donc $0 \leqslant \beta \leqslant 1$ et $0 \leqslant f(\beta) \leqslant 1$.
On a bien $\boldsymbol{0 \leqslant \beta(2 - \beta) \leqslant 1}$.

2. Soit F_i la personne fume le jour i.

a. Sachant que le fumeur ne fume pas au jour 0, la probabilité qu'il fume le jour 1 est $\boldsymbol{P(F_1) = \beta}$.

b. F_1 et $\overline{F_1}$ constituent une partition de l'univers.

D'après la formule des probabilités totales, on a :

$P(F_2) = P(F_2 \cap F_1) + P(F_2 \cap \overline{F_1})$

$= P(F_1) \times P_{F_1}(F_2) + P(\overline{F_1}) \times P_{\overline{F_1}}(F_2)$

$= \beta \times \alpha + (1 - \beta) \times \beta$

$= \beta\,(1 + \alpha - \beta)$

La probabilité que le fumeur fume le jour 2 est $\beta(1 + \alpha - \beta)$.

c. $P(F_1 \cup F_2) = P(F_1) + P(F_2) - P(F_1 \cap F_2)$

$= \beta + \beta\,(1 + \alpha - \beta) - \beta \times \alpha = \beta(2 - \beta)$.

La probabilité que le fumeur fume le jour 1 ou le jour 2 est $\beta(2 - \beta)$.

Il faut toujours vérifier que le résultat d'un calcul de probabilité est compris entre 0 et 1, ce que permet de faire la question 1.

d. $P_{F_2}(F_1) = \dfrac{P(F_1 \cap F_2)}{P(F_2)} = \dfrac{\alpha\beta}{\beta(1+\alpha-\beta)} = \dfrac{\alpha}{(1+\alpha-\beta)}$

La probabilité que le fumeur ait fumé le jour 1 sachant qu'il a fumé le jour 2 est $\dfrac{\alpha}{(1+\alpha-\beta)}$.

7 1. a. $P(O) = \dfrac{150}{1250} = \mathbf{0{,}12}$ et $P_O(C) = \dfrac{27}{150} = \mathbf{0{,}18}$.

b.

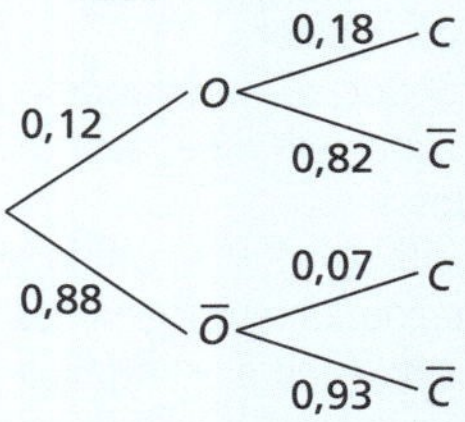

c. $P(O \cap C) = P(O) \times P_O(C) = 0{,}12 \times 0{,}18 = \mathbf{0{,}021\,6}$.

d. $P(\overline{O} \cap C) = P(\overline{O}) \times P_{\overline{O}}(C) = 0{,}88 \times 0{,}07$
$= 0{,}061\,6$.

La probabilité que la personne interrogée soit atteinte d'une maladie cardiovasculaire sans souffrir d'obésité est **0,061 6**.

2. O et $\overline{O}$ constituent une partition de l'univers. D'après la formule des probabilités totales,

$P(C) = P(O \cap C) + P(\overline{O} \cap C) = 0{,}021\,6 + 0{,}061\,6$.

La probabilité que la personne interrogée soit atteinte d'une maladie cardiovasculaire est **0,083 2**.

3. $P_C(O) = \dfrac{P(C \cap O)}{P(C)} = \dfrac{0{,}0216}{0{,}0832}$.

Sachant que la personne interrogée est atteinte d'une maladie cardio-vasculaire, la probabilité qu'elle souffre d'obésité est **0,259 6** à 10^{-4} près.

8 1. A et B sont deux événements indépendants.

Par définition, on a $P(A \cap B) = P(A) \times P(B)$.

B et $\overline{B}$ constituent une partition de l'univers.

D'après la formule des probabilités totales, on a :

$p(A) = p(A \cap B) + P(A \cap \overline{B})$

$\Leftrightarrow p(A) = p(A) \times P(B) + P(A \cap \overline{B})$

$\Leftrightarrow p(A) - p(A) \times P(B) = P(A \cap \overline{B})$

$\Leftrightarrow P(A)\,[1 - p(B)] = P(A \cap \overline{B})$

$\Leftrightarrow P(A) \times P(\overline{B}) = P(A \cap \overline{B})$

$\Leftrightarrow A$ et $\overline{B}$ sont indépendants.

Si deux événements sont indépendants, alors l'un de ces événements et le contraire de l'autre événement sont aussi indépendants.

2. Soit A et B deux événements indépendants.

D'après la propriété précédente, A et $\overline{B}$ sont indépendants donc $\overline{B}$ et le contraire de A sont indépendants, soit les événements $\overline{A}$ et $\overline{B}$ sont indépendants.

9 Soit A : « Appartenir à la région Est » et E « Être pour la législation de la marijuana ».

D'après le tableau, on a $P(A \cap E) = 0{,}078$

et $P(A) = 0{,}078 + 0{,}222 = 0{,}3$

et $P(E) = 0{,}078 + 0{,}182 = 0{,}26$.

$P(A) \times P(E) = 0{,}3 \times 0{,}26 = 0{,}078$.

On constate que $P(A \cap E) = P(A) \times P(E)$.

Les événements « Appartenir à la région Est » et « Être pour la législation de la marijuana » sont indépendants.

10 Si $A = \{1, 2\}$ et $B = \{2, 3\}$, alors $A \cap B = \{2\}$.

1. Si le dé est équilibré, l'univers est équiprobable. La probabilité d'un événement est alors le quotient de son cardinal par le cardinal de l'univers.

Ainsi $P(A \cap B) = \dfrac{1}{6}$, $P(A) = \dfrac{1}{3}$, $P(B) = \dfrac{1}{3}$ et $P(A) \times P(B) = \dfrac{1}{9}$.

Comme $P(A \cap B) \neq P(A) \times P(B)$, alors **$A$ et B ne sont pas indépendants.**

Si deux propositions P et Q sont équivalentes alors $\overline{P}$ et $\overline{Q}$ sont aussi équivalentes.

On a A et B indépendants

$\Leftrightarrow P(A \cap B) = P(A) \times P(B)$.

donc A et B non indépendants

$\Leftrightarrow P(A \cap B) \neq P(A) \times P(B)$.

2. On a $P(A \cap B) = \dfrac{1}{6}$, $P(A) = \dfrac{1}{3} + \dfrac{1}{6} = \dfrac{1}{2}$ et $P(B) = \dfrac{1}{6} + \dfrac{1}{6} = \dfrac{1}{3}$.

On a $P(A) \times P(B) = \dfrac{1}{6}$.

Comme $P(A \cap B) = P(A) \times P(B)$, alors **$A$ et B sont indépendants.**

3. On en déduit que **l'indépendance de deux événements d'un univers dépend de la probabilité définie sur cet univers.**

CHAPITRE 10 *(Énoncés p. 56)*

1 1. Le dé étant non pipé, l'univers constitué des 6 issues possibles du dé est équiprobable. Comme on peut gagner 10 €, en perdre 2 ou 3, on a :

$X(\Omega) = \{-3 ; -2 ; 10\}$.
On a $P(X = 10) = P(\{6\}) = 1/6$,
$P(X = -3) = P(\{3 ; 5\}) = 2/6 = 1/3$ et
$P(X = -2) = P(\{1 ; 2 ; 4\}) = 3/6 = 1/2$.

x_i	-3	-2	10
$p_i = P(X = x_i)$	$\frac{1}{3}$	$\frac{1}{2}$	$\frac{1}{6}$

2. La moyenne des gains espérés est l'espérance de la variable aléatoire.

$$E(X) = \sum_{i=1}^{3} x_i p_i$$

$= -3 \times P(X = -3) + (-2) \times P(X = -2) + 10 \times P(X = 10)$

$= -3 \times \frac{1}{3} - 2 \times \frac{1}{2} + 10 \times \frac{1}{6} = \frac{-1}{3}$.

La moyenne des gains espérés est $\frac{-1}{3}$.

En jouant un grand nombre de parties, le joueur perd en moyenne un tiers d'euro par partie.

3. On utilise le théorème de Kœning-Huygens :

$$V(X) = \sum_{i=1}^{3} x_i^2 p_i - (E(X))^2$$

$= (-3)^2 \times \frac{1}{3} + (-2)^2 \times \frac{1}{2} + 10^2 \times \frac{1}{6} - \left(\frac{-1}{3}\right)^2$

La variance de X vaut $\frac{194}{9}$.

2 Soit B_1 « obtenir une boule blanche au premier tirage », N_1 « obtenir une boule noire au premier tirage », B_2 : « obtenir une boule blanche au second tirage », N_2 « obtenir une boule noire au second tirage ».

Premier cas

Avec un tirage avec remise, les résultats des premier et second tirages sont indépendants.

a.

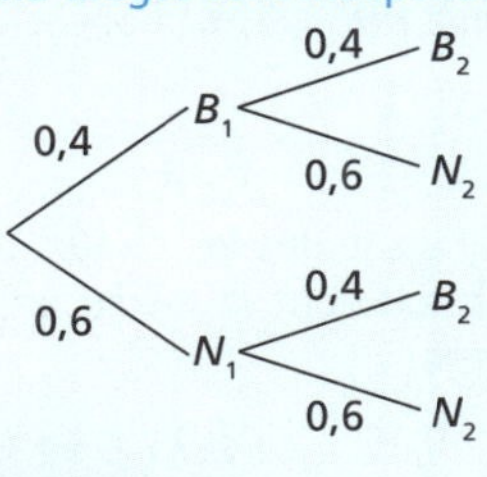

b. On a $X(\Omega) = \{0 ; 1 ; 2\}$.

$P(X = 0) = P(N_1 \cap N_2)$
$= P(N_1) \times P(N_2)$ (événements indépendants)
$= 0{,}6 \times 0{,}6 =$ **0,36**.

$P(X = 1) = P((B_1 \cap N_2) \cup (N_1 \cap B_2))$
$= P(B_1 \cap N_2) + P(N_1 \cap B_2)$
(événements incompatibles)
$= P(B_1) \times P(N_2) + P(B_2) \times P(N_1)$
(événements indépendants)
$= 0{,}4 \times 0{,}6 + 0{,}6 \times 0{,}4 =$ **0,48**.

$P(X = 2) = P(B_1 \cap B_2)$
$= P(B_1) \times P(B_2)$ (événements indépendants)
$= 0{,}4 \times 0{,}4 =$ **0,16**.

On vérifie que $0{,}36 + 0{,}48 + 0{,}16 = 1$.

c. $E(X) = 0 \times P(X = 0) + 1 \times P(X = 1) + 2 \times P(X = 2)$
$= 0 + 1 \times 0{,}48 + 2 \times 0{,}16 = 0{,}8$.

L'espérance de X est 0,8.

En répétant un grand nombre de fois l'expérience, on obtient en moyenne 0,8 boule blanche par expérience.

Second cas

Avec un tirage sans remise, le résultat du second tirage dépend de celui du premier tirage.

a.

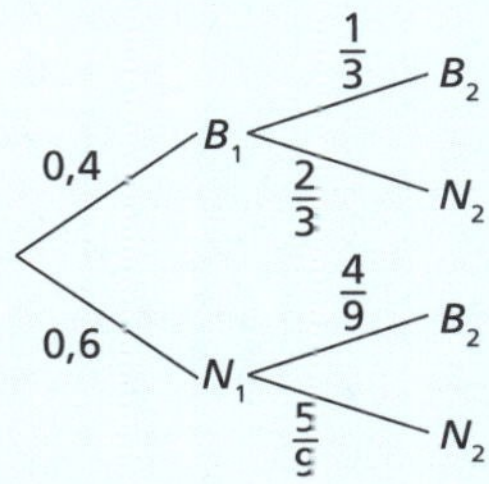

b. On a $X(\Omega) = \{0 ; 1 ; 2\}$.

$P(X = 0) = P(N_1 \cap N_2) = P(N_1) \times P_{N_1}(N_2)$

$= 0{,}6 \times 5/9 = \frac{1}{3}$.

$P(X = 1) = P((B_1 \cap N_2) \cup (N_1 \cap B_2))$
$= P(B_1 \cap N_2) + P(N_1 \cap B_2)$
(événements incompatibles)
$= P(B_1) \times P_{B_1}(N_2) + P(N_1) \times P_{N_1}(B_2)$

$= 0{,}4 \times 2/3 + 0{,}6 \times 4/9 = \frac{8}{15}$.

$P(X = 2) = P(B_1 \cap B_2) = P(B_1) \times P_{B_1}(B_2)$

$= 0{,}4 \times 1/3 = \frac{2}{15}$.

On vérifie que $1/3 + 8/15 + 2/15 = 1$.

c. $E(X) = 0 \times P(X = 0) + 1 \times P(X = 1) + 2 \times P(X = 2)$
$= 0 + 1 \times 8/15 + 2 \times 2/15 = 0{,}8$.

L'espérance de X est 0,8.

En répétant un grand nombre de fois l'expérience, on obtient en moyenne 0,8 boule blanche par expérience.

3 Soit B_i et N_i obtenir respectivement une boule blanche ou une boule noire au i^e tirage.

1.

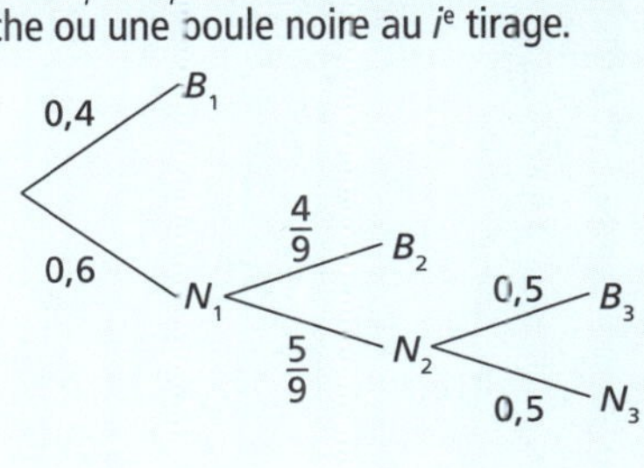

2. On a $Y(\Omega) = \{1 ; 2 ; 3\}$.

$P(Y = 1) = P(B_1) = \mathbf{0{,}4}$.

$P(Y = 2) = P(N_1 \cap B_2) = P(N_1) \times P_{N_1}(B_2)$

$= 0{,}6 \times \frac{4}{9} = \mathbf{\frac{4}{15}}$.

$P(Y = 3) = P(N_1 \cap N_2) = P(N_1) \times P_{N_1}(N_2)$

$= 0{,}6 \times \frac{5}{9} = \mathbf{\frac{1}{3}}$.

4 Tableau donnant la somme des deux dés.

Lancer 1 / Lancer 2	1	2	3	4	5	6
1	2	3	4	5	6	7
2	3	4	5	6	7	8
3	4	5	6	7	8	9
4	5	6	7	8	9	10
5	6	7	8	9	10	11
6	7	8	9	10	11	12

Le dé étant équilibré, les 36 cases du tableau donnant la somme sont équiprobables. Pour x compris entre 2 et 12, on a $P(X = x) = \frac{card(x)}{36}$.

x_i	2	3	4	5	6	7
$P(X = x_i)$	$\frac{1}{36}$	$\frac{1}{18}$	$\frac{1}{12}$	$\frac{1}{9}$	$\frac{5}{36}$	$\frac{1}{6}$

x_i	8	9	10	11	12
$P(X = x_i)$	$\frac{5}{36}$	$\frac{1}{9}$	$\frac{1}{12}$	$\frac{1}{18}$	$\frac{1}{36}$

$E(X) = \sum_{i=2}^{12} i \times P(X = i)$ $= 7$.

L'espérance de cette loi vaut 7.

5

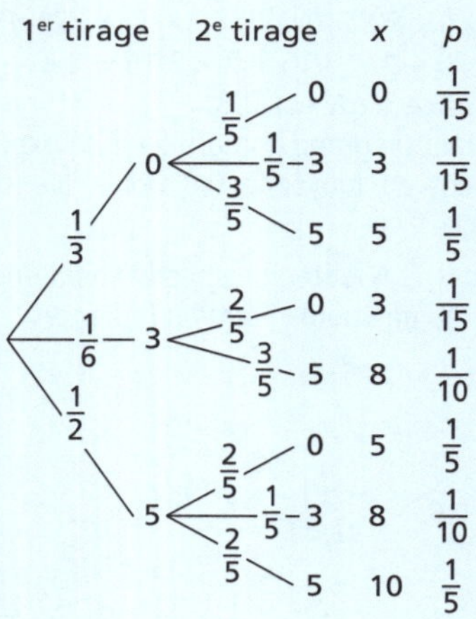

x	p
0	$\frac{1}{15}$
3	$\frac{1}{15}$
5	$\frac{1}{5}$
3	$\frac{1}{15}$
8	$\frac{1}{10}$
5	$\frac{1}{5}$
8	$\frac{1}{10}$
10	$\frac{1}{5}$

La loi de X est :

x_i	0	3	5	8	10
$P(X = x_i)$	1/15	2/15	2/5	1/5	1/5

La probabilité de $X = x$ est la somme des probabilité des différentes issues a pour lesquelles X prend la valeur x.

$E(X) = \sum_{i=0}^{10} i \times P(X = i)$

$= 0 \times \frac{1}{15} + 3 \times \frac{2}{15} + 5 \times \frac{2}{5} + 8 \times \frac{1}{5} + 10 \times \frac{1}{5}$

Son espérance est 6.

D'après la formule de Kœnig-Huygens, on a :

$V(X) = \sum_{i=0}^{10} i^2 \times P(X = i) - (E(X))^2$

$= 0 + 9 \times \frac{2}{15} + 25 \times \frac{2}{5} + 64 \times \frac{1}{5} + 100 \times \frac{1}{5} - 6^2$

$= 8$

L'écart type est la racine carré de la variance.

$\sigma(X) = \sqrt{V(X)} \approx 2{,}83$.

L'écart type vaut 2,83 à 10^{-2} près.

6 Hypothèse n°1

1. On a $X = 1$ si le hamster réussit au premier essai. Comme il choisit de façon équiprobable entre les portillons,

On a $\mathbf{P(X = 1) = \frac{1}{4}}$.

On a $X = 2$ si le hamster échoue lors du premier essai (3 chances sur 4), puis réussit lors du deuxième essai (1 chance sur 3, car il ne reprend pas le portillon du premier essai).

On a $\mathbf{P(X = 2)} = \frac{3}{4} \times \frac{1}{3} = \mathbf{\frac{1}{4}}$.

De même, on a $\mathbf{P(X = 3)} = \frac{3}{4} \times \frac{2}{3} \times \frac{1}{2} = \mathbf{\frac{1}{4}}$ et

$\mathbf{P(X = 4)} = \frac{3}{4} \times \frac{2}{3} \times \frac{1}{2} \times \frac{1}{1} = \mathbf{\frac{1}{4}}$.

Une telle loi où toutes les valeurs prises par la variable aléatoire ont la même probabilité est dite **uniforme**.

2. $\mathbf{E(X)} = 1 \times 0{,}25 + 2 \times 0{,}25 + 3 \times 0{,}25 + 4 \times 0{,}25 = \mathbf{2{,}5}$.

En moyenne, il faut 2,5 tentatives au hamster pour réussir.

Hypothèse n°2

1. De même, on a $\mathbf{P(X = 1) = \frac{1}{4}}$.

Comme il n'y a pas mémorisation, à chaque essai, la probabilité de réussir est 0,25 et celle d'échouer est 0,75.

$P(X = 2) = 0{,}75 \times 0{,}25 = \mathbf{0{,}187\ 5}$.

2. Pour tout entier naturel n non nul, le hamster réussit au bout de n essais, s'il échoue à chacun des essais précédents avec une probabilité de 0,75 à chaque essai et qu'il réussit au dernier essai avec une probabilité de 0,25.
On a $u_n = P(X = n) = 0{,}75^{n-1} \times 0{,}25$.
On a aussi, pour tout entier naturel n,
$u_{n+1} = 0{,}75^n \times 0{,}25 = 0{,}75 \times 0{,}75^{n-1} \times 0{,}25$
$= 0{,}75u_n$.
(u_n) est une suite géométrique de raison 0,75 et de premier terme $u_1 = 0{,}25$.

Une telle loi où les valeurs successives prises par la variable aléatoire forment une suite géométrique est dite **géométrique**.

N.B. Son espérance est $\frac{1}{p}$ où p est la probabilité de succès à chaque essai. Ici, l'espérance vaut 4, ce qui signifie qu'en moyenne il faudra plus de tentatives au hamster pour sortir.

7 1. Comme on peut obtenir Pile pour la première fois pour chacun des 4 lancers, n peut prendre les valeurs 1 à 4, mais aussi la valeur 0 si on n'obtient que des côtés Face.
On a **$X(\Omega) = \{0 ; 1 ; 2 ; 3 ; 4\}$.**
À chaque lancer, la probabilité d'obtenir Pile (ou Face) est 0,5 et les lancers sont indépendants.
$P(X = 1) = P(\{P\}) = \mathbf{0{,}5}$.
$P(X = 2) = P(\{FP\}) = 0{,}5 \times 0{,}5 = \mathbf{0{,}25}$.
$P(X = 3) = P(\{FFP\}) = 0{,}5 \times 0{,}5 \times 0{,}5 = \mathbf{0{,}125}$.
$P(X = 4) = P(\{FFFP\}) = 0{,}5 \times 0{,}5 \times 0{,}5 \times 0{,}5$
$= \mathbf{0{,}0625}$.
$P(X = 0) = P(\{FFFF\}) = 0{,}5 \times 0{,}5 \times 0{,}5 \times 0{,}5$
$= \mathbf{0{,}0625}$.

2. $E(X) = \sum_{i=0}^{4} i \times P(X = i)$
$= 0 \times 0{,}0625 + 1 \times 0{,}5 + 2 \times 0{,}25$
$+ 3 \times 0{,}125 + 4 \times 0{,}0625$
$E(X) = 1{,}625$.

$V(X) = \sum_{i=0}^{4} i^2 \times P(X = i) - (E(X))^2$
$= 0 \times 0{,}0625 + 1 \times 0{,}5 + 4 \times 0{,}25$
$+ 9 \times 0{,}125 + 16 \times 0{,}0625 - 1{,}625^2$
$V(X) = 0{,}984\ 375$

CHAPITRE 11

(Énoncés p. 61)

1 1. Pour une saisie $x = 0$, on a a qui vaut 0 + 1, soit 1, b qui vaut 1^2, soit 1 et y qui vaut –1 + 16, soit 15. On obtient **15 en sortie**.
Pour une saisie $x = 1$, on a a qui vaut 1 + 1, soit 2, b qui vaut 2^2, soit 4 et y qui vaut –4 + 16, soit 12. On obtient **12 en sortie**.

2. a. Dans l'algorithme, a prend la valeur $x + 1$, b prend la valeur a^2, soit $(x+1)^2$ et y prend la valeur $-b + 16$, soit $-(x+1)^2 + 16$.
En sortie, on a **$y = -(x+1)^2 + 16$.**

b. On veut $y = 0 \Leftrightarrow -(x+1)^2 + 16 = 0$
$\Leftrightarrow 16 = (x+1)^2 \Leftrightarrow 4 = x + 1$ ou $-4 = x + 1$
$\Leftrightarrow 3 = x$ ou $-5 = x$.
Il faut saisir **3 ou –5** en entrée pour obtenir 0 en sortie.

2 1. Chaque année, la somme augmente de 2 % : elle est donc multipliée par $\left(1+\frac{2}{100}\right)$, soit par 1,02.
1 000 × 1,02 = 1 020. Le 1er janvier 2017, Mat dispose de **1 020 €.**
1 020 × 1,02 = 1 040,4. Le 1er janvier 2018, Mat dispose de **1 040,40 €.**

2. a. Un algorithme peut-être :

```
Lire n
S ← 1 000
Pour I variant de 1 à n
    S ← S × 1,02
Fin_Pour
Afficher S
```

b. En Python, on a :

```
N=int(input("Nombre d'années ="))
S=1000
for i in range(1,N+1) :
    S=S*1,02
print(S)
```

On a 2030 = 2016 +14.
En entrant 14, on obtient 1 319,478…
La somme disponible le 1er janvier 2030 sera de **1 319,48 euros.**

3 1. On a :

```
S ← 0
n prend la valeur 0
Lire T
Tant que S < T
    n ← n + 1
    S ← S + n²
Fin _Tant que
Afficher n
```

Dans un algorithme de calcul de somme, il faut initialiser la somme à 0.

2.a. En Python, on a :

```
S=0
N=0
T=float(input("seuil ="))
while S<T :
    N=N+1
    S=S+N*N
print(N)
```

b. Pour $T = 100$, on obtient $n = $ **7**.
Pour $T = 2\,020$, on obtient $n = $ **18**.
Pour $T = 10\,000$, on obtient $n = $ **31**.

4 1.

	x	y
Étape 1	0	−6
Étape 2	0,2	−5,04
Étape 3	0,4	−4,16
Étape 4	0,6	−3,36
Étape 5	0,8	−2,64
Étape 6	1	−2

2. Cet algorithme calcule **les images par $f : x \mapsto -x^2 + 5x - 6$ des nombres compris entre 0 et 1 avec un pas de 0,2.**

5 1.

Étape	Valeur prise par A	Valeur prise par B	Condition $A > B$
Initialisation	12	30	vraie
1er tour	**12**	**18**	**vraie**
2e tour	**12**	**6**	**vraie**
3e tour	**6**	**6**	**fausse**
Affichage	**6**		

La valeur affichée par l'algorithme est 6.

2. a. **Si on entre 2 nombres A et B égaux**, alors la condition $A \neq B$ est fausse et il n'y a aucune modification des variables A et B. La valeur affichée est la valeur de A initiale, **donc le joueur gagne.**

b. En entrant 11 pour A et 22 pour B, on aura :

Étape	Valeur prise par A	Valeur prise par B	Condition $A \neq B$
Initialisation	11	22	vraie
1er tour	11	11	fausse
Affichage	11		

Le nombre affiché sera la valeur initiale de A, donc le joueur gagnera une montre.

L'algorithme est celui du PGCD par la méthode des soustractions. Pour gagner, il faut et il suffit que l'un des nombres A ou B soit le PGCD de A et de B.

6 1. On a $0 \leqslant \text{NombreAléatoire} < 1$
$\Leftrightarrow 0 \leqslant \text{NombreAlétoire} \times 2 < 2$
$\Leftrightarrow 1 \leqslant \text{NombreAlétoire} \times 2 + 1 < 3$
Comme M prend la partie entière de NombreAlétoire × 2 +1, **M peut prendre les valeurs 1 ou 2.**

2. **M peut désigner le type M_1 ou M_2 de montre** offerte par l'organisateur.

7 1. a. Pour chaque point M, on a $0 \leqslant x \leqslant 1$ et $0 \leqslant y \leqslant 1$, donc M se situe dans **un carré de côté 1** dont deux sommets opposés sont $O(0\ ;\ 0)$ et $A(1\ ;\ 1)$. Son aire est 1×1, soit **1**.

b. Pour chaque point compté par la variable k, M est dans le carré précédent et on a $x^2 + y^2 \leqslant 1$, soit $OM^2 \leqslant 1$ donc $OM \leqslant 1$. M appartient au quart de disque de centre O et de rayon 1 inclus dans le carré.

c. L'aire de ce quart de disque est $\frac{1}{4} \times r^2 \times \pi = \frac{\pi}{4}$.

2. Cet algorithme permet pour des n très grands de **calculer une valeur approchée de π.**
k étant le nombre de points dans le quart de disque d'aire $\frac{\pi}{4}$ et n le nombre de points dans le carré d'aire 1, le quotient $\frac{k}{n}$ est proche du quotient des aires, soit proche de $\frac{\pi}{4}$. En multipliant par 4, le résultat est proche de π.

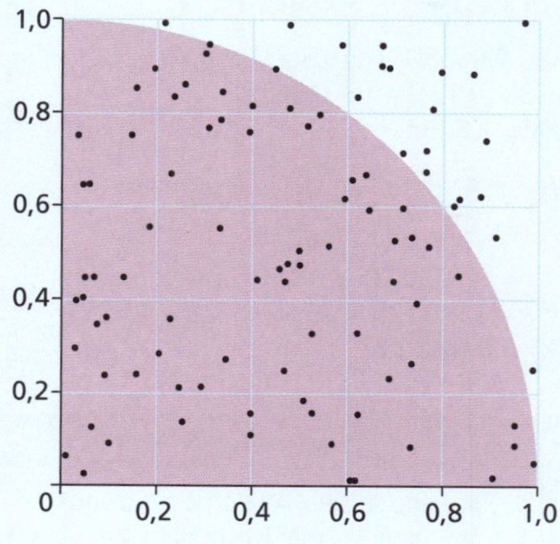

Cette méthode d'approximation de π est connue sous le nom de méthode de Monte Carlo.

8 On peut écrire :

```
def fibo(n):
    if n == 0 :
        return(0)
    elseif n == 1:
        return(1)
    else:
        return(fibo(n–1)+fibo(n–2))
#Main
n=int(input("n="))
print("fibo(",n,")=",fibo(n))
```

9 **1.** Pour saisir *n* valeur dans une liste, on peut écrire :

```
L=[]       #crée un liste vide
n=int(input("n="))
for i in range(n):  #i prend les valeurs de 0 à n–1
    L=L.append(float(input("valeur =")))
```

2. a. On peut compléter par :

```
max=L[0]
min=L[0]
for i in range(1,n):
    if L[i] > max:
        max=L[i]
    if L[i] < min:
        min=L[i]
print("Le minimum est ",min)
print("Le maximum est ",max)
```

b. L'étendue de la série est la différence entre le maximum et le minimum.

```
print("L'étendue est ",max-min)
```

c. La moyenne est le quotient de la somme des valeurs par le nombre de valeurs.

```
Sx=0
for i in range(n):
    Sx=Sx+L[i]
# calcul de la somme des valeurs
moy=Sx/n
print("La moyenne est ",moy)
```

d. D'après le théorème de Kœnig-Huygens, la variance est la moyenne des carrés diminuée du carré de la moyenne.

```
Sxx=0
for i in range(n):
    Sxx=Sxx+L[i]**2
# calcul de la somme des carrés
var =Sxx/n–moy**2
print( 'La variance est ",var)
```

10 **1.** Un algorithme est :

```
Nbr=0
Pour i allant de 0 à n – 1
    si L[i] est pair
        ajouter 1 à Nbr
Afficher Nbr
```

2. En Python, on a :

```
L=[2, 4 , 7 , 3, 11 , 23, 41, 10, 25]
Nbr=0
for i in range(len(L))
    if L[i] % 2 == 0 :
        Nbr=Nbr+1
print("Le nombre de valeurs paires est", Nbr)
```

11 **1.** Pour avoir les carrés, on peut écrire :

```
L=[2, 4 , 7 , 3, 11 , 23, 41, 10, 25]
for i in range(len(L)):
    L[i] = L[i]**2
```

2. Pour ôter les nombres impairs, on peut écrire :

```
L=[2, 4 , 7 , 3, 11 , 23, 41, 10, 25]
i=0
while i < len(L):
    if L[i] % 2 == 1:
        del L[i]
    else:
        i=i+1
```

On ne peut pas utiliser une boucle «for i in range(len(L)) comme dans la question 1, car la longueur de la liste change en supprimant des valeurs, ce que la boucle avec compteur ne sait pas gérer.

12 1.

```
def listecarrés(liste):
    LC=[]
    for i in range(len(liste)):
        LC.append(liste[i]**2)
    return(LC)
```

2.

```
def listepairs(liste):
    LP=[]
    for i in range(len(liste)):
        if liste[i] % 2 == 0:
            LP.append(liste[i])
    return(LP)
```

3.a. On utilise les deux fonctions ci-dessus complétées par :

```
L=[2, 4 , 7 , 3, 11 , 23, 41, 10, 25]
print(listecarrés(listepairs(L)))
print(listepairs(listecarrés(L)))
```

b. En exécutant le programme, on obtient le même résultat **[4, 16, 100]**.

Les carrés des nombres pairs sont pairs et les carrés des nombres impairs sont impairs.

Dans le premier cas, on élimine les nombres impairs, ce qui donne [2, 4, 10], puis on prend les carrés de ces 3 nombres.

Dans le second cas, on calcule les carrés, ce qui donne [4, 16, 49, 9, 121, 529, 1681, 100, 625], puis on supprime les nombres impairs.

13 Un programme possible est :

```
from random import randrange
liste = [0,0,0,0,0,0,0,0,0,0]
for i in range(10000):
    r = (randrange(4)+1) + (randrange(4)+1)
    liste[r] = liste[r] + 1
for i in range(2, 9):
    print(i, "->" ,liste([i])
```

randrange(4) donnant un entier entre 0 et 3, randrange + 1 donne un entier entre 1 et 4 comme un dé tétraédrique.

14 1.

A	$\frac{1}{A}$	M	$A-\frac{1}{M}$
$\frac{3}{4}$	$\frac{4}{3} \approx 1{,}66...$	2	$\frac{1}{4}$

On obtient : $\frac{3}{4}=\mathbf{\frac{1}{2}}+\mathbf{\frac{1}{4}}$.

2.

A	$\frac{1}{A}$	M	$A-\frac{1}{M}$
$\frac{17}{18}$	$\frac{18}{17} \approx 1{,}05...$	2	$\frac{4}{9}$
$\frac{4}{9}$	$\frac{9}{4} = 2{,}25$	3	$\frac{1}{9}$

On a : $\frac{17}{18}=\frac{1}{2}+\frac{4}{9}$, puis $\frac{17}{18}=\mathbf{\frac{1}{2}}+\mathbf{\frac{1}{3}}+\mathbf{\frac{1}{9}}$.

3.

A	$\frac{1}{A}$	M	$A-\frac{1}{M}$
$\frac{3}{5}$	$\frac{5}{3} \approx 1{,}66...$	2	$\frac{1}{10}$

On obtient : $\frac{3}{5} = \mathbf{\frac{1}{2}}+\mathbf{\frac{1}{10}}$.

La décomposition en somme d'inverses d'entiers distincts **n'est pas unique**, car on a aussi $\frac{3}{5} = \frac{1}{3}+\frac{1}{5}+\frac{1}{15}$.

15 1. a. Programmation en Python.

b. Le programme donne 1,6171.... et 1,6181.... comme résultats.

La solution a de $x^2 - x - 1 = 0$ comprise entre 1 et 2 vérifie $\mathbf{1{,}6171 < a < 1{,}6182}$.

2. On utilise le même programme avec $x^3 - 2020$ comme fonction dans f.

Le programme donne 12,636890.... et 12,63896.... comme résultats.

La solution b de $x^3 - 2\,020 = 0$ vérifie :

$\mathbf{12{,}6368 < b < 12{,}63690}$.

Cet algorithme s'appelle algorithme de dichotomie. Il permet d'avoir un encadrement d'une solution d'une équation de la forme $f(x) = 0$ si on connaît deux valeurs A et B telles que $f(A)$ et $f(B)$ soient de signes contraires.

Physique Chimie

COURS | EXERCICES D'ENTRAÎNEMENT

Chimie

Physique

1 Composition d'un système chimique

1 La quantité de matière

• **Un échantillon de matière contient un très grand nombre d'entités** : atomes, molécules ou ions. Pour simplifier la manipulation de ces quantités, on les regroupe par « paquets » ; un « paquet » s'appelle la **mole (symbole mol)**. Le nombre d'entités par mole est défini par la **constante d'Avogadro** notée N_A ($N_A = 6{,}02.10^{23}\ mol^{-1}$). Une mole d'entités (atomes, molécules, ions) contient $6{,}02.10^{23}$ entités.

• Le nombre de moles n contenues dans un échantillon contenant N entités s'obtient alors par la formule :

$$n = \frac{N}{N_A}$$ avec n en mol ; N sans unité ; N_A en mol^{-1}.

Appliquer le cours

Combien y a-t-il d'atomes dans trois moles de cuivre à l'état solide ?

Solution

$N = n \times N_A$

$N = 3 \times 6{,}02.10^{23} = 1{,}81.10^{24}$ atomes.

Dans trois moles de cuivre il y a donc $1{,}81.10^{24}$ atomes.

2 La masse molaire

• **La masse molaire atomique d'un élément** est la masse d'une mole d'atomes de cet élément. Elle s'exprime en $g.mol^{-1}$. Elle est donnée dans la classification périodique des éléments.

• **La masse molaire moléculaire d'une espèce chimique** est la masse d'une mole de molécules de cette espèce. Elle est égale à la somme des masses molaires atomiques des atomes composant la molécule.

Appliquer le cours

Calculer la masse molaire moléculaire de la molécule de dioxyde de carbone.

Données : $M(C) = 12{,}0\ g.mol^{-1}$;
$M(O) = 16{,}0\ g.mol^{-1}$.

Solution

La formule chimique du dioxyde de carbone est CO_2.

$M(CO_2) = M(C) + 2\,M(O)$

$M(CO_2) = 12{,}0 + 2 \times 16{,}0$

$M(CO_2) = 44{,}0\ g.mol^{-1}$.

La masse molaire moléculaire de la molécule de dioxyde de carbone est $44{,}0\ g.mol^{-1}$.

3 Masse et quantité de matière

• **La quantité de matière n** d'un échantillon d'une espèce chimique est égale au quotient de la masse m de l'échantillon par la masse molaire M de l'espèce chimique :

$$n = \frac{m}{M}$$ avec n en mol ; m en g ; M en $g.mol^{-1}$.

La relation peut aussi s'écrire :

$m = n \times M$ soit $M = \dfrac{m}{n}$.

Appliquer le cours

Calculer la quantité de matière contenue dans 5,4 g de carbone.
Donnée : M(C)= 12,0 g.mol^{-1}.

Solution

$n(\text{C}) = \dfrac{m(\text{C})}{M(\text{C})}$

n(C) = 5,4 / 12, soit n(C) = 0,45 mol.
La quantité de matière contenue dans 5,4 g de carbone est de 0,45 mol.

• Soit un échantillon d'une espèce E contenant $N(E)$ entités de masse molaire $M(E)$.
Avec $n(E) = \dfrac{N(E)}{N_A}$, la masse $m(E)$ s'obtient alors par la formule :
$m(E) = n(E) \times M(E)$, donc $m(E) = \dfrac{N(E) \times M(E)}{N_A}$.

4 Le volume molaire d'un gaz

• **Le volume d'une mole d'un corps pur est appelée volume molaire V_m.** Il s'exprime en L.mol^{-1}.
Le volume V d'un gaz dépend de la température et de la pression : $V = n \times V_m$
avec V en L ; n en mol ; V_m en L.mol^{-1}.
La relation peut aussi s'écrire $n = \dfrac{V}{V_m}$.

• Dans les **conditions normales** de température (0 °C) et de pression (1 013 hPa),
V_m = 22,4 L.mol^{-1}.

• Dans les **conditions habituelles** de température (20 °C) et de pression (1 013 hPa),
V_m = 24 L.mol^{-1}.

Appliquer le cours

Dans les conditions habituelles de température et de pression, un récipient contient 0,80 mole de monoxyde d'azote. Calculer le volume occupé par ce gaz.

Solution

$V = n \times V_m$
$V = 0,8 \times 24$
V = 19,2 L.
Le gaz occupe un volume de 19,2 litres.

5 Concentration en quantité de matière (concentration molaire)

• Une solution **aqueuse** est obtenue par dissolution d'une quantité de matière $n(E)$ d'une espèce chimique dans l'eau. La solution obtenue a alors un volume $V_{solution}$.

• La **concentration en quantité de matière** $C(E)$ de cette espèce chimique en solution s'obtient alors par la formule :

$$C(E) = \frac{n(E)}{V_{solution}}$$

avec $C(E)$ en mol.L^{-1} ; $n(E)$ en mol ; $V_{solution}$ en L.

Rappel

La concentration en masse $t(E)$ (elle peut aussi être notée $C_m(E)$) d'une espèce chimique E en solution s'obtient par la formule : $t(E) = m(E) / V_{solution}$.

Attention !

Ne pas confondre concentration en masse (en g.L^{-1}) et concentration en quantité de matière (en mol.L^{-1}).

Appliquer le cours

Une solution aqueuse est obtenue en dissolvant 0,35 mol de chlorure de sodium (NaCl) dans l'eau. La solution obtenue a un volume de 250 mL.

Calculer la concentration molaire (en quantité de matière) en chlorure de sodium de cette solution.

Solution

$C_{NaCl} = n_{NaCl} / V_{solution}$

$C_{NaCl} = 0{,}35 / 250.10^{-3}$

$C_{NaCl} = 1{,}4 \text{ mol.L}^{-1}$

La concentration molaire (en quantité de matière) en chlorure de sodium de cette solution est de 1,4 mol.L^{-1}.

6 Solution colorée

• La lumière blanche contient toutes les radiations visibles. La **longueur d'onde λ,** en nanomètre (nm), permet de caractériser ces radiations.

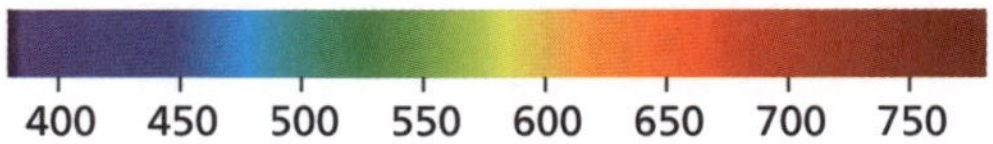

▲ Longueur d'onde (nm).

• **Une** solution **colorée absorbe une partie des radiations** de la lumière blanche. La couleur de la solution correspond aux radiations non absorbées. La couleur observée est donc la **couleur complémentaire à la couleur absorbée.**

• Le **cercle chromatique** permet de déterminer rapidement la couleur absorbée par une solution. Une couleur et sa couleur complémentaire sont diamétralement opposées.

Appliquer le cours

Quelle est la couleur d'une solution absorbant essentiellement des radiations de longueur d'onde λ = 450 nm ?

Solution

La solution absorbe des longueurs d'onde de 450 nm. Cela correspond au bleu. La couleur de la solution est donc la couleur complémentaire, diamétralement opposée sur le cercle chromatique : la solution est donc de couleur jaune.

7 Absorbance

• **L'absorbance *A*** d'une solution colorée est sa capacité à absorber une radiation donnée. C'est une grandeur **sans unité** qui dépend de la concentration de la solution et de la longueur d'onde de la lumière qui la traverse.

• L'absorbance se mesure avec un **spectrophotomètre.** En faisant varier la longueur d'onde, il permet de tracer le spectre d'absorption de la solution $A = f(\lambda)$. L'étude du spectre permet de déterminer la longueur d'onde λ_{max} pour laquelle l'absorbance est maximale.

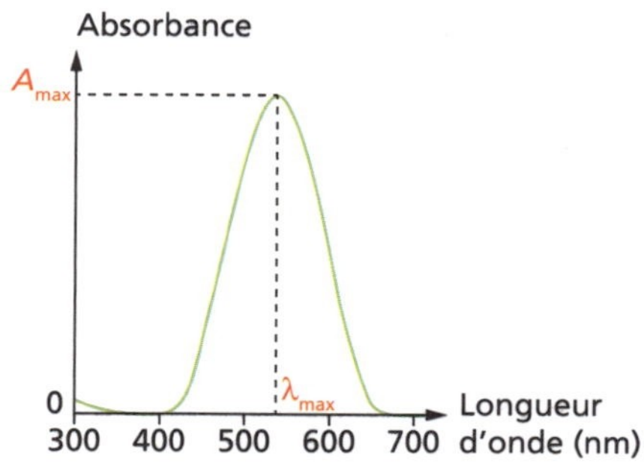

8 Loi de Beer-Lambert

• Pour une longueur d'onde donnée, la mesure de l'absorbance de solutions diluées de la même espèce chimique mais des concentrations différentes, permet de tracer une **courbe d'étalonnage**. Cette courbe est une **droite passant par l'origine.** Elle permet de déterminer la concentration d'une solution d'une espèce chimique colorée dans une solution.

• **La loi de Beer-Lambert** permet de calculer l'absorbance A d'une solution colorée :

$$A = \varepsilon \times l \times C$$

avec **ε : coefficient d'extinction molaire** en $L.mol^{-1}.cm^{-1}$;

C : concentration en quantité de matière de la solution en $mol.L^{-1}$;

l : longueur de la cuve en cm.

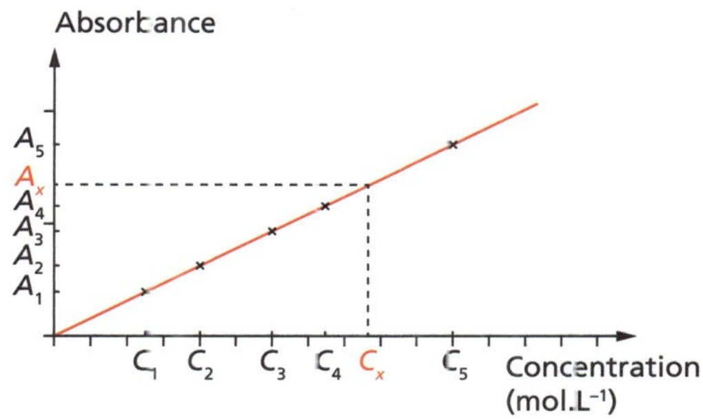

Appliquer le cours

Une solution de sulfate de cuivre de concentration $2{,}5.10^{-2}$ $mol.L^{-1}$ est placée dans une cuve de longueur $l = 1{,}0$ cm.

Le spectre d'absorption des ions cuivre II montre une absorption maximale $A = 0{,}21$ pour $\lambda = 620$ nm.

Calculer le coefficient d'extinction molaire de l'ion cuivre II à la longueur d'onde λ.

Solution

$A = \varepsilon \times l \times C$

$\varepsilon = \dfrac{A}{l \times C}$

$\varepsilon = 0{,}21 / (1{,}0 \times 2{,}5.10^{-2}) = 8{,}4\ mol^{-1}.L.cm^{-1}$.

Le coefficient d'extinction molaire de l'ion cuivre II, à la longueur d'onde $\lambda = 620$ nm, est de $8{,}4\ mol^{-1}.L.cm^{-1}$.

Exercices d'entraînement

Exercice 1 ★ 5 min

Corrigé p. 182

Un comprimé de paracétamol contient $2{,}00.10^{21}$ molécules de paracétamol. Calculer la quantité de matière de paracétamol contenu dans ce comprimé.

Exercice 2 ★ 5 min

Corrigé p. 182

Calculer les masses molaires des espèces chimiques suivantes :

1. molécule de dioxyde de carbone ; **2.** ion hydroxyde ; **3.** molécule de paracétamol $C_8H_9NO_2$.

Données : M(H) = 1,0 $g.mol^{-1}$; M(C) = 12,0 $g.mol^{-1}$; M(N) = 14,0 $g.mol^{-1}$; M(O) = 16,0 $g.mol^{-1}$.

Exercice 3 ★ 5 min

Corrigé p. 182

L'oxyde de fer a pour formule chimique Fe_2O_3(s).

1. Donner la composition atomique de l'oxyde de fer.

2. Calculer la masse molaire moléculaire de l'oxyde de fer.

3. Déterminer la quantité de matière d'oxyde de fer contenue dans 23,94 grammes.

Données : M(Fe) = 55,8 $g.mol^{-1}$; M(O) = 16,0 $g.mol^{-1}$.

Exercice 4 ★ 5 min

Corrigé p. 182

Dans les conditions habituelles de température et de pression, un flacon de gaz contient 9,6 litres d'hélium.

Déterminer la quantité de matière de ce gaz dans le flacon.

Exercice 5 ★★ 5 min

Corrigé p. 182

Une solution aqueuse est obtenue en dissolvant 54,0 g de glucose (de formule chimique $C_{12}H_{22}O_{11}$) dans l'eau. La solution obtenue a un volume de 200 mL.

Calculer la concentration molaire (concentration en quantité de matière) en glucose de cette solution.

Exercice 6 ★★ 10 min

Corrigé p. 182

Le glycérol (de formule chimique $C_3H_8O_3$) est un liquide de masse volumique ρ(glycérol) = 1,26 g.cm^{-3}. Il est utilisé dans l'industrie pharmaceutique pour fabriquer le glycérotone. Ce médicament se présente sous la forme d'une solution aqueuse de 150 mL contenant une concentration molaire de glycérol de 6,89 mol.L^{-1}.

1. Calculer la quantité de matière en glycérol contenu dans la solution.
2. En déduire la masse de glycérol utilisée pour réaliser cette solution.
3. Calculer le volume de glycérol à dissoudre pour obtenir la solution.

Exercice 7 ★★ 10 min

Corrigé p. 182

On réalise le spectre d'absorption d'une solution de bleu brillant.

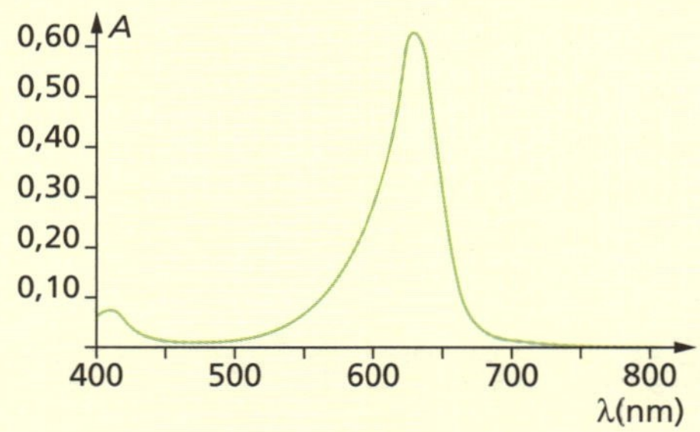

1. Déterminer graphiquement la valeur de la longueur d'onde pour laquelle l'absorbance est maximale.
2. Quelle est la couleur de la solution ? Justifier.
3. Quelle doit être la valeur de la longueur d'onde permettant de réaliser la courbe d'étalonnage de l'absorbance de solutions diluées de bleu brillant ?

Exercice 8 ★★ 10 min

Corrigé p. 182

Le tableau ci-dessous donne la mesure de l'absorbance de différentes solutions de bichromate de potassium pour une longueur d'onde de 450 nm et pour une cuve de largeur 1,0 cm.

C(mmol.L^{-1})	1	3	5	7	9
A	0,32	0,92	1,49	2,12	2,72

1. Tracer la courbe d'étalonnage $A = f(C)$. La loi de Beer-Lambert est-elle vérifiée ?
2. On dispose d'une solution de concentration inconnue de dichromate de potassium. Après l'avoir dilué 10 fois, on mesure l'absorbance de cette solution et on obtient A = 1,81. Déterminer la concentration de la solution.

2 Évolution d'un système chimique

1 Transformations d'oxydoréduction

A Mise en évidence expérimentale

• Mettons une plaque de fer dans un bécher contenant une solution aqueuse d'ions cuivre II Cu^{2+}. Au bout de quelques instants, on observe que la solution, initialement bleue, se décolore et qu'un dépôt orange se forme sur la plaque de fer. De plus, si l'on ajoute quelques gouttes d'une solution aqueuse d'hydroxyde de sodium, on observe un précipité vert d'hydroxyde de fer II.

À savoir
Un précipité vert avec de l'hydroxyde de sodium révèle la présence d'ions fer II Fe^{2+}.

• Ainsi, le bécher est le siège d'une transformation chimique, dans laquelle les réactifs sont le fer et les ions cuivre II et les produits le cuivre et les ions fer II Fe^{2+}.

• Les ions cuivre II Cu^{2+} ont donc récupéré deux électrons pour devenir le cuivre métallique et le fer a perdu deux électrons pour se transformer en ions fer II Fe^{2+}.

Rappel
Les espèces chimiques formées au cours d'une transformation chimique sont les **produits**, et celles qui sont consommées, les **réactifs**.

Un transfert d'électrons s'est donc fait entre les deux réactifs, le fer ayant « donné » deux électrons aux ions cuivre.

B Définitions

• Une **transformation d'oxydoréduction** consiste en un transfert d'électrons entre deux réactifs.
• Les ions cuivre II ont récupéré des électrons, c'est l'**oxydant** de la transformation.
• Le fer a donné des électrons, c'est le **réducteur** de la transformation.
• En récupérant des électrons, les ions cuivre II se sont transformés en cuivre atomique. Celui-ci peut à son tour « donner » des électrons, retournant ainsi à l'état ionique. Par conséquent, le cuivre peut exister sous deux formes différentes, soit oxydant, soit réducteur. On parle alors de **couple oxydant-réducteur.** On l'écrira sous la forme **oxydant / réducteur.**
Dans l'exemple précédent, les couples impliqués sont Cu^{2+} / Cu et Fe^{2+} / Fe.
• La transformation d'un élément chimique de sa forme oxydée à sa forme réduite est une **réduction** et la transformation inverse (de la forme réduite à la forme oxydée), une **oxydation.**

C Demi-équations et équations

• On peut modéliser la transformation de réduction ou d'oxydation par une **demi-équation électronique**. On l'écrit de la façon suivante : oxydant + électrons donnent réducteur, soit

$$\text{oxydant} + n \times e^- = \text{réducteur}.$$

Exemples : $Cu^{2+} + 2\ e^- = Cu$; $Fe^{2+} + 2\ e^- = Fe$.

Appliquer le cours
Écrire les demi-équations électroniques des couples suivants : Fe^{3+} / Fe^{2+} et Fe^{3+} / Fe.

À savoir
Les demi-équations électroniques doivent respecter la conservation des éléments et des charges électriques.

Solution
• Fe^{3+} / Fe^{2+} : l'oxydant possède une charge positive de plus que le réducteur. Ainsi, la demi-équation électronique est $Fe^{3+} + 1\ e^- = Fe^{2+}$.
• Fe^{3+} / Fe : l'oxydant possède trois charges positives de plus que le réducteur. Ainsi, la demi-équation électronique est $Fe^{3+} + 3\ e^- = Fe$.

• **Équilibrer une demi-équation.** Parfois, les demi-équations sont plus difficiles à établir car elles font intervenir d'autres atomes, généralement des atomes d'oxygène. On peut cependant les équilibrer en suivant les étapes suivantes :

1. équilibrer les éléments métalliques des réactifs et des produits ;

2. ajouter, au niveau des produits, autant de molécules d'eau H_2O qu'il y a d'atomes d'oxygène parmi les réactifs ;

3. ajouter ensuite autant d'ions hydrogène H^+ du côté des réactifs que l'on a ajouté d'atomes d'hydrogène grâce à l'eau ;

4. finalement, ajouter, du côté des réactifs, le nombre d'électrons nécessaire pour respecter l'électroneutralité.

Appliquer le cours

Écrire la demi-équation électronique du couple suivant : $Cr_2O_7^{2-}$ / Cr^{3+}.

Solution

1. On équilibre les éléments métalliques dans les deux membres :

$Cr_2O_7^{2-} = 2\ Cr^{3+}$

2. On ajoute les molécules d'eau dans les produits pour équilibrer les oxygènes :

$Cr_2O_7^{2-} = 2\ Cr^{3+} + 7\ H_2O$

3. On équilibre les atomes d'hydrogène :

$Cr_2O_7^{2-} + 14\ H^+ = 2\ Cr^{3+} + 7\ H_2O$

4. On respecte l'électroneutralité en ajoutant des électrons :

$Cr_2O_7^{2-} + 14\ H^+ + 6\ e^- = 2\ Cr^{3+} + 7\ H_2O$

En effet : 2 (–) + 14 (+) + 6 (–) = 6 (+).

• Une transformation d'oxydoréduction fait intervenir deux couples oxydant / réducteur, l'oxydant d'un couple réagissant avec le réducteur de l'autre couple, formant ainsi les réducteur et oxydant respectifs. Si les couples en question sont Ox_1 / Red_1 et Ox_2 / Red_2, alors les équations possibles sont

$Ox_1 + Red_2 \longrightarrow Red_1 + Ox_2$ ou $Ox_2 + Red_1 \longrightarrow Ox_1 + Red_2$.

• Dans une transformation d'oxydoréduction, les électrons n'apparaissent pas dans l'équation. Il est important de s'assurer que **le nombre d'électrons cédés par le réducteur soit égal au nombre d'électrons gagnés par l'oxydant**. On doit donc faire attention à ce que le nombre d'électrons dans chaque demi-équation soit le même.

Appliquer le cours

Écrire l'équation d'oxydoréduction entre les ions cuivre II et l'aluminium.

Données : couples oxydant / réducteur impliqués : Al^{3+} / Al et Cu^{2+} / Cu.

Solution

On écrit les deux demi-équations électroniques :

$Cu^{2+} + 2\ e^- = Cu$ ①

$Al^{3+} + 3\ e^- = Al$ ②.

Le nombre d'électrons échangés n'étant pas le même dans chaque demi-équation (deux et trois), on va multiplier la demi-équation ① par 3 et la demi-équation ② par 2, obtenant ainsi :

$3\ Cu^{2+} + 6\ e^- = 3\ Cu$

$2\ Al^{3+} + 6\ e^- = 2\ Al$.

On additionne membre à membre les deux demi-équations en tenant compte du fait qu'un oxydant réagit avec un réducteur :

$3\ Cu^{2+} + 6\ e^- + 2\ Al \longrightarrow 3\ Cu + 2\ Al^{3+} + 6\ e^-$.

Le nombre d'électrons étant le même dans les deux membres, on peut les enlever :

$3\ Cu^{2+} + 2\ Al \longrightarrow 3\ Cu + 2\ Al^{3+}$.

2 Évolution des quantités de matière

Au fur et à mesure de son évolution, la composition du système chimique change : les quantités de matière des réactifs diminuent, tandis que celles des produits augmentent. Mais peut-on prédire la composition du système à un instant donné ?

Remarque
Le tableau descriptif d'évolution est appelé parfois le tableau d'avancement.

A Tableau descriptif d'évolution de système

- Un des outils dont on dispose pour décrire la constitution d'un système chimique à un instant donné est le **tableau descriptif d'évolution**. Il fait appel à la notion d'avancement.
- L'**avancement** d'une réaction est une grandeur fictive qui correspond à la quantité de matière qui serait consommée pour un réactif de coefficient stœchiométrique 1. C'est une grandeur qui varie au cours du temps lors de l'évolution du système chimique ; elle est minimale (nulle) au début de la réaction.

Équation de la réaction modélisant la transformation		aA	+ bB	→ cC	+ dD
État du système	**Avancement (mol)**	**Quantité de matière de A**	**Quantité de matière de B**	**Quantité de matière de C**	**Quantité de matière de D**
initial	0	n_A^i	n_B^i	n_C^i	n_D^i
au cours de la transformation	x	$n_A(t) = n_A^i - ax$	$n_B(t) = n_B^i - bx$	$n_C(t) = n_C^i + cx$	$n_D(t) = n_D^i + dx$
final	x_f	$x_{max} =$			
		$n_A^f = n_A^i - ax_f$	$n_B^f = n_B^i - bx_f$	$n_C^f = n_C^i + cx_f$	$n_D^f = n_D^i + dx_f$

Les signes « – » indiquent une diminution des quantités de matière.
Les signes « + » indiquent une augmentation des quantités de matière.

Remarque
Les quantités de matière initiales des produits ne sont pas toujours nulles.

B Transformations totales

- Une transformation est dite **totale** si, à l'état final, l'un des réactifs est entièrement consommé.
- Il faut alors déterminer l'**avancement maximal**, c'est-à-dire sa plus grande valeur possible. Dans le cas d'une transformation totale, l'avancement maximal est égal à l'avancement final : $x_{max} = x_f$.
- Le réactif qui est entièrement consommé le premier est le **réactif limitant**.
- En fonction des données du problème, différentes possibilités s'ouvrent à nous pour déterminer la composition du système à l'état final (la dernière ligne du tableau) :

– on sait quel est le réactif limitant, par exemple l'espèce A. Ainsi, $n_A^f = n_A^i - ax_f = 0$, ce qui conduit à $x_f = \dfrac{n_A^i}{a}$. La dernière ligne du tableau descriptif d'évolution du système est donc remplie de la façon suivante :

État final	x_f	$x_{max} = n_A^i / a$			
		$n_A^f = 0$	$n_B^f = n_B^i - b\dfrac{n_A^i}{a}$	$n_C^f = n_C^i + c\dfrac{n_A^i}{a}$	$n_D^f = n_D^i + d\dfrac{n_A^i}{a}$

– **on ne sait pas quel est le réactif limitant.** On a alors à résoudre deux équations : $n_A^f = n_A^i - ax_f = 0$ et $n_B^f = n_B^i - bx_f = 0$. On obtient ainsi deux valeurs possibles pour x_f, soit $x_f = \frac{n_A^i}{a}$, soit $x_f = \frac{n_B^i}{b}$. La plus petite valeur des deux indique la valeur de l'avancement final, ainsi que le réactif limitant. Si c'est l'espèce *A*, la dernière ligne est celle ci-dessus, alors que si c'est l'espèce *B*, la dernière ligne est comme ci-dessous :

État final	x_f	$x_{max} = n^i_B / b$			
		$n_A^f = n_A^i - a\frac{n_B^i}{b}$	$n_B^f = 0$	$n_C^f = n_C^i + c\frac{n_B^i}{b}$	$n_D^f = n_D^i + d\frac{n_B^i}{b}$

Appliquer le cours

On mélange 0,6 mol d'ions cuivre II Cu^{2+} avec 6 mol d'aluminium.

Quelle est la composition du système à l'état final, sachant que l'équation modélisant la transformation totale est : $3\ Cu^{2+} + 2\ Al \rightarrow 3\ Cu + 2\ Al^{3+}$?

Solution

Le tableau descriptif d'évolution est :

Équation de la réaction modélisant la transformation		$3\ Cu^{2+}$ +	$2\ Al$ →	$3\ Cu$ +	$2\ Al^{3+}$
État du système	**Avancement (mol)**	**Quantité de matière de Cu^{2+}**	**Quantité de matière de Al**	**Quantité de matière de Cu**	**Quantité de matière de Al^{3+}**
initial	0	0,6	6	0	0
au cours de la transformation	x	$n_{Cu^{2+}} = 0{,}6 - 3x$	$n_{Al}(t) = 6 - 2x$	$n_{Cu}(t) = 3x$	$n_{Al^{3+}}(t) = 2x$
final	x_f	$x_{max} =$			
		$n^f_{Cu^{2+}} = 0{,}6 - 3x_f$	$n^f_{Al}(t) = 6 - 2x_f$	$n^f_{Cu}(t) = 3x_f$	$n^f_{Al^{3+}}(t) = 2x_f$

Pour savoir quel est le réactif limitant, on doit résoudre : $0 = 0{,}6 - 3x_f$ et $0 = 6 - 2x_f$. Les deux valeurs possibles pour x_f sont $x_f = 0{,}2$ mol et $x_f = 3$ mol. On choisit la plus petite des deux valeurs pour x_f. On peut compléter la dernière ligne du tableau de la façon suivante :

État final	x_f	$x_{max} = 0{,}2$ mol			
		$n^f_{Cu^{2+}} = 0$	$n^f_{Al}(t) = 5{,}6$	$n^f_{Cu}(t) = 0{,}6$	$n^f_{Al^{3+}}(t) = 0{,}4$

À l'état final, on a donc 5,6 mol d'aluminium ; 0,6 mol de cuivre et 0,4 mol d'ions aluminium III Al^{3+}.

• Parfois, les quantités de matière initiales des réactifs sont telles qu'on ne peut pas définir de réactif limitant, car les quantités de matière à l'état final des deux réactifs sont nulles simultanément : $n_A^f = n_B^f = 0$. On dit alors que les réactifs sont introduits en **proportions stœchiométriques**.

À savoir

Un mélange stœchiométrique est un mélange dans lequel il n'y a plus de réactif à l'état final.

C Transformations limitées

- Parfois, il reste des deux réactifs à l'état final. Dans ce cas, la transformation est dite **limitée** et l'avancement final n'est pas égal à l'avancement maximal : $x_f < x_{max}$.
- Considérons la transformation suivante $a\,A + b\,B \rightarrow c\,C + d\,D$ dans laquelle aucune des quantités de matière des réactifs (espèces A et B) à l'état final est nulle : $n_A^f \neq 0$ et $n_B^f \neq 0$.

En exploitant la dernière ligne du tableau descriptif d'évolution du système, on a :

État final	x_f	$x_{max} = n_A^i / a$			
		$n_A^f = n_A^i - ax_f$	$n_B^f = n_B - bx_f$	$n_C^f = n_C^i + cx_f$	$n_D^f = n_D^i + dx_f$

- On tire des colonnes de réactifs que $x_f = \dfrac{n_A^i - n_A^f}{a} = \dfrac{n_B^i - n_B^f}{b}$ et de celles des produits que $x_f = \dfrac{n_C^f - n_C^i}{c} = \dfrac{n_D^f - n_D^i}{d}$.
- Si A est le réactif limitant (celui dont la quantité de matière à l'état final est la première à être nulle), alors $x_{max} = \dfrac{n_A^i}{a}$.

Exercices d'entraînement

Exercice 1 ★ 5 min *Corrigé p. 182*

Écrire les demi-équations électroniques de chacun des couples oxydant / réducteur ci-dessous :

1. Ce^{3+} / Ce et Co^{2+} / Co
2. Pb^{4+} / Pb^{2+} et MnO_4^- / Mn^{2+}
3. O_2 / H_2O et CO_2 / $H_2C_2O_4$

Exercice 2 ★★ 5 min *Corrigé p. 183*

Écrire les équations modélisant les transformations d'oxydoréduction entre l'oxydant du premier couple et le réducteur du second couple pour les trois exemples de l'exercice 1.

Exercice 3 ★ 5 min *Corrigé p. 183*

Les ions argent Ag^+ réagissent avec le plomb métallique Pb pour donner un dépôt d'argent métallique Ag et des ions plomb II Pb^{2+}.

1. Montrer que c'est une transformation d'oxydoréduction.
2. Donner les couples oxydant / réducteur mis en jeu et leurs demi-équations redox.
3. Établir l'équation de la réaction étudiée.

Exercice 4 ★ 5 min

Corrigé p. 183

On considère l'état final d'un système chimique pour lequel les quantités des deux réactifs, R_1 et R_2, exprimées en mol sont R_1 : $9{,}0 - 3x_{max}$ et R_2 : $8{,}0 - 2x_{max}$.

1. Déterminer les deux valeurs possibles de x_{max}.
2. Quelle est la valeur de l'avancement final x_{max} ?
3. Identifier le réactif limitant et calculer la quantité de matière du réactif restant.

Exercice 5 ★★ 10 min

Corrigé p. 183

On met dans un bécher 0,4 mol de zinc en poudre et 0,3 mol d'ions fer III. La transformation entre le zinc et les ions fer III est totale.

Données : couples oxydant / réducteur : Fe^{3+} / Fe^{2+} et Zn^{2+} / Zn.

1. Écrire les demi-équations électroniques de chacun des couples.
2. En déduire l'équation d'oxydoréduction entre le zinc et les ions fer III.
3. Après avoir établi le tableau descriptif d'évolution du système, répondre aux questions suivantes :
   a. Quel est le réactif limitant ?
   b. Quelle est la composition du système chimique à l'état final ?

Exercice 6 ★★★ 10 min

Corrigé p. 183

En inspectant les armoires de chimie, un agent de laboratoire trouve une vieille fiole sur laquelle il est écrit « mélange éthanol 1 mol / acide éthanoïque 2 mol ». Après analyse du contenu de la fiole, il trouve qu'elle contient finalement 0,25 mol d'éthanol ; 1,25 mol d'acide éthanoïque ; 0,75 mol d'éthanoate d'éthyle et 0,75 mol d'eau.

1. Identifier les réactifs et les produits de cette transformation.
2. Sachant que les coefficients stœchiométriques sont tous égaux à 1, écrire l'équation de la réaction (on utilisera les noms des molécules et non pas leurs formules chimiques)
3. Établir le tableau descriptif d'évolution de cette transformation.
4. Quel est le réactif limitant ? Que vaut l'avancement maximal x_{max} de cette transformation ?
5. Que vaut l'avancement final x_f de cette transformation ?
6. Que peut-on dire de cette transformation ?

Détermination d'une quantité de matière

Il est possible de déterminer une quantité de matière grâce à une transformation chimique, en réalisant un titrage.

1 Principe du titrage

- **Un titrage vise à doser une espèce chimique en solution** par l'intermédiaire d'une réaction chimique.
- On fait alors réagir l'espèce chimique à doser (solution **titrée**) de volume parfaitement connu (la **prise d'essai**) avec une espèce chimique de concentration connue (solution **titrante**).
- Dans un titrage, la réaction chimique se produisant entre les espèces chimiques, titrante et titrée, est la **réaction support du titrage.**
- Un titrage se réalise généralement à l'aide d'une **burette graduée** qui contient le titrant et d'un **erlenmeyer** contenant la prise d'essai de titré. On utilise aussi un **agitateur magnétique** ainsi qu'un barreau aimanté (turbulent).

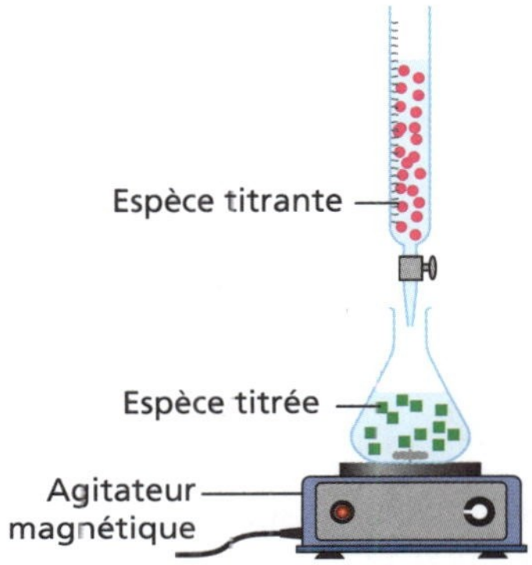

Remarque
Un dosage par titrage est une méthode destructrice.

2 Volume versé à l'équivalence

Pour chaque titrage, il existe un volume particulier appelé **volume versé à l'équivalence,** noté V_E.

- Si le volume de titrant versé est inférieur au volume versé à l'équivalence, alors il reste du titré dans l'erlenmeyer. Le titrant a consommé une partie seulement du titré : **le réactif limitant est le titrant.**

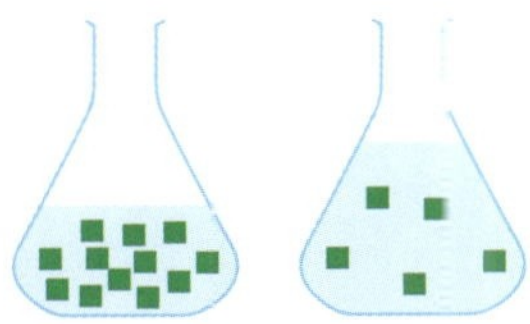

Avant Après

- Si le volume de titrant versé est supérieur au volume versé à l'équivalence, alors il reste du titrant dans l'erlenmeyer. Le titrant a consommé intégralement le titré, et le surplus est dans l'erlenmeyer : **le réactif limitant est le titré.**

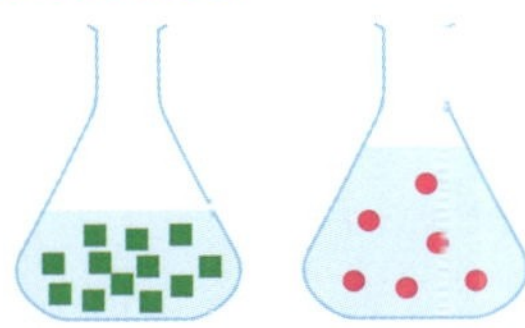

Avant Après

• Si le volume de titrant versé est égal au volume versé à l'équivalence, alors le titrant et le titré ont été complétement consommés : **les réactifs ont été introduits en proportions stœchiométriques.**

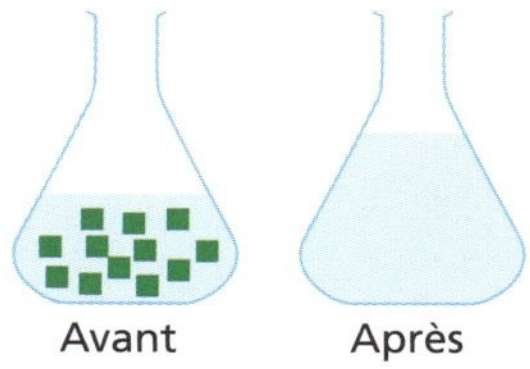

• Avant l'équivalence, le réactif limitant est le titrant. Après l'équivalence, le réactif limitant est le titré. **L'équivalence correspond donc au changement de réactif limitant.**

> **Remarque**
> Le volume versé à l'équivalence est parfois appelé volume équivalent.

3 Exploitation

• La connaissance du volume versé à l'équivalence nous permet de connaître la quantité de matière initiale en titrant.

• Supposons que l'on souhaite déterminer la quantité de matière d'une espèce A. On va pour cela la titrer à l'aide d'une espèce chimique B, de concentration C_B. La réaction support du tirage est $a\,A + b\,B \rightarrow c\,C + d\,D$, avec a, b, c et d coefficients stœchiométriques.

• Dressons le tableau descriptif d'évolution de cette transformation lorsque le volume versé de titrant est égal à V_E.

Équation de la réaction support du titrage		$a\,A$	$+ \quad b\,B$	$\rightarrow \quad c\,C$	$+ \quad d\,D$
État du système	**Avancement (mol)**	**Quantité de matière de titré**	**Quantité de matière de titrant**	**Quantité de matière de *C***	**Quantité de matière de *D***
initial	0	n_A^i	$n_B^i = c_B \times V_E$	On n'a pas besoin de remplir ces colonnes pour exploiter les résultats du titrage !	
au cours de la transformation	x	$n_A(t) = n_A^i - ax$	$n_B(t) = c_B \times V_E - bx$		
final	x_E	$x_{max} = \frac{n_A^i}{a} = \frac{c_B \times V_E}{b}$			
		$n_A^E = n_B^i - ax_E$ $= 0$	$n_B^E = c_B \times V_E - bx_E$ $= 0$		

À l'équivalence, les réactifs sont introduits en proportion stœchiométrique.

– De $n_B^E = c_B \times V_E - bx_E = 0$, on obtient $x_E = \frac{c_B \times V_E}{b}$.

– De $n_A^E = n_A^i - ax_E = 0$, on tire $n_A^i = ax_E$, soit $n_A^i = a\frac{c_B \times V_E}{b}$.

> **Remarque**
> Lors d'un titrage, l'avancement final est noté x_F ou x_E pour équivalence.

Appliquer le cours

On titre 25 mL d'une solution contenant des ions fer II par une solution d'ions permanganate dont la concentration est de 0,5 mol.L^{-1}. Le volume versé à l'équivalence est de 13,8 mL. Quelle est la quantité de matière en ions fer II dans cette solution ?

Donnée : l'équation support du titrage est : $5\ Fe^{2+} + MnO_4^- + 8\ H^+ \rightarrow 5\ Fe^{3+} + Mn^{2+} + 4\ H_2O$.

Solution

Le tableau descriptif d'évolution du titrage est :

Équation de la réaction support du titrage		$5\ Fe^{2+} + MnO_4^- + 8\ H^+$	$\rightarrow\ 5\ Fe^{3+} + Mn^{2+} + 4\ H_2O$
État du système	**Avancement (mol)**	**Quantité de matière de titré**	**Quantité de matière de titrant**
initial	0	$n^i_{Fe^{2+}}$	$n^i_{MnO_4^-} = 0,5 \times 13,8.10^{-3} = 6,9.10^{-3}$ mol
au cours de la transformation	x	$n^i_{Fe^{2+}} = n^i_{Fe^{2+}} - 5x$	$n^i_{MnO_4^-} = 6,9.10^{-3} - x$
final	x_E	$x_{max} = 6,9.10^{-3}$ mol	
		$n^E_{Fe^{2+}} = n^i_{Fe^{2+}} - 5x_E = 0$	$n^E_{MnO_4^-} = 6,9.10^{-3} - x_E = 0$

Ainsi, $n^i_{Fe2+} = 5x_E = 5 \times 6,9.10^{-3} = 3,5.10^{-2}$ mol.

4 L'équivalence

A Repérage de l'équivalence

Considérons le titrage des ions fer II par les ions permanganate. La réaction support du titrage est une transformation d'oxydoréduction dont l'équation est :

$$5\ Fe^{2+} + MnO_4^- + 8\ H^+ \rightarrow 5\ Fe^{3+} + Mn^{2+} + 4\ H_2O.$$

Voici les couleurs des ions en solution :

Fe^{2+}	Fe^{3+}	MnO_4^-	Mn^{2+}
Vert très pâle	Jaune très pâle	Violet très intense	Incolore

- **Avant l'équivalence,** le réactif limitant étant le titrant, la solution est de la couleur du titré, soit verte très pâle.
- **Après l'équivalence,** l'espèce majoritaire en solution est le titrant, la solution est donc violette.
- On repérera donc **l'équivalence** grâce à l'apparition de la couleur violette persistante dans l'erlenmeyer.

L'apparition ou la disparition d'une couleur permettent de déterminer l'équivalence lorsque l'on travaille avec des espèces colorées en solution.

À savoir

Lorsqu'on travaille avec des espèces dont la couleur change à l'équivalence, on parle alors de titrage avec **suivi colorimétrique**.

Remarque

On peut parfois, afin de mieux repérer l'équivalence, utiliser des indicateurs colorés de fin de réaction.

B Réalisation pratique

En pratique, un titrage se fait toujours en deux étapes.

- **Un titrage grossier :** on verse le titrant mL par mL jusqu'à obtenir l'équivalence. Cela permet d'obtenir un encadrement du volume versé à l'équivalence (par exemple, 12 mL < V_E < 13 mL).
- **Un titrage fin :** on verse d'une traite le titrant jusqu'à environ 1 mL sous la valeur minimale de l'encadrement (11 mL environ dans notre exemple), puis on fait tomber le titrant goutte à goutte, lentement, de façon à ce que la transformation ait suffisamment de temps pour se faire entre chaque goutte. On stoppe ensuite dès que l'équivalence est atteinte. Le volume lu sur la burette graduée correspond au volume versé à l'équivalence (par exemple 12,3 mL).

Exercices d'entraînement

Exercice 1 ★ 5 min

Corrigé p. 184

On souhaite titrer des ions chlorure par des ions argent I.

1. Schématiser et légender le montage expérimental utilisé, en précisant la nature du titrant et du titré.
2. Compléter le tableau suivant :

	Avant l'équivalence	À l'équivalence	Après l'équivalence
Réactif limitant			

Exercice 2 ★★ 10 min

Corrigé p. 184

On titre 10 mL d'une solution contenant des ions fer III par une solution d'ions étain II dont la concentration est de 0,10 mol.L^{-1}. Le volume versé à l'équivalence est de 9,6 mL.

1. Sachant que les couples oxydant / réducteur impliqués sont Fe^{3+} / Fe^{2+} et Sn^{4+} / Sn^{2+}, établir l'équation d'oxydoréduction support du titrage.
2. Quelle est la quantité de matière en ions fer III dans cette solution ?
3. Quelle est la concentration de la prise d'essai en ion fer III ?

Exercice 3 ★★ 5 min

Corrigé p. 184

On réalise le titrage de diiode I_2 par une solution d'ion thiosulfate $S_2O_3^{2-}$. Les couples oxydant / réducteur impliqués sont I_2 / I^- et $S_4O_6^{2-}$ / $S_2O_3^{2-}$.
Données : couleurs des ions en solution :

I_2	I^-	$S_4O_6^{2-}$	$S_2O_3^{2-}$	I_2 + amidon
Jaune pâle	Incolore	Incolore	Incolore	Bleu intense

1. Comment peut-on repérer l'équivalence du titrage ?
2. Expliquer pourquoi on peut ajouter avant l'équivalence quelques gouttes d'empois d'amidon dans l'erlenmeyer.

Géométrie des molécules

1 La structure électronique d'un atome

• Un atome est constitué d'un **noyau** autour duquel gravitent des **électrons**. Ces électrons ne sont pas répartis uniformément autour du noyau. Ils se répartissent en **couches électroniques.** Les électrons d'une même couche sont « en moyenne » à la même distance du noyau.

• Une couche électronique est désignée par une lettre : K, L, M… et ne peut contenir qu'un **nombre limité d'électrons**. Les électrons occupent d'abord la couche K, puis la couche L… La dernière couche contenant des électrons est appelée **couche externe.**

Couche	K	L	M
Nombre maximal d'électrons	2	8	18

2 Schéma de Lewis

• **La représentation des électrons de la couche externe** d'un atome permet d'anticiper la réactivité des atomes et ainsi de prévoir la formation des liaisons chimiques entres atomes.

À noter
C'est le chimiste américain Gilbert Lewis qui établit la règle de répartition des électrons de la couche externe d'un atome.

• Une couche électronique est représentée dans la figure ci-dessous par des cases dans lesquelles on place au maximum deux électrons. Pour obtenir le **schéma de Lewis,** on remplit d'abord les cases de basse énergie. Quand plusieurs électrons possèdent la même énergie (même couche), on dispose un électron par case, avant d'en mettre deux dans chacune d'entre elles. Les électrons de la couche externe sont représentés par un point s'ils sont **célibataires (électrons de valence)** ou par un tiret s'ils forment un **doublet.**

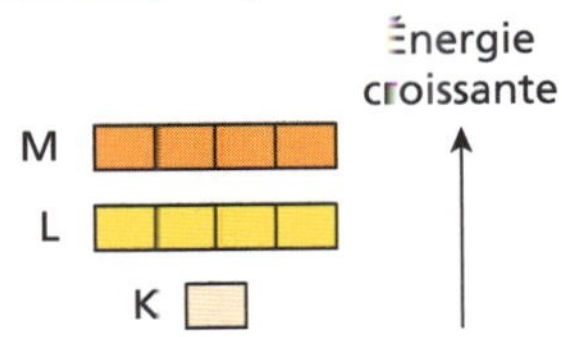

▲ Représentation symbolique des couches K, L et M pour les atomes de numéro atomique inférieur à 18.

• L'oxygène ($Z = 8$) a pour structure électronique K^2L^6. Sa couche externe possède 6 électrons répartis selon le schéma de Lewis. L'atome d'oxygène possède donc deux doublets d'électrons et deux électrons célibataires (sa valence est de 2).

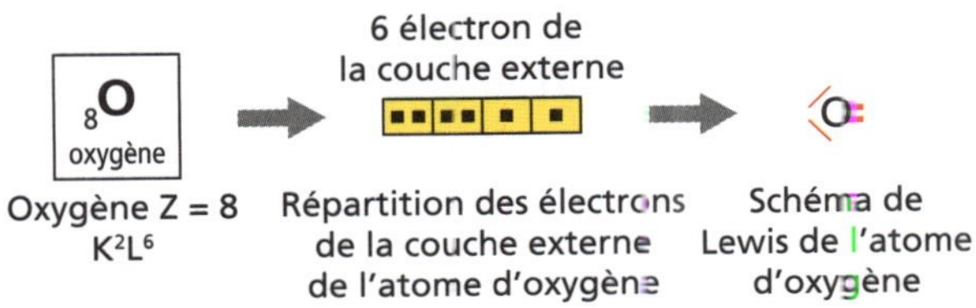

• Au sein d'une molécule, les atomes tendent à compléter leur couche externe à huit électrons : c'est la **règle de l'octet.** L'hydrogène tend à compléter sa couche externe avec deux électrons : c'est la **règle du duet.**

• **Pour gagner en stabilité** (en saturant leur couche externe à un octet d'électrons), les atomes peuvent se lier entres eux pour former une **molécule**. Ce sont les électrons célibataires de la couche externe des atomes qui permettent de créer des liaisons dites **liaisons de covalence**. Chaque atome apporte un électron (ou plusieurs) célibataire (s) et forme alors un (ou plusieurs) doublet (s) de liaison. On attribue alors à chaque atome lié les deux électrons mis en jeu dans le **doublet de liaison.**

▲ Mise en œuvre du schéma de Lewis.

Chaque atome d'azote est entouré par huit électrons. La règle de l'octet est vérifiée.

3 Géométrie des molécules et des ions

Le schéma de Lewis permet d'interpréter la géométrie de la molécule. Les doublets d'électrons externes (liant ou non liant) s'écartent au maximum les uns des autres. On distingue les arrangements linéaires, triangulaires, pyramidaux, tétraédriques…

• **La molécule de dioxyde de carbone CO_2** est linéaire. Les doublets liants de l'oxygène se répartissent de manière linéaire, à 180°.

• **L'ion hydroxyde HO^-** est linéaire.

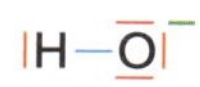

• **La molécule de trifluorure de bore BF_3** est triangulaire. Les doublets liants se répartissent de manière triangulaire, à 120°.

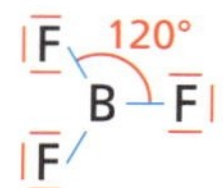

• **La molécule de méthane** est tétraédrique. Les doublets liants se répartissent de manière tétraédrique, à 109,5°.

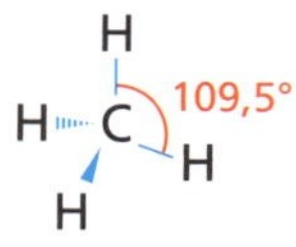

• **La molécule d'eau** est coudée. Les doublets liants et non liants se répartissent de manière tétraédrique à 109,5 °. Les doublets non liants sont modélisés par des ovales rouges.

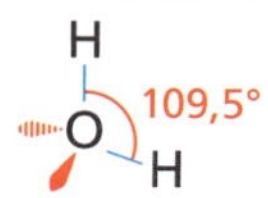

• **La molécule d'ammoniac** est pyramidale. Les doublets liants et non liants se répartissent de manière tétraédrique (angle inférieur à 109,5 °). Le doublet non liant est modélisé en rouge.

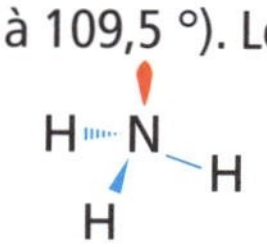

Appliquer le cours

Établir le schéma de Lewis de la molécule de dioxyde de méthanal de formule chimique H_2CO, l'atome central étant l'atome de carbone.

Solution

La molecule de méthanal est triangulaire. Les doublets liants se répartissent de manière triangulaire.

4 L'électronégativité des atomes

• **L'électronégativité** permet de décrire le comportement des électrons dans un atome. Elle est liée à la force avec laquelle les électrons sont attirés par le noyau. La classification périodique permet de prévoir l'électronégativité des atomes.

• **Dans une ligne de la classification périodique, l'electronégativité croît de gauche à droite.**

Période 2	Lithium 3 **Li** 6,9395	Béryllium 4 **Be** 9,0121831	Bore 5 **B** 10,8135	Carbone 6 **C** 12,0106	Azote 7 **N** 14,006855	Oxygène 8 **O** 15,99940	Fluor 9 **F** 18,99840316	Néon 10 **Ne** 20,1797

Électronégativité →

Exemple : l'électronégativité du carbone et de l'oxygène. Les électrons périphériques du carbone et de l'oxygène sont sur la même couche externe K : K^2L^4 pour $_6C$ et K^2L^6 pour $_8O$.
Le noyau de l'atome d'oxygène contient plus de protons que le noyau de l'atome de carbone. Les électrons de l'oxygène sont donc plus attirés par le noyau que ceux contenus dans le carbone. **L'atome d'oxygène est donc plus électronégatif que l'atome de carbone.**

• **Dans une colonne de la classification périodique, l'électronégativité croît de bas en haut.**

Exemple : l'électronégativité de l'oxygène et du soufre. Les électrons périphériques de l'oxygène et du soufre ne sont pas sur la même couche externe : $_8O : K^2L^6$ et $_{16}S : K^2L^8M^6$.
Les électrons de la couche externe du soufre sont plus éloignés du noyau que ceux de l'oxygène. Ils sont donc moins attirés par le noyau que ceux contenus dans l'oxygène. **L'atome d'oxygène est donc plus électronégatif que l'atome de soufre.**

Groupe 16
Oxygène 8 **O** 15,99940
Soufre 16 **S** 32,0675
Sélénium 34 **Se** 79,971

↑ Électronégativité

• **Valeurs de l'électronégativité χ dans l'échelle de Pauling**

Les valeurs de χ sont données dans le tableau suivant :

F	O	Cl	N	S	C	H	P	Si
3,98	3,44	3,16	3,04	2,58	2,55	2,20	2,19	1,90

À noter

• Le fluor est l'atome le plus électronégatif.
• Le carbone et l'hydrogène ont une électronégativité équivalente.
• L'oxygène, l'azote, le chlore sont plus électronégatifs que le carbone.

5 Polarité d'une liaison covalente

• Dans une liaison covalente, chaque atome essaie d'attirer vers lui le doublet d'électrons. C'est l'électronégativité qui permet de décrire le type de liaison obtenue.

• Si les deux atomes engagés dans la liaison n'ont pas la même électronégativité et que leur différence d'électronégativité sur supérieure à $\Delta \chi$ **> 0,45, alors la liaison est dite** polarisée. Le doublet liant est plus proche de l'atome le plus électronégatif. Il se crée alors **une charge partielle permanente négative** $\delta-$ sur l'atome le plus électronégatif et **une charge partielle permanente positive** $\delta+$ sur l'atome le moins électronégatif.

• **Exemple : la liaison HO.** $\chi(\text{O}) > \chi(\text{H})$: l'oxygène est plus électronégatif que l'hydrogène. La liaison HO est une liaison polarisée.

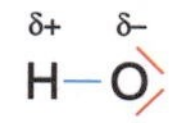

• **Exemple : la liaison HH.** Les deux atomes ont la même électronégativité. La liaison HH n'est pas une liaison polarisée.

6 Polarité des molécules

• **Une molécule est dite polaire** si elle possède des liaisons polarisées **et** si les positions moyennes des charges partielles positives et négatives ne sont pas confondues.

• **La molécule d'eau :**
– contient des liaisons polarisées ;
– la position des charges partielles positives *G*+ n'est pas confondue avec la position des charges partielles négatives *G*– : **la molécule d'eau est polarisée.**

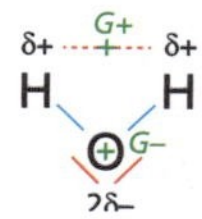

• **La molécule de dioxyde de carbone :**
– contient des liaisons polarisées ;
– la position des charges partielles positives *G*+ est confondue avec la position des charges partielles négatives *G*– : **la molécule de dioxyde de carbone n'est pas polarisée.**

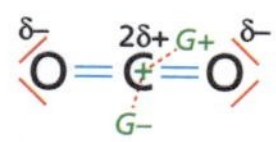

Exercices d'entraînement

Exercice 1 ★ 10 min

Corrigé p. 185

La molécule de dioxyde de carbone a pour formule chimique CO_2. L'atome de carbone est l'atome central.
Établir le schéma de Lewis de cette molécule et vérifier si la règle de l'octet est respectée pour chaque atome.

Exercice 2 ★★ 5 min

Corrigé p. 185

La molécule d'acide hypochloreux a pour formule chimique HOCl. L'atome d'oxygène est l'atome central.
Établir la géométrie de cette molécule.

Exercice 3 ★ 5 min

Corrigé p. 185

En utilisant la classification périodique, comparer l'électronegativité des atomes suivants :

1. le carbone et le lithium ;
2. le carbone et le fluor ;
3. le soufre et l'oxygène.

Exercice 4 ★ 5 min

Corrigé p. 185

En utilisant les données du tableau d'électronégativité de Pauling du cours, déterminer, parmi les liaisons C-O, H-C et C-F, celles qui sont polarisées.

Exercice 5 ★★★ 10 min

Corrigé p. 185

1. Rappeler les deux conditions pour qu'une molécule soit polaire.
2. La molécule d'ammoniac NH_3 est-elle polaire ?

5 Cohésion et dissolution des solides

1 Différents types de solides

On distingue les **solides moléculaires,** composés de molécules, et les **solides ioniques,** composés de cations (ions positifs) et d'anions (ions négatifs). Ces deux types de solides sont électriquement neutres. Leur cohésion met en jeu différentes **interactions.**

A La cohésion des solides moléculaires

Dans un solide moléculaire, la cohésion peut être due à deux types d'interactions.

• **L'interaction de Van der Waals** est une **interaction électrostatique attractive entre les molécules.** Elle intervient dans les molécules polaires et apolaires.

– **Molécule polaire.** Une molécule polaire possède des charges électriques partielles permanentes. C'est donc un **dipôle permanent**.
Cas du monochlorure d'iode ICl :

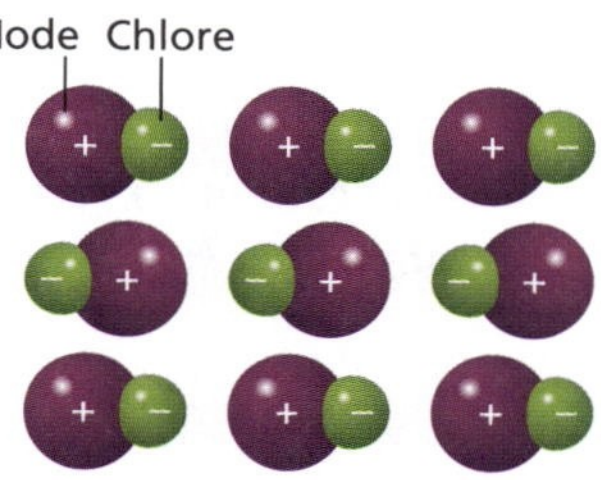

Le chlore est plus électronégatif que l'iode. Il en résulte une charge électrique permanente positive du coté de l'iode et une charge électrique permanente négative du coté du chlore. La molécule ICl agit comme un dipôle électrique. Les molécules s'orientent de telle manière que l'atome le plus électronégatif soit voisin du moins électronégatif.

– **Molécule apolaire.** Une molécule apolaire ne possède pas de charge partielle permanente mais le mouvement désordonné des électrons fait apparaître, à un instant *t*, des charges partielles instantanées. Une molécule apolaire est un **dipôle instantané**.
Cas du diiode I_2 :

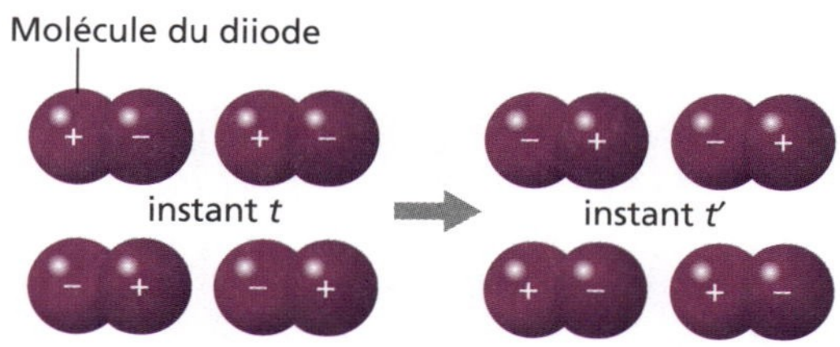

À un instant *t*, la molécule de diiode est un dipôle instantané. La charge + est portée par l'un des deux atomes. À un instant *t'*, la charge positive est portée par l'autre atome. La molécule I_2 agit comme un dipôle instantané.

• **La liaison hydrogène** est une **interaction électrostatique attractive entre un atome d'hydrogène lié à un atome *A* très électronégatif et un atome *B* très électronégatif, porteur d'un doublet d'électrons non liant.** Cette interaction a lieu principalement pour les atomes électronégatifs petits, comme l'azote, l'oxygène, le fluor ou le chlore.

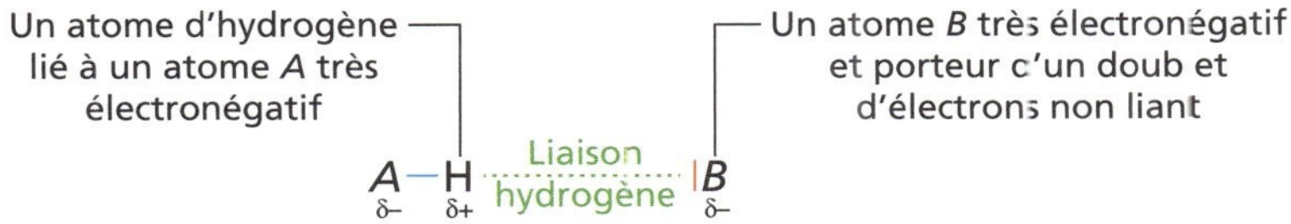

avec A et B : N, O, F, Cl

La structure de la glace (eau solide) est assurée par des liaisons hydrogène.

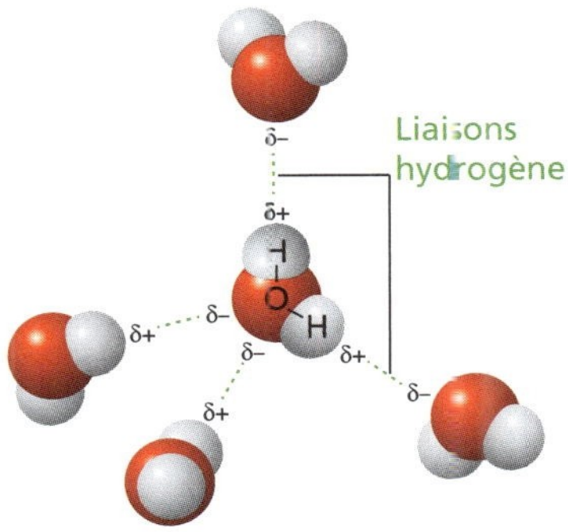

B La cohésion des solides ioniques

• Dans un solide (cristal) ionique, la cohésion est due à **l'interaction électrostatique attractive** entre les anions et les cations. Chaque ion s'entoure d'ions de charges de signes opposés.

• **Dans le cas du sel** (chlorure de sodium), chaque ion chlorure Cl^- s'entoure d'ions sodium Na^+, et donc chaque ion sodium est entouré d'ions chlorure. La distance entre cations et anions est plus petite que la distance anion-anion et cation-cation. De ce fait, l'interaction attractive cation-anion est plus forte que les interactions répulsives cation-cation et anion-anion.

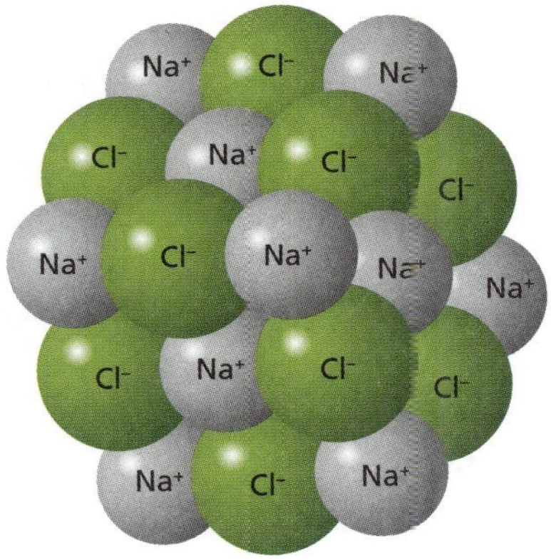

• **Rappel.** Deux corps électriquement chargés interagissent entre eux : c'est **l'interaction électrostatique.**

Cette interaction est attractive si les charges sont de signes opposés.

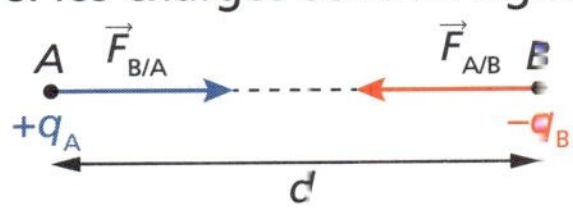

Cette interaction est répulsive si les charges sont de même signe.

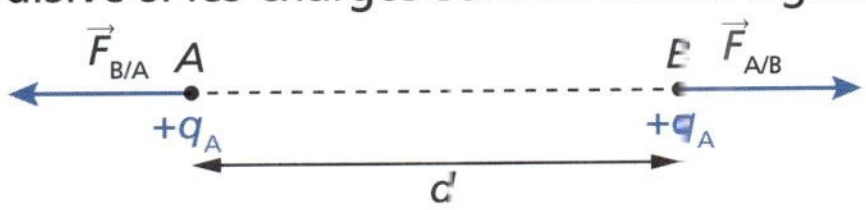

La loi de Coulomb s'applique pour les ions :

$F_{A/B} = F_{B/A} = \text{k} \times \dfrac{|q_A \times q_B|}{d^2}$ avec F en newton ; d en mètre ; k : constante de Coulomb, $\text{k} = 9{,}0.10^9\ \text{N.m}^2.\text{C}^{-2}$.

2 Dissolution d'un solide ionique

- **Un soluté va être soluble dans un solvant** si les interactions électrostatiques entres les espèces chimiques du soluté sont les mêmes que celles dans le solvant. Un solide ionique va donc être soluble dans un solvant polaire. La dissolution d'un solide (cristal) ionique peut être décrite en trois étapes : 1. **dissolution** des ions du solide ; 2. **solvatation** des ions dans la solution ; 3. **dispersion** des ions dans la solution.

- **Exemple : dissolution du chlorure de sodium dans l'eau**

1. L'ion sodium est attiré par le pôle négatif d'une molécule d'eau. L'ion chlorure est attiré par le pôle positif d'une molécule d'eau. Les ions se séparent : ils **se dissocient**.

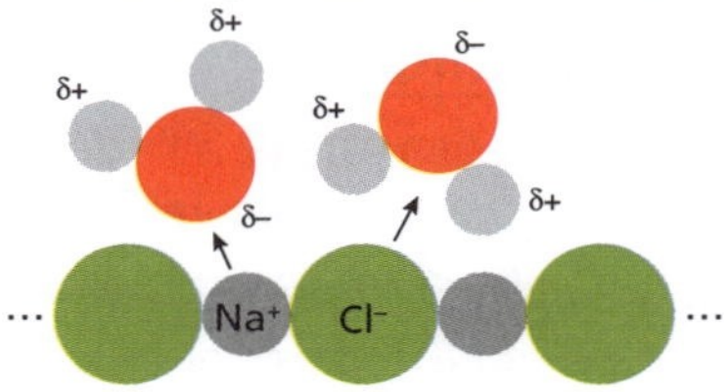

2. Les molécules d'eau entourent les ions. Les ions passent en solution : ils **se solvatent**.

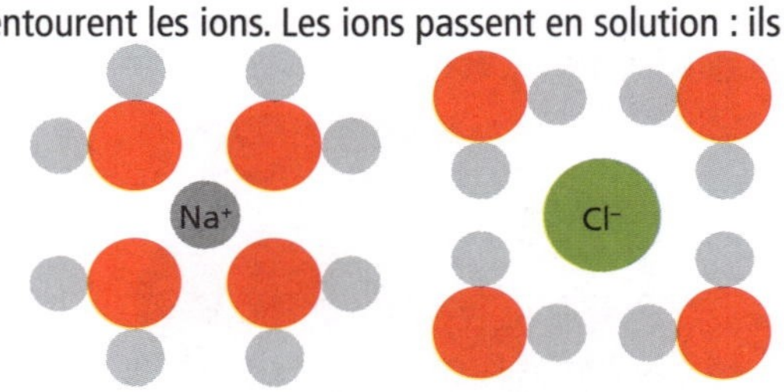

3. Les ions s'éloignent les uns des autres et se répartissent de manière homogène dans la solution : ils **se dispersent**.

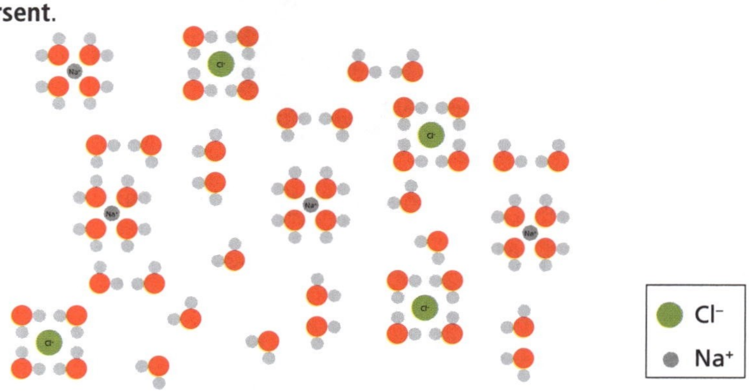

L'équation de la dissolution s'écrit alors : $NaCl_{(s)} \rightarrow Na^+_{(aq)} + Cl^-_{(aq)}$.

Dans cette équation, (s) signifie solide et (aq) aqueux. L'écriture de cette équation doit vérifier la conservation des éléments chimiques et des charges électriques.

Appliquer le cours

Écrire l'équation de la dissolution du sulfate de cuivre solide ($CuSO_4$) dans l'eau.

Solution

Lors de la dissolution, il va y avoir formation d'ion cuivre II, de formule chimique Cu^{2+} et d'ion sulfate de formule chimique SO_4^{2-}.

$$CuSO_{4(s)} \rightarrow Cu^{2+}_{(aq)} + SO^{2-}_{4\ (aq)}$$

3 Concentration d'un ion en solution

Comme cela a été vu dans le chapitre 1, la concentration d'une solution en soluté S s'obtient par la formule : C(soluté) = n(soluté) / V(solution).

La concentration des ions dans la solution s'obtient alors par la formule suivante :

$$[\text{ion}] = \frac{n(\text{ion})}{V(\text{solution})}$$

avec [ion] en mol.L^{-1} ; n en mol ; V en L.

Appliquer le cours

Une solution de chlorure de calcium a une concentration molaire C(soluté).

1. Établir la relation entre C(soluté), n(soluté) et V(solution).

2. Écrire l'équation de la dissolution du chlorure de calcium solide ($CaCl_2$) dans l'eau et comparer la quantité d'ions chlorure et d'ions calcium formés.

3. Indiquer les concentrations des ions en solution en fonction de C(soluté).

Solution

1. C(soluté) = n(soluté) / V(solution)

2. Lors de la dissolution, il va y avoir formation d'ion calcium, de formule chimique Ca^{2+} et d'ion chlorure, de formule chimique Cl^-.

$$CaCl_{2(s)} \rightarrow Ca^{2+}_{(aq)} + 2\ Cl^-_{(aq)}$$

Il se forme deux fois plus d'ions chlorure que d'ions calcium.

3. $[Ca^{2+}]$ = $n(Ca^{2+})$ / V(solution)

= n(soluté) / V(solution) = C(soluté)

$[Cl^-]$ = $n(Cl^-)$ / V(solution)

= 2 n(soluté) / V(solution) = 2 C(soluté)

4 Solubilité dans un solvant, miscibilité de deux liquides

Solubilité et miscibilité sont deux notions qui s'expliquent par l'analyse des interactions entres les espèces chimiques.

A Solubilité

- La solubilité d'un soluté dans un solvant est d'autant plus forte que les interactions attractives entre les molécules de solvant et de soluté sont importantes.
- Les **solvants polaires** sont utilisés pour dissoudre des **solutés ioniques** (interaction électrostatique attractive) et des **solutés moléculaires polaires** (interaction de Van der Waals et liaisons hydrogène, quand cela est possible).
- Les **solvants apolaires** sont utilisés pour dissoudre des **solutés moléculaires apolaires** (interaction de Van der Waals).

Rappel

La solubilité S d'une espèce chimique est sa capacité à se dissoudre dans un solvant. Elle s'exprime en mol.L^{-1}. La solubilité d'une espèce chimique varie donc selon la nature du solvant utilisé.

B Miscibilité

- La miscibilité de deux liquides est d'autant plus forte que les interactions attractives entre les espèces chimiques sont importantes.
- Deux liquides **polaires** sont miscibles.
- Deux liquides **non polaires** sont miscibles.
- Deux liquides **polaire et apolaire** ne sont pas miscibles.

> **Rappel**
> Deux liquides sont miscibles s'ils forment un mélange homogène.

5 Hydrophilie, lipophilie, amphiphilie

- Les **alcools** font partie des espèces chimiques organiques. Une molécule d'alcool possède deux parties.

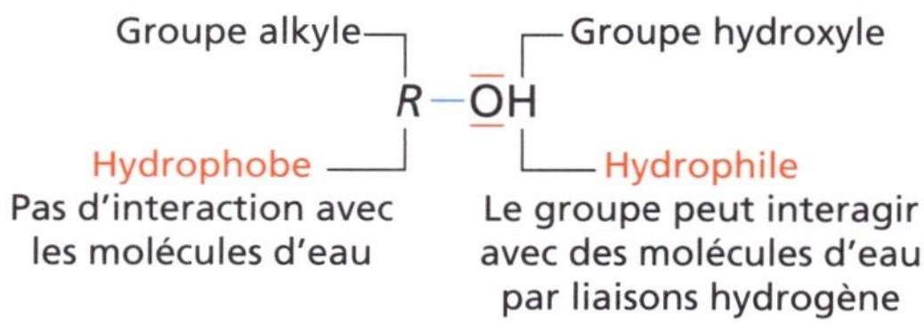

> **Rappel**
> Une molécule est dite organique si elle contient des atomes de carbone liés à des atomes d'hydrogène.

- Les **savons** sont des molécules de forme *R*-COO-Na (ou *R*-COO-K). En solution, il se forme alors un ion Na^+ et un ion carboxylate *R*-COO^-.

La longue chaine carbonée *R* non polaire de l'ion carboxylate est hydrophobe. Elle présente alors une forte affinité avec les corps gras : elle est **lipophile**. Elle peut créer des liaisons de Van der Waals avec le corps gras.
Le groupe COO^- de l'ion carboxylate est **hydrophile** (il est donc hydrophobe). Il peut créer des liaisons hydrogène avec les molécules d'eau.

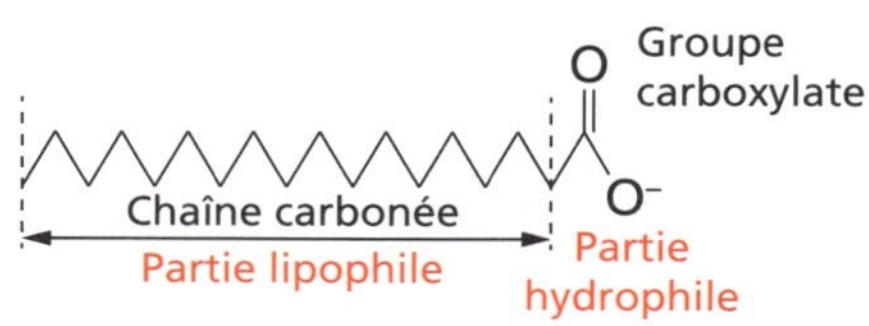

L'ion *R*-COO^- possède donc à la fois une partie lipophile et une partie hydrophile : on dit qu'il est **amphiphile.**

- **Lorsqu'on se lave les mains,** la partie lipophile s'accroche au corps gras. Il se forme alors un aggloméré autour du corps gras (appelé **micelles**). La partie hydrophile s'oriente vers l'eau. Le corps gras se « décolle » de la peau. Les charges électriques des micelles les empêchent de se regrouper. Le caractère amphiphile du savon explique donc ses propriétés lavantes.

Exercices d'entraînement

Exercice 1 ★ 10 min

Corrigé p. 185

1. Expliquer la cohésion d'un cristal ionique en termes d'interactions.
2. Écrire la formule brute du cristal ionique de l'oxyde de sodium

Exercice 2 ★ 10 min

Corrigé p. 186

1. Expliquer la cohésion d'un solide moléculaire en terme interactions.
2. Nommer cette interaction.
3. Comparer cette interaction avec celle présente dans un cristal ionique.

Exercice 3 ★★ 5 min

Corrigé p. 186

Le méthanol a pour formule chimique CH_3OH.

1. Donner le schéma de Lewis de la molécule.
2. Cette molécule est susceptible de faire une liaison hydrogène. Justifier cette affirmation.
3. Représenter, si cela est possible, la liaison hydrogène entre deux molécules de méthanol.

Exercice 4 ★★ 5 min

Corrigé p. 186

1. Nommer les trois étapes de la dissolution d'un cristal ionique dans l'eau.
2. Écrire l'équation de réaction de dissolution du cristal ionique chlorure de fer III : $FeCl_{3(s)}$.
3. Comparer les quantités d'ions formés.

Exercice 5 ★★★ 10 min

Corrigé p. 186

Le chlorure de baryum est un cristal ionique de formule chimique $BaCl_2$ et de masse molaire moléculaire $M = 208{,}3$ g.mol^{-1}. On prépare 12,5 g de ce cristal avec lequel on réalise une solution aqueuse de 200 mL.

1. Écrire l'équation de réaction de dissolution du cristal ionique.
2. Calculer la concentration molaire de la solution en soluté.
3. Calculer la concentration molaire des ions en solution.

Exercice 6 ★★★ 10 min

Corrigé p. 186

Le dioxyde de carbone est très peu soluble dans l'eau. Justifier cette affirmation en analysant les interactions entre ces deux entités.

6 Représentations et identification des composés organiques

1 Représentations des molécules organiques

Les molécules organiques sont les molécules constituées **à partir d'atomes de carbone et d'hydrogène** essentiellement.

A Représentations usuelles

Il existe différentes représentations des molécules.

• **Schéma de Lewis :** cette représentation montre tous les doublets, liants et non liants, d'une molécule. Par exemple :

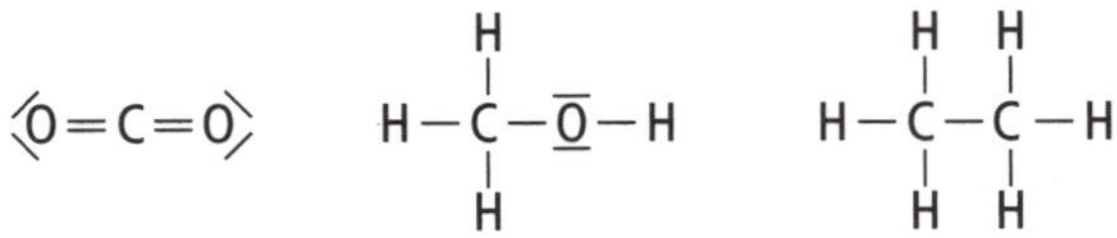

• **Formule développée :** cette représentation ne montre que les doublets liants de la molécule. Par exemple :

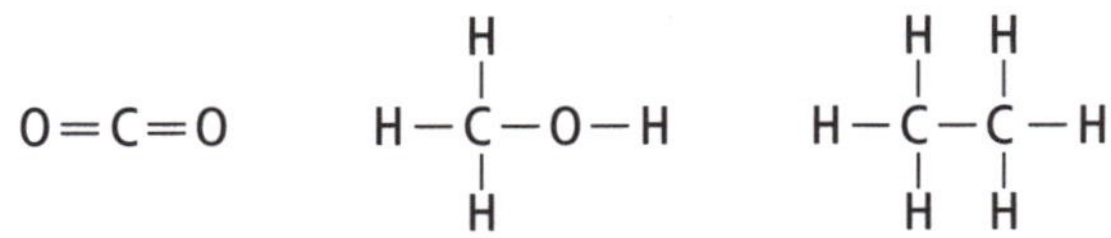

• **Formule semi-développée :** cette représentation montre tous les doublets liants de la molécule, sauf ceux impliquant les atomes d'hydrogène. Par exemple : O=C=O, CH_3–OH, CH_3–CH_3.

• **Formule brute :** cette représentation ne montre aucun doublet, elle indique seulement la nature et le nombre d'atomes présents dans une molécule. Par exemple : CO_2, CH_4O, C_2H_6.

Remarque

Les schémas de Lewis et les formules développées sont identiques pour les molécules sans doublet liant.

Appliquer le cours

Donner les formules développée, semi-développée et brute de la molécule suivante :

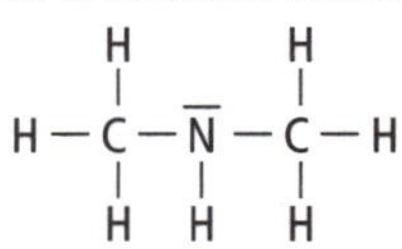

Solution

On passe du schéma de Lewis à la formule développée en enlevant le doublet non liant, obtenant ainsi :

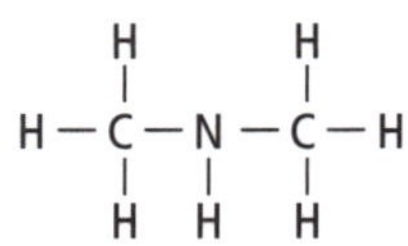

On passe ensuite à la semi-développée en supprimant les doublets liants avec les atomes d'hydrogène, obtenant : CH_3–NH–CH_3.

Finalement, la formule brute est : C_2H_7N.

B Représentation topologique

• Les atomes d'hydrogène ne faisant qu'une liaison, on peut les enlever de la formule développée ou semi-développée, tout en gardant les autres doublets : on obtient alors le **squelette carboné** de la molécule. Par exemple, on passe de CH_3–NH–CH_2–CH_3 à C–N–C–C.

• On passe ensuite du squelette carboné d'une molécule à sa **représentation topologique** en représentant chaque liaison du squelette à l'aide d'un segment, tout en faisant abstraction des atomes de carbone. Ainsi, la représentation topologique du CH_3–NH–CH_2–CH_3 est 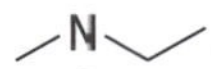. Si aucun symbole n'est indiqué à l'extrémité du segment, c'est qu'il y a un atome de carbone.

Appliquer le cours

1. Donner la formule topologique de la molécule suivante :

CH_3–CH_2–CH_2–CH_2–CH_3

2. Donner la formule semi-développée de la molécule suivante :

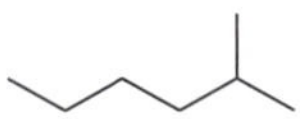

Remarque

On trouve parfois des formules topologiques contenant des atomes d'hydrogène.

Solution

1. On détermine tout d'abord le squelette carboné de la molécule ; on obtient : C–C–C–C–C. Il y a donc 4 liaisons carbone-carbone, soit 4 segments. On a donc : .

2. On place des atomes de carbone à l'extrémité de chacun des segments, obtenant ainsi

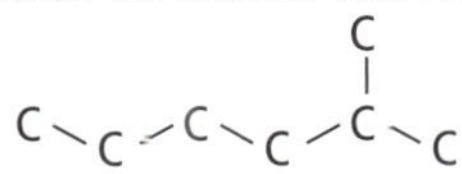

. Puis, on ajoute les atomes d'hydrogène manquants en tenant compte du fait qu'un atome de carbone doit faire 4 liaisons. On obtient alors :

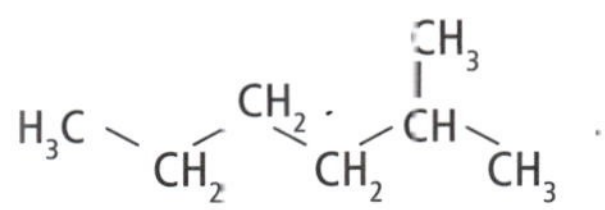

2 Groupes caractéristiques et familles

• Les propriétés des molécules organiques dépendent essentiellement de l'enchaînement des atomes qui la composent. Il est donc important de pouvoir repérer certains de ces enchaînements particuliers, que l'on appelle **groupes caractéristiques** ou **fonctions**, afin de prédire les propriétés des molécules. Ainsi, des molécules différentes possédant un groupe caractéristique identique auront des propriétés chimiques semblables et seront regroupées dans une même **famille.**

Nom du groupe caractéristique	Groupe caractéristique	Famille
Hydroxyle	C – **OH**	**Alcools**
Carbonyle	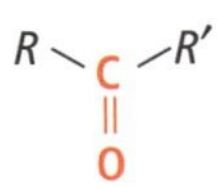	**Aldéhydes** si *R* ou *R'* est un atome d hydrogène, sinon : **Cétones**
Carboxyle	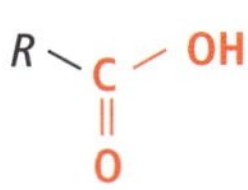	**Acides carboxyliques**

R et *R'* représentent des chaînes carbonées faites uniquement d'atomes de carbone et d'hydrogène.

• **Une molécule ne comportant que des atomes de carbone et d'hydrogène fait partie de la famille des alcanes.**

Appliquer le cours

Pour les molécules suivantes, entourer le groupe caractéristique, nommer-le et indiquer la famille à laquelle appartient chaque molécule :

1. 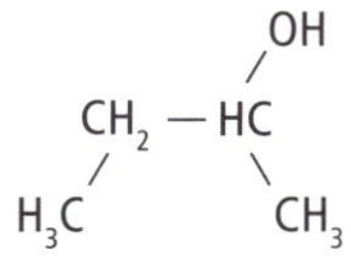

2. 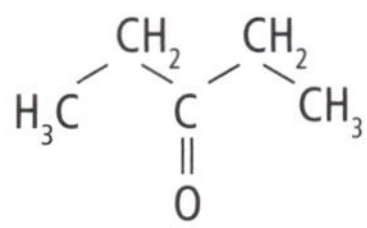

3. 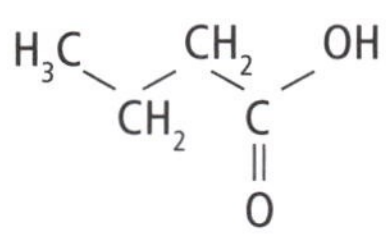

4. 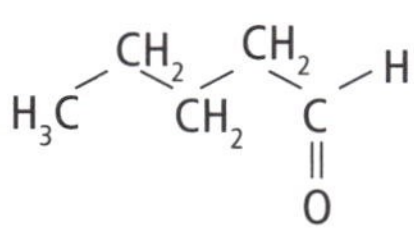

Solution

1. Fonction hydroxyle, famille des alcools :

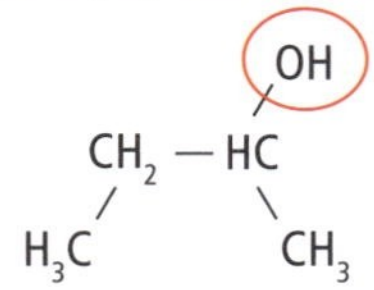

2. Fonction carbonyle, famille des cétones :

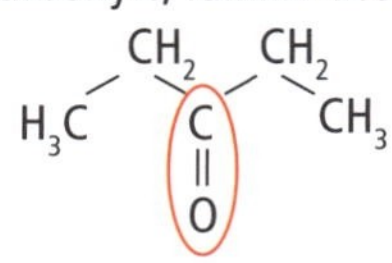

3. Fonction carboxyle, famille des acides carboxyliques :

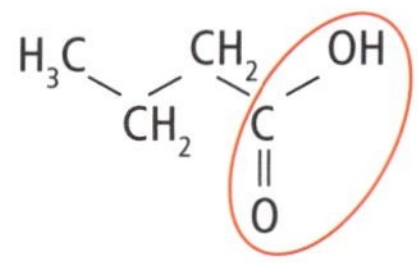

4. Fonction carbonyle, famille des aldéhydes :

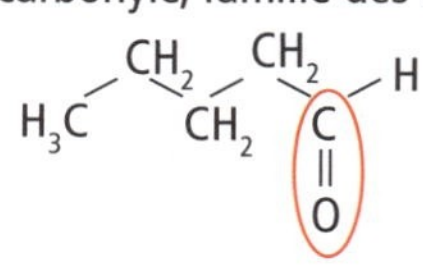

3 Nomenclature des composés organiques

• **La nomenclature** consiste à donner le nom officiel à une molécule. Le nom d'une molécule dérive toujours de celui d'un alcane. La nomenclature des molécules est de la forme : **préfixe – squelette – suffixe,** le suffixe étant déterminé par la famille chimique (ou le groupe caractéristique), le squelette par la chaîne carbonée de l'alcane correspondant et le préfixe par les ramifications de la chaîne carbonée.

Famille	Alcanes	Alcools	Aldéhydes	Cétones	Acides carboxyliques
Suffixe	-ane	-ol	-al	-one	acide -oïque

Nombre d'atomes de carbone	1	2	3	4	5	6	7	8	9	10
Nom de la chaîne	Méth-	Éth-	Prop-	But-	Pent-	Hex-	Hept-	Oct-	Non-	Déc-

• **Pour nommer une molécule,** il faut :

1. identifier le groupe caractéristique et en déduire le suffixe ;

2. repérer la chaîne carbonée la plus longue contenant le groupe caractéristique et en déduire l'alcane du squelette ;

3. numéroter la chaîne carbonée de façon à ce que le carbone porteur de la fonction porte le numéro le plus petit possible ;

4. repérer les chaînes latérales ou ramifications.

Appliquer le cours

Nommer la molécule suivante :

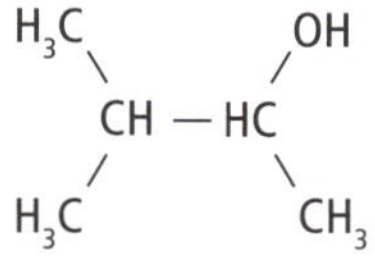

Solution

1. La fonction présente est la fonction hydroxyle, c'est donc un alcool :

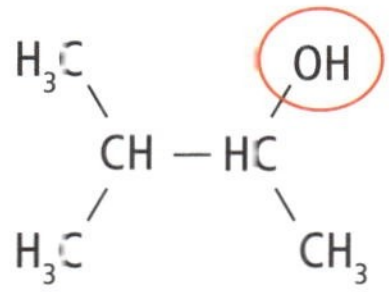

2. La chaîne carbonée la plus longue incluant la fonction est de 4 atomes de carbone, c'est donc un butane

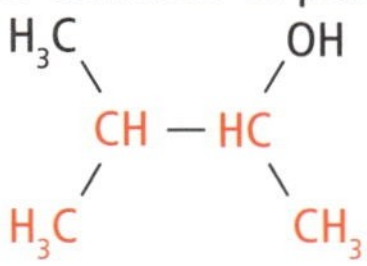

. Pour l'instant, la molécule est donc du butan-ol.

3. En numérotant, on a deux possibilités : soit le carbone porteur de la fonction est en position 2, soit il est en position 3. On choisit le plus petit numéro : 2. C'est donc du butan-2-ol.

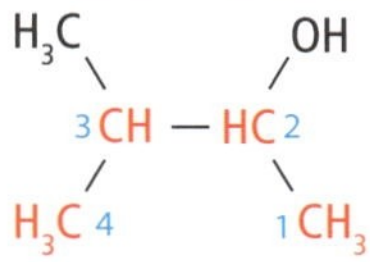

4. Il y a une ramification constituée d'un atome de carbone sur le carbone 3 :

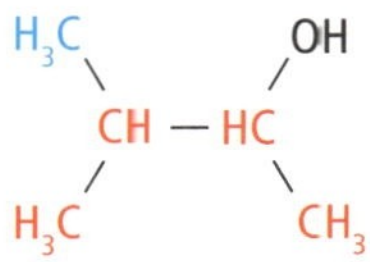

.

C'est un groupement méthyl.

Le nom de cette molécule est donc le 3-méthylbutan-2-ol.

Appliquer le cours

Dessiner la molécule de 3-méthylpentan-2-one.

Solution

3-méthylpentan-2-one

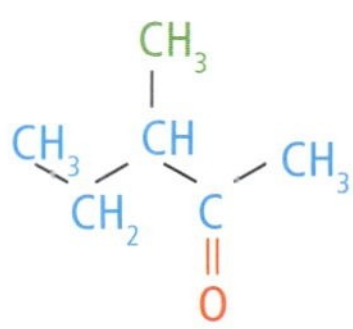

- one : la famille est celle des cétones, il y a une fonction carbonyle sur le carbone 2.
- pentan : la chaîne carbonée contient 5 atomes de carbone.
- méthyl : il y a une ramification avec un atome de carbone, située sur le carbone 3.

4 Spectroscopie infrarouge

La spectroscopie infrarouge (IR) est une technique d'**identification de fonctions chimiques.** Un spectre IR présente des bandes d'absorption caractéristiques des fonctions chimiques.

Fonction	Hydroxyle	Carbonyle	Carboxyle	
Bande (cm^{-1})	vers 3 400	vers 1 720	1 700 - 1 730	2 500 - 3 300

Remarques

- Pour identifier les acides carboxyliques, il est nécessaire d'avoir les deux bandes dans le spectre.
- Il est impossible de différencier les cétones des aldéhydes à l'aide d'un spectre.

Exercices d'entraînement

Exercice 1 ★ 5 min

Corrigé p. 186

Donner les formules développée, semi-développée et brute, ainsi que la représentation topologique de la molécule suivante :

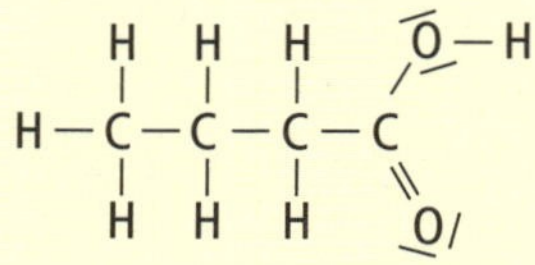

Exercice 2 ★ 5 min

Corrigé p. 186

Pour les molécules suivantes, entourer le groupe caractéristique, nommer-le et indiquer sa famille.

1. 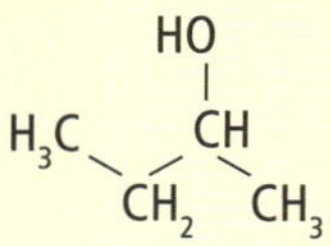

2. 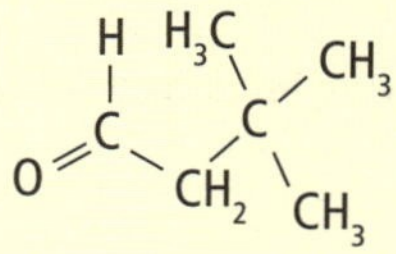

3. 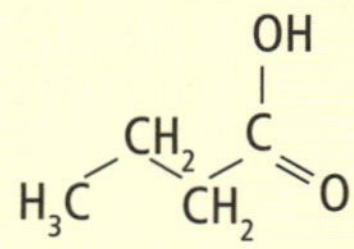

4. 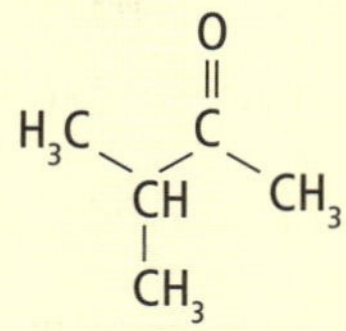

Exercice 3 ★★ 5 min

Corrigé p. 186

Nommer les 4 molécules de l'exercice 2.

Exercice 4 ★★ 5 min

Corrigé p. 187

Donner les représentations semi-développées des molécules suivantes :
1. acide 2-méthylpropanoïque ; **2.** 3-éthylpentan-2-one ; **3.** propan-2-ol.

Exercice 5 ★★★ 5 min

Corrigé p. 187

Associer chacun des spectres ci-dessous à une molécule de l'exercice 4.

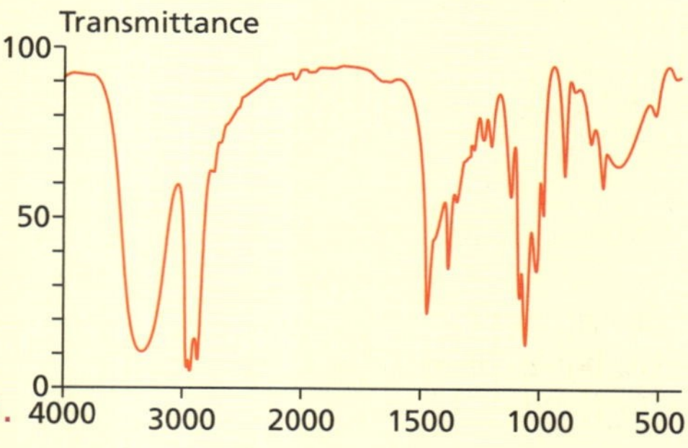

1.

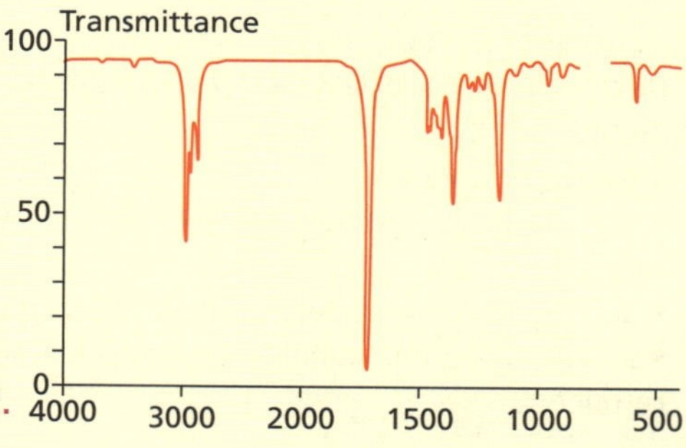

2.

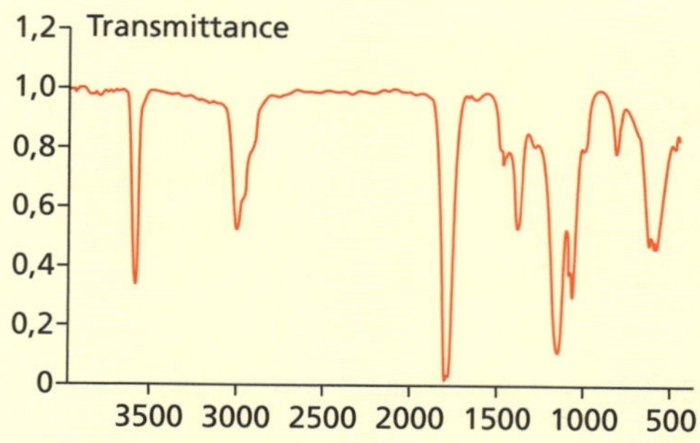

3.

7 Les synthèses d'espèces chimiques organiques

1 Étapes d'un protocole

Un protocole chimique comporte une multitude d'informations qu'il faut savoir analyser. Il peut cependant être découpé en quatre parties.

A Étape 1 : transformation

Dans cette partie, on doit trouver :

- des informations sur **les consignes de sécurité** et les comportements à adopter lors de l'utilisation des réactifs ;
- **la nature et la quantité des réactifs** impliqués. On précisera aussi la nature du **catalyseur** si on en utilise un ;
- **l'équation** associée à la transformation que l'on souhaite étudier. Parfois, cette équation est très succincte et n'indique pas tous les réactifs et produits impliqués dans la transformation ;
- le choix du **montage,** pour savoir comment les réactifs vont être mis en présence, pour connaître la verrerie utilisée, etc. On peut, par exemple, trouver le montage ci-dessous :

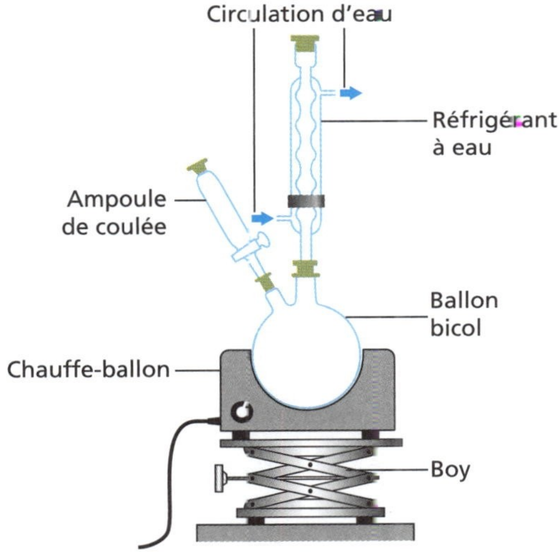

▲ Montage à reflux.

L'**ampoule de coulée** permet d'ajouter l'un des réactifs progressivement (pour limiter les échauffements, par exemple). Le **montage à reflux** permet d'augmenter la température du milieu sans perte par évaporation. La réaction se déroule alors à la température de vaporisation du solvant et les vapeurs de ce dernier se liquéfient dans le réfrigérant. Des grains de pierre ponce régulent l'ébullition ;

- le choix des **paramètres expérimentaux**. L'expérimentateur justifie le choix des paramètres expérimentaux pour des raisons simples : la température (qui permet de jouer sur l'état physique des composés), la durée de réaction (comme compromis entre un temps long, qui permet de consommer totalement des réactifs, et une attente raisonnable), le solvant qui assure la solubilisation des réactifs, etc.

B Étape 2 : isolement

Cette étape consiste à séparer au mieux les produits des réactifs n'ayant pas réagi, des produits secondaires, du catalyseur, du solvant, ... L'isolement conduit au **produit brut**.

Différentes techniques sont utilisées, selon l'état physique des produits à isoler :

- **l'extraction** avec une ampoule à décanter, basée sur la différence de solubilités des espèces chimiques entre deux solvants non miscibles ;
- **le séchage de la phase organique** à l'étuve dans le cas d'un solide ; à l'aide de sulfate de magnésium ou de calcium qui capte les traces d'eau pour un solide ;
- **l'évaporation** du solvant ;
- **la filtration** pour séparer un solide d'un liquide, réalisée sous vide (Büchner) ou pas.

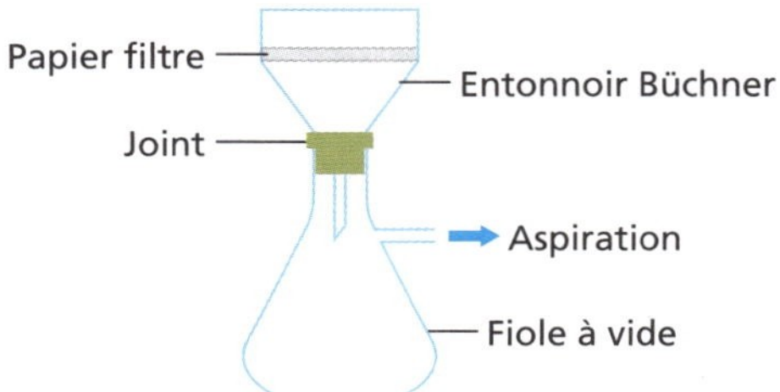

▲ Filtration à vide.

C Étape 3 : purification

L'isolement conduit à l'obtention d'un produit brut mais ne permet pas toujours de retirer la totalité des impuretés. Il faut alors purifier le produit grâce à une technique appropriée :

- **la distillation** sépare les constituants d'un mélange dont les températures d'ébullition sont différentes ;

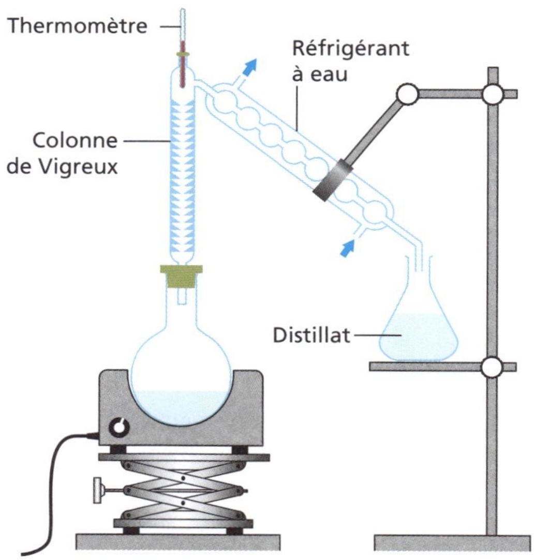

▲ Montage de distillation.

- **la recristallisation** élimine les impuretés présentes dans un solide en jouant sur les différences de solubilités du produit et des impuretés dans un solvant en fonction de la température ;
- **la chromatographie sur colonne.** Si, par exemple, on verse du colorant vert dans une colonne, on arrive à séparer les deux constituants de ce colorant, car ils sont entraînés par

l'éluant à des vitesses différentes.

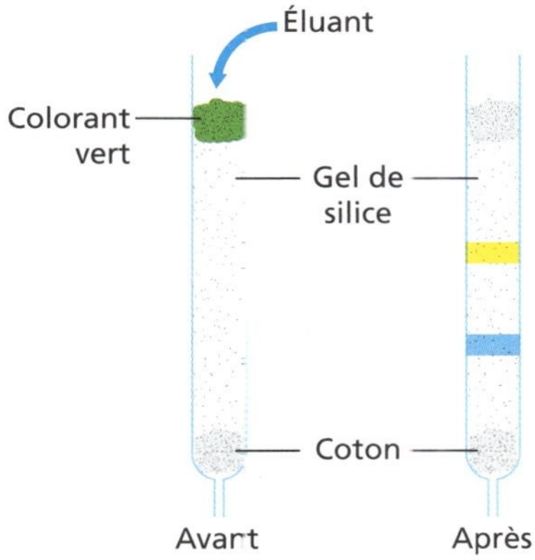

Remarque
La chromatographie est basée sur la différence d'affinités chimiques entre une espèce chimique et un solvant (appelé éluant).

D Étape 4 : analyse

Les étapes d'analyse permettent de caractériser le produit obtenu. On peut:
- faire une **chromatographie sur couche mince** (CCM) ;
- mesurer une **température de changement d'état** (généralement la température de fusion T_F, à l'aide d'un banc Köfler) ;
- réaliser une **spectroscopie IR.**

2 Rendement d'une synthèse

- On appelle **rendement *r*** d'une synthèse le rapport entre la quantité de matière de produit effectivement obtenu, $n_{expé}$, après purification et la quantité de matière maximale qui pourrait se former, n_{max} : $$r = \frac{n_{expé}}{n_{max}}.$$

Remarque
On peut parfois exprimer le rendement en %. Il suffit de multiplier *r* par 100.

- Le rendement peut aussi être calculé en effectuant le rapport des masses obtenue et maximale :

$$r = \frac{m_{expé}}{m_{max}}.$$

Exercices d'entraînement

Exercice 1 ★ 5 min

Corrigé p. 187

Légender les deux schémas ci-dessous :

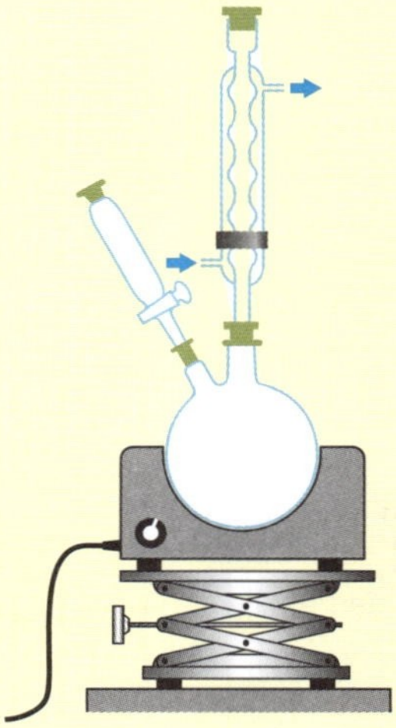

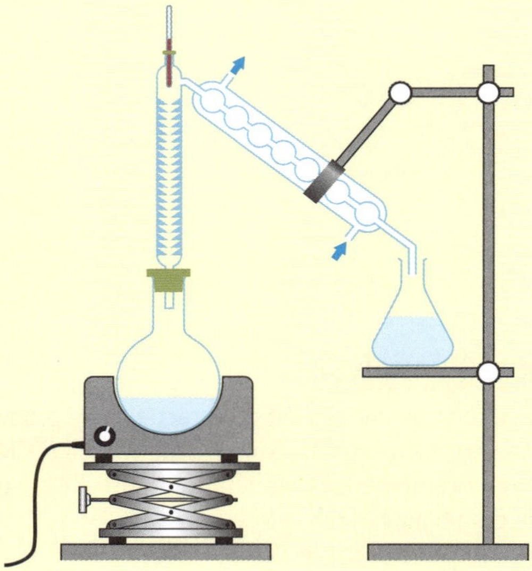

Exercice 2 ★★ 5 min

Corrigé p. 187

À la fin de la synthèse d'une espèce chimique *A*, le produit obtenu contient des impuretés, que l'on se propose d'éliminer par recristallisation.

1. Comment se nomme le produit obtenu à la fin de la synthèse ?
2. En exploitant les données ci-dessous, proposer une méthode de purification.

Espèce chimique	Solubilité à chaud dans mélange éthanol-eau	Solubilité à froid dans le mélange éthanol-eau
A	Soluble	Insoluble
Impuretés	Soluble	Soluble

Exercice 3 ★★ 10 min

Corrigé p. 187

Voici un extrait de protocole de synthèse de l'aspirine :

Équation de la réaction étudiée :

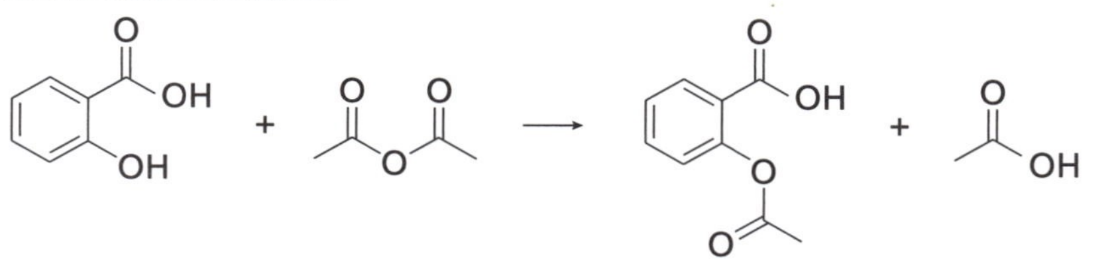

Acide salicylique — Anhydride éthanoïque — Acide acétylsalicylique — Acide acétique

Étape 1 : Synthèse

- Dans un ballon de 100 mL bien sec, introduire 5,0 g d'acide salicylique et 7,0 mL d'anhydride éthanoïque mesurés à la pipette graduée. Ajouter avec précaution 5 gouttes d'acide sulfurique concentré.
- Placer le ballon dans un bain-marie et adapter un réfrigérant à eau. Chauffer pendant 20 minutes à 65 °C.
- Retirer le bain-marie et verser par le haut du réfrigérant 20 mL d'eau froide, en prenant garde aux vapeurs chaudes d'acide.
- Laisser refroidir le montage, puis retirer le réfrigérant.
- Placer le ballon dans un mélange eau-glace. Lorsque le ballon est froid, rajouter petit à petit 70 mL d'eau froide ; l'aspirine cristallise. La cristallisation prend quelques minutes.

Étape 2 : Séparation

- Filtrer les cristaux sur Büchner. Couper l'aspiration, laver avec de l'eau distillée. Rétablir l'aspiration pour retirer l'eau.
- Placer les cristaux à l'étuve à 80 °C pendant 20 minutes, puis mettre de côté un peu de solide afin de réaliser une CCM.

Étape 3 : Purification

- Recristalliser les cristaux obtenus dans 5 mL d'éthanol.
- Peser les cristaux obtenus et calculer le rendement correspondant.

Étape 4 : Caractérisation

- Réaliser une CCM comportant 4 dépôts différents : l'acide salicylique, l'aspirine avant purification, l'aspirine après purification et un échantillon d'aspirine commerciale, avec pour éluant un mélange pentane / acide acétique 80 / 20. Révéler à l'aide d'une lampe UV.

1. Déterminer dans le protocole ci-dessus les étapes de transformation, d'isolement, de purification et d'analyse.

2. Schématiser le chauffage au bain-marie.

3. À l'issue de cette manipulation, la masse d'aspirine obtenue est de 6,1 g. Quel est le rendement de cette synthèse ?

Données : $M_{\text{acide salycilique}} = 138 \text{ g.mol}^{-1}$, $M_{\text{aspirine}} = 180 \text{ g.mol}^{-1}$. L'acide salycilique est le réactif limitant.

8 Réactions de combustion et énergie

1 Combustible

• On appelle **combustible** l'ensemble des matières utilisées par l'Homme pour la création d'énergie. Ces matières sont utilisées sous différentes formes, que ce soit solide comme la houille ou la tourbe, liquide comme les produits pétroliers ou gazeux comme le gaz naturel.

• Dans une transformation chimique de combustion, le combustible a besoin pour brûler d'un **comburant.** Dans la plupart des transformations de combustion, le comburant est le dioxygène.

• Il existe deux types de combustion : les **combustions complètes et incomplètes.** Pour les combustions complètes, les produits sont le dioxyde de carbone et l'eau. Pour les combustions incomplètes, les produits sont le monoxyde de carbone et l'eau.

> **Rappel**
> Le monoxyde de carbone est dangereux, car il est incolore, inodore et toxique.

• Les réactions de combustion sont modélisées par des transformations d'oxydoréduction. Les couples oxydant / réducteur impliqués sont O_2 / H_2O et CO_2 / C_nH_{2n+2} (pour les alcanes, de formule brute C_nH_{2n+2}) ou CO_2 / $C_nH_{2n+1}OH$ (pour les alcools, de formule brute $C_nH_{2n+2}O$).

– **Pour les alcanes,** les demi-équations électroniques associées sont donc :
$O_2 + 4\ H^+ + 4\ e^- = 2\ H_2O$ et $n\ CO_2 + (6n + 2)\ H^+ + (6n + 2)\ e^- = C_nH_{2n+2} + 2n\ H_2O$, conduisant à :

$$2\ C_nH_{2n+2} + (3n+1)\ O_2 \rightarrow 2n\ CO_2 + (2n+2)\ H_2O$$

– **Pour les alcools,** les demi-équations électroniques associées sont donc :
$O_2 + 4\ H^+ + 4e^- = 2\ H_2O$ et $n\ CO_2 + 6n\ H^+ + 6n\ e^- = C_nH_{2n+2}O + (2n-1)\ H_2O$, ce qui conduit à :

$$2\ C_nH_{2n+2}O + 3n\ O_2 \rightarrow 2n\ CO_2 + (2n+2)\ H_2O$$

Appliquer le cours

Établir l'équation de combustion complète du butane.

Données : couples impliqués :
CO_2 / C_4H_{10} et O_2 / H_2O.

Solution

Les demi-équations électroniques sont :
$O_2 + 4\ H^+ + 4\ e^- = 2\ H_2O$ et $4\ CO_2 + 26\ H^+ + 26\ e^- = C_4H_{10} + 8\ H_2O$.
L'équation de la combustion complète du butane est donc :
$2\ C_4H_{10} + 13\ O_2 \rightarrow 8\ CO_2 + 10\ H_2O$.

2 Énergie

A Définitions

• La combustion du gaz naturel libère de l'énergie (chauffage au gaz, gazinière). L'énergie absorbée ou dégagée par une transformation constitue ce qu'on appelle l'**énergie de réaction.**

> **À savoir**
> L'énergie molaire de réaction correspond à l'énergie de réaction d'une mole de réactifs.

• Si la transformation libère de l'énergie (généralement sous forme de chaleur, mais aussi de lumière parfois), on parle de **transformation exothermique,** et si la transformation consomme de l'énergie, on parle de **transformation endothermique.**

• **Le pouvoir calorifique** est la quantité d'énergie fournie par la combustion d'un corps (donc, c'est la conversion d'énergie chimique en chaleur).

• On définira le **pouvoir calorifique massique q'_P** par l'énergie thermique fournie par une certaine masse d'une matière combustible : $q'_P = \frac{E_q}{m}$, où E_q (en joules, J) est l'énergie calorifique dégagée dans une combustion, et m (en kg) est la masse d'un combustible dégageant l'énergie E_q. Le pouvoir calorifique massique s'exprime donc en $J.kg^{-1}$.

B Aspect microscopique

• Lors d'une combustion, d'un point de vue microscopique, de nombreux changement s'opèrent. En particulier, **la structure moléculaire des différents réactifs change,** entraînant la rupture de liaisons et la création de nouvelles.

• L'**énergie d'une réaction chimique** peut être calculée en considérant un état intermédiaire (fictif) de la réaction : il s'agit d'un état dans lequel tous les atomes (ou ions) intervenant dans la réaction seraient séparés les uns des autres. Pour arriver à cet état, il faudrait évidemment apporter une quantité d'énergie énorme au système chimique. L'énergie à apporter est la somme de toutes les **énergies de liaison.**

À savoir
L'énergie de liaison correspond à l'énergie qu'il faut fournir pour rompre une liaison. Elle correspond aussi à l'énergie libérée lors de la création d'une liaison.

Liaison	O – O	O = O	O – H	N – N	N = N	N ≡ N	C – C	C = C	C – O	C = O	C – H
Énergie de liaison ($kJ.mol^{-1}$)	142	502	464	159	418	945	347	615	351	795	414

• Il faudrait ensuite déterminer la quantité d'énergie qui va être libérée en formant de nouvelles liaisons. La différence entre ce que l'on consomme et ce que l'on récupère en énergie correspond à l'**énergie molaire de réaction.**

Appliquer le cours
Calculer l'énergie molaire de réaction de la transformation suivante :

$$CH_4 + 2\ O_2 \rightarrow CO_2 + 2\ H_2O.$$

Solution
• Il faut, dans un premier temps, déterminer les liaisons qui vont se rompre : 4 liaisons C–H et 2 liaisons O=O. On a donc besoin d'une énergie de $4 \times 414 + 2 \times 502 = 2\ 660\ kJ.mol^{-1}$.
• Dans un deuxième temps, on détermine le nombre de liaisons que l'on forme : 2 liaisons C=O et 4 liaisons O–H. On libère donc :
$2 \times 795 + 4 \times 464 = 3\ 446\ kJ.mol^{-1}$.
• Par conséquent, cette transformation libère plus d'énergie qu'elle n'en consomme (elle est exothermique), à savoir $3\ 446 - 2\ 660 = 786\ kJ.mol^{-1}$.

3 Combustions et enjeux de société

• L'Homme utilise différentes sources d'énergie dans sa vie quotidienne (transport, industrie, vie courante…) : les énergies fossiles, l'énergie nucléaire ou les énergies renouvelables, par exemple.

• Les **combustibles fossiles,** issus de la dégradation d'êtres vivants (végétaux et minéraux), produisent de l'énergie dite « fossile ». Le pétrole, le charbon et le gaz naturel sont des combustibles fossiles élaborés en plusieurs millions d'années. Les **énergies fossiles** sont des énergies non renouvelables et présentes en quantités limitées sur Terre. La dégradation (combustion) de ces combustibles produit des **gaz à effet de serre** (dont le plus connu est le dioxyde de carbone). Les combustibles fossiles sont utilisés dans des centrales thermiques, mais aussi dans les moteurs à combustion, les chaudières, etc. pour produire de l'électricité ou de la chaleur.

• Dans une perspective de **développement durable,** les axes d'étude actuels portent sur la méthanisation (ou fermentation anaérobie), sur le développement des carburants agrosourcés, de la biomasse, ainsi que sur les **énergies renouvelables** (le solaire, l'éolien, l'hydraulique, la géothermie et l'aérothermie).

Exercices d'entraînement

Exercice 1 ★ 5 min

Corrigé p. 188

1. Établir les équations de combustion complète de l'éthane (C_2H_6) et du propane (C_3H_8).
2. Établir les équations de combustion complète du méthanol (CH_4O) et du butanol ($C_4H_{10}O$).

Exercice 2 ★ 10 min

Corrigé p. 188

Il est obligatoire d'avoir une ventilation dans les pièces dans lesquelles se trouve une gazinière afin d'éviter une combustion incomplète lors de son utilisation.

1. Le gaz de ville utilisé est le méthane CH_4. Lors de l'utilisation de la gazinière, indiquer quel est le comburant et le combustible.
2. Sachant que les couples impliqués lors d'une combustion incomplète sont CO / CH_4 et O_2 / H_2O, établir l'équation de la transformation de combustion incomplète du méthane.
3. Pourquoi la ventilation est-elle obligatoire ?

Exercice 3 ★★ 5 min

Corrigé p. 188

1. Calculer l'énergie molaire de réaction de combustion complète de l'éthanol dont l'équation est : $C_2H_5OH + 3\ O_2 \rightarrow 2\ CO_2 + 3\ H_2O$.
2. La masse molaire de l'éthanol est de 46 $g.mol^{-1}$. Que vaut le pouvoir calorifique massique q'_p de cette transformation ?

Interaction électrostatique et forces

1 Structure de la matière et charge

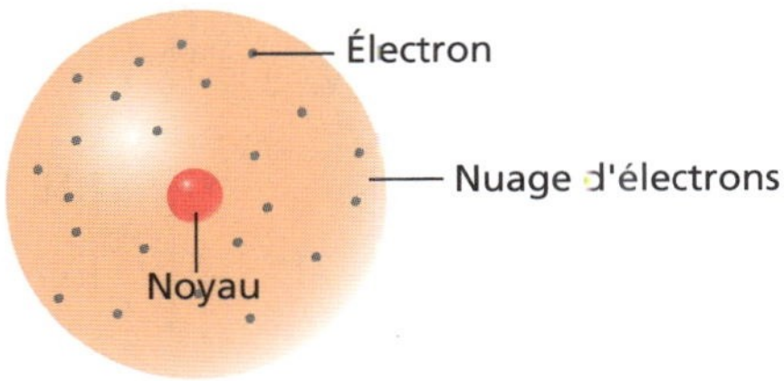

▲ Modèle de l'atome.

- Un atome est composé d'un **noyau** et d'un **nuage d'électrons.**
- Le noyau est constitué de **protons** (chargés positivement) et de **neutrons** (neutres). Ils constituent les **nucléons.** Les électrons (chargé négativement) sont en mouvement autour du noyau.
- Un **atome est électriquement neutre** car il contient autant de charges positives dans son noyau que d'électrons dans son nuage.
- La charge électrique d'un proton est notée +e. La charge électrique d'un électron est notée –e. Cette charge s'exprime en coulomb : **$e = 1{,}6.10^{-19}$ C.**

2 Interaction électrostatique

- Soit deux corps ponctuel *A* et *B*, de charges électriques respectives q_A et q_B. Lorsqu'un corps *A* exerce sur un corps *B* une force $\vec{F}_{A/B}$, alors le corps *B* exerce sur le corps *A* une force $\vec{F}_{B/A}$. Ces deux forces ont même direction mais sont de sens opposés.
- Les deux corps *A* et *B*, chargés électriquement, sont donc en **interaction électrostatique.**
- Cette interaction est **attractive** si les charges sont de signes opposés.

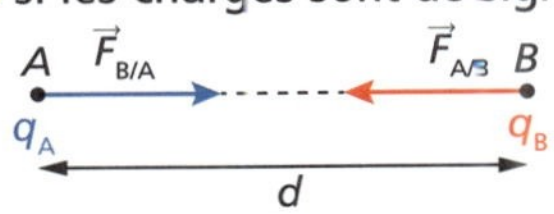

- Cette interaction est **répulsive** si les charges sont de même signe.

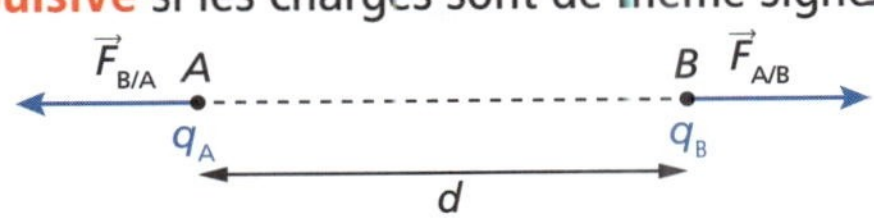

3 Loi de Coulomb

La valeur de la interaction électrostatique, entre deux corps ponctuels *A* et *B* séparés par une distance *d*, s'obtient par la loi de Coulomb :

$$F_{A/B} = F_{B/A} = k \times \frac{|q_A \times q_B|}{d^2}$$

avec k, constante de Coulomb, $k = 9{,}0.10^9\ N.m^2.C^{-2}$;
$F_{A/B}$ et $F_{B/A}$ en newton ; q_A et q_B en coulomb ; *d* en mètre.

Appliquer le cours

Le chlorure de sodium est constitué d'ions sodium Na^+ et d'ions chlorure Cl^-. La distance entre ces deux ions est de $2{,}82.10^{-10}$ m.

Calculer la force électrostatique s'exerçant entre un ion sodium et un ion chlorure. On assimilera les ions à des corps ponctuels.

Solution

L'ion sodium porte une charge électrique +e.

L'on chlorure porte une charge électrique –e.

Les ions peuvent être assimilés à des corps ponctuels.

On applique alors la loi de Coulomb.

$F_{Na^+/Cl^-} = k \times |e \times (-e)| / d^2_{Na\text{-}Cl}$

$F_{Na^+/Cl^-} = 9{,}0.10^9 \times (1{,}6.10^{-19} \times 1{,}6.10^{-19}) / (2{,}82.10^{-10})^2 = 2{,}9.\ 10^{-9}$ N.

4 L'électrisation d'un corps

Le phénomène d'électrisation se produit lorsqu'on fait apparaître sur un corps, de manière temporaire, des charges électriques. Cette électrisation peut se faire par frottement, par contact ou par influence.

A Par frottement

- Lorsqu'on frotte deux corps l'un contre l'autre, l'un arrache des électrons à l'autre. Pour identifier quel corps sera positif et quel corps sera négatif, on utilise l'échelle ci-contre. Celui placé en dessous de l'autre dans l'échelle sera électrisé négativement, l'autre sera donc électrisé positivement.

tend à perdre des électrons ↑	peau humaine sèche
	cuir
	fourure de lapin
	verre
+	cheveux
	nylon
	laine
	fourrure de chat
	soie
	aluminium
	papier
	coton
	acier
	bois
	ambre
	cuivre
	argent
	or
–	polystyrène
	PVC
tend à gagner	silicone
des électrons ↓	téflon

- Par exemple, lorsqu'on frotte une tige de PVC avec de la laine, il se produit un transfert d'électrons de la laine vers la tige. La tige de PVC devient chargée négativement.

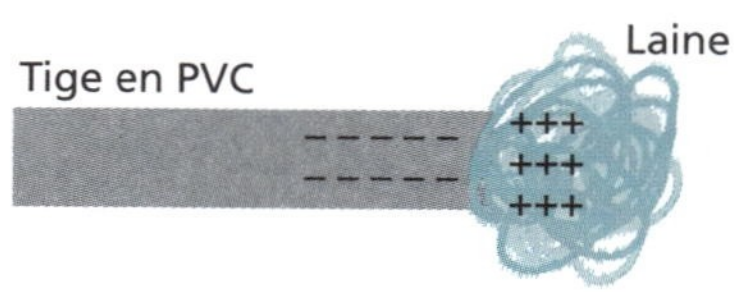

B Par influence

• Lorsqu'on approche (sans faire de contact) un corps chargé d'un corps neutre, alors il se crée une dissymétrie dans la répartition des électrons dans le corps, qui reste cependant neutre.

• Par exemple, lorsqu'on approche une tige en PVC d'un pendule, la zone du pendule la plus éloignée de la tige présente un excès d'électrons. Le pendule est attiré par la tige. Il y a attraction électrostatique.

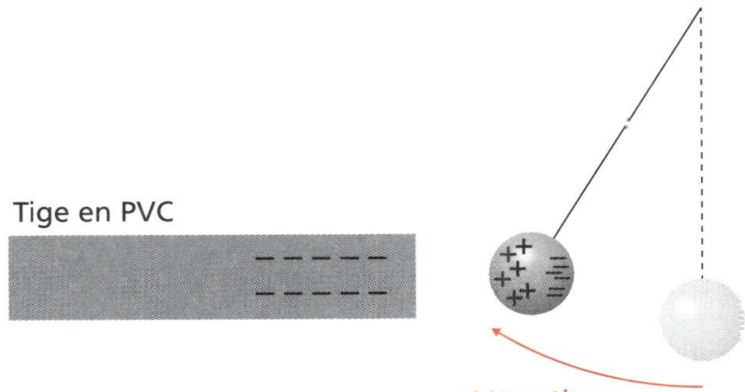

C Par contact

• Lorsqu'on met en contact un corps chargé et un corps neutre, alors il se produit un transfert de certains électrons. Quand un corps négatif est en contact d'un corps neutre, certains électrons passent sur le corps neutre qui devient négatif. Quand un corps positif est en contact d'un corps neutre, certains électrons passent sur le corps positif. Le corps neutre devient alors positif.

• Par exemple, lorsqu'on touche le pendule avec la tige en PVC, il y a transfert de certains électrons de la tige vers la boule. La boule devient donc chargée négativement et il y a alors répulsion électrostatique.

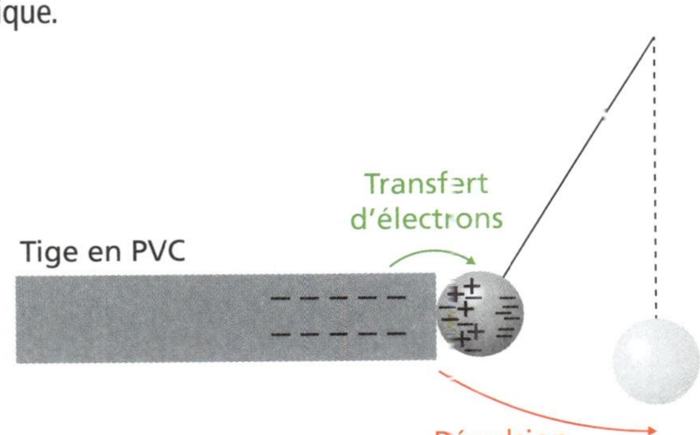

Appliquer le cours

Une tige de verre est frottée avec de la laine.

1. Nommer l'électrisation mise en jeu.

2. Quelle va être la charge de la tige de verre ?

3. Que va-t-on observer si on approche, sans contact, la tige d'une boule en métal électriquement neutre ?

Solution

1. Il s'agit d'une électrisation par frottement.

2. On compare les positions du verre et de la laine dans l'échelle ci-avant. Le verre est au-dessus de la laine. Le verre va donc être chargé positivement.

3. La boule va être électrisée par influence. Elle subira une attraction.

5 Notion de champ

• En science, **un champ est une zone de l'espace qui regroupe des mesures d'une même grandeur physique**.

• Un **champ scalaire** associe à chaque point de l'espace une valeur numérique (par exemple, champ de température). Un **champ vectoriel** associe à chaque point de l'espace un vecteur (par exemple, champ électrostatique).

• Lorsque plusieurs mesures sont identiques, on les regroupe en lignes appelées **lignes de champ**.
Une ligne de champ scalaire est une ligne reliant des valeurs identiques.
Une ligne de champ vectoriel est une ligne tangente en chaque point au vecteur de champ.

A Le champ électrostatique

• Une entité électriquement (par exemple, une particule) chargée crée dans l'espace un champ électrostatique noté $\vec{E}$ tel que :

$$\vec{E} = \frac{\vec{F}}{q}$$ avec E exprimé en $N.C^{-1}$ ou en $V.m^{-1}$ ($1\ N.C^{-1} = 1\ V.m^{-1}$).

• Si la particule est chargée positivement, les lignes de champ partent du corps. Si la particule est chargée négativement, les lignes de champ se dirigent vers le corps.

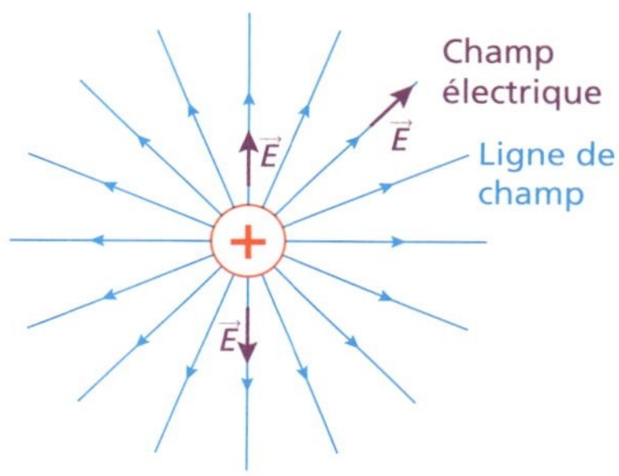

▲ Lignes du champ électrostatique créé par une particule positive et représentation du champ.

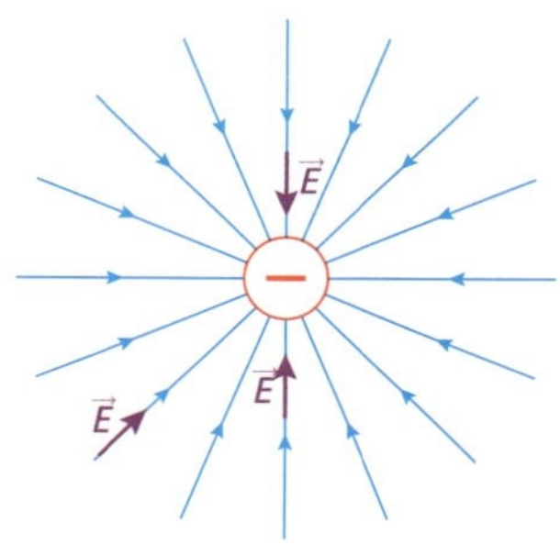

▲ Lignes du champ électrostatique créé par une particule négative et représentation du champ.

• Le champ électrostatique décroit avec la distance entre la charge et la position de la mesure.
Une entité chargée électriquement subit une force électrostatique $\vec{F}$ telle que $\vec{F} = q \times \vec{E}$.

B Le champ de gravitation

• Un objet de masse m crée dans l'espace un champ de gravitation toujours **orienté vers l'objet.** La Terre crée un champ de gravitation $\vec{\mathcal{G}}$:

$$\vec{\mathcal{G}} = \frac{\vec{F}}{m}.$$

• L'objet de masse m subit une force de gravitation $\vec{F}$ telle que :

$$\vec{F} = m \times \vec{\mathcal{G}}.$$

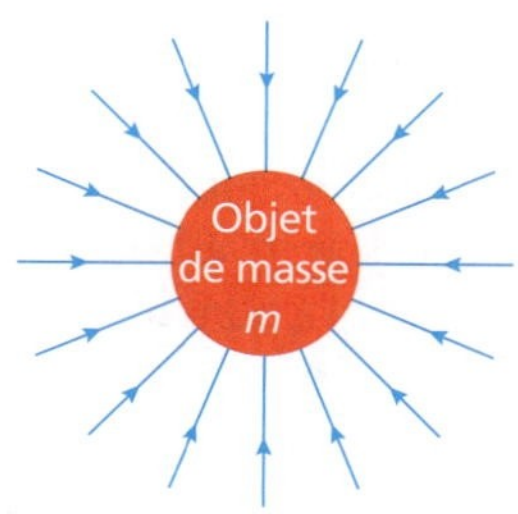

▲ Lignes du champ de gravitation créé par un objet de masse m.

Remarque

La force de gravitation exercée par la Terre sur un objet correspond au poids P de l'objet. Localement, le champ de pesanteur g est donné par la relation $\vec{g} = \frac{\vec{P}}{m}$.

Appliquer le cours

Un proton de charge électrique e est placé dans une zone ou règne un champ électrostatique d'intensité $E = 3.10^2$ N.C^{-1}.

Calculer l'intensité de la force électrostatique qu'il subit.

Solution

Le proton a une charge $q = +e = 1{,}6.10^{-19}$ C.

On applique la relation $F = q \times E$.

$F = 1{,}6\ 10^{-19} \times 3.10^2 = 4{,}8.10^{-17}$ N.

Exercices d'entraînement

Exercice 1 ★ 5 min

Corrigé p. 188

Représenter les forces électrostatiques qui s'exercent sur deux corps *A* et *B*, séparés par une distance *d* et portants des charges électriques $q_A > 0$ et $q_B < 0$.

Exercice 2 ★ 5 min

Corrigé p. 188

1. Exprimer la valeur de la force électrostatique entre deux corps *A* et *B* de charges q_A et q_B, distants d'une distance *d*.
2. Comment varie la valeur de cette force lorsque la distance entre les deux corps diminue ?
3. Comment varie la valeur de cette force lorsque la distance entre les deux corps augmente ?

Exercice 3 ★★ 10 min

Corrigé p. 188

Le chlorure d'aluminium est constitué d'ions aluminium Al^{3+} et d'ions chlorure Cl^-.

1. Écrire l'équation de dissolution de ce solide ionique.
2. Exprimer les charges électriques des ions en fonction de la charge élémentaire e.
3. Calculer la force électrostatique exercée par l'ion aluminium sur l'ion chlorure lorsqu'ils sont séparés par une distance de $1{,}5.10^{-7}$ m.

Exercice 4 ★★ 10 min

Corrigé p. 189

Une tige de polystyrène est frottée sur du nylon.

1. Quelle va être la charge de la tige de polystyrène après frottement ?
2. Représenter cette interaction de contact.
3. Que va-t-on observer si on approche la tige d'une boule métallique électriquement neutre jusqu'à ce que les deux corps soient en contact ?

Exercice 5 ★ 5 min

Corrigé p. 189

Décrire le champ électrostatique créé par un proton et représenter les lignes du champ électrostatique.

Exercice 6 ★ 5 min

Corrigé p. 189

1. Orienter correctement les lignes de champ créé par une particule chargée négativement.
2. Représenter, sans soucis d'échelle, le champ électrostatique aux points *A* et *B*.
3. Comparer l'intensité du champ en *A* et *B*.

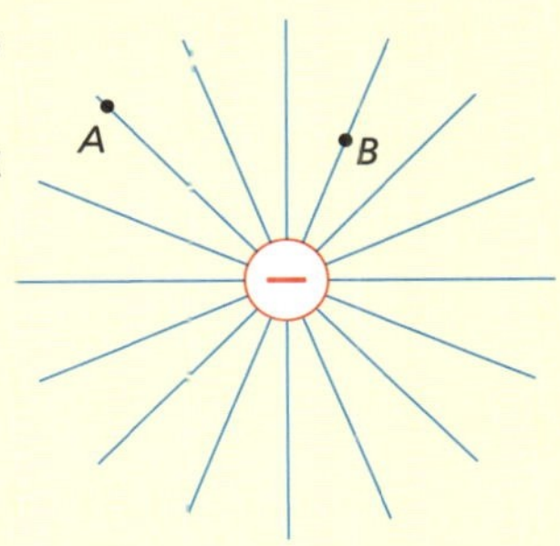

10 Étude des fluides

1 États de la matière

A Les trois états de la matière

À la surface de la Terre, la matière se trouve sous trois états physiques : **solide, liquide** et **gazeux.** Pour les distinguer, on définit deux critères :

- la **distance moyenne entre les molécules.** Si les molécules sont proches les unes des autres on parle d'**état condensé ;**
- le **mouvement des molécules** les unes par rapport aux autres. Si les molécules sont en mouvement les unes par rapport aux autres, on parle d'**état fluide.**

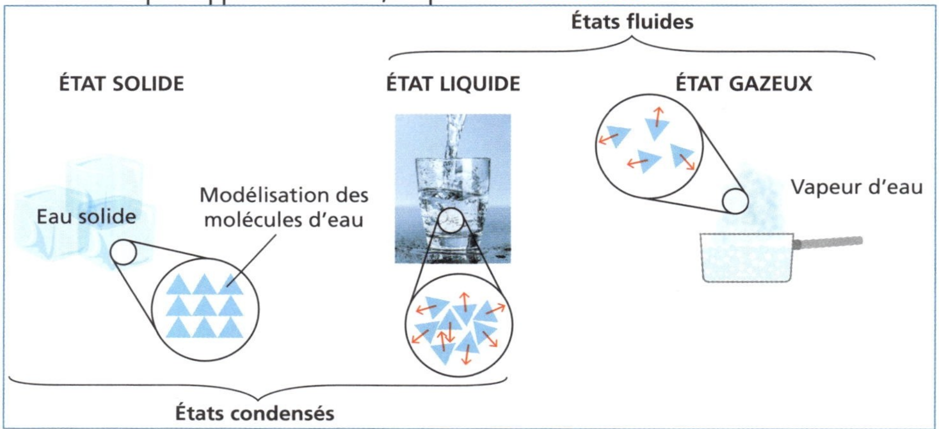

	Description microscopique	Description macroscopique
Solide	Les molécules sont proches les unes des autres et fixes, en moyenne, les unes par rapport aux autres.	L'état solide a un volume et une forme propres. Il est **compact et ordonné.**
Liquide	Les molécules sont proches les unes des autres et sont mobiles les unes par rapport aux autres.	L'état liquide a un volume propre mais pas de forme propre. Il est **compact et désordonné.**
Gaz	Les molécules sont très éloignées les unes des autres et sont mobiles les unes par rapport aux autres.	L'état gazeux n'a ni volume propre ni forme propre. Il est **dispersé et désordonné.**

Appliquer le cours

L'air est un mélange composé de 80 % diazote et de 20 % de dioxygène.

1. Proposer une modélisation microscopique de l'air.

2. Décrire le mouvement des molécules.

Solution

1.

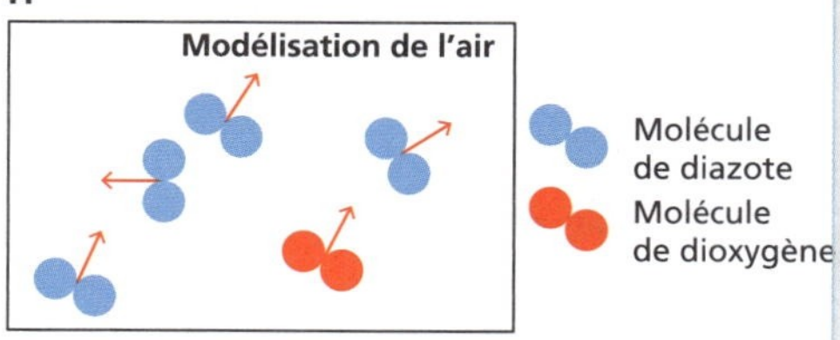

2. Les molécules qui constituent l'air sont mobiles et ne sont pas en contact les unes des autres. Elles sont en mouvement désordonné.

B États fluides

• Un fluide au repos peut être décrit par des grandeurs macroscopiques comme la masse volumique, la température et la pression. À l'échelle microscopique, le comportement des entités chimiques du fluide permet d'expliquer les propriétés des états fluides de la matière.

• **La masse volumique ρ (rhô)** d'un fluide correspond au quotient de la masse *m* de ce fluide par le volume *V* qu'il occupe.

$\rho = \frac{m}{V}$ avec ρ en $g.cm^{-3}$; *m* en g ; *V* en cm^3.

La masse volumique peut aussi s'exprimer en $kg.m^{-3}$.

• Un gaz contient moins d'entités chimiques par unité de volume qu'un liquide. La masse volumique d'un gaz est donc plus faible que la masse volumique d'un liquide.

• La **température *T*** et la **pression *P*** d'un fluide sont liées à l'agitation des molécules de ce fluide.

2 Force pressante d'un fluide

• Dans un fluide au repos, les entités chimiques sont en mouvement. Elles percutent les parois du récipient qui les contient. Il en résulte une **force pressante *F*** perpendiculaire à la paroi, s'exerçant sur la surface *S* du récipient.

• Cette force pressante peut être modélisée par un vecteur $\vec{F}_{pressante}$ dont les caractéristiques sont :

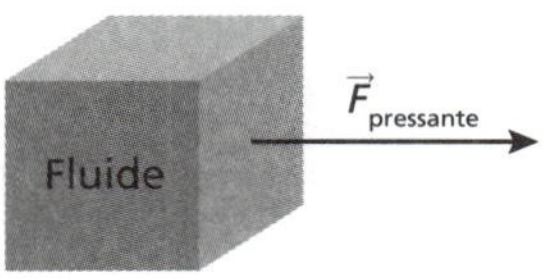

$\vec{F}_{pressante}$
- direction : perpendiculaire à la paroi ;
- sens : vers l'extérieur ;
- point d'application : centre de la paroi ;
- valeur : s'exprime en N.

3 Pression d'un fluide

• La pression d'un fluide correspond au quotient de la force exercée par le fluide par la surface du corps sur lequel s'exerce la force.

$P = \frac{F}{S}$ avec *P* en Pa ; *F* en N ; *S* en m^2.

Cette relation peut aussi s'écrire $F = P \times S$.

• La pression peut s'exprimer en pascal ou en hectopascal : **1 hPa = 10^2 Pa.**
Elle peut aussi s'exprimer en bar : **1 bar = 1.10^5 Pa.**

• La pression de l'air que nous respirons se nomme **pression atmosphérique.**
Au niveau de la mer, sa valeur moyenne est de **$P_{atm} = 1{,}013.10^5$ Pa** soit 1 013 hPa.

Appliquer le cours

Calculer la pression en un point d'un gaz exerçant une force pressante de $2{,}5.10^4$ N sur une surface de 10 cm^2.

Solution

On applique la formule $P = F / S$
avec $F = 2{,}5.10^4$ N et $S = 10\ cm^2 = 10.10^{-4}\ m^2$.
$P = 2{,}5.10^4 / 10.10^{-4} = 2{,}5.10^7$ Pa.

4 Statique des fluides

• À la surface de l'eau, l'air libre a une pression égale à la pression atmosphérique. L'air exerce une pression sur l'eau. Sous l'eau, la pression en un point M est donc égale à la somme de la pression atmosphérique de l'air et de la pression exercée par le poids de la colonne de l'eau sur une surface S.

• Dans un liquide au repos, à la profondeur z, la pression P est donnée par la formule :

$$P = P_{atm} + \rho \times g \times z$$

avec P et P_{atm} en Pa ; ρ, masse volumique de l'eau en kg.m^{-3} ; g, intensité de la pesanteur en N.kg^{-1} ; z en m.

• Sous l'eau, **la pression augmente donc avec la profondeur z.**

Appliquer le cours

Calculer la pression qui s'exerce sur un plongeur à 15,0 mètres de profondeur.

Données : g = 9,81 N.kg^{-1} ; ρ = 1,03.10^{3} kg.m^{-3} ; P_{atm} = 1,013.10^{5} Pa.

Solution

On appliqué la formule $P = P_{atm} + \rho \times g \times z$.

$P = 1{,}013.10^5 + 1{,}03.10^3 \times 9{,}81 \times 15{,}0$

$P = 2{,}53.10^5$ Pa.

• **La loi fondamentale de la statique des fluides.** La différence de pression entre deux points d'un liquide au repos dépend de la différence de profondeur entres ces deux points. Elle est donnée par la formule :

$$\Delta P = \rho \times g \times \Delta z.$$

Appliquer le cours

Lors d'une plongée, un sportif passe d'une profondeur de 3,0 m à 10,0 m.

Calculer la variation de pression entre ces deux positions.

Données : g = 9,81 N.kg^{-1} ; ρ = 1,03.10^{3} kg.m^{-3} ; P_{atm} = 1,013.10^{5} Pa.

Solution

On appliqué la loi fondamentale de la statique des fluides : $\Delta P = \rho \times g \times \Delta z$.

$\Delta P = 1{,}03.10^3 \times 9{,}81 \times (10{,}0 - 3{,}0)$

$\Delta P = 7{,}1.10^4$ Pa.

5 Comportement d'un gaz

• Le volume V d'un gaz ne dépend pas de la nature du gaz mais de la pression P de ce gaz.

• À température constante, le volume V d'une quantité de gaz est inversement proportionnel à sa pression P. On définit alors la **loi de Boyle-Mariotte :**

$$P \times V = \text{constante.}$$

Remarque

Pour une température et une pression données, le volume occupé par une quantité de gaz est indépendant de la nature du gaz.

Appliquer le cours

Une bouteille de plongée de volume 12 litres contient de l'air à la pression P = 120.10^{5} Pa.

En appliquant la loi de Boyle-Mariotte, calculer le volume qu'occuperait l'air dans la bouteille s'il était à la pression atmosphérique.

Solution

On applique la loi de Boyle-Mariotte :

$P \times V$= const, soit $P_1 \times V_1 = P_2 \times V_2$, avec P_1 = 120.10^{5} Pa et V_1 = 12 L.

On cherche le volume V_2 tel que P_2 = 1,013.10^{5} Pa.

$V_2 = P_1 \times V_1 / P_2$

$V_2 = 120.10^5 \times 12 / 1{,}013.10^5 = 1{,}4.10^3$ L.

Exercices d'entraînement

Exercice 1 ★ 5 min

Corrigé p. 189

Le propanol est un corps pur de masse volumique $\rho = 0,81\ g.cm^{-3}$.

1. Donner l'expression de la masse volumique d'un liquide.
2. Calculer la masse de 0,75 L de propanol.

Exercice 2 ★ 5 min

Corrigé p. 189

Du gaz hélium est contenu dans un récipient dont on peut modifier le volume.

1. Décrire le mouvement des atomes d'hélium dans la bouteille.
2. À une température donnée, comment varie la pression si on diminue le volume du récipient ?

Exercice 3 ★ 5 min

Corrigé p. 189

La pression atmosphérique dans une salle de classe, mesurée avec un baromètre, est de 1 020 hPa.

1. Convertir cette valeur en pascal.
2. Calculer la valeur de la force pressante exercée par l'air sur le sol de la salle, sachant qu'elle mesure 10 mètres par 6 mètres.

Exercice 4 ★★ 10 min

Corrigé p. 189

Lors d'une plongée, le capteur de pression d'un plongeur indique $3,5.10^5$ Pa.

1. Rappeler l'expression littérale reliant la variation de pression avec la variation de profondeur.
2. Calculer la profondeur z à laquelle se trouve le plongeur.

Données : $g = 9,81\ N.kg^{-1}$; $\rho = 1,03.10^3\ kg.m^{-3}$; $P_{atm} = 1,013.10^5$ Pa.

Exercice 5 ★ 5 min

Corrigé p. 189

Pour une température de 25 °C et pour une pression de 1 013 hPa, le volume occupé par une mole de dioxygène est de 24 L.

1. Pour la même température et à la même pression, déterminer le volume occupé par 2 moles de dioxygène.
2. Sans calcul, déterminer le volume qu'occuperaient dans les mêmes conditions 2 moles de diazote.

11 Vitesse et force

1 Les vecteurs vitesse et variation de vitesse

A Rappels

• Considérons, dans un référentiel d'étude, un objet en mouvement. À chaque instant, on peut définir sa direction de déplacement et sa vitesse. Au cours d'une course maritime, on peut dire d'un bateau, qu'il se déplace à 40 km/h direction ouest. Pour pouvoir représenter ces deux données (direction et vitesse) sur une carte maritime, on utilisera un vecteur. On définit ainsi le **vecteur vitesse $\vec{v}$**. Un vecteur a toujours quatre caractéristiques : sa direction, son sens, son point d'application et sa valeur (norme) :

$\vec{v}$
- – direction : tangente à la trajectoire ;
- – sens : celui du mouvement ;
- – point d'application : centre d'inertie du mobile ;
- – valeur : en $m.s^{-1}$.

Attention !
Il est obligatoire de définir le référentiel d'étude des systèmes étudiés.

• Si le vecteur vitesse varie entre deux instants voisins t_1 et t_2, on peut définir le **vecteur variation de vitesse**

$$\Delta\vec{v} = \vec{v}(t_2) - \vec{v}(t_1).$$

À savoir
Le vecteur vitesse $\vec{v}$ varie si sa direction et / ou sa norme change.

B Études chronophotographiques

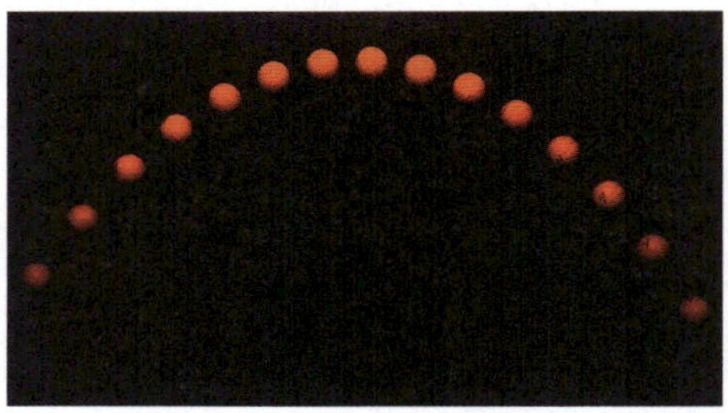

• On peut déterminer le comportement cinématique d'un mobile à l'aide d'une **chronophotographie.** C'est une succession de photos d'un mobile, prises à des intervalles de temps égaux, que l'on superpose afin d'obtenir ses différentes positions au cours de son déplacement. Pour déterminer la vitesse en chacune des positions, il faut supposer que la vitesse de déplacement entre chaque point est constante. Ainsi, la vitesse en un point correspond à la vitesse nécessaire pour parcourir la distance entre les deux points qui l'encadrent. Donc, la vitesse en un point M_i à l'instant t_i est obtenue en calculant $v(t_i) = \dfrac{M_{i-1}M_{i+1}}{\Delta t}$, Δt représentant l'intervalle de temps entre les instants t_{i-1} et t_{i+1}.

Appliquer le cours

Voici la chronophotographie du mouvement d'un objet se déplaçant de gauche à droite. Déterminer la vitesse du mobile lorsqu'il est à la position indiquée par le point rouge, sachant que l'intervalle de temps Δt entre deux points est de 10 ms.

Solution

Pour déterminer la vitesse au point rouge, il faut mesurer la distance entre les deux points qui l'encadrent. Cette distance est de 1,2 cm.

Ainsi, on a $v = \dfrac{MM'}{2\times\Delta t} = \dfrac{0{,}012}{2\times 0{,}01} = 0{,}60\ m.s^{-1}$.

2 Forces et mouvement

Rappel

On appelle **force** ce qui peut mettre en mouvement un objet, modifier sa trajectoire et / ou sa vitesse, ou bien le déformer.

Quels sont les paramètres qui peuvent influer sur la nature d'un mouvement ?

- **Considérons un système soumis à des forces qui ne se compensent pas.** Dans ce cas, leur somme vectorielle a une résultante non nulle $\vec{F}$. On peut alors considérer que le système n'est soumis qu'à cette seule force. Sous l'action de cette force, la nature du mouvement est modifiée : **les forces qui s'appliquent sur le système ont une influence sur la nature du mouvement.**

- Considérons un plongeur sautant d'un plongeoir. Il est soumis à l'interaction gravitationnelle exercée par la Terre. Puisque la Terre exerce une force sur la personne, la personne exerce elle aussi une force sur la Terre, de même intensité, de même direction mais de sens opposé (loi des actions réciproques). Pourquoi cette force est-elle capable de mettre en mouvement une personne mais pas la Terre ? Parce que la masse de la Terre est beaucoup plus importante que celle de la personne !
Plus la masse d'un corps est importante et plus il est difficile de le mettre en mouvement ou de modifier son mouvement.

- Il est beaucoup plus facile de mettre en mouvement une voiture en la poussant longtemps plutôt qu'en la poussant juste un instant. Ainsi, la durée pendant laquelle une force agit sur le système peut influer sur son mouvement.
Plus la durée d'action d'une force sur le système étudié est grande, plus ses effets sont importants sur la modification de la nature du mouvement.

- On peut montrer que le vecteur variation de vitesse est colinéaire au vecteur $\vec{F}$ (vecteur résultant de la somme vectorielle de toutes les forces agissant sur le système), proportionnel à la durée d'action de la force Δt et inversement proportionnel à la masse m du système. Ainsi,

$\Delta\vec{v} = \vec{F} \times \Delta t \times \frac{1}{m}$, ou plutôt :

$$m \times \frac{\Delta\vec{v}}{\Delta t} = \vec{F}.$$

3 Conséquences

A Principe d'inertie

- Considérons un mobile se déplaçant à vitesse constante en ligne droite. Son vecteur vitesse est donc constant à chaque instant. Ainsi, quelles que soient m et Δt, on a obligatoirement $\vec{F} = \vec{0}$. Le mobile n'est donc soumis à aucune force, ou seulement à des forces qui se compensent.

- Supposons un mobile soumis à des forces qui se compensent. Ainsi, $\vec{F} = \vec{0}$, entraînant $\Delta\vec{v} = \vec{0}$. Le vecteur variation de vitesse étant égal au vecteur nul, le vecteur vitesse est donc constant, il garde même direction, même sens et même norme : c'est un mouvement rectiligne uniforme.

Remarque

Le Mouvement Rectiligne Uniforme est souvent appelé MRU.

- On en déduit le **principe d'inertie : tout corps soumis à des forces qui se compensent est soit immobile, soit en mouvement rectiligne uniforme. La réciproque est vraie.**

B Déductions

La relation approchée entre la variation du vecteur vitesse d'un système entre deux instants voisins et la somme des forces appliquées sur celui-ci peut aussi s'écrire $m \times \frac{\vec{v}_2 - \vec{v}_1}{t_2 - t_1} = \vec{F}$. Cela nous permet de faire des estimations :

– une **estimation de la variation de vitesse** entre deux instants voisins, les forces appliquées au système étant connues ;

– une **estimation des forces appliquées au système,** le comportement cinématique étant connu.

Appliquer le cours

Un hélicoptère de masse 800 kg subit au décollage une force de poussée $\vec{F}$, verticale, vers le haut et d'intensité 10 000 N. Quelle sera sa vitesse au bout de 2 s ?

Donnée : $g = 10\ \text{N.kg}^{-1}$.

Solution

On étudie le mouvement de l'hélicoptère dans le référentiel terrestre.

Il est soumis à deux forces, la force de poussée verticale ascendante d'intensité 10 000 N et le poids d'intensité $P = m \times g = 800 \times 10 = 8\ 000$ N. Ces deux forces sont représentées sur le schéma (non à l'échelle).

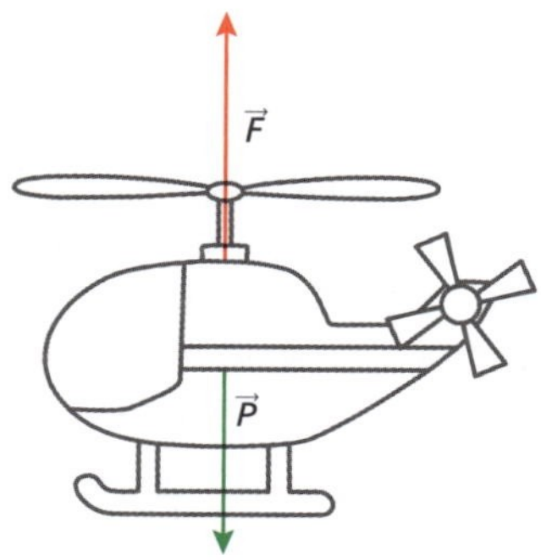

Tout se passe comme si l'hélicoptère n'était soumis qu'à une seule force $\vec{F}'$, verticale ascendante et d'intensité 10 000 – 8 000 = 2 000 N.

Le mouvement est donc vertical ascendant et, en passant aux normes, on obtient $v_2 = \frac{F'}{m}(t_2 - t_1) + v_1$, soit $v_2 = \frac{2\ 000}{800}(2 - 0) + 0 = 5\ \text{m.s}^{-1}$.

Appliquer le cours

Une bille métallique de masse $m = 200$ g est attirée par un aimant. Sachant que sa vitesse augmente de 5 mètres par seconde toutes les secondes, quelle est l'intensité de la force exercée par l'aimant ?

Solution

On étudie le mouvement de la bille dans le référentiel terrestre.

Celle-ci est soumise à trois forces : la force $\vec{F}$ exercée par l'aimant, le poids $\vec{P}$ et la réaction du support $\vec{R}$.

Cependant, ces deux dernières se compensent, et ainsi, la résultante se réduit à la force exercée par l'aimant.

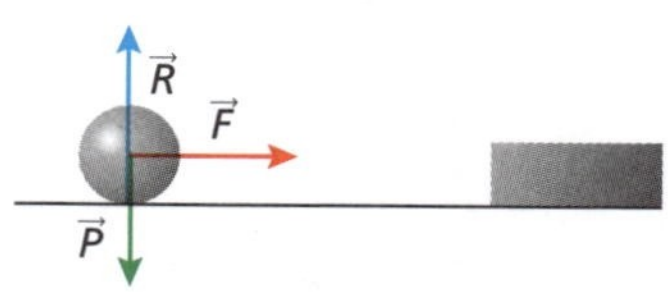

Ainsi, en utilisant la relation $m \times \frac{\vec{v}_2 - \vec{v}_1}{t_2 - t_1} = \vec{F}$, et en passant aux normes car le mouvement est unidirectionnel, on obtient :

$$F = m \times \frac{v_2 - v_1}{t_2 - t_1} = 0{,}2 \times \frac{5}{1} = 1\ \text{N}.$$

Exercices d'entraînement

Exercice 1 ★ 5 min

Corrigé p. 189

Sur un chantier, une grue soulève des caisses en appliquant à chaque fois la même force. Les hauteurs atteintes par deux caisses différentes sont données dans le tableau ci-dessous :

t (s)	1	2	3	4	5	6	7
Hauteur atteinte par la caisse 1 (m)	0,5	2	4,5	8	12,5	18	24,5
Hauteur atteinte par la caisse 2 (m)	0,2	0,8	1,8	3,2	5	7,2	9,8

Quelle est la caisse la plus lourde ?

Exercice 2 ★★ 5 min

Corrigé p. 189

Un objet de masse m = 100 g est lâché sans vitesse initiale d'une hauteur de 10 m sur la Lune (g_{Lune} = 1,6 N.kg^{-1}).

1. Expliquer, sans calcul, pourquoi cet objet va tomber.
2. Compléter le tableau ci-dessous :

Durée de chute (s)	1	2	3
Vitesse de l'objet (m.s^{-1})			

Exercice 3 ★★ 10 min

Corrigé p. 190

Lors d'une épreuve de bobsleigh à deux, le pousseur va mettre en mouvement le bob, de masse m = 400 kg, sur une distance de 25 m avant de franchir la ligne de départ. On mesure la vitesse du bob toutes les secondes lors de cette phase de lancement et on obtient le tableau suivant :

t (s)	0	1	2	3	4	5
Vitesse (m.s^{-1})	0	2,5	4,75	6,75	8,5	10

1. Faire le bilan des forces qui agissent sur le bob. Que peut-on en déduire concernant la somme vectorielle de ces forces ?
2. Calculer la force exercée par le pousseur entre les instants 0 et 1 s, puis entre les instants 4 s et 5 s.
3. Que peut-on en conclure sur cette force ?

Exercice 4 ★★★ 10 min

Corrigé p. 190

Considérons la chronophotographie ci-dessous décrivant le mouvement d'un palet de curling, de masse m = 18 kg s'effectuant de gauche à droite :

L'intervalle de temps entre chaque point est de 10 ms et le premier point est pris comme origine des temps t_0.

1. Repérer les instants t_3 et t_9.
2. Calculer puis représenter $\vec{v}(t_3)$ et $\vec{v}(t_9)$.
3. Tracer sur la même figure $\Delta\vec{v}$, vecteur variation de vitesse entre les instants t_3 et t_9.
4. Calculer alors la valeur de la résultante des forces s'exerçant sur le palet entre ces deux instants.

12 Générateur de tension et d'intensité

1 Porteurs de charge électrique

A Dans un solide conducteur

• Dans un solide conducteur, **le courant électrique est un déplacement d'électrons libres** dans la matière.

Un électron porte une charge électrique $Q = -e = -1{,}6.10^{-19}$ **C.** En circuit fermé, les électrons se déplacent dans un mouvement d'ensemble de la borne négative vers la borne positive du générateur.

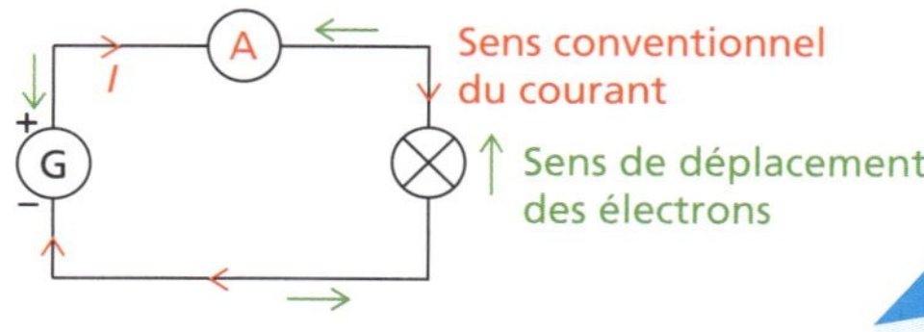

• Dans un solide conducteur, le courant électrique est donc un déplacement de porteurs de charge (électrons).

> **Attention !**
> Le sens de déplacement des électrons est opposé au sens conventionnel du courant.

B Dans une solution conductrice

• Une solution ionique est conductrice d'électricité. Elle contient des **ions positifs (cations)** et des **ions négatifs (anions).** Le passage du courant électrique dans la solution correspond à un **double déplacement d'ions.** Les anions se dirigent vers l'électrode reliée à la borne positive du générateur. Les cations se dirigent vers l'électrode reliée à la borne négative du générateur.

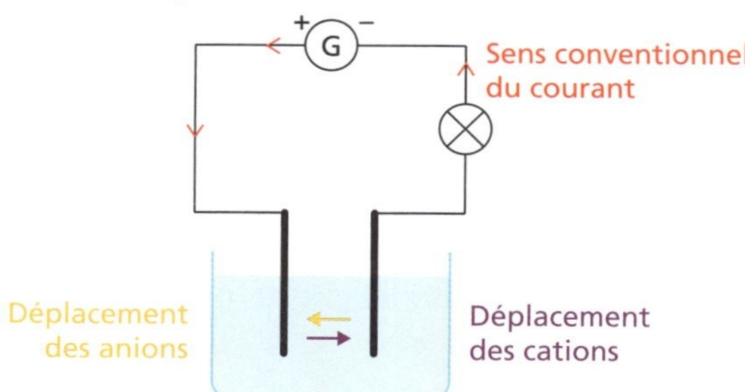

• **Dans un solide conducteur ou un liquide conducteur, un courant électrique est un mouvement d'ensemble de porteurs de charge.**

2 Intensité du courant et débit de charges

• On appelle **quantité d'électricité Q** la charge électrique qui traverse un conducteur pendant une durée t.

Elle s'obtient par la formule :

$Q = n \times e$ avec : Q quantité d'électricité en coulomb (C) ; n nombre d'électrons qui traversent une section S ; $e = 1{,}6.10^{-19}$ C, valeur absolue de la charge d'un électron.

• Le nombre n d'électrons traversant une section S d'un conducteur s'obtient par le quotient de la quantité d'électricité par la charge électrique d'un électron.

Appliquer le cours
Calculer le nombre d'électrons traversant, à un instant t, un conducteur, sachant que la charge électrique correspondante est de 1 coulomb.

Solution
$Q = n \times e$.
Donc $n = Q / e$.
$n = 1 / 1{,}6.10^{-19} = 6{,}25.10^{18}$ électrons.
À cet instant t, $6{,}25.10^{18}$ électrons traversent une section du conducteur.

• **L'intensité électrique I** correspond à la quantité d'électricité qui traverse un conducteur en une seconde.
L'intensité d'un courant continu est donc un **débit de charges électriques**. Elle s'obtient donc par le quotient de la quantité d'électricité Q par la durée t de passage de courant.

$$I = \frac{Q}{t}$$

avec : I intensité électrique en ampère (A) ; Q quantité d'électricité en coulomb (C) ; t durée du passage en seconde (s).
• L'intensité électrique se mesure avec un **ampèremètre branché en série** dans le circuit.

Appliquer le cours
Un conducteur électrique est traversé par une quantité d'électricité de 336 C pendant 30 secondes.
Calculer la valeur de l'intensité du courant.

Solution
$I = Q / t$
$I = 336 / 30 = 11{,}2$ A.
L'intensité du courant qui traverse le conducteur est de 11,2 ampères.

3 Source de tension continue

Un générateur électrique permet de fournir de l'énergie électrique dans un circuit.

A Générateur idéal

Si le générateur maintient entre ses bornes une tension U fixe quelle que soit l'intensité du courant qui circule dans le circuit, on dit que le générateur est **idéal**.

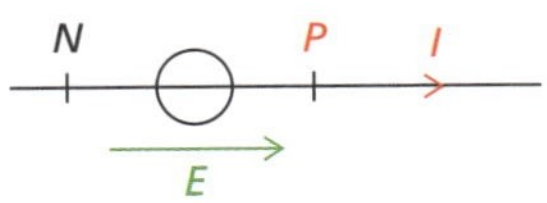

▲ Symbole d'un générateur idéal.

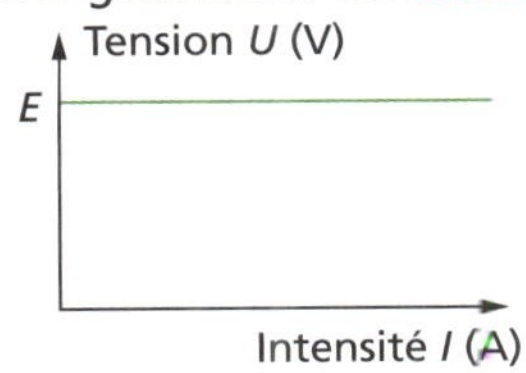

▲ Caractéristique d'un générateur idéal.

B Générateur réel

• Dans la pratique, un générateur réel voit sa tension diminuer lorsque l'intensité du courant qui circule dans le circuit augmente. Cette chute de tension est due à la **résistance interne r** du générateur.

• Lorsque le générateur est à vide (il ne débite pas de courant dans le circuit), la tension mesurée à ses bornes est appelée **force électromotrice (fem), notée E**.

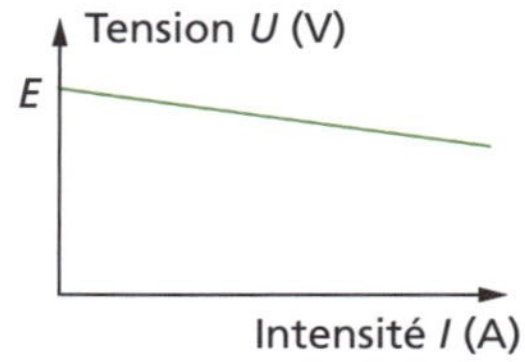

▲ Caractéristique d'un générateur réel linéaire.

• On peut **modéliser un générateur réel** par l'association d'un générateur idéal de force électromotrice E est d'une résistance interne r.

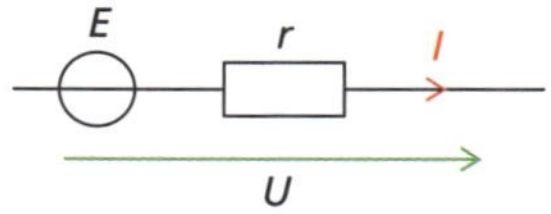

• La tension U aux bornes d'un générateur réel linéaire est donnée par la relation :

$$U = E - r \times I$$

avec : U tension et E force électromotrice en volt (V) ; r en ohm (Ω) ; I intensité en ampère (A).

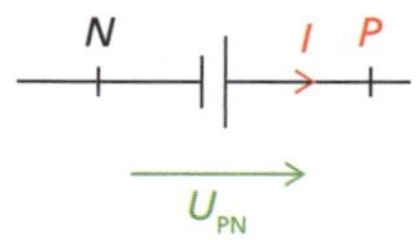

▲ Symbole d'un générateur réel.

• La tension électrique se mesure avec un **voltmètre branché en dérivation** aux bornes du dipôle à étudier.

• **La résistance interne** d'un générateur réel de tension linéaire peut donc s'obtenir par la formule :

$$r = \frac{E - U}{I}.$$

Appliquer le cours

Un générateur de tension réel fournit une tension de 12 volts à vide. Sa résistance interne est de 0,4 Ω.

Un dipôle branché à ses bornes est parcouru un courant d'intensité de 3 ampères.

Calculer la tension aux bornes du dipôle.

Solution

On applique la relation $U = E - r \times I$.

$U_{\text{dipôle}} = 12 - 0{,}4 \times 3 = 10{,}8$ V.

La tension aux bornes du dipôle est de 10,8 volts.

Exercices d'entraînement

Exercice 1 ★ 5 min

Corrigé p. 190

Calculer le débit d'électrons à travers un fil parcouru par un courant d'intensité de 2 A.

Exercice 2 ★ 5 min

Corrigé p. 190

Nommer les générateurs en utilisant les caractéristiques ci-dessous :

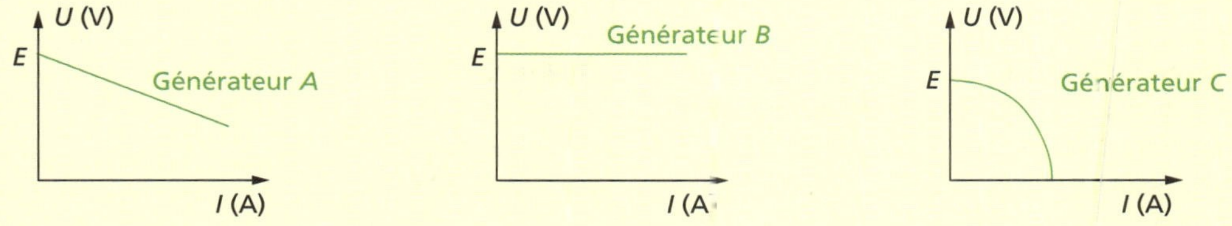

Exercice 3 ★ 5 min

Corrigé p. 190

Un générateur a une force électromotrice $E = 15$ V et une résistance interne $r = 0,4\ \Omega$.

1. Donner l'expression de la tension U en fonction de l'intensité I lorsque ce générateur est inséré dans un circuit.
2. Calculer la tension du générateur lorsqu'il débite un courant de 2 A.

Exercice 4 ★★ 10 min

Corrigé p. 190

Le graphique ci-contre présente l'évolution de la tension aux bornes d'une pile en fonctionnement en fonction de l'intensité du courant qu'elle débite.

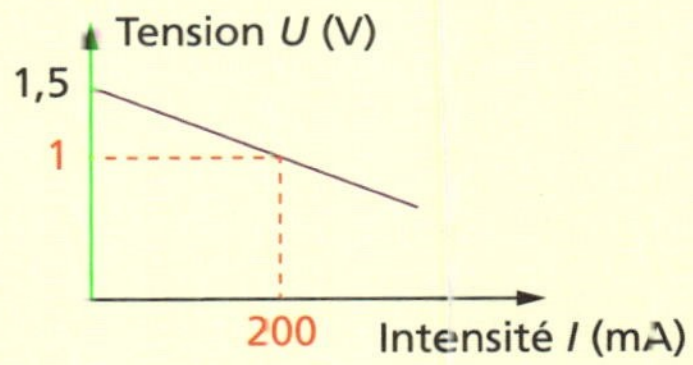

1. Nommer les appareils de mesure nécessaires pour réaliser cette expérience.
2. Quel nom porte ce graphique ?
3. La pile peut-elle être considérée comme un générateur idéal ?
4. Déterminer la fem de la pile.
5. Calculer la résistance interne de la pile.

Exercice 5 ★★ 10 min

Corrigé p. 190

On branche un conducteur ohmique de résistance $R = 33\ \Omega$ aux bornes d'une pile de fem $E = 9$ V et de résistance interne $r = 1,2\ \Omega$.

1. Schématiser le circuit électrique.
2. Nommer les porteurs de charge électrique responsables du passage du courant dans le circuit.
3. Justifier l'égalité $U_{pile} = U_{conducteur\ ohmique}$.
4. Exprimer littéralement U_{pile} et $U_{conducteur\ ohmique}$.
5. Calculer l'intensité du courant dans le circuit.
6. En déduire la tension aux bornes du conducteur ohmique.

13 Puissance et énergie électriques

1 La puissance électrique

• En courant continu, la **puissance *P*** reçue par un appareil électrique est égale au produit de la tension *U* à ses bornes par l'intensité *I* du courant qui le traverse.

$P = U \times I$ avec : *P* puissance en watt (W) ; *U* tension en volt (V) ; *I* intensité en ampère (A).

Appliquer le cours
La puissance maximale admissible d'un conducteur ohmique est de 1 W. Calculer l'intensité maximale que peut supporter ce dipôle sous une tension de 5 V.

Solution
$P = U \times I$.
Ici on cherche $I = P / U$.
$I = 1 / 5 = 0{,}2$ A.

• La puissance peut s'exprimer en utilisant des multiples ou des sous-multiples du watt, par exemple :
1 kilowatt, 1 kW = 10^3 W ; 1 mégawatt, 1 MW = 10^6 W.

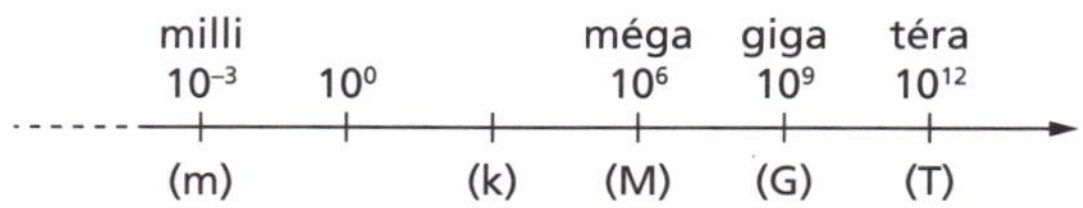

• Ordre de grandeur de puissances :

Montre à quartz	Calculatrice scientifique	Lampe à LED	Ordinateur portable	Fer à repasser	Moteur de TGV	Réacteur nucléaire
10^{-6} W	10^{-3} W	10^1 W	10^2 W	10^3 W	10^6 W	10^9 W

2 L'énergie électrique

• L'**énergie électrique** transférée à un appareil électrique de puissance *P* est égale au produit de sa puissance *P* par la durée de fonctionnement Δt.

$E = P \times \Delta t$ avec : *E* énergie en joule (J) ; *P* puissance en watt (W) ; Δt durée en seconde (s).

• Si la durée est exprimée en heure alors l'énergie s'exprimera en **wattheure (Wh).**
Conversion : 1 Wh = 3 600 J.

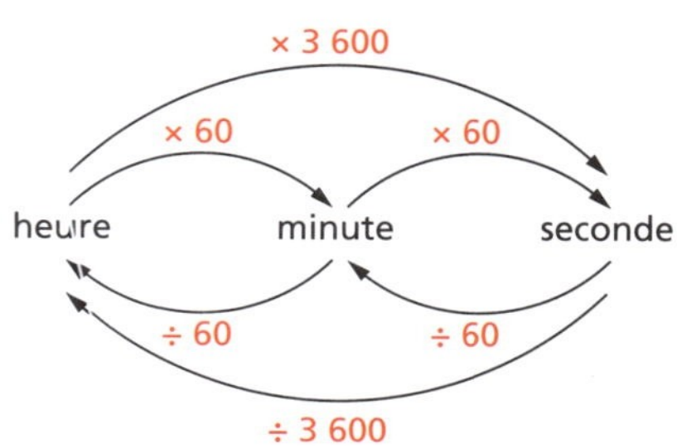

Attention !
Avant de réaliser un calcul d'énergie il faudra veiller à exprimer la durée Δt dans la bonne unité et, si besoin, effectuer une conversion.

Appliquer le cours

Un lave-linge de puissance électrique 2 kW fonctionne pendant 1 h 30.

1. Calculer, en wattheure, l'énergie consommée par cet appareil.

2. Convertir l'énergie consommée en joule.

Solution

1. $E = P \times \Delta t$ avec P en watt et Δt en heure.
$P = 2$ kW $= 2.10^3$ W et $\Delta t = 1$ h 30 min $= 1,5$ h.
$E = 2.10^3 \times 1,5 = 3\,000$ Wh.

2. $E = 3\,000 \times 3\,600 = 10,8.10^6$ J

3 Étude énergétique

• **L'énergie ne se crée pas et ne se perd pas.** Elle se conserve. Elle peut être convertie d'une forme à une autre grâce à un convertisseur. Pour réaliser le bilan énergétique d'un convertisseur, on construit une **chaîne énergétique**. Le convertisseur est représenté par un cercle et les transferts d'énergies par des flèches.

• Une partie de l'énergie reçue par le **convertisseur** est convertie en une énergie exploitable utile. Une autre partie est perdue, dissipée sous forme d'énergie thermique : c'est l'**effet Joule.**

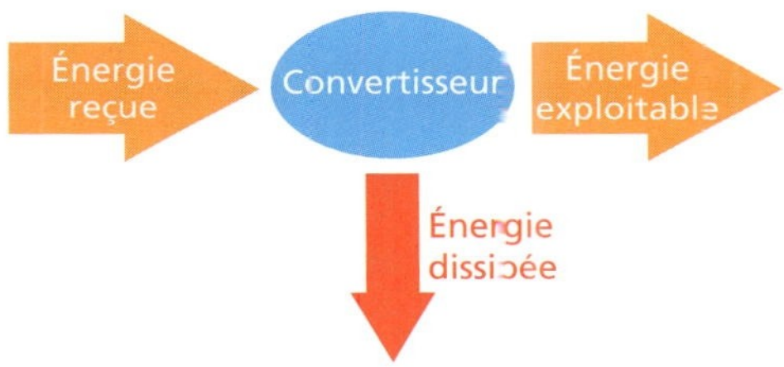

• Le **bilan énergétique** d'un convertisseur permet de traduire la conservation de l'énergie :

$$E_{reçue} = E_{exploitable} + E_{dissipée}.$$

• On peut en déduire le bilan de puissance : $P_{reçue} = P_{exploitable} + P_{dissipée}$.

• Le **rendement d'un convertisseur** est le rapport $\rho = \dfrac{E_{exploitable}}{E_{reçue}}$.

Il est aussi égal à $\rho = \dfrac{P_{exploitable}}{P_{reçue}}$.

• **Pour une pile de caractéristique $U = E - r \times I$** (avec E : fem et r : résistance interne) :

Puissance électrique P

$P = U \times I$
$P = (E - rI) \times I$
$P = EI - rI^2$

Énergie électrique $\mathscr{E}$

$\mathscr{E} = P \times \Delta t$
$\mathscr{E} = (EI - rI^2) \times \Delta t$
$\mathscr{E} = EI \times \Delta t - rI^2\Delta t$

Bilan de puissance

$P = EI - rI^2$
$P_{reçue} = P_{exploitable} + P_{dissipée}$
Soit : $EI = P + rI^2$

Bilan énergétique

$\mathscr{E} = EI\Delta t - r \times I^2\Delta t$
$E_{reçue} = E_{exploitable} + E_{dissipée}$
Soit : $EI\Delta t = \mathscr{E} + rI^2\Delta t$

• **Rendement d'une pile :** $\rho = \dfrac{P_{exploitable}}{P_{reçue}} = \dfrac{P}{EI} = \dfrac{EI - rI^2}{EI} = 1 - \dfrac{rI}{E}$.

Appliquer le cours

Un moteur électrique de voiture reçoit de l'énergie électrique afin de la mettre en mouvement. Lors de cette conversion, le moteur chauffe.

Construire la chaîne énergétique d'un moteur électrique.

Solution

L'énergie reçue est l'énergie électrique.
L'énergie exploitable est l'énergie mécanique.
L'énergie dissipée est l'énergie thermique.

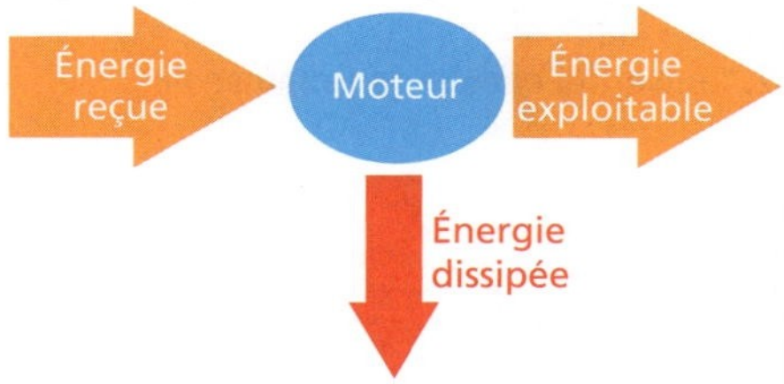

4 Le conducteur ohmique : un dipôle particulier

L'énergie reçue par un conducteur ohmique est transférée vers l'extérieur du circuit sous forme d'énergie thermique. C'est **l'effet Joule**.

Puissance électrique

$$P = U \times I$$
$$P = (RI) \times I$$
$$P = RI^2$$

Énergie électrique

$$\mathscr{E} = P \times \Delta t$$
$$\mathscr{E} = RI^2\Delta t$$

Bilan de puissance

$$P_{\text{reçue}} = P_{\text{dissipée}}$$
$$P = RI^2$$

Bilan énergétique

$$E_{\text{reçue}} = E_{\text{dissipée}}$$
$$\mathscr{E} = RI^2\Delta t$$

Exercices d'entraînement

Exercice 1 ★ 5 min

Corrigé p. 191

Sur le culot d'une lampe à LED figure l'indication 3 W.

1. Que signifie cette indication ?
2. Schématiser la chaîne énergétique de cette lampe.
3. Calculer l'intensité du courant qui traverse cette lampe lorsqu'elle soumise à une tension de 230 V.

Exercice 2 ★ 10 min

Corrigé p. 191

Un four à micro-ondes de puissance 1 400 W fonctionne pendant 5 minutes.

1. Calculer, en joule, puis en wattheure, l'énergie transférée au micro-ondes.
2. Quelle unité d'énergie est la plus adaptée ?

Exercice 3 ★ 5 min

Corrigé p. 191

Un lave-linge est équipé d'un thermoplongeur (résistance chauffante) de résistance 20 Ω. Alimenté sous une tension électrique de 230 V, il permet de faire chauffer l'eau pour des températures comprises entre 30 °C et 90 °C.

1. Le thermoplongeur peut être considéré comme un conducteur ohmique. Calculer la puissance électrique du thermoplongeur.
2. Calculer, en wattheure, l'énergie électrique transférée au thermoplongeur pour une durée de fonctionnement de 10 minutes.

Exercice 4 ★ 10 min

Corrigé p. 191

1. Identifier l'énergie reçue, l'énergie exploitable et l'énergie dissipée sur le bilan énergétique ci-après.

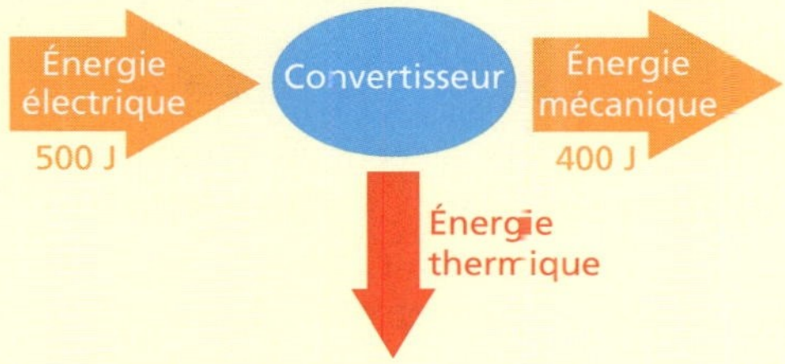

2. Identifier le convertisseur parmi les appareils suivants : lampe de bureau, alternateur de bicyclette, moteur électrique, moteur thermique, réfrigérateur.
3. Énoncer la relation liant ces énergies.
4. En déduire la valeur de l'énergie dissipée lors de cette conversion d'énergie.

Exercice 5 ★ 5 min

Corrigé p. 191

Une hydroturbine permet de produire de l'électricité grâce à la force de l'eau. Elle contient un alternateur qui utilise l'énergie mécanique de la turbine pour produire de l'énergie électrique. Son rendement $\rho = 0{,}80$.

1. Quelles sont l'énergie reçue et l'énergie produites dans un alternateur ?
2. Le rendement est inférieur à 1. Que peut-on en conclure ?
3. Énoncer la relation littérale du rendement.
4. Calculer l'énergie électrique produite lorsque l'alternateur reçoit une énergie mécanique de 1 500 W.

Exercice 6 ★★ 10 min

Corrigé p. 191

La batterie d'une voiture a pour caractéristique ($E = 12{,}0$ V et $r = 8.10^{-2}$ Ω).

1. Rappeler l'expression littérale de la caractéristique de la batterie.
2. Que signifient les symboles E et r ?
3. Exprimer la puissance fournie au circuit en fonction de E, r et I.
4. Calculer la puissance fournie au circuit lorsque l'intensité est de 5,0 A.
5. Calculer le rendement de la batterie.

14 Aspects énergétiques des phénomènes mécaniques

1 Énergie cinétique

A Définition

• **L'énergie cinétique,** notée E_c, est l'énergie que possède un corps du fait de son mouvement par rapport à un référentiel donné. Sa valeur dépend donc du choix de ce référentiel. Elle s'exprime en **joules (J).**

• L'énergie cinétique E_c d'un point matériel de masse m (en kg) se déplaçant à une vitesse v (en m.s^{-1}) dans un référentiel donné s'exprime par : $E_c = \frac{1}{2} m \times v^2$.

B Travail d'une force

• Le travail d'une force est la grandeur algébrique introduite pour évaluer **l'effet d'une force sur l'énergie d'un système en mouvement.** Sous l'effet d'une force, le système va se déplacer, entraînant le déplacement de son point d'application. Ainsi, on dira d'une force qu'elle « travaille » si son point d'application se déplace.

Rappel
Une force est constante si elle garde même direction, même sens et même intensité lors du déplacement de son point d'application.

• Considérons une force constante $\vec{F}$ dont le point d'application se déplace d'un point A à un point B. On notera $W_{AB}(\vec{F})$ le travail de cette force sur le déplacement de A à B. Par définition, on a $W_{AB}(\vec{F}) = \vec{F}.\overrightarrow{AB}$.

Remarque
L'unité du travail d'une force est le joule, de symbole J.

Ainsi, $W_{AB}(\vec{F}) = \vec{F}.\overrightarrow{AB} = ||\vec{F}|| \times ||\overrightarrow{AB}|| \times \cos(\vec{F}.\overrightarrow{AB})$, soit :

$W_{AB}(\vec{F}) = F \times AB \times \cos(\alpha)$ avec α angle entre les vecteurs $\vec{F}$ et $\overrightarrow{AB}$.

• Le travail est une **grandeur algébrique :**
– si $0° < \alpha < 90°$ alors $W_{AB}(\vec{F}) > 0$. Le travail est dit **moteur,** la force favorise le mouvement ;
– si $\alpha = 90°$ alors $W_{AB}(\vec{F}) = 0$. Le travail est nul, la force n'a aucun effet sur le mouvement ;
– si $\alpha > 90°$ alors $W_{AB}(\vec{F}) < 0$. Le travail est dit **résistant,** la force s'oppose au mouvement.

Appliquer le cours
Une personne pousse un caddie dans un supermarché. Calculer le travail effectué par la force de poussée, de norme 100 N et faisant un angle $\alpha = 40°$ avec l'horizontale, exercée par cette personne sur le caddie, lorsqu'elle parcourt le rayon des produits surgelés d'une longueur de 25 m.

Solution

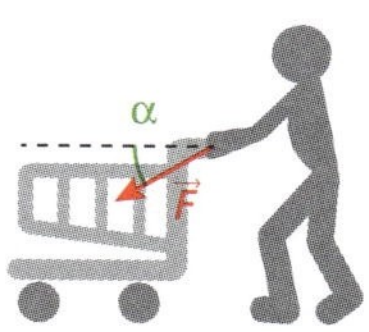

Le travail de cette force de poussée est $W_{AB}(\vec{F}) = \vec{F}.\overrightarrow{AB} = F \times AB \times \cos(\alpha)$.
Ainsi $W_{AB}(\vec{F}) = 100 \times 25 \times \cos(40°) = 1\,915$ J.

C Théorème de l'énergie cinétique

• Ce théorème permet de lier l'énergie cinétique d'un système au travail des forces auxquelles celui-ci est soumis :

Dans un référentiel galiléen, pour un corps de masse *m* constante parcourant un chemin entre un point *A* et un point *B*, la variation d'énergie cinétique est égale à la somme des travaux des forces qui s'exercent sur le corps considéré :

$$\Delta E_c = E_c(B) - E_c(A) = \sum W_{AB}(\vec{F}).$$

• Si une seule force s'applique sur le système, alors on pourra écrire le théorème de l'énergie cinétique : $\frac{1}{2}m \times v_B^2 - \frac{1}{2}m \times v_A^2 = \vec{F}.\overrightarrow{AB} = F \times AB \times \cos(\alpha)$.

Appliquer le cours

Une personne pousse une voiture de masse $m = 600$ kg sur une route horizontale sur 30 m. La force exercée est horizontale et d'intensité 500 N.

1. Calculer le travail de la force de poussée.

2. Quelle est la vitesse au bout de ces 30 m, sachant que la voiture était immobile au départ ?

Solution

1. Le travail de la force de poussée est $W_{AB}(\vec{F}) = \vec{F}.\overrightarrow{AB} = F \times AB \times \cos(\alpha)$.

Donc $W_{AB}(\vec{F}) = 500 \times 30 \times \cos(0°) = 15.10^3$ J.

2. D'après le théorème de l'énergie cinétique, on a : $\frac{1}{2}m \times v_B^2 - \frac{1}{2}m \times v_A^2 = \frac{1}{2}m \times v_B^2 = W_{AB}(\vec{F})$, car v_A est nulle. Par conséquent, $v_B = \sqrt{\frac{2}{m}W_{AB}(\vec{F})}$.

Ainsi $v_B = \sqrt{\frac{2}{600}15\ 10^3} = 7{,}1$ m.s^{-1}.

2 Énergies potentielles

A Forces conservatives et non conservatives

• Une force est dite **conservative** lorsque le travail produit par cette force est indépendant du chemin suivi par son point d'application. Dans le cas contraire, la force est dite **non conservative.** Par exemple, le poids est une force conservative, alors que les forces de frottements ne sont pas conservatives.

• Travail du poids

Considérons un objet de masse *m* se déplaçant d'un point *A* d'altitude z_A à un point *B* d'altitude z_B.

Le poids étant une force constante, $W_{AB}(\vec{P}) = \vec{P}.\overrightarrow{AB} = P \times AB \times \cos(\alpha)$. Dans le triangle rectangle ABC, $\cos(\alpha) = \frac{AC}{AB}$.

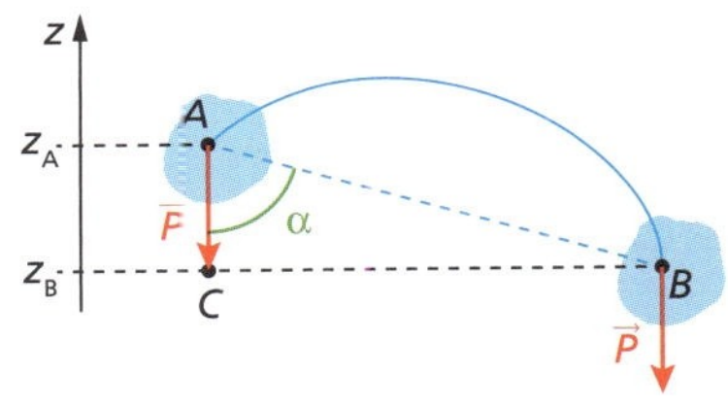

Ainsi, $W_{AB}(\vec{P}) = P \times AB \times \frac{AC}{AB} = P \times AC$. Par conséquent, $W_{AB}(\vec{P}) = mg(z_A - z_B)$.

• Travail d'une force de frottement

Considérons un objet de masse *m* se déplaçant d'un point *A* à un point *B* et soumis à une force de frottement $\vec{f_f}$. Cette force de frottement est opposée au vecteur déplacement. Ainsi, $W_{AB}(\vec{f_f}) = \vec{f_f}.\overrightarrow{AB} = f_f \times AB \times \cos(180°) = -f_f \times AB$.

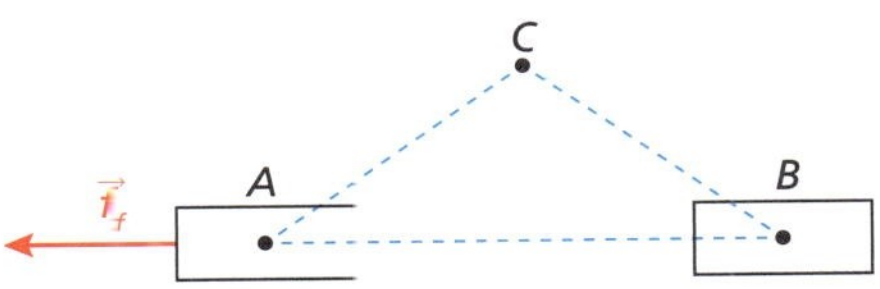

Considérons maintenant le déplacement du même objet de *A* à *B*, mais passant par le point *C*. En décomposant le

Remarque

Le travail d'une force de frottement est toujours résistant.

déplacement suivant les deux segments AC et BC, il vient : $W_{AB}(\vec{f}_f) = W_{AC}(\vec{f}_f) + W_{CB}(\vec{f}_f)$. Ainsi, $W_{AB}(\vec{f}_f) = -f_f \times AC + -f_f \times CB = -f_f \times (AC + CB)$. Le travail dépend donc du chemin suivi.

B Énergie potentielle de pesanteur

• **À chaque force conservative est associée une énergie potentielle E_p.** Le travail exercé par la force est égal à l'opposé de la variation de l'énergie potentielle :

$$W_{AB}(\vec{F}) = -\Delta E_p = -(E_p(B) - E_p(A)) = E_p(A) - E_p(B).$$

• Dans un champ de pesanteur constant, le poids est une force conservative, il dérive donc d'une énergie potentielle, **énergie potentielle de pesanteur E_{pp}.** On a donc $W_{AB}(\vec{P}) = m \times g \times (z_A - z_B) = m \times g \times z_A - m \times g \times z_B = E_{pp}(A) - E_{pp}(B)$. L'expression de l'énergie potentielle de pesanteur est donc : $E_{pp}(z) = m \times g \times z$.

Appliquer le cours

Quelle est l'énergie potentielle de pesanteur d'un objet de masse m = 80 kg à une hauteur de 10 m ?

Donnée : g = 9,81 N.kg^{-1}.

Solution

On a $E_{pp} = m \times g \times z$.

Donc, $E_{pp} = 80 \times 9{,}81 \times 10 = 7{,}8.10^3$ J.

3 Énergie mécanique

• Lorsque le système est soumis à des forces conservatives, alors $W_{AB}(\vec{F}) = -\Delta E_p = E_p(A) - E_p(B)$. De plus, d'après le théorème de l'énergie cinétique, $E_c(B) - E_c(A) = W_{AB}(\vec{F})$. En égalant les deux expressions, on obtient : $E_c(B) - E_c(A) = E_p(A) - E_p(B)$, soit : $E_c(A) + E_p(A) = E_c(B) + E_p(B)$. On définit alors une nouvelle grandeur, l'**énergie mécanique E_M, qui correspond à la somme de l'énergie cinétique et de toutes les énergies potentielles du système :**

$$E_M = E_c + E_p.$$

• Si le système est soumis à des forces conservatives, alors $\boldsymbol{E_M(A) = E_M(B)}$. **L'énergie mécanique du système est donc constante.**

• Si le système est soumis à des forces non conservatives, alors l'énergie mécanique de système n'est pas constante, et la variation d'énergie mécanique correspond au travail des forces non conservatives.

Appliquer le cours

On lance d'une hauteur h = 1,5 m vers le haut une balle de tennis de masse m = 57 g avec une vitesse initiale de 5 m.s^{-1}. En considérant que la balle ne subit aucun frottement, à quelle hauteur va-t-elle monter ?

Donnée : g = 9,81 N.kg^{-1}.

Solution

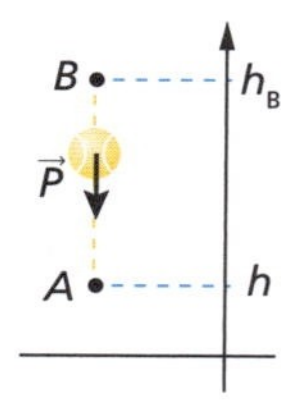

La balle de tennis n'est soumise qu'à son poids, son énergie mécanique se conserve. Ainsi, $E_M(A) = E_M(B)$, soit $E_c(A) + E_p(A) = E_c(B) + E_p(B)$.

Ainsi,

$$\frac{1}{2} m \times v_A{}^2 + m \times g \times h = \frac{1}{2} m \times v_B{}^2 + m \times g \times h_B$$

$= m \times g \times h_B$, car v_B est nulle.

$$h_B = \frac{v_A{}^2}{2g} + h.$$

On a donc : $h_B = \dfrac{5^2}{2 \times 9{,}8} + 1{,}5 = 2{,}8$ m.

Exercices d'entraînement

Exercice 1 ★ 5 min
Corrigé p. 191

Un enfant tire sa luge sur un sol horizontal en ligne droite sur une distance de 100 m. La force $\vec{F}$ exercée par l'enfant fait un angle de 40° avec l'horizontale et vaut 50 N. Que vaut le travail de cette force sur cette distance ?

Exercice 2 ★ 5 min
Corrigé p. 191

Un objet se déplaçant en ligne droite est soumis à une force de frottement d'intensité 20 N. Que vaut le travail de cette force sur une distance de 20 m ?

Exercice 3 ★★ 10 min
Corrigé p. 192

Un objet, de masse $m = 100$ g et situé à une hauteur de 10 m, est lâché sans vitesse initiale. On considère que le système n'est soumis à aucune force de frottement.

1. Quelle est l'énergie potentielle de pesanteur de cet objet à cette altitude ? En déduire son énergie mécanique.
2. Que vaut l'énergie mécanique du système lorsqu'il touche le sol ? En déduire son énergie cinétique.
3. À quelle vitesse l'objet touche-t-il le sol ?

Exercice 4 ★★ 10 min
Corrigé p. 192

Dans une casse automobile, les voitures sont déplacées à l'aide de grues. Ces grues, exerçant une force de 20 kN, peuvent soulever une voiture de 1 500 kg à 3 mètres du sol.

1. Calculer le travail du poids de la voiture, assimilée à un point matériel, lorsque cette dernière est soulevée à 3 mètres d'altitude.
2. Calculer le travail de la force $\vec{F}$ exercée par la grue à cette altitude.
3. En déduire la vitesse de la voiture à 3 mètres d'altitude, en supposant qu'elle était nulle au sol.

Exercice 5 ★★★ 10 min
Corrigé p. 192

Lors d'un saut à ski, un skieur de masse $m = 70$ kg s'élance sans vitesse initiale du haut d'un tremplin de 50 m de haut. Ayant acquis une vitesse v_f au bas du tremplin, le skieur se retrouve dans l'air en chute libre : la longueur de son saut sera d'autant plus importante que v_f sera grande.

1. Quelles forces s'appliquent sur le skieur lorsqu'il glisse sur le tremplin ? Calculer le travail de celles-ci sur la longueur du tremplin.
2. Déterminer la vitesse v_f du skieur en bas du tremplin.
3. En fait, la vitesse du skieur en bas de la piste est plus faible que celle calculée précédemment et vaut $v_f = 90$ km.h^{-1}. On suppose qu'une force de frottement $\vec{F_S}$ constante s'exerce sur le skieur.
   a. Quel doit être le signe du travail de $\vec{F_S}$?
   b. Que vaut la norme de $\vec{F_S}$, sachant que la longueur de la piste est de 90 m ?

SPÉCIALITÉ PHYSIQUE

15 Ondes mécaniques

1 Ondes mécaniques quelconques

A Définition

• **Une onde mécanique** est le phénomène de propagation de proche en proche, dans un milieu matériel élastique, d'une perturbation. À chaque instant, la perturbation « progresse » ; on parle d'**onde progressive.**

• Il existe trois types d'ondes progressives, en fonction de leurs directions de propagation :
– onde progressive **à une dimension :** la perturbation ne se propage que dans une seule direction (corde, ressort) ;
– onde progressive **à deux dimensions :** la perturbation se propage sur une surface (houle) ;
– onde progressive **à trois dimensions :** la perturbation se propage dans toutes les directions de l'espace (son, ondes sismiques).

• **Considérons l'exemple du son.** Isaac Newton a imaginé que l'air était constitué de fines tranches d'air, comme les spires d'un ressort non jointif. Au passage de la perturbation, les tranches touchées se compriment, puis leurs détentes compriment les zones suivantes. La perturbation qui se propage est donc une **zone de compression-dilatation.**

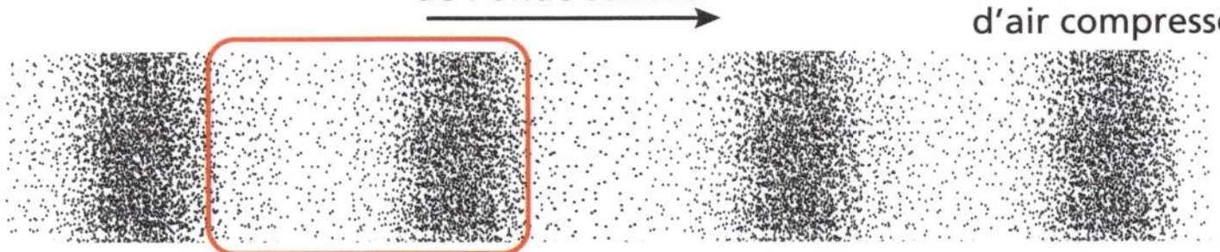

B Célérité d'une onde

La célérité correspond à la rapidité à laquelle se déplace l'onde. On a $v = \dfrac{d}{\Delta t}$, avec v célérité de l'onde (en m.s^{-1}), d la distance parcourue par l'onde pendant la durée Δt (en m) et Δt la durée de propagation (en s).

Remarque
On parle de célérité et non pas de vitesse, car la vitesse est liée à un transport de matière.

Appliquer le cours
On jette une pierre dans un étang. L'onde circulaire qui se forme atteint un canard 20 s plus tard. Sachant que la célérité de l'onde qui se propage à la surface de l'eau est v = 2 m.s^{-1}, à quelle distance de l'impact se trouve le canard ?

Solution
La distance à laquelle se trouve le canard du point d'impact est $d = v \times \Delta t = 2 \times 20 = 40$ m.

C Notion de retard

• Considérons une perturbation se propageant le long d'une corde à la célérité v. L'origine du temps est prise quand la perturbation arrive en S. Elle atteint M à l'instant $t = \tau$ et M' à l'instant $t = \tau'$.

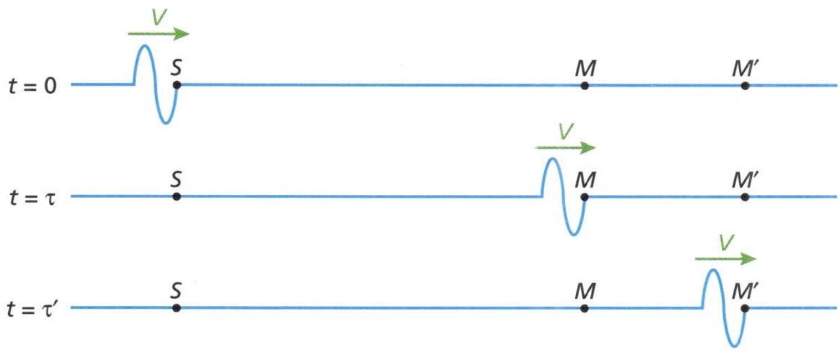

• Le point M reproduit la perturbation du point S avec **un retard** $\tau = \frac{SM}{v}$. Ce retard correspond à la durée nécessaire à l'onde pour parcourir la distance SM. De même, le point M' reproduit la perturbation du point S avec un retard $\tau' = \frac{SM'}{v}$. On peut aussi dire que le point M' reproduit la perturbation du point M avec un retard $\tau'' = \frac{MM'}{v}$.

Remarque
Si M' est en retard par rapport à M, alors on peut dire aussi que M est en avance par rapport à M'.

Appliquer le cours
Une personne entend la détonation d'une arme à feu. Combien de temps plus tard une autre personne, éloignée de 20 m, entendra-t-elle le même bruit ?
Donnée : $v_{son} = 340$ m.s^{-1}.

Solution
Le retard τ vaut $\frac{d}{v_{son}} = \frac{20}{340} = 0{,}059$ s $= 59$ ms.

2 Ondes progressives périodiques

A Onde quelconque

• Considérons une **onde périodique** de période T et de célérité v se propageant le long d'une corde sur laquelle on a repéré des points situés tous à égale distance les uns des autres. L'origine du temps est choisie lorsque l'onde passe au point S.

• On peut regarder le schéma ci-contre de deux façons : soit on fixe le temps et on regarde la position d'un point M du milieu de propagation, soit on regarde le temps en fixant un point :
– **étude spatiale :** on impose le temps et on regarde le milieu. La distance qui sépare deux points qui ont le même état vibratoire est constante ($SM_3 = M_1M_4 = M_2M_5 = \ldots$ car les distances entre les points sont identiques). Cette distance est appelée la **période spatiale ;**

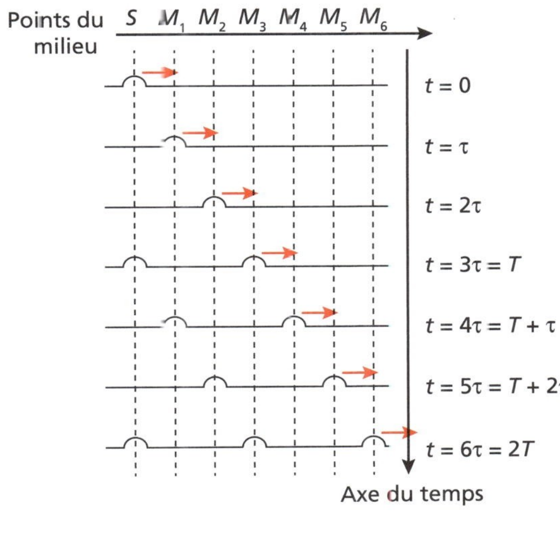

– **étude temporelle :** le point M_2, par exemple, est atteint par une perturbation à 2τ, $T + 2\tau$, $2T + 2\tau$, ... Ce point a un mouvement périodique de période T, c'est-à-dire le même que celui de la source. Chaque point du milieu de propagation a un mouvement périodique, on parle alors de **périodicité temporelle.**

• **Toutes ondes progressives périodiques présentent une double périodicité :**

– **une périodicité spatiale (la distance entre 2 points vibrant ayant la même perturbation est constante)** ;

– **une périodicité temporelle (les points du milieu vibrent comme la source).**

B Onde progressive sinusoïdale

C'est un cas particulier où la source impose une perturbation périodique sinusoïdale.

• **Différentes représentations**

On peut utiliser deux représentations différentes d'une telle onde.

À savoir

Pour une onde sinusoïdale, la période spatiale est la **longueur d'onde.**

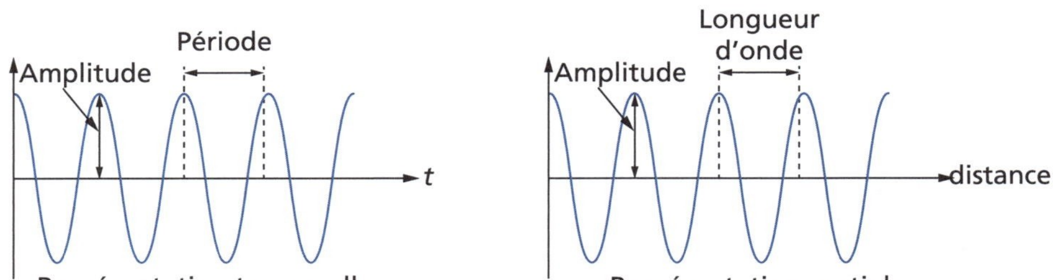

• **Relation longueur d'onde, célérité et période**

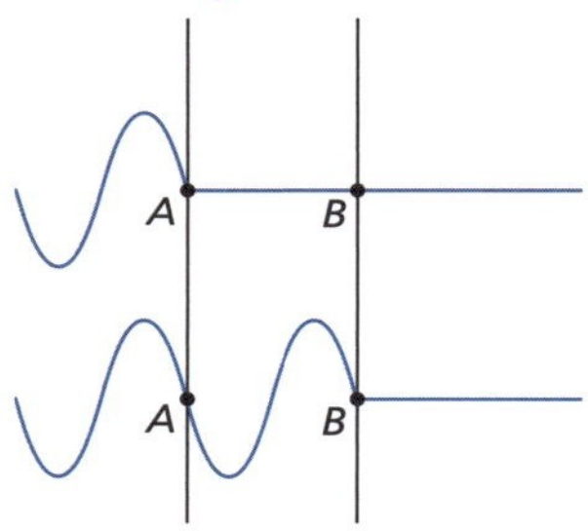

Considérons une onde progressive périodique sinusoïdale, de période T et de célérité v, arrivant en un point A. Cette onde arrive ensuite en B au bout d'une durée $\tau = T$. Ainsi, $\boldsymbol{AB = v \times T}$.

Le point B est le premier point à posséder le même état vibratoire que A ; par conséquent, A et B sont séparés d'une longueur d'onde. Ainsi, $\boldsymbol{AB = \lambda}$.

Remarque

Puisque la célérité de l'onde dépend du milieu de propagation, la longueur d'onde peut varier également C'est pour cela qu'on précise, pour la lumière par exemple, que c'est la longueur d'onde dans le vide.

En regroupant ces deux expressions de AB, on obtient : $\lambda = v \times T = \dfrac{v}{f}$.

Appliquer le cours

Une onde ultrasonore de fréquence $f = 40$ kHz a une longueur d'onde dans l'air de 8,5 mm. Quelle est sa célérité ?

Solution

De $\lambda = \dfrac{v}{f}$, on tire $v = \lambda \times f$. On a donc $v = 8{,}5.10^{-3} \times 40.10^{3} = 340$ m.s^{-1}.

Exercices d'entraînement

Exercice 1 ★ 5 min

Corrigé p. 192

À quelle distance doit-on se trouver d'un haut-parleur pour entendre le son qu'il émet 20 ms après son émission ? *Donnée* : $v_{son} = 340$ m.s^{-1}.

Exercice 2 ★ 5 min

Corrigé p. 192

Dans des gradins, les milieux des sièges sont espacés d'un mètre. Une ola est générée à $t = 0$: le spectateur assis à la première place déclenche la ola en se levant puis en s'asseyant. À la date $t = 2$ s, la ola a parcouru une distance de 2 m.

1. À quelle vitesse se déplace la ola ?
2. Avec quel retard par rapport à l'instant initial le spectateur placé à 6 m du début de la rangée va-t-il se lever et s'asseoir ?

Exercice 3 ★★ 5 min

Corrigé p. 192

1. Rappeler la relation entre période spatiale et période temporelle.
2. Compléter le tableau ci-dessous :

v	T	λ
335 m.s^{-1}		1,2 cm
	2,5 ms	30 dm
1,36 km.s^{-1}	30 µs	

Exercice 4 ★★ 10 min

Corrigé p. 192

Toutes les 0,5 s, un moteur perturbe de manière identique l'extrémité d'une corde tendue de longueur 10 m. Ces perturbations se propagent alors le long de la corde. À l'autre extrémité de la corde, les perturbations ne sont pas réfléchies.

1. Comment peut-on qualifier l'onde se propageant le long de la corde ?
2. Calculer la fréquence des perturbations.
3. La célérité des ondes est de 2 m.s^{-1}. En déduire la longueur d'onde.
4. Quel sera le nombre maximal de longueurs d'onde entières observables sur la corde, dans ces conditions expérimentales ?

Exercice 5 ★★★ 10 min

Corrigé p. 193

Pour déterminer à quelle distance la foudre est tombée, on a l'habitude de dire qu'il faut compter le temps qui s'écoule entre l'éclair et le tonnerre, puis diviser cette durée par 3 pour avoir la distance en km. Pourquoi ?

Données : $v_{son} = 340$ m.s^{-1} et $v_{lumière} = 3.10^8$ m.s^{-1}.

16 Lentilles minces

1 Les lentilles

• Une **lentille optique** est faite d'un matériau transparent dont au moins l'une des faces est courbe. Elle est dite **mince** lorsque son épaisseur est faible devant le rayon de courbure de ses faces.

• Chaque lentille mince est caractérisée par trois points particuliers :
– **le centre optique O** de la lentille, qui est l'intersection de la lentille et de l'axe optique. Aucun rayon passant par le centre optique de la lentille n'est dévié (rayon ①) ;
– **le foyer image F'.** Tout rayon parallèle à l'axe optique avant la lentille converge vers le foyer image F' après la lentille (rayon ②) ;
– **le foyer objet F.** Tout rayon passant par le foyer objet F émerge de la lentille parallèle à l'axe optique (rayon ③).

> **À savoir**
> La distance entre le foyer objet ou image et le centre optique est la **distance focale,** notée f, telle que $f = OF = OF'$.

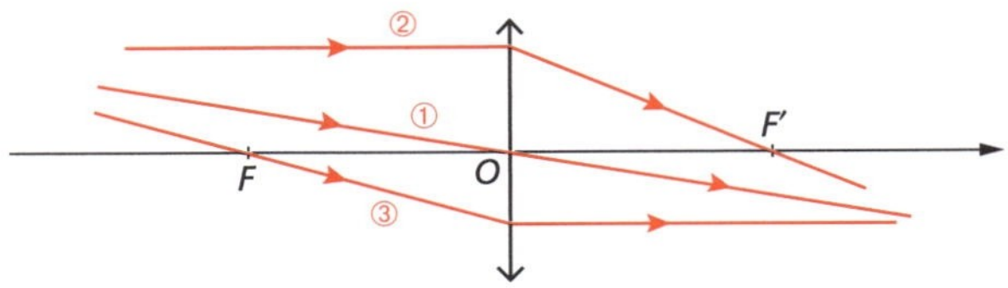

2 Image d'un objet par une lentille mince

A Détermination par le dessin

Déterminons l'image d'un objet réel AB.

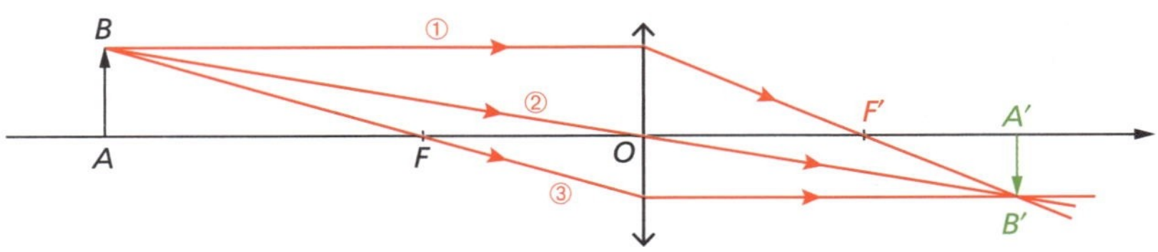

Pour cela, il suffit de déterminer l'image B' du point B. Cette image B' est obtenue par l'intersection des rayons lumineux issus de B et passants à travers la lentille.

• Traçons le rayon issu de B et parallèle à l'axe optique ; il converge ensuite vers le foyer image F' (rayon ①).

• Traçons le rayon issu de B et passant par le centre optique O : il n'est pas dévié (rayon ②). On obtient ainsi le point B'.

• Plaçons ensuite le point A' sur l'axe de façon à ce que l'image $A'B'$ soit perpendiculaire à l'axe optique.

> **Remarque**
> On peut aussi tracer le rayon issu de B et passant par le foyer objet. Il émerge de la lentille parallèle à l'axe optique et passe aussi par le point B' (rayon ③).

B Détermination par le calcul

On peut déterminer la position et la taille de l'image d'un objet AB en utilisant la **relation de conjugaison** des lentilles minces :

– **position** : on utilise

$$\frac{1}{\overline{OA'}} - \frac{1}{\overline{OA}} = \frac{1}{\overline{OF'}},$$

$\overline{OA'}$, $\overline{OA}$ et $\overline{OF'}$ représentant les distances algébriques OA', OA et OF' respectivement ;

– **taille** : on détermine le **grandissement** $\gamma = \frac{\overline{A'B'}}{\overline{AB}}$. En utilisant le théorème de Thalès dans les triangles ABO et $A'B'O$, on obtient $\gamma = \frac{\overline{A'B'}}{\overline{AB}} = \frac{\overline{OA'}}{\overline{OA}}$.

Remarque

Les sens positifs conventionnels sont de gauche à droite et de bas en haut.

Appliquer le cours

Déterminer la position et la taille de l'image d'un objet AB de 3 cm situé à une distance de 10 cm d'une lentille de distance focale 4 cm.

Solution

• Position : on utilise la relation de conjugaison $\frac{1}{\overline{OA'}} - \frac{1}{\overline{OA}} = \frac{1}{\overline{OF'}}$, avec $\overline{OA} = -10$ cm et $\overline{OF'} = 4$ cm.

Ainsi, $\frac{1}{\overline{OA'}} - \frac{1}{-10} = \frac{1}{4}$, d'où $\overline{OA'} = \frac{20}{3} = 6{,}7$ cm.

• Taille : on utilise le grandissement $\gamma = \frac{\overline{A'B'}}{\overline{AB}} = \frac{\overline{OA'}}{\overline{OA}}$, soit $\overline{A'B'} = \overline{AB} \times \frac{\overline{OA'}}{\overline{OA}} = 3 \times \frac{\frac{20}{3}}{-10} = -2$ cm.

L'image est donc située 6,7 cm derrière la lentille, elle est renversée et mesure 2 cm.

C Caractéristiques de l'image

En fonction des résultats obtenus, on peut en déduire quelques caractéristiques de l'image.

• Si $\overline{OA'}$ est positif (image située derrière la lentille), l'image est dite **réelle**. Si $\overline{OA'}$ est négatif (c'est-à-dire que l'image se forme avant la lentille), alors l'image est dite **virtuelle.**

• Si le grandissement γ est négatif, l'image est **renversée** (l'image et l'objet n'ont pas la même orientation). Si le grandissement γ est positif, alors l'image est dite **droite** (l'image et l'objet ont même orientation).

• Si la valeur absolue du grandissement γ est supérieure à 1, alors l'image est plus grande que l'objet. Si elle est égale à 1, alors l'objet et l'image ont même taille. Enfin, si la valeur absolue du grandissement γ est inférieure à 1, alors l'objet est plus grand que l'image.

SPÉCIALITÉ PHYSIQUE

Exercices d'entraînement

Exercice 1 ★ 5 min

Corrigé p. 193

Indiquer si les grandeurs algébriques suivantes sont positives ou négatives : $\overline{OA'}$, $\overline{OA}$, $\overline{FO}$, $\overline{BA}$, $\overline{B'A'}$ et $\overline{F'O}$.

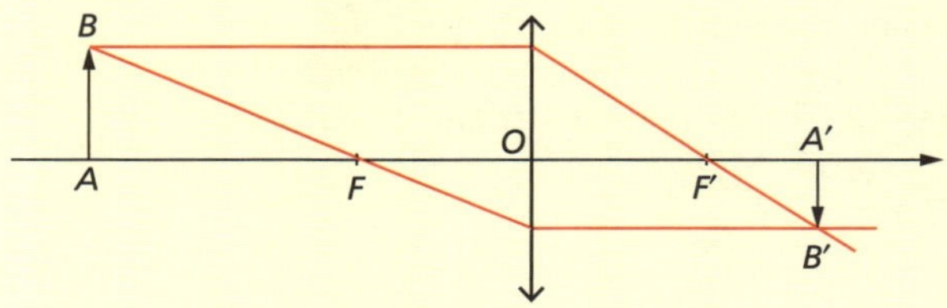

Exercice 2 ★★ 10 min

Corrigé p. 193

Déterminer la position et la taille de l'image d'un objet *AB* de 2 cm situé à une distance de 12 cm d'une lentille mince de distance focale 6 cm. Quelles sont les caractéristiques de l'image ?

Exercice 3 ★★ 10 min

Corrigé p. 193

Déterminer la position et la taille de l'image d'un objet *AB* de 4 cm situé à une distance de 6 cm d'une lentille mince de distance focale 12 cm. Quelles sont les caractéristiques de l'image ?

Exercice 4 ★★ 10 min

Corrigé p. 193

Déterminer la position et la taille de l'objet *AB* qui donne, à travers une lentille mince de distance focale 5 cm, une image *A'B'* renversée, de 4 cm, située 15 cm derrière la lentille.

Exercice 5 ★★★ 10 min

Corrigé p. 193

Déterminer la position et la distance focale de la lentille mince donnant d'un objet *AB* une image *A'B'* renversée, 2 fois plus grande que l'objet et à une distance de 18 cm de celui-ci.

17 Vision et couleur

1 La synthèse additive : superposition de lumières colorées

• On appelle **synthèse additive** la superposition de lumières colorées. En synthèse additive :
– le rouge, le vert et le bleu sont les **couleurs primaires** ;
– le cyan, le jaune et le magenta sont **les couleurs complémentaires.**

• Deux lumières colorées sont des couleurs complémentaires si leur synthèse additive donne la lumière blanche. Par exemple, le rouge et le cyan sont complémentaires.

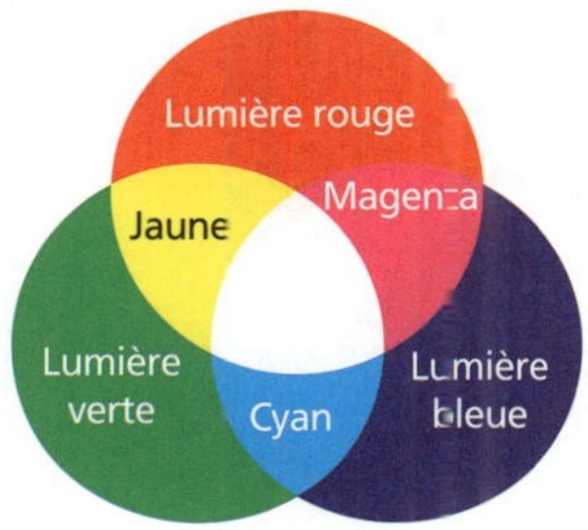

▲ Superposition de lumières colorées.

A Cercle chromatique

Le cercle chromatique permet de déterminer deux couleurs complémentaires. Une couleur et sa couleur complémentaire sont diamétralement opposées.

B Interaction lumière-objet

Lorsqu'un objet est éclairé par une lumière, trois phénomènes peuvent se produire :
• **absorption :** un objet peut absorber une partie de la lumière qu'il reçoit (ici les lumières verte et bleue sont absorbées) ;
• **diffusion :** un objet peut diffuser une partie de la lumière qu'il reçoit (ici la lumière rouge est diffusée) ;
• **transmission :** un objet transparent peut transmettre une partie de la lumière qu'il reçoit (ici la lumière rouge est transmise).

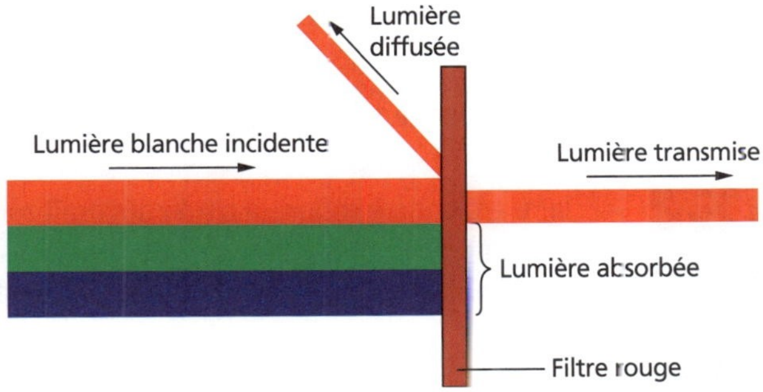

2 La synthèse soustractive : absorption de lumières colorées

• **Un filtre** est une matière qui absorbe certaines lumières colorées et en transmets d'autres. Un filtre transmet la lumière qui constitue sa couleur et absorbe les autres.
Par exemple, le filtre bleu absorbe les lumières rouge et verte. Il diffuse et transmets la lumière bleue.

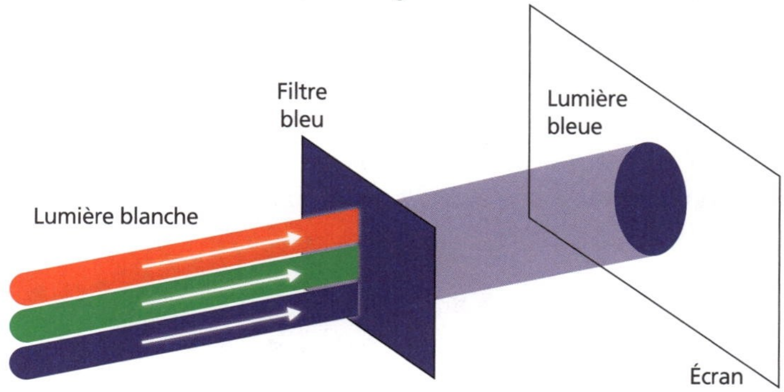

• On appelle **synthèse soustractive** l'absorption de lumières colorées. Elle peut être obtenue en superposant des filtres colorés.

• En synthèse soustractive :
– le cyan, le jaune et le magenta sont les **couleurs primaires ;**
– le rouge, le vert et le bleu sont les **couleurs complémentaires.**

> **Remarque**
> La synthèse soustractive permet d'expliquer la couleur obtenue lors d'un mélange de peintures.

• Par exemple, par superposition d'un filtre coloré magenta et d'un filtre coloré jaune on obtient de la lumière rouge. Deux lumières colorées sont des couleurs complémentaires si leur synthèse soustractive donne du noir.

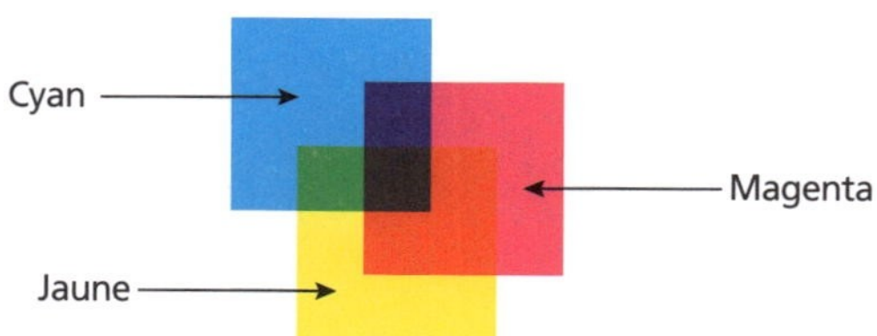

▲ Superposition de filtres colorés.

3 Couleurs des objets

Pour qu'un objet soit visible, il faut qu'il soit éclairé par une source de lumière et que la lumière qu'il diffuse parvienne jusqu'aux yeux de l'observateur. La couleur perçue de l'objet va dépendre :
• de l'éclairage de l'objet. L'objet diffuse la lumière qui constitue sa couleur et absorbe les autres ;
Exemple

Éclairé en lumière blanche, le citron apparaît jaune.

Éclairé en lumière rouge, le citron apparaît rouge.
Éclairé en lumière bleue, le citron apparaît noir.
Éclairé en lumière verte, le citron apparaît vert.

Éclairé en lumière magenta, le citron apparaît rouge.
Éclairé en lumière jaune, le citron apparaît jaune.
Éclairé en lumière cyan, le citron apparaît vert ;

- de la lumière absorbée, diffusée et transmise par l'objet ;
- de l'observateur (défaut de l'œil, daltonisme…).

4 Trichromie

- **La trichromie est un procédé de synthèse de couleurs** qui permet de reproduire un très grand nombre de couleurs à partir de trois couleurs primaires. Elle est utilisée pour la télévision, le cinéma, la photographie, la peinture, l'imprimerie…
- Ce procédé utilise les propriétés des cellules photoréceptrices de la rétine de l'œil humain. Ces cellules sont constituées de **bâtonnets** (sensibles à l'intensité lumineuse) et des **cônes** (sensibles à la lumière rouge, verte et bleue).
- **C'est le cerveau qui va reconstituer** les autres couleurs en combinant les informations reçues par les cônes.

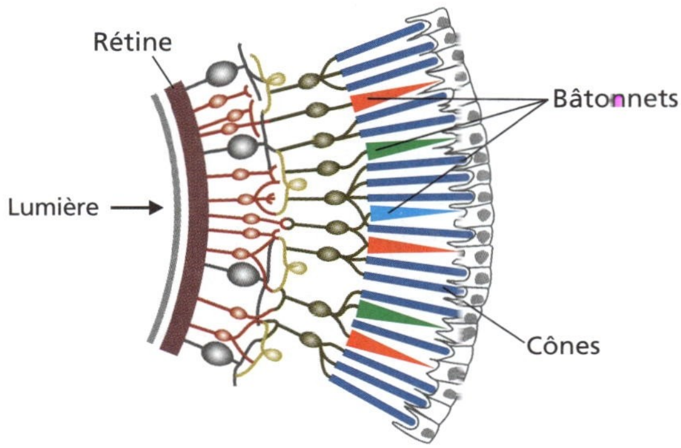

A Trichromie par synthèse additive : cas de la télévision

Un écran contient des pixels constitués de trois **luminophores :** rouge, vert et bleu (RVB). L'œil perçoit l'intensité de ces trois luminophores. Ces informations sont transmises au cerveau, ce qui permet de reconstituer l'ensemble des couleurs.

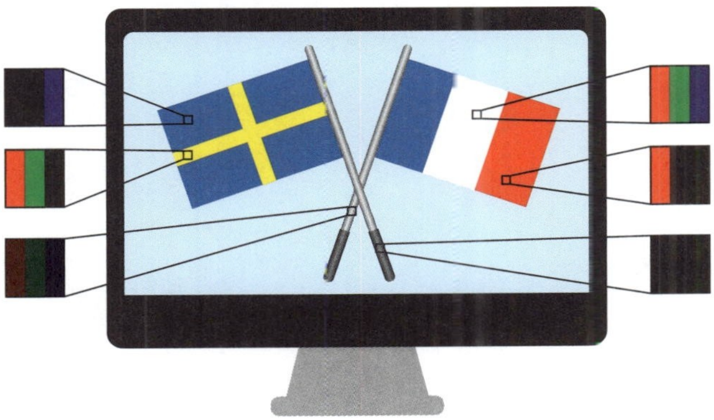

B Trichromie par synthèse soustractive : cas de l'imprimante

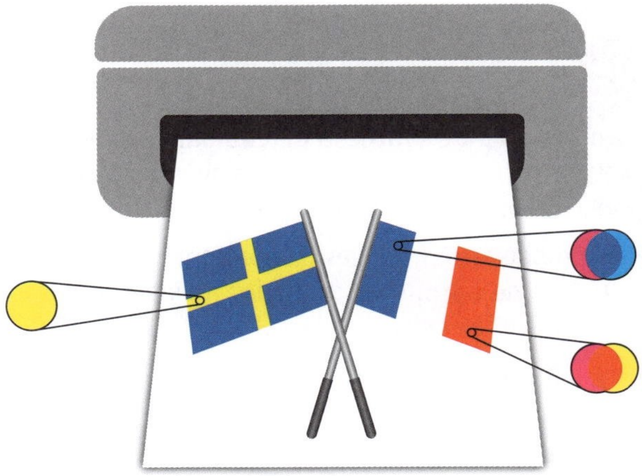

- Une imprimante contient de l'encre de couleur cyan, jaune et magenta (dans une ou plusieurs cartouches). Lors de l'impression, il y a superposition d'encres (pigments) colorées de couleurs cyan, jaune ou magenta.
- La combinaison de ces encres permet de reconstituer l'ensemble des couleurs.
- Afin de ne pas consommer trop d'encre pour imprimer la couleur noire, la plupart des imprimantes possèdent aussi une cartouche d'encre noire ; on parle alors de **quadrichromie.**

Exercices d'entraînement

Exercice 1 ★ 5 min

Corrigé p. 193

Un écran blanc est éclairé par deux sources lumineuses colorées.

	Expérience 1	Expérience 2	Expérience 3
Lumière colorée 1	rouge	verte	verte
Lumière colorée 2	bleue	bleue	rouge
Lumière obtenue sur l'écran			

1. Quel nom porte la superposition de lumières colorées ?
2. Compléter le tableau en indiquant la lumière colorée obtenue sur l'écran.

Exercice 2 ★ 5 min

Corrigé p. 194

Un filtre jaune est éclairé par une lumière blanche.

1. Quel est le rôle d'un filtre coloré ?
2. Quelle est la couleur de la lumière colorée obtenue ? Justifier la réponse.
3. Schématiser l'expérience et représenter la lumière incidente et transmise par le filtre.

Exercice 3 ★ 5 min

Corrigé p. 194

1. Quelle lumière obtient-on si on superpose une lumière rouge et une lumière bleue ?

2. Quelle lumière obtient-on si on superpose une lumière verte et une lumière bleue ?

3. Quelles lumières sont superposées afin d'obtenir cette lumière colorée ?

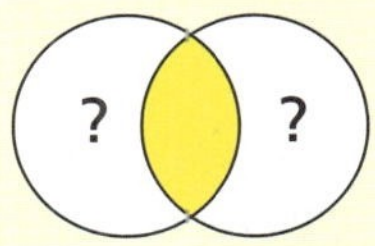

Exercice 4 ★ 5 min

Corrigé p. 194

Un filtre jaune et un filtre magenta sont éclairés par une lumière blanche.

1. Quel type de synthèse colorée réalise-t-on en superposant des filtres ?
2. Schématiser l'expérience et représenter la lumière obtenue après les deux filtres.

Exercice 5 ★ 5 min

Corrigé p. 194

Une flèche est éclairée avec différentes lumières colorées.
Quelle est la couleur de la flèche éclairée en lumière blanche ?

18 Modèles ondulatoire et particulaire de la lumière

La lumière est à la fois onde et particule. On parle de **dualité onde-particule**. Selon le phénomène physique à décrire, on utilisera le modèle ondulatoire de la lumière ou le modèle particulaire de la lumière.

1 Modèle ondulatoire de la lumière

- La lumière blanche est **polychromatique**, elle contient toutes les lumières colorées. La lumière blanche est donc constituée d'une infinité de radiations **monochromatiques.** La décomposition d'une lumière par un **prisme** ou un **spectroscope** est appelée **spectre.** Les radiations lumineuses visibles font parties des ondes électromagnétiques. Chaque radiation lumineuse monochromatique est identifiée par sa longueur d'onde λ, exprimée en nanomètre (1 nm = 10^{-9} mètre).

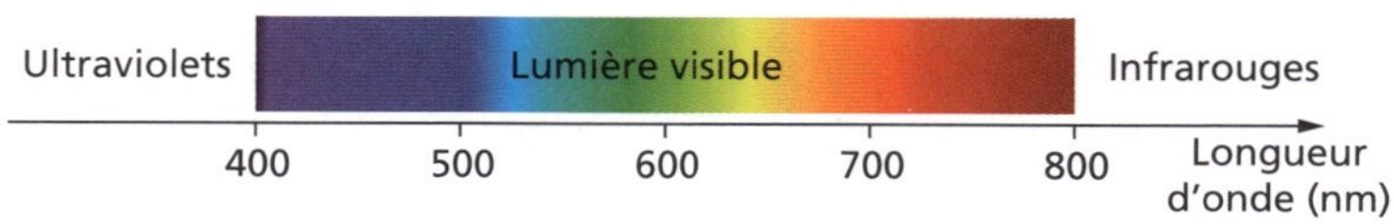

▲ Spectre continu de la lumière blanche.

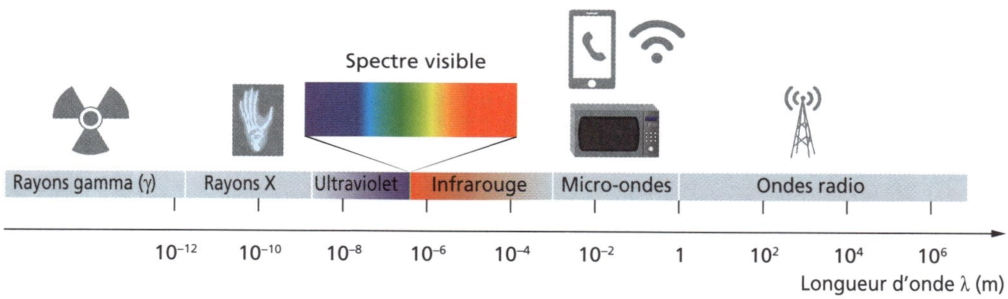

▲ Spectre des ondes électromagnétiques.

- Dans le vide ou dans l'air, la lumière se propage à la vitesse de **3.10^8 m.s^{-1}.** Cette vitesse est appelée **célérité c** de la lumière. Une onde électromagnétique peut être caractérisée par sa longueur d'onde λ ou par sa fréquence ν.
- Il existe une relation entre la longueur d'onde et la fréquence :

$$\lambda = \frac{c}{\nu}$$

avec λ en mètre (m) ; ν en hertz (Hz) ; c en mètre par seconde (m.s^{-1}).

Remarque
La fréquence ν (se lit « nu ») peut aussi se noter *f*.

Appliquer le cours

1. Calculer la fréquence d'une onde électromagnétique de longueur d'onde 4.10^{-9} m.

2. À quel domaine des ondes électromagnétiques appartient cette onde ?

Solution

1. $\lambda = \frac{c}{\nu}$ donc $\nu = \frac{c}{\lambda}$.

$\nu = 3.10^8 / 4.10^{-9} = 7{,}5.10^{16}$ Hz.

2. Cette onde appartient aux rayons X.

2 Modèle particulaire de la lumière

• La lumière peut aussi être décrite comme un flux de corpuscules (corps très petits) : les **photons**. Ces particules élémentaires ne possèdent ni masse ni charge. Elles se déplacent à la vitesse de la lumière.

• **L'énergie lumineuse est transportée par les photons.** Chaque photon transporte une petite quantité d'énergie appelée **quantum d'énergie ΔE**. Cette énergie dépend de la fréquence ν de l'onde (et donc de la longueur d'onde λ).

> **Remarque**
> Le pluriel de quantum est quanta.

$$\Delta E = h\,\nu = h\,\frac{c}{\lambda}$$

avec ΔE en joule (J) ; ν en hertz (Hz) ; λ en mètre (m) ; **h constante de Planck, $h = 6{,}63.10^{-34}$ J.s^{-1}.**

3 Niveaux d'énergie d'un atome

• Un atome ne peut exister que dans des **états d'énergie** bien définis. L'énergie de l'atome est **quantifiée.** Le **diagramme de niveaux d'énergie** d'un atome représente les niveaux d'énergie possibles de cet atome.
– Le niveau le plus bas est appelé état **fondamental.**
– Les niveaux supérieurs sont appelés états **excités.**
– Le niveau le plus haut est appelé état **ionisé,** il correspond à la valeur d'énergie $E = 0$ électronvolt (eV).

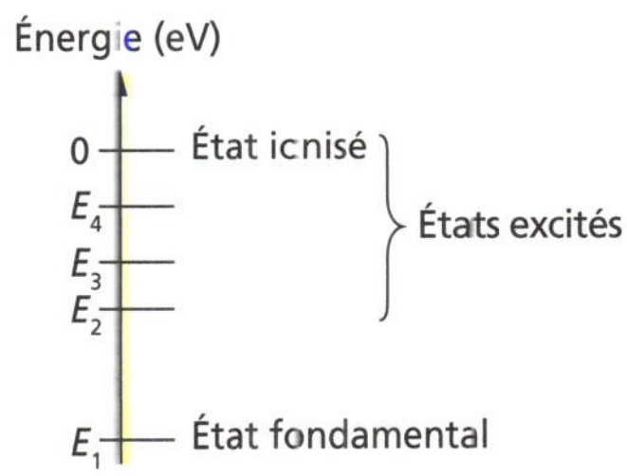

• L'unité d'énergie utilisée pour les atomes est l'**électronvolt :**

$$1 \text{ eV} = 1{,}6.10^{-19} \text{ J}.$$

4 Interaction lumière-matière

• Lors d'interactions lumière-matière, les échanges d'énergies entre matière et lumière peuvent se produire dans les deux sens. Il peut y avoir **émission** d'un photon ou **absorption** d'un photon.

Émission d'un photon

Lorsqu'un atome passe d'un état supérieur d'énergie à un état inférieur d'énergie, il émet un photon d'énergie ΔE. L'énergie de l'atome **diminue**.

La transition énergétique est représentée sur le diagramme de niveaux d'énergie.

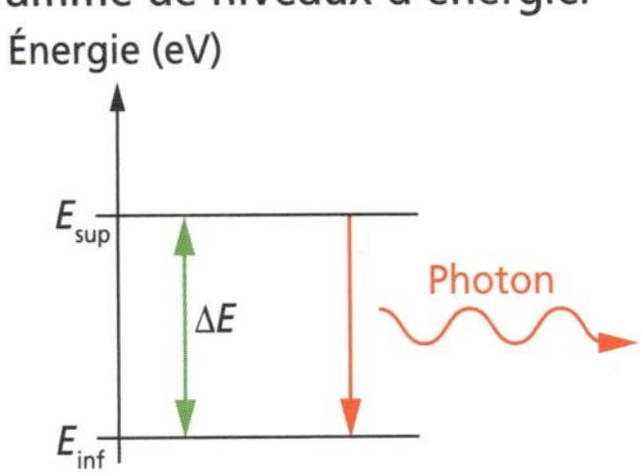

Absorption d'un photon

Lorsqu'un atome absorbe un photon d'énergie ΔE, il passe d'un état inférieur d'énergie à un état supérieur d'énergie. L'énergie de l'atome **augmente**.

La transition énergétique est représentée sur le diagramme de niveaux d'énergie.

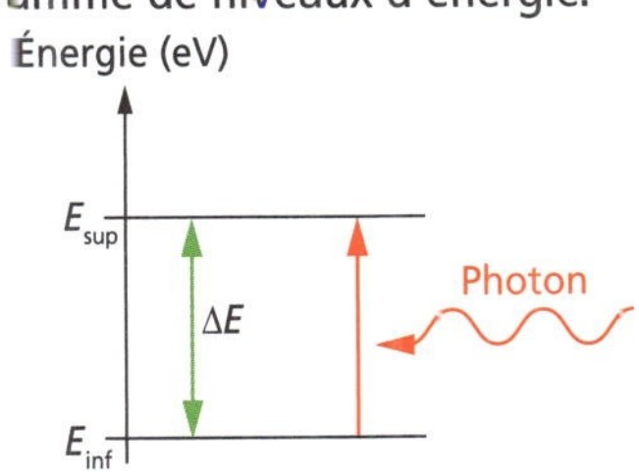

$$\Delta E = E_{sup} - E_{inf}$$

• La longueur d'onde du rayonnement électromagnétique vaut $\lambda = h \times \frac{c}{\Delta E} = h \times \frac{c}{E_{sup} - E_{inf}}$.

Appliquer le cours

Un atome de sodium subit la transition énergétique ci-contre.

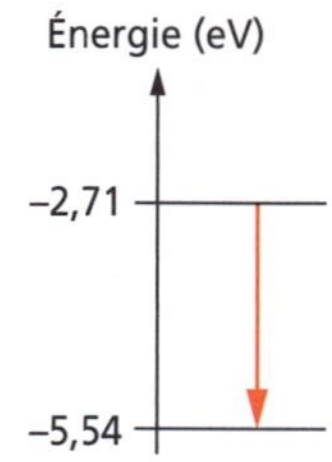

1. À quel phénomène correspond cette transition ?

2. Calculer, en eV, la différence d'énergies entre ces deux niveaux.

3. Calculer la longueur d'onde du rayonnement électromagnétique produit par cet atome.

Données : h = 6,63.10^{-34} J.s^{-1} ; 1eV = 1,6.10^{-19} C.

Solution

1. La transition énergétique correspond à une émission d'un photon.

2. $\Delta E = E_{sup} - E_{inf} = -2{,}71 - (-5{,}54) = 2{,}83$ eV.

3. $\lambda = h \times \frac{c}{E} = h \times \frac{c}{E_{sup} - E_{inf}}$.

$$\lambda = 6{,}63.10^{-34} \times \frac{3.10^8}{(-2{,}71-(-5{,}54)) \times 1{,}6.10^{-19}}$$

$= 4{,}39.10^{-7}$ m.

5 Spectre d'une source spectrale

• Le spectre d'émission d'un atome peut être expliqué grâce à son diagramme de niveaux d'énergie. Chaque raie d'émission est associée à une **transition énergétique.**

• Comparons le spectre de raies de l'atome d'hydrogène et son diagramme de niveau d'énergie.

▲ Longueur d'onde en nm.

Le spectre de l'atome d'hydrogène présente des raies d'émissions. Elles correspondent aux transitions énergétiques représentées sur le diagramme.

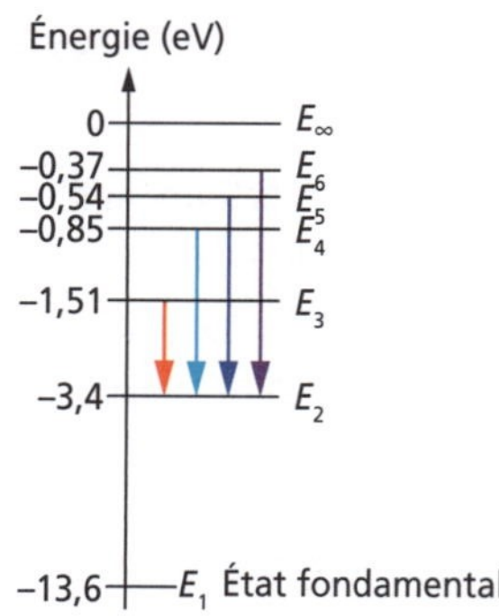

• **Exemple :** transition d'énergie de E_3 à E_2.

$$\lambda = h \times \frac{c}{\Delta E} = h \times \frac{c}{E_3 - E_2}$$

$$\lambda = 6{,}63.10^{-34} \times \frac{3.10^8}{(-1{,}51-(-3{,}4)) \times 1{,}6.10^{-19}}$$

$\lambda = 6{,}58.10^{-7}$ m, soit $\lambda = 658$ nm.

Cela correspond à la raie rouge observée sur le spectre de l'hydrogène.

Exercices d'entraînement

Exercice 1 ★ 5 min

Corrigé p. 194

Les longueurs d'onde des radiations électromagnétiques visibles sont comprises entre 400 nm (radiations violettes) et 800 nm (radiations rouges).

1. Calculer la gamme de fréquence des ondes électromagnétiques visibles.

2. Une onde électromagnétique a une longueur d'onde de $9{,}5.10^{-7}$ mètre. Convertir cette valeur en nanomètre et identifier son domaine spectral.

Exercice 2 ★ 5 min

Corrigé p. 194

1. Un photon transporte un quantum d'énergie de 3,63 eV. Convertir son énergie en joule.

2. Un photon transporte un quantum d'énergie de $4{,}54.10^{-19}$ J. Convertir son énergie en électronvolt.

Exercice 3 ★ 5 min

Corrigé p. 194

Le diagramme simplifié des niveaux d'énergie d'un atome est représenté ci-contre.

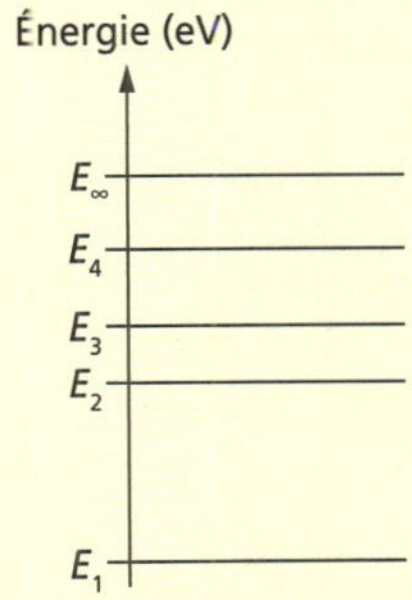

1. Quel est le niveau d'énergie de l'état fondamental de cet atome ?

2. Comment nomme-t-on les niveaux d'énergie E_2, E_3 et E_4 ?

3. Recopier le diagramme et représenter :

a. par une flèche rouge l'émission d'un photon entre les niveaux E_4 et E_2 ;

b. par une flèche bleue l'absorption d'un photon entre les niveaux E_1 et E_3.

Exercice 4 ★★ 10 min

Corrigé p. 194

Un rayonnement électromagnétique de fréquence ν peut être considéré comme un ensemble de photons de quantum d'énergie ΔE.

1. Énoncer la relation liant le quantum d'énergie ΔE d'un photon et la fréquence ν du rayonnement.

2. Quelle relation existe-t-il entre la fréquence et la longueur d'onde d'un rayonnement électromagnétique ?

3. Calculer, en joule, l'énergie d'un photon associé à un rayonnement électromagnétique de longueur d'onde $\lambda = 612$ nm.

Données : $h = 6{,}63.10^{-34}$ J.s^{-1} ; $c = 3.10^{8}$ m.s^{-1}.

Exercice 5 ★★★ 10 min

Corrigé p. 194

Le diagramme simplifié des niveaux d'énergie de l'atome de sodium est représenté ci-contre.

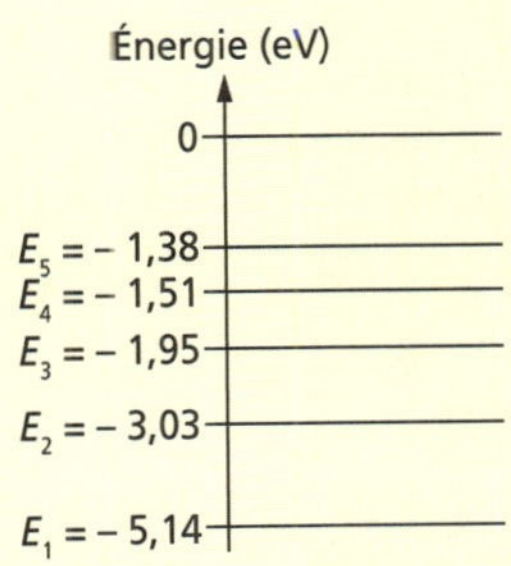

1. Que vaut le niveau d'énergie de cet atome dans son état fondamental ?

2. L'atome de sodium passe de l'état E_2 à l'état E_1. A-t-il absorbé ou émis un photon ?

3. Représenter par une flèche cette transition d'énergie.

4. Calculer la longueur d'onde du rayonnement électromagnétique mis en jeu. Ce rayonnement est-il visible ?

5. Cet atome, initialement à l'état E_2, peut-il absorber un photon d'énergie 2 eV et passer à l'état E_3 ?

CHAPITRE 1 *(Énoncés p. 105)*

1 Soit $N_{paracétamol}$ le nombre de molécules contenues dans le cachet. $N_{paracétamol} = 2,00.10^{21}$ molécules. Ici, nous cherchons la quantité de matière de paracétamol, $n_{paracétamol}$.
$n_{paracétamol} = N_{paracétamol} / N_A$ avec N_A constante d'Avogadro.
$n_{paracétamol} = 2,00.10^{21} / 6,02.10^{23} = 3,32.10^{-3}$ mol.
Un comprimé contient **$3,32.10^{-3}$ mol** de molécules de paracétamol.

2 1. La molécule de dioxyde da carbone a pour formule CO_2. Sa masse molaire moléculaire est $M(CO_2) = M(C) + 2\ M(O) = 12,0 + 2 \times 16,0 =$ **$44,0$ g.mol^{-1}.**

2. L'ion hydroxyde a pour formule HO^-. Sa masse molaire ionique est $M(HO^-) = M(HO) = M(H) + M(O) = 1,0 + 16,0 =$ **$17,0$ g.mol^{-1}.**

3. La molécule de paracétamol a pour formule $C_8H_9NO_2$. Sa masse molaire moléculaire est $M(C_8H_9NO_2) = 8\ M(C) + 9\ M(H) + M(N) + 2\ M(O)$ = **$151,0$ g.mol^{-1}.**

3 1. L'oxyde de fer a pour formule chimique Fe_2O_3. Il contient **2 atomes de fer et 3 atomes d'oxygène.**

2. $M(Fe_2O_3) = 2\ M(Fe) + 3\ M(O) = 2 \times 55,8 + 3 \times 16,0 =$ **$159,6$ g.mol^{-1}.**

3. L'oxyde de fer est un solide. On utilise la formule $n(Fe_2O_3) = m(Fe_2O_3) / M(Fe_2O_3)$.
$n(Fe_2O_3) = 23,94 / 159,6 =$ **$0,150$ mol.**

4 La matière contenue dans le flacon est un gaz. On va utiliser la formule $n_{gaz} = V_{gaz} / V_m$.
Dans les conditions habituelles de température et de pression, le volume molaire est $V_m = 24$ L.mol^{-1}.
n(hélium) = V(hélium) / V_m
n(hélium) = 9,6 / 24 = **0,40 mol.**

5 Pour calculer la concentration molaire, il faut connaitre la quantité de matière de glucose utilisée.
On calcule n(glucose) : n(glucose) = m(glucose) / M(glucose)
M(glucose) = 12 M(C) + 22 M(H) + 11 M(O) = $12 \times 12,0 + 22 \times 1,0 + 11 \times 16,0 = 342$ g.mol^{-1}.
n(glucose) = 54,0 / 342 = $1,58.10^{-1}$ mol.
On calcule C(glucose) :
C(glucose) = n(glucose) / V(solution)
$C(\text{glucose}) = \dfrac{54,0}{342} / 200.10^{-3}$
C(glucose) = **$7,89.10^{-1}$ mol.L^{-1}.**

6 1. C(glycérol) = n(glycérol) / V(solution) donc n(glycérol) = C(glycérol) × V(solution)
n(glycérol) = 6,89 × 150.10^{-3}
n(glycérol) = **1,03 mol.L^{-1}.**

2. On cherche la masse de glycérol à utiliser.
m(glycérol) = n(glycérol) × M(glycérol)
M(glycérol) = 3 M(C) + 8 M(H) + 3 M(O) = $3 \times 12,0 + 8 \times 1,0 + 3 \times 16,0 = 92$ g.mol^{-1}
m(glycérol) = 1,03 × 92 = **95 g.**

3. ρ(glycérol) = m(glycérol) / V(glycérol), donc V(glycérol) = m(glycérol) / ρ(glycérol)
V(glycérol) = 95 / 1,26
V(glycérol) = **75,5 cm^3.**

7 1. La courbe présente une valeur maximale d'absorbance pour **λ = 640 nm.**

2. La solution absorbe la longueur d'onde de 640 nm. Cela correspond au rouge. La couleur de la solution est donc la couleur complémentaire diamétralement opposée sur le cercle chromatique : la solution est donc de couleur **bleu cyan.**

3. Pour effectuer une courbe d'étalonnage, on va utiliser la longueur d'onde pour laquelle l'absorbance est maximale, soit **640 nm.** Cela permettra de réduire les incertitudes sur les mesures.

8 1.

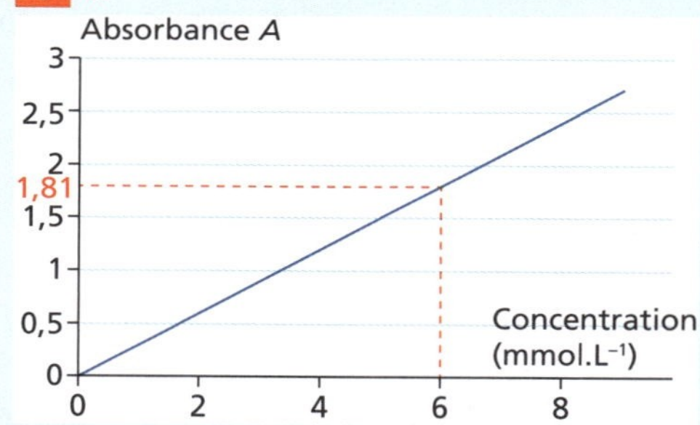

La courbe obtenue est une droite passant par l'origine. L'absorbance est proportionnelle à la concentration. **La loi de Beer-Lambert est vérifiée.**

2. Pour une absorbance de 1,81, la lecture graphique donne une concentration de 6 mmol.L^{-1}.
La solution initiale a une concentration 10 fois plus grande, soit $C = 10 \times 6$ mmol.L^{-1} = **6.10^{-2} mol.L^{-1}.**

CHAPITRE 2 *(Énoncés p. 111)*

1 1. $Ce^{3+} / Ce : Ce^{3+} + 3\ e^- = Ce$
et $Co^{2+} / Co : Co^{2+} + 2\ e^- = Co$

2. $Pb^{4+} / Pb^{2+} : Pb^{4+} + 2\ e^- = Pb^{2+}$ et
$MnO_4^- / Mn^{2+} : MnO_4^- + 8\ H^+ + 5\ e^- = Mn^{2+} + 4\ H_2O$

3. $O_2 / H_2O : O_2 + 4\ H^+ + 4\ e^- = 2\ H_2O$ et
$CO_2 / H_2C_2O_4 : 2\ CO_2 + 2\ H^+ + 2\ e^- = H_2C_2O_4$

2 Dans une équation de transformation d'oxydoréduction, le nombre d'électrons échangés doit être le même dans chaque demi-équation.

1. $Ce^{3+} + 3\ e^- = Ce$ ① et $Co^{2+} + 2\ e^- = Co$ ②
Dans la demi-équation électronique ①, 3 électrons sont échangés, alors que 2 sont échangés dans la ②. Il faut alors multiplier ① par 2 et ② par 3. En ajoutant ensuite membre à membre l'oxydant du premier couple avec le réducteur du second couple, on a : $\mathbf{2\ Ce^{3+} + 3\ Co \rightarrow 2\ Ce + 3\ Co^{2+}}$.

2. $Pb^{4+} + 2\ e^- = Pb^{2+}$ ① et
$MnO_4^- + 8\ H^+ + 5\ e^- = Mn^{2+} + 4\ H_2O$ ②
Il faut multiplier ① par 5 et ② par 2. On obtient alors, après addition :
$\mathbf{5\ Pb^{4+} + 2\ Mn^{2+} + 8\ H_2O \rightarrow}$
$\mathbf{5\ Pb^{2+} + 2\ MnO_4^- + 16\ H^+}$.

3. $O_2 + 4\ H^+ + 4\ e^- = 2\ H_2O$ ① et
$2\ CO_2 + 2\ H^+ + 2\ e^- = H_2C_2O_4$ ②
Il suffit de multiplier la demi-équation électronique ② par 2. On obtient alors, après addition et simplification des H^+ présents en même quantité dans les deux membres :
$\mathbf{O_2 + 2\ H_2C_2O_4 \rightarrow 2\ H_2O + 4\ CO_2}$.

3 **1.** Les ions argent Ag^+ se transforment en argent métallique en gagnant un électron, alors que le plomb se transforme en ion plomb II Pb^{2+} en perdant deux électrons. Ainsi, une espèce perd des électrons qui sont consommés par une autre espèce, c'est donc une transformation d'oxydoréduction.

2. Les couples oxydant / réducteur mis en jeu et leurs demi-équations redox sont donc :
$Ag^+ / Ag : Ag^+ + e^- = Ag$ et
$Pb^{2+} / Pb : Pb^{2+} + 2e^- = Pb$.

3. En multipliant la première demi-équation par deux afin qu'il y ait 2 électrons échangés et en additionnant membre à membre, on a :
$Pb + 2Ag^+ \rightarrow Pb^{2+} + 2Ag$.

4 **1.** Si R_1 est le réactif limitant, alors $9{,}0 - 3\ x_{max} = 0$ conduit à $x_{max} = \mathbf{3{,}0\ mol}$.
Si R_2 est le réactif limitant, alors $8{,}0 - 2\ x_{max} = 0$ conduit à $x_{max} = \mathbf{4{,}0\ mol}$.

2. La valeur de l'avancement final x_{max} correspond à la plus petite des deux valeurs, soit $x_{max} = \mathbf{3{,}0\ mol}$.

3. Par conséquent, c'est R_1 **le réactif limitant** et il reste $8{,}0 - 2 \times 3{,}0 = \mathbf{2{,}0\ mol\ de\ R_2}$.

5 Les deux demi-équations sont
$\mathbf{Fe^{3+} + e^- = Fe^{2+}}$ et $\mathbf{Zn^{2+} + 2\ e^- = Zn}$.

1. En multipliant la première demi-équation par deux, puis en additionnant, on obtient
$\mathbf{2\ Fe^{3+} + Zn \rightarrow 2\ Fe^{2+} + Zn^{2+}}$.

2. Le tableau descriptif d'évolution est le tableau 1 en bas de page.

a. Pour savoir quel est le réactif limitant, il faut résoudre les deux équations :
$n^f_{Fe^{3+}}(t) = = 0{,}3 - 2x_{max} = 0$ et $n^f_{Zn}(t) = 0{,}4 - x_{max} = 0$ (car la transformation est totale).
La première équation donne $x_{max} = 0{,}15$ mol et la seconde $x_{max} = 0{,}4$ mol. On choisit la plus petite valeur des deux. Le réactif limitant est donc l'**ion fer III**.

b. À l'état final, on a **0,25 mol de zinc, 0,3 mol d'ions fer II et 0,15 mol d'ions zinc II.**

6 **1.** Les quantités de matière d'acide éthanoïque et d'éthanol ont diminué, ce sont des réactifs. *A contrario*, l'eau et éthanoate d'éthyle sont apparus, ce sont des produits.

2. L'équation de la réaction est : **acide éthanoïque + éthanol → éthanoate d'éthyle + eau.**

3. Voir tableau **2** (en bas de page suivante).

4. Il faut résoudre $2 - x_{max} = 0$ et $1 - x_{max} = 0$. L'avancement maximal x_{max} de cette transformation vaut donc **1 mol** et le réactif limitant est l'**éthanol**.

5. L'avancement final x_f de cette transformation est obtenu en regardant le tableau : $\mathbf{x_f = 0{,}75\ mol}$.

Tableau 1

Équation de la réaction modélisant la transformation		$2\ Fe^{3+}$ +	Zn →	$2\ Fe^{2+}$ +	Zn^{2+}
État du système	**Avancement (mol)**	Quantité de matière de Fe^{3+}	Quantité de matière de Zn	Quantité de matière de Fe^{2+}	Quantité de matière de Zn^{2+}
initial	0	0,3	0,4	0	0
au cours de la transformation	x	$n_{Fe^{3+}}(t) = 0{,}3 - 2x$	$n_{Zn}(t) = 0{,}4 - x$	$n_{Fe^{2+}}(t) = 2x$	$n_{Zn^{2+}}(t) = x$
final	x_f	$x_{max} = 0{,}15$ mol			
		$n^f_{Fe^{3+}}(t) = 0{,}3 - 2x_f = 0$	$n^f_{Zn}(t) = 0{,}4 - x_f = 0{,}25$	$n^f_{Fe^{2+}}(t) = 2x_f = 0{,}3$	$n^f_{Zn^{2+}}(t) = x_f = 0{,}15$

6. Cette transformation est **limitée**, car $x_{max} \neq x_f$. (De plus, il est dit dans l'énoncé qu'il reste des deux réactifs.)

CHAPITRE 3 *(Énoncés p. 116)*

1 Titrant : ions argent I, Ag^+ ; titré : ions chlorure, Cl^-.

1.

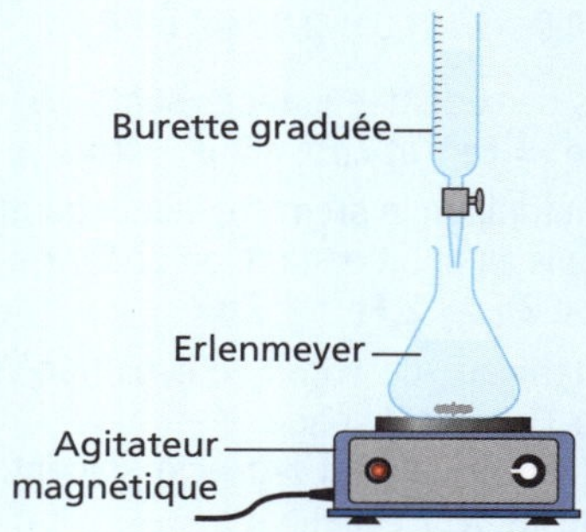

2.

	Avant l'équivalence	À l'équivalence	Après l'équivalence
Réactif limitant	Ions argent I : Ag^+	Mélange stœchiométrique	Ions chlorure : Cl^-

2 1. Les demi-équations électroniques sont : $Fe^{3+} + e^- = Fe^{2+}$ et $Sn^{4+} + 2\ e^- = Sn^{2+}$. L'équation d'oxydoréduction support du titrage est donc, après avoir multiplié la première demi-équation par deux : $\mathbf{2\ Fe^{3+} + Sn^{2+} \rightarrow 2\ Fe^{2+} + Sn^{4+}}$.

2. Pour déterminer la quantité de matière des ions Fe^{3+}, on doit d'abord établir le tableau descriptif du titrage. (Voir tableau **3** en bas de page)

Ainsi, $n^i_{Fe^{3+}} = 2x_E = 2 \times 9{,}6.10^{-4} = \mathbf{1{,}9.10^{-3}\ mol}$.

3. Cette quantité de matière est contenue dans 10 mL. La concentration de la prise d'essai en ion fer III est donc :

$$C_{Fe^{3+}} = \frac{n^i_{Fe^{3+}}}{V} = \frac{1{,}92.10^{-3}}{10.10^{-3}} = \mathbf{0{,}19\ mol.L^{-1}}.$$

3 1. La solution, originellement jaune pâle, va devenir incolore, car la seule espèce colorée disparaît. On va repérer l'équivalence du titrage lorsque la solution sera totalement **incolore**.

2. Il est difficile de remarquer le passage d'une solution très pâle à une solution incolore. L'ajout de quelques gouttes d'empois d'amidon dans l'erlenmeyer va permettre de colorer la solution en bleu, rendant plus facile le repérage de l'équivalence (passage du bleu intense à incolore).

Tableau 2

Équation de la réaction modélisant la transformation		**acide éthanoïque** +	**éthanol** →	**éthanoate d'éthyle** +	**eau**
État du système	**Avancement (mol)**	Quantité de matière d'acide	Quantité de matière d'éthanol	Quantité de matière d'éthanoate	Quantité de matière d'eau
initial	0	2	1	0	0
au cours de la transformation	x	$n_{acide}(t) = 2 - x$	$n_{éthanol}(t) = 1 - x$	$n_{éthanoate}(t) = x$	$n_{eau}(t) = x$
final	x_f	$x_{max} = 1$ mol			
		$n^f_{acide}(t) = 2 - x_f = 1{,}25$	$n^f_{éthanol}(t) = 1 - x_f = 0{,}25$	$n^f_{éthanoate}(t) = x_f = 0{,}75$	$n^f_{eau}(t) = x_f = 0{,}75$

Tableau 3

Équation de la réaction support du titrage		**$2\ Fe^{3+} + Sn^{2+}$** →	**$2\ Fe^{2+} + Sn^{4+}$**
État du système	**Avancement (mol)**	**Quantité de matière de titré**	**Quantité de matière de titrant**
initial	0	$n^i_{Fe^{3+}}$	$n^i_{Sn^{2+}} = 0{,}10 \times 9{,}6.10^{-3} = 9{,}6.10^{-4}$ mol
au cours de la transformation	x	$n_{Fe^{3+}} = n^i_{Fe^{3+}} - 2x$	$n_{Sn^{2+}} = 9{,}6.10^{-4} - x$
final	x_E	$x_{max} = 9{,}6.10^{-4}$ mol	
		$n^E_{Fe^{3+}} = n^i_{Fe^{3+}} - 2x_E = 0$	$n^E_{Sn^{2+}} = 9{,}6.10^{-4} - x_E = 0$

CHAPITRE 4 (Énoncés p. 121)

1 Le carbone a pour structure électronique K^2L^4. Il possède 4 électrons célibataires sur sa couche externe.

Répartition des électrons de la couche externe de l'atome de carbone.

L'oxygène a pour structure électronique K^2L^6. Il possède 2 électrons célibataires et deux doublets d'électrons sur sa couche externe

Répartition des électrons de la couche externe de l'atome de l'oxygène.

On attribue alors à chaque atome lié les deux électrons mis en jeu dans le doublet de liaison.

L'atome de carbone gagne 4 électrons. Il respecte la règle de l'octet (4 + 4 = 8).

Chaque atome d'oxygène gagne 2 électrons. Ils respectent la règle de l'octet (6 + 2 = 8).

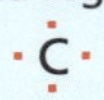

Schéma de Lewis de l'atome de carbone.

Schéma de Lewis de l'atome de l'oxygène.

Schéma de Lewis de la molécule de dioxyde de carbone :

2 Pour établir la géométrie de la molécule, il faut établir le schéma de Lewis de cette molécule.

H : K^1. L'hydrogène possède 1 électron célibataire sur sa couche externe et doit gagner 1 électron pour respecter la règle du duet.

O : K^2L^6. L'oxygène possède 2 électrons célibataires et 2 doublets d'électrons sur sa couche externe et doit gagner 2 électrons pour respecter la règle de l'octet.

Cl : $K^2L^8M^7$. Le chlore possède 1 électron célibataire et 3 doublets d'électrons sur sa couche externe et doit gagner 1 électron pour respecter la règle de l'octet.

Schéma de Lewis de la molécule d'acide hypochloreux :

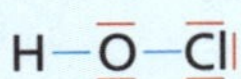

Les deux doublets liants et les deux doublets non liants de l'oxygène se placent de façon à s'éloigner le plus possible les uns des autres. La molécule est donc **coudée**.

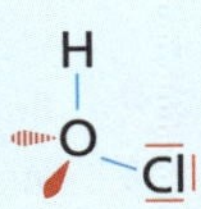

3 **1.** Le carbone et le lithium appartiennent à la même période. Dans une période, l'électronégativité croît de gauche à droite.

Le lithium est avant le carbone dans la période. Le carbone est donc plus électronégatif que le lithium : $\chi(\mathrm{C}) > \chi(\mathrm{Li})$.

2. Le carbone et le fluor appartiennent à la même période. Dans une période l'électronégativité croît de gauche à droite.

Le carbone est avant le fluor dans la période. Le fluor est donc plus électronégatif que le carbone : $\chi(\mathrm{F}) > \chi(\mathrm{C})$.

3. Le soufre et le l'oxygène appartiennent au même groupe. Dans un groupe, l'électronégativité croît de bas en haut.

Le soufre est sous l'oxygène dans le groupe. Le soufre est donc moins électronégatif que l'oxygène : $\chi(\mathrm{S}) < \chi(\mathrm{O})$.

4 On calcule la différence d'électronégativité des deux atomes.

- Pour la liaison C–O :

$\Delta\chi = \chi(\mathrm{O}) - \chi(\mathrm{C}) = 3{,}44 - 2{,}55 = 0{,}89$.

Cette valeur est supérieure à 0,45, donc la liaison est **polarisée**.

- Pour la liaison H–C :

$\Delta\chi = \chi(\mathrm{C}) - \chi(\mathrm{H}) = 2{,}55 - 2{,}20 = 0{,}35$.

Cette valeur est inférieure à 0,45, donc la liaison est **non polarisée**.

- Pour la liaison C–Cl :

$\Delta\chi = \chi(\mathrm{Cl}) - \chi(\mathrm{C}) = 3{,}16 - 2{,}55 = 0{,}61$.

Cette valeur est supérieure à 0,45, donc la liaison est **polarisée**.

5 **1.** Une molécule est dite polaire si elle possède des liaisons polarisées **et** si les positions moyennes des charges partielles positives et négatives ne sont pas confondues.

2. La molécule NH_3 contient trois liaisons N–H.
$\Delta\chi = \chi(\mathrm{N}) - \chi(\mathrm{H}) = 3{,}04 - 2{,}20 = 0{,}84$. Cette valeur est supérieure à 0,45, donc la liaison N-H est polarisée.

La structure de la molécule est pyramidale.

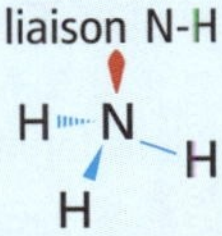

Chaque atome d'hydrogène porte une charge partielle positive $\delta+$. L'atome d'azote porte une charge partielle négative $3\delta-$. La position des charges partielles positives *G*+ n'est pas confondue avec la position des charges partielles négatives *G*– : **la molécule d'ammoniac est polaire.**

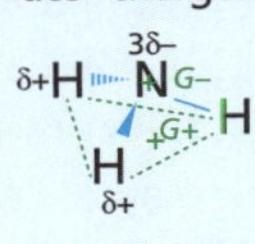

CHAPITRE 5 (Énoncés p. 127)

1 **1.** La cohésion d'un cristal ionique est due aux interactions **électrostatiques attractives** entre les cations (ions positifs) et les anions (ions négatifs) constituant le solide ionique.

2. Un cristal ionique est constitué d'un assemblage d'ions dans des proportions telles que le cristal soit électriquement neutre. L'ion sodium a pour formule chimique Na^+ et l'ion oxygène O^{2-}.

L'oxyde de sodium est constitué d'ions sodium et d'ions oxygène. Sa formule chimique est $\mathbf{Na_2O}$.

2 1. Dans un solide moléculaire, la cohésion est due aux interactions **électrostatiques** entre les dipôles (permanents ou instantanés) des molécules.

2. Cette interaction se nomme interaction **de Van der Waals**.

3. L'interaction de Van der Waals dans un solide moléculaire est **moins forte** que l'interaction électrostatique attractive dans un cristal ionique.

3 1.

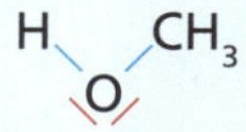

2. Cette molécule est susceptible de faire une liaison hydrogène car l'hydrogène est lié à un oxygène (très électronégatif) qui est porteur de doublets non liants.

3.

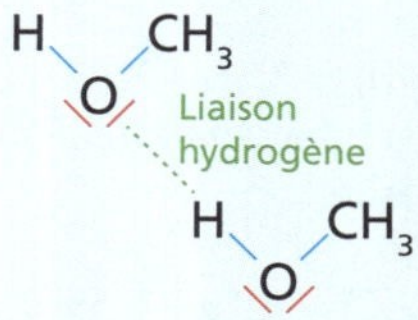

4 1. Les trois étapes sont : la **dissociation** des ions du solide, puis la **solvatation** des ions dans la solution et enfin la **dispersion** des ions dans la solution.

2. Lors de la dissolution, il va y avoir formation d'ions fer III, de formule chimique Fe^{3+} et d'ions chlorure, de formule chimique Cl^-. L'écriture de l'équation de la réaction doit vérifier la conservation des éléments chimiques et des charges électriques : $\mathbf{FeCl_{3(s)} \rightarrow Fe^{3+}_{(aq)} + 3Cl^-_{(aq)}}$.

3. Il se forme **trois fois plus** d'ions chlorure que d'ions fer III.

5 1. $BaCl_{2(s)} \rightarrow Ba^{2+}_{(aq)} + 2Cl^-_{(aq)}$

2. $C(\text{soluté}) = n(\text{soluté}) / V(\text{solution})$ et
$n(\text{soluté}) = m(\text{soluté}) / M(\text{soluté})$
$C(\text{soluté}) = m(\text{soluté}) / (M(\text{soluté}) \times V(\text{solution}))$
$C(\text{soluté}) = 12{,}5 / (208{,}3 \times 200.10^{-3})$
$= \mathbf{3{,}00.10^{-1}\ mol.L^{-1}}$.

3. D'après l'équation de réaction :
$n(Ba^{2+}) = n(\text{soluté})$, donc
$[Ba^{2+}] = C(\text{soluté}) = \mathbf{3{,}00.10^{-1}\ mol.L^{-1}}$.
D'après l'équation de réaction :
$n(Cl^-) = 2\,n(\text{soluté})$, donc
$[Cl^-] = 2\,C(\text{soluté}) = \mathbf{6{,}00.10^{-1}\ mol.L^{-1}}$.

6 L'eau est un solvant polaire. Elle dissout facilement les solides ioniques et les solides polaires.
Le dioxyde de carbone contient des liaisons polarisées, mais la position des charges partielles positives *G+* est confondue avec la position des charges partielles négatives *G–*. Elle est donc apolaire et par conséquent très peu soluble dans l'eau.

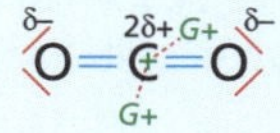

CHAPITRE 6 *(Énoncés p. 132)*

1 Formule développée :

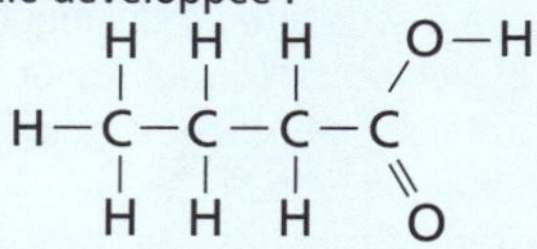

semi-développée :

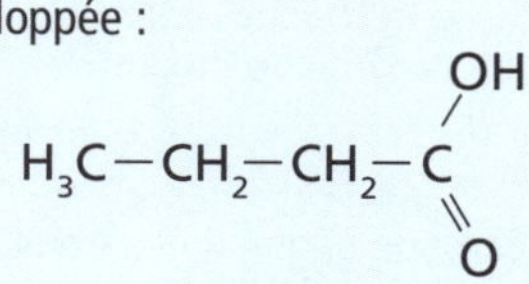

et brute $C_4H_8O_2$. La représentation topologique est :

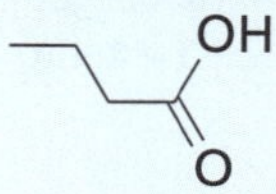

2

1. 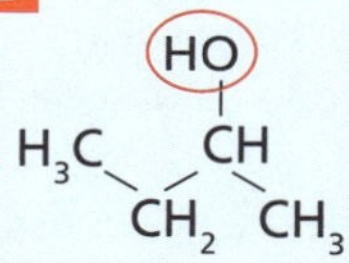

Groupe hydroxyle, famille des alcools.

2. 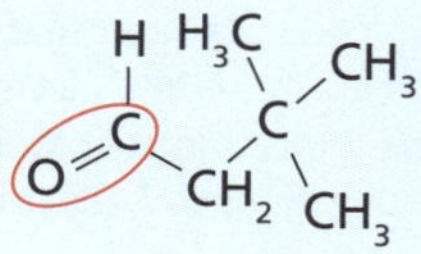

Groupe carbonyle, famille des aldéhydes.

3. 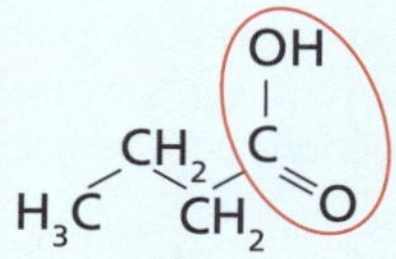

Groupe carboxyle, famille des acides carboxyliques.

4. 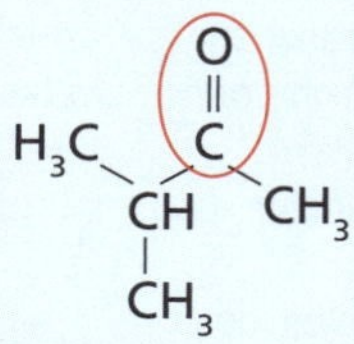

Groupe carbonyle, famille des cétones.

3 1. Butan-2-ol.

2. 3,3-diméthylbutan-1-al (car il y a deux groupements méthyl sur l'atome de carbone 3).

3. Acide butanoïque.

4. 3-méthylbutan-2-one.

4 1.

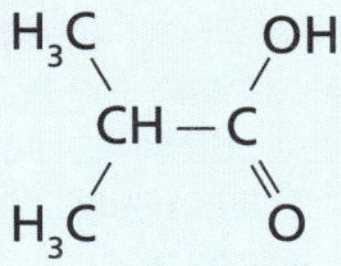

2.

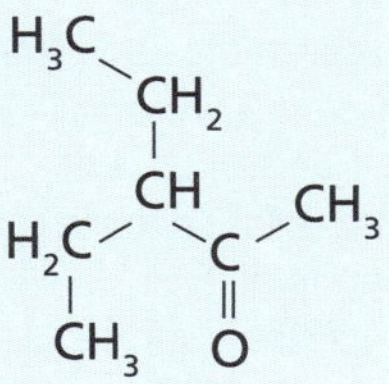

3.

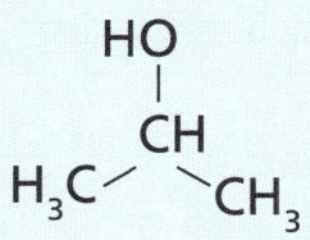

5 Le spectre 1 possède une bande vers 3 400 cm^{-1}, c'est donc un alcool : **propan-2-ol**.
Le spectre 2 possède une bande vers 1 720 cm^{-1}, c'est donc une molécule avec un groupe carbonyle : **3-éthylpentan-2-one.**
Le spectre 3 possède deux bandes, l'une vers 3 600 cm^{-1} et l'autre vers 1 700 cm^{-1}, c'est donc un acide carboxylique : **acide 2-méthylpropanoïque**.

CHAPITRE 7 *(Énoncés p. 136)*

1

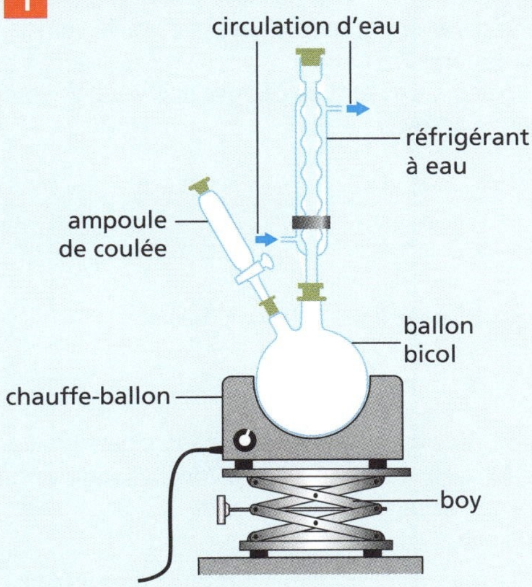

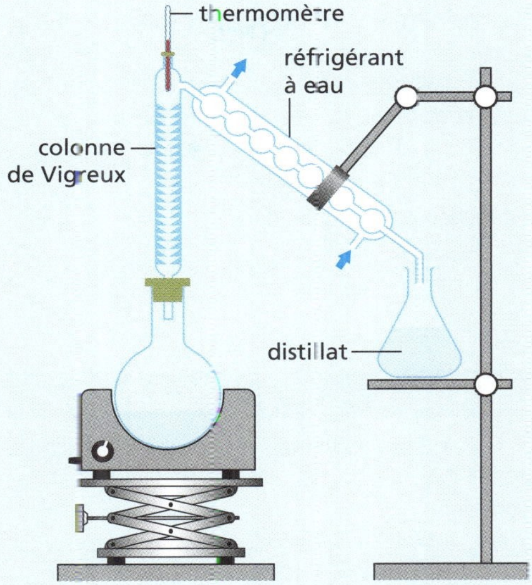

2 1. Le produit obtenu à la fin de la synthèse est le **produit brut**.

2. Le produit *A* et les impuretés étant tous deux solubles dans le mélange eau-éthanol chaud, on va dissoudre le produit brut (*A* + impuretés) dans un mélange eau-éthanol chaud. Puis, on laisse refroidir ce mélange. Le produit *A* étant insoluble dans le mélange eau-éthanol froid, en séparant les cristaux obtenus du liquide, on élimine les impuretés.

3 1. Pour l'étape de la transformation, il s'agit de l'étape 1 (synthèse) ; l'isolement : l'étape 2 (séparation) ; la purification : l'étape 3 ; l'analyse : l'étape 4 (caractérisation).

2. Chauffage au bain-marie :

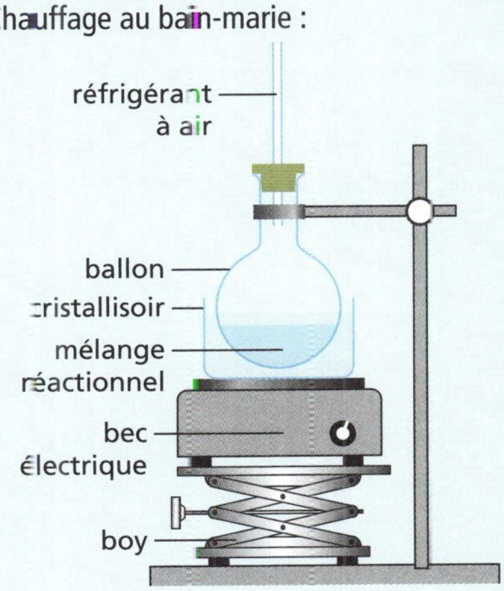

3. Par définition, $r = \frac{n_{expe}}{n_{max}}$. La quantité de matière en acide salicylique est de $n_{acide\ salicylique} = \frac{m_{acide}}{M_{acide}} = \frac{5,0}{138} = 3,6.10^{-2}$ mol.

Par conséquent, la quantité de matière finale maximale en aspirine sera de $3{,}6.10^{-2}$ mol. La masse finale en aspirine étant de 6,1 g, cela correspond à une quantité de matière de

$$n_{\text{aspirine final}} = \frac{m_{\text{aspirine}}}{M_{\text{aspirine}}} = \frac{6{,}1}{180} = 3{,}4.10^{-2} \text{ mol.}$$

Le rendement est donc de

$$r = \frac{n_{\text{aspirine final}}}{n_{\text{aspirine max}}} = \frac{3{,}4.10^{-2}}{3{,}6.10^{-2}} = \mathbf{0{,}94} = 94\ \%.$$

CHAPITRE 8 *(Énoncés p. 140)*

1 1. • Pour l'éthane, les couples impliqués sont : CO_2 / C_2H_6 et O_2 / H_2O. Les demi-équations sont donc

$2\ CO_2 + 14\ H^+ + 14\ e^- = C_2H_6 + 4\ H_2O$ et

$O_2 + 4\ H^+ + 4\ e^- = 2\ H_2O$.

L'équation de combustion complète de l'éthane est donc :

$$\mathbf{2\ C_2H_6 + 7\ O_2 \rightarrow 4\ CO_2 + 6\ H_2O.}$$

• Pour le propane, les couples impliqués sont : CO_2 / C_3H_8 et O_2 / H_2O.

Les demi-équations sont donc

$3\ CO_2 + 20\ H^+ + 20\ e^- = C_3H_8 + 6\ H_2O$ et

$O_2 + 4\ H^+ + 4\ e^- = 2\ H_2O$.

L'équation de combustion complète du propane est donc :

$$\mathbf{C_3H_8 + 5\ O_2 \rightarrow 3\ CO_2 + 4\ H_2O.}$$

2. • Pour le méthanol, les couples impliqués sont : CO_2 / CH_4O et O_2 / H_2O.

Les demi-équations sont donc

$CO_2 + 6\ H^+ + 6\ e^- = CH_4O + H_2O$ et

$O_2 + 4\ H^+ + 4\ e^- = 2\ H_2O$.

L'équation de combustion complète du méthanol est donc :

$$\mathbf{2\ CH_4O + 3\ O_2 \rightarrow 2\ CO_2 + 4\ H_2O.}$$

• Pour le butanol, les couples impliqués sont : CO_2 / $C_4H_{10}O$ et O_2 / H_2O.

Les demi-équations sont donc

$4\ CO_2 + 24\ H^+ + 24\ e^- = C_4H_{10}O + 7\ H_2O$ et

$O_2 + 4\ H^+ + 4\ e^- = 2\ H_2O$.

L'équation de combustion complète du butanol est donc :

$$\mathbf{C_4H_{10}O + 6\ O_2 \rightarrow 4\ CO_2 + 5\ H_2O.}$$

2 1. Lors de l'utilisation de la gazinière, le comburant est le dioxygène O_2 et le combustible le méthane CH_4.

2. Les demi-équations étant :

$CO + 6\ H^+ + 6\ e^- = CH_4 + H_2O$ et

$O_2 + 4\ H^+ + 4\ e^- = 2\ H_2O$

l'équation de la transformation de combustion incomplète du méthane est :

$$\mathbf{2\ CH_4 + 3\ O_2 \rightarrow 2\ CO + 4\ H_2O.}$$

3. La ventilation est obligatoire pour deux raisons, évacuer le monoxyde de carbone formé et permettre d'avoir une quantité suffisante de dioxygène afin de favoriser une combustion complète plutôt qu'une combustion incomplète.

3 1. Il faut dans un premier temps déterminer les liaisons qui vont se rompre : 5 liaisons C–H, 1 liaison C–C, 1 liaison C–O, 1 liaison O–H et 3 liaisons O=O. D'après le tableau donné dans le cours, on a donc besoin d'une énergie de $5 \times 414 + 347 + 351 + 464 + 3 \times 502 = 4\ 738$ kJ.mol^{-1}.

Dans un deuxième temps, on détermine le nombre de liaisons que l'on forme : 4 liaisons C=O et 6 liaisons O–H. On libère donc :

$4 \times 795 + 6 \times 464 = 5\ 964$ kJ.mol^{-1}.

Par conséquent, cette transformation libère plus d'énergie qu'elle n'en consomme (réaction exothermique), à savoir :

$5\ 964 - 4\ 738 =$ **1 226 kJ.mol^{-1}.**

2. Par définition, $q'_P = \frac{E_q}{m}$.

Ainsi, $q'_P = \frac{1\ 226.10^3}{46.10^{-3}} = \mathbf{27\ MJ.kg^{-1}}$.

CHAPITRE 9 *(Énoncés p. 145)*

1 Soit $\vec{F}_{A/B}$ la force exercée par le corps A sur le corps B et $\vec{F}_{B/A}$ la force exercée par le corps B sur le corps A.

Les deux corps sont de charges opposées, ils vont donc s'attirer.

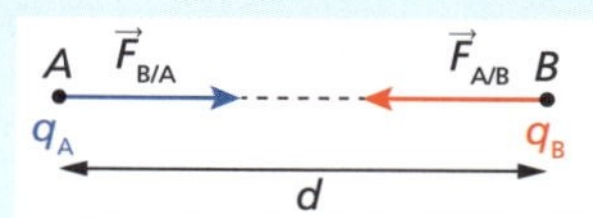

2 1. On applique la loi de Coulomb :

$$F_{A/B} = F_{B/A} = k \times \frac{|q_A \times q_B|}{d^2}$$

2. La distance d se trouve au dénominateur dans la formule. La force électrostatique **augmente** donc lorsque la distance entre les deux corps diminue.

3. La force électrostatique **diminue** lorsque la distance entre les deux corps augmente.

3 1. $AlCl_{3(s)} \rightarrow Al^{3+}_{(aq)} + 3Cl^-_{(aq)}$

2. L'ion aluminium a pour formule chimique Al^{3+}. Il possède donc une charge $\boldsymbol{q = +3\ e}$.

L'ion chlorure a pour formule chimique Cl^-. Il possède donc une charge $\boldsymbol{q = -e}$.

3. $F_{Al3+/Cl^-} = k \times |3e \times (-e)| / d^2$

$F_{Al3+/Cl^-} = 9,0.10^9 \times 3 \times 1,6.10^{-19} \times 1,6.10^{-19} / (1,5 \times 10^{-7})^2$

F_{Al3+/Cl^-} = **3,1.10^{-14} N.**

4 1. On compare le polystyrène et le nylon dans l'échelle donnée dans le cours. Le polystyrène est en dessous du nylon. Il va donc être chargé **négativement**.

2.

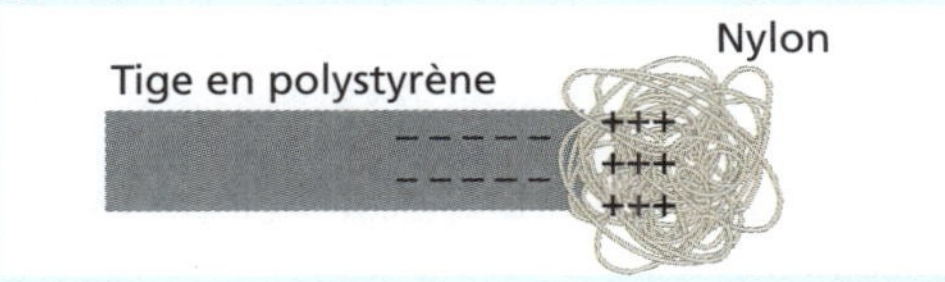

3. Lorsqu'on approche la tige chargée négativement, les électrons de la boule se localisent à l'opposé de la partie qui fait face à la tige. **La tige et la boule s'attirent.**

Quand la tige entre en contact avec la boule, des électrons libres passent de la tige vers la boule qui devient alors chargée négativement. Il y a **répulsion**.

5 Un proton possède une charge électrique positive $q = +e$, donc les lignes de champ électrostatique partent du proton.

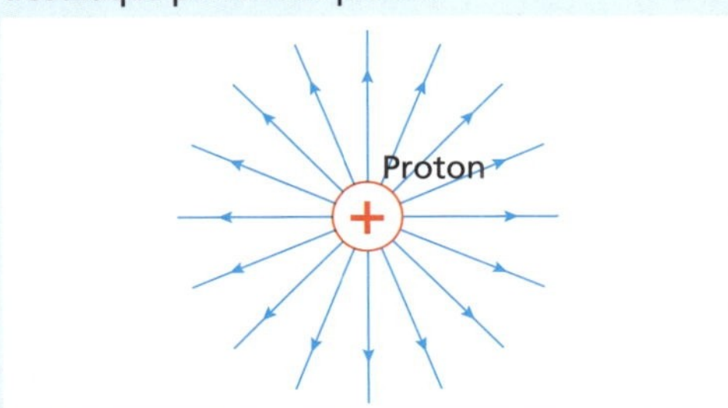

6 1. Si la particule est chargée négativement, les lignes de champ se dirigent vers elle.

2. Une ligne de champ vectoriel est une ligne tangente en chaque point au vecteur du champ.

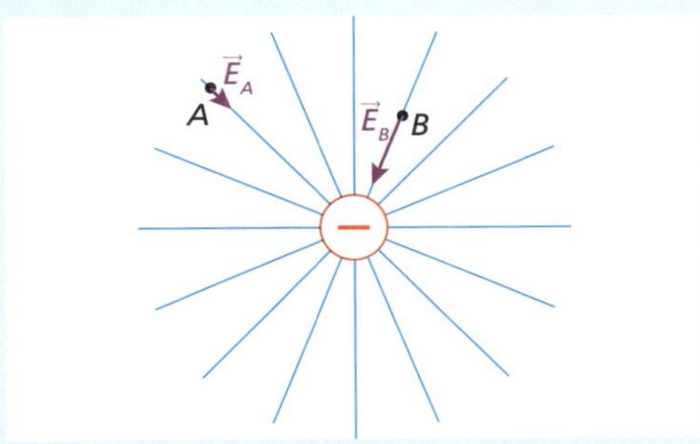

La valeur du champ décroît avec la distance entre la charge et la position de la mesure.

3. Le champ électrostatique décroît avec la distance entre la charge et la position de la mesure, donc $E_A < E_B$.

CHAPITRE 10

(Énoncés p. 149)

1 1. $\rho = \frac{m}{V}$ avec ρ en $g.cm^{-3}$; m en g ; V en cm^3.

2. On cherche m.

$m = \rho \times V$

$V = 0,75 \text{ L} = 0,75.10^3 \text{ cm}^3$

$m = 0,81 \times 0,75.10^3$ = **6,1 × 10^2 g.**

2 1. Les atomes d'hélium dans le récipient sont mobiles et ne sont pas en contact les uns des autres. Ils sont en mouvement désordonné.

2. On applique la loi de Boyle-Mariotte. À température donnée, $P \times V$ = const.

Si le volume occupé par l'hélium diminue, alors sa pression **augmente**.

3 1. 1 hPa = 10^2 Pa

1 020 hPa = 1 020.10^2 = **102 000 Pa.**

2. On applique la formule $F = P \times S$ avec

$S = 10 \times 6 = 60 \text{ m}^2$.

$F = 1\,020.10^2 \times 60$ = **6,12.10^6 N.**

4 1. D'après la loi fondamentale de la statique des fluides : $\Delta P = \rho \times g \times \Delta z$.

2. Ici, on cherche Δz.

$\Delta z = \Delta P / \rho \times g$

$\Delta P = P_z - P_{atm} = 3,5.10^5 - 1,013.10^5 = 2,487.10^5$ Pa.

$\Delta z = 2,487.10^5 / 1,03.10^3 \times 9,81$ = **25 m.**

5 1. Une mole de gaz occupe un volume de 24 litres. Pour la même température et à la même pression, le volume de 2 moles serait double. 2 moles de dioxygène occupent un volume de **48 litres.**

2. Pour une température et une pression données, le volume occupé par une mole de gaz est indépendant de la nature du gaz. 2 moles de diazote occupent un volume de **48 litres**.

CHAPITRE 11

(Énoncés p. 153)

1 Plus la masse d'un corps est importante et plus il est difficile de le mettre en mouvement. Pour une même force, la caisse 1 monte plus rapidement que la caisse 2. On en déduit que **la caisse 2** est plus lourde que la caisse 1.

2 1. L'objet n'est soumis qu'à une force, son poids. La direction de cette force est verticale descendante. Par conséquent, le vecteur variation de vitesse étant colinéaire au poids, il est vertical descendant : cet objet est mis en mouvement, et sa vitesse va augmenter au fur et à mesure de sa chute.

2. On sait que $v_2 = \frac{P}{m}(t_2 - t_1) + v_1$, avec P poids de l'objet. Puisque $P = m \times g_{Lune}$, $\frac{P}{m} = g_{Lune}$.

Ainsi, $v_2 = g_{Lune}(t_2 - t_1) + v_1$.

Durée de chute (s)	1	2	3
Vitesse de l'objet ($m.s^{-1}$)	1,6	3,2	4,8

3 1. Il y a trois forces qui s'appliquent sur le système : son poids $\vec{P}$, la réaction du support $\vec{R}$ et la force de poussée $\vec{F}$ exercée par le pousseur. Le poids et la réaction du support se compensant, la somme vectorielle des trois forces se résume à la force de poussée seule.

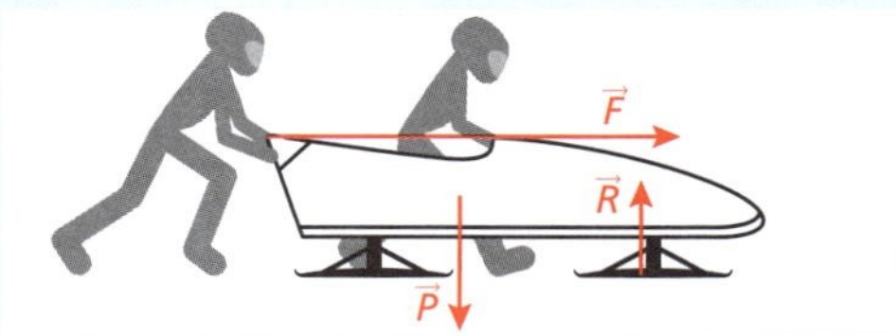

2. En utilisant $F = m\frac{v_2 - v_1}{t_2 - t_1}$, on a :

$$F_1 = 400\frac{2,5-0}{1-0} = \mathbf{1\ 000\ N}$$ et

$$F_5 = 400\frac{10-8,5}{5-4} = \mathbf{600\ N}.$$

3. La force de poussée exercée par le pousseur **n'est pas constante**.

4 1. et 2. En mesurant les distances entre les points encadrant les instants considérés,on a :

$$v(t_3) = \frac{0,012}{2\times 0,010} = \mathbf{0,60\ m.s^{-1}}$$ et

$$v(t_9) = \frac{0,036}{2\times 0,010} = \mathbf{1,8\ m.s^{-1}}.$$ En utilisant une échelle de 1 cm pour 1 $m.s^{-1}$, on a :

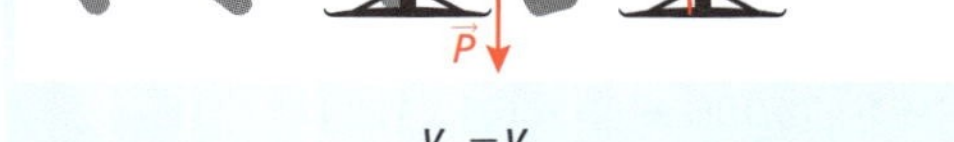

Attention : le schéma ci-dessus ne donne pas de bonnes longueurs car il est plus petit que celui de l'énoncé. Il est correct à l'échelle.

3. $\Delta\vec{v} = \vec{v}(t_9) - \vec{v}(t_3)$. La norme du vecteur variation de vitesse entre les instants t_3 et t_9 vaut donc 1,2 $m.s^{-1}$, soit 1,2 cm à l'échelle. On peut le représenter légèrement en dessous de $\vec{v}(t_9)$ afin de mieux le visualiser.

4. En utilisant $F = m\frac{v_9 - v_3}{t_9 - t_3}$, on a

$$F_1 = 18\frac{1,8-0,6}{6\times 0,01} = \mathbf{360\ N}.$$

CHAPITRE 12

(Énoncés p. 157)

1 $I = Q / t$ et $Q = n \times e$.
Donc $I = n \times e / t$.
On cherche n : $n = I \times t / e$.
L'intensité électrique correspond au passage d'une quantité d'électrons n en 1 seconde, donc $t = 1$ s.
$n = 2 \times 1 / 1,6.10^{-19} =$ **$1,25.10^{19}$ électrons par seconde.**

2 • Générateur *A*. Sur la caractéristique, la tension diminue de manière linéaire en fonction de l'intensité : **générateur réel de tension linéaire.**
• Générateur *B*. Sur la caractéristique, la tension ne varie pas : **générateur idéal de tension.**
• Générateur C. Sur la caractéristique, la tension diminue de manière non linéaire en fonction de l'intensité : **générateur réel de tension non linéaire.**

3 1. $\boldsymbol{U = E - r \times I}$.

2. $U = 15 - 0,4 \times 2 = \mathbf{14,2\ V}$.

4 1. La tension se mesure avec un **voltmètre** et l'intensité avec un **ampèremètre**.

2. Ce graphique se nomme **caractéristique**.

3. La pile n'est pas un générateur idéal car sa tension diminue lorsque l'intensité du courant qui circule dans le circuit augmente. Cette chute de tension est due à sa résistance interne r.

4. Lorsque la pile ne débite pas de courant électrique, la tension entres ses bornes est égale à sa fem : $\boldsymbol{E}$ = 1,5 V.

5. Pour déterminer r, on prend un point sur la droite : (U = 1,0V ; I = 200 mA) et on applique la formule
$U = E - r \times I$.

Ici on cherche r, soit $r = \frac{E-U}{I}$.

$$r = \frac{1,5-1,0}{0,2}$$
$\boldsymbol{r = 2,5\ \Omega}$.

5 1.

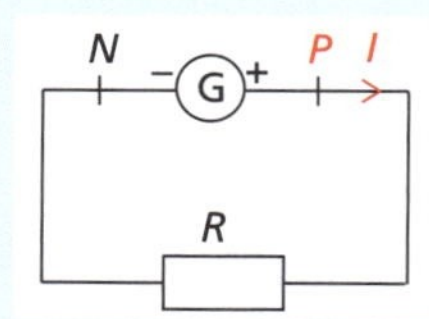

2. Le courant électrique est un **déplacement d'électrons**.

3. C'est un circuit série. Dans un circuit série, la tension aux bornes du générateur est égale à la somme des tensions aux bornes des récepteurs. Le conducteur ohmique est le seul dipôle récepteur, donc $U_{pile} = U_{conducteur\ ohmique}$.

4. $\boldsymbol{U_{conducteur\ ohmique} = R \times I}$.

$\boldsymbol{U_{pile} = E - r \times I}$.

5. $U_{pile} = U_{conducteur\ ohmique}$ donc $R \times I = E - r \times I$.

$I = \dfrac{E}{R+r}$

$I = \dfrac{9}{33+1{,}2}$ = **0,26 A.**

6. $U_{conducteur\ ohmique} = R \times I$.

$U_{conducteur\ ohmique} = 33 \times \dfrac{9}{33+1{,}2}$ = **8,7 V.**

CHAPITRE 13 *(Énoncés p. 160)*

1 1. 3 W représente la **puissance électrique** de la lampe en watt.

2.

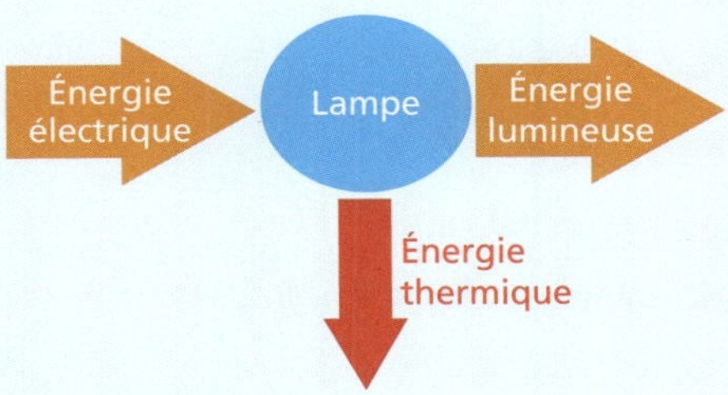

3. On applique la formule :
$P = U \times I$.
On cherche I : $I = P / U$.
$I = 3 / 230$ = $\mathbf{1{,}3.10^{-2}}$ **A.**

2 1. • Pour calculer une énergie en joule, il faut exprimer la durée en seconde.
5 min = 5 × 60 = 300 s
$E = P \times \Delta t$
E = 1 400 × 300 = **420 000 J.**
• Pour calculer une énergie en wattheure, il faut exprimer la durée en heure.
5 min = 5 / 60 = 0,083 s
$E = P \times \Delta t$
$E = 1\,400 \times \dfrac{5}{60}$ = **116,7 Wh.**

2. L'unité la plus adaptée est le **wattheure**.

3 1. On applique la relation $P = U \times I$.
Le conducteur ohmique a pour caractéristique $U = R \times I$, soit $I = U / R$.
P = 230 × 230 / 20 = **2 645 W.**

2. $E = P \times \Delta t$
Il faut convertir la durée en heure :
Δt = 10 min = 10 / 60 = 0,17 h.
E = 2 645 × 0,17 = **441 Wh.**

4 1. Énergie reçue : énergie électrique, énergie exploitable : énergie mécanique, énergie dissipée : énergie thermique.

2. Le convertisseur utilise de l'énergie électrique et la convertit en énergie mécanique (mouvement) ; le convertisseur utilisé est donc le **moteur électrique.**

3. Énergie reçue = énergie exploitable + énergie dissipée

4. Énergie dissipée = énergie reçue − énergie exploitable
Énergie dissipée = 500 − 400 = **100 J.**

5 1. L'alternateur reçoit de l'énergie mécanique et il produit de l'énergie électrique.

2. Le rendement est inférieur à 1. Il y a donc des pertes d'énergie sous forme d'énergie thermique.

3. $\rho = E_{exploitable} / E_{reçue}$

4. On cherche $E_{exploitable}$.
$E_{exploitable} = \rho \times E_{reçue}$
$E_{exploitable}$ = 0,8 × 1 500 = **1 200 W.**

6 1. La caractéristique de la batterie est $U = E - r \times I$.

2. E est la force électromotrice de la batterie et r est sa résistance interne.

3. La puissance électrique s'obtient par la formule $P = U \times I$.

4. $P = (E - rI) \times I = EI - rI^2$
$P = E. - rI^2$
$P = 12{,}0 \times 5{,}0 - 8.10^{-2} \times 5{,}0^2$ = **58 W.**

5. $\rho = P_{exploitable} / P_{reçue}$
$\rho = EI - rI^2 / EI = (E - rI) / E$
$\rho = (12 - 8.10^{-2} \times 5{,}0) / 12$ = **0,97.**

CHAPITRE 14 *(Énoncés p. 165)*

1 Le travail de cette force est
$W_{AB}(\vec{F}) = \vec{F}.\vec{AB} = F \times AB \times \cos(\alpha)$.

Donc : $W_{AB}(\vec{F}) = 50 \times 100 \times \cos(40°)$ = **3 830 J.**

2 Le travail d'une force de frottement vaut
$W_{AB}(\vec{f_f}) = \vec{f_f}.\vec{AB} = f_f \times AB \times \cos(180°) = -f_f \times AB$.
Ainsi, on a $W_{AB}(\vec{f_f})$ = −20 × 20 = **−400 J.**

3 1. On a $E_{pp} = m \times g \times z$, soit $E_{pp} = 0{,}100 \times 9{,}81 \times 10 = 9{,}81$ J. La vitesse initiale étant nulle, l'énergie cinétique est nulle. Et donc $E_M = E_{pp} + E_c = E_{pp} =$ **9,81 J.**

2. Le système n'étant soumis qu'à son poids, l'énergie mécanique du système est constante. Ainsi, l'énergie mécanique du système lorsqu'il touche le sol vaut **9,81 J**. L'énergie potentielle au niveau du sol étant nulle, l'énergie cinétique à cette altitude est égale à l'énergie mécanique, soit **9,81 J**.

3. On a $\frac{1}{2}mv^2 = 9{,}81$, ainsi

$$v = \sqrt{\frac{2}{m}9{,}81} = \sqrt{\frac{2}{0{,}1}9{,}81} = \mathbf{14\ m.s^{-1}}.$$

4 1. On a $W_{AB}(\vec{P}) = m \times g \times (z_A - z_B)$. Donc : $W_{AB}(\vec{P}) = 1\,500 \times 9{,}81 \times (-3) =$ **–44 kJ.**

2. Le travail de la force $\vec{F}$ exercée par la grue à cette altitude est $W_{AB}(\vec{F}) = \vec{F}.\vec{AB} = F \times AB \times \cos(0°) = 20.10^3 \times 3 \times 1 =$ **6.10⁴ J.**

3. En utilisant le théorème de l'énergie cinétique, on a $\frac{1}{2}mv_B^2 - \frac{1}{2}mv_A^2 = \frac{1}{2}mv_B^2 = \mathbf{W_{AB}(\vec{F}) + W_{AB}(\vec{P})}$, car v_A est nulle. Ainsi,

$$\frac{1}{2}mv_B^2 = 6.10^4 - 44.10^3 = 1{,}6.10^4 \text{ J}.$$

Par conséquent, $v_B = \sqrt{\frac{2}{1\,500}1{,}6.10^4} = \mathbf{4{,}6\ m.s^{-1}}$.

5 1. Deux forces s'appliquent sur le système (skieur) : **le poids et la réaction du support (tremplin)**. La réaction du support étant perpendiculaire au déplacement, son travail est nul ($\alpha = 90°$). Le travail du poids est

$$W_{AB}(\vec{P}) = mg(z_A - z_B) = 70 \times 9{,}81 \times 50 = \mathbf{34{,}3\ kJ}.$$

2. Le théorème de l'énergie cinétique nous permet d'écrire que $\frac{1}{2}mv_f^2 - \frac{1}{2}mv_i^2 = \frac{1}{2}mv_f^2 = W_{AB}(\vec{P})$, car v_i est nulle. Ainsi,

$$v_f = \sqrt{\frac{2W_{AB}(\vec{P})}{m}} = \sqrt{\frac{2 \times 34{,}3.10^3}{70}} = \mathbf{31{,}3\ m.s^{-1}}.$$

3. a. La vitesse étant plus faible que celle prédite, on en déduit que le travail de $\vec{F_S}$ doit être négatif.

b. Le système étant soumis à des frottements, l'énergie mécanique du système n'est pas constante et la variation de l'énergie mécanique correspond au travail de la force de frottement. Ainsi, $E_{Mf} - E_{Mi} = W_{AB}(\vec{F_S})$. Donc

$$\frac{1}{2}mv_f^2 + mgz_f - \frac{1}{2}mv_i^2 - mgz_i = \frac{1}{2}mv_f^2 - mgz_i$$

$= W_{AB}(\vec{F_S}) = -F_S \times AB$, car $v_i = 0$ et $z_f = 0$.

On arrive à $F_S = \dfrac{mgz_i - \frac{1}{2}mv_f^2}{AB}$.

En n'oubliant pas de convertir la vitesse v_f donnée en km.h⁻¹ en m.s⁻¹ ($v_f = 90$ km.h⁻¹ $= \frac{90}{3{,}6}$ m.s⁻¹), l'application numérique donne :

$$F_S = \frac{70 \times 9{,}81 \times 50 - \frac{1}{2} \times 70 \times \left(\frac{90}{3{,}6}\right)^2}{90} = \mathbf{138\ N}.$$

CHAPITRE 15 *(Énoncés p. 169)*

1 La distance est $d = v \times \Delta t = 340 \times 20.10^{-3} =$ **6,8 m.**

2 1. La ola parcourt une distance de 2 m en 2 s, la vitesse de déplacement de la ola est donc de $v = \frac{d}{\Delta t} = \frac{2}{2} = \mathbf{1\ m.s^{-1}}$.

2. Son retard est $\tau = \frac{d}{v_{ola}} = \frac{6}{1} = \mathbf{6\ s}$.

3 1. La relation entre période spatiale et période temporelle est $\boldsymbol{\lambda = v \times T}$.

2.

v	T	λ
335 m.s⁻¹	35,8 µs	1,2 cm
1 200 m.s⁻¹	2,5 ms	30 dm
1,36 km.s⁻¹	30 µs	4,08 cm

4 1. L'onde se propageant le long de la corde est une **onde mécanique progressive, périodique et à une seule dimension.**

2. La perturbation arrive avec une période T de 0,5 s, la fréquence est donc de :

$$f = \frac{1}{T} = \frac{1}{0{,}5} = \mathbf{2\ Hz}.$$

3. En utilisant $\lambda = \frac{v}{f} = v \times T$, on obtient $\boldsymbol{\lambda = 1}$ **m.**

4. Dans les conditions de l'expérience, on pourra donc observer **10 longueurs d'onde** entières sur la corde.

5 Soit d la distance entre la personne et l'impact l'impact de la foudre. $\tau_{lumière} = \dfrac{d}{v_{lumière}}$ et $\tau_{son} = \dfrac{d}{v_{son}}$.

La durée qui s'écoule entre la réception du signal lumineux et celle du signal sonore est donc

$\Delta t = \tau_{son} - \tau_{lumière} =$

$$\frac{d}{v_{son}} - \frac{d}{v_{lumière}} = \left(\frac{1}{v_{son}} - \frac{1}{v_{lumière}}\right) \times d.$$

Ainsi $d = \dfrac{\Delta t}{\dfrac{1}{v_{son}} - \dfrac{1}{v_{lumière}}} = \dfrac{\Delta t}{\dfrac{1}{340} - \dfrac{1}{3.10^8}}$

$= \dfrac{\Delta t}{2{,}9.10^{-3}} = \dfrac{\Delta t}{2{,}9}.10^3.$

Pour avoir la distance en kilomètre, il faut diviser par 10^3 ; on a : $d = \dfrac{\Delta t}{2{,}9} \times \dfrac{10^3}{10^3} = \dfrac{\Delta t}{2{,}9}$. En divisant par 3 la durée, on est proche de la véritable valeur.

CHAPITRE 16 *(Énoncés p. 172)*

1 Les sens positifs conventionnels sont vers le haut et vers la droite.

Ainsi, $\overline{OA'}$, $\overline{FO}$ et $\overline{B'A'}$ sont positives, alors que $\overline{OA}$, $\overline{BA}$ et $\overline{F'O}$ sont négatives.

2 • Position : on utilise la relation de conjugaison : $\dfrac{1}{\overline{OA'}} - \dfrac{1}{\overline{OA}} = \dfrac{1}{\overline{OF'}}$, avec $\overline{OA} = -12$ cm et $\overline{OF'} = 6$ cm.

$\dfrac{1}{\overline{OA'}} - \dfrac{1}{-12} = \dfrac{1}{6}$, d'où $\overline{OA'}$ = **12 cm.**

• Taille : on utilise le grandissement

$\gamma = \dfrac{\overline{A'B'}}{\overline{AB}} = \dfrac{\overline{OA'}}{\overline{OA}}$, soit

$\overline{A'B'} = \overline{AB} \times \dfrac{\overline{OA'}}{\overline{OA}} = 2 \times \dfrac{12}{-12} =$ **– 2 cm.**

L'image est donc située 12 cm derrière la lentille et mesure 2 cm. Elle est donc **réelle, renversée et de même taille que l'objet**.

3 • Position : on utilise la relation de conjugaison

$\dfrac{1}{\overline{OA'}} - \dfrac{1}{\overline{OA}} = \dfrac{1}{\overline{OF'}}$,

avec $\overline{OA} = -6$ cm et $\overline{OF'} = 12$ cm.

$\dfrac{1}{\overline{OA'}} - \dfrac{1}{-6} = \dfrac{1}{12}$,

d'où $\overline{OA'}$ = **– 12 cm.**

• Taille : on utilise le grandissement :

$\gamma = \dfrac{\overline{A'B'}}{\overline{AB}} = \dfrac{\overline{OA'}}{\overline{OA}}$, soit

$\overline{A'B'} = \overline{AB} \times \dfrac{\overline{OA'}}{\overline{OA}} = 4 \times \dfrac{-12}{-6} =$ **8 cm.**

L'image est donc située 12 cm avant la lentille et mesure 8 cm. Elle est donc **virtuelle, droite et 2 fois plus grande que l'objet**.

4 • Position : on utilise la relation de conjugaison $\dfrac{1}{\overline{OA'}} - \dfrac{1}{\overline{OA}} = \dfrac{1}{\overline{OF'}}$,

avec $\overline{OA'} = 15$ cm et $\overline{OF'} = 5$ cm.

$\dfrac{1}{15} - \dfrac{1}{\overline{OA}} = \dfrac{1}{5}$, d'où $\overline{OA} = -7{,}5$ cm.

L'objet est situé **7,5 cm avant la lentille.**

• Taille : on utilise le grandissement $\gamma = \dfrac{\overline{A'B'}}{\overline{AB}} = \dfrac{\overline{OA'}}{\overline{OA}}$,

soit $\overline{AB} = \overline{A'B'} \times \dfrac{\overline{OA}}{\overline{OA'}} = -4 \times \dfrac{-7{,}5}{15} =$ **2 cm.**

5 • Position de la lentille : on utilise le grandissement

$\gamma = \dfrac{\overline{A'B'}}{\overline{AB}} = \dfrac{\overline{OA'}}{\overline{OA}} = -2$,

car l'image est deux fois plus grande que l'objet et renversée.

Ainsi, $\overline{OA'} = -2 \times \overline{OA} = 2 \times \overline{AO}$.

Par conséquent,

$\overline{AA'} = \overline{AO} + \overline{OA'} = \overline{AO} + 2 \times \overline{AO} = 3 \times \overline{AO}$ = 18 cm.

Finalement, $\overline{AO}$ = 6 cm, la lentille est située **6 cm après l'objet.**

• Distance focale de la lentille : on utilise la relation de conjugaison $\dfrac{1}{\overline{OA'}} - \dfrac{1}{\overline{OA}} = \dfrac{1}{\overline{OF'}}$,

avec $\overline{OA'} = 18 - 6 = 12$ cm et $\overline{OA} = -6$ cm.

$\dfrac{1}{12} - \dfrac{1}{-6} = \dfrac{1}{\overline{OF'}}$, d'où $\overline{OF'} = 4$ cm.

La distance focale est de **4 cm.**

CHAPITRE 17 *(Énoncés p. 177)*

1 1. La superposition de lumières colorées se nomme **synthèse additive**.

2.

	Expérience 1	Expérience 2	Expérience 3
Lumière colorée 1	rouge	verte	verte
Lumière colorée 2	bleue	bleue	rouge
Lumière obtenue sur l'écran	magenta	cyan	jaune

2 1. Un filtre est une matière qui absorbe certaines lumières colorées et en transmets d'autres. Il permet d'obtenir une lumière colorée à partir d'une lumière blanche.

2. Un filtre transmet la lumière de sa couleur et absorbe les autres. Le filtre jaune absorbe la lumière bleue. Il diffuse et transmet la couleur **jaune**.

3.

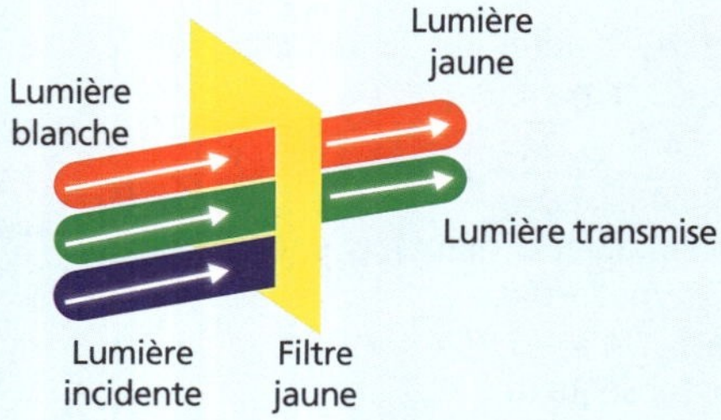

3 1. On obtient une lumière **magenta**.

2. On obtient une lumière **cyan**.

3. Il faut superposer une lumière **rouge** et une lumière **verte**.

4 1. En superposant des filtres colorés on réalise une **synthèse soustractive**. Il y a absorption de lumières colorées.

2.

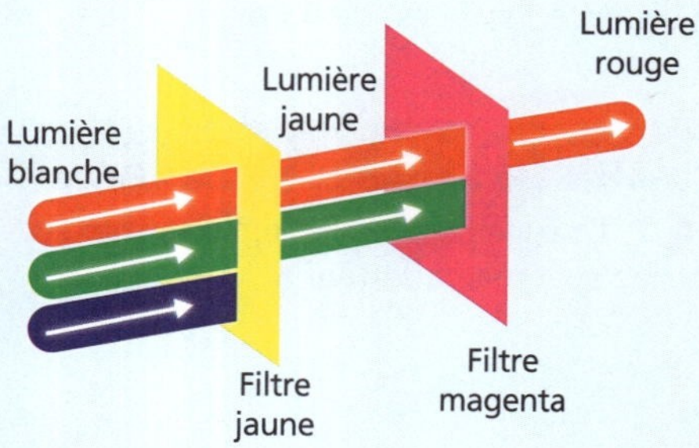

5 Un objet diffuse la lumière de sa couleur et absorbe les autres. La flèche diffuse la lumière rouge et la lumière verte. Elle absorbe la lumière bleue. La flèche est donc constituée de rouge et de vert. En lumière blanche, la flèche va apparaître **jaune**.

CHAPITRE 18 *(Énoncés p. 181)*

1 1. On applique la formule $\lambda = \frac{c}{\nu}$.

On cherche ν. $\nu = \frac{c}{\lambda}$.

Pour $\lambda = 400$ nm :
$\nu = 3.10^8 / 400.10^{-9}$
$\nu =$ **$7{,}5.10^{14}$ Hz.**

Pour $\lambda = 800$ nm :
$\nu = 3.10^8 / 800.10^{-9}$
$\nu =$ **$3{,}75.10^{14}$ Hz.**

2. $\lambda = 9{,}5.10^{-7}$ m $= 950.10^{-9}$ m $=$ **950 nm**.
Cette onde appartient aux **infrarouges**.

2 1. 1 eV $= 1{,}6.10^{-19}$ J
$E = 3{,}63 \times 1{,}6.10^{-19} =$ **$5{,}808.10^{-19}$ J.**

2. $E = 4{,}54.10^{-19} / 1{,}6.10^{-19} =$ **2,84 eV.**

3 1. Le niveau d'énergie de l'état fondamental est le plus bas : $\boldsymbol{E_1}$.

2. Les niveaux d'énergie E_2, E_3 et E_4 sont des états excités.

3. Voir schéma.

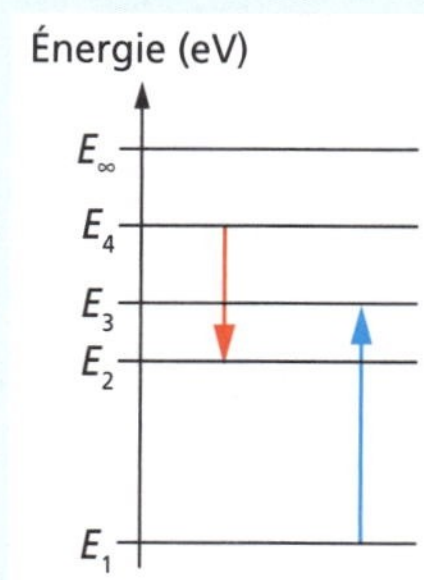

4 1. $\Delta E = h \times \nu$ avec h constante de Planck.

2. $\nu = \frac{c}{\lambda}$ avec c : célérité de la lumière.

3. $\Delta E = h \times \nu = h \times \frac{c}{\lambda}$

$\Delta E = 6{,}63.10^{-34} \times (3.10^8 / 612.10^{-9}) =$ **$3{,}25.10^{-19}$ J.**

5 1. Le niveau d'énergie de cet atome dans son état fondamental est $\boldsymbol{E_1 = -5{,}14}$ **eV.**

2. L'atome de sodium passe à un état d'énergie inférieur. Il y a émission d'un photon.

3. Voir schéma.

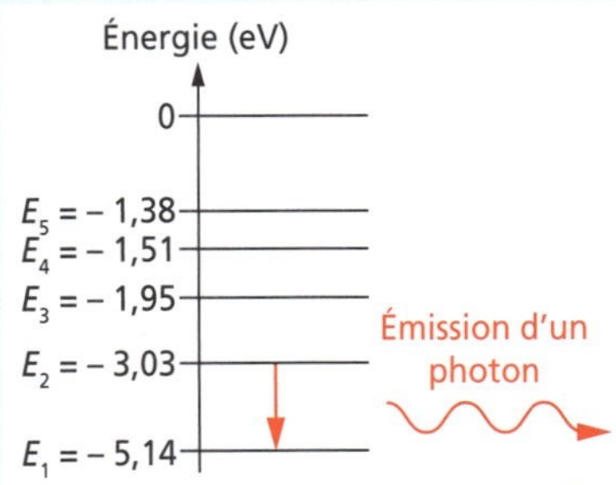

4. $\lambda = h \times \dfrac{c}{\Delta E} = h \times \dfrac{c}{E_{sup} - E_{inf}}$

$\lambda = 6,63 .10^{-34} \times \dfrac{3.10^{8}}{(-3,03-(-5,14)) \times 1,6.10^{-19}}$

$\lambda = 5,89.10^{-7}$ m, soit **589 nm**.

Cette radiation appartient au domaine spectral du **visible**.

5. L'énergie de l'atome est quantifiée. Pour qu'un atome de sodium, initialement à l'état excité E_2, puisse absorber un photon d'énergie et passer à l'état E_3, il faut que la différence $\Delta E = E_{sup} - E_{inf}$ soit égale à 2eV.

$\Delta E = E_3 - E_2 = -1,95-(-3,03) = 1,08$ eV.

La différence ΔE n'est pas égale à 2eV, donc l'atome ne peut pas absorber ce photon.

Sciences de la vie et de la Terre

COURS | EXERCICES D'ENTRAÎNEMENT

SPÉCIALITÉ SVT

Transmission, variation et expression du patrimoine génétique

La dynamique interne de la Terre

Enjeux planétaires contemporains de la planète

Corps humain et santé

1 Le cycle cellulaire des cellules eucaryotes

Les **chromosomes** sont des structures universelles présentes dans le noyau des cellules de tous les **Eucaryotes**. Ils constituent le support de l'information génétique. Leur nombre et leur forme sont spécifiques de l'espèce (23 paires chez l'Homme). C'est lors du **cycle cellulaire** que leur état se modifie en passant par des phases de condensation. Le cycle cellulaire est l'ensemble des modifications survenant dans une cellule entre sa naissance et sa division en deux nouvelles cellules filles.

Définition

Les chromosomes sont de longues molécules d'ADN en forme de bâtonnets, associées à des protéines structurantes. Chaque chromosome est formé de deux bras appelés chacun « chromatide », unis en un point précis : le centromère.

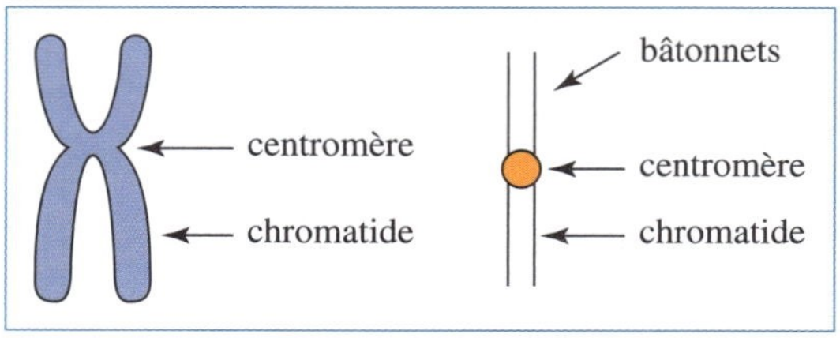

Figure 1 *Un chromosome*

1 Le cycle cellulaire

■ Le cycle cellulaire est le cycle de vie d'une cellule eucaryote. Il est constitué de deux grandes étapes : l'**interphase** suivie d'une phase de division cellulaire.

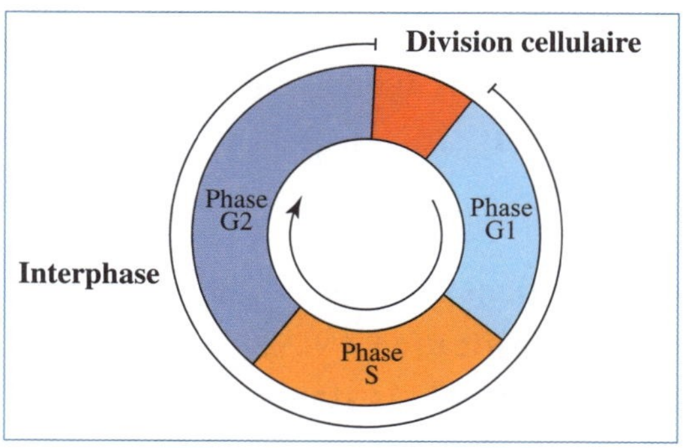

Figure 2 *Le cycle cellulaire*

■ L'interphase est elle-même découpée en 3 étapes :
– la **phase G1**, phase de croissance ;
– la **phase S**, **phase de réplication** de l'ADN (S pour « synthèse » d'ADN) ;
– la phase G2 qui est aussi une phase de croissance cellulaire.

■ La phase de division cellulaire qui suit dépend de la nature de la cellule qui se divise : c'est la **mitose** pour les cellules somatiques ou la **méiose** pour les cellules reproductrices (ou germinales).

A. Les phases G : G1 et G2

Les phases G sont des périodes de croissance de la cellule. Des réserves cellulaires s'y accumulent sous forme de lipides et de protéines. De plus, les **organites** qui servent au métabolisme cellulaire (**mitochondries** et **chloroplastes**) se multiplient. Cette étape est importante en préparation des divisions futures de la cellule où les organites pourront ainsi être répartis équitablement dans les futures cellules-filles.

> **Remarque**
> Le nom de la phase G vient de l'anglais « *Gap* » : « intervalle » entre la phase S de duplication de l'ADN et la division cellulaire.

B. La phase S ou réplication cellulaire

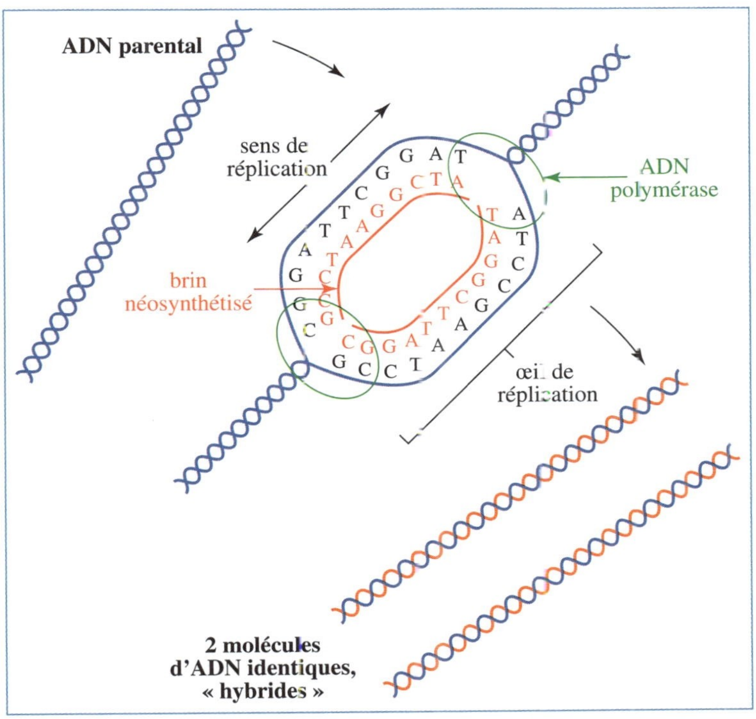

Figure 3 *La réplication de l'ADN*

■ Lors de la phase S, la quantité d'ADN double : c'est la **réplication de l'ADN** pendant laquelle les deux brins d'ADN sont séparés en un endroit précis pour former un œil de réplication. Chaque brin sert de modèle à la synthèse d'un nouveau brin d'ADN : cette réplication est donc semi-conservative.

■ Cette synthèse est effectuée par l'enzyme ADN polymérase, qui permet d'associer un nouveau nucléotide complémentaire à chaque nucléotide du brin parental : le nucléotide A (Adénine) s'associe toujours au nucléotide T (Thymine). De la même façon, le nucléotide C (Cytosine) est associé au nucléotide G (Guanine).

A-C-G-A-T-C ⊢ 1 chaîne
T-G-C-T-A-G ⊢ 1 chaîne

Figure 4 *Les deux chaînes complémentaires de l'ADN*

■ La réplication de la molécule d'ADN initiale permet d'obtenir deux molécules d'ADN filles de séquence nucléotidique identique à celle de la molécule d'ADN mère.

Ex. : Une molécule d'ADN parentale va donner deux molécules d'ADN de séquence identique.

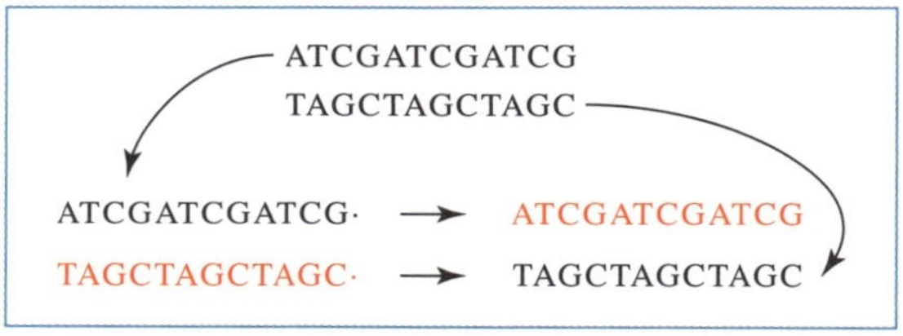

Figure 5 *Résultats théoriques de la réplication semi-conservative*

C. Les divisions cellulaires

■ Les divisions cellulaires chez les Eucaryotes sont différentes selon la nature de la cellule qui se divise. Pour les cellules germinales (ou reproductrices), la quantité d'ADN est divisée par quatre : c'est la méiose.

■ Pour les cellules somatiques (toutes les cellules non reproductrices), la quantité d'ADN est divisée par deux : c'est la mitose (voir *Chapitre* 2, p. 202).

2 L'état des chromosomes au cours du cycle cellulaire

A. Au cours de l'interphase

■ Durant toute l'interphase, les chromosomes subissent une décondensation pour former des amas diffus : la **chromatine**.

■ Lors de la phase G1, les chromosomes ne sont donc plus constitués que d'une seule chromatide.

■ La réplication (duplication du matériel génétique) qui a lieu au cours de la phase S permet de dupliquer chaque chromatide et donc de reconstituer le chromosome à deux chromatides identiques entre elles.

■ La phase G2 se poursuit pour les chromosomes à deux chromatides, chacune possédant la même information génétique.

B. Au cours des divisions cellulaires

■ Lors de la mitose ou de la méiose, les chromosomes s'enroulent sur eux-mêmes : ils se condensent.

■ Le chromosome représenté sous forme de deux bâtonnets n'existe réellement qu'au cours de l'étape de division cellulaire. Il s'agit de la forme condensée. Pour plus de rigueur, on le représentera comme ci-dessous :

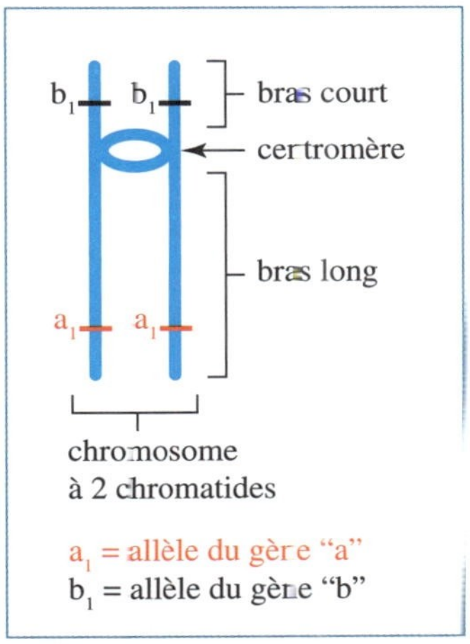

Figure 6 *Un chromosome*

2 Les divisions cellulaires

La multiplication cellulaire fait intervenir deux divisions différentes selon le type de cellules : la **mitose** concerne la division des cellules somatiques (toutes les cellules autres que reproductrices) et la **méiose** concerne la production de cellules reproductrices (gamètes).

Dans l'espèce humaine, les cellules somatiques sont diploïdes ; cela veut dire qu'elles possèdent 23 paires de chromosomes (soit $2n = 46$ chromosomes, n étant le nombre de chromosomes). Les gamètes sont haploïdes et possèdent $n = 23$ chromosomes.

1 Une première division cellulaire : la mitose

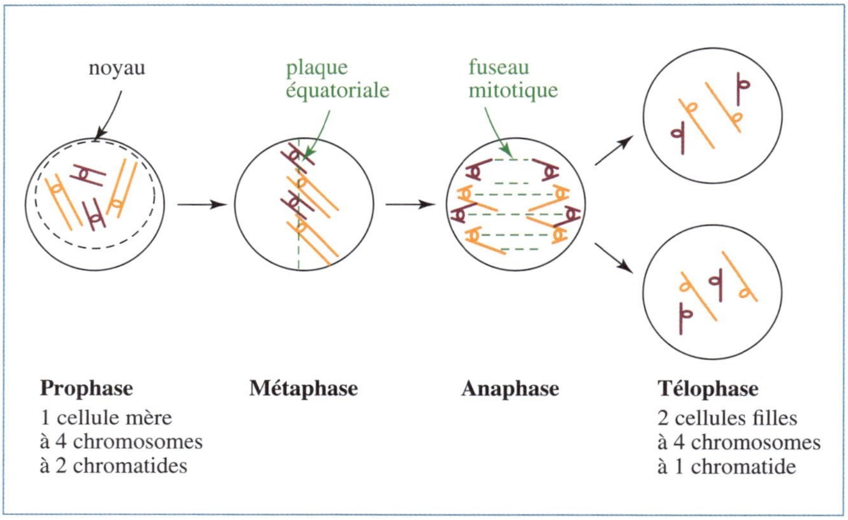

Figure 1 *La mitose*

A. Les différentes étapes de la mitose

- La mitose se réalise en 4 étapes :
- La **prophase** : les chromosomes se condensent et on voit apparaître leur forme à 2 chromatides reliées par le centromère. Le noyau disparaît progressivement.
- La **métaphase** : les chromosomes migrent au centre de la cellule et constituent ainsi la plaque équatoriale.

– L'**anaphase** : le centromère de chaque chromosome se rompt permettant à chacune des chromatides de migrer vers un pôle opposé de la cellule.
– La **télophase** : les deux cellules-filles s'individualisent, leur noyau contient des chromosomes à une seule chromatide.

Remarque

Les mouvements chromosomiques sont assurés par un « squelette » cellulaire appelé fuseau mitotique.

B. Les conséquences sur la stabilité du caryotype

■ Un chromosome possède, sur chaque chromatide, un allèle de chaque gène. Les chromatides d'un même chromosome étant identiques entre elles, elles possèdent la même information génétique.

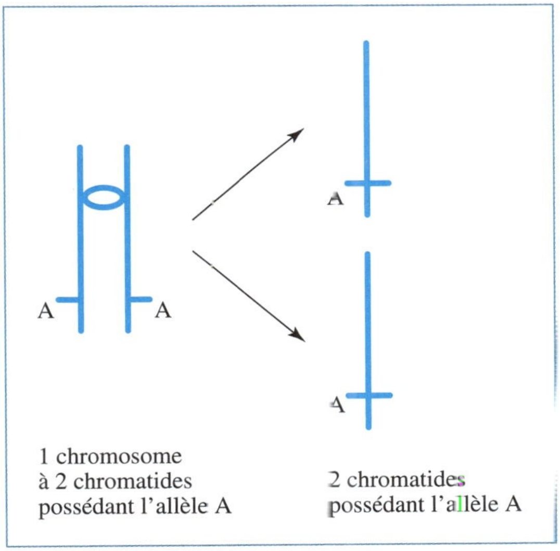

Figure 2 *Les allèles d'un chromosome*

■ Au cours de la mitose, les cellules filles reçoivent la même information génétique. La mitose permet la reproduction conforme d'une cellule-mère en deux cellules-filles possédant le même nombre de chromosomes et la même information génétique : elle est donc garante de la stabilité du **caryotype**. Un caryotype est une carte de l'ensemble des chromosomes d'une cellule, réalisée grâce à des photographies de microscopies électroniques. Les chromosomes sont classés et rangés par taille afin d'identifier d'éventuelles anomalies. Un caryotype humain d'une cellule diploïde possède 23 paires de chromosomes homologues.

SPÉCIALITÉ SVT

2 Une seconde division cellulaire : la méiose

A. Les étapes de la méiose

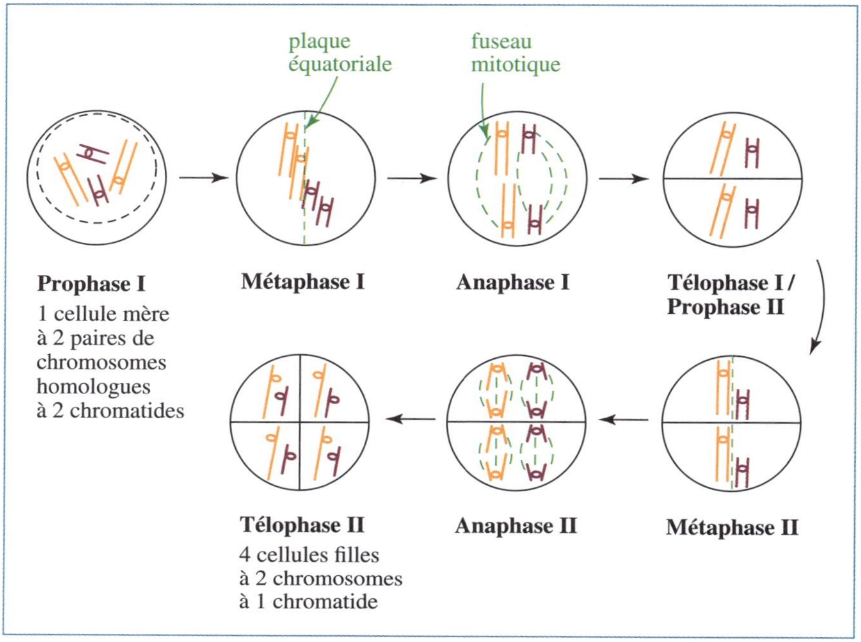

Figure 3 *La méiose*

■ Au cours de la méiose, une cellule-mère se divise pour donner quatre cellules-filles en deux étapes :

– la première division méiotique ou **division réductionnelle** : prophase I, métaphase I, anaphase I et télophase I. Chaque chromosome d'une paire de chromosomes, appelés **chromosomes homologues**, migre vers un pôle différent de la cellule. On obtient 2 cellules-filles avec *n* chromosomes à 2 chromatides. Cette première division permet de transformer une cellule diploïde en cellule haploïde.

– la deuxième division méiotique ou **division équationnelle** : prophase II, métaphase II, anaphase II et télophase II. Le centromère se rompt et chaque chromatide d'un chromosome migre vers un pôle différent de la cellule. On obtient en tout 4 cellules-filles composées de *n* chromosomes à 1 chromatide. Cette étape est une mitose ; elle permet de doubler le nombre de cellules haploïdes.

B. Les conséquences sur la stabilité du génotype

■ La cellule-mère est une **cellule diploïde**. Elle possède ses chromosomes par paire, ce sont des chromosomes homologues : on les note 2*n* chromosomes à 2 chromatides.

■ Pour chacun des chromosomes formant une paire, plusieurs combinaisons alléliques existent : soit les 2 allèles sont identiques et la cellule est dite **homozygote**, soit les 2 allèles sont différents et la cellule est **hétérozygote**.

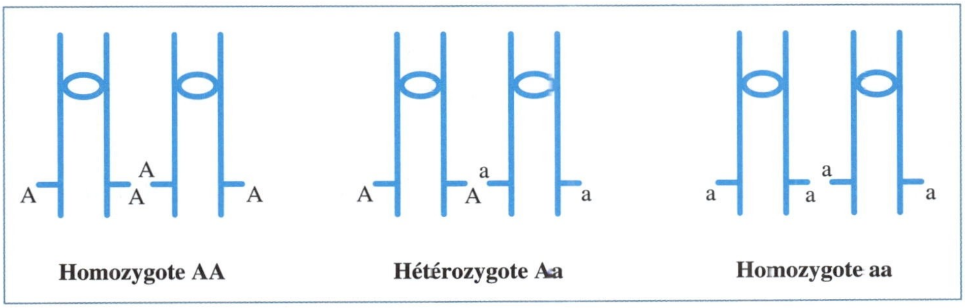

Figure 4 *Combinaisons alléliques des chromosomes homologues*

■ Les cellules reproductrices ou gamètes étant **haploïdes** (elles possèdent un seul lot de chromosomes ou *n* chromosomes), la méiose permet donc de passer d'une cellule mère diploïde à 4 cellules-filles haploïdes lors de la production de cellules reproductrices. Toutefois chaque chromosome homologue possède les mêmes gènes. Ainsi la méiose est une division cellulaire conservant aussi l'information génétique.

Exercice d'entraînement

Exercice 10 pts **30 min** *Corrigé p. 287*

Les traitements anti-cancéreux

Le cancer est une maladie due à la multiplication incontrôlée d'une cellule formant des clones de cellules, ou tumeurs. La chimiothérapie, qui est un traitement du cancer, peut reposer sur l'utilisation d'une molécule : le taxol.

Expliquez comment le taxol permet de limiter la multiplication cellulaire et donc quel est son mode d'action pour traiter les cellules cancéreuses.

Document 1 : Évolution de la quantité d'ADN au cours du cycle cellulaire

La cytométrie de flux permet de mesurer la quantité d'ADN grâce à un agent fluorescent. On évalue la quantité d'ADN de cellules saines et de cellules chez une personne traitée par le taxol.

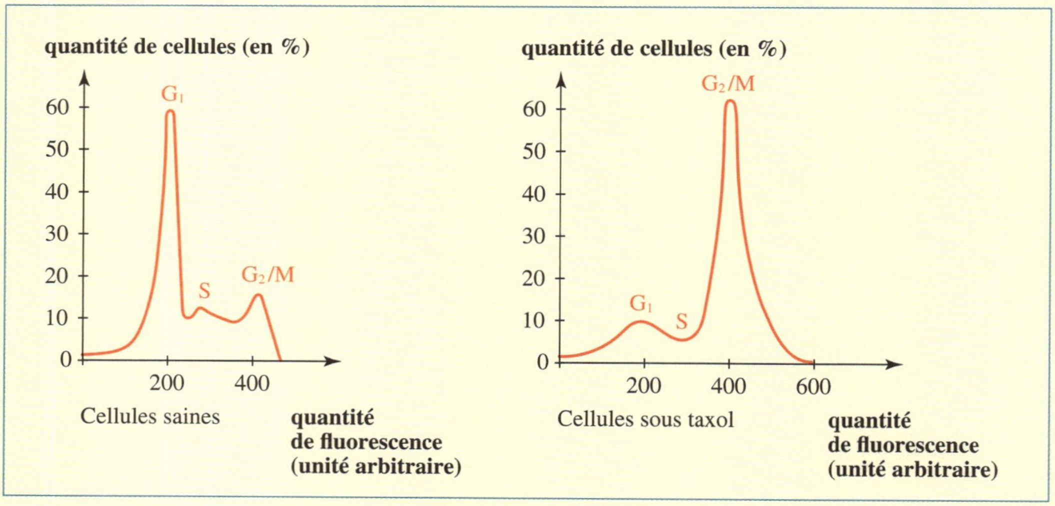

Quantité d'ADN de cellules saines et de cellules sous taxol

Document 2 : Les mouvements chromosomiques au cours de la mitose

La présence d'un squelette cellulaire (fuseau mitotique) permet le déplacement des chromosomes lors de la division cellulaire.

Le fuseau mitotique est relié aux chromosomes et aux pôles de la cellule. Il peut s'allonger ou se raccourcir.

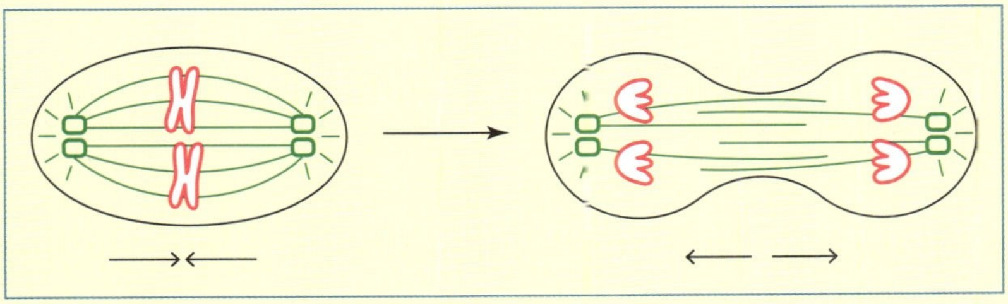

Mouvements du fuseau mitotique lors des étapes de métaphase et d'anaphase de la mitose

Document 3 : L'effet du taxol

On peut observer l'effet du taxol sur le déplacement des chromosomes : pour cela, on synchronise le cycle cellulaire de deux cellules. L'une sera mise en présence de taxol, l'autre non. On observe les cellules durant leurs divisions cellulaires.

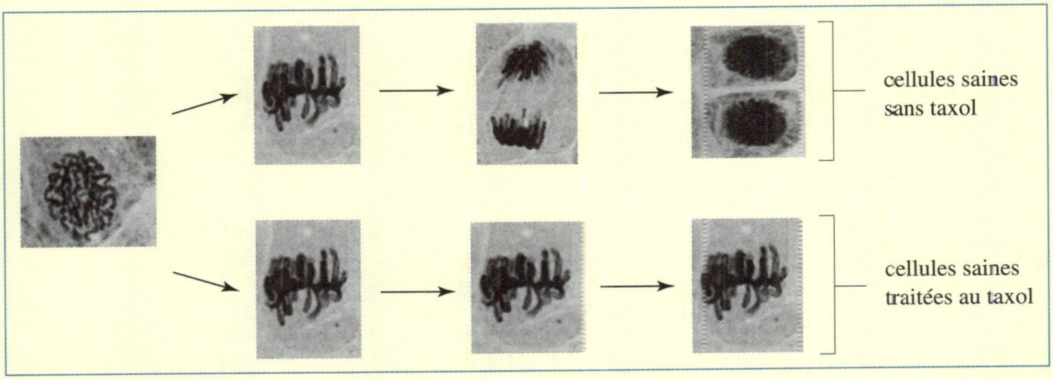

Effet du taxol sur la division cellulaire

3 Mutations de l'ADN et variabilité génétique

Si les divisions cellulaires et la réplication de l'ADN permettent d'assurer le maintien de l'information génétique, d'autres processus vont permettre sa diversité : les **mutations** de l'ADN.

1 L'origine de la variabilité génétique

A. Des erreurs spontanées

■ Pendant la réplication de l'ADN, l'ADN polymérase peut effectuer des erreurs d'appariement des nucléotides.

■ Une séquence d'ADN peut ainsi être modifiée de plusieurs façons :
– Par **substitution** : un (ou plusieurs) nucléotide(s) est(sont) remplacé(s) par un autre.
– Par **insertion** : un (ou plusieurs) nucléotide est (sont) ajouté(s) à la séquence d'ADN.
– Par **délétion** : un (ou plusieurs) nucléotides manque(nt) à la séquence d'ADN.

> **Remarque**
> **L'ADN polymérase humaine**, enzyme responsable de la duplication de l'ADN, est responsable d'un taux de mutation de 10^{-6} par gène et par génération (elle se trompe d'un nucléotide tous les millions répliqués).

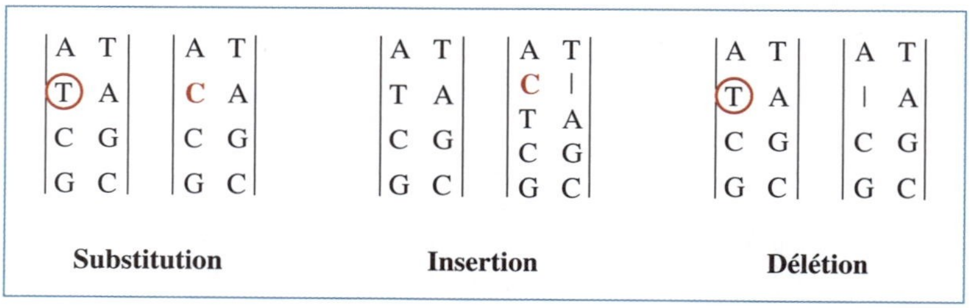

Figure 1 *Les différentes lésions de l'ADN*

■ Les erreurs causées par le « travail » de l'ADN polymérase créent des lésions spontanées et rares de l'ADN.

■ L'ADN peut aussi être endommagé lors des autres étapes du cycle cellulaire, comme lors des divisions cellulaires (erreur de séparation des chromosomes), ou lors des phases G par l'action d'**agents mutagènes**.

B. Des erreurs induites

■ Durant tout le cycle cellulaire, des lésions de l'ADN peuvent être induites par des **agents mutagènes**, comme les UV, la radioactivité et certains produits chimiques.

■ Ces lésions ont toutes différents effets sur l'ADN : de l'insertion de nucléotides au blocage complet de la réplication.

■ Ces agents mutagènes augmentent ainsi la fréquence des altérations de l'ADN.

Ex. : Les UV entraînent l'apparition de dimères de thymine (liaison covalente entre deux nucléotides T successifs). L'ADN polymérase va ainsi effectuer une erreur d'appariement lors de la réplication et créer une substitution d'un nucléotide A en un nucléotide C.

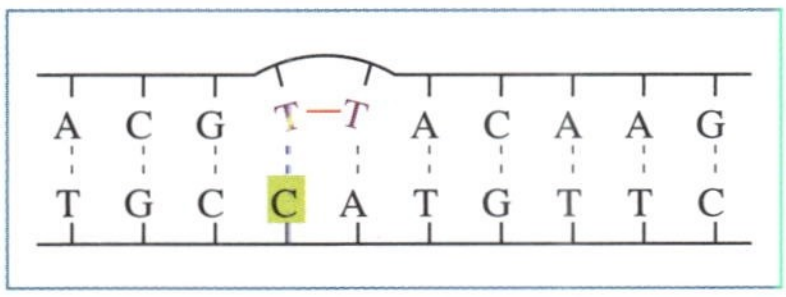

■ D'autres modifications de l'ADN peuvent être provoquées volontairement par l'Homme. C'est notamment le cas de la **transgénèse**. Son principe est de transférer un gène d'une espèce à une autre, permettant ainsi la production d'organismes génétiquement modifiés, ou **OGM**.

■ Cette technique se réalise sur les embryons mais la recherche a pour but de l'utiliser sur des adultes afin de guérir certaines maladies génétiques. On cherche donc à transférer certains allèles d'un individu sain à un individu malade grâce à des virus : c'est la **thérapie génique**.

2 Les mécanismes de réparation des erreurs

A. Les dispositifs de réparation

■ Le plus souvent les erreurs de réplication et les altérations de l'ADN (substitution, délétion et insertion) sont réparées par des mécanismes spécialisés impliquant des **enzymes** (voir *chapitre* 5, p. 216). Ces enzymes peuvent reconnaître l'erreur, puis l'exciser et synthétiser les nucléotides manquants (voir *figure* 2, p. 210).

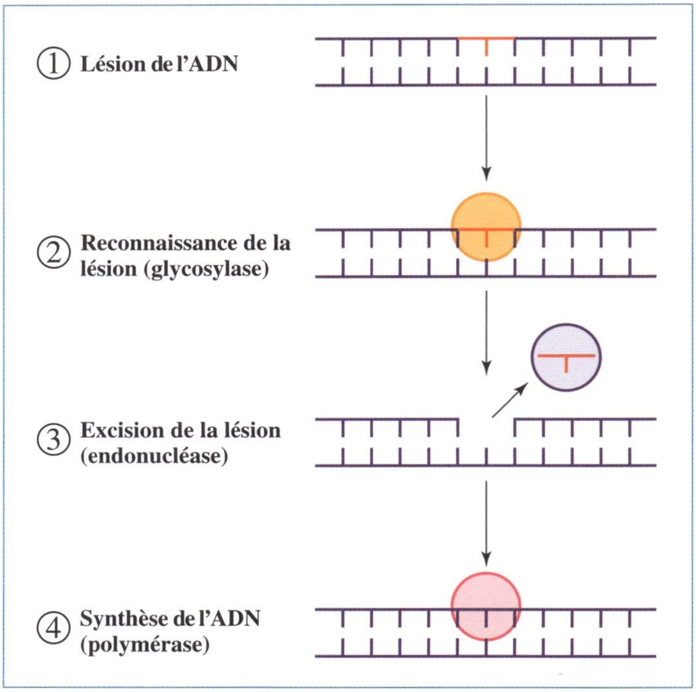

Figure 2 *La réparation de l'ADN par des enzymes*

B. La transmission des mutations

■ Quand l'erreur n'est pas réparée et que les modifications n'empêchent pas la survie de la cellule, la mutation est effective et sera transmise aux cellules-filles lors de la division cellulaire.

■ Une mutation peut survenir dans les différents types cellulaires. Dans les cellules somatiques, elle est transmise seulement aux cellules-filles, autrement dit aux clones de la cellule-mère mutée, et peut former une tumeur.

■ Dans le cas des cellules germinales, la mutation peut devenir héréditaire et être transmise d'une génération à une autre.

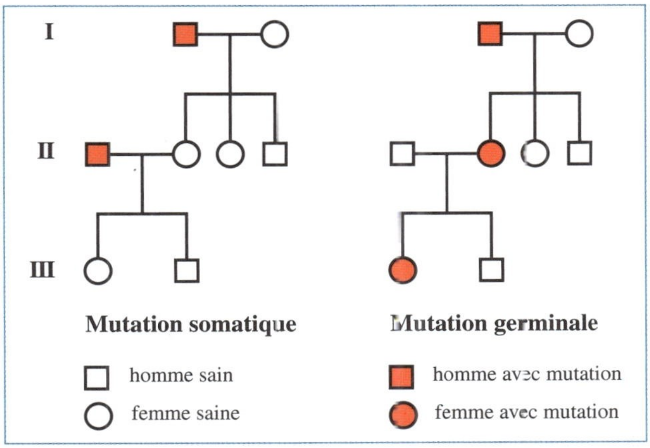

Figure 3 *Arbre généalogique de différentes mutations*

3 Les conséquences des mutations

- Les mutations dans l'ADN sont à l'origine de l'apparition de nouvelles versions d'un même gène, autrement dit de nouveaux allèles.

Ex. : Dans une population de bactéries, une mutation peut apparaître et créer un allèle de résistance à un antibiotique. L'utilisation de cet antibiotique peut ensuite sélectionner ces bactéries nouvellement résistantes (elles survivent mieux et se reproduisent davantage).

- Le **phénotype** est l'ensemble des caractères observables d'un individu.
- Un nouvel allèle en conséquence d'une mutation peut ainsi faire apparaître un nouveau phénotype dans une population.
- Ces mutations augmentent la diversité allélique et donc la **biodiversité**.

4 L'histoire humaine lue dans son génome

L'ADN a été découvert en 1952. En 2003, le génome humain a pu être séquencé. Depuis, il est possible d'étudier le génome d'un être humain, afin de connaître l'histoire de sa propre évolution. Cette étude est toutefois interdite en France, sauf dans le cadre d'enquêtes criminelles ou d'études médicales.

1 Méthodes de reconstitution des génomes humains

A. Les méthodes de séquençage

■ Connaître l'ensemble du **génome**, notamment humain, repose sur une technique appelée **séquençage**. L'objectif est de déterminer l'ordre de l'enchaînement des nucléotides de tout le génome.

■ La méthode la plus utilisée est le séquençage de Sanger. Cette technique est réalisée en plusieurs étapes. On ajoute au brin à étudier :
– quatre nucléotides A, T, C et G, et de l'ADN polymérase ;
– des nucléotides modifiés, les didésoxynucléotides ddATP, ddCTP, ddGTP et ddTTP, afin d'arrêter la réplication du brin dès leur incorporation.

Ex. : Quand on ajoute du ddGTP, la synthèse des brins s'arrête au niveau des nucléotides G. Il en résulte un mélange de fragments de tailles différentes qui se terminent tous au niveau d'un G. Ces fragments sont ensuite séparés par électrophorèse, ce qui permet de repérer la position des G dans la séquence.

■ On obtient des fragments d'ADN de différentes tailles qui sont soumis à une électrophorèse afin de les séparer grâce à un courant électrique (l'ADN étant chargé négativement, les fragments vont migrer selon leur poids moléculaire et donc leur longueur). Chaque fragment reflète la position du nucléotide modifié incorporé.

■ D'autres méthodes plus récentes et plus efficaces existent aujourd'hui. Elles permettent un séquençage à moindre coût.

Remarque

Les premiers séquençages complets du génome :
– 2003 : le génome humain : 3,2 milliards de nucléotides (21 000 gènes).
– 2010 : le génome néandertalien : 3,2 milliards de nucléotides.

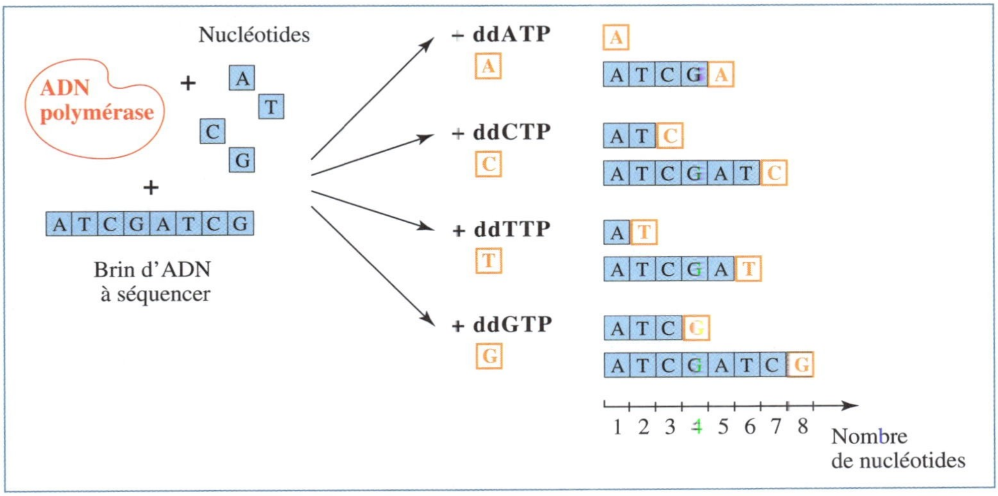

Figure 1 *La méthode de Sanger*

B. Les différents génomes humains étudiés

■ Chez les Eucaryotes en général, il existe deux types de génome : l'ADN nucléaire (contenu dans le noyau) et l'ADN mitochondrial (contenu dans les mitochondries).

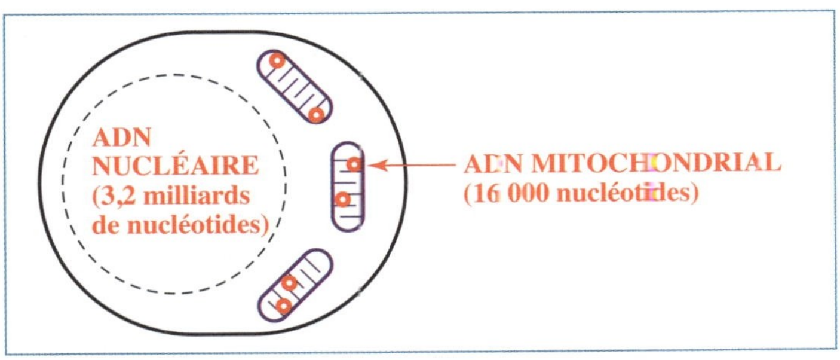

Figure 2 *Les deux types de génome des cellules eucaryotes*

■ Le génome humain peut être étudié à partir de cellules d'individus vivants, c'est le génome actuel, mais aussi à partir de fossiles humains, c'est le génome ancien. La principale difficulté pour étudier l'ADN de fossiles est son état car celui-ci a généralement été endommagé par la putréfaction : l'ADN se dégrade vite, entraînant notamment la délétion des nucléotides A et G et la substitution des nucléotides C en T.

■ Pour que la molécule d'ADN soit préservée, il faut de bonnes conditions de conservation comme le froid. Le génome humain le plus ancien est ainsi daté de 70 000 ans car il a été conservé dans le permafrost, un sol gelé en permanence.

2 La reconstitution des histoires individuelles et humaines

A. Génome et identification des individus actuels

■ L'analyse génétique d'un individu permet de dresser son **empreinte génétique**, c'est-à-dire de caractériser les séquences de son ADN qui lui sont propres. En effet, entre les gènes, il existe des portions d'ADN qui ne codent aucune protéine et qui sont très variables entre les individus. On les appelle « séquences répétées ».

■ Deux échantillons présentant la même empreinte génétique sont donc issus du même individu ou de son jumeau homozygote.

■ En étudiant les génomes, on peut donc identifier les individus et reconstituer leurs relations de parenté.

B. Génome et histoire humaine récente

■ Après séquençage des génomes actuels et fossiles, on compte le nombre de différences nucléotidiques et on dresse des arbres de parenté entre espèces fossiles et actuelles afin de reconstituer les principales étapes de l'histoire humaine récente.

■ On distingue trois lignées différentes récentes du genre *Homo* : les Sapiens, les Néandertaliens et les Dénisoviens.

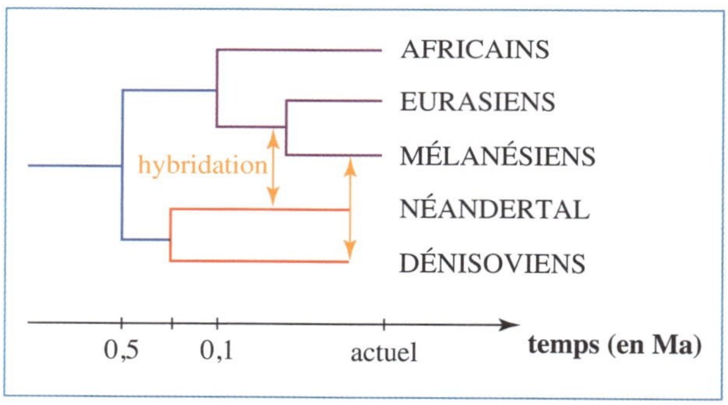

Figure 3 *Arbre de parenté récent du genre* Homo

■ Les Homo sapiens africains sont plus éloignés de l'homme de Néandertal que les Homo sapiens non africains (européens et asiatiques). Il y a donc eu un métissage avec Néandertal en Europe et en Asie qui daterait de 47 000 à 60 000 ans. Ce métissage aurait eu lieu plutôt au Proche-Orient. Ainsi, 1 à 2 % du génome des *Homo sapiens* européens et asiatiques a été hérité de Néandertal.

■ Les gènes d'origine néandertalienne chez Homo sapiens ont été favorables à la survie et ont permis une meilleure résistance dans un environnement défavorable. Ce sont notamment les gènes responsables de la couleur de la peau, de la réponse immunitaire et du catabolisme des lipides. Dans un environnement peu sélectif, comme l'environnement actuel, ces gènes sont à l'origine de problèmes d'allergie et d'obésité.

3 Les mécanismes de l'évolution humaine

A. La sélection naturelle

■ Certaines caractéristiques génétiques résultent d'une **sélection naturelle** comme la tolérance au lactose, la résistance aux hautes altitudes et la résistance à la peste.

Ex. : La grande épidémie de peste noire qui frappa l Europe en 1347 extermina un tiers des européens en 5 ans. Elle a permis la sélection dans les populations humaines d'un allèle « TLR » permettant une réponse immunitaire plus efficace contre les bactéries.

■ Dans une population humaine possédant une variabilité allélique, une pression de sélection exercée par l'environnement peut favoriser certains individus qui possèdent un allèle particulier dit « allèle favorable » ou « avantageux » (au détriment des individus possédant des allèles désavantageux).

■ Les individus favorisés vont alors survivre plus longtemps et davantage se reproduire, augmentant ainsi la fréquence de l'allèle avantageux dans la population.

B. La dérive génétique

■ Chez Néandertal, la **dérive génétique** a été forte et a eu pour conséquence une accumulation des allèles délétères. La disparition de l'homme de Néandertal est donc probablement due à cette force évolutive qui s'est exercée sur des populations déjà réduites et a entraîné une forte mortalité infantile, des décès de femmes en couche (et donc une baisse des naissances) ainsi qu'une forte consanguinité.

■ Chez Homo sapiens, le hasard a également modifié les populations en agissant d'autant plus fortement que les populations étaient petites. Un cas particulier est l'**effet fondateur** : il concerne l'isolement d'une petite population dont les fréquences alléliques seront différentes de la population initiale. C'est le cas des colons canadiens : dans la région québécoise de Saguenay-Lac-Saint-Jean, colonisée au XVIIe siècle, dont les individus présentent de nombreuses anomalies génétiques. C'est par hasard que les colons possédant plus d'allèles délétères se sont retrouvés dans cette région et que la consanguinité a accentué leur fréquence.

SPÉCIALITÉ SVT

5 L'expression du patrimoine génétique

Couleur de la peau, couleur des cheveux… chaque être humain vivant sur Terre est unique. Ses différents caractères héréditaires sont déterminés par le patrimoine génétique.

1 Les étapes de la synthèse des protéines

A. 1re étape : la transcription de l'ADN en ARN

■ Dans la cellule eucaryote, l'ADN est protégé par le noyau. Pour que l'information génétique puisse être transmise du noyau vers le cytoplasme, il faut un intermédiaire : c'est l'**ARN pré-messager** dont la synthèse, appelée **transcription**, se passe dans le noyau.

	ADN ou désoxyribonucléotide	**ARN ou ribonucléotide**
Nucléotides	Adénine Cytosine Guanine Thymine	Adénine Cytosine Guanine Uracile
Glucides	Désoxyribose	Ribose
Taille de la molécule (nombre de nucléotides)	10^6 à 10^8 nucléotides (longue)	10^2 à 10^3 nucléotides (courte)
Nombre de chaînes (brin)	2 chaînes en hélice (1 double brin)	1 chaîne en hélice (1 simple brin)

Figure 1 *Comparaison des compositions de l'ADN et de l'ARN*

■ Comme l'ADN, l'ARN pré-messager est un **acide nucléique** composé de nucléotides. Trois caractéristiques le différencient de l'ADN :
– le nucléotide thymine **T** est remplacé par le nucléotide « uracile » **U** ;
– le sucre est un ribose (au lieu d'un désoxyribose) ;
– ses nucléotides s'assemblent sous forme d'une seule chaîne.

Rappel

Un nucléotide est le constituant élémentaire des acides nucléiques, formé par un nucléoside associé à un phosphate. Un nucléotide est composé :
– d'une base azotée A, T, C ou G ;
– d'un sucre ;
– d'un phosphate.

■ Le brin de l'ADN qui est copié en ARN pré-messager est appelé « **brin transcrit** ».
La transcription respecte la complémentarité des bases :
- un nucléotide A (adénine) est toujours apparié à un nucléotide U, uracile ;
- un nucléotide T (thymine) est toujours apparié à un nucléotide A ;
- un nucléotide G (guanine) est toujours apparié à un nucléotide C (cytosine) ;
- un nucléotide C est toujours apparié à un nucléotide G.

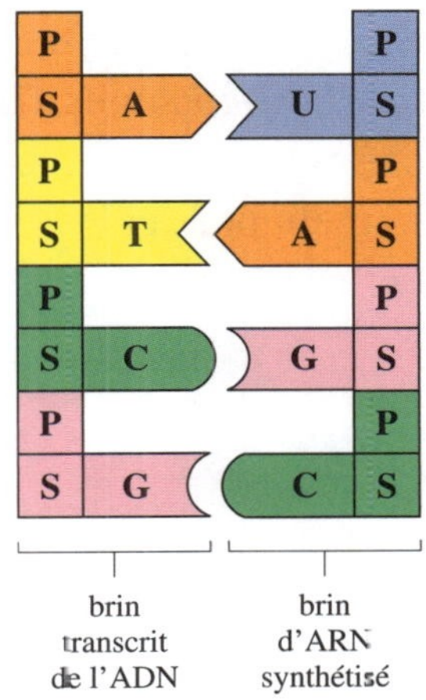

■ La transcription est réalisée par une enzyme, l'**ARN polymérase** dont le travail est de transformer l'information génétique de l'ADN en une succession de nucléotides qui formera l'ARN. Cette étape permet de conserver l'ordre de succession des nucléotides de l'ADN à l'ARN pré-messager et donc de conserver l'information génétique.

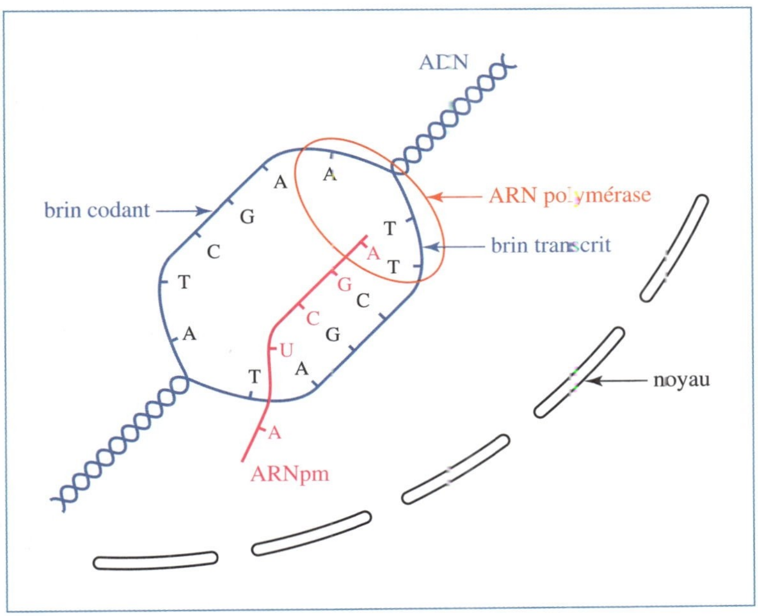

Figure 2 *La transcription*

B. 2e étape : l'épissage de l'ARN

■ Chez les Eucaryotes, les gènes sont morcelés en parties codantes (**exons**) et en parties non codantes (**introns**). Avant de migrer dans le cytoplasme, l'ARN pré-messager subit des modifications dans le noyau, une sorte de découpage : ses introns sont éliminés et les exons restants sont réunis bout à bout. On parle de maturation ou **épissage**. On obtient ainsi un **ARN messager**.

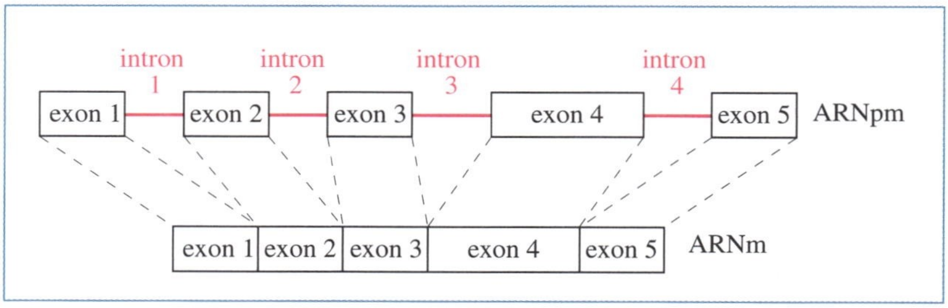

Figure 3 *L'épissage*

■ Différentes associations d'exons sont possibles. On peut donc obtenir des ARNm différents et donc des protéines différentes à partir d'un même gène : c'est l'**épissage alternatif**.

> **Remarque**
> Dans l'espèce humaine, il existe 90 000 protéines pour « seulement » 21 000 gènes. Cette différence s'explique par l'épissage alternatif : un même gène peut être à l'origine de la production de plusieurs protéines.

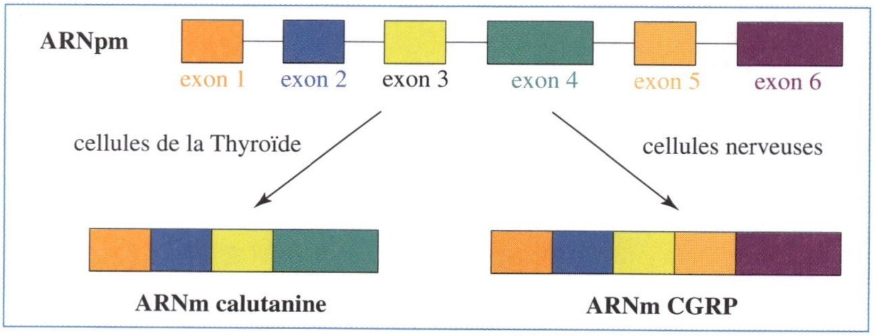

Figure 4 *L'épissage alternatif*

C. 3e étape : la traduction de l'ARN en protéines

■ Les **protéines** sont des molécules organiques constituées d'une succession d'**acides aminés**. Certaines protéines permettent l'expression des caractères héréditaires.

Ex. : Chez l'Homme, la protéine « mélanine » est responsable des caractères « couleur des cheveux », « couleur des yeux » ou encore « couleur de la peau ».

La production d'une protéine à partir d'un ARN messager permet de transformer sa séquence de nucléotides en une séquence d'acides aminés : cette étape est appelée **traduction** et se déroule dans le cytoplasme.

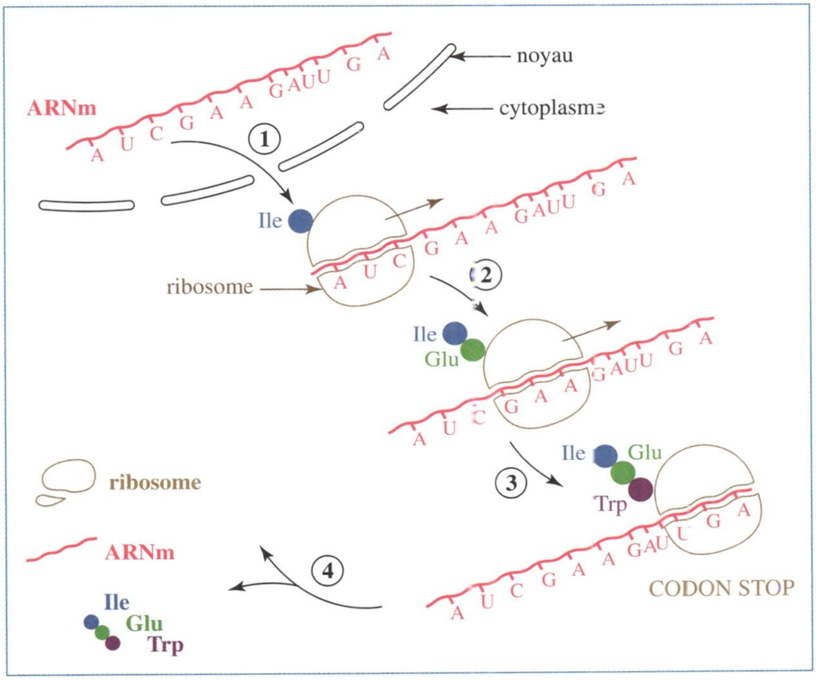

Figure 5 *La traduction*

■ L'ARN messager est composé d'une longue séquence de nucléotides. Sa traduction consiste en la lecture d'une succession de trois nucléotides consécutifs de cette séquence. Chaque triplet est appelé **codon**. Chaque codon correspond à un acide aminé spécifique : c'est le **code génétique** (voir *figure 6* p. 220). Cette lecture est réalisée par une petite particule du cytoplasme, un **ribosome**.

Première lettre	Deuxième lettre U	Deuxième lettre C	Deuxième lettre A	Deuxième lettre G	Troisième lettre
U	UUU Phe	UCU Ser	UAU Tyr	UGU Cys	U
	UUC Phe	UCC Ser	UAC Tyr	UGC Cys	C
	UUA Leu	UCA Ser	**UAA Stop**	**UGA Stop**	A
	UUG Leu	UCG Ser	**UAG Stop**	UGG Trp	G
C	CUU Leu	CCU Pro	CAU His	CGU Arg	U
	CUC Leu	CCC Pro	CAC His	CGC Arg	C
	CUA Leu	CCA Pro	CAA Gln	CGA Arg	A
	CUG Leu	CCG Pro	CAG Gln	CGG Arg	G
A	AUU Ile	ACU Thr	AAU Asn	AGU Ser	U
	AUC Ile	ACC Thr	AAC Asn	AGC Ser	C
	AUA Ile	ACA Thr	AAA Lys	AGA Arg	A
	AUG Met	ACG Thr	AAG Lys	AGG Arg	G
G	GUU Val	GCU Ala	GAU Asp	GGU Gly	U
	GUC Val	GCC Ala	GAC Asp	GGC Gly	C
	GUA Val	GCA Ala	GAA Glu	GGA Gly	A
	GUG Val	GCG Ala	GAG Glu	GGG Gly	G

codon d'initiation **codon de terminaison**

Figure 6 *Le code génétique*

■ Le code génétique est :
- universel : valable pour presque tous les êtres vivants ;
- redondant : plusieurs codons correspondent à un même acide aminé ;
- non chevauchant : la lecture d'un codon étant effectuée, aucun des nucléotides de ce codon n'est utilisé pour former le codon suivant.

Remarque

Il existe trois codons qui ne sont associés à aucune acide aminé : ce sont des codons « STOP », responsables de l'arrêt de la synthèse de la protéine. En les « lisant », le ribosome s'arrête.

L'information portée par une molécule d'ARN (message génétique) est donc convertie en une information fonctionnelle (la séquence des acides aminés d'une protéine).

2 Les liens entre le génotype et le phénotype

A. L'origine génétique du phénotype

■ Le **phénotype** est l'ensemble des caractères observables d'un individu. On le définit à différents niveaux :
- le phénotype macroscopique, à l'échelle de l'individu ;
- le phénotype cellulaire, à l'échelle des cellules ;
- le phénotype moléculaire, à l'échelle des protéines ;

Le phénotype macroscopique dépend du phénotype cellulaire, lui-même dépendant du phénotype moléculaire.

■ Un nouvel allèle résultant d'une mutation peut être à l'origine d'une modification protéique ou de l'absence de synthèse de la protéine et ainsi faire apparaître un nouveau phénotype dans une population. D'après le code génétique, la mutation d'un nucléotide peut :

– Passer inaperçue grâce à la redondance du code génétique : un même acide aminé est produit malgré le changement de nucléotide. On parle de mutation silencieuse.
– Faire apparaître un codon STOP précoce et ainsi arrêter la synthèse de la protéine : cette dernière sera alors plus courte et peu fonctionnelle. C'est une mutation non-sens.
– Faire apparaître un acide aminé différent dans la protéine : c'est une mutation faux-sens.

B. L'origine environnementale du phénotype

■ L'expression des gènes de la cellule est régulée par l'action de facteurs internes à l'organisme comme l'apparition de mutations lors du développement embryonnaire.

Elle peut aussi être influencée par des conditions de l'environnement. En effet, des facteurs environnementaux peuvent modifier l'aspect de la chromatine et ainsi modifier l'expression de certains gènes. On appelle ce phénomène l'**épigénétique**.

Ex. : Si un œuf de drosophile (la mouche du vinaigre) est chauffé à 37 °C alors la mouche qui éclot a les yeux rouges (au lieu de noirs). Ce nouveau caractère est transmis à toute sa descendance. La température peut donc influencer l'expression des gènes chez la drosophile.

Exercice d'entraînement

Exercice 10 pts 30 min *Corrigé p. 287*

Les échelles du phénotype

La mucoviscidose est la maladie génétique la plus fréquente chez les individus d'origine européenne (200 naissances par an en France).

Identifiez l'origine génétique de la mucoviscidose et ses différentes conséquences phénotypiques.

Document 1 : Étude moléculaire de la maladie

On étudie le gène CFTR responsable de la production d'une protéine CFTR en forme de canal, située dans la membrane plasmique des cellules épithéliales (pulmonaires, intestinales…).

intitulé	1485 1490 1495 1500 1505 1510 1515 1520 1525 1530
Allèle CFTR malade	TTCCTGGATTATGCCTGGCACCATTAAAGAAAATATCATC - - - GGTGTTT
Allèle CFTR sain	TTCCTGGATTATGCCTGGCACCATTAAAGAAAATATCATCTTTGGTGTTT

Figure 1 *Comparaison entre l'allèle CFTR sain et l'allèle DF508 (muté)*

intitulé	1505		1510		1515		1520		1525
Protéine CFTR saine	Thr	Ile	Lys	Glu	Asn	Ile	Ile	Phe	Gly
Protéine CFTR malade	Thr	Ile	Lys	Glu	Asn	Ile	Ile	-	Gly

Figure 2 *Comparaison entre la protéine CFTR saine et la protéine CFTR du malade*

Document 2 : Caractéristiques cellulaires de la maladie

Au niveau pulmonaire, les bronches et les alvéoles sont recouvertes d'un mucus.

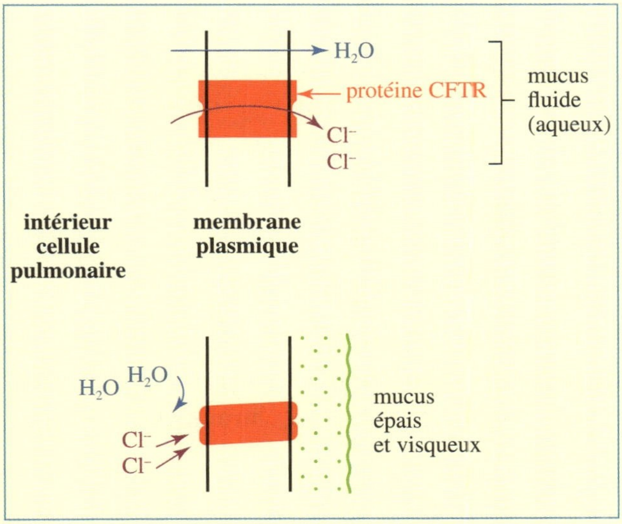

Chez un individu sain, le canal CFTR est ouvert et permet des échanges normaux de chlore et d'eau entre l'intérieur et l'extérieur de la cellule épithéliale. Le mucus est ainsi fluide et peut être évacué.

Chez un individu atteint de mucoviscidose, le canal CFTR est obstrué. Il n'y a plus d'échanges moléculaires et le mucus s'épaissit. Ceci entraîne une accumulation de bactéries et donc augmente les risques d'infection et les difficultés respiratoires.

Document 3 : Symptômes et traitements

La mucoviscidose affecte les cellules épithéliales, et a donc des conséquences sur le fonctionnement de trois organes principaux : les poumons, l'intestin et l'appareil reproducteur.

Chez les individus atteints par la maladie, les bronches peuvent s'obstruer et ainsi favoriser les infections pulmonaires et entraîner des difficultés respiratoires.

Au niveau digestif, les canaux pancréatiques sont eux aussi obstrués, ce qui empêche la libération des enzymes digestives et provoque des difficultés à assimiler les graisses.

D'un point de vue reproducteur, la mucoviscidose peut entraîner des problèmes de fertilité.

6 Les enzymes, des biocatalyseurs

Certains nutriments doivent être dégradés par les sucs digestifs pour pouvoir être assimilés par l'organisme. C'est un exemple d'action d'une catégorie de protéines spécifiques appelées les **enzymes**.

1 Les caractéristiques des enzymes

A. Définition

■ Les enzymes sont des protéines dont le rôle est d'accélérer les réactions chimiques de l'organisme, pour transformer une molécule initiale (appelée substrat) en un produit nouveau. Elles sont notamment impliquées dans les réactions chimiques du métabolisme. On les appelle donc des **biocatalyseurs**.

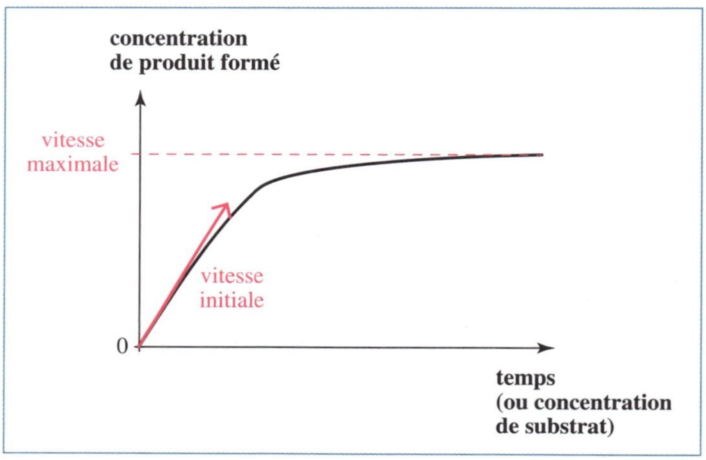

Figure 1 *La catalyse enzymatique*

Ex. : L'hydrolyse est une réaction enzymatique qui permet de catalyser une molécule en présence d'eau. C'est le cas de la transformation de l'amidon en maltose et glucose, une hydrolyse réalisée par l'amylase présente dans la salive et les cellules intestinales (voir *figure 2* p. 225).

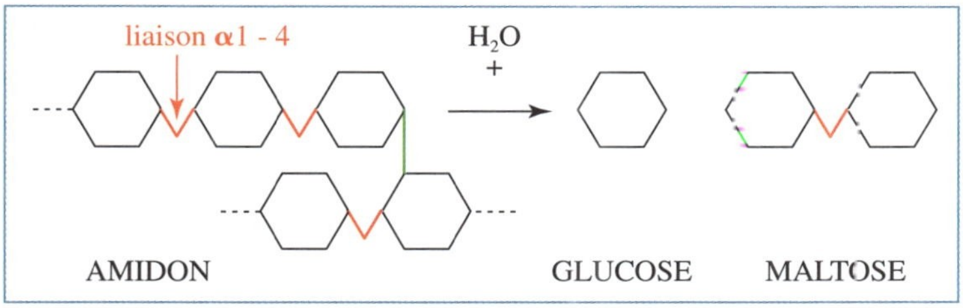

Figure 2 *L'hydrolyse*

■ L'activité enzymatique est caractérisée par la vitesse initiale de réaction (V_i), qui correspond à la quantité de produit formé (ou de substrat transformé) par unité de temps, en début de réaction. Déterminer cette vitesse initiale revient à calculer la pente de la tangente du début de la réaction de catalyse. Plus le coefficient directeur de la tangente est grand, plus la vitesse initiale de la réaction est forte.

$$\text{cœfficient directeur de la tangente} = V_i = \frac{yA - yB}{xA - xB}$$

■ V_i augmente en fonction de la concentration en substrat ou d'enzyme, jusqu'à atteindre une vitesse maximale (V_{max}) lorsque tous les complexes ES sont formés (saturation de toutes les molécules d'enzymes).

B. Le mode d'action des enzymes

■ Les enzymes possèdent une sorte de cavité au niveau de laquelle le substrat se fixe pour y être transformé : c'est le **site actif** de l'enzyme.

■ Le site actif et le substrat doivent avoir une complémentarité de forme et de liaison pour qu'ils s'assemblent et forment un **complexe Enzyme – Substrat** (ES).

■ Le complexe ainsi formé, le substrat est transformé en produits sans que la structure de l'enzyme ne soit modifiée.

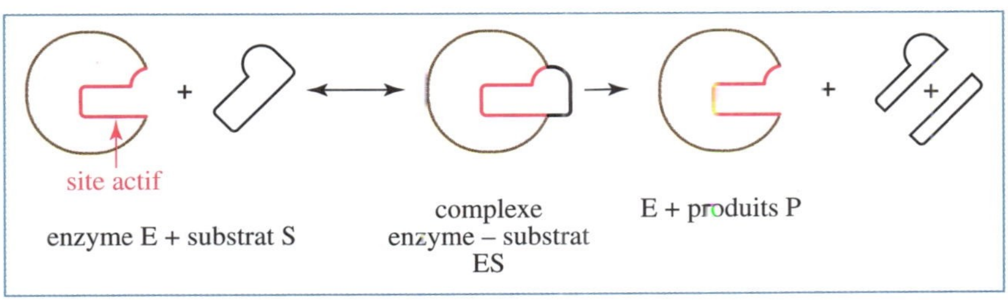

Figure 3 *Modèle « clé-serrure » de l'activité enzymatique*

C. La spécificité des enzymes

■ Les enzymes ne catalysent qu'un substrat donné : on dit qu'elles sont spécifiques à un substrat.

■ De plus, chaque enzyme ne réalise qu'une seule réaction métabolique à partir d'un substrat : c'est leur spécificité d'action.

■ Les enzymes sont donc des biocatalyseurs à double spécificité.

> **Remarque**
>
> **L'amylase** peut hydrolyser l'amidon mais aussi le glycogène. En effet, ces deux molécules possèdent une liaison commune entre leurs glucoses constitutifs : la liaison α1-4. Cette enzyme est ainsi spécifique à une liaison plus qu'à un substrat.

2 Les modifications de l'activité enzymatique

A. Les modifications dues à l'environnement

■ Certaines variations des conditions physico-chimiques régnant dans la cellule peuvent modifier la conformation du site actif de l'enzyme et ainsi modifier son activité catalytique qui est optimale à un pH et une température donnés. Ceci permet une spécificité de l'enzyme en fonction de son environnement : par exemple, les enzymes digestives sont actives à 37 °C mais à des pH différents (l'amylase à pH 7 comme dans la salive et les intestins, et la pepsine à pH 2 dans l'estomac).

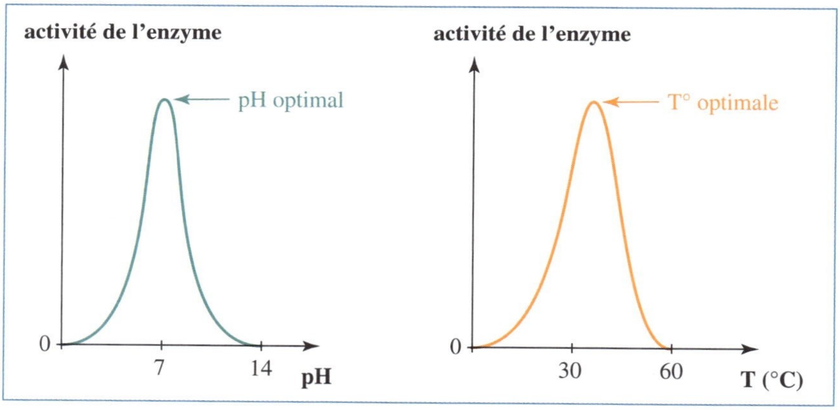

Figure 4 *Variations environnementales de la catalyse enzymatique*

B. Les inhibiteurs

■ Des substances peuvent interagir avec une enzyme et modifier sa vitesse de réaction. Ce sont des **inhibiteurs**. On en distingue principalement deux catégories selon leur mode d'action :

– les **inhibiteurs compétitifs** : ils se fixent sur le site actif de l'enzyme à la place du substrat grâce à une certaine analogie de structure avec ce dernier. Ils empêchent ainsi la formation du complexe enzyme-substrat et ralentissent la vitesse de réaction enzymatique.
– les **inhibiteurs non compétitifs** : ils se fixent sur l'enzyme et non sur son site actif. Ils modifient la conformation 3D de l'enzyme qui ne peut donc pas former de produits.

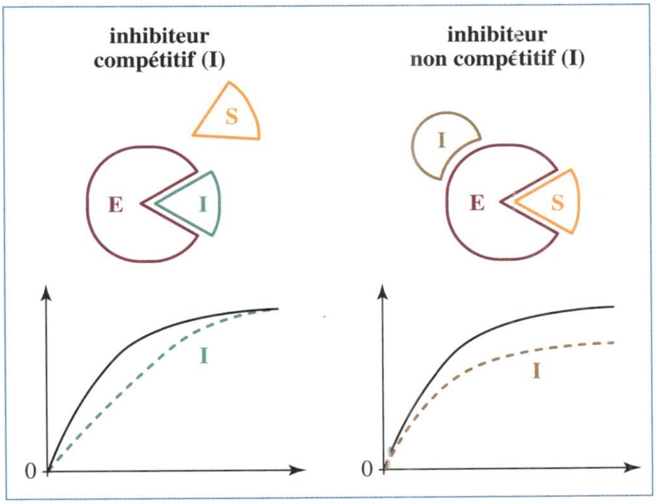

Figure 5 *Les deux types d'inhibiteurs*

C. Les modifications génétiques

■ D'autres facteurs, comme des facteurs internes à l'organisme, peuvent modifier la conformation du site actif d'une enzyme : ce sont des facteurs génétiques.

■ Toute mutation de la séquence d'un gène codant une enzyme modifiera la séquence en acides aminés de l'enzyme. Cette modification, si elle affecte le site actif notamment, ralentira la vitesse de la réaction catalytique ou modifiera l'affinité de l'enzyme avec son substrat.

7 La structure du globe terrestre

La tectonique des plaques est la théorie actuelle de l'existence d'une mobilité horizontale des plaques tectoniques. Elle repose sur la connaissance de l'intérieur de la Terre.

1 Les contrastes des croûtes océanique et continentale

A. La bimodalité des altitudes

■ Les altitudes se répartissent selon deux pics de fréquences différentes : l'altitude moyenne élevée (840 m) correspond aux continents et l'altitude moyenne basse (–3 800 m) aux océans. C'est la **bimodalité des altitudes**.

Cette différence d'altitudes des continents et des océans serait causée par des caractéristiques distinctes de ces deux croûtes liées aux natures différentes des roches qui les composent.

Remarque

En 1912, Alfred Wegener est le premier scientifique à formuler l'hypothèse d'une mobilité horizontale des continents avec sa théorie de la « dérive des continents ».
L'un des arguments repose sur l'hypothèse d'une bimodalité des altitudes et donc d'océans et de continents de natures différentes.

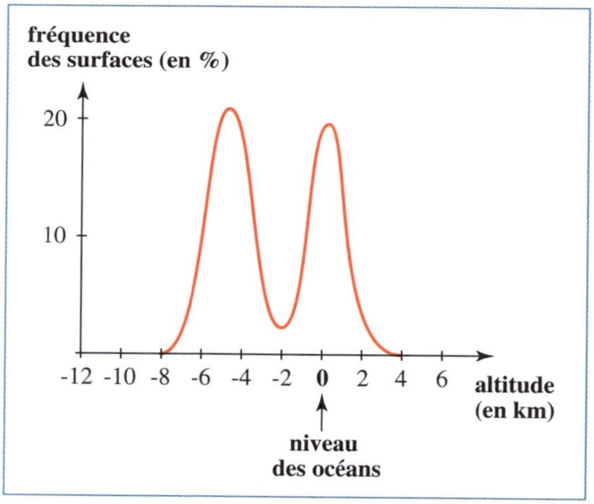

Figure 1 *Répartition des altitudes*

B. Des natures de roches différentes

■ L'étude des échantillons de surface, ou étude pétrographique, permet de définir 2 types de croûtes :
– la croûte océanique formée de **basalte** et de **gabbro** ;
– la croûte continentale, elle-même constituée d'une grande variété de types de roches :
- sédimentaires, provenant de l'accumulation de sédiments ;
- métamorphiques, ayant subi des changements minéralogiques à cause de variations de pression et de température ;
- magmatiques, issues de la minéralisation d'un magma.

■ Des études en profondeur révèlent néanmoins que le **granite** est la roche principale qui constitue la croûte continentale. Le granite est une roche magmatique **plutonique**, c'est-à-dire que le magma a refroidi lentement en profondeur, lui donnant une structure entièrement cristallisée ou une **texture grenue**.

■ Les propriétés physiques différentes de ces roches expliquent la distribution bimodale des altitudes : la croûte océanique est plus dense (2,9) et s'enfonce davantage dans le manteau alors que la croûte continentale, moins dense de 2,7 à 2,8), présente une altitude plus faible.

	Croûte océanique		Croûte continentale
	Basalte	**Gabbro**	**Granite**
Structure de la roche	Microlitique	Grenue	Grenue
Densité	2,7	3,2	2,7
Composition minéralogique	Feldspaths plagioclases Pyroxènes Olivine	Feldspaths plagioclases Pyroxènes	Feldspaths potassiques Biotite (mica noir) Quartz

Figure 2 *Comparaison des roches océaniques et continentales*

2 La structure interne de la Terre

A. Les apports de la connaissance des séismes

■ Au sein d'un bloc de roche, des **contraintes** peuvent s'exercer et entraîner des ruptures brutales libérant une grande quantité d'énergie : c'est un **séisme**. Les blocs de roches peuvent alors glisser l'un par rapport à l'autre le long de **failles**.

■ Lors d'un séisme, les stations sismiques, localisées à de nombreux endroits dans le monde enregistrent des sismogrammes. Ces enregistrements sont caractérisés par trois

SPÉCIALITÉ SVT

types d'ondes sismiques : les ondes P, les ondes S et les ondes de surface. Les ondes S sont des ondes particulières qui ne se propagent pas dans les liquides.

Définition

Les ondes P sont les ondes « primaires », les premières enregistrées sur un sismogramme, alors que **les ondes S** sont les ondes « secondaires », les secondes mesurées.
Ces ondes se propagent dans toutes les directions à partir du foyer sismique. À chaque surface entre deux milieux de natures différentes, ou discontinuité, les ondes sont réfléchies et réfractées.

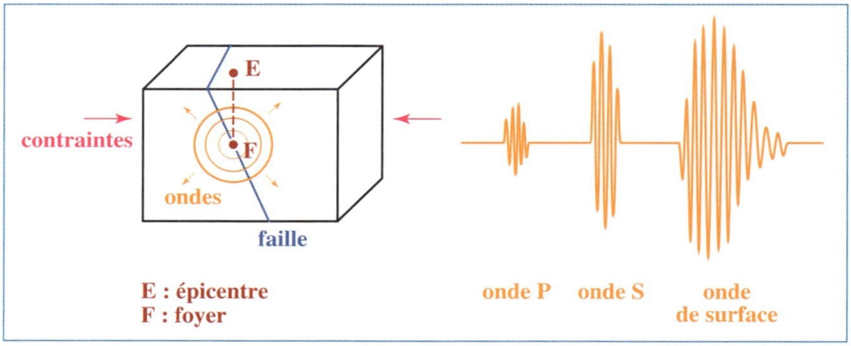

Figure 3 *Caractéristiques d'un séisme et tracé d'un sismogramme*

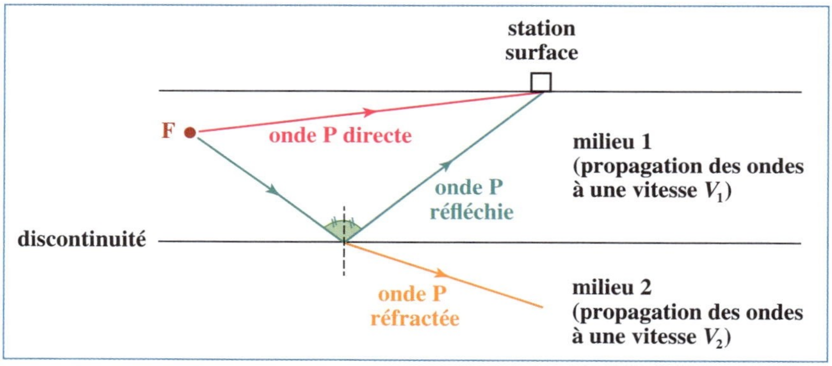

Figure 4 *Réflexion et réfraction des ondes sismiques*

■ Après un séisme, les stations sismiques mondiales situées entre 98° et 145° du foyer n'enregistrent aucun enregistrement d'ondes P directes : c'est une zone d'ombre. On peut supposer que cette absence d'ondes est causée par la réfraction des ondes P en profondeur par une surface de discontinuité : on met ainsi en évidence la présence du noyau externe à 2 900 km de profondeur.

■ Ainsi, l'étude de la vitesse de propagation des ondes et de leur trajectoire a permis de mettre en évidence des discontinuités et la présence d'enveloppes à l'intérieur de la Terre : cette compréhension de la structure interne de la Terre a permis de construire un modèle, le PREM pour *Preliminary Reference Earth Model*.

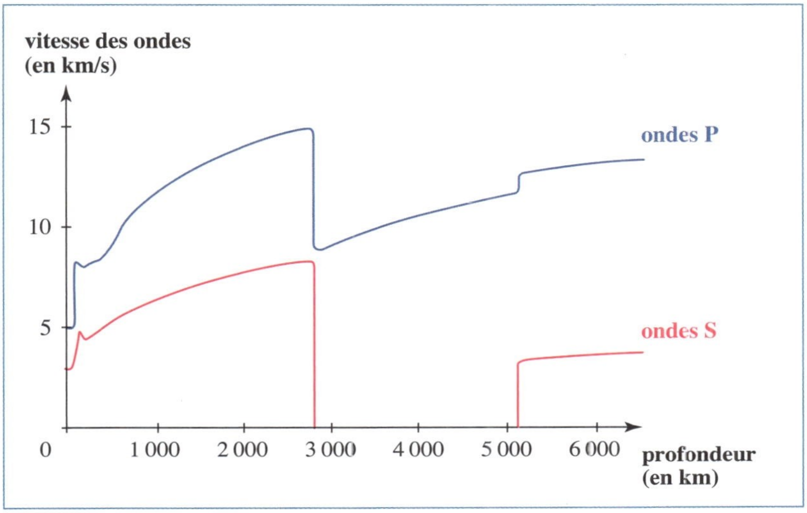

Figure 5 *Le modèle PREM*

■ On distingue trois couches principales : la croûte (océanique ou continentale), le manteau et le noyau.

■ Quand on étudie la vitesse de propagation des ondes en profondeur, on observe un ralentissement des ondes sismiques entre 100 et 200 km de profondeur : il indique la présence d'une couche visqueuse (mais pas liquide), la *Low Velocity Zone* ou **LVZ**. Ce changement de comportement du manteau qui, de solide devient visqueux au niveau de la LVZ, délimite la frontière entre la **lithosphère** rigide et cassante (de 0 à 100 km) et l'**asthénosphère** ductile (de 100 à 670 km).

Définition

La **LVZ** présente 3 propriétés :
– sismique : elle ralentit les ondes sismiques ;
– thermique : elle est délimitée par l'isotherme 1 300 °C ;
– mécanique : par sa viscosité, elle démarque la base de la lithosphère rigide.

B. Les apports de la connaissance des modes de transferts thermiques

■ Il n'existe aucune mesure directe de la température interne de la Terre. Les géologues utilisent des indices pour déterminer le **gradient géothermique**, c'est-à-dire l'évolution des températures en fonction de la profondeur. On estime ainsi que dans la lithosphère, le géotherme moyen est de 10 à 30 °C/km, dans l'asthénosphère de 0,3 °C/km et dans le noyau de 0,55 °C/km (voir *figure 6* p. 232).

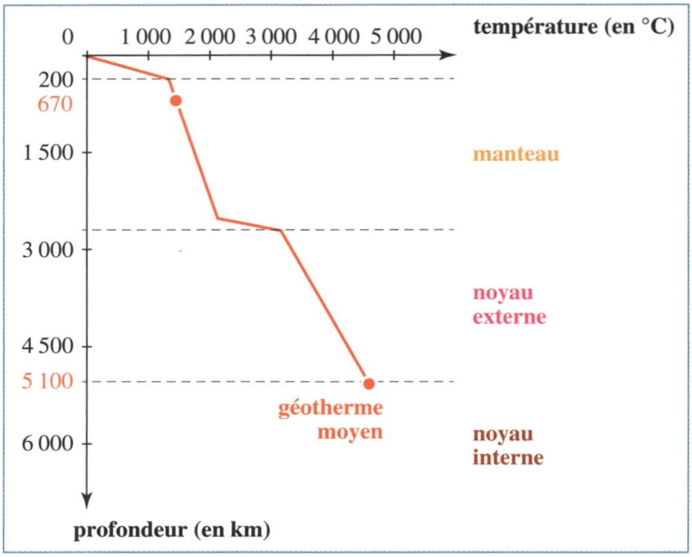

Figure 6 *Le gradient géothermique terrestre*

■ Les **isothermes** sont des lignes fictives d'égales températures au sein du manteau et de la croûte terrestre. Elles délimitent la lithosphère et l'asthénosphère : la LVZ est représentée par l'isotherme 1 300 °C.

■ Plus on s'éloigne de la dorsale, plus la LVZ s'enfonce : ainsi, la lithosphère océanique a une épaisseur variable (de 0 à 100 km de profondeur) mais qui reste plus fine que l'épaisseur de la lithosphère continentale, qui atteint 150 km en moyenne.

C. Une structure interne dynamique

■ Le manteau terrestre n'est pas homogène et il fait l'objet de variations de température. Cette hétérogénéité thermique du manteau crée des anomalies de vitesse des ondes sismiques par rapport au modèle PREM : leur étude constitue la **tomographie sismique**.

■ Si les vitesses enregistrées sont plus rapides que les vitesses théoriques du modèle PREM, alors l'anomalie est négative et on peut supposer l'existence d'un matériel mantellique plus dense. À l'inverse, si les vitesses enregistrées sont plus lentes que les vitesses théoriques, alors l'anomalie est positive et on peut supposer l'existence d'un matériel mantellique moins dense.

■ La tomographie révèle l'existence de mouvements mantelliques : le manteau « chaud » en profondeur est moins dense et « monte » alors que le manteau « froid », plus dense, « tombe ». Ces mouvements de matière permettent d'homogénéiser les températures internes : c'est la **convection mantellique**.

■ D'autres mouvements thermiques, sans transfert de matière, existent au sein de la lithosphère, c'est la **conduction**.

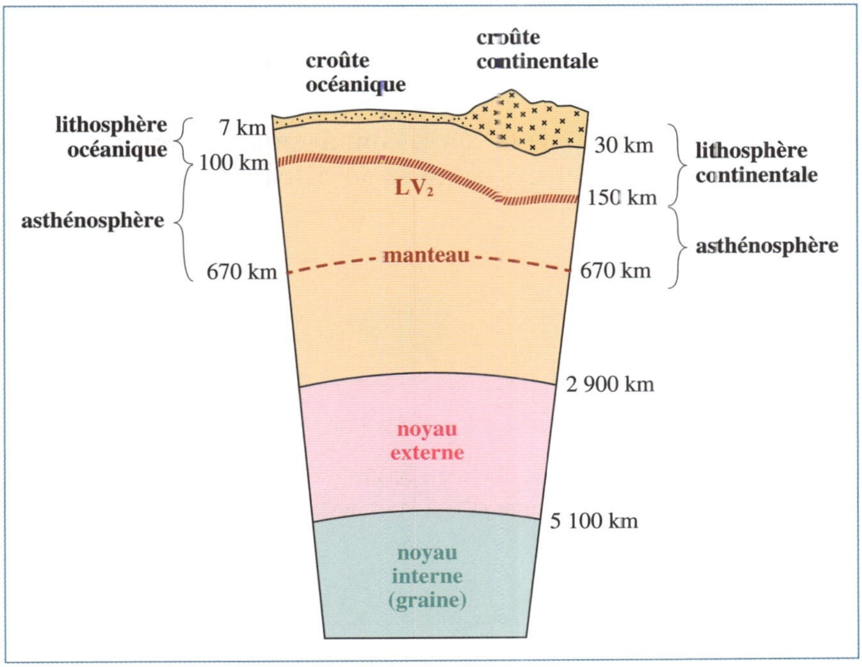

Figure 7 *Schématisation de la structure interne de la Terre*

Exercice d'entraînement

Exercice 10 pts **30 min** *Corrigé p. 288*

La tomographie sismique

Lors de séismes au Japon, on observe une accélération des ondes sismiques reçues par rapport au modèle PREM.

D'après l'ensemble des documents et vos connaissances, mettez en évidence les mouvements mantelliques et leurs origines au niveau de la croûte terrestre du Japon.

Document 1 : Tomographie sismique japonaise

On étudie les anomalies de vitesse sous la fosse océanique du Japon par rapport au modèle PREM et on dresse une coupe d'ouest en est, jusqu'à la limite manteau/noyau.

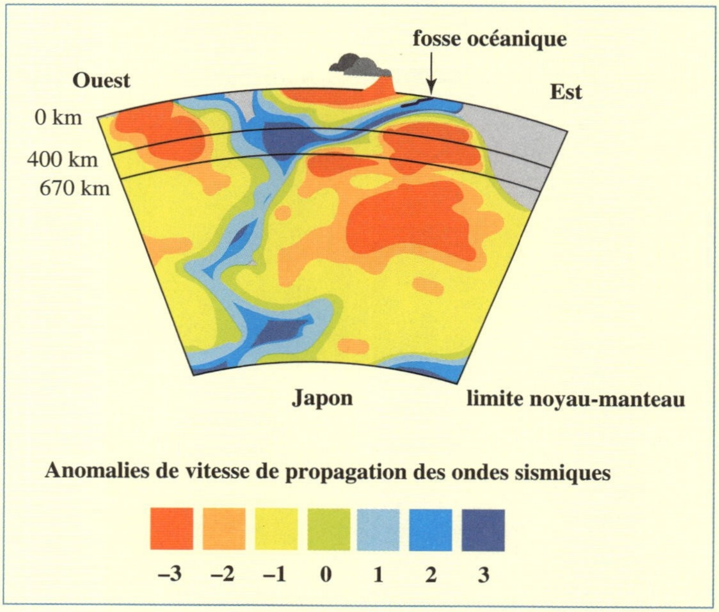

Tomographie sismique de la fosse océanique du Japon

Document 2 : Répartition des isothermes sous la fosse océanique japonaise

On représente la répartition des isothermes (lignes d'égales températures) sous la fosse japonaise.

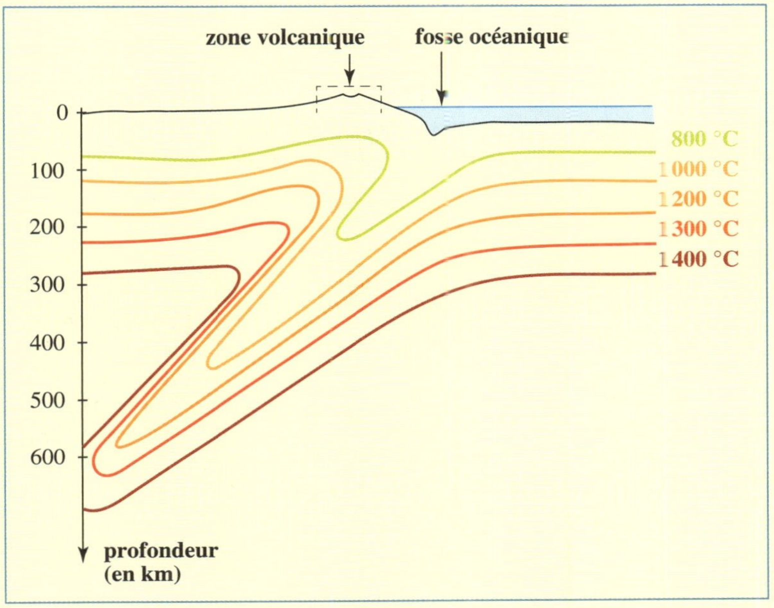

Isothermes sous la fosse océanique japonaise

Document 3 : La convection mantellique

En classe, un modèle de convection peut être réalisé en plaçant une bougie chauffe-plat sous un bécher contenant une huile rouge dans le fond et une huile jaune surnageante. Les résultats sont présentés ci-dessous :

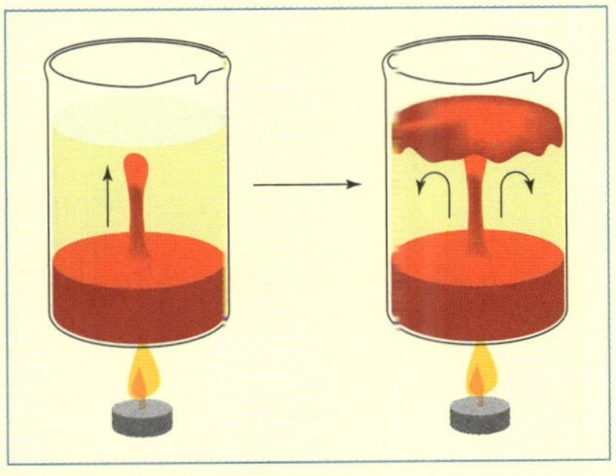

Modèle de convection

8 La dynamique de la lithosphère

La lithosphère est découpée en plaques qui sont animées de mouvements. La tectonique des plaques est un modèle scientifique permettant de les étudier.

1 La mobilité horizontale de la lithosphère

A. Les méthodes d'observation

■ La tectonique des plaques repose sur plusieurs méthodes permettant de visualiser le déplacement des plaques lithosphériques.

1. Les anomalies magnétiques et l'âge des sédiments

■ Lors du refroidissement du basalte, certains minéraux vont enregistrer les caractéristiques du champ magnétique terrestre de l'époque de leur formation.

Remarque

Les basaltes enregistrent le sens et l'intensité du champ magnétique de l'époque de leur formation, grâce à leur composition minérale de magnétite et d'hématite. Ainsi lorsqu'on rapproche une boussole d'un basalte, celle-ci est déviée et n'indique plus le nord : c'est la mémoire magnétique.

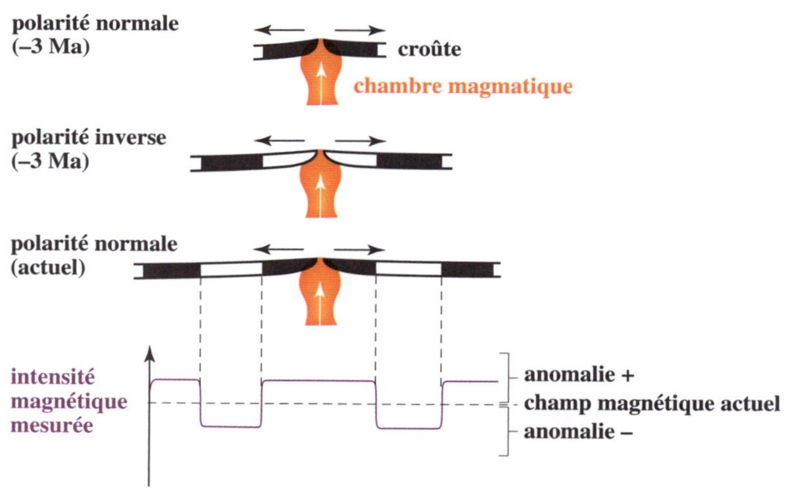

Figure 1 *La mémoire magmatique*

■ Les **anomalies magnétiques** correspondent à un écart entre le champ magnétique mesuré dans les roches et le champ magnétique terrestre qui règne actuellement. Ces anomalies peuvent être datées car elles suivent la même alternance que les époques d'inversion du champ magnétique. On peut en conclure que la croûte océanique est d'autant plus âgée qu'elle s'éloigne de la dorsale. Au niveau d'une dorsale a donc lieu la formation de la croûte océanique qui est en expansion : les basaltes se mettent en place à l'axe de la dorsale puis s'en écartent.

■ De la même façon, on peut étudier l'âge des sédiments au contact des basaltes. Plus on s'éloigne de l'axe de la dorsale, plus les basaltes sont âgés. En connaissant l'âge de ces roches, on peut calculer la vitesse d'accrétion de la dorsale.

2. Le volcanisme intraplaque

■ Le volcanisme intraplaque est défini par la présence d'alignements de volcans au milieu d'une plaque lithosphérique océanique ou continentale, et non pas aux frontières des plaques. Ces volcans sont créés par la remontée du manteau sous forme de panache mantellique. Ce phénomène, appelé « **point chaud** », est considéré « fixe » dans le manteau. Le déplacement de la plaque lithosphérique au-dessus de ce point chaud va donc créer un alignement des volcans. On peut ainsi déterminer la direction, le sens et la vitesse de déplacement de la plaque.

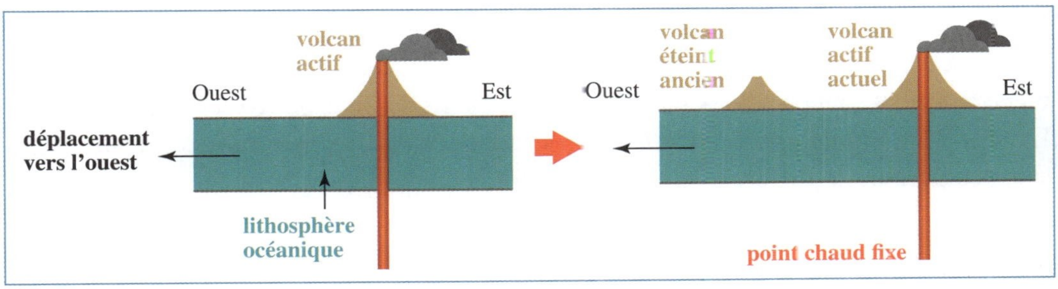

Figure 2 *Mouvement des plaques et points chauds*

3. Le GPS

■ Des techniques modernes de positionnement par satellite permettent de visualiser de façon immédiate le déplacement et la vitesse des plaques lithosphériques les unes par rapport aux autres.

■ Les satellites envoient un signal aux stations GPS et mesurent ensuite le temps de trajet de l'onde. La méthode **GPS** (*Global Positioning System*) permet, selon le principe de la triangulation, de déterminer en temps réel des vecteurs de vitesse de déplacement des plaques lithosphériques.

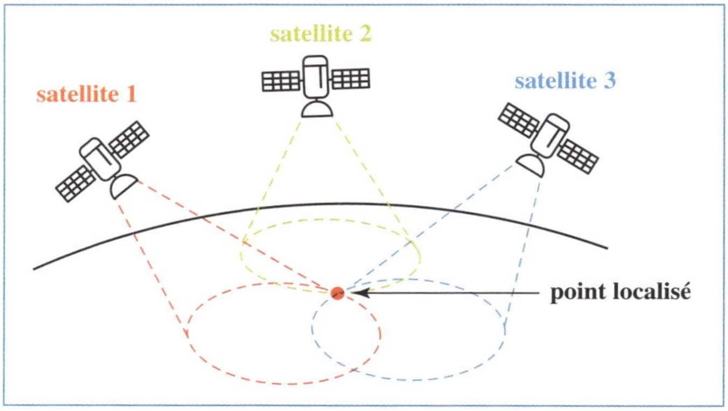

Figure 3 *Le principe de triangulation*

Ex. : Selon les vitesses d'accrétion des dorsales, c'est-à-dire la vitesse à laquelle elles produisent de la lithosphère océanique, on distingue les dorsales rapides (17 cm pour la dorsale Pacifique) et les dorsales lentes (2 cm pour la dorsale Atlantique nord).

B. Les principaux mouvements des plaques lithosphériques

■ Les mouvements de plaques lithosphériques mis en évidence par les méthodes décrites précédemment sont principalement des mouvements de **divergence** et de **convergence**. L'étude de la **topographie** des océans, des variations du **flux thermique** terrestre et des séismes permet de différencier ces deux mouvements lithosphériques (voir *figure 4*, p. 239).

■ Au niveau des zones de divergence, les dorsales sont caractérisées par un relief positif : ce sont des chaînes de montagnes sous-marines dans lesquelles le flux thermique est élevé. Il y a donc une libération de chaleur qui correspond à une remontée du manteau profond et à un volcanisme associé.

Ex. : Les dorsales culminent à 2,5 km sous le niveau de la mer alors que les fosses océaniques peuvent atteindre 11 km comme la fosse des Mariannes bordant le Nord-Ouest de l'océan Pacifique.

■ À l'opposé, au niveau des zones de convergence, les fosses océaniques sont caractérisées par un relief négatif et un flux thermique faible. La distribution spatiale des foyers des séismes en fonction de leur profondeur s'établit selon un plan incliné : le **plan de Wadati-Benioff** ; ce sont des **marges actives**.

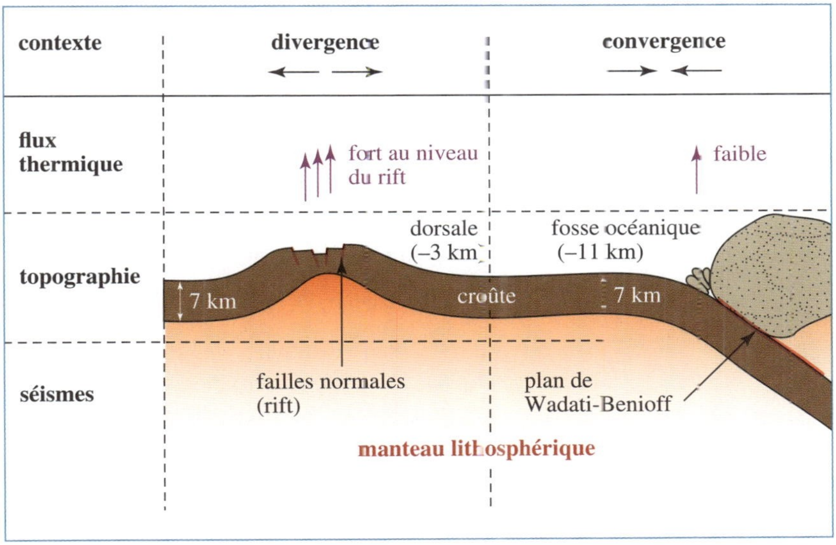

Figure 4 *Les mouvements des plaques lithosphériques*

2 Les mouvements de divergence : les dorsales océaniques

A. La formation de la lithosphère océanique

■ La divergence des plaques lithosphériques de part et d'autre de la dorsale permet la mise en place d'une nouvelle lithosphère océanique à partir du manteau asthénosphérique. En effet, celui-ci subit une décompression : il remonte sous la dorsale et sa pression diminue en perdant peu de chaleur. Cette **décompression adiabatique** permet aux péridotites de franchir le **solidus**, c'est-à-dire de former les premières gouttes de magma.

■ La péridotite ne fond pas entièrement : on dit que la fusion du manteau est partielle (voir *figure 5* p. 240). Ce phénomène permet de former un magma de composition différente de la péridotite d'origine, plus riche en pyroxène et plagioclase : un magma basaltique qui va refroidir lors de sa remontée. S'il refroidit rapidement, en surface, il forme du basalte, roche volcanique, alors que s'il refroidit en profondeur (bloqué sous les basaltes), il forme des gabbros, roches plutoniques.

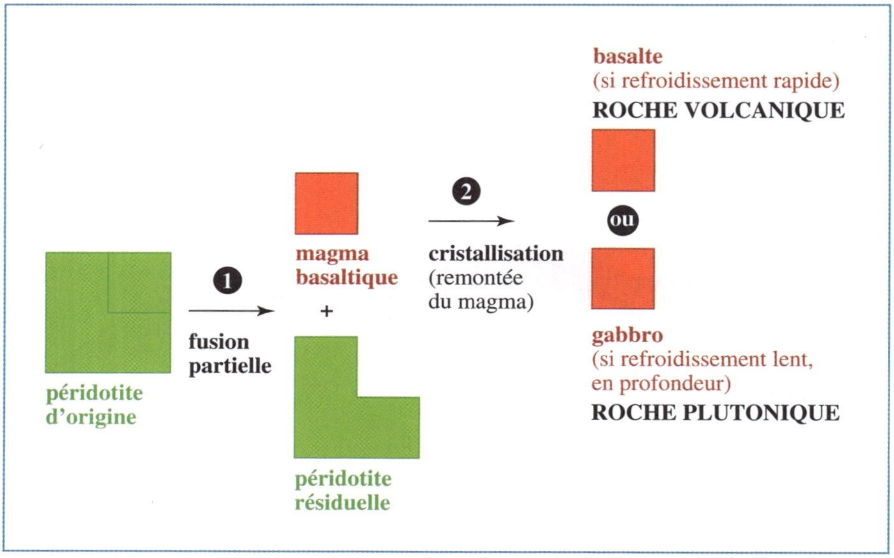

Figure 5 *Fusion partielle et cristallisation*

B. Variété des dorsales

■ Le taux de fusion partielle de la péridotite varie en fonction du type de dorsale (voir *figure 6* p. 241).

Au niveau des dorsales lentes (2 à 3 cm par an), on observe une production de magma discontinue (faible fusion partielle de la péridotite) avec une vallée centrale appelée « **rift axial** » bordé de **failles normales**. La croûte océanique et les niveaux superficiels du manteau sont alors le siège d'une circulation d'eau qui s'infiltre par les failles, qui va modifier les minéraux : c'est l'hydrothermalisme. L'hydratation des roches de la lithosphère océanique peut donner naissance à des minéraux hydroxylés modifiant ainsi l'aspect des roches : la péridotite devient de la **serpentinite** alors que le gabbro devient un gabbro à hornblende (minéral hydroxylé).

■ Les dorsales rapides (6 à 16 cm par an) sont caractérisées par une production importante de magma (fusion partielle forte de la péridotite) et une forme en dôme, haut de plusieurs centaines de mètres.

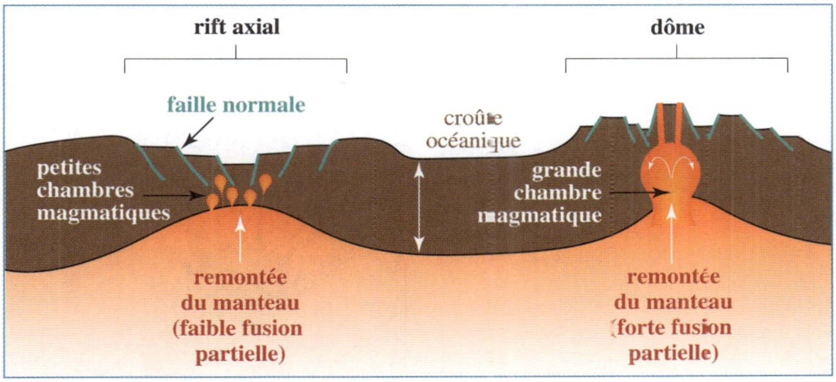

Figure 6 *Diversité des dorsales*

3 Les mouvements de convergence

A. La subduction

1. Le magmatisme de subduction

■ Plus la lithosphère océanique s'éloigne de la dorsale, plus elle refroidit. L'isotherme 1 300 °C devient de plus en plus profond et la lithosphère est donc de plus en plus épaisse. Ainsi, sa densité augmente et la lithosphère océanique s'enfonce davantage dans le manteau asthénosphérique.

■ Lorsque la lithosphère océanique devient plus dense que le manteau asthénosphérique environnant, celle-ci plonge dans l'asthénosphère : c'est la **subduction** (voir *figure 7* p. 242).

■ Au niveau de la plaque chevauchante sont échantillonnées des roches magmatiques hydratées : des granodiorites (roches plutoniques issues d'une cristallisation en profondeur) et des andésites (roches volcaniques issues d'une cristallisation en surface). Ces deux roches sont riches en minéraux hydroxylés comme les **amphiboles**.

■ Cette hydratation trouve son origine dans la cristallisation d'un magma hydraté visqueux. La viscosité du magma permet l'apparition d'un **volcanisme explosif.** Lors de son ascension, ce magma peut être contaminé par les roches continentales environnantes, ce qui explique la grande diversité de roches observées.

■ Ce magma s'est formé grâce à la fusion partielle des péridotites du manteau chevauchant dont l'hydratation a permis le franchissement du solidus.

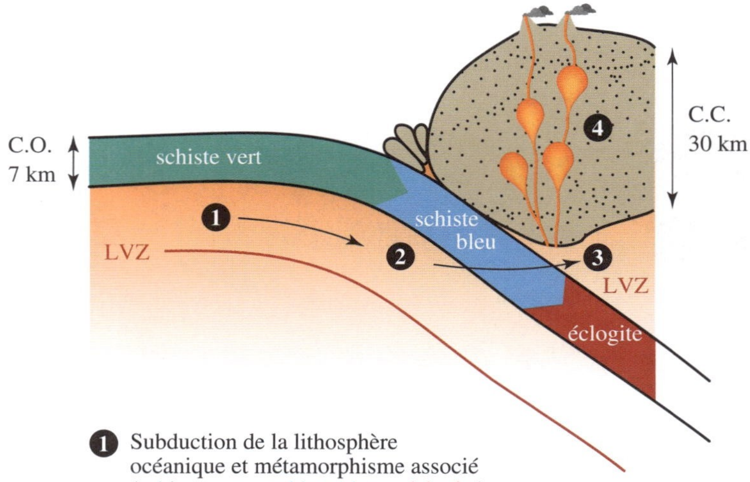

1 Subduction de la lithosphère océanique et métamorphisme associé (schiste vert > schiste bleu > éclogite)

2 Déshydratation de la lithosphère océanique et l'eau migre dans le manteau chevauchant

3 Abaissement du solidus grâce à l'hydratation des péridotites > fusion partielle

4 Remontée du magma hydraté et visqueux : cristallisation en profondeur ou en surface et contamination possible par la croûte continentale

Figure 7 *Subduction et fusion des péridotites*

2. Le métamorphisme de subduction

■ Les fluides hydratant le manteau sont apportés par la déshydratation de la lithosphère océanique tombant en subduction. En effet, au cours de la subduction, la lithosphère océanique est entraînée en profondeur et subit du **métamorphisme** : les minéraux deviennent instables, réagissent entre eux entraînant la formation de nouveaux minéraux.

■ L'apparition de certains minéraux métamorphiques comme le **glaucophane** (caractéristique du faciès schiste bleu) et la **coésite** (caractéristique du faciès éclogitique à très haute pression) indique que la lithosphère océanique a subi des conditions de forte pression et de faible température.

■ Par ailleurs, ces minéraux métamorphiques sont de plus en plus denses, ce qui entretient la subduction. Cette augmentation de la densité de la lithosphère constitue un facteur important contrôlant la subduction et les mouvements descendants de la convection.

B. La collision

■ Lorsque la lithosphère océanique est entièrement tombée en subduction, c'est au tour de la lithosphère continentale de débuter son mouvement descendant. Ce phénomène est appelé **subduction continentale** ou **collision**.

■ Cet affrontement entre deux lithosphères de même densité est caractérisé par des marqueurs tectoniques assimilés à des plis (déformation ductile des roches), des failles inverses (déformation cassante des roches) et des nappes de charriage (déplacement de grands lambeaux de lithosphère).

■ Ces trois phénomènes permettent un raccourcissement et un épaississement de la lithosphère continentale.

■ Les conditions de pression et de température vont donc varier lorsque les roches sont enfouies en profondeur : le gradient de moyenne pression et de moyenne température permet un métamorphisme marqué par la présence d'un minéral, la **sillimanite**, ainsi que la formation d'une roche particulière appelée **migmatite**. Celle-ci est caractéristique d'une fusion partielle de la croûte continentale : c'est un mélange de zones claires, leucosomes, ressemblant au granite (partie étant entrée en fusion) et de zones foncées, mélanosomes, ressemblant au gneiss (roche métamorphique n'ayant pas franchi le solidus).

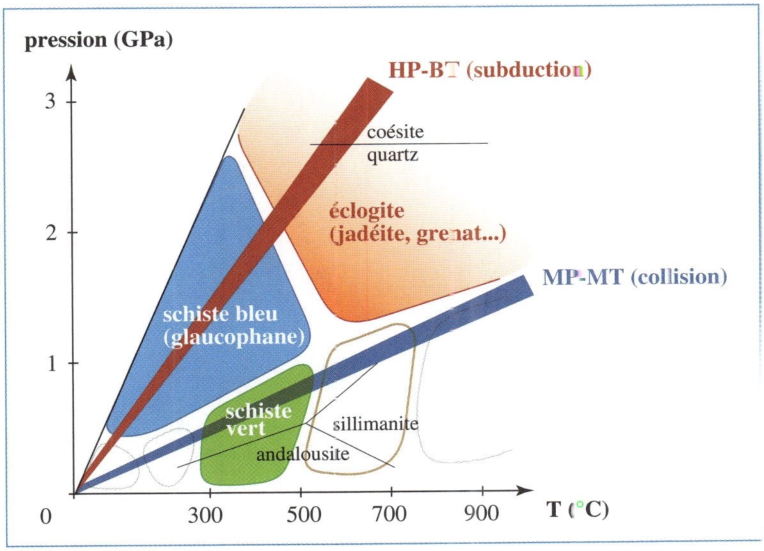

Figure 8 *Les métamorphismes*

Exercice d'entraînement

Exercice 10 pts 30 min *Corrigé p. 289*

Évolution de la lithosphère océanique

On étudie le mécanisme à l'origine de la tombée en subduction de la lithosphère océanique. On prend l'exemple de la plaque lithosphérique Juan de Fuca au large de la Californie.

À l'aide de l'ensemble des documents et de vos connaissances, expliquez l'évolution de la lithosphère océanique, de sa création à sa disparition, en prenant l'exemple de la plaque Juan de Fuca.

Document 1

En 1965, des expéditions sondent le fond des océans et dressent des cartes des anomalies magnétiques le long de la plaque Juan de Fuca.

Les anomalies positives, représentées par des bandes colorées, se sont formées à une époque où le champ magnétique était dans la même polarité qu'à l'actuel, alors que les anomalies négatives, figurées par des bandes blanches, correspondent à une époque où le champ magnétique était dans une polarité inverse à l'actuel.

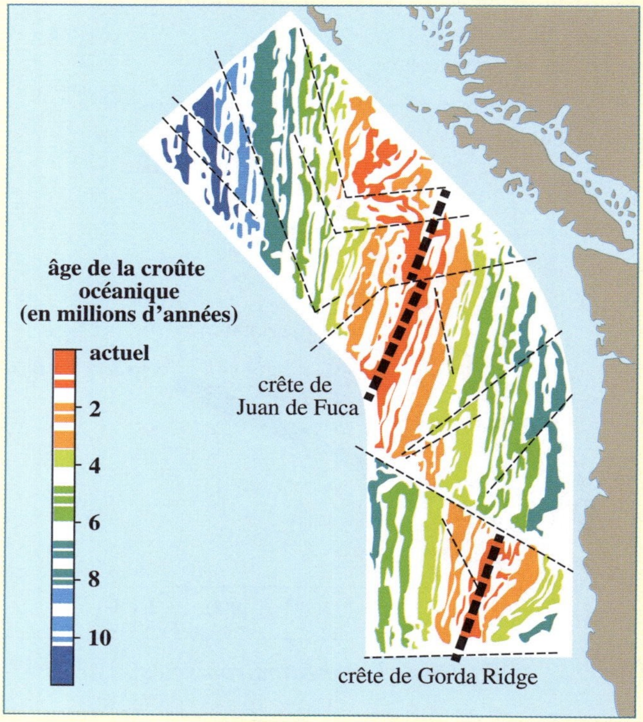

Figure en peau de zèbre de la plaque Juan de Fuca

Document 2

Le flux de chaleur correspond à l'énergie thermique libérée par unité de surface. On peut la mesurer tout le long de la lithosphère océanique.

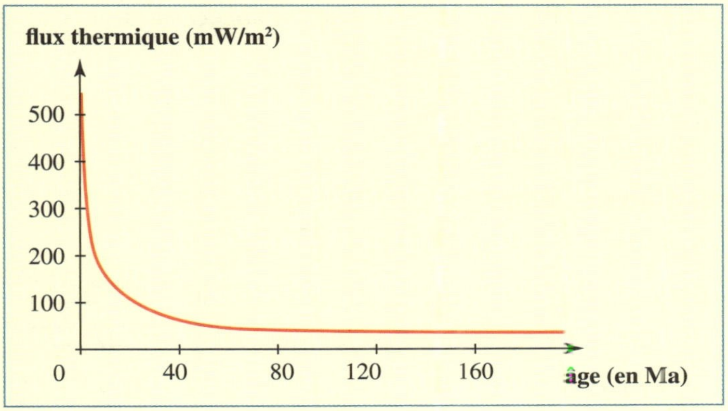

Flux de chaleur de la lithosphère océanique en fonction de son âge

Document 3

Des relevés bathymétriques permettent de mesurer la profondeur des fonds océaniques. On fait le parallèle avec l'âge de la lithosphère océanique.

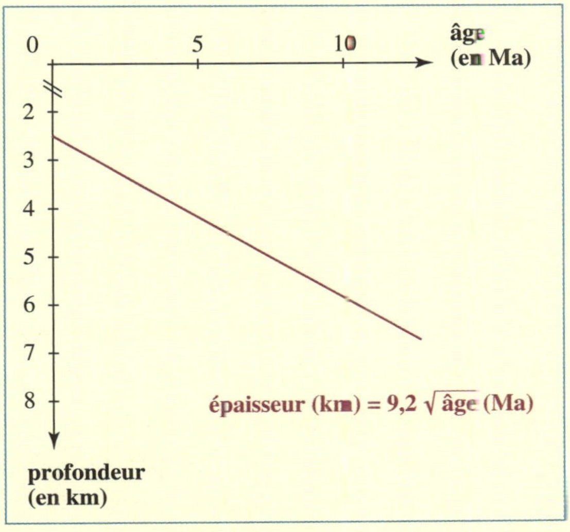

Évolution de la profondeur et de l'épaisseur de la lithosphère océanique en fonction de son âge

9 Les écosystèmes : des interactions dynamiques

La biodiversité, ou diversité du vivant, présente différents aspects : la diversité allélique au sein d'une population d'individus de même espèce, la diversité spécifique (des espèces) et la diversité des écosystèmes.

1 Structure des écosystèmes

A. La définition d'un écosystème

■ Un **écosystème** est un ensemble d'êtres vivants, la **biocénose**, en interaction entre eux et avec leur milieu, le **biotope**.

> **Remarque**
> Le mot écosystème vient du grec « oîkos » qui signifie « maison ».

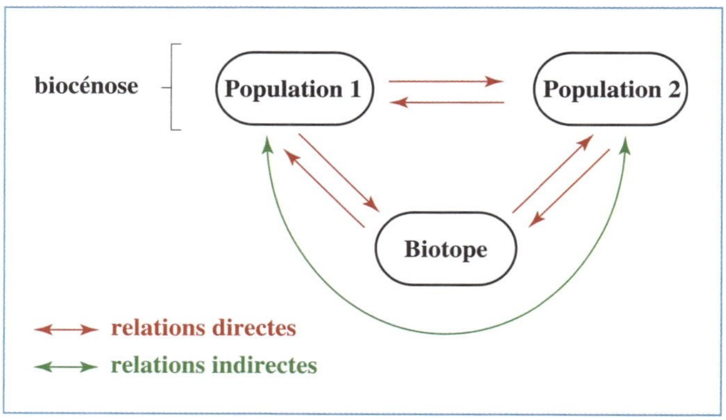

Figure 1 *Les composants d'un écosystème*

■ Les conditions physico-chimiques (**conditions abiotiques**) du milieu constituent les caractéristiques du biotope : ce sont l'humidité, la luminosité, le pH…

■ Les espèces se répartissent selon ces conditions du milieu. Par exemple, une forêt présente certaines conditions abiotiques (humidité, pH, température, ensoleillement) qui permettent à un ensemble d'êtres vivants particuliers de coexister. Ceux-ci interagissent entre eux au sein de **relations interspécifiques** (entre espèces différentes).

Dans cette forêt, un arbre constitue lui aussi un écosystème à part entière : le tronc et les racines notamment peuvent être le refuge d'oiseaux, de larves d'insectes, de mammifères, etc. Si on augmente encore le grossissement, un mammifère vivant dans cet arbre abrite une flore intestinale très diversifiée (bactéries, virus, ciliés, levures). Un écosystème présente donc une grande diversité d'échelles.

■ Il existe une grande **diversité des écosystèmes**, au-delà des différences d'échelles, lorsqu'on fait varier les conditions abiotiques. On trouve par exemple l'écosystème montagnard qui est caractérisé par une altitude élevée avec présence d'une température faible et de vent desséchant ; l'écosystème urbain, influencé par les constructions humaines ; l'écosystème récifal, dont les exigences de pH et de température des coraux le rendent très fragile au changement climatique, etc.

B. Les interactions au sein d'un écosystème

■ Les relations interspécifiques sont les interactions qui ont lieu entre les espèces présentes au sein d'un écosystème. Elles sont diverses et peuvent évoluer au fil du temps.

Type d'interaction	Espèce A	Espèce B
Compétition	–	–
Prédation	+	–
Mutualisme	+	+
Parasitisme	+	–

Figure 2 *Tableau comparatif des différentes relations interspécifiques*

■ On différencie les relations interspécifiques par leurs effets sur la **valeur sélective** (ou **fitness**) des individus impliqués. En effet, tout comportement adopté par un individu ou tout allèle qu'il possède peuvent lui conférer un avantage sélectif et augmenter ses chances relatives de survie et de reproduction dans un environnement donné. Certaines relations augmentent la valeur sélective de l'un des partenaires mais diminuent celle de l'autre : c'est le cas des **relations par exploitation**, reposant souvent sur la recherche de nourriture :

– la **prédation** constitue ainsi le fait de se nourrir d'un autre être vivant ;
– le **parasitisme** ressemble à la prédation en ceci qu'elle bénéficie à l'un des partenaires mais est néfaste à l'autre : la différence réside dans la durée du lien entre les espèces (plus durable et obligatoire dans le cas du parasitisme) ;

– la **compétition** repose sur la lutte indirecte (par exploitation) ou directe (par interférence) pour les mêmes ressources. Deux espèces ne peuvent ainsi pas coexister dans la même **niche écologique** (ensemble des conditions biologique et physico-chimique dans lesquelles vit une espèce) : elles s'excluent par définition.

■ D'autres interactions permettent d'augmenter la valeur sélective des deux partenaires : le **mutualisme** constitue ainsi l'ensemble des relations à bénéfices réciproques. Dans le cas particulier où cette association est obligatoire (les espèces ne peuvent vivre l'une sans l'autre), le mutualisme est appelé **symbiose**.

2 L'équilibre dynamique des écosystèmes

A. Le fonctionnement d'un écosystème

■ Un écosystème reçoit de l'énergie externe (solaire dans la majorité des cas) et de la matière (eau par les racines, gaz atmosphériques…). À partir de ces entrées d'énergie et de matière, les **producteurs primaires** vont produire de la matière organique grâce à la **photosynthèse**. Ils transforment donc une énergie physique (énergie lumineuse) en énergie chimique (molécules organiques) et produisent de la **biomasse**. Cette matière va ensuite être transformée tout au long de la chaîne alimentaire par les **consommateurs** (primaires puis secondaires) qui réalisent notamment la **respiration** : il y a ainsi des **flux de matière** dans les écosystèmes. C'est le **réseau trophique**.

> **Rappel**
> Les molécules organiques sont des molécules produites par les êtres vivants. Elles sont constituées majoritairement de carbone, d'hydrogène, d'oxygène et d'azote.

■ Des sorties de matière et d'énergie ont lieu tout au long de ce réseau trophique par évapotranspiration (perte en eau des végétaux au niveau de leurs parties aériennes et souterraines), excrétion (formation d'urine) et déjections.

■ Une partie de la matière organique morte est ensuite recyclée, notamment grâce au sol et aux **décomposeurs**. Les micro-organismes du sol transforment la matière organique morte en matière minérale (voir *figure 3*, p. 249).

■ Un écosystème naturel est donc un cycle géochimique équilibré : il est caractérisé par autant d'entrées que de sorties.

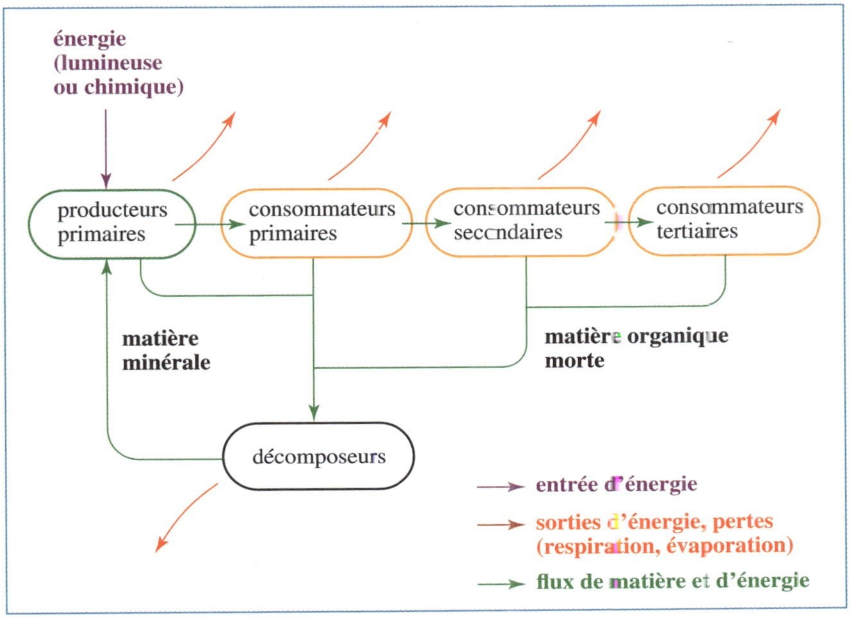

Figure 3 *Fonctionnement d'un écosystème*

B. L'évolution dynamique des écosystèmes

■ L'Homme peut perturber le fonctionnement des écosystèmes en modifiant les habitats des espèces animales ou en polluant l'environnement.

■ Un exemple de modification des habitats est la transformation des écosystèmes dans un but agricole : ce sont les **agrosystèmes**. La biocénose y est réduite à une seule espèce et c'est l'Homme qui contrôle le biotope en modifiant les entrées de matière (irrigation et engrais) et les sorties (récoltes de la matière organique).

■ Cependant, même sans action de l'Homme, les écosystèmes peuvent être perturbés. C'est le cas des incendies et des maladies qui peuvent affecter les populations.

■ Plus un écosystème possède une biocénose complexe et diverse, plus sa capacité à retrouver son état initial après la perturbation est forte : c'est la **résilience** (voir *figure 4* p. 250).

■ Un écosystème se caractérise donc par un équilibre dynamique susceptible d'être bousculé par des perturbations internes et externes. Il évoluera ensuite de façon prévisible et ordonnée jusqu'à l'installation d'une biocénose finale.

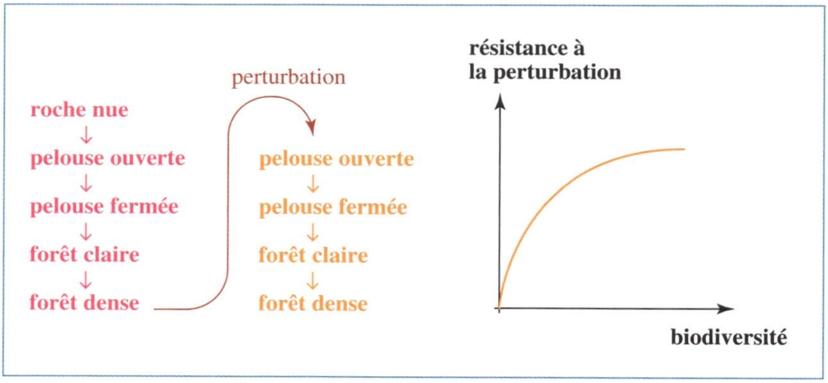

Figure 4 *Résilience des écosystèmes*

Exercice d'entraînement

Exercice 10 pts 30 min Corrigé p. 290

Symbiose Rhizobium/Fabacées

La permaculture et la rotation des cultures sont des techniques consistant à associer différents végétaux dans l'espace (permaculture) ou dans le temps (rotation) afin de limiter l'ajout d'engrais et de pesticides dans les écosystèmes.

À l'aide de l'ensemble des documents, expliquez l'importance de planter des Fabacées (petits pois, haricots...) lors de la rotation des cultures.

Document 1

Certaines plantes, comme les Fabacées (petits pois, trèfle, luzerne...), possèdent au niveau de leurs racines une structure particulière : les nodosités. À l'intérieur de ces nodosités, vivent des bactéries du genre Rhizobium incorporées dans leurs cellules. Le lien entre les Fabacées et les bactéries type Rhizobium est appelé « mycorhize ».On veut connaître la nature de la relation entre ces bactéries et les Fabacées.

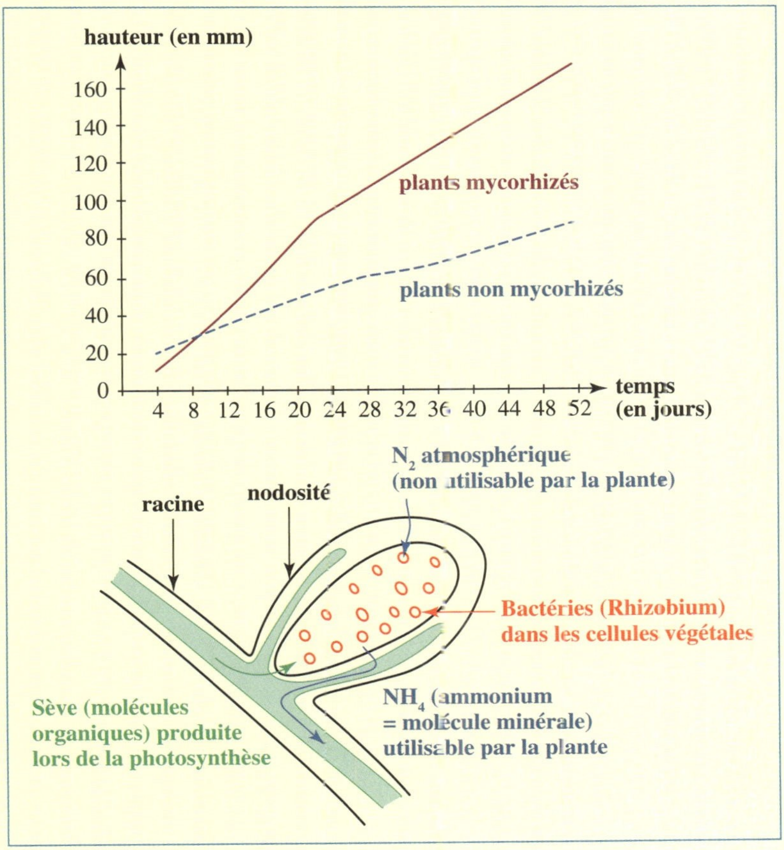

Symbiose Rhizobium/Fabacées

Document 2

L'azote est le quatrième élément le plus important dans la biomasse. Il est constitutif des protéines, des acides aminés, ainsi que des nucléotides. Comme tout élément minéral, il subit des transformations entre des réservoirs de stockage au cours d'un cycle.

La fixation de l'azote atmosphérique, N_2, en azote minéral utilisable pour les plantes ne se fait pas spontanément. Elle nécessite la présence d'êtres vivants. Certains sont les bactéries du genre Rhizobium, présents dans les nodosités des Fabacées. Ces bactéries réalisent la réaction suivante grâce à une enzyme, la nitrogénase :

$$N_2 + 6\ e^{-}(\text{électrons}) + 8\ H^+ + \text{énergie} \rightarrow 2\ NH_4^+$$

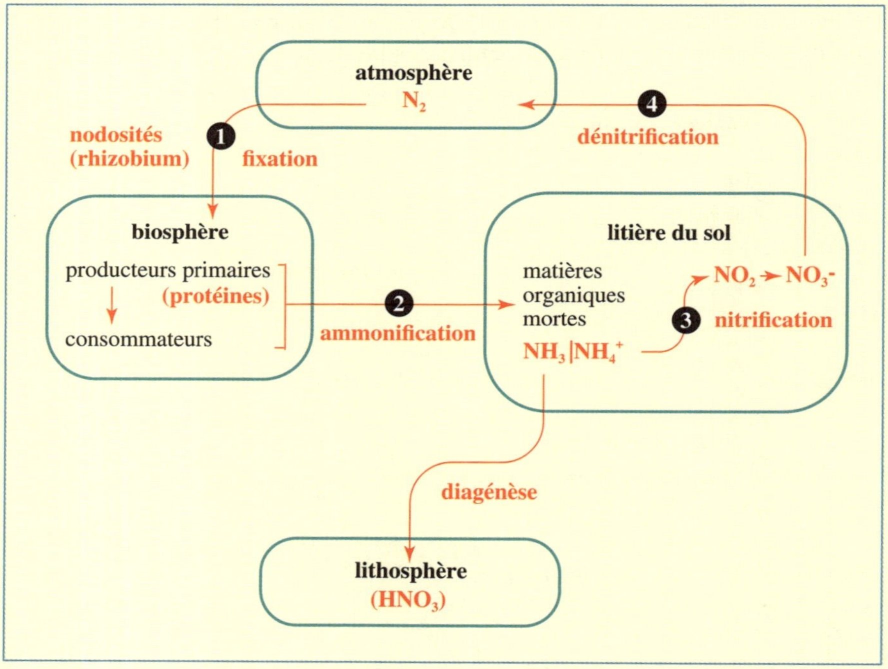

Cycle court de l'azote

Document 3

L'azote sous forme ammonium NH_4+ est assimilable par les plantes pour produire leur matière organique (protéines par exemple). Cependant, on se demande si l'azote atmosphérique fixé par les nodosités des Fabacées est bénéfique pour le sol (est-il produit en excès par Rhizobium ?).

On calcule donc le rendement d'un même champ de blé en regardant le type de culture qui l'a précédé sur le même emplacement. Si la croissance est forte, cela signifie que le sol a été enrichi naturellement en éléments minéraux, notamment l'ammonium.

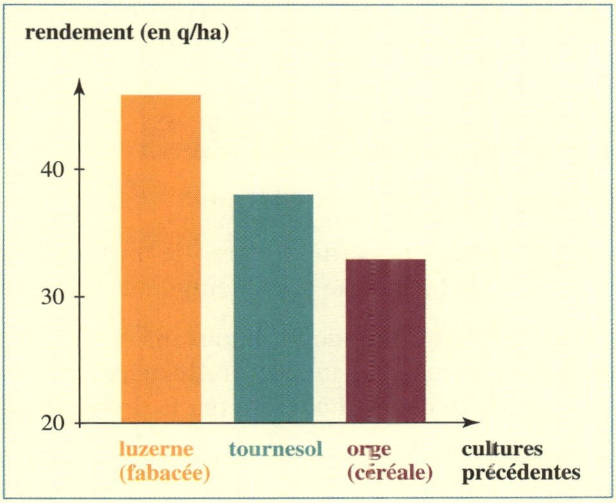

Rendement du blé en fonction de la précédente culture utilisée

10 L'humanité et les écosystèmes

La biodiversité, définie par la conférence de Rio en 1992, subit actuellement un déclin important affectant le fonctionnement des écosystèmes. La cause principale en est l'activité humaine.

1 L'action de l'Homme sur les écosystèmes

A. La place de l'Homme dans les écosystèmes

■ L'espèce humaine est un élément parmi d'autres de tous les écosystèmes qu'elle a colonisés. Elle fait partie de la biocénose et y interagit avec d'autres espèces.

■ En effet, l'Homme est impliqué dans des relations interspécifiques comme le **parasitisme** et le **commensalisme**, mais il peut aussi influencer le reste de la biocénose en exploitant les autres espèces ou en les modifiant par la **domestication**.

■ Au sein d'un écosystème, l'Homme se situe au niveau des consommateurs primaires (régime végétarien) ou secondaires (régime omnivore), voire des superprédateurs. Il peut cependant subir aussi des relations diminuant sa valeur sélective comme le parasitisme et prendre alors la place d'un hôte parasité.

Ex. : Le *Taenia* (ou ver solitaire) se nourrit des nutriments intestinaux et peut entraîner une perte de poids chez l'homme parasité. Les œufs produits dans les excréments vont alors contaminer un hôte intermédiaire, le porc, où des kystes se logeront dans ses muscles. En cas d'ingestion de viande contaminée, les kystes libéreront le parasite et le cycle parasitaire reprendra.

■ Dans certains cas, les espèces retirent un bénéfice de leur interaction avec l'Homme mais sans affecter sa valeur sélective : c'est le **commensalisme**. La présence de blattes, de rats, de pigeons et de goélands dans l'écosystème urbain en est un exemple.

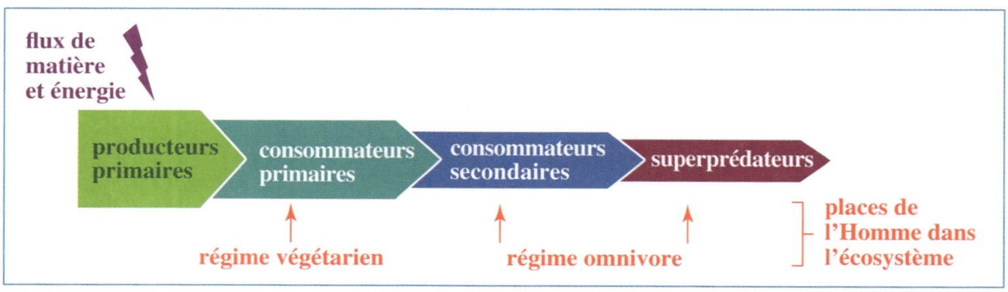

Figure 1 *Place de l'Homme dans les écosystèmes*

B. Les conséquences des activités humaines

■ L'espèce humaine peut aussi affecter le fonctionnement des écosystèmes en modifiant la biocénose ou le biotope.

■ Les modifications de la biocénose sont nombreuses comme la création d'**espèces domestiquées**, leur exploitation ou l'introduction d'**espèces invasives**.

■ Depuis l'apparition de l'agriculture il y a 10 000 ans, l'Homme a modifié les espèces en les sélectionnant (il sélectionne les individus les plus productifs et les plus résistants afin de les faire se reproduire entre eux et que la population obtenue possède ces nouveaux caractères), en les hybridant (on croise des individus possédant chacun un caractère d'intérêt et on obtient un individu hybride possédant ces deux caractères : c'est la **vigueur hybride**) ou encore en modifiant leur génome (création d'organismes génétiquement modifiés ou OGM par **transgénèse**).

■ D'autres modifications de la biocénose, plus néfastes, peuvent diminuer la biodiversité : c'est l'introduction d'espèces invasives. Une espèce exotique introduite par l'Homme peut devenir nuisible à la biodiversité locale et à son écosystème.

Ex. : La perruche à collier est une espèce invasive originaire du Pakistan, elle a été libérée par des particuliers dans les années 1960. On dénombre actuellement 6 000 individus en Île-de-France. Sans prédateurs et grâce à une reproduction efficace en milieu urbain, la perruche affecte les autres espèces comme les écureuils roux et les étourneaux, par compétition, et endommage aussi directement les cultures locales à cause de son régime granivore et frugivore.

■ L'espèce humaine peut aussi affecter le fonctionnement des écosystèmes en exploitant des ressources et le biotope local. C'est le cas de l'exploitation des forêts. Ainsi, l'Homme agit sur le développement des forêts dans le but d'exploiter le bois à des fins économiques (chauffage, ameublement, construction et papeterie) ou durables (en limitant l'impact sur les sols ou la biodiversité et en permettant une meilleure résilience face aux perturbations). Les différents aménagements forestiers sont :
- la **futaie** (les arbres ont un tronc unique) qui consiste à couper les espèces préexistantes afin de rajeunir le couvert végétal et d'obtenir du bois d'œuvre (ameublement et construction) ;
- le **taillis** (plusieurs tiges partent d'une même base) qui consiste à produire du bois de faible diamètre destiné au chauffage.

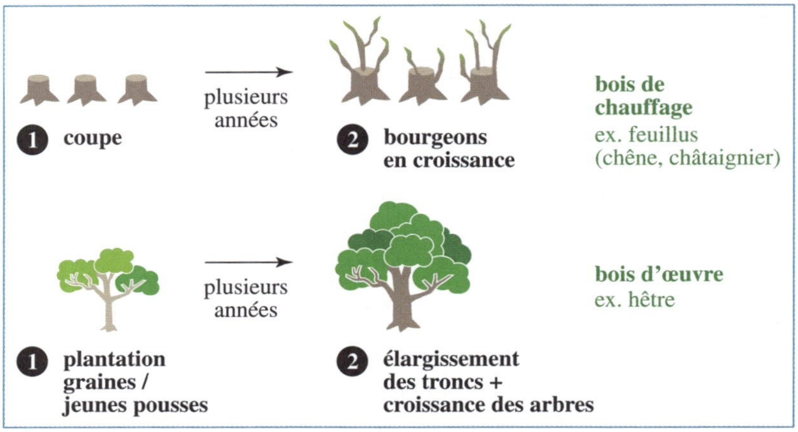

Figure 2 *La futaie et le taillis*

■ Une autre action humaine néfaste aux écosystèmes consiste à modifier le biotope mondial : c'est le changement climatique.

■ Beaucoup d'écosystèmes mondiaux sont impactés, avec une perte mondiale de la biodiversité (c'est la 6e extinction de masse) et des conséquences néfastes pour les activités humaines (diminution de la production, pollution des eaux, développement de maladies).

Modifications de la biocénose		Modifications du biotope		
Domestication	**Espèces invasives**	**Exploitation**	**Érosion des sols**	**Changement climatique**
chien (– 100 000 ans), bœuf (8 000 ans), blé, maïs…	perruche à collier, caulerpe, frelon asiatique, écrevisse de Louisiane…	sylviculture	déforestation, agrosystèmes	acidification des océans, fonte de la calotte polaire, désertification…

Figure 3 *Exemples de modifications anthropiques des écosystèmes*

2 Les bénéfices des écosystèmes

A. Les services écosystémiques

■ L'humanité tire un grand bénéfice de fonctions assurées gratuitement par les écosystèmes : ce sont les **services écosystémiques**.

■ On distingue :
– les **services d'approvisionnement** : c'est la valeur économique des écosystèmes qui représentent des sources de nourriture (champignons, fruits, graines) et des outils de construction (production du bois) ;

> **Remarque**
> Le blé, le maïs et le riz fournissent la moitié de la ration énergétique de la population humaine.

– les **services de régulation** : ce sont les services écologiques comme la dépollution de l'eau par des plantes qui piègent le nitrate, l'épuration de l'air et la fixation du CO_2 grâce à la photosynthèse, la lutte contre l'érosion des sols grâce aux racines des végétaux (exemple de l'oyat des dunes), la lutte contre les ravageurs de culture (introduction des coccinelles pour lutter contre les pucerons), la production de médicaments (pénicilline et morphine notamment) ou encore la pollinisation des plantes cultivées (par les abeilles, les chauve-souris, etc.).
– les **services culturels** : la biodiversité possède une valeur récréative (randonnées, plongée…) et une valeur patrimoniale (esthétique).

■ Notre santé dépend ainsi de celle des écosystèmes qui nous environnent.

B. La gestion des écosystèmes

■ La connaissance scientifique des écosystèmes peut permettre une gestion rationnelle des ressources exploitables, assurant à la fois l'activité économique et un maintien des services écosystémiques.

■ L'**ingénierie écologique** est l'ensemble des techniques qui visent à manipuler, modifier, exploiter ou réparer les écosystèmes afin d'en tirer durablement le maximum de bénéfices.

■ Différentes techniques de gestion des écosystèmes existent :
– la **protection des espèces** (exemple du loup des Alpes protégé en Europe en 1989 et dont la population augmente de nouveau actuellement) ;
– la protection des milieux par une création de **réserves biologiques** ;

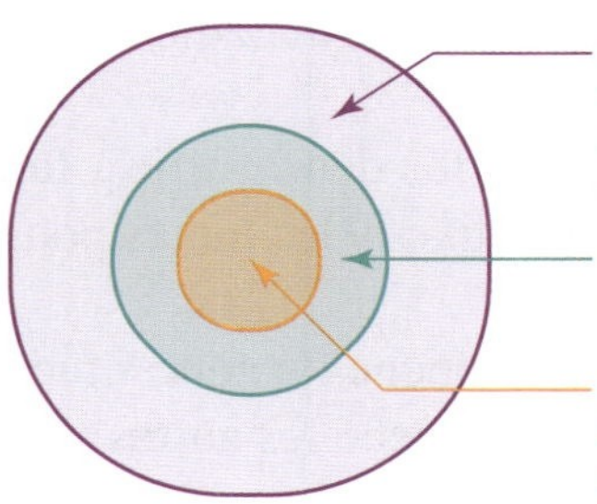

Figure 4 *L'organisation des réserves naturelles*

– la **réintroduction des espèces** à partir d'individus captifs (exemple du vautour fauve des Pyrénées réintroduit en 1990, 140 individus actuellement) ;
– le **renforcement** des populations où des individus extérieurs sont introduits afin d'augmenter les effets de l'espèce menacée (exemple de l'ours des Pyrénées avec une population de seulement 5 individus en 1990, renforcée en 1997 par un plan de réintroduction des ours slovènes proches génétiquement).

11 Patrimoine génétique, mutations et santé

1 Les maladies d'origine génétique

A. La transmission des maladies génétiques

■ Certaines mutations de l'ADN, responsables de la modification d'un allèle, peuvent affecter les gènes (dont les séquences de nucléotides codent une protéine). Les mutations empêchent la production de la protéine ou en modifient sa structure : il en résulte une absence de la protéine, ou bien quand elle produite, une protéine non fonctionnelle ou peu efficace.

■ L'expression modifiée du gène est responsable de maladies caractérisées par des modifications :
- du phénotype macroscopique ;
- du phénotype cellulaire ;
- du phénotype moléculaire.

■ Une mutation peut être héritée d'un ou des deux parents, on dit alors qu'elles sont **héréditaires**, ou bien apparaître spontanément chez l'embryon.

■ L'étude des arbres généalogiques familiaux permet de connaître les modes de transmission des maladies :
- Elles peuvent être causées par la mutation d'un gène (maladie **monogénique**) ou de plusieurs gènes (maladie **multigénique**).
- Elles sont **dominantes** si un allèle touché sur les deux suffit à faire apparaître la maladie, ou **récessives** s'il faut posséder les deux allèles mutés pour développer les symptômes.
- Elles sont **gonosomiques** lorsque la mutation touche un gène situé sur les chromosomes sexuels et **autosomiques** si la mutation touche les autres chromosomes.

■ Ainsi, dans le cas d'une maladie monogénique à transmission autosomique récessive, seuls les homozygotes pour l'allèle muté sont atteints. Les hétérozygotes sont donc des porteurs sains qui ne développent aucun symptôme mais peuvent transmettre l'allèle muté à leur descendance (voir *figure 1* p. 259).

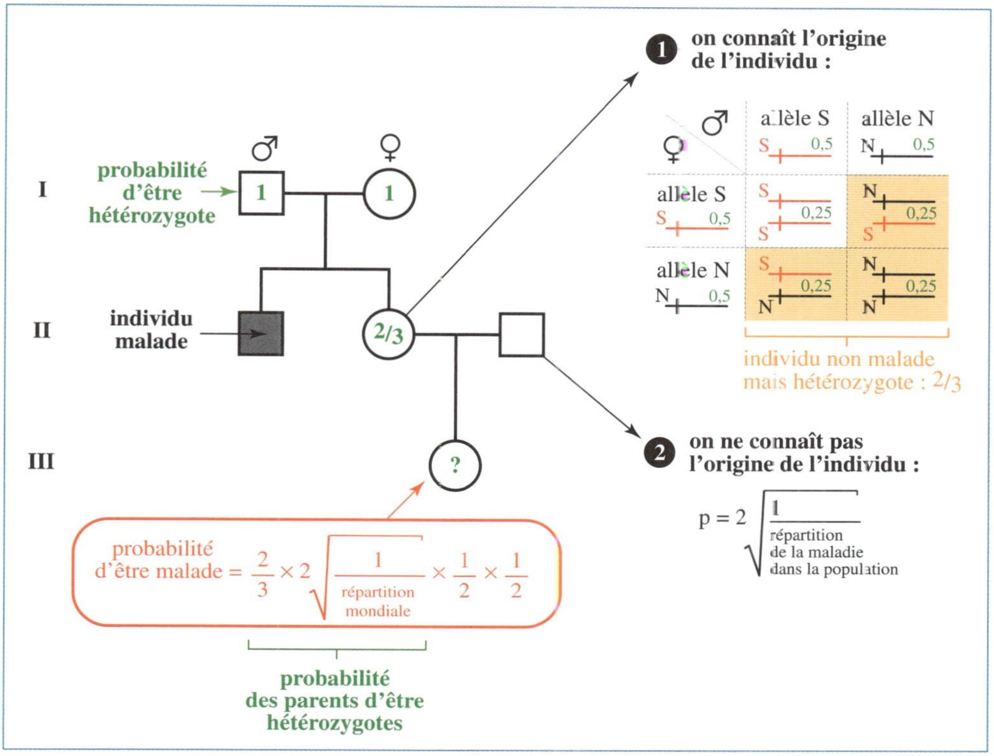

Figure 1 *Arbre généalogique d'une maladie monogénique autosomique récessive et les probabilités de transmission de l'allèle atteint*

B. Les traitements envisagés

■ Selon les cas, des médicaments vont compenser la fonction altérée en remplaçant le rôle de la protéine dont l'action a été affectée par la mutation du gène.

■ Les médicaments peuvent aussi traiter les symptômes pour soulager les malades sans pour autant traiter l'origine génétique de la maladie. Ce sont des **traitements symptomatiques**.

■ Les **thérapies géniques** sont les seuls **traitements curatifs** qui pourraient à terme guérir certaines maladies monogéniques. Cette technique consiste à remplacer l'allèle muté par l'allèle sain dans les cellules du tissu atteint. L'incorporation de l'allèle à remplacer se fait grâce à l'utilisation de vecteurs notamment viraux (voir *figure 2* p. 260).

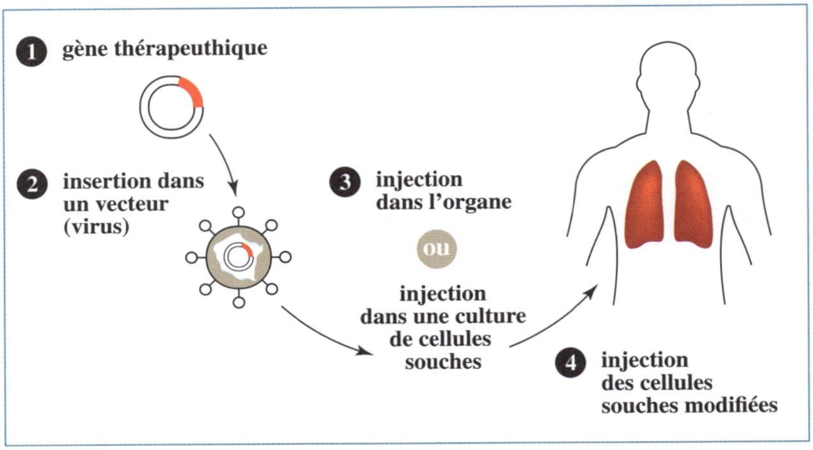

Figure 2 *Principe de la thérapie génique*

2 Les maladies multifactorielles

A. L'origine multigénique des maladies

■ La plupart des pathologies d'origine génétique sont dues à l'interaction de nombreux gènes qui ne sont pas tous connus : ce sont les **maladies multigéniques**. Certains allèles de certains gènes augmentent la probabilité d'apparition d'une pathologie : ce sont des **gènes de prédisposition**.

■ Le profil génétique individuel intervient donc dans la santé de l'individu.

B. L'influence des facteurs environnementaux

■ D'autres facteurs, autres que génétiques, peuvent affecter la santé d'une personne : ce sont les facteurs environnementaux. Certains modes de vie comme le tabagisme, l'exposition aux UV, l'exposition à certaines substances chimiques peuvent ainsi augmenter la probabilité d'apparition d'une pathologie.

■ Les maladies causées à la fois par des mutations génétiques et des facteurs environnementaux sont **multifactorielles**.

■ Pour identifier le ou les gènes causant une maladie, on étudie les génomes de grandes populations de patients. L'**épidémiologie** est l'étude de la répartition et des facteurs de risque des maladies humaines. On distingue deux domaines différents :
- l'**épidémiologie descriptive** : c'est la description des fréquences et de la répartition des maladies en répondant à trois questions : « Chez qui ? », « Où ? » et « Quand ? ». On calcule ainsi des taux de prévalence, c'est-à-dire des statistiques de répartition de la maladie dans différentes populations à différentes époques.

- l'**épidémiologie analytique** : c'est l'estimation du lien entre l'exposition à des facteurs et l'apparition de la maladie. On étudie de grands groupes d'individus malades ou non, en fonction de leurs expositions à des facteurs de risque et on estime ainsi une probabilité de développer la maladie associée à ce facteur : c'est le **risque relatif**.

Définition

Un facteur de risque, c'est le facteur par lequel on peut multiplier la probabilité de développer une maladie chez les sujets exposés à un facteur particulier.

12 Altération du génome et cancérisation

Le cancer représente la première cause de mortalité en France, devant les pathologies cardiovasculaires.

1 L'origine de la cancérisation

A. Les facteurs génétiques

- Des lésions de l'ADN peuvent se produire dans les cellules somatiques et se transmettre aux cellules-filles lors des mitoses successives. Les cellules-filles obtenues sont donc des clones cellulaires de la cellule initiale dont le génome a été modifié.
- Si les gènes mutés sont impliqués dans les processus de contrôle de la division cellulaire, alors les cellules peuvent se multiplier de façon incontrôlée et former des **tumeurs**. Les gènes favorisant la division cellulaire sont appelés **oncogènes** et ceux inhibant la mitose sont des **anti-oncogènes**.
- D'autres critères que la mitose incontrôlée sont caractéristiques des cellules cancéreuses : leur immortalité, leur dédifférenciation (elles n'assurent plus leur rôle biologique) et leur mobilité (elles peuvent coloniser d'autres organes et devenir des **métastases** ou tumeurs secondaires).

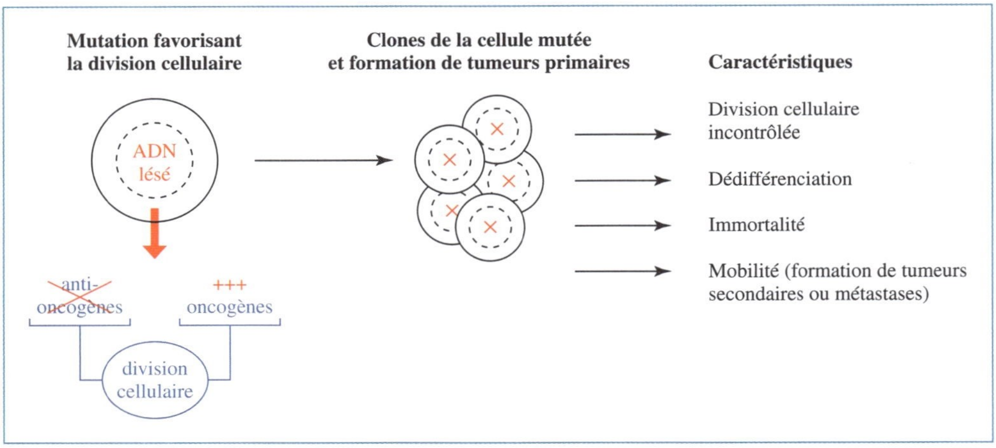

Figure 1 *Caractéristiques et origine des cellules cancéreuses*

■ Néanmoins les cellules immortelles et à prolifération incontrôlée ne deviennent pas toutes des cancers. Celles qui ne provoquent pas de métastases et restent immobiles sont appelées des **tumeurs bénignes** (par opposition aux **tumeurs malignes**).

B. Les facteurs environnementaux

■ Des mutations somatiques peuvent survenir spontanément et créer ainsi des **gènes de prédisposition**. D'autres mutations peuvent être favorisées par des facteurs environnementaux : ce sont des **agents mutagènes**. Le tabagisme, l'alcool, la pollution, les UV, l'alimentation ou encore les infections virales peuvent constituer des agents mutagènes.

■ Connaître ces facteurs de risque génétiques et/ou environnementaux permet la mise en place de mesures de protection.

Facteurs de risque			Exemples de cancers associés
Génétiques	Gènes de prédisposition (mutation de l'anti-oncogène p53)		60 % des cancers (côlon, poumons, œsophage, estomac, foie, sein, vessie…)
Environnementaux	Tabagisme		Cancer des poumons, de la vessie, de la cavité buccale…
	Alcoolisme		Cancer de l'estomac, du foie, de la cavité buccale…
	Radiations		Lymphomes et cancer de la thyroïde
	Alimentation riche en graisse et sucre		Hépatocarcinome (tumeur du foie), cancer du pancréas, du côlon et de la prostate
	UV		Mélanome (cancer de la peau)
	Virus	papillomavirus	Cancer du col de l'utérus
		virus de l'hépatite B (VHB)	Cancer du foie

Figure 2 *Facteurs de risque et cancers*

2 Les moyens de protection contre les cancers

A. La prévention

■ Pour éviter l'apparition d'un cancer, des mesures de protection existent :

– Limiter l'exposition aux facteurs mutagènes : les études épidémiologiques permettent de calculer les risques relatifs en fonction de l'exposition à différents facteurs environnementaux. On peut ainsi empêcher leur action avec des campagnes de prévention ou la prise de mesures dissuasives (c'est le cas du tabagisme, de l'alcoolisme ou encore de l'exposition aux UV).

– Mettre en place un suivi régulier en fonction de l'âge : on surveille l'apparition des premières cellules cancéreuses par des mesures préventives de détection avec des examens de type mammographies, frottis et certaines prises de sang.
– Vacciner : c'est l'exemple du vaccin contre le papillomavirus qui est un virus favorisant l'apparition de certains cancers du col de l'utérus.

B. Les traitements

■ Quand le cancer est développé, certains traitements existent comme la **chimiothérapie**, la **radiothérapie**, la chirurgie ou la **thérapie génique**.

■ La chimiothérapie consiste à injecter au patient des substances antimitotiques. Les effets secondaires comme la chute des cheveux et des poils ainsi que des troubles intestinaux s'expliquent par l'action générale de la chimiothérapie qui affecte aussi les autres cellules à division rapide de l'organisme, comme les cellules de la peau ou des follicules pileux et les cellules intestinales.

■ La chirurgie permet d'enlever tout ou partie de la tumeur alors que la radiothérapie permet de traiter les tumeurs par leur exposition à des radiations localisées (radioactivité).

■ Ces techniques peuvent être utilisées seules ou combinées.

■ La thérapie génique peut être utilisée pour espérer guérir des cancers selon plusieurs méthodes :
– en stimulant les défenses immunitaires, en injectant dans les lymphocytes un gène permettant de produire une substance détruisant les cellules cancéreuses ;
– en injectant un gène dans la cellule tumorale, la rendant sensible à un agent toxique que l'on administrera ensuite ;
– en injectant un gène antimitotique dans les cellules tumorales comme le gène p53.

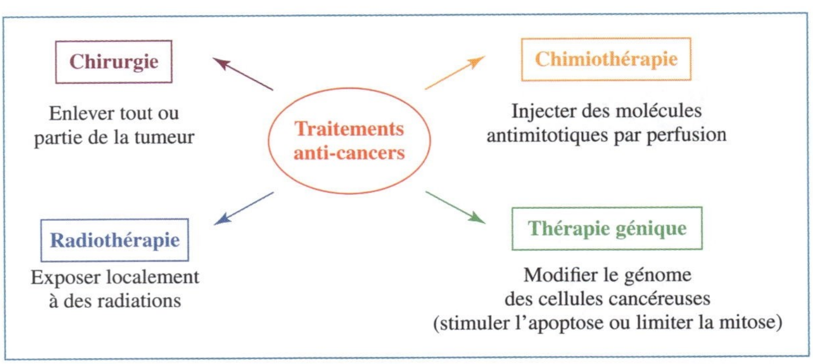

Figure 3 *Traitements contre les cancers*

Exercice d'entraînement

Exercice 10 pts 30 min Corrigé p. 290

Le cancer du col de l'utérus

Le cancer du col de l'utérus est responsable de 1 100 décès par an en France. C'est la 12e cause de cancer. Le taux d'incidence en France est de 6,1 pour 100 000 femmes en 2018 alors que l'Australie a le taux d'incidence le plus faible dans le monde.

À l'aide de l'ensemble des documents, expliquez les différentes causes à l'origine du cancer du col de l'utérus ainsi que les moyens de traitement qui ont notamment permis aux Australiens de diminuer les risques de développer cette maladie.

Document 1 : L'incidence et la mortalité du cancer du col de l'utérus

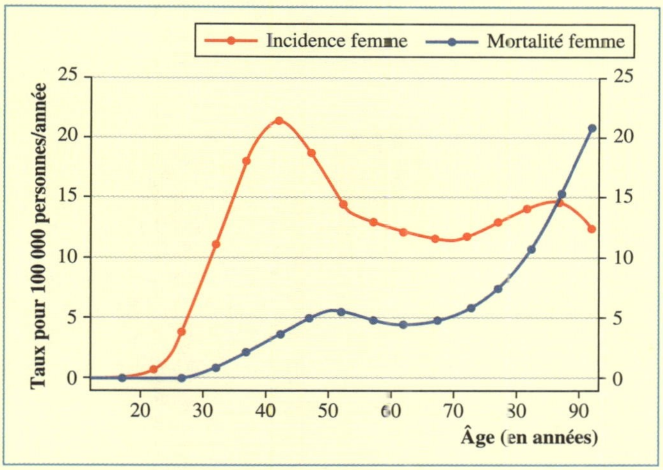

Incidence et mortalité du cancer du col de l'utérus en France en 2005

Document 2 : Les facteurs de risques du cancer du col de l'utérus

Une quarantaine de papillomavirus affectent le tractus anogénital et peuvent provoquer un cancer.

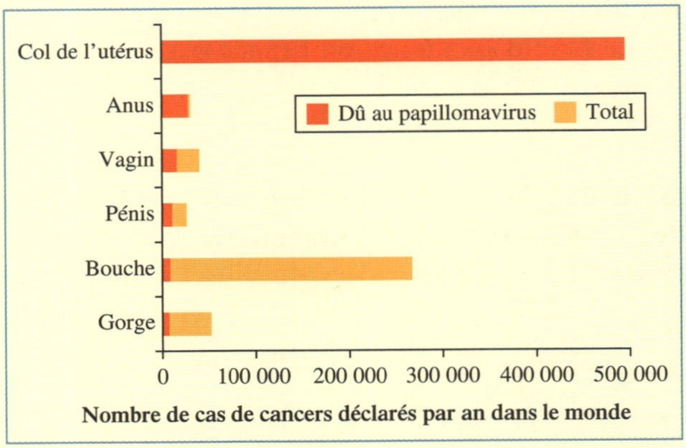

Figures 1 *Lien entre le papillomavirus et différents cancers*

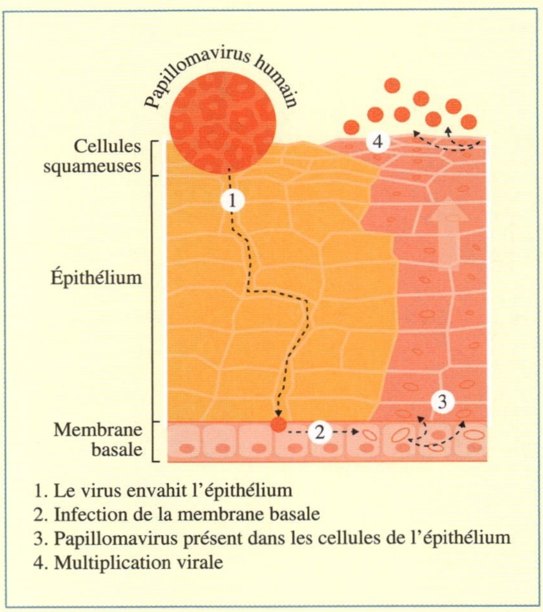

Figure 2 *Action du papillomavirus*

Document 3 : Les traitements

En 2007, le vaccin anti-papillomavirus est devenu obligatoire en Australie pour les femmes entre 12 et 29 ans. Il traite contre certaines variétés du VHP (n° 16 et 18).

D'autres méthodes de prévention existent comme les frottis du col de l'utérus. Le frottis consiste à prélever quelques cellules du col et à les analyser afin de détecter la présence de cellules cancéreuses.

Vaccins	Efficacité contre les cancers du col de l'utérus
Cervarix	71 %
Gardasil	71 %

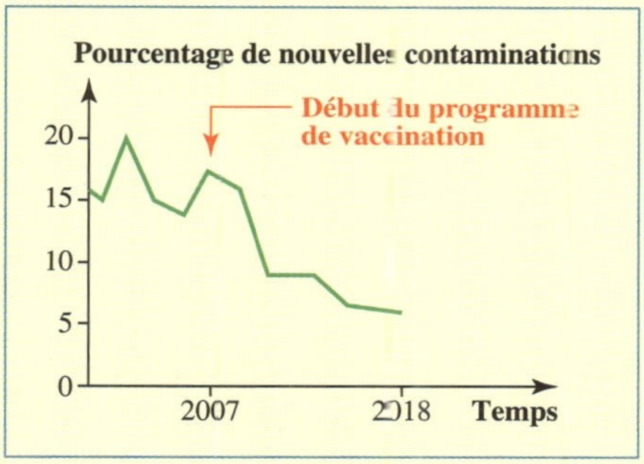

Pourcentage de nouvelles contaminations en Australie

13 Variation génétique bactérienne et résistance aux antibiotiques

Les bactéries sont des micro-organismes qui peuvent provoquer des infections dangereuses. Le traitement médical des infections bactériennes repose sur l'utilisation d'antibiotiques.

1 La variabilité génétique des bactéries

- Le génome bactérien peut être soumis à des mutations spontanées ou induites.
- Les mutations spontanées chez les bactéries sont des phénomènes rares : elles affectent peu de bactéries au sein d'une grande population. La probabilité qu'une bactérie mute sur un temps donné s'appelle un **taux de mutation**.
- Ces mutations sont aléatoires et peuvent conférer des résistances aux antibiotiques.
- D'autres mutations peuvent être provoquées par l'exposition des bactéries à des agents mutagènes. C'est le cas des expositions aux UV ou à des substances chimiques.
- Par ailleurs, une particularité des bactéries est la possibilité de transférer du matériel génétique entre plusieurs cellules (transfert horizontal de gène) : c'est la **conjugaison bactérienne**.

Remarque

Les bactéries sont des cellules procaryotes, dont l'ADN est directement dans le cytoplasme, sans être protégé par un noyau. Leur génome est circulaire (et non linéaire comme chez les Eucaryotes).

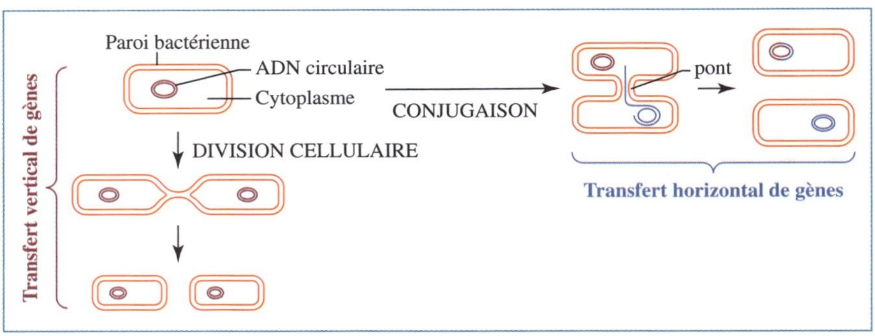

Figure 1 *Les transferts d'ADN chez les bactéries*

2 Les conséquences de l'utilisation des antibiotiques

A. La sélection naturelle induite par les antibiotiques

■ L'application d'un antibiotique sur une population bactérienne tue les bactéries dites « sensibles » à cet antibiotique. Les antibiotiques bloquent la croissance bactérienne ou tuent les bactéries en agissant de différentes façons :
- destruction de la paroi de la bactérie ;
- destruction de la membrane plasmique ;
- blocage de la traduction des protéines ;
- blocage de la transcription de l'ADN en ARN.

Remarque

Le premier antibiotique a été découvert par inadvertance en 1928 par Alexander Fleming : au retour de vacances, ses boîtes de Petri ensemencées par des staphylocoques furent contaminées par une souche de champignon (*Pénicillium notatum*). Il remarqua alors qu'autour du champignon la bactérie n'avait pas poussé : ainsi fut découverte la pénicilline.

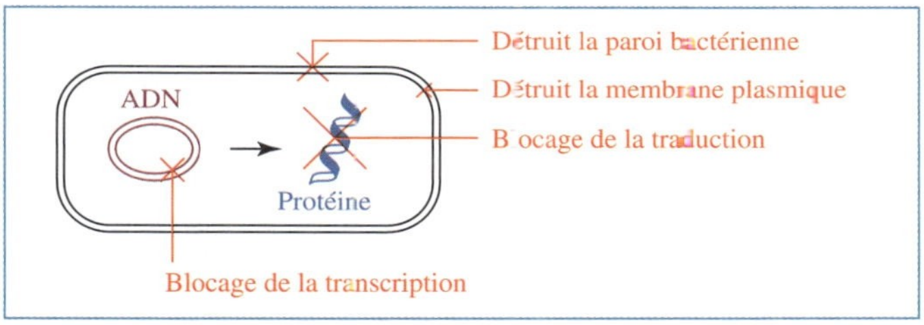

Figure 2 *Le mode d'action de différents antibiotiques*

■ On peut déterminer l'efficacité d'un antibiotique par l'utilisation d'un antibiogramme. On étale les bactéries sur une boîte de Petri et on y applique des pastilles de différents antibiotiques. L'antibiotique diffuse sur la gélose et, plus il est efficace, plus le halo de destruction sera grand. Cette méthode est qualitative.

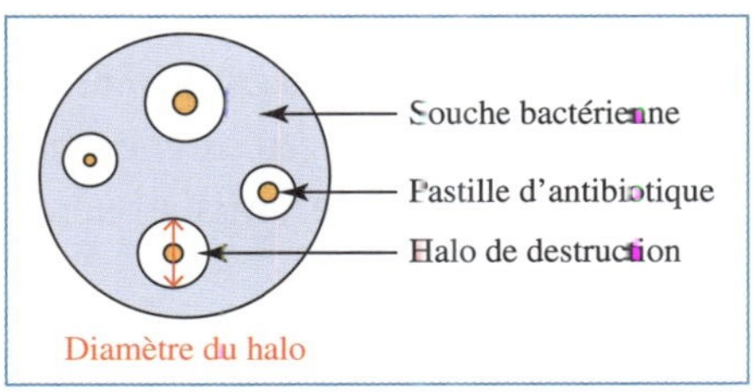

Figure 3 *Antibiogramme et efficacité des antibiotiques*

■ On peut aussi mesurer la CMI (pour concentration minimale inhibitrice). C'est la concentration d'antibiotique minimale à appliquer pour bloquer efficacement la croissance bactérienne.

■ Certains antibiotiques se révèlent inefficaces contre certaines bactéries : ces dernières sont devenues **résistantes**. L'antibiotique tue les bactéries sensibles mais n'affecte pas les bactéries résistantes qui sont apparues par des mutations spontanées dans la population initiale. Les bactéries résistantes vont alors mieux survivre et davantage se reproduire : leur fréquence va augmenter au fur et à mesure des générations. C'est le phénomène de **sélection naturelle**.

Définition

Le taux de mutation d'apparition des résistances aux antibiotiques se calcule de la façon suivante :

$$Tm = \frac{\text{Nombre de mutants}}{\text{Nombre de bactéries initiales}}$$

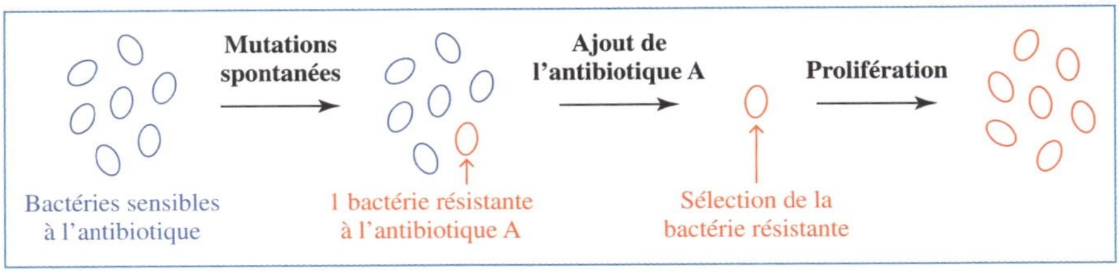

Figure 4 *Sélection naturelle des bactéries par l'ajout des antibiotiques*

B. La résistance multiple aux antibiotiques

■ L'utilisation systématique de traitements antibiotiques en santé humaine comme en usage agronomique ou vétérinaire conduit à augmenter la fréquence des formes résistantes dans les populations naturelles de bactéries. Cela peut aboutir à la sélection de formes simultanément résistantes à plusieurs antibiotiques.

■ On appelle ainsi **résistance naturelle** les résistances à un antibiotique apparues de manière spontanée chez les bactéries. À l'opposé, on appelle **résistance acquise** l'apparition de mutations induites par des transferts de gène d'une bactérie résistante à une bactérie sensible. Ce phénomène est provoqué par la conjugaison bactérienne.

■ Cette **résistance multiple** constitue un important problème de santé publique car le nombre de familles d'antibiotiques disponibles est limité. Une utilisation des antibiotiques plus raisonné et responsable doit donc être recherchée. D'autres méthodes sont en cours d'élaboration comme l'utilisation de virus à bactéries : les **phages**.

14 L'immunité innée

Les micro-organismes sont des organismes microscopiques (bactéries, virus, parasites…) présents dans l'environnement. Certains d'entre eux peuvent provoquer des maladies, ils sont alors dits « pathogènes ».

Lorsque les barrières naturelles (muqueuses, peau, mucus) de l'organisme sont franchies, une première réaction immunitaire se déclenche : la réaction immunitaire innée.

1 Les caractéristiques de l'immunité innée

A. L'origine évolutive de l'immunité innée

■ Le système immunitaire des Vertébrés est composé de cellules présentes dans les liquides circulants (le sang et la lymphe) et d'organes spécialisés : les **ganglions lymphatiques** et les **organes lymphoïdes** (moelle osseuse et rate).

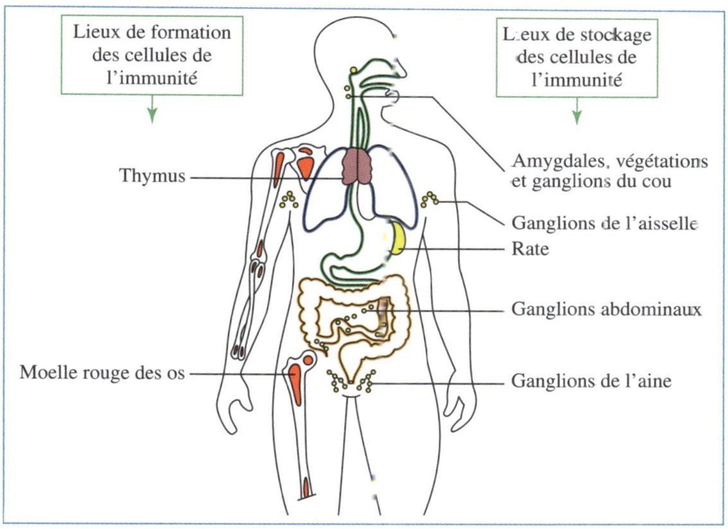

Figure 1 *Le système immunitaire*

■ La première réponse immunitaire, la réaction immunitaire innée, est présente chez 95 % des espèces animales. Elle est liée à une origine génétique et est présente dès la naissance, sans apprentissage nécessaire : c'est donc une réaction génétiquement **héritée** ou **innée**.

SPÉCIALITÉ SVT

■ Elle permet la protection de l'organisme contre des situations variées : une lésion des tissus, une infection ou encore l'apparition de cellules cancéreuses.

> **Remarque**
> L'étude de la réponse immunitaire innée par Jules Hoffmann et son équipe fut récompensée par un Prix Nobel de médecine en 2011... grâce à la Drosophile (mouche des fruits) !

B. Les symptômes de l'immunité innée

■ Suite à la lésion d'un tissu et à l'entrée de micro-organismes, la réponse innée s'enclenche rapidement. Les symptômes sont la rougeur, la douleur, le gonflement et la sensation de chaleur. On appelle cette réaction **réponse inflammatoire aiguë**.

■ La rougeur et la chaleur s'expliquent par l'augmentation du diamètre des vaisseaux sanguin qui augmentent le débit sanguin. Ceci permet d'apporter davantage de cellules immunitaires au niveau du lieu de l'infection : les **granulocytes** et les **monocytes**.

> **Remarque**
> Les cellules de l'immunité innée chez la Drosophile sont appelées hémocytes.

■ De plus, les fibres nerveuses responsables de la sensation de douleur sont activées.

2 Les étapes de l'immunité innée

A. La reconnaissance des agents infectieux

■ La réaction immunitaire innée repose sur l'action de cellules et de molécules de l'immunité. Le mécanisme d'action est très conservé au cours de l'évolution.

■ Les cellules de l'immunité innée, grâce à des récepteurs spécifiques, les **PRR** (Pattern Recognition Receptor), reconnaissent des molécules de surface des pathogènes, les **PAMP** (Pathogen Associated Molecular Patterns), qui sont communes entre les différentes catégories de micro-organismes.

■ La fixation des récepteurs des cellules de l'immunité est la première étape avant la réalisation de la **phagocytose** ou la libération de **médiateurs chimiques de l'inflammation**.

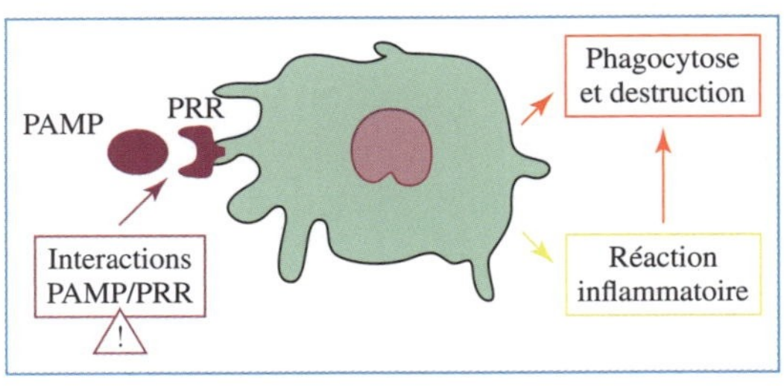

Figure 2 *La reconnaissance des agents infectieux*

B. Les agents de l'inflammation

■ Deux grandes catégories de cellules de l'immunité innée existent :
- les **cellules phagocytaires** : **macrophages** (ou **monocytes** si elles circulent dans le sang) et **granulocytes** ;
- les cellules libérant les médiateurs chimiques de l'inflammation : les **mastocytes** libèrent de l'histamine par exemple.

Macrophage/Monocyte	Granulocyte	Mastocyte
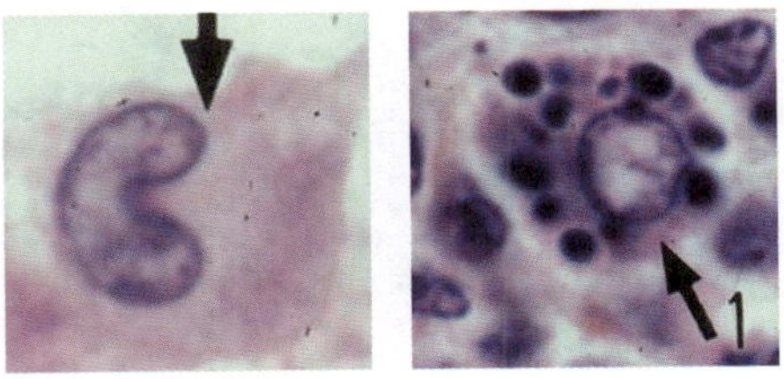	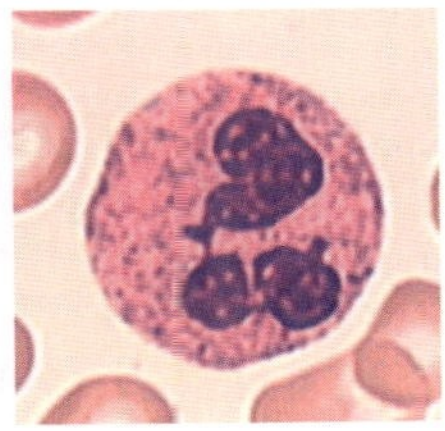	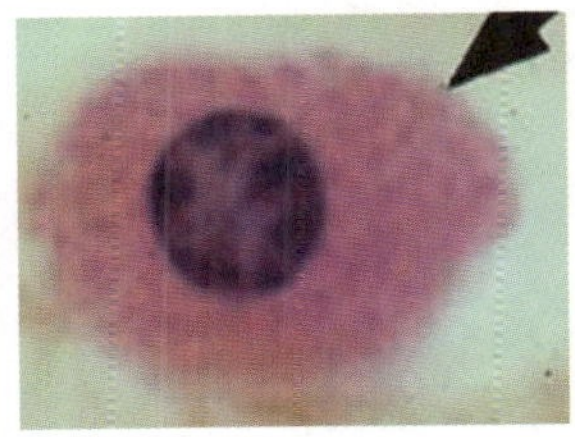
Gros noyau parfois en forme de haricot Peut présenter des phagosomes visibles en microscopie	Noyau plurilobé	Noyau rond Nombreux granules contenant les médiateurs de l'inflammation

Figure 3 *Différentes caractéristiques des cellules de l'immunité innée*

■ Les macrophages et les granulocytes réalisent donc la phagocytose qui consiste en l'ingestion et l'élimination des agents infectieux. Tout d'abord, la cellule phagocytaire reconnaît des PAMP présents sur le micro-organisme, puis elle émet des pseudopodes qui vont entourer le pathogène et enfin elle l'ingère dans un **phagosome** qui fusionne avec un **lysosome** contenant des enzymes et qui permet donc la destruction du micro-organisme.

■ Les mastocytes sont des cellules qui libèrent des molécules de l'immunité : les médiateurs chimiques de l'inflammation. Ces molécules permettent de coordonner la réponse immunitaire et l'action des cellules de l'immunité.

■ L'histamine et les prostaglandines, libérées par les mastocytes, permettent d'augmenter le recrutement des cellules immunitaires dans les tissus infectés en augmentant le débit sanguin (provoquent une vasodilatation) et en augmentant la perméabilité des vaisseaux. D'autres molécules, comme les **interleukines** 1 produites par les macrophages, vont activer les cellules de la seconde réaction immunitaire et provoquer les fièvres. Ces médiateurs chimiques de l'inflammation sont ainsi à l'origine des symptômes observés : rougeur, chaleur et gonflement (voir *figure* 4 p. 274).

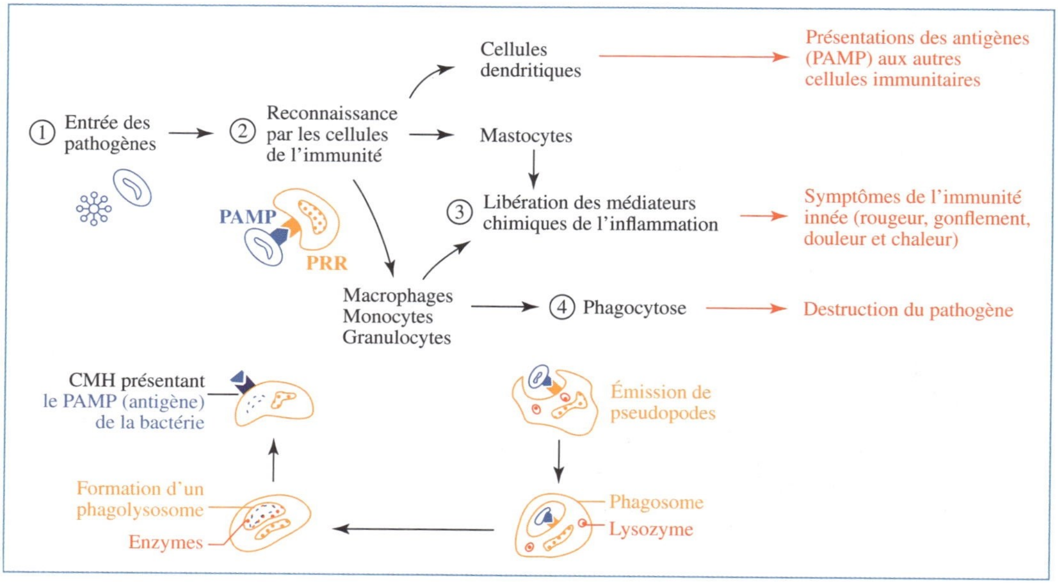

Figure 4 *Schéma de la réaction immunitaire innée*

C. Le mode d'action des anti-inflammatoires

■ Les **médicaments anti-inflammatoires** agissent en bloquant la synthèse de certains médiateurs chimiques de l'inflammation.

■ Par exemple, l'aspirine et l'ibuprofène se fixent sur le site actif d'une enzyme : la COX. Celle-ci permet normalement la production de prostaglandine dans les mastocytes. L'aspirine et l'ibuprofène sont donc des inhibiteurs compétitifs de l'enzyme et vont limiter son activité : la prostaglandine n'est donc plus produite et les symptômes de l'inflammation disparaissent. Ce sont des molécules anti-inflammatoires.

L'immunité adaptative

Alors que l'immunité innée existe chez la majorité des animaux, l'immunité adaptative est caractéristique des Vertébrés.

1 Les effecteurs de la réponse immunitaire adaptative

■ Si l'infection se prolonge après la réaction inflammatoire, on observe une augmentation d'autres cellules de l'immunité : les **lymphocytes**. Ces lymphocytes se distinguent par leurs récepteurs membranaires : les récepteurs B ou T. Les lymphocytes T possèdent en plus des récepteurs CD4 ou CD8 qui permettent de distinguer les lymphocytes T4 et les lymphocytes T8. Des molécules sont aussi caractéristiques de cette réaction immunitaire : les **anticorps** ou **immunoglobulines**.

Remarque

Les noms des lymphocytes B et T trouvent leur origine dans les organes qui les produisent : les lymphocytes B (B pour *bone*, « os » en anglais) sont produits dans la moelle osseuse et les lymphocytes T dans le thymus.

SPÉCIALITÉ SVT

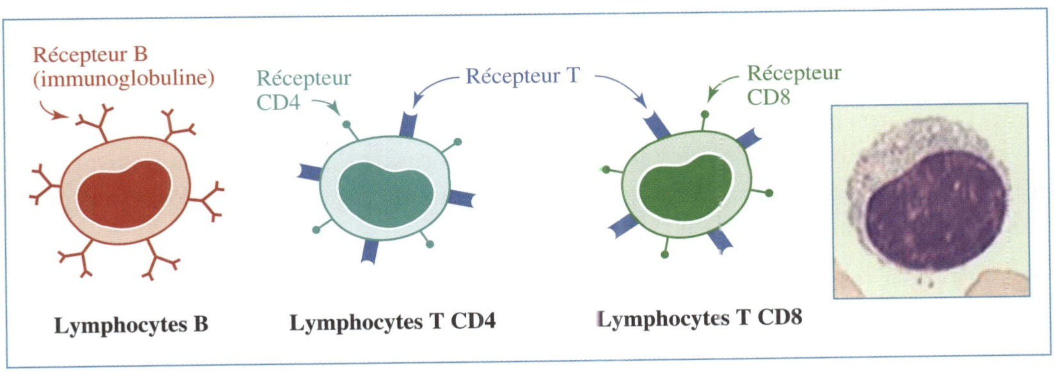

Figure 1 *Les différents types de lymphocytes*

■ Cette seconde réaction immunitaire complète la réaction immunitaire innée : c'est la **réponse immunitaire adaptative**. Son objectif est d'éliminer la cause du déclenchement de la réaction immunitaire comme l'intrusion d'agents infectieux ou la présence de cellules anormales (comme les cellules cancéreuses), en collaboration avec la réaction inflammatoire.

■ Les virus et les autres micro-organismes possèdent sur leur surface des molécules qui ne sont pas présentes chez l'Homme mais déclenchent une réaction immunitaire : ce sont des **antigènes**. Les cellules et les molécules de l'immunité vont donc reconnaître ces motifs moléculaires et déclencher la réaction immunitaire adaptative.

Ex. : Le terme « antigène » vient de l'anglais « *anticorps generator* » ou molécule qui déclenche la production des anticorps. Dans l'exemple du virus de la grippe, les antigènes sont les hémagglutinines H et les neuraminidases (d'où le nom des virus comme H5N1 ou H1N1).

■ On distingue donc la **réponse adaptative cellulaire** (intervention des lymphocytes) et la **réponse adaptative humorale** (intervention des anticorps).

2 La réponse adaptative humorale

A. La structure d'un anticorps

■ Une immunoglobuline est une protéine en forme de Y insérée dans la membrane des lymphocytes B. Une fois libérée dans le plasma sanguin, on l'appelle anticorps. Les anticorps sont formés de 4 chaînes d'acides aminés identiques entre elles deux à deux : 2 chaînes lourdes et 2 chaînes légères. Les chaînes lourdes et les chaînes légères d'un même anticorps n'ont pas la même séquence : elles sont différentes l'une par rapport à l'autre. Les extrémités des chaînes lourdes et légères de l'anticorps sont très variables d'un anticorps à un autre. Elles reconnaissent ainsi de façon spécifique les antigènes et s'y fixent : c'est le site de fixation à l'antigène.

■ À l'opposé, les parties basales des chaînes lourdes et légères sont de séquence identique : ce sont des parties constantes qui permettent la fixation de l'anticorps aux cellules phagocytaires. Un anticorps possède donc 2 sites de fixation aux antigènes et un site de fixation aux cellules phagocytaires.

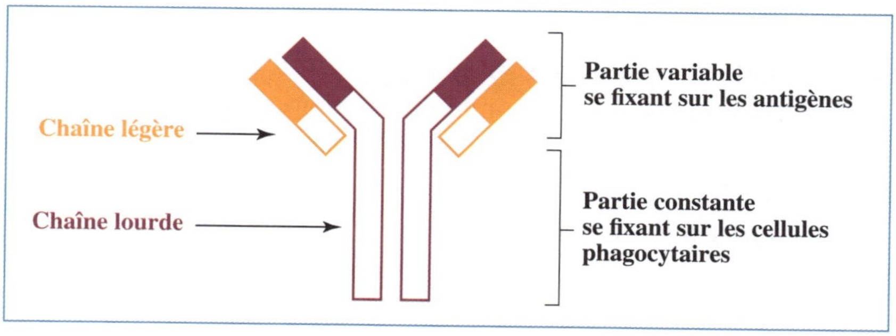

Figure 2 *Structure d'un anticorps*

B. La production et le mode d'action des anticorps

■ Les anticorps présents dans le sang vont reconnaître les antigènes et s'agglomérer grâce à leur partie variable : ces liaisons anticorps-antigènes forment un **complexe immun**.

■ Les sites de fixation des anticorps ne reconnaissent qu'un seul antigène (chaque anticorps est donc spécialisé dans la reconnaissance d'un antigène donné) : la réponse adaptative est une réponse immunitaire spécifique.

■ Ce complexe immun est ensuite reconnu par les granulocytes et les macrophages qui se fixeront à la partie constante des anticorps puis phagocyteront le complexe immun.

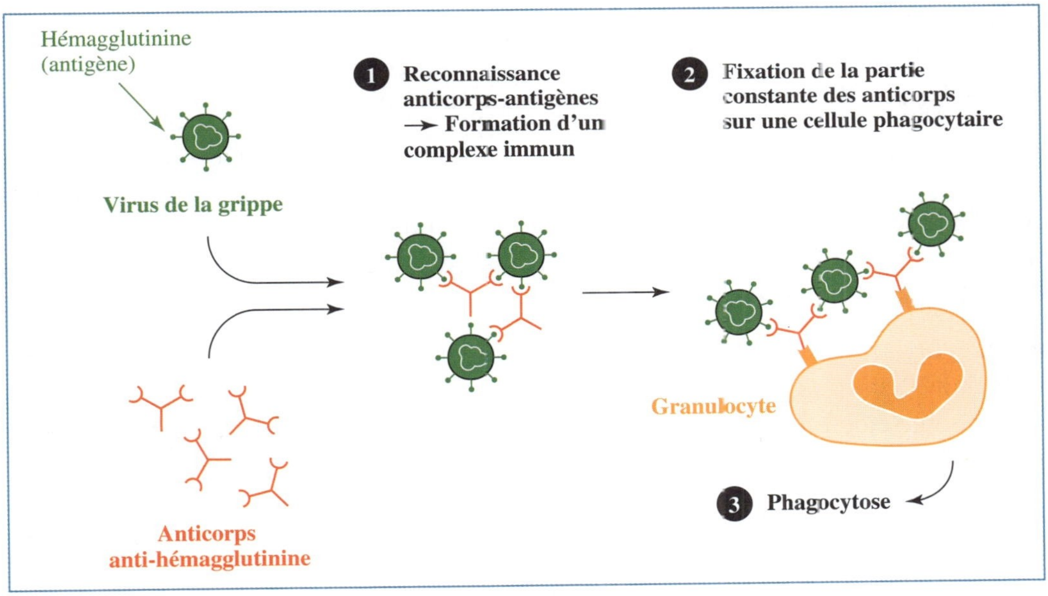

Figure 3 *Le mode d'action des anticorps*

■ Pour mettre en évidence la présence d'un anticorps donné dans le plasma sanguin ou pour révéler la présence d'un antigène précis dans une solution, on réalise un **test d'Ouchterlony** : les solutions de plasma et d'antigènes sont déposées dans des puits créés dans la gélose puis vont diffuser dans toutes les directions. S'il existe des anticorps ciblés contre les antigènes étudiés, un complexe immun va alors se former et être visible grâce à un arc de précipitation (voir *figure 4* p. 278).

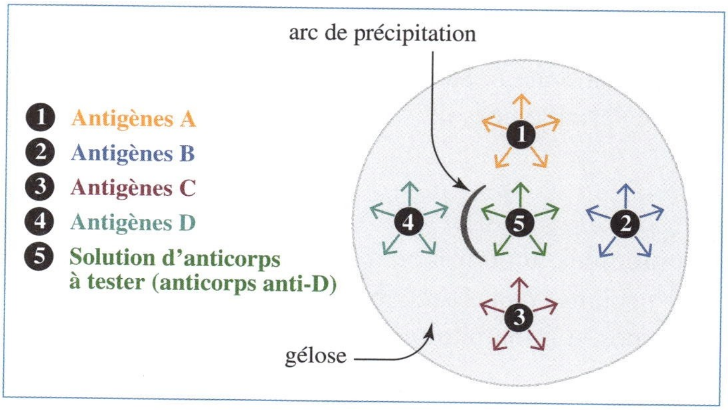

Figure 4 *Principe du test d'Ouchterlony*

3 La réponse adaptative cellulaire

A. Les étapes de la réponse adaptative cellulaire

■ Dans un premier temps, les cellules phagocytaires (comme les cellules dendritiques) phagocytent les pathogènes ou les cellules anormales puis migrent vers les ganglions lymphatiques. Elles exposent les antigènes du pathogène sur leur propre CMH (complexe membranaire humain) et présentent ainsi cet antigène aux lymphocytes : ce sont des cellules présentatrices d'antigène.

■ Les lymphocytes vont alors subir des étapes communes grâce à la production d'interleukine 2 par les cellules présentatrices d'antigène : les lymphocytes les plus spécifiques sont sélectionnés, se multiplient et s'activent. C'est l'étape de **sélection et de multiplication clonales**.

■ Les lymphocytes vont alors assurer des rôles différents :
- les LT CD4 se différencient en LT auxiliaires qui vont stimuler la sélection, l'activation et la multiplication des autres lymphocytes ;
- les LT B vont se différencier en **plasmocytes** sécréteurs d'anticorps ;
- les LT CD8 s'activent en LT cytotoxiques qui vont ensuite reconnaître l'antigène sur les cellules infectées et libérer des protéines, les porines et les granzymes, permettant la destruction (ou lyse) des cellules infectées.

Remarque

Les LT4, grâce à leur rôle d'auxiliaires, constituent l'une des pièces centrales de la réponse immunitaire adaptative. Ce sont ces cellules qui sont infectées par le virus du VIH, provoquant, sans traitement adapté, une destruction du système immunitaire et l'apparition d'un syndrome d'immunodéficience humaine : le SIDA.

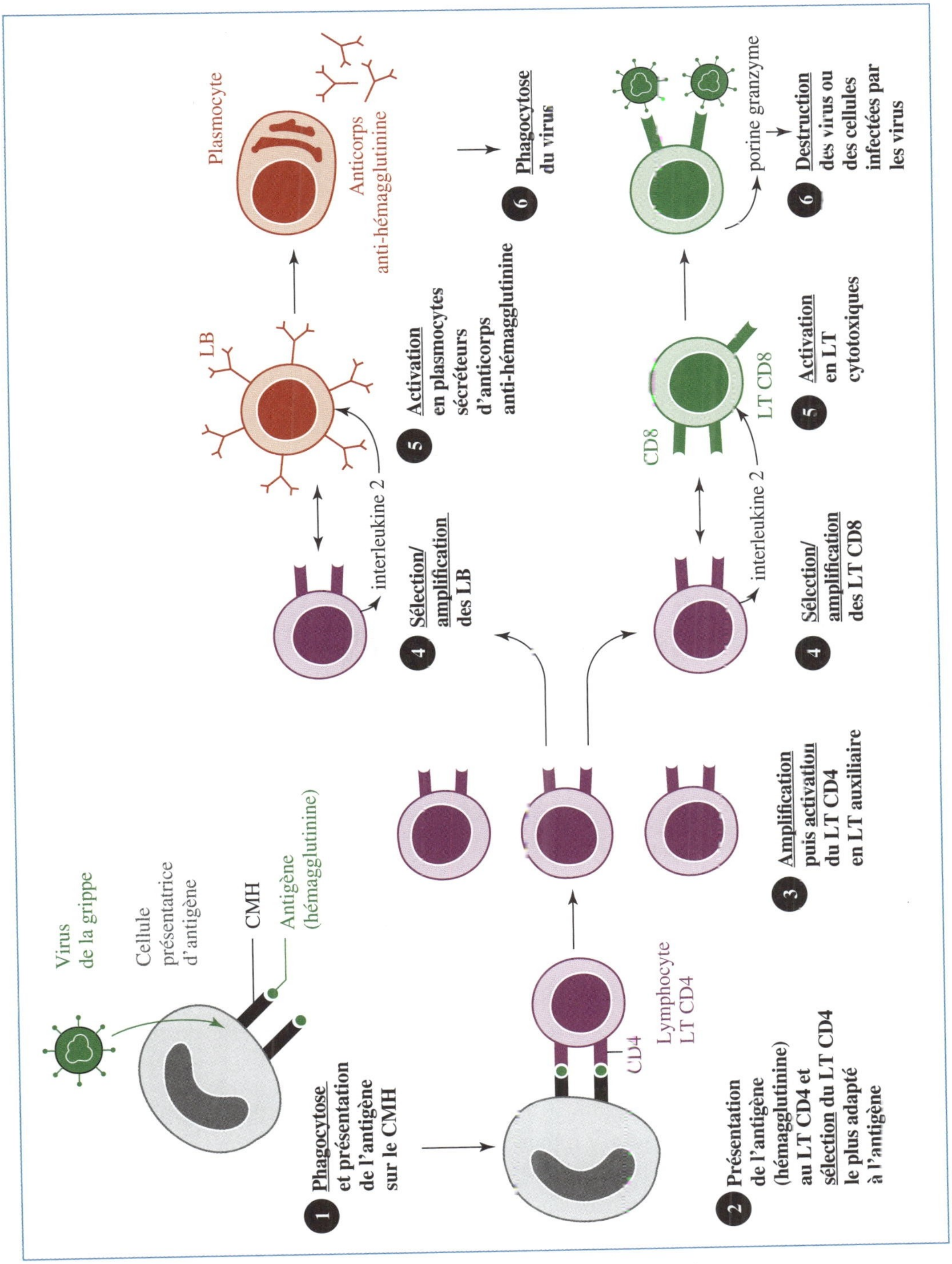

Figure 5 *La réponse immunitaire adaptative*

B. La spécificité de la réponse immunitaire adaptative

■ Des mécanismes particuliers entrent en jeu pour augmenter la diversité des anticorps :
- la recombinaison de segments de gène exprimant les parties constantes et variables des chaînes lourdes et légères des immunoglobulines ;
- un assemblage varié des chaînes lourdes et légères.

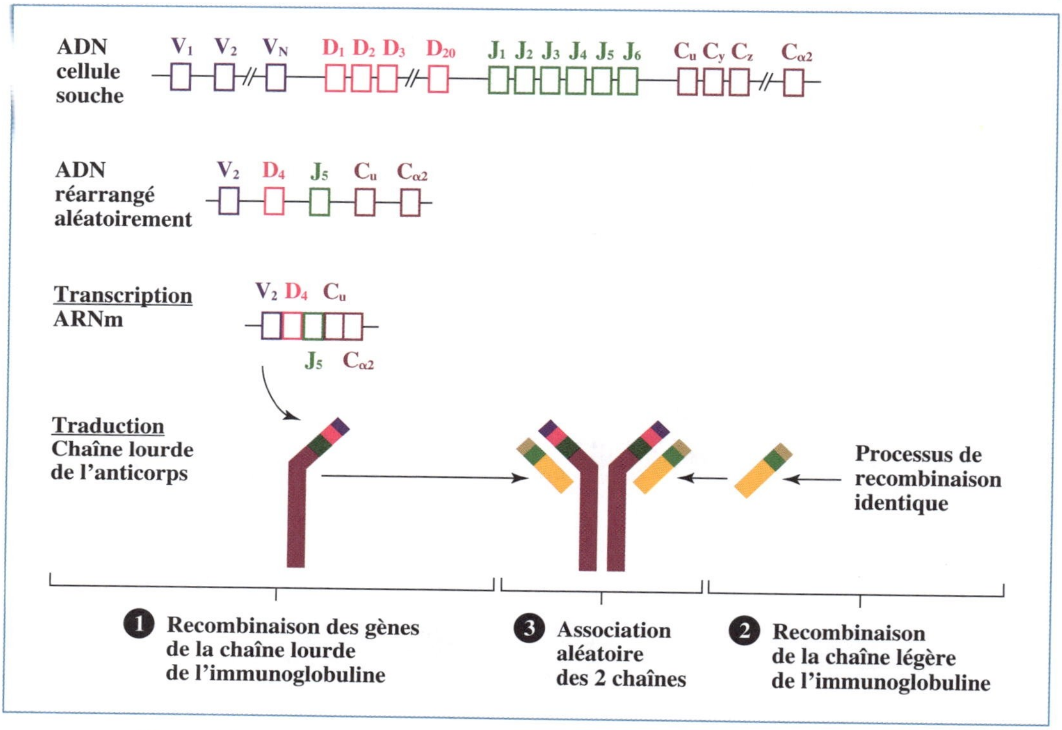

Figure 6 *Les mécanismes à l'origine de la diversité des anticorps*

■ Cette réponse immunitaire adaptative prend donc en compte une grande diversité d'antigènes, lui permettant de lutter contre une importante variété de pathogènes et d'anticiper leur évolution.

■ Paradoxalement, ces mécanismes permettant de reconnaître une grande diversité d'antigènes peuvent provoquer l'apparition de lymphocytes reconnaissant les cellules du soi comme des cellules étrangères : cela provoque l'apparition d'une **maladie auto-immune**. Une étape de sélection va alors limiter l'apparition de ces **lymphocytes auto-réactifs** grâce aux cellules présentatrices d'antigène qui vont déclencher la destruction des lymphocytes reconnaissant le soi.

■ La maturation des lymphocytes se déroule ainsi en deux étapes :
- une première étape de sélection qui élimine ce qui est incompatible avec le soi afin d'éviter la production de lymphocytes auto-réactifs qui se déclencheraient contre des parties saines de l'organisme ;
- une deuxième sélection lors de la circulation des lymphocytes dans la lymphe et le sang : les lymphocytes vont alors rencontrer pour la première fois un antigène particulier et subir les étapes de sélection (pour sélectionner le lymphocyte le plus adapté au pathogène), d'amplification et de différenciation clonale.

■ Ces étapes expliquent un délai de réaction de plusieurs jours pour la réaction immunitaire adaptative.

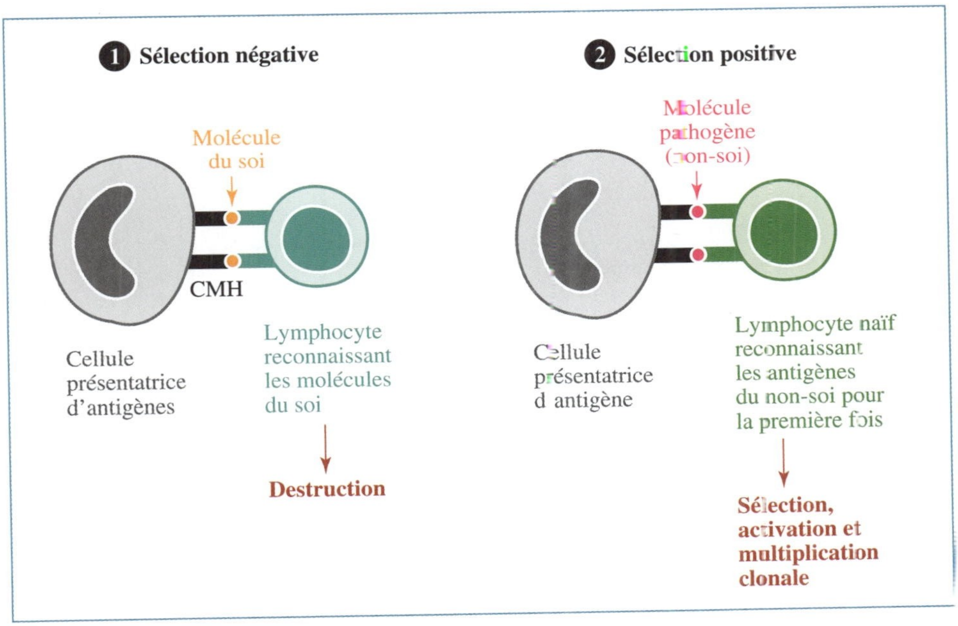

Figure 7 *La maturation des lymphocytes*

Exercice d'entraînement

Exercice 10 pts 30 min *Corrigé p. 291*

Cannabis et immunosuppression

Les études portant sur une utilisation thérapeutique du cannabis reposent essentiellement sur son composé actif : le THC (tétrahydrocannabinol). Au-delà de ses effets cérébraux, les industries pharmaceutiques cherchent à connaître son action sur le système immunitaire, notamment lors d'apparition de cancer du poumon.

À l'aide de l'ensemble des documents et de vos connaissances, montrez que le THC modifie l'action du système immunitaire dans sa lutte contre le cancer du poumon.

Document 1

Afin d'étudier le volume d'une tumeur, du THC a été injecté chez des souris en une concentration de 5 mg/kg après leur avoir implanté des cellules cancéreuses caractéristiques du cancer des poumons. On mesure ensuite le développement de la masse cancéreuse.

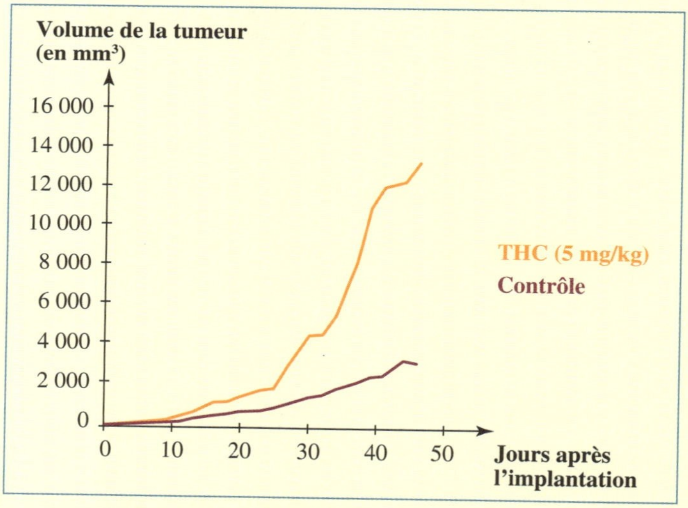

Action du THC sur le volume des tumeurs du poumon chez les souris

Document 2

Lors de l'apparition de cellules cancéreuses, la réaction immunitaire adaptative se met en place avec notamment l'action des lymphocytes T CD4. Ces lymphocytes activés en LT auxiliaires vont alors libérer des cytokines : l'interleukine 10 empêche l'activation des lymphocytes alors que l'interféron γ permet l'activation des lymphocytes T CD8 en lymphocytes cytotoxiques, détruisant ainsi les cellules cancéreuses.

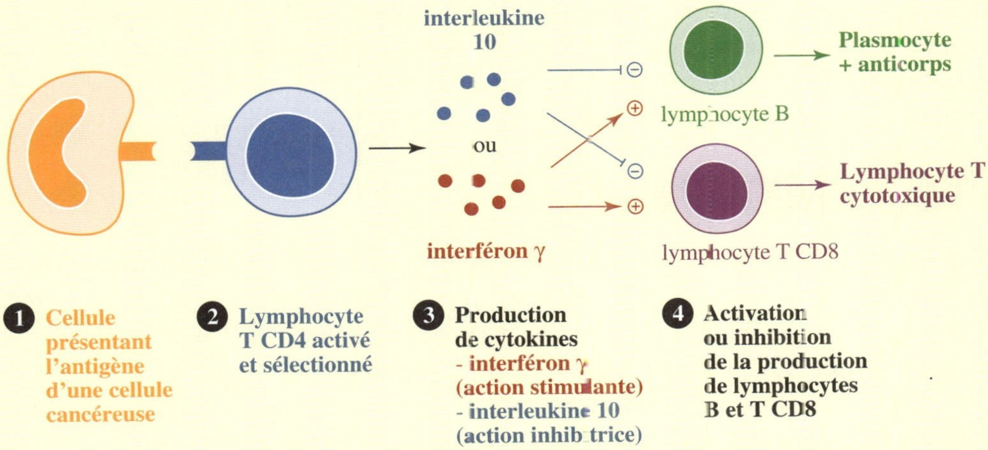

	Interleukine 10	Interféron γ
Contrôle (en $pg.mL^{-1}$)	819	190
Avec THC (en $pg.mL^{-1}$)	1491	73

Mode d'action des lymphocytes T lors de l'apparition de cellules cancéreuses

Document 3

L'activation des lymphocytes T CD4 peut être mesurée par une méthode consistant à mettre en culture des lymphocytes en présence de cellules présentatrices d'antigène. La multiplication des lymphocytes T CD4 est mesurée ensuite par l'incorporation d'un constituant de l'ADN rendu radioactif (la thymidine).

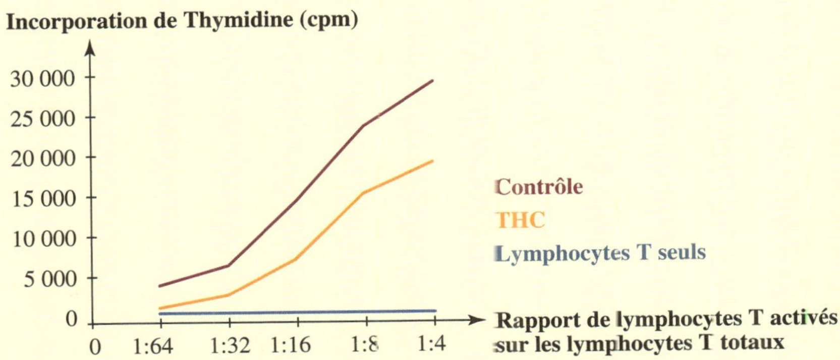

Action du THC sur l'activation des lymphocytes T CD4

16 L'utilisation de l'immunité adaptative en santé humaine

Dès la naissance, nous possédons nos propres lymphocytes, ce qui constitue notre phénotype immunitaire. Lors de contacts avec des pathogènes ou par l'injection de vaccins, ce phénotype immunitaire peut évoluer : nous produisons alors d'autres lymphocytes, spécifiques aux antigènes rencontrés.

1 La mémoire immunitaire

■ Lors d'une première rencontre avec un antigène, la réponse immunitaire adaptative est lente et faible : la production des lymphocytes T4 et T8 ainsi que la production des anticorps permettent juste d'éliminer le pathogène. Toutefois, il y a production de lymphocytes mémoires spécifiques à l'antigène rencontré. Ces cellules ont une durée de vie longue et sont conservées dans le système immunitaire. On obtient donc des lymphocytes T mémoires, des lymphocytes B mémoires et des plasmocytes mémoires.

■ La deuxième rencontre avec l'antigène va ainsi déclencher une réponse beaucoup plus rapide et quantitativement plus importante : les lymphocytes B et T spécifiques à l'antigène ont déjà été sélectionnés lors de la première exposition et se multiplient donc directement. Cette **mémoire immunitaire** permet une protection à long terme de l'organisme contre les antigènes. C'est sur ce principe que repose la **vaccination**.

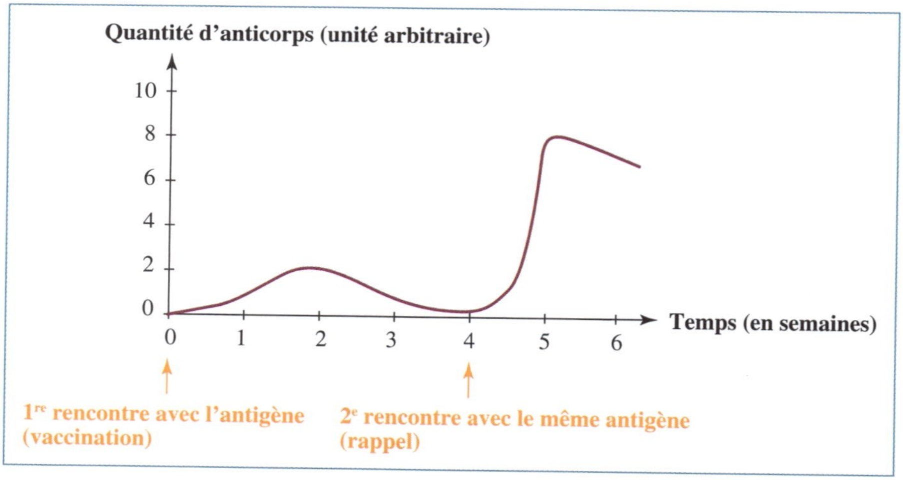

Figure 1 *Production d'anticorps lors des différentes rencontres avec un même antigène*

2 Les modifications du phénotype immunitaire

A. La vaccination préventive

■ La **vaccination préventive** consiste à activer la mémoire immunitaire dirigée contre certains agents infectieux afin de prévenir l'apparition de la maladie. Pour cela, on injecte des antigènes non virulents mais à effet **immunogène**, c'est-à-dire qu'ils provoquent la réaction immunitaire adaptative et donc la production de lymphocytes et de plasmocytes mémoires.

■ Les vaccins peuvent contenir différents antigènes :
- le pathogène est injecté **vivant** mais sa virulence est atténuée. C'est le cas du vaccin contre la tuberculose. La limite de ce type de vaccin est le cas où l'on injecte des pathogènes qui n'auraient pas tous été atténués lorsque ce pathogène est létal (cas du VIH par exemple) ;
- les pathogènes sont **inertes**, c'est-à-dire injectés après avoir été tués ou **purifiés** (on injecte seulement une partie des antigènes comme des particules virales). C'est le cas des vaccins contre le choléra, le tétanos et les hépatites. La limite de ce type de vaccin est qu'il provoque une plus faible immunité et nécessite donc des rappels.

Remarque

Le premier vaccin a été mis au point par Edward Jenner en 1796. Il observa que les fermiers en contact avec le virus bovin de la vaccine n'étaient pas atteints par la variole, maladie mortelle chez l'Homme. Il décida donc d'injecter le virus de la vaccine par scarification afin d'immuniser contre la variole.

■ Les vaccins possèdent, en plus de l'antigène, des **adjuvants**. Ce sont des substances ajoutées en plus des antigènes qui vont provoquer une réponse immunitaire innée afin d'amplifier la réponse immunitaire adaptative produite et donc de renforcer la production de cellules mémoires. Cette vaccination préventive améliore ainsi la défense de l'organisme et modifie son phénotype immunitaire selon les vaccins et donc les antigènes inoculés. Pour qu'elle protège efficacement une population, elle doit dépasser un certain taux de **couverture vaccinale**, c'est-à-dire un certain pourcentage d'individus vaccinés dans une population à un instant donné.

■ Dans une population, on définit différents paramètres :
- ρ, le nombre moyen d'individus qu'une personne malade infectera dans une population non immunisée (dans le cas d'une épidémie, ρ est supérieur à 1) ;
- S, la proportion de la population non immunisée ;
- q, la proportion de la population immunisée.

L'épidémie a lieu si : $\rho \times S > 1$ soit si $q < 1 - \dfrac{1}{\rho}$

L'éradication de la maladie a lieu si : $\rho \times S < 1$ soit si $q > 1 - \dfrac{1}{\rho}$

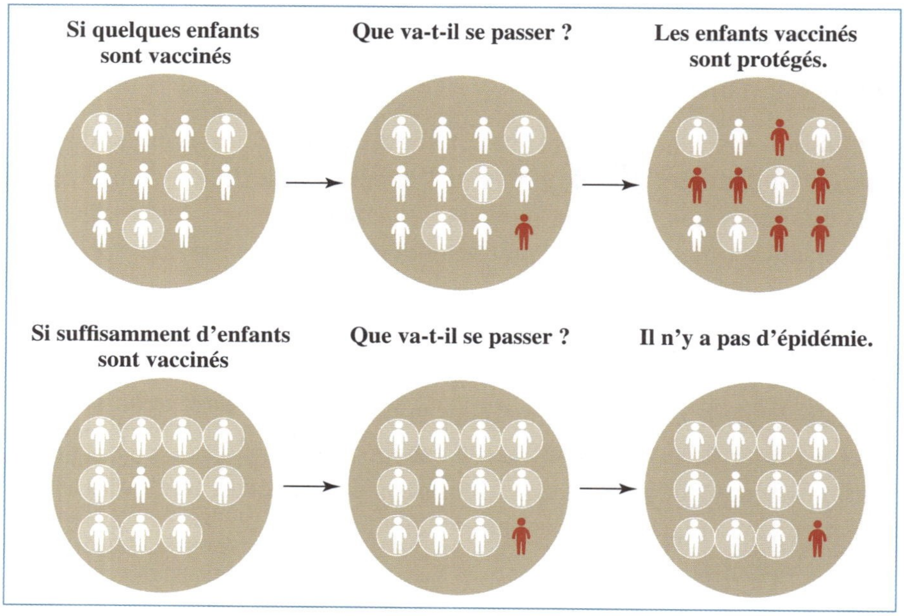

Figure 2 *Intérêt de la couverture vaccinale*

■ Il faut donc une couverture maximale q supérieure à $1 - \frac{1}{\rho}$ pour protéger efficacement une population.

■ La vaccination est donc une démarche où le bénéfice collectif est largement supérieur au risque vaccinal individuel.

B. L'immunothérapie

■ L'**immunothérapie** est un traitement général visant à stimuler le système immunitaire. Il repose notamment sur deux méthodes :
- Les **vaccins thérapeutiques** consistent à injecter des cytokines (interleukine 2, interférons…) produites normalement par les lymphocytes T CD4 : ces molécules de l'immunité adaptative permettent de stimuler la production des lymphocytes.
- Les **anticorps monoclonaux** : ce sont des anticorps issus de la multiplication d'un lymphocyte spécifique à un antigène. On utilise des injections d'anticorps monoclonaux dirigés contre des antigènes spécifiques des cellules cancéreuses (comme l'antigène HER-2 des cellules du cancer du sein).

■ L'immunothérapie a pour objectif de lutter contre certains cancers, particulièrement les cancers du sang et les maladies neurodégénératives. C'est un champ de recherche aux implications sociétales importantes.

Remarque

Le prix Nobel de médecine 2018 fut attribué aux chercheurs James P. Allison et Tasuku Honjo pour leurs travaux sur les différentes méthodes d'immunothérapie dans la lutte contre les cancers.

CHAPITRE 2 (Énoncé p. 206)

La chimiothérapie repose sur l'utilisation de substances bloquant les divisions cellulaires. Les cellules cancéreuses étant des cellules se divisant de façon incontrôlée, on veut donc utiliser ces substances pour arrêter leurs divisions cellulaires.

Comment le taxol peut-il bloquer la mitose et donc la propagation des cancers ?

D'après les résultats de la cytométrie de flux sur des cellules exposées au taxol, on observe que presque toutes les cellules sont en phase G2 et M (60 % des cellules) alors que les cellules non exposées au taxol sont majoritairement en phase G1. En effet, lors du cycle cellulaire, la phase G1 est la plus longue alors que la mitose est beaucoup plus brève.

On peut en déduire que le taxol bloque les cellules dans la phase M ou la phase G2. On cherche donc à connaître son mode d'action

D'après les microscopies électroniques des cellules exposées ou non au taxol, on observe que la mitose se déroule normalement sans taxol. Mais après ajout de taxol, les chromosomes ne migrent plus vers l'équateur de la cellule lors de la métaphase, ce qui empêche aussi la séparation des chromatides et leur migration lors de l'anaphase. Ainsi la télophase ne permet pas de produire deux cellules-filles et le cycle cellulaire est bloqué en métaphase.

Or, on sait que les mouvements des chromosomes sont permis par le fuseau mitotique. On peut donc supposer que le taxol agit sur ce fuseau empêchant ainsi la métaphase de la mitose en bloquant tout mouvement chromosomique. Il arrête ainsi le cycle cellulaire.

On peut conclure que le taxol bloque les cellules en division cellulaire et plus particulièrement en métaphase de mitose, en stoppant les mouvements chromosomiques le long du fuseau mitotique. C'est la raison qui explique l'utilisation de cette molécule dans certaines chimiothérapies anticancéreuses. Cependant l'administration de taxol n'est pas sans effets secondaires car il bloque aussi la division d'autres cellules de l'organisme comme les cellules capillaires et les cellules intestinales, entraînant ainsi de nombreux effets secondaires.

CHAPITRE 5 (Énoncé p. 222)

La mucoviscidose est la maladie la plus fréquente chez les individus d'origine européenne.

Quelle est l'origine génétique de la maladie et ses conséquences sur le phénotype ?

On observe que les individus affectés par la mucoviscidose possèdent une mutation de trois nucléotides par délétion (les n° 1522, 1523 et 1524) : trois nucléotides T ont été supprimés au niveau de leur allèle DF508.

La mutation de l'allèle muté a pour conséquence la formation d'une protéine CFTR anormale. En effet on observe que la séquence en acides aminées est modifiée : le 508e acide aminé, « Phe », n'est plus présent. Cette mutation entraîne une déformation de la protéine qui n'assure plus son rôle. En effet la protéine CFTR est une protéine en forme de canal insérée dans la membrane plasmique des cellules épithéliales, notamment pulmonaires. À l'état physiologique, la protéine CFTR laisse passer les ions chlore et l'eau vers l'extérieur de la cellule : le mucus est donc hydraté et fluide. Chez l'individu atteint par la maladie, cette protéine est déformée et ne laisse plus passer les ions chlore. L'eau n'hydrate donc plus le mucus qui devient visqueux. C'est l'échelle moléculaire du phénotype (mutation de la protéine CFTR) qui affecte donc l'échelle cellulaire (le mucus s'épaissit car l'eau ne sort plus de la cellule).

Le phénotype macroscopique se manifeste par une accumulation du mucus dans les poumons, les voies génitales et les intestins ; ce qui entraîne des difficultés respiratoires, des infections, une infertilité et des troubles digestifs.

CHAPITRE 7

(Énoncé p. 234)

On observe une anomalie positive des vitesses sismiques de +3 sous la fosse japonaise qui semble « tomber » vers l'ouest jusqu'à 670 km de profondeur. Or, une anomalie positive reflète une accélération des ondes sismiques dans cette zone par rapport au modèle théorique PREM. Cette accélération peut être causée par une lithosphère plus dense : la lithosphère océanique japonaise.

On peut en déduire que sous la fosse japonaise, la lithosphère océanique plonge vers l'ouest.

À quoi est dû ce mouvement vertical de la lithosphère ?

On observe que les isothermes fléchissent sous la fosse océanique japonaise. Par exemple, l'isotherme 1 300 °C qui délimite la base de la lithosphère passe de 250 km de profondeur à 600 km. Ceci correspond bien à la tomographie précédente : la lithosphère océanique, froide et donc plus dense, tombe dans le manteau environnant, plus chaud et moins dense.

Ces mouvements verticaux et horizontaux de la lithosphère peuvent être modélisés par une expérience avec de l'huile colorée. On observe que si on crée un gradient thermique à l'aide d'une bougie chauffe-plat, l'huile chaude, moins dense, monte. Lorsqu'elle se refroidit en surface, elle devient plus dense et retombe. Ce phénomène permet d'homogénéiser les températures par des mouvements de matière : c'est la convection. On modélise ainsi la convection mantellique qui permet de transférer la température par des mouvements du manteau et de la lithosphère.

Sous le Japon, la lithosphère océanique plonge donc dans le manteau, sous la lithosphère continentale japonaise.

CHAPITRE 8

(Énoncé p. 244)

La lithosphère océanique au large de la Californie est étudiée en raison de son activité sismique importante et de la recherche d'hydrocarbures. **Comment se forme et vieillit une lithosphère océanique ?**

Au niveau de l'axe de la dorsale Juan de Fuca, on observe que les basaltes les plus récents se forment. Plus on s'éloigne vers l'ouest ou l'est, plus les basaltes sont âgés et se répartissent de façon symétrique de part et d'autre de la dorsale. La lithosphère océanique est donc produite au niveau de l'axe des dorsales : c'est l'accrétion océanique.

En s'éloignant de cet axe, la lithosphère océanique se refroidit. En effet, on observe une décroissance exponentielle du flux thermique en fonction de l'âge de la lithosphère : la lithosphère océanique refroidit donc plus elle vieillit. Or la plaque lithosphérique de Juan de Fuca est âgée de 10 Ma vers l'Ouest : peut-elle entrer en subduction ?

Cet âge correspond à un flux thermique d'environ 150 $mW.m^{-2}$ ce qui semble assez élevé.

De plus, plus la lithosphère est âgée, plus sa profondeur est importante. En effet, le refroidissement de la lithosphère océanique approfondit la LVZ et donc augmente l'épaisseur de la lithosphère. Ceci entraîne son enfoncement dans le manteau asthénosphérique. Pour la plaque de Juan de Fuca, âgée de 10 Ma sur son flanc Ouest, la profondeur de la lithosphère est de 6 km pour une épaisseur totale de 29 km d'après la formule donnée dans l'énoncé.

La plaque Juan de Fuca n'est donc pas entrée en subduction : la lithosphère est surement trop jeune et pas assez dense ou alors il existe des forces qui empêchent sa tombée en subduction.

CHAPITRE 9 *(Énoncé p. 251)*

Comment l'implantation de Fabacées dans les champs peut-il être bénéfique aux cultures suivantes ?

Les plantes de type Fabacées possédant des nodosités où vivent les bactéries Rhizobium ont une meilleure croissance : au bout de 50 jours, la hauteur de ces plants a doublé par rapport à un plant qui n'est pas en interaction avec les bactéries.

On peut donc supposer que l'association de ces deux espèces permet d'augmenter la valeur sélective des Fabacées.

Par ailleurs, on observe que Rhizobium vit dans les cellules racinaires des Fabacées, au contact de la sève et donc des matières organiques produites par la photosynthèse du végétal. Rhizobium tire donc un bénéfice de cette relation en absorbant de la matière organique nécessaire à sa respiration.

De plus, Rhizobium est capable de fixer l'azote atmosphérique et donc de produire des éléments minéraux pour la Fabacée. On peut donc dire que cette relation est à bénéfices réciproques entre les deux protagonistes : c'est une symbiose.

Cette symbiose constitue une part importante du cycle de l'azote car les nodosités permettent la fixation de l'azote atmosphérique et la production de matière minérale de type ammonium. Cela est permis par la présence d'une enzyme chez Rhizobium : la nitrogénase. Cette étape permet le transfert de l'azote entre deux réservoirs : l'atmosphère et la biosphère.

De plus, on observe que cette symbiose permet au sol de s'enrichir en azote : elle n'est pas bénéfique qu'à la Fabacée. L'ammonium produit en excès par cette symbiose est retrouvé dans le sol et il sera utilisé par les plantations suivantes comme le blé. Celui-ci connait ainsi 12 % à 15 % de rendement supplémentaire lors d'une rotation des cultures faisant suite à un champ de Fabacées symbiotiques plutôt qu'à d'autres plantations.

On peut donc conclure que la symbiose entre le Rhizobium et les Fabacées permet de fixer l'azote atmosphérique en ammonium, ce qui permet aux végétaux une meilleure croissance et enrichit le sol en azote. Cet enrichissement permet de limiter l'apport d'engrais.

CHAPITRE 12 *(Énoncé p. 265)*

Le cancer du col de l'utérus est en voie de disparition en Australie grâce à une campagne de vaccination sur les femmes.

Comment les traitements vaccinaux et les frottis utérins on-ils permis une diminution des cas de cancers du col de l'utérus ?

L'incidence du cancer du col de l'utérus est forte vers 40 ans chez la femme puis diminue de 50 à 80 ans. Parallèlement, la mortalité augmente seulement à partir de 70 ans. On peut alors supposer que le cancer du col de l'utérus met du temps à se développer et à provoquer un décès. Ou bien qu'il est difficile à détecter. Il doit donc exister des méthodes curatives et de prévention de son apparition.

On observe que le cancer du col de l'utérus est le cancer le plus induit par le papillomavirus avec près de 500 000 nouveaux cas dans le monde par an. Presque 100 % de ces cancers du col de l'utérus sont attribuables à l'une des variétés du papillomavirus. Ce virus provoque le cancer du col de l'utérus en pénétrant des cellules de l'épithélium du col via une lésion. Il infecte ces cellules et se multiplie, provoquant l'apparition progressive de cellules cancéreuses sur plusieurs mois, voire années.

Pour le prévenir, une vaccination existe : elle est efficace à 71 % des cas de cancers du col de l'utérus et permet d'éviter toute nouvelle contamination (en Suisse, par exemple, le pourcentage de nouveaux cas a diminué de 16 % à 6 % depuis la mise en place du programme de vaccination). Dans tous les cas, cela n'évite pas la réalisation de frottis utérins qui permettent de surveiller l'apparition de nouvelles cellules cancéreuses régulièrement. Ces deux méthodes permettent de faire diminuer l'incidence du cancer du col de l'utérus, notamment en Australie.

CHAPITRE 15 (Énoncé p. 282)

Le THC, molécule active du cannabis, possède des effets neurologiques mais peut aussi modifier le système immunitaire. **On se demande donc quels sont les effets du THC sur le système immunitaire lors de l'apparition d'un cancer des poumons.**

On observe que l'injection de THC à des souris qui possèdent des cellules cancéreuses augmente fortement la taille des tumeurs pulmonaires. On peut donc supposer que le THC est une molécule qui favorise, dans cet exemple, le développement des tumeurs pulmonaires : c'est un effet tumorigène. Cette augmentation de la tumeur est-elle due à une activité du THC sur le système immunitaire ?

Lors de l'apparition de cellules cancéreuses, les lymphocytes T CD4 jouent un rôle primordial : ils s'activent en lymphocytes auxiliaires et libèrent alors deux types de cytokines en fonction des besoins. L'interféron γ favorise l'activation des autres lymphocytes et donc la disparition des cellules cancéreuses, alors que l'interleukine 10 empêche cette activation.

On observe que l'ajout de THC entraîne l'augmentation de l'interleukine 10 et la diminution de la production d'interféron γ. Le THC a donc bien un effet favorisant le développement des tumeurs pulmonaires en modifiant la production de cytokines libérées par les lymphocytes T CD4.

On observe qu'en absence de THC, les lymphocytes T sont activés. À la suite d'un traitement des souris au THC, on peut observer que l'activation des lymphocytes T est réduite.

On peut donc en déduire que le THC empêche l'activation des lymphocytes T CD4 en lymphocytes auxiliaires et donc la libération de certaines cytokines.

Pour conclure, le THC empêche l'activation des lymphocytes T CD4 et modifie ainsi la production de cytokines dans le sens d'une inactivation de la réaction anti-tumorale. Le THC a donc un effet immunosuppresseur.

Français

LES MÉTHODES

LE COURS

Les outils

La poésie du XIXe siècle au XXIe siècle

La littérature d'idées du XVIe siècle au XVIIIe siècle

Le roman et le récit du Moyen Âge au XXIe siècle

Le théâtre du XVIIe siècle au XXIe siècle

Définition de l'épreuve

L'épreuve du Bac de français est constituée d'une épreuve écrite et d'une épreuve orale. Elle porte sur les objets d'étude de la classe de 1re et sur les œuvres au programme, renouvelées par quart tous les ans.

L'épreuve écrite

Durée	4 heures
Coefficient	5

Le sujet de l'épreuve écrite de français permet de choisir un exercice parmi les deux proposés : un commentaire ou une dissertation.
Cette épreuve est notée sur 20 points.
Plusieurs critères entrent dans la notation :
– la maîtrise de la langue et de l'expression ;
– l'aptitude à lire, analyser et interpréter un texte ;
– l'aptitude à mobiliser une culture littéraire (maîtrise des savoirs littéraires) ;
– la capacité à construire une réflexion argumentée et structurée et à prendre en compte d'autres points de vue que le sien ;
– l'aptitude à formuler une argumentation de manière précise, en respectant son déroulement logique.

Le commentaire

Le commentaire porte sur un texte littéraire, en lien avec un des objets d'étude de la classe de 1re. Ce texte ne sera jamais extrait d'une des œuvres au programme.
La méthode et les conseils relatifs au commentaire sont donnés **pages 300-301**.

La dissertation

La dissertation prend la forme d'une question littéraire sur l'une des œuvres au programme et sur le parcours littéraire associé.
Le sujet propose trois dissertations liées au même objet d'étude, chacune en rapport avec l'une des trois œuvres du programme et son parcours associé. Le candidat doit veiller à choisir le sujet qui porte sur l'œuvre étudiée en classe pendant l'année.
La méthode et les conseils relatifs à la dissertation sont donnés **pages 298-299**.

L'épreuve orale

Durée	20 minutes
Préparation	30 minutes
Coefficient	5

Cette épreuve permet d'évaluer la qualité d'expression orale du candidat mais aussi sa capacité à mobiliser ses connaissances, développer son propos et discuter avec l'examinateur. Elle vise également à valoriser son investissement personnel, sa faculté à justifier ses choix et à les expliquer.

Cette épreuve comprend deux étapes qui se succèdent et sont précédées d'un temps de préparation de 30 minutes (les textes officiels précisent que le temps consacré à l'accueil du candidat n'empiète ni sur celui de la préparation ni sur la durée de l'épreuve).
L'ensemble de cette épreuve est noté sur 20 points.
La méthode et les conseils relatifs à l'épreuve orale sont donnés **pages 302-303**.

Accueil du candidat, « descriptif des activités » et préparation

Le candidat arrive en salle d'examen muni d'un « descriptif des activités ». L'examinateur possède ce même descriptif, remis en amont par l'enseignant de français.
Ce descriptif rend compte du travail qui a été mené avec la classe pendant l'année : récapitulatif des œuvres et textes étudiés. Il est également composé d'une partie individuelle dans laquelle le candidat a indiqué l'œuvre qu'il a retenue parmi toutes les lectures obligatoires proposées par son professeur. Cette œuvre fera l'objet de la seconde partie de l'épreuve.
Pour la 1re partie de l'épreuve, l'examinateur indique au candidat sur quel texte il va être interrogé. Ce texte est toujours choisi parmi ceux mentionnés sur le descriptif comme ayant fait l'objet d'une étude détaillée. Il indique également la question de grammaire. La préparation de l'explication de texte peut alors commencer. Elle dure 30 minutes.

1re partie : exposé sur un des textes du descriptif

Cette première partie dure 12 minutes. Elle est notée sur 12 points répartis en fonction des trois temps de son déroulement :
– lecture de l'extrait à voix haute (2 points) ;
– explication linéaire du texte ou d'un passage d'une vingtaine de lignes sélectionné par l'examinateur (8 points) ;
– réponse à une question de grammaire qui s'appuie sur un passage extrait du texte à expliquer (2 points).

Sur quel texte peut porter l'explication linéaire ?

Pour chaque objet d'étude, le candidat a étudié six textes au minimum de façon détaillée :
– trois extraits au moins de l'œuvre au programme ;
– trois extraits sur le parcours associé.
En tout, il y a donc au moins six textes pour chacun des quatre objets d'étude : ce qui correspond à vingt-quatre textes au minimum à travailler pour l'épreuve.

2nde partie : présentation de l'œuvre choisie et entretien

Cette partie de l'épreuve dure 8 minutes. Elle est notée sur 8 points.
Elle se déroule en deux temps successifs :
– la présentation de l'œuvre retenue par le candidat et l'explication argumentée de ce choix ;
– l'entretien au cours duquel le candidat doit répondre aux questions de l'examinateur, afin d'expliquer, de justifier et de défendre ses choix.

LES MÉTHODES

L'organisation de l'année et le jour J

Pour réussir l'écrit et l'oral de français, il est essentiel de bien savoir s'organiser, le jour J mais aussi au fil de l'année.

Travailler tout au long de l'année

Préparer l'oral

• Réunir les documents nécessaires

Vous vous présenterez à l'oral avec un « descriptif des activités » établi par votre professeur.

> **Conseil**
> Faites bien la différence entre les textes étudiés précisément (explications de textes) et ceux simplement parcourus (lectures cursives, documents complémentaires).

• Pour chacun des objets d'étude, vous devez réunir tout ce qui figurera dans le **descriptif** et tout ce qui pourra vous aider dans votre travail de révision :

– les **œuvres** au programme choisies par votre professeur et les lectures cursives qui les éclairent ;

– les **textes** expliqués en classe (la première partie de l'oral portera sur l'un d'eux) ;

– les **études** réalisées en classe ;

– une rapide **biographie** de chacun des auteurs abordés ;

– une **fiche synthétique sur les œuvres et les parcours étudiés** ;

– une **fiche sur chacun des livres lus de façon cursive** (personnages, intrigue, contexte, intentions de l'auteur) ;

– une **fiche synthétique sur les différents mouvements littéraires** rencontrés au cours des séquences.

> **Conseil**
> N'attendez pas la fin de l'année pour classer les documents dont vous avez besoin lors de l'épreuve orale ! Commencez à faire ce travail de rassemblement pendant l'année, à la fin de chacune des quatre étapes du programme.

• Revoyez les différentes notions de vocabulaire (formation et sens des mots), de grammaire (natures, fonctions, types de phrases et de propositions, valeurs des modes et des temps) et de conjugaison. Faites des fiches synthétiques sur les points à maîtriser.

• Préparez l'entretien en choisissant et en étudiant soigneusement l'œuvre littéraire que vous allez présenter. Préparez des fiches : sur chacun des personnages, sur le déroulement de l'histoire, sur les marques du genre, sur le mouvement littéraire et sur les principaux enjeux. Renseignez-vous sur l'auteur et sur les autres œuvres qu'il a écrites.

• S'entraîner

– **Lisez à haute voix** régulièrement les textes que vous avez expliqués en classe et entraînez-vous, seul(e) ou devant un(e) camarade, à les expliquer en une dizaine de minutes.

– **Exercez-vous aussi à présenter l'œuvre littéraire que vous avez choisie**. Imaginez les questions que l'on peut vous poser. Travaillez avec un(e) camarade et interrogez-vous mutuellement.

Préparer l'écrit

• **Pour chacun des deux exercices du bac (le commentaire et la dissertation),** constituez, au fil de l'année, un **dossier** comprenant :
– les **conseils méthodologiques** : les indications de votre professeur, les devoirs-modèles que vous avez examinés de près (voir par exemple pp. 304-307), les suggestions relevées dans des ouvrages comme celui-ci (voir pp. 298-303) ;
– les **comptes-rendus de vos devoirs** : comparez le corrigé proposé et ce que vous avez fait afin de voir dans quelle direction vous pouvez progresser ;
– vos **copies corrigées** : relisez attentivement les annotations de votre professeur et, lorsque vous abordez un nouveau devoir, notez, sur une feuille que vous garderez dans votre dossier, les qualités et les défauts de votre précédente copie afin de ne pas tomber dans les mêmes travers mais de bien présenter les mêmes points positifs.

Remarques sur les copies	Conseils pour progresser
Le sujet est mal compris.	Lire attentivement la consigne et en peser chacun des termes ; reformuler la consigne à la 1re personne du singulier pour mieux se l'approprier.
Le texte est mal compris.	Lire attentivement le texte sans se perdre dans les détails. Se demander ce que l'auteur a voulu dire et dans quel but.
Le devoir manque de rigueur.	Bâtir un plan clair et solide au brouillon : 1A, 1B, 1C ; 2A, 2B…
Le plan d'ensemble ne convient pas.	S'il s'agit d'un commentaire, définir clairement les intentions de l'auteur et revoir les principes de composition d'un plan (voir p. 300). S'il s'agit de la dissertation, lire attentivement la consigne et déduire le plan de la consigne elle-même (voir p. 298).
Le devoir est superficiel ; l'analyse ou/et la réflexion ne sont pas assez approfondies.	Creuser chacun des arguments ou chacune des pistes : quelles causes, quelles implications, par quels procédés… ?
La rédaction est négligée, confuse, incorrecte.	Écrire des phrases courtes. Surveiller l'orthographe. Relire. S'entraîner dans l'année en rédigeant régulièrement des petits paragraphes.

Être prêt(e) le jour J

• **Qu'il s'agisse de l'écrit ou de l'oral, prévoyez bien l'organisation matérielle :** la trousse, la convocation et la pièce d'identité en cours de validité, le transport jusqu'au centre d'examen. Prévoyez aussi de quoi boire et grignoter durant les 4 heures de l'écrit.

• **Pour l'oral, présentez les documents répertoriés sur le descriptif dans deux porte-revues :** l'un pour vous et l'autre pour l'examinateur. **Apportez les œuvres intégrales** étudiées ainsi que **celle retenue pour l'entretien**.
Ne négligez pas non plus votre tenue : anticipez son choix en fonction de la température prévue, et optez pour un vêtement confortable et adapté à la présentation d'un examen.
Enfin, prévoyez assez de temps pour votre trajet jusqu'au centre d'examen et pour trouver la salle où se déroule l'épreuve dans un lycée que vous ne connaissez peut-être pas. Évitez toute source de stress inutile !

LES MÉTHODES

La dissertation

La dissertation porte sur une des quatre œuvres au programme et sur son parcours associé. Elle permet de vérifier vos **connaissances** ainsi que votre **capacité à organiser et approfondir une réflexion.**

Choisir le sujet de dissertation

• Vous pouvez choisir de traiter le sujet de dissertation **si vous maîtrisez la technique de l'exercice, si vous comprenez clairement la question posée et si vous disposez de connaissances précises** sur l'œuvre et le parcours au programme.

• Une dissertation obtient **une bonne note** quand elle répond aux critères suivants :
– le sujet est compris ;
– le devoir répond à la question posée ;
– les règles de la dissertation sont respectées ;
– les connaissances sont solides et bien employées (plus de la moitié du devoir est occupée par des exemples précis) ;
– le plan est clair et cohérent ;
– le devoir est correctement rédigé.

À savoir

Mémorisez des citations courtes extraites des œuvres au programme. Elles vous aideront à illustrer vos arguments. C'est indispensable pour la poésie.

La lecture du sujet

La composition du sujet de dissertation

Le plus souvent, le sujet de dissertation comprend **3 étapes** :
1. Un **constat** qui lie la question proprement dite à l'œuvre et au parcours.
2. Le **problème à analyser**, sous la forme d'une question ou d'une affirmation à discuter.
3. Des **indications méthodologiques** rappelant, notamment, la place des exemples.

L'analyse du sujet

• Sans laisser de côté aucun des termes du sujet, **dégagez la question posée**. Gardez, autant que possible, dans votre introduction, les termes employés et assurez-vous de bien comprendre leur signification et leur portée, c'est-à-dire ce qu'ils impliquent.

• **Délimitez, ensuite, précisément le champ d'étude :** s'agit-il plutôt des personnages, du genre, des tonalités, des enjeux de l'œuvre ou du parcours ?

Les grandes lignes du plan

Le plan thématique

• Lorsqu'une question commence par un mot interrogatif *(pourquoi, en quoi, comment…)* et admet grammaticalement une infinité de réponses possibles, il s'agit d'une interrogation « partielle » qui implique un plan thématique. Vous devrez dégager **deux ou trois réponses pertinentes à la question posée** et les présenter de la façon la plus logique et dynamique possible.

Rappel

Le plan, dans ses grandes lignes, se devine dans le sujet lui-même : **la dissertation doit présenter, de manière cohérente et organisée, les différentes réponses** possibles à la question posée.

• Quand la question est introduite par « Dans quelle mesure », il est possible de proposer deux réponses qui développent la réflexion, puis une 3e partie qui ouvre une perspective différente, voisine de la réfutation.

Ex. : « Dans quelle mesure *Le Mariage de Figaro* est-il engagé dans son temps ? »
1) Beaumarchais s'engage en dénonçant les privilèges.
2) Il s'engage en soulignant les qualités de Figaro.
3) Au-delà de son engagement dans son temps, l'œuvre nous touche encore aujourd'hui.

Le plan dialectique

• Quand la question posée par le sujet est « totale », elle n'admet grammaticalement que deux réponses possibles : **« Oui »** et **« Non »**. En formulant les deux réponses contradictoires, vous avez posé les grandes orientations de votre plan ; cependant, comme il ne s'agit pas de présenter un sondage d'opinion mais une pensée cohérente, vous devez **reformuler les réponses de façon à rendre leur cohabitation possible au sein de la même réflexion**.

• Dans ce type de plan, une **3e partie** (la synthèse), qui dépasse la contradiction des premières parties (la thèse et l'antithèse), est la bienvenue. Mais, si vous ne trouvez pas cette 3e réponse possible, renoncez-y plutôt que de proposer une perspective hors sujet ou, au contraire, répétitive par rapport à ce qui a été déjà dit. En ce cas, donnez de l'ampleur à votre conclusion en proposant une vision plus synthétique et élargie du problème.

L'introduction : 3 étapes

• **La 1re étape consiste à amener le sujet en partant d'une observation incontestable** : par exemple, présentez l'œuvre et montrez en quoi elle s'inscrit dans le parcours au programme.

• **La 2e étape pose le problème du sujet.** Une expression comme « À ce propos, on peut se demander si… » peut exprimer le lien entre le constat initial et la question qui va être examinée au cours de la dissertation. Si le sujet comprend une citation, vous devez la reproduire dans son intégralité avant de formuler clairement la question.

• **La 3e étape annonce le plan** de façon précise et souple.

Conseils

• Ne commencez pas votre constat par une banalité du type « De tout temps, les hommes… ».
• Ne vous écartez pas des termes du sujet.
• Ne répondez pas à la question dès l'introduction, car cela rendrait le développement inutile.
• Ne présentez pas lourdement le plan : au lieu de « Dans une première partie, je… », préférez « Dans un premier temps », « D'abord », « Ensuite », « Enfin »…

La conclusion : 2 étapes

• **La 1re étape propose une réponse à la question du sujet** en rassemblant les différentes pistes abordées.

• **La 2nde étape élargit la réflexion à une problématique plus vaste** en privilégiant le domaine littéraire ou, plus généralement, artistique (pensez aux prolongements étudiés au cours de l'année). Une question, une citation sont également possibles, à condition, bien entendu, d'être pertinentes.

Conseils

• Ne réduisez pas la 1re étape à un résumé : il faut plutôt souligner la logique de la progression.
• Ne proposez pas, en guise d'ouverture, un proverbe, une évidence, une question trop large (« Quel est le rôle de la littérature ? »), une erreur historique…

LES MÉTHODES

Le commentaire

Le commentaire littéraire **éclaire les significations d'un texte et les émotions qu'il suscite** chez le lecteur ou le spectateur. Il porte sur un extrait se référant à l'un des quatre objets d'étude au programme.

Choisir le commentaire

Pour choisir le commentaire, il est nécessaire de **maîtriser la technique de l'exercice** et d'**avoir bien compris le texte**. Il est préférable que ce dernier vous plaise. Si le sens d'un mot vous échappe, vérifiez que le contexte vous permet de le comprendre sans risquer un grave contresens. Le fait de ne pas connaître l'auteur ne doit pas vous arrêter, car on n'attend pas de votre part un devoir érudit.

Les objectifs du commentaire

Le commentaire n'a pas pour finalité de mettre en lumière un sens caché mais de **montrer comment l'auteur a su toucher son lecteur**. Il s'agit de dégager objectivement ce que le texte dit au lecteur/spectateur, ce que ce dernier éprouve, et de **montrer les procédés littéraires** (genre, tonalité, style…) employés à cette fin.

La lecture du texte

Une lecture personnelle

Posez-vous les questions suivantes : **« De quoi parle le texte ? Quelles sont les intentions de l'auteur ? Quelles sont les émotions (rire, indignation, compassion…) ressenties ? »** Notez vos premières impressions : elles constituent, le plus souvent, l'armature de votre commentaire.

Une lecture renseignée

- Après cette première lecture du texte, faites appel à vos connaissances. Notez les informations mémorisées pendant l'année, en rapport avec l'objet d'étude défini par le sujet du commentaire, et qui vous semblent utiles ici.

- Si vous avez des connaissances relatives à l'auteur et à son œuvre, confrontez-les prudemment avec le texte. En effet, il est dangereux de plaquer un savoir sans discernement : les auteurs n'écrivent pas toujours le même texte !

Le plan

Les qualités d'un bon plan

Le plan doit être **cohérent** et aborder les différents enjeux du texte de façon progressive. **Commençant par les perspectives les moins importantes,** il met en avant, dans la dernière partie, l'enjeu principal de l'extrait. Chaque partie s'apparente à une définition du texte (« Ce texte, c'est… ») et aucune d'elles ne se réduit à un constat quant à la forme (genre, tonalité, procédés de style).

Méthodes

Deux méthodes sont généralement proposées, et sans doute la démarche la plus efficace se situe-t-elle à mi-chemin :

- **1re méthode :** noter, au fur et à mesure de la lecture linéaire, tout ce que l'on peut observer, puis opérer des regroupements pour dégager les lignes maîtresses du plan.
- **2nde méthode :** partir de ses impressions de lecture (personnelle et renseignée) pour bâtir les grandes lignes du plan, puis chercher, dans le texte, ce qui permet de développer telle ou telle perspective.

Conseils

S'il est, souvent, préférable de bâtir un **plan de dissertation en 3 parties,** un **plan de commentaire en 2 parties** bien équilibrées est, certainement, plus efficace qu'une progression en 3 axes peu cohérents et redondants.

L'introduction : 3 étapes

L'introduction comprend **3 étapes incontournables** qui doivent se différencier clairement tout en s'enchaînant avec souplesse :

- **La 1re étape introduit le texte** en le plaçant dans un contexte plus large : une situation historique, un mouvement littéraire, un genre… Le titre de l'œuvre (que vous devez souligner) d'où est tiré le texte, ainsi que le nom de l'auteur et la date doivent être rappelés.
- **La 2e étape présente le texte et ses enjeux :** son genre, sa tonalité, son thème, ce qui s'y passe, les intentions de l'auteur… Cette étape ne doit pas se réduire à un simple résumé du passage, car on attend que soit exposée la problématique de votre étude : « Comment la fiction est-elle au service de l'argumentation ? » ; « Comment le poète renouvelle-t-il la forme traditionnelle du sonnet ? etc. »
- **La 3e étape annonce le plan** d'une façon à la fois claire et souple.

Conseils

- Évitez les banalités sur le genre.
- Ne commencez pas votre introduction par « Ce texte… », car le déterminant démonstratif ne renvoie à rien qui précède.
- Évitez tout jugement de valeur : « Ce texte est particulièrement bien écrit… »
- Dans l'annonce du plan, préférez la 1re personne du pluriel à la 1re personne du singulier et ne parlez pas de « partie », mais dites plutôt : « Tout d'abord », « Dans un premier temps »..

La conclusion : 2 étapes

- **La 1re étape dresse un bilan** de ce qui a été analysé sans entrer dans les détails ni apporter de nouvelles perspectives. Il est possible de s'appuyer, à ce moment-là, sur une expression-clé du passage, ou sur le titre du poème, ou de l'œuvre.
- **La 2nde étape est une ouverture littéraire.** Il s'agit de situer le texte dans une perspective plus large (genre, mouvement littéraire, auteur…). Rapprocher le passage étudié d'un autre texte rencontré en classe est une bonne idée, à condition, bien entendu, qu'ils présentent de réels points communs.

Conseils

- Le bilan ne doit pas se réduire à un résumé.
- L'ouverture s'appuie sur des connaissances extérieures pertinentes : on évitera toute inexactitude.
- Les maladresses, lourdeurs et incorrections sont à proscrire car la conclusion sera lue en dernier.

LES MÉTHODES

L'oral

L'épreuve orale, qu'il s'agisse de l'explication de texte ou de l'entretien, porte sur le travail effectué durant l'année. Le sérieux des candidats est récompensé.

L'explication de texte

Explication de texte et commentaire : deux exercices proches

• **L'explication de texte à l'oral est proche du commentaire** proposé à l'écrit. La principale différence est que le texte est déjà connu puisqu'il a fait l'objet d'une étude détaillée en classe et figure sur le descriptif établi par le professeur et transmis à l'examinateur une quinzaine de jours avant l'épreuve.

• **Dans les deux cas, il s'agit de mettre en avant le sens du texte et les émotions qu'il suscite** en s'appuyant sur un relevé et une analyse des procédés littéraires employés. Comme le commentaire, l'explication de texte est organisée en **3 étapes** :

1. Une **introduction**, qui présente le texte et la démarche que vous avez adoptée.

2. Un **développement** construit.

3. Une **conclusion**, qui souligne ce qui est important dans le texte et s'achève par un élargissement (parcours, objet d'étude, prolongement…).

> **Conseil**
>
> **Composition de l'introduction :**
>
> 1. Présentation de l'auteur et de l'œuvre.
> 2. Situation du passage dans l'œuvre intégrale étudiée.
> 3. Présentation du texte et de ses caractéristiques.
> 4. Présentation du plan choisi (linéaire ou composé).

Les particularités de l'explication de texte à l'oral du bac

• **L'explication de texte linéaire est préconisée.**

Le **plan linéaire** suit le mouvement du texte pour éclairer la démarche de l'auteur. Cette progression nécessite d'opérer des rapprochements pour écarter les répétitions. Vous éviterez un commentaire mot à mot ou ligne à ligne car il risque fort de se réduire à une simple paraphrase. Vous commencerez par dégager le plan du texte pour montrer ses enjeux.

• **L'explication du texte est précédée de sa lecture à voix haute.** Notée sur 2 points, elle ne doit pas être négligée, et vous devez vous entraîner durant l'année pour qu'elle soit correcte (les liaisons, les pauses, la versification), fluide et expressive, sans être pour autant théâtrale.

• **L'explication est suivie d'une question de grammaire** portant sur le texte étudié. Votre réponse est notée sur 2 points, et vous ne devez pas négliger cette partie nouvelle de l'oral. Vous devrez maîtriser la terminologie et montrer que vous êtes capable d'analyser une phrase ou un de ses segments. N'oubliez pas d'examiner cette question durant le temps de préparation.

Les attentes de l'examinateur

- Une lecture correcte (liaisons, versification), fluide et expressive.
- Une expression orale juste et soignée qui ne consiste pas en la lecture de la feuille de préparation.
- Une bonne compréhension du texte, un plan clair qui met en avant ce qui est important et ne dissocie pas le contenu des procédés.
- Une étude qui s'appuie précisément sur des citations du texte.
- Une explication et une réponse à la question de grammaire qui témoignent du sérieux de votre préparation, de la solidité de vos connaissances et de vos méthodes.

Conseil

Portez des vêtements neutres et montrez-vous poli(e) en disant « Bonjour, Monsieur/Madame », « Au revoir » et « Merci ».

Méthode

Durant l'année

- **Lisez les textes à voix haute :** assurez-vous de bien prononcer les noms propres et certains mots particuliers, repérez les liaisons et, pour la versification, les diérèses. Entraînez-vous régulièrement.
- **Appropriez-vous les explications de texte** conduites en classe et complétez-les si nécessaire. Mémorisez-les et entraînez-vous à les noter au brouillon en une vingtaine de minutes et à les présenter en 10 minutes oralement. Il est très utile de travailler cela avec un(e) camarade.
- **Choisissez l'œuvre** que vous présenterez dans la 2nde partie. Mémorisez sa structure, ses enjeux. Renseignez-vous sur son auteur et son contexte.

Le temps de préparation : 30 minutes

- **Notez les grandes lignes de votre explication** en n'utilisant que le recto des feuilles que vous numéroterez. Ne rédigez pas l'étude dans son intégralité : vous n'en avez pas le temps.
- **Préparez soigneusement l'introduction et la conclusion** en pensant que le dernier point de votre conclusion peut constituer le point de départ de l'entretien.

La 1re partie de l'épreuve : 12 minutes

- **Annoncez le titre et l'auteur** du texte que vous allez lire à voix haute.
- **Lisez sans précipitation** et ne vous interrompez que si l'examinateur vous indique qu'il veut que vous passiez à l'explication.
- **Ne lisez pas votre brouillon ;** pensez à citer le texte (ne recopiez pas les citations sur votre brouillon) ; regardez l'examinateur. Évitez les tics de langage, les mots familiers, les phrases inachevées.
- **Répondez à la question de grammaire** en mobilisant vos connaissances.

La 2nde partie de l'épreuve : 8 minutes

- **Présentez avec conviction l'œuvre** que vous avez choisie.
- **Développez vos réponses** en vous appuyant précisément sur les documents rassemblés.
- **N'hésitez pas à montrer votre culture personnelle,** vos centres d'intérêt et votre sensibilité.

SUJET DU BAC CORRIGÉ

Le commentaire

SUJET

Objet d'étude : « Le roman et le récit du Moyen Âge au XXIe siècle »

Vous ferez le commentaire de l'extrait du *Colonel Chabert* d'Honoré de Balzac.

Honoré de Balzac, *Le Colonel Chabert*, extrait (1832).

Le colonel Hyacinthe Chabert, déclaré mort par erreur à la bataille d'Eylau, a contacté l'avoué Derville pour retrouver son rang et ses droits. Sa femme Rose, désormais remariée au comte Ferraud, le rejette et n'entend pas lui restituer ses biens. Le colonel refuse toute transaction avec elle et disparaît. Quelques années plus tard, l'avoué Derville retrouve le colonel.

En 1840, vers la fin du mois de juin, Godeschal, alors avoué, allait à Ris, en compagnie de Derville, son prédécesseur. Lorsqu'ils parvinrent à l'avenue qui conduit de la grande route à Bicêtre[1], ils aperçurent sous un des ormes du chemin un de ces vieux pauvres chenus[2] et cassés qui ont obtenu le bâton de maréchal[3] des mendiants en vivant à Bicêtre comme les femmes indigentes vivent à la Salpêtrière[4]. Cet homme, l'un des deux mille malheureux logés dans l'*Hospice de la Vieillesse*, était assis sur une borne et paraissait concentrer toute son intelligence dans une opération bien connue des invalides, et qui consiste à faire sécher au soleil le tabac de leurs mouchoirs, pour éviter de les blanchir, peut-être. Ce vieillard avait une physionomie attachante. Il était vêtu de cette robe de drap rougeâtre que l'Hospice accorde à ses hôtes, espèce de livrée[5] horrible.

« Tenez, Derville, dit Godeschal à son compagnon de voyage, voyez donc ce vieux. Ne ressemble-t-il pas à ces grotesques qui nous viennent d'Allemagne[6] ? Et cela vit, et cela est heureux peut-être ! »

Derville prit son lorgnon, regarda le pauvre, laissa échapper un mouvement de surprise et dit :

« Ce vieux-là, mon cher, est tout un poème, ou, comme disent les romantiques, un drame. As-tu rencontré quelquefois la comtesse Ferraud ?

– Oui, c'est une femme d'esprit et très agréable ; mais un peu trop dévote, dit Godeschal.

– Ce vieux bicêtrien est son mari légitime, le comte Chabert, l'ancien colonel ; elle l'aura sans doute fait placer là. S'il est dans cet hospice au lieu d'habiter un hôtel, c'est uniquement pour avoir rappelé à la jolie comtesse Ferraud qu'il l'avait prise, comme un fiacre, sur la place[7]. Je me souviens encore du regard de tigre qu'elle lui jeta dans ce moment-là. »

Ce début ayant excité la curiosité de Godeschal, Derville lui raconta l'histoire qui précède[8]. Deux jours après, le lundi matin, en revenant à Paris, les deux amis jetèrent un coup d'œil sur Bicêtre, et Derville proposa d'aller voir le colonel Chabert. À moitié chemin de l'avenue, les deux amis trouvèrent assis sur la souche d'un arbre abattu le vieillard qui tenait à la main un bâton et s'amusait à tracer des raies sur le sable. En le regardant attentivement, ils s'aperçurent qu'il venait de déjeuner autre part qu'à l'établissement.

« Bonjour, colonel Chabert, lui dit Derville.

– Pas Chabert ! pas Chabert ! je me nomme Hyacinthe, répondit le vieillard. Je ne suis plus un homme, je suis le numéro 164, septième salle, ajouta-t-il en regardant Derville avec une anxiété peureuse, avec une crainte de vieillard et d'enfant. Vous allez voir le condamné à mort ? dit-il après un moment de silence. Il n'est pas marié, lui ! Il est bien heureux.

– Pauvre homme, dit Godeschal. Voulez-vous de l'argent pour acheter du tabac ? »

Avec toute la naïveté d'un gamin de Paris, le colonel tendit avidement la main à chacun des deux inconnus, qui lui donnèrent une pièce de vingt francs ; il les remercia par un regard stupide, en disant : « Braves troupiers[9] ! » Il se mit au port d'armes, feignit de les coucher en joue, et s'écria en souriant : « Feu des deux pièces ! vive Napoléon ! » Et il décrivit en l'air avec sa canne une arabesque imaginaire.

1. Bicêtre : lieu près de Paris, où était établi un asile d'aliénés.
2. chenu : aux cheveux blancs.
3. obtenir le bâton de maréchal : arriver au plus haut grade.
4. la Salpêtrière : hospice accueillant des femmes indigentes, c'est-à-dire des pauvres.
5. livrée : costume de domestique.
6. grotesques d'Allemagne : allusion aux personnages fantastiques des contes d'Hoffmann.
7. Derville rappelle ainsi que la comtesse a acquis son rang grâce à son mariage avec Chabert.
8. L'auteur fait référence à l'histoire qui constitue l'ensemble du livre.
9. troupiers : simples soldats.

Corrigé rédigé

Introduction rédigée

[Présentation du texte] Grand admirateur de Napoléon, Balzac imagine le terrible destin d'un colonel d'Empire déclaré mort à Eylau. *Le Colonel Chabert*, un des récits de *La Comédie humaine*, raconte le vain combat du héros pour reconquérir sa place dans le monde. À la fin de l'histoire, vingt ans après les démarches entreprises, Derville, l'avoué qui l'a soutenu, et Godeschal, son successeur, rencontrent par hasard le colonel : atteint de démence, il n'est plus qu'un matricule interné à Bicêtre.

[Problématique] Soucieux de représenter les rouages de la société, Balzac se penche sur ce héros broyé par la Restauration. Mais s'agit-il uniquement de montrer la folie du personnage ?

[Annonce de la 1re partie] Nous verrons que la représentation de la démence du héros **[2e partie]** permet à Balzac de critiquer ses contemporains au nom de ses valeurs **[3e partie]**, tout en affirmant l'ambition esthétique de son projet romanesque.

I Une scène centrée sur la folie du colonel Chabert

I-1 Un passage centré sur le personnage éponyme

En effet, dans deux scènes séparées par une courte ellipse, le colonel est le point de mire de la narration. Dans la première rencontre, il est progressivement éclairé : d'abord présenté comme l'un des indigents, il attire l'attention des deux hommes en raison de *« sa physionomie attachante »*. Il n'acquiert une identité que lorsque Derville le nomme, mentionne sa femme, *« la jolie comtesse Ferraud »* et raconte un passé que l'expression *« l'histoire qui précède »* vient résumer. Simple objet des regards dans la première scène, le personnage devient, dans la seconde, pleinement acteur. Il parle plus longuement que ses deux visiteurs et multiplie les gestes. La focalisation sur Chabert tout au long de l'épilogue éclaire les symptômes de sa démence.

I-2 La représentation de la folie

Dès le début du texte, Chabert est l'*« un de ces vieux pauvres chenus et cassés »*. La construction syntaxique reprise et étoffée dans l'expression *« l'un des deux mille malheureux logés dans* l'Hospice de la Vieillesse » attribue au personnage toutes les caractéristiques des indigents et des déments peuplant Bicêtre. L'univers de Chabert se réduit à des actes et à des faits sans importance : faire sécher son tabac ou bien tracer des raies sur le sable avec un bâton. Seuls viennent rompre la monotonie de cette existence sans horizon, un déjeuner *« autre part »* le lundi, le spectacle d'un condamné à mort dont il ne mesure pas la gravité, une pièce de vingt francs. Le personnage est coupé de la réalité : il ne reconnaît pas son ancien avoué et semble avoir perdu le fil du temps. À la fin du texte, il lance un anachronique *« vive Napoléon ! »*. Dans le monde qu'il a dessiné autour de lui, tout est prétexte à amusement : l'exécution d'un condamné comme la comédie militaire qu'il joue aux deux visiteurs pour les remercier des vingt francs.

[Transition] En plaçant son personnage à la croisée des regards et en soulignant sa démence, Balzac éclaire le destin tragique de son héros et dénonce ses contemporains.

II Le personnage au service d'une dénonciation

II-1 La déshumanisation du personnage

Les mots *« vieux »* et *« vieillard »* sont connotés négativement tout au long de l'extrait. On les trouve associés à un lexique de la dégradation : *« vieux pauvres chenus et cassés »*. Plus loin, le groupe *« ce vieux »* est repris par *« le pauvre »* comme si les deux noms étaient synonymes. À la fin du texte, le manque de discernement qui caractérise ici la vieillesse est comparé à la *« naïveté d'un gamin de Paris »* et mis en scène dans un mime pitoyable. *« Je ne suis plus un homme »*, explique le personnage à ses visiteurs. Il efface jusqu'à son nom en refusant d'être appelé Colonel Chabert : *« Je me nomme Hyacinthe »*, puis *« Je suis le numéro 164, septième salle »*. Le pronom démonstratif *« cela » (« cela vit »)* employé par Godeschal résume cette déshumanisation.

II-2 Le regard critique de Balzac

Le glorieux colonel d'Empire s'est effacé comme ont disparu les idéaux révolutionnaires et impériaux. *La Comédie humaine* dépeint la société cruelle et ambitieuse de la Restauration. En mettant en scène un héros de l'Empire détruit, le romancier exprime ses regrets et ses critiques. Derville accuse violemment la comtesse Ferraud : sa comparaison crue *(« il l'avait prise comme un fiacre »)* retourne contre elle le procédé de déshumanisation. La critique du romancier devient plus féroce encore lorsque Godeschal présente l'épouse du colonel comme *« une femme d'esprit et très agréable ; mais un peu trop dévote »*. Ici, Balzac dénonce l'hypocrisie sociale et religieuse de la comtesse mais aussi de tous ceux qui abandonnent à la Salpêtrière *« les femmes indigentes »* et à Bicêtre les *« deux mille malheureux »*.

[Transition] Balzac ne se contente pas de tendre un miroir à la réalité : il prend position et défend ses valeurs, tout en manifestant un vrai projet esthétique.

III Une scène qui montre le rôle de l'écrivain selon Balzac

III-1 Un art de la mise en scène pour donner vie au personnage

La présence de deux visiteurs au lieu d'un seul rend possible un dialogue qui dynamise la scène. Le passé de Chabert est évoqué dans un discours narrativisé *(« Derville lui raconta l'histoire qui précède »)* et par quelques indices tels que le *« mari légitime »* ou le *« regard de tigre »*. Les marques d'oralité *« Tenez »*, *« mon cher »*, la répétition de l'exclamation nominale *« Pas Chabert ! »* contribuent à l'illusion de réel, de même que l'ancrage géographique (Ris, Paris, Bicêtre et la Salpêtrière) et que les détails réalistes : la *« robe de drap rougeâtre »*, *« la souche d'un arbre abattu »* ou les *« raies sur le sable »*. Par ailleurs, Balzac, en doublant la focalisation interne, donne au lecteur l'impression qu'il va se faire sa propre opinion : Godeschal, le nouvel avoué, et Derville, celui qui s'est retiré, écœuré par ce qu'il a vu, ne voient pas Chabert de la même manière.

III-2 Les ambitions littéraires

En effet, si Balzac entreprend de représenter le réel et de dénoncer ses contemporains, il affirme aussi un projet esthétique dont Derville se fait l'écho en se référant aux romantiques après que Godeschal a évoqué les grotesques d'Hoffmann : *« Ce vieux-là* [...] *est tout un poème ou, comme disent les romantiques, un drame »*. L'écrivain puise son inspiration dans la réalité, mais il la transfigure. Ces références montrent clairement une intention esthétique dont témoigne la composition même de l'épilogue : deux rencontres, deux ellipses *(« En 1840 »*, donc vingt ans plus tard, et *« Deux jours après »)*, deux visiteurs, deux dessins avec un bâton. Sur l'*« avenue »* qui constitue le cadre des deux rencontres, Chabert est représenté assis, la première fois sur *« une borne »* et la seconde sur *« un arbre abattu »*. L'une et l'autre suggèrent la tragique destinée d'un héros insoumis.

Conclusion rédigée

L'épilogue du *Colonel Chabert* est caractéristique de l'écriture réaliste. En effet, Balzac emploie toute la palette des procédés narratifs et stylistiques pour donner vie à ses personnages. Mais il s'agit moins de promener, avec Stendhal, un miroir sur une grande route[1] que de créer un univers correspondant à *« une vision personnelle du monde »* (Maupassant). Le romancier prestidigitateur séduit son lecteur et l'amène à partager son point de vue critique. Toutefois, si le roman nous touche encore aujourd'hui, c'est parce que son auteur y sonde les profondeurs de la nature humaine. C'est aussi parce que la composition de l'épilogue et la mise en scène des personnages témoignent de la portée universelle de l'art.

1. Stendhal : *« Un roman : c'est un miroir que l'on promène le long d'un chemin »* (voir p. 367).

La dissertation

SUJET

Œuvre : *Alcools* d'Apollinaire – Parcours : « Modernité poétique ? »

Le vers *« À la fin tu es las de ce monde ancien »* ouvre le recueil *Alcools*.

La rébellion contre l'héritage du passé, au nom de la modernité poétique, vous semble-t-elle caractériser le recueil d'Apollinaire ?

Vous répondrez à cette question de façon organisée et argumentée en vous appuyant sur *Alcools*, sur les poèmes étudiés ainsi que sur vos lectures personnelles.

Corrigé (plan détaillé)

Introduction rédigée

La naissance du XXe siècle se fait dans l'enthousiasme et la joie de « l'esprit nouveau » : *« Les étoiles mouraient le jour naissait à peine »*, écrit Guillaume Apollinaire pour conclure le recueil *Alcools* qu'il publie en 1913. Dans le premier vers de « Zone », le constat qui clôt l ouvrage semble même un manifeste : *« À la fin tu es las de ce monde ancien »*. Peut-on aller jusqu'à dire que la rébellion contre l'héritage du passé caractérise le recueil d'Apollinaire, voire toute œuvre poétique ?

Après avoir considéré les formes et les enjeux de cette rupture avec le « monde ancien », nous verrons quelle place occupe la tradition dans *Alcools*. Mais, si l'on veut caractériser les vers d'Apollinaire et peut-être toute poésie, sans doute faut-il dépasser la question de l'héritage et de la modernité pour laisser les émotions nous bousculer.

[Le plan suivant propose des arguments et des exemples ; ces derniers sont des pistes à approfondir : il faudra opérer des choix pour privilégier la précision de l'analyse.]

I Modernité poétique et rébellion

I-1 Le refus des conventions littéraires étouffantes

Argument – Le poète, parce qu'il utilise le langage à des fins esthétiques, ne se plie pas aux usages communs et rejette les conventions littéraires.

Alcools – On relève : la variété comme principe d'organisation (voir p. 333), le mélange des voix (« Les Femmes »), des niveaux de langue (langage familier : « Schinderhannes »), la syntaxe malmenée, la suppression de la ponctuation…

Autres exemples – Apollinaire suit Baudelaire et Rimbaud, mais aussi Hugo : *« Et sur les bataillons d'alexandrins carrés / Je fis souffler un vent révolutionnaire. »*

I-2 Le rejet des démarches rationnelles

Argument – La modernité poétique choisit la liberté et la fantaisie ; elle se libère de la raison.

Alcools – On relève les images étonnantes de « Zone », du « Voyageur », de « Vendémiaire ». La rupture avec les conventions poétiques et grammaticales va de pair avec un goût pour le rêve et un rejet de la rationalité, que l'on retrouve dans la peinture cubiste qui, libérée de la représentation fidèle, éclaire les principes esthétiques d'*Alcools.*

Autres exemples – Pour André Breton (voir p. 330) la poésie est *« débâcle de l'intellect »*.

I-3 La vocation poétique à saisir la modernité repousse toute idée d'héritage

Argument – Le poète fait de la modernité elle-même l'âme de son projet.

Alcools – Apollinaire oppose « le monde ancien » et le monde moderne. Dans « Mai », l'éloignement des tziganes et de l'*« air de régiment »*, après celui de la barque, exprime cette disparition du « monde ancien ». Les paysages modernes sont nombreux : tour Eiffel (« Zone »), *« Sonneries électriques des gares »* (« Le Voyageur »)…

Autres exemples – Baudelaire peignait déjà la ville (« Tableaux parisiens », dans les *Fleurs du Mal*). *La Prose du transsibérien et de la petite Jehanne de France* de Blaise Cendrars (1913), illustrée par les peintures abstraites de Sonia Delaunay, célèbre aussi la modernité.

II Le poète, héritier et imitateur

II-1 Le poète explore un chemin ouvert par ses prédécesseurs

Argument – Le rejet du passé ne signifie pas une rupture complète avec les repères des aînés.

Alcools – Apollinaire emprunte un chemin ouvert par Baudelaire et Rimbaud : paysages urbains, images et formes nouvelles. Il reprend aussi la musicalité de Verlaine : forme de la chanson, rythme des vers, jeux sur les sonorités (*« Le vent du Rhin secoue sur le bord les osiers / Et les roseaux jaseurs et les fleurs nues des vignes »* dans « Mai »).

Autres exemples – La forme ancienne du sonnet plaît encore à Baudelaire. Jusqu'au XIXe siècle, les poètes revendiquaient l'héritage, non la rupture : l'imitation pour Du Bellay est *« innutrition »* (fait de se nourrir d'une forme ancienne pour écrire une œuvre nouvelle) ; le poète s'inspire de Pindare, de Virgile ou d'Ovide.

II-2 Les thèmes et les tonalités intemporels

Argument – Si les formes évoluent et si la rébellion s'affiche, les poètes, souvent lyriques, partagent des thèmes et des tonalités qui traversent les siècles.

Alcools – Les images de la femme, idéale mais cruelle, héritées de l'amour courtois et avivées par l'expérience personnelle (Annie Pleyden et Marie Laurencin) hantent *Alcools* ; elles sont souvent associées à la nature (autre thème intemporel) : *« Les pétales tombés des cerisiers de mai / Sont les ongles de celle que j'ai tant aimée »* (« Mai »).

III Modernité et monde ancien : une relation complexe à dépasser

III-1 La nostalgie et le thème du temps qui passe

Argument – Le monde ancien que le poète rejette s'efface en laissant une empreinte si forte que la modernité s'exprime avec nostalgie et sur un ton élégiaque.

Alcools – La présence des légendes (« Nuit rhénane », « La Loreley ») marque cet attachement au « monde ancien ». On retrouve une tonalité élégiaque dans « La Chanson du Mal Aimé », « Les Colchiques » ou « Automne ». Le temps efface tout si vite que *« même les automobiles ont l'air d'être anciennes »* (« Zone »). La modernité assisterait-elle à sa destruction même ?

Autres exemples – On retrouve cette nostalgie chez Cendrars, dans *La Prose du transsibérien et de la petite Jehanne de France : « Un vieux moine me lisait la légende de Novgorod ».*

III-2 Le renouvellement des formes anciennes

Argument – Le poète moderne selon Apollinaire, comme plus tard les surréalistes, s'approprie les formes anciennes et les bouscule.

Alcools – On relève : les octosyllabes de « Les Cloches » (sauf le dernier vers), le jeu des rimes et le refrain dans « Le Pont Mirabeau », mais la ponctuation est absente. *« Et l'unique cordeau des trompettes marines »* est un alexandrin, mais il est l'unique vers de « Chantre ».

Autre exemple – André Breton, le chef de file du surréalisme qui se dit héritier d'Apollinaire, renouvelle la forme médiévale du blason dans « Union libre ».

III-3 La force de la poésie transcende la tension entre modernité et tradition

Argument – Au-delà de la reprise des « vers antiques » pour exprimer *« des pensers nouveaux »* (André Chénier), la poésie se définit par les émotions qu'elle suscite.

Alcools – Les images nouvelles associées aux airs de comptines (« Marie »), l'usage original du lexique (« Nuit rhénane ») ne valent que par les émotions partagées. La suppression de la ponctuation invite le lecteur à s'approprier le poème en le lisant avec sa propre sensibilité.

Autres exemples – De manière générale, les images poétiques nous touchent par-delà la question de l'héritage ou de la rupture : Du Bellay, Hugo, les surréalistes…

Conclusion rédigée

Ainsi, lorsque Apollinaire, soutenant une modernité qui semble condamner « le monde ancien », nous fait entendre les *« Sonneries électriques des gares »*, il les mêle, dans le même vers (« Le Voyageur »), au *« chant des moissonneuses »*. La tour Eiffel, quant à elle, symbole de « l'esprit nouveau », est comparée à une « Bergère » veillant sur *« le troupeau des ponts »* (« Zone »). Mais, en considérant que la poésie se définit par la force des émotions suscitées, nous pouvons renvoyer dos à dos l'ancien et le nouveau afin de chercher en nous un bouleversement poétique (*« un éclat de rire »* ou de vers, dans « Nuit rhénane ») capable de briser notre vision habituelle du monde. Faisons alors nôtre la définition de Saint-John Perse : au-delà des réseaux ou des ruptures esthétiques, *« Poète est celui-là qui rompt avec l'accoutumance »*.

1

Le « **genre** » et la « **tonalité** » sont deux notions **spécifiquement littéraires** qui permettent de caractériser un texte et d'en comprendre les enjeux ; le « **discours** » est, quant à lui, une notion beaucoup plus large.

1 Les discours

On appelle « discours » toute parole orale ou écrite. Cette notion prend en compte l'**intention du locuteur (auteur, narrateur, personnage)**.

Discours narratif	Le locuteur **raconte** une histoire, qu'elle soit réelle ou fictive. Un certain temps s'écoule.
Discours descriptif	Le locuteur **décrit** un paysage, un objet, une personne (portrait). À la différence du discours narratif, la description s'apparente à un arrêt sur image.
Discours explicatif	Le locuteur **explique** un phénomène, une situation, un fonctionnement.
Discours argumentatif	Le locuteur cherche à faire partager son opinion à son destinataire en le **convainquant** avec des arguments et en le **persuadant** avec des procédés littéraires touchant sa sensibilité.

2 Les genres

Un genre regroupe des œuvres littéraires qui présentent des **caractéristiques formelles communes**.

A Les genres rattachés au discours narratif

La frontière entre les histoires vraies et la fiction n'est pas étanche, et certains auteurs choisissent de recourir à la fiction (« l'autofiction ») pour raconter leur propre vie.

Les récits d'histoires vraies	Compte-rendu historique ou journalistique, autobiographie ou biographie fidèles.
Les fictions	Apologues (à visée didactique) : conte, fable. Récits (sans visée didactique) : roman, nouvelle.

B Le théâtre et ses sous-genres

Le théâtre est destiné à être **représenté sur une scène** (voir p. 376). Les sous-genres théâtraux sont fonction des époques et de l'intention du dramaturge (auteur de théâtre) qui peut souhaiter amuser ou émouvoir le spectateur.

Comédie	Personnages du peuple, mariage, fin heureuse.
Tragédie	Personnages de haut rang, destin, issue fatale.
Tragi-comédie	Personnages de haut rang, destin, fin heureuse.
Drame (XIXe siècle)	Mélange des genres.

C La poésie

La poésie accorde une priorité à la beauté du texte et **utilise le langage d'une manière particulière**. Elle peut obéir à des règles (voir p. 321) ou, au contraire, s'en affranchir. Selon les époques et les poètes, elle joue un rôle différent mais elle cherche toujours à **susciter des émotions**.

D Les genres rattachés au discours argumentatif

L'**argumentation directe** prend la forme d'un essai ou d'un article de journal, alors que l'**argumentation indirecte** a recours à la fiction pour contourner la censure et/ou toucher son lecteur : roman, conte, fable, poème, pièce de théâtre…

3 Les tonalités

A Une tonalité qui joue la distance

Le rire établit une distance entre le thème traité et le lecteur ou le spectateur. La **tonalité comique** présente différents aspects qui peuvent s'associer :

L'humour	Un sujet sérieux est traité de manière légère.
L'ironie	On laisse entendre le contraire de ce que l'on dit.
L'absurde	Les événements présentés et leur interprétation sont en décalage, si bien que ce qui se passe paraît incompréhensible.
Le burlesque	Un genre ou registre noble, comme l'épopée, est traité de façon ordinaire, voire vulgaire.
Le grotesque	Le bizarre et le monstrueux sont sources de comique.
La satire	Le rire est destiné à dénoncer.

Définition-clé

Tonalité : elle caractérise l'**effet produit** sur le destinataire. On distingue ainsi différentes tonalités en fonction de ce que ressent le lecteur ou le spectateur.

B Des tonalités qui suscitent l'empathie ou le rejet

Différentes tonalités partagent cette proximité entre le thème traité et le lecteur/spectateur :

- **Tonalité pathétique.** Le texte touche le lecteur et l'invite à **avoir pitié** des personnages ou de la situation évoquée.
- **Tonalité tragique.** Le texte inspire au lecteur ***« terreur et pitié »*** (Aristote) en présentant des personnages victimes de la fatalité. La lutte qu'ils mènent est vaine, et l'issue fatale (la mort ou simplement l'échec) est programmée.
- **Tonalité épique.** Le texte met en avant les exploits d'un héros et les valeurs d'un peuple. Le registre épique caractérise le genre de l'épopée mais se rencontre également au théâtre et dans des romans.
- **Tonalité lyrique.** Le texte communique au lecteur les sentiments exprimés par l'auteur. Quand il s'agit de tristesse ou de nostalgie, on parle de **tonalité élégiaque.**
- **Tonalité polémique.** L'auteur prend position dans un débat d'idées et amène son destinataire à adopter son opinion en rejetant celles de ses adversaires.
- **Tonalité épidictique.** Le texte vante les qualités (un **éloge**) ou souligne les défauts (un **blâme**) d'un personnage ou d'une institution.

Conseil

Ne confondez pas **la tonalité comique,** qui vise à déclencher le rire, **et le genre de la comédie,** qui, lui, obéit à des règles formelles et ne provoque pas nécessairement le rire.

Conseil

Ne confondez pas **le genre de la tragédie** (théâtre) **et la tonalité tragique** (pas nécessairement au théâtre).

2

Pour bien s'exprimer et bien comprendre les textes, il est nécessaire de **maîtriser les principaux outils grammaticaux** de notre langue.

1 Les classes grammaticales (natures)

A Les mots invariables

Adverbes	*Lentement, vite, loin, aujourd'hui, enfin…*
Prépositions	*À, après, avant, avec, dans, de, derrière, dès, devant, en, par…*
Conjonctions de coordination	*Et, mais, ou, donc, or, car, pourtant, ni…*
Conjonctions de subordination	*Puisque, étant donné que, si bien que, lorsque, quand bien même…*
Interjections	*Ah !, Oh !, Eh bien !, Hélas !, Parbleu !…*

B Les mots variables

- **Les noms** communs et les noms propres.
- **Les pronoms remplacent** un nom, un adjectif, une proposition.

  Ex. : « Es-tu prêt ? – Je le suis. » *(Le pronom* le *remplace l'adjectif* prêt.*)*

Pronoms personnels	*Je, tu, il, on, elle, nous, vous, me, moi, le, la, en, y…*
Pronoms possessifs	*Le mien, le tien, le sien, le nôtre, le leur…*
Pronoms démonstratifs	*Celui, celui-ci, celui-là, celle, celle-ci, ceux, ceux-là, ceci, cela, ce…*
Pronoms indéfinis	*Chacun, les uns, personne, rien, la plupart, les mêmes…*
Pronoms relatifs	*Qui, que, quoi, dont, où, lequel, duquel, à laquelle, desquels…*
Pronoms interrogatifs	*Qui, que, quoi, lequel, duquel, à laquelle…*

- **Les déterminants** accompagnent un nom dont ils **précisent** le genre et le nombre.

Déterminants démonstratifs	*Ce, cet, cette, ces, ce …-ci, cet …-là…*
Déterminants possessifs	*Mon, ton, son, ma, ta, sa…*
Déterminants indéfinis	*Chaque, tout, l'autre…*
Adjectifs numéraux cardinaux	*Un, deux, trois…*
Articles	Articles indéfinis : *un, une, des.* Articles définis : *le, la, les,* l'article défini élidé *l'* et les articles définis contractés *au* (= *à* + *le*), *du* (= *de* + *le*), *des* (= *de* + *les*). Articles partitifs : *du, de la, de l'.*

Conseil

Ne confondez pas les **déterminants** (placés devant un nom) et les **pronoms** (qui jouent un rôle de remplaçants).
Ex. : Je leur ***(pronom personnel)*** demande leur ***(déterminant possessif)*** avis.

- **Les adjectifs** viennent **préciser le sens** d'un nom ou d'un pronom. Ils peuvent se mettre au **comparatif** ou au **superlatif**.

  Ex. : Pierre est **plus** petit **que** Paul. (comparatif)
  Pierre est **vraiment/très** petit. (superlatif)

- **Le verbe** exprime une **action** ou un **état**.

  Ex. : Écrire *(action)* ; paraître *(état).*

2 Les fonctions

La fonction d'un mot, c'est **son rôle dans la phrase**.

Sujet du verbe	***Je*** *serai là demain.*
Compléments d'objet du verbe	COD : *Je lis* ***un roman****.* COI : *Tu ressembles* ***à ton frère****.*
Complément d'agent (voix passive) du verbe	*Il fut admiré* ***de tous****.*
Compléments circonstanciels (lieu, temps, manière, moyen, cause, but, conséquence, comparaison, concession, condition…)	*Il se lève* ***à sept heures*** (CC de temps) ***par habitude*** (CC de cause).
Attribut du sujet	*Il deviendra sûrement* ***médecin****.* *Ce travail est* ***intéressant****.*
Attribut du COD	*Je trouve ce roman* (COD) ***très étrange****.*
Complément du nom	*Un roman* ***d'aventures****.*
Complément de l'adjectif	*Ce coureur est beaucoup plus rapide* ***que moi****.*
Apposition au nom	*Voltaire,* ***l'auteur de*** **Candide**. ***Intéressant****, son travail l'a absorbé toute la journée.*
Épithète du nom (pour un adjectif)	*Il effectue un travail* ***intéressant****.*

3 La conjugaison des verbes

A Les temps de l'indicatif

Temps simples		**Temps composés**	
Présent	*Je finis*	**Passé composé**	*J'ai fini*
Futur	*Je finirai*	**Futur antérieur**	*J'aurai fini*
Imparfait	*Je finissais*	**Plus-que-parfait**	*J'avais fini*
Passé simple	*Je finis*	**Passé antérieur**	*J'eus fini*

B Les temps du subjonctif

Temps simples		**Temps composés**	
Présent	*Que je parle*	**Passé**	*Que j'aie parlé*
Imparfait	*Que je parlasse*	**Plus-que-parfait**	*Que j'eusse parlé*

C Les temps du conditionnel

Temps simples		**Temps composés**	
Présent	*Je raconterais*	**Passé 1re forme**	*J'aurais raconté*
		Passé 2e forme	*J'eusse raconté*

D Les temps de l'impératif

Il existe un **présent** et un **passé** de l'impératif. Les verbes ne se conjuguent qu'à trois personnes.

Ex. : Présent : *Cours, courons, courez.* – Passé : *Aie couru, ayons couru, ayez couru.*

E Les valeurs des modes

- **L'indicatif** est le mode des actions certaines.
- **Le subjonctif** exprime une action qui ne se réalisera peut-être pas car elle dépend d'une volonté, d'un souhait.

Ex. : Je veux que tu viennes. *(Tu ne viendras pas nécessairement.)*

- **Le conditionnel** exprime une action incertaine car soumise à la réalisation d'une hypothèse.

Ex. : Si tu étais prêt, nous **partirions**.

Il peut aussi avoir une valeur temporelle de futur dans le passé.

Ex. : Il a promis qu'il **viendrait**.

- **L'impératif** exprime l'ordre, l'interdiction, la prière ou le conseil.

F Les valeurs des temps

- **Le présent de l'indicatif**

Présent de l'énonciation	*Aujourd'hui, je **rédige** mon devoir.*
Passé récent ou futur proche	*Il **sort** à l'instant. Il **revient** bientôt.*
Présent d'habitude	*Il **se lève** toujours à sept heures.*
Présent de vérité générale	*Flaubert **est** un romancier du XIXe siècle.*
Présent de narration	*Napoléon **fait route** vers Milan.*

- **Le futur.** Il exprime **une action qui va se produire**. Parfois, le futur a une valeur proche de l'impératif (ordre ou conseil).

Ex. : Tu **viendras** me voir à la récréation.

- **L'imparfait.** Il exprime **une action passée non limitée dans le temps**. C'est le temps de l'**arrière-plan**, de la description ; il peut aussi exprimer une **habitude** (imparfait itératif).
- **Le passé simple.** Il exprime **une action passée limitée dans le temps**. C'est le temps du récit. Il permet, notamment, d'exprimer des actions qui se succèdent.
- **Les temps composés** expriment une **action antérieure à une action exprimée au temps simple correspondant**.

Ex. : <u>Aujourd'hui</u>, je **vais** au musée ; <u>hier</u>, **je suis allé(e)** au cinéma.

G La voix active et la voix passive

- **À la voix active,** le sujet est actif : il **fait l'action**.
- **À la voix passive,** le sujet est passif : c'est le **complément d'agent** qui effectue l'action exprimée par le verbe.

Ex. : a) Le loup *(sujet)* dévore l'agneau *(COD)*.
Le verbe est au présent de la voix active.
b) L'agneau *(sujet)* est dévoré par le loup *(C. d'agent)*.
Le verbe est au présent de la voix passive.
c) L'agneau a été dévoré par le loup *(C. d'agent)*.
Le verbe est au passé composé de la voix passive.

Conseil

Ne confondez pas, particulièrement aux temps composés, **voix active** et **voix passive**. On reconnaît une forme verbale passive à ce qu'elle est suivie, ou peut être suivie, par un complément d'agent (on peut lui adjoindre *« par quelqu'un »*).

H La forme pronominale

On parle de « forme pronominale » (réfléchie ou réciproque) lorsque le pronom sujet et le pronom complément désignent **la même personne**.

Ex. : **Tu te** regardes dans le miroir. *(forme réfléchie)*
Ils se parlent. *(forme réciproque)*

4 La phrase

A Les modalités

Modalité déclarative	La phrase se termine par un point et délivre une information.
Modalité interrogative	La phrase se termine par un point d'interrogation et exprime une question.
Modalité injonctive	La phrase se termine par un point ou un point d'exclamation et exprime un ordre.
Modalité exclamative	La phrase se termine par un point d'exclamation et exprime un sentiment, une émotion ou une sensation.

Définition-clé

L'**interrogation rhétorique** est une question qui n'attend pas de réponse. Elle manifeste une émotion, invite le lecteur à réagir.
Ex. : Qui pourrait imaginer une pareille situation ?

Pour mettre une phrase à la forme négative, on utilise deux mots, en général des adverbes, parfois un pronom.

Ex. : Je **n'**ai **pas** lu ce roman. – **Personne** *(pronom)* **ne** me parle sur ce ton.

B Les types de phrases selon le nombre de verbes conjugués

Phrase non verbale ou nominale	Elle ne comprend aucun verbe conjugué.
Phrase simple	Elle comprend un et un seul verbe conjugué.
Phrase complexe	Elle comprend plusieurs verbes conjugués, donc plusieurs propositions. Ces propositions peuvent être juxtaposées (placées côte à côte sans aucun lien), coordonnées (reliées par une conjonction de coordination) ou encore liées par un rapport de subordination.

C Les propositions

- **Les propositions indépendantes** se suffisent à elles-mêmes.

  Ex. : La syntaxe est simple ; les propositions indépendantes sont les plus nombreuses.
  (Cette phrase est composée de deux propositions indépendantes juxtaposées.)

- **Les propositions principales** dirigent une ou plusieurs autres propositions appelées « subordonnées ».
- **Les propositions subordonnées** dépendent des propositions principales.

  Ex. : [La syntaxe est élaborée] [**parce que** les propositions subordonnées sont nombreuses.]
  (Prop. principale) *(Prop. subordonnée)*

On distingue plusieurs sortes de propositions subordonnées : **relatives** (introduites par un pronom relatif), **conjonctives** (introduites par une conjonction de subordination) et **interrogatives indirectes** (introduites par un adverbe ou un pronom interrogatif).

Quelques subordonnées conjonctives circonstancielles :

Subordonnée de condition	***Si tu es d'accord**, nous allons au cinéma.*
Subordonnée de cause	*Nous allons au cinéma **parce qu'il pleut**.*
Subordonnée de conséquence	*Il pleut, **si bien que nous allons au cinéma**.*
Subordonnée de but	*Nous appelons Zoé **pour qu'elle nous rejoigne**.*
Subordonnée de comparaison	*Je me promène **comme le font les escargots**.*
Subordonnée d'opposition	***Bien qu'il pleuve**, je me promène.*

• **Attention** à la construction de la **subordonnée interrogative indirecte** : le sujet n'est pas inversé comme dans l'interrogation directe.

Ex. : Quelle position défend l'auteur ? → Nous verrons **quelle position l'auteur défend**.

Bien qu'elles ne soient pas centrées sur un verbe conjugué, on parle de « proposition infinitive ou participiale » quand l'infinitif ou le participe ont un sujet différent du sujet principal.

Ex. : Ce matin, **j**'ai entendu [**les oiseaux** chanter]. – [**L'hiver** venu], **la cigale** eut faim.

5 L'énonciation

• **On appelle « énonciation » toute communication, orale ou écrite, avec des mots.** Elle suppose un **locuteur** et un **destinataire** et s'inscrit dans un certain **contexte spatio-temporel** (où et quand).

• **Différents indices de l'énonciation** renvoient au locuteur ou au destinataire : **pronoms personnels** *(je, nous, me, moi…)*, **pronoms possessifs** *(le mien, le tien…)* et **déterminants possessifs** *(ma, ta…)*. L'**apostrophe** peut aussi désigner le destinataire : *« Cher ami… »*

Rappel

Attention ! tous les indicateurs de lieu ou de temps ne sont pas des indices de l'énonciation :
• *aujourd'hui* et *demain* se définissent par rapport au moment où je parle (énonciation) ;
• *ce jour-là* ou *la veille* ne se définissent pas par rapport au moment où je parle : ce ne sont pas des indices de l'énonciation.

• **La double énonciation.** Il arrive parfois que se superposent, dans un même texte, plusieurs situations d'énonciation. La double énonciation est **un phénomène courant au théâtre** car, tandis qu'un personnage s'adresse à un autre personnage, l'auteur parle à son public.

3

Le **style** d'un écrivain caractérise sa façon particulière de jouer avec les procédés grammaticaux et le lexique afin de donner plus de force ou d'émotion à ce qu'il exprime.

1 La phrase

A L'enchaînement des phrases

• **Enchaînement chronologique.** Dans un récit, les actions peuvent s'enchaîner chronologiquement. On peut alors relever les **indices temporels** *(alors, ensuite…)*.

• **Enchaînement logique.** Les phrases peuvent également s'enchaîner de manière logique : les **connecteurs logiques** peuvent être des conjonctions de coordination *(car, mais…)*, des adverbes *(puis, pourtant…)* ou des conjonctions de subordination *(parce que, comme…)*.

• **La parataxe.** Lorsque 2 phrases ou 2 propositions sont posées côte à côte sans que soit explicite le rapport qui les unit, on parle de « **parataxe** » ou d'« **asyndète** » (absence de liaison).

Ex. : Il pleut ; nous travaillons. *(Lien implicite : de cause à conséquence.)*

B La syntaxe

L'énumération	Des termes de même nature se succèdent.	*Il avait lu Balzac, Flaubert, Zola…*
Le parallélisme	Des constructions ou des termes de même sens sont juxtaposés.	*« Il n'avait pas de fange en l'eau de son moulin, / Il n'avait pas d'enfer dans le feu de sa forge »* (Hugo).
Le chiasme	Il consiste à croiser des termes de même nature grammaticale ou de sens équivalent.	*« Il faut manger pour vivre et non pas vivre pour manger. »*
L'ellipse	Elle consiste à supprimer certains mots grammaticalement attendus.	*« Je t'aimais inconstant ; qu'aurais-je fait fidèle ?* [= si tu avais été fidèle] » (Corneille).
L'anacoluthe	Elle est une rupture de la syntaxe.	*« Exilé sur le sol au milieu des huées, / Ses ailes de géant l'empêchent de marcher »* (Baudelaire). *« Exilé »* devrait se rapporter à *« ailes »* et donc s'écrire *« exilées »* ; il se rapporte, en fait, au possesseur des ailes : le poète.

2 Le lexique

A Le sens des mots

• Un **champ lexical** regroupe l'ensemble des mots qui se rapportent à la **même notion**. On parlera, par exemple, du champ lexical de la joie, de l'amour ou, plus concrètement, de la ville ou du jardin.

Attention !

Il ne faut pas confondre le **champ lexical** d'une notion et la **famille** d'un mot : *familial*, et *généalogie, ascendant* appartiennent au champ lexical de la famille, tandis que *familial* et *familier* sont des mots de la même famille.

• Le **champ sémantique** d'un mot est l'ensemble des différentes significations possibles de ce mot. En effet, la plupart des mots ont plusieurs sens ; on dit qu'ils sont **« polysémiques »** et on parle de la **« polysémie »** d'un mot. Par exemple, le cœur désigne l'organe qui assure la circulation sanguine, un lieu central (« le cœur d'une ville »), le siège des sentiments, ou de la mémoire (« par cœur »), le courage (« du cœur à l'ouvrage »).

• On distingue le **sens dénoté,** objectif et commun à tous, du **sens connoté**, qui, plus subjectif, varie selon les locuteurs et les destinataires. Par exemple, une des connotations de *blanc* est « la pureté ».

Conseil

L'étude des procédés ne se réduit pas à un relevé ; il faut montrer comment les figures de style contribuent au sens du texte.

B Les procédés de comparaison

La comparaison	Deux éléments sont rapprochés par un outil de comparaison *(comme…)*.	*« La Terre est bleue comme une orange »* (Eluard).
La métaphore	La comparaison est implicite ; l'outil de comparaison est absent, et, souvent, le comparé n'est pas là non plus. La métaphore filée se poursuit sur plusieurs termes.	*« Cette faucille d'or »* (Hugo), pour désigner la Lune.

C Les procédés d'animation

La personnification	Elle présente une chose ou un animal sous les traits d'une personne.	La Fontaine a souvent recours à ce procédé dans ses fables.
L'allégorie	Elle est une représentation concrète, donc plus compréhensible, des divers aspects d'une idée.	*« Mon beau navire ô ma mémoire »* (Apollinaire).

D Les procédés de substitution

La périphrase	Plusieurs termes viennent se substituer à un mot unique.	Ulysse, *l'homme aux mille ruses.*
La métonymie	Un mot est remplacé par un autre mot dont le sens est logiquement proche du premier.	*Les cordes* pour désigner les instruments à cordes.
La synecdoque	Elle est une forme de métonymie : on remplace la partie par le tout ou le tout par la partie.	*Boire un verre* pour désigner le contenu du verre.

E Les procédés d'opposition

L'antithèse	Des constructions ou des termes s'opposent.	*« Paris est tout petit / C'est là sa vraie grandeur »* (Prévert).
L'oxymore ou alliance de mots	Elle associe deux termes antithétiques.	*« Voilà un beau jeune vieillard pour quatre-vingt-dix ans ! »* (Molière).
L'antiphrase	Une expression dit le contraire de ce que l'on veut signifier.	*« Ô ministres intègres ! »* (Hugo). Ruy Blas dénonce la corruption.
La prétérition	Elle consiste à délivrer une information en disant qu'on ne va pas la donner.	*Je ne vous rappellerai pas que la tragédie naît au Ve siècle avant Jésus-Christ.*

F Les procédés d'insistance ou d'atténuation

L'hyperbole	Elle amplifie les termes.	*Je meurs d'ennui.*
L'anaphore	Elle est une forme particulière de répétition : le mot (ou l'expression) repris(e) est situé(e) en tête de phrase ou de vers.	*« J'ai vu lever le jour, j'ai vu lever le soir, / J'ai vu grêler, tonner, éclairer et pleuvoir, / J'ai vu peuples et rois, et depuis vingt années / J'ai vu presque la France au bout de ses journées »* (Ronsard).
La gradation	Les termes suivent une progression.	*« Va, cours, vole, et nous venge ! »* (Corneille).
La litote	Elle dit le moins pour suggérer le plus.	*« Va, je ne te hais point »* (Corneille). Chimène avoue ainsi son amour à Rodrigue.
L'euphémisme	Il atténue le côté déplaisant d'une réalité ou d'une idée.	*Il nous a quittés* pour « Il est mort ».

G Les sonorités

Un son à lui tout seul n'est pas significatif ; c'est la répétition de ce son qui peut être évocatrice.

- **L'allitération** est la répétition d'une même **consonne** ou d'une même catégorie de consonnes ; on pourra, par exemple, parler d'« allitération en dentales » (répétition de *t* et *d*).
- **L'assonance** est la répétition d'un même **son « voyelle »** (*a, i…* mais aussi *an, on…*).

H Quelques suggestions d'interprétations des procédés

Le tableau qui suit donne de simples pistes : votre interprétation est, avant tout, liée au sens du texte.

Procédés	Interprétations : le procédé permet de…
Répétition, anaphore, parallélisme, chiasme, allitération, assonance…	• Insister sur un terme ou une idée. • Créer un certain rythme.
Allégorie, personnification	• Rendre le texte vivant. • Rendre l'idée accessible. • Toucher le lecteur.
Hyperbole	• Impressionner le lecteur. • Ridiculiser ce qui est évoqué.
Euphémisme, périphrase	• Éviter de dire, de façon crue, une réalité difficile.
Comparaison et métaphore	• Dire ce que l'on a du mal à exprimer avec les mots ordinaires. • Surprendre le lecteur pour le toucher. • La métaphore peut être une véritable métamorphose : le regard de l'écrivain modifie le monde.
Antithèse et oxymore	• Surprendre le lecteur. • Choquer le lecteur.

4

Les œuvres, d'une manière ou d'une autre, se définissent par rapport à des mouvements littéraires et esthétiques français ou européens.

IXe-XIVe siècles →	XVe-XVIe siècles →	XVIIe siècle →	XVIIIe siècle →	XIXe siècle →	XXe siècle
Littérature médiévale	Humanisme	Baroque, classicisme	Lumières	Romantisme, réalisme, naturalisme	Surréalisme, absurde

1 Le Moyen Âge

Au début du Moyen Âge, on ne distingue pas la poésie et le récit. La **chanson de geste**, qui glorifie les valeurs du chevalier guerrier (XIe siècle), fait progressivement place à une **poésie lyrique**, qui idéalise la femme (XIIIe siècle). Puis les longs récits en vers, guerriers ou courtois, sont remplacés par des poèmes plus courts (XIVe-XVe siècles).

2 Le XVIe siècle

La Renaissance, tout imprégnée des œuvres antiques, prend l'Italie comme modèle.

A L'humanisme

L'humanisme met l'homme au cœur de ses préoccupations et affirme sa confiance, plus nuancée après les guerres de Religion, dans l'humanité.

Auteurs-clés

- **Humanisme :** Rabelais (v. 1494-1553), Montaigne (1533-1592)...
- **Pléiade :** Du Bellay (1522-1560), Ronsard (1524-1585)...

B La Pléiade

Les poètes de la Pléiade défendent les qualités de la langue française et renouvellent la poésie.

3 Le XVIIe siècle

Le XVIIe siècle prend pour modèle l'« **honnête homme** », un homme sociable et cultivé.

Auteurs-clés

- **Baroque :** Cervantès (1547-1616), Shakespeare (1564-1616), Théophile de Viau (1590-1626)...
- **Classicisme :** La Fontaine (1621-1695), Molière (1622-1673), Pascal (1623-1662), Racine (1639-1699)...

A Le baroque

Le mouvement baroque s'étend dans toute l'Europe et touche la littérature française dans la première moitié du XVIIe siècle. On le reconnaît à son goût pour l'illusion, le foisonnement, l'exubérance, les jeux de miroir qui expriment toute la complexité du monde.

B Le classicisme

Le classicisme, qui prône la mesure et l'équilibre, est, sous le règne de Louis XIV, une réaction spécifiquement française à l'esthétique baroque.

4 Le XVIIIe siècle et les Lumières

Les Lumières sont d'abord un mouvement d'idées : le « philosophe » réfléchit par lui-même et se met en quête de la vérité ; il revendique sa liberté et dénonce les abus.

Auteurs-clés

Montesquieu (1689-1755), Voltaire (1694-1778), Rousseau (1712-1778), Diderot (1713-1784), Beaumarchais (1732-1799)…

5 Le XIXe siècle

Le siècle qui suit la Révolution française connaît une grande instabilité politique et de grands bouleversements sociaux, économiques et esthétiques.

A Le romantisme (poésie, théâtre)

Dans la première moitié du siècle, le romantisme, sous l'égide de Victor Hugo, rejette l'esthétique classique et affirme la primauté de la sensibilité.

Auteurs-clés

- **Romantisme :** Chateaubriand (1768-1848), Lamartine (1790-1869), Hugo (1802-1885), Musset (1810-1857)…

B Le réalisme (roman)

En réaction au lyrisme et à l'idéal romantique, l'écrivain réaliste veut representer la réalité.

C Le naturalisme (roman)

Le naturalisme reprend le projet des réalistes et y ajoute une dimension scientifique.

Auteurs-clés

- **Réalisme :** Balzac (1799-1850), Flaubert (1821-1880)…
- **Naturalisme :** Zola (1840-1902), Maupassant (1850-1893)…

D Le Parnasse (poésie)

En réaction à l'idéal romantique, le Parnasse prône « l'art pour l'art » et le culte de la beauté.

E Le symbolisme (poésie)

Après Baudelaire et en opposition avec le naturalisme, les symbolistes expriment leur subjectivité et préfèrent suggérer plutôt que décrire avec précision.

Auteurs-clés

- **Parnasse :** Leconte de Lisle (1818-1894), Heredia (1842-1905)…
- **Symbolisme :** Verlaine (1844-1896), Mallarmé (1842-1898)…

6 Le XXe siècle

A Le surréalisme (poésie)

La Première Guerre mondiale bouleverse les mentalités, et le surréalisme exprime ce désordre. Refusant les formes et les principes traditionnels, il accorde une grande place à l'inconscient.

B L'absurde

- **Pour les philosophes et romanciers** Jean-Paul Sartre (1905-1980) et Albert Camus (1913-1960), la vie de l'homme est absurde et ne peut tirer sa grandeur que de l'action.
- **Au théâtre,** l'absurde rejette les structures traditionnelles (intrigue, place de la parole…).

C Le Nouveau Roman

Les nouveaux romanciers remettent en question les ressorts traditionnels du roman, dont les notions de « personnage » et d'« intrigue ».

Auteurs-clés

- **Surréalisme :** Paul Eluard (1895-1952), André Breton (1896-1966), Louis Aragon (1897-1982)…
- **Absurde :** Samuel Beckett (1906-1989), Eugène Ionesco (1909-1994)…
- **Nouveau Roman :** Nathalie Sarraute (1900-1999), Alain Robbe-Grillet (1922-2008)…

5

Poursuivant, au fil des siècles, l'étude de la poésie commencée en 2nde, le programme de 1re porte sur les transformations de l'écriture poétique depuis le XIXe siècle et amène à réfléchir sur les différents enjeux du genre. Pour bien **comprendre les ambitions des poètes** des XIXe, XXe et XXIe siècles, il est utile de se tourner vers les mythes et conceptions antiques qui nourrissent les différents projets.

1 Le regard de l'Antiquité sur la poésie

A Poésie et vérité

• **Homère, l'aède aveugle qui voit la vérité.** La tradition représente le légendaire aède (poète) Homère comme âgé et aveugle. L'*âge* est synonyme de « **sagesse** » et de « **connaissance** » ; quant à la cécité, étant aussi l'apanage des devins, elle signifie que le poète, incapable de voir la réalité ordinaire, perçoit **une autre vérité**, atteint le véritable sens du monde.

Étymologie

Poème : issu du grec *poiema*, ce mot désigne à la fois un objet fabriqué et le résultat d'une véritable naissance. Fabriquer et/ou donner vie : au fil des siècles, la définition du poète évolue entre ces deux pôles. Tantôt il est un **simple artisan du langage**, tantôt il est un **véritable démiurge**, plus proche des dieux que des hommes.

• **Apollon : art et vérité.** Apollon est le dieu à la fois de la Connaissance et des Arts, deux domaines que nous dissocions aujourd'hui mais que la poésie réunit. **Dieu de la Vérité,** Apollon s'adresse aux hommes en empruntant la voix des oracles, notamment celle de la pythie à Delphes. **Protecteur des arts,** il est aussi à l'origine de la lyre et la légende dit qu'il en offrit une à Orphée, figure mythologique du poète. Ainsi, la mythologie grecque, en associant art et vérité, exprime une conception ambitieuse de la poésie.

B Le pouvoir des poètes

• **Les Muses : inspiration divine et tradition.** Les neuf Muses de la mythologie sont les filles de Zeus et de Mnémosyne, la déesse de la Mémoire. Filles du dieu des dieux, elles confèrent à la connaissance et à la poésie une essence divine ; filles de Mnémosyne, elles nous rappellent que **la poésie a le pouvoir de garder en mémoire et de transmettre nos traditions et nos valeurs**.

• **Orphée et le pouvoir de la lyre.** Dans l'épisode de sa descente aux Enfers à la recherche d'Eurydice, Orphée charme, avec ses chants, les arbres et l'herbe qui lui montrent le chemin, ainsi que Cerbère, le terrible chien à trois têtes ; il obtient d'Hadès le retour d'Eurydice, à condition de ne pas se retourner pour la regarder ; mais le poète ne parvient pas à obéir et la perd définitivement. Ainsi, le mythe, tout en exprimant le **pouvoir supérieur du poète**, nous montre sa **fragilité**, voire son **désespoir**.

▲ Augustin Pajou, *La Muse Terpsichore*, v. 1768.

Rappel

Le sculpteur **Pygmalion,** qui s'est consacré à son art au point d'ignorer les femmes, sculpte une statue si belle qu'il en tombe amoureux. Aphrodite, touchée par le talent de l'artiste, donne vie à l'œuvre sous les traits de Galatéa et lui permet de l'épouser. De même, le poète cherche à donner vie à son œuvre, à concurrencer, en un sens, les dieux ou le Dieu créateur.

2 Les fonctions de la poésie

A Poésie, mémoire et société

- Filles de la déesse de la Mémoire, les Muses nous rappellent que l'une des fonctions de la poésie est de transmettre, de génération en génération, la culture d'un peuple.
- La versification et les divers procédés de reprise que l'on rencontre en poésie constituent des moyens mnémotechniques efficaces. À une époque où le livre n'existe pas, **les formes poétiques préservent la tradition, et le poète est chargé de célébrer les valeurs de son temps et le monde qui l'entoure**.

Ex. : C'est le cas pour l'*Iliade* et l'*Odyssée* d'Homère, mais aussi pour les épopées médiévales telles que *La Chanson de Roland* (XIe siècle) qui met en scène les valeurs de la chevalerie.

On retrouve cette célébration chez les romantiques et dans la poésie contemporaine, mais il s'agit souvent de louer la nature ou la femme.

B Le poète engagé dans les combats de son temps

Au fil des siècles, de nombreux poètes ont utilisé la force de la poésie pour exprimer leur engagement. Voici quelques exemples, au croisement de la littérature d'idées et de la poésie :

Théodore Agrippa d'Aubigné (1552-1630) dans *Les Tragiques* (1616)	Le poète protestant dénonce les massacres de la Saint-Barthélemy (1572) et l'intolérance religieuse.
Jean de La Fontaine (1621-1695) dans ses *Fables*	Dans **« Les Animaux malades de la peste »**, le fabuliste critique le roi qui agit selon *« ses appétits gloutons »* et s'appuie sur la caution de la Cour.
Victor Hugo (1802-1885) dans *Les Châtiments*	**Le poète** s'en prend à Napoléon III et joue sur tous les registres (pathétique ou satirique) pour transmettre sa critique véhémente.
Les **poètes de la Résistance,** tels Paul Eluard et Louis Aragon	Les poètes ont mis leur art au service de la lutte contre l'occupant allemand. Le poème « Liberté » de Paul Eluard (*Poésie et Vérité*, 1942) est parachuté sur le sol français par des avions anglais.

C Poésie et langage

- **« L'art pour l'art »**

La poésie se caractérise par son utilisation particulière du langage ; sous la plume du poète, les mots ne sont plus des instruments invisibles : ils prennent couleur et vie car le poète est à leur service. En ce sens, la poésie est inutile : elle n'a d'autre but qu'elle-même. Telle est la position que défend, avec verve et humour, **Théophile Gautier** dans la célèbre préface de son roman *Mademoiselle de Maupin* (voir p. 327).

Après Gautier, **les poètes du Parnasse** érigent en école littéraire ce principe de « l'art pour l'art ».

- **Travail de la forme et émotions : la mise en page.**

Le travail de la forme, caractéristique de la poésie, suscite en nous des émotions. D'abord, la mise en page du poème bref au milieu de sa page capte notre attention et nous isole de notre environnement.

Ex. : C'est le cas des *Calligrammes* (1918) de Guillaume Apollinaire qui donnent au poème une forme figurative.

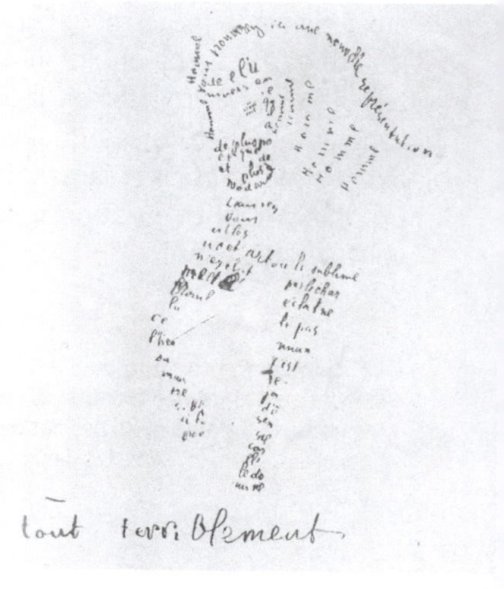

Calligramme de Guillaume Apollinaire. ▶

Citation-clé

« De la musique encore et toujours !
Que ton vers soit la chose envolée
Qu'on sent qui fuit d'une âme en allée
Vers d'autres cieux à d'autres amours »
(Paul Verlaine, « Art poétique »,
in *Jadis et Naguère*, 1884).

• **Travail de la forme et émotions : la musique.** Le poème est aussi (« *avant tout* », écrit même Verlaine) musique ; les sonorités et les rythmes contribuent à rapprocher la poésie de la musique. Le poète, descendant d'Orphée, est également musicien.

• **Travail de la forme et émotions : les images.** Le poème peut aussi nous émouvoir grâce à ses images. Étonnantes chez les poètes surréalistes (« *La Terre est bleue comme une orange / Jamais une erreur les mots ne mentent pas* », Paul Eluard, 1929), elles sont plus simples mais tout aussi émouvantes dans la poésie plus traditionnelle de Victor Hugo (« *Je ne regarderai ni l'or du soir qui tombe / Ni les voiles au loin descendant vers Harfleur* »).

D Poésie et sentiments

Amoureux ou inconsolable, Orphée inaugure, avec sa lyre, la **poésie lyrique** : les vers sont destinés à exprimer, mieux que ne peut le faire notre langage ordinaire, les sentiments et les émotions. Avec ses mots, le poète nous fait partager ce qu'il ressent, et nous pouvons nous reconnaître en lui.

Ex. : Dans leurs poèmes d'amour, Eluard et Aragon (*Les Yeux d'Elsa*, 1942) sont les héritiers de cette tradition lyrique. On peut évoquer également Victor Hugo se souvenant, sur le mode élégiaque, de sa fille Léopoldine dans *Les Contemplations.*

E Poésie et connaissance (XIXe-XXe siècles)

• **Victor Hugo (1802-1885).** Chef de file du romantisme, Victor Hugo définit le poète comme un **prophète** chargé de comprendre la parole de Dieu (« *Dieu parle à voix basse à son âme* ») et de guider l'humanité (« *Peuples ! Écoutez le poète* ») (voir p. 327).

• **Charles Baudelaire (1821-1867).** La perspective chretienne en moins, Baudelaire s'inscrit dans cette tradition du poète supérieur **en quête d'un sens et d'un idéal**. Être supérieur comparé à un albatros (« *Le poète est semblable au prince des nuées* » dans *L'Albatros*), le poète aspire à l'idéal. Mais, comme pour Orphée qui perd Eurydice, cette quête d'absolu est vouée à l'échec, et le poète reste prisonnier du « *spleen* », cet ennui profond qui l'étouffe comme un « *cachot humide* ».

• **Arthur Rimbaud (1854-1891).** Héritier de cette tradition et pourtant profondément révolutionnaire, Arthur Rimbaud ambitionne de se faire « ***voyant*** » afin de donner naissance à « *un verbe poétique accessible un jour ou l'autre à tous les sens* » et susceptible de « *not*[er] *l'inexprimable, de fix*[er] *des vertiges* » (voir p. 328).

• **André Breton (1896-1966) et les surréalistes.** Les surréalistes pensent, quant à eux, que la vérité se trouve dans **l'inconscient** et qu'il faut parvenir à libérer l'esprit de l'emprise de la raison pour réconcilier enfin les contraires (André Breton, dans *Vigilance*, parle de « *l'absence et la présence qui sont de connivence* ») et atteindre ainsi « *le cœur des choses* » (voir p. 330).

3 Les formes poétiques traditionnelles

A Les vers

• **Le décompte des syllabes.** À la fin d'un mot, le *e* se prononce quand le mot suivant commence par une consonne, mais il se fond dans la liaison quand ce dernier commence par une voyelle. À la fin d'un vers, le *e* ne se prononce pas.

Ex. : « *Le mon__de est__ plein de gens qui ne sont pas plus sages ; / Tout bourgeois veut bâtir comme les grands seigneurs* » (La Fontaine).

• **La diérèse.** Parfois, la mesure du vers impose une modification de la prononciation d'un mot qui va s'allonger grâce à la **diérèse**.

Ex. : Ainsi, dans « La Grenouille qui se veut faire aussi grosse que le Bœuf », l'adjectif *« envieuse »*, qui est la clé de l'histoire, est allongé par une diérèse en même temps que la Grenouille grossit pour égaler le Bœuf : *« Envieuse, s'étend, et s'enfle, et se travaille. »*

• **Les principaux types de vers**

La poésie traditionnelle française a recours, essentiellement, à des **vers pairs** (nombre pair de syllabes) qui donnent une cadence régulière à la syntaxe. Les vers les plus courants sont l'**octosyllabe** (8 syllabes), le **décasyllabe** (10) et l'**alexandrin** (12).

Au XIXe siècle, Paul Verlaine vantera les mérites du **vers impair** :

Ex. : *« Et pour cela préfère l'Impair*
Plus vague et plus soluble dans l'air
Sans rien en lui qui pèse ou qui pose »
(Verlaine, « Art poétique », 1884).

Les vers sont souvent regroupés en strophes.
Lorsqu'un poète (La Fontaine ou Apollinaire, par exemple) a recours à plusieurs types de vers dans le même poème, on parle d'**« hétérométrie »**.

Types de vers	Types de strophes
dissyllabe : 2 syllabes	distique : 2 vers
trisyllabe : 3 syllabes	tercet : 3 vers
tétrasyllabe : 4 syllabes	quatrain : 4 vers
pentasyllabe : 5 syllabes	quintil : 5 vers
hexasyllabe : 6 syllabes	sizain : 6 vers
heptasyllabe : 7 syllabes	septain : 7 vers
octosyllabe : 8 syllabes	huitain : 8 vers
ennéasyllabe : 9 syllabes	neuvain : 9 vers
décasyllabe : 10 syllabes	dizain : 10 vers
hendécasyllabe : 11 syllabes	onzain : 11 vers
alexandrin/dodécasyllabe : 12 syllabes	douzain : 12 vers

• Selon le modèle classique, l'**alexandrin** est partagé en deux parties égales, les **hémistiches,** coupées par une **césure :**

Ex. : *« Que toujours, dans vos vers, // le sens coupant les mots*
Suspende l'hémisti//ch(e), en marque le repos » (Boileau).

• Les poètes romantiques, rejetant les modèles classiques, privilégient l'alexandrin ternaire : *« J'ai disloqué // ce grand niais // d'alexandrin »* (Hugo).

B Les rimes

• On peut distinguer les différentes rimes selon leur **qualité** :

Rimes pauvres	1 seul son commun *(rond/pont).*
Rimes suffisantes	2 sons communs *(rond/marron).*
Rimes riches	3 sons communs *(marron/larron).*

• On peut également étudier leur **disposition** :

Rimes plates ou suivies	Progression *aabb.*
Rimes croisées	Progression *abab.*
Rimes embrassées	Progression *abba.*

C Les procédés liés à l'enchaînement des vers

L'enjambement	La phrase – ou le groupe syntaxique – ne s'achève pas à la fin du vers ; la construction se poursuit dans le vers suivant.	*« Prophète ! si ta main me sauve De ces impurs démons des soirs »* (Hugo).
Le rejet	Un mot – ou un petit groupe de mots – est rejeté au vers suivant.	*« Serait-ce déjà lui ? C'est bien à l'escalier Dérobé. Vite ouvrons… »* (Hugo).
Le contre-rejet	Une phrase – ou une construction – commence tout à la fin d'un vers et se poursuit dans le vers suivant.	*« Souvenir, souvenir, que me veux-tu ? L'automne Faisait voler la grive à travers l'air atone »* (Verlaine).

D Quelques types de poèmes

- **La ballade,** apparue au Moyen Âge et adoptée par la **poésie lyrique**, est proche de la chanson. Elle comprend, le plus souvent, trois strophes de même structure (vers et rimes), un refrain (un vers qui se répète en fin de couplet) et un envoi.
- **L'ode.** Inspirée de l'Antiquité, l'ode fait son entrée dans la littérature à la Renaissance, notamment avec Ronsard. Utilisée pour écrire un **éloge** (*Ode à Cassandre* de Ronsard), c'est-à-dire **célébrer un personnage** ou un événement, elle comporte des strophes semblables (nombre et mesure des vers).
- **Le sonnet.** Forme importée d'Italie à la Renaissance, le sonnet est, sans doute, **la forme poétique la plus courante de la poésie française**. Écrit en alexandrins, il est composé de deux quatrains (strophes de quatre vers) et de deux tercets (strophes de trois vers). Les tercets sont unis par la rime et par la syntaxe.

4 La poésie libérée des contraintes

A Le poème en vers libres

- Au cours des siècles, les auteurs ont pris des libertés avec la versification ; déjà au XVIIe, l'hétérométrie et le jeu des enjambements libèrent la poésie de son carcan sous la plume de La Fontaine. Mais c'est dans la seconde moitié du XIXe siècle, avec Baudelaire (un épilogue en vers libre composé pour la 2e édition des *Fleurs du Mal*) et surtout Rimbaud (avec deux poèmes des *Illuminations* : « Marine » et « Mouvement »), que cette forme nouvelle apparaît.
- Au XXe siècle, certains poètes comme Apollinaire puis les surréalistes se débarrassent également de la ponctuation. **C'est alors au lecteur de participer à la création du poème** en y ajoutant son interprétation et son rythme. Au XXIe siècle, le vers libre est très répandu.

B Le poème en prose

La paternité du poème en prose est souvent attribuée à Baudelaire, qui a fortement contribué, avec son *Spleen de Paris*, à le faire connaître. En réalité, on rencontre des poèmes en prose chez le romantique Aloysius Bertrand (1807-1841).
Henri Michaux (*Plume*, 1938) et Philippe Jaccottet (*Cahier de verdure*, 1990) adoptent souvent cette forme poétique.

Rappel

Le **poème en prose** doit être distingué de la **prose poétique** que l'on peut rencontrer dans les romans. **Il forme, en effet, un tout, élaborant lui-même ses propres règles.**

6

Après que les romantiques, autour des années 1830, ont rejeté la rigidité de l'esthétique classique, tout devient possible, et les poètes de la seconde moitié du XIXe siècle inventent de nouvelles formes qui préparent la poésie moderne.

Victor Hugo (1802-1885) — **Théophile Gautier** (1811-1872) — **Charles Baudelaire** (1821-1867) — **Stéphane Mallarmé** (1842-1898) — **Paul Verlaine** (1844-1896) — **Arthur Rimbaud** (1854-1891)

1 Le romantisme

A L'origine

- **Un mouvement venu d'Allemagne.** L'œuvre *De l'Allemagne* (1810) de Madame de Staël contribue à introduire en France le **romantisme allemand** ; l'auteur renoue également avec la tradition médiévale.
- **L'influence anglaise.** Les **romans anglais** qui font la part belle à l'imagination (le roman gothique) ou qui décortiquent les sentiments (Jane Austen, *Orgueils et Préjugés*) constituent, sans doute, aussi une source d'inspiration pour les écrivains français du début du siècle.
- **Les précurseurs**

Au XVIIIe siècle, la sensibilité examinée *(Les Confessions)* ou exprimée *(La Nouvelle Héloïse, Rêveries d'un promeneur solitaire)* par **Jean-Jacques Rousseau** annonce le romantisme.
François-René de Chateaubriand (1768-1848) est souvent considéré comme un préromantique : ses fictions montrent la place des sentiments et ses *Mémoires d'outre-tombe* expriment ses relations avec la nature, ses émotions, voire son malaise.

B Les caractéristiques du genre

- **Le *« mal du siècle »*.** Enthousiasmée par l'idéal révolutionnaire et les conquêtes napoléoniennes, la jeunesse de la Restauration (retour de la monarchie en 1815) ne trouve pas, ensuite, sa place dans une société qu'elle juge médiocre.
- **L'expression de soi**

L'artiste romantique, percevant le monde comme un reflet de sa sensibilité, **projette sur la nature ses sentiments exacerbés**. *« Chaque paysage est un état d'âme »*, écrit le Suisse allemand Amiel. Ainsi, Lamartine évoque l'automne pour exprimer sa tristesse :

> *Ex. : « Salut, derniers beaux jours ! Le deuil de la nature*
> *Convient à ma douleur et plaît à mes regards »*
> (« L'Automne »).

La poésie devient la forme favorite de **l'épanchement lyrique**.

Citation-clé

« Condamnés au repos par les souverains du monde, livrés aux cuistres de toute espèce, à l'oisiveté et à l'ennui, les jeunes gens voyaient se retirer d'eux les vagues écumantes contre lesquelles ils avaient préparé leurs bras » (Musset, *La Confession d'un enfant du siècle*, 1836).

Rappel

Chez les romantiques, le **rythme binaire** classique de l'alexandrin (2 hémistiches de part et d'autre de la césure) est atténué par des enjambements ou remplacé par une cadence ternaire : *« Demain, dès l'aube, à l'heure où blanchit la campagne »* (Victor Hugo).

• Une conception ambitieuse de la poésie
Renouant avec Orphée (voir p. 321) et faisant du poète un prophète capable de pressentir l'avenir et de guider l'humanité, Victor Hugo a une conception ambitieuse de la poésie.

Ex. : *« Peuples ! écoutez le poète !*
Écoutez le rêveur sacré !
Dans votre nuit, sans lui complète,
Lui seul a le front éclairé ! »
(« Fonction du poète »,
in *Les Rayons et les Ombres*, 1840).

▲ Caspar David Friedrich, *Deux Hommes contemplant la Lune*, v. 1825-1830. Metropolitan Museum of Art, New York.

Chargé d'une mission, le poète doit agir dans son siècle. Le *« rêveur sacré »* est aussi un homme engagé contre la misère et l'oppression. Ainsi, en écrivant « Mélancholia », Victor Hugo défend la cause des enfants contraints de travailler, *« Accroupis sous les dents d'une machine sombre »* : *« Jamais on ne s'arrête et jamais on ne joue »*. Dans *Les Châtiments*, le poète en exil dénonce, sur une tonalité satirique (« Fable ou Histoire ») ou pathétique (« Souvenir de la nuit du 4 »), le coup d'État de Napoléon III.

• Les auteurs
Poésie et théâtre (voir p. 386) sont les genres privilégiés de la génération romantique dont **Victor Hugo** est le chef de file, accompagné notamment d'**Alphonse de Lamartine**, **Alfred de Musset**, **Alfred de Vigny** et **Gérard de Nerval**.

2 « L'art pour l'art » et le Parnasse

Théophile Gautier, romantique à ses débuts, prend ses distances par rapport au mouvement qu'il a soutenu en demandant **à la poésie de ne pas avoir d'autre but qu'elle-même (« l'art pour l'art »)**. Il sera suivi, dans la seconde moitié du siècle, par les parnassiens, un mouvement dont la revue *Le Parnasse contemporain* est très admirée. **Le travail de la forme** est, pour eux, une priorité ; il débouche, parfois, sur une surenchère de procédés, mais certains poèmes ne laissent pas indifférent, comme « Les Conquérants » de José Maria de Heredia ou « Midi » de Charles-Marie Leconte de Lisle.

Ex. : *« Il n'y a de vraiment beau que ce qui ne peut servir à rien ; tout ce qui est utile est laid ; car c'est l'expression de quelque besoin ; et ceux de l'homme sont ignobles et dégoûtants, comme sa pauvre et infirme nature. L'endroit le plus utile d'une maison, ce sont les latrines »*
(Gautier, préface de *Mademoiselle de Maupin*, 1835).
Le poète pose, ici, les fondements de « l'art pour l'art » et dissocie le beau de l'utile.

3 Dans le sillage du romantisme

A Charles Baudelaire (1821-1867)

• Le déchirement entre « Spleen et Idéal ». Héritier d'Orphée et du *« rêveur sacré »* selon Hugo, Baudelaire conçoit le monde comme *« une forêt de symboles »*. En conciliant les sensations, le poète pourra participer à *« l'expansion des choses infinies »* (« Correspondances »). Mais, écrasé par le *« spleen »* (un ennui profond), il ne parvient pas à atteindre l'idéal.

• ***Les Fleurs du Mal* (1857).** Le recueil des *Fleurs du Mal*, qui valut à Baudelaire un procès et une censure, rassemble des poèmes qui expriment ce **douloureux déchirement entre « Spleen et Idéal »**, mais aussi des vers pleins de sensualité et d'autres qui posent un nouveau regard sur la réalité quotidienne (les *Tableaux parisiens* dans l'édition de 1861). Le titre du recueil montre que **la beauté de la poésie réside dans la poésie elle-même et non dans l'objet évoqué**.

• **Les poèmes en prose.** Le recueil posthume du *Spleen de Paris* (voir p. 325) marque une étape dans l'histoire de la poésie française en réunissant des poèmes en prose.

B Le symbolisme

Dans la seconde moitié du XIXe siècle, le symbolisme oppose à l'esprit positiviste en vogue son **goût pour la sensibilité et l'irrationnel**. Le monde ne se réduit pas à ce que nous percevons, et le symbole permet d'accéder à une vérité nouvelle. Le chef de file du symbolisme est Jean Moréas, mais les grands poètes qui s'apparentent à ce courant affirment, avant tout, un projet personnel en dehors de tout mouvement réglé.

C Arthur Rimbaud (1854-1891)

• Enfant précoce et poète adolescent, Rimbaud, après avoir rejeté la poésie à la mode (le Parnasse) qui l'avait un moment séduit, révolutionne le genre poétique en se lançant dans une expérience sans précédent (voir aussi p. 323).

• À 17 ans, il publie *Le Bateau ivre*, un long poème dans lequel, sous l'identité d'un navire, il se libère de toutes entraves, *« dispersant gouvernail et grappin »* pour découvrir *« la nuit verte aux neiges éblouies »* et voir *« quelquefois ce que l'homme a cru voir »*. Dans la lettre dite « du Voyant », écrite en 1871, il annonce que *« Je est un autre »* et que ***« Le Poète se fait voyant par un long, immense et raisonné dérèglement de tous les sens »***.

• Âgé de 21 ans, il renonce finalement à cette expérience de la folie *(« l'histoire d'une de mes folies »)* pour abandonner la poésie et partir en Afrique, sans prêter attention à la publication de ses poèmes.

D Paul Verlaine (1844-1896)

Compagnon de Rimbaud qu'il finira par blesser d'un coup de revolver, Verlaine cherche à émouvoir le lecteur par sa **musique** (voir p. 323) et ses images tout en **nuances** *(« Car nous voulons la Nuance encor, / Pas la couleur, rien que la nuance », « Art poétique »)*.

Ex. : « Il pleure dans mon cœur
Comme il pleut sur la ville ;
Quelle est cette langueur
Qui pénètre mon cœur ? »
(Verlaine, « Il pleure dans mon cœur… », in *Romances sans paroles*, 1874).

E Stéphane Mallarmé (1842-1898)

Stéphane Mallarmé poursuit le travail de la forme entrepris par les parnassiens avec un projet beaucoup plus ambitieux. En quête du Livre par excellence, un idéal de beauté et de vérité, il propose des **poèmes ciselés et abstraits, proches de l'hermétisme**.

Avant même le grand bouleversement de la Première Guerre mondiale, les poètes, *« las de ce monde ancien »*, ont inventé de nouvelles voies tout aussi ambitieuses.

Guillaume Apollinaire (1880-1918) — **Blaise Cendrars** (1887-1961) — **Paul Eluard** (1895-1952) — **André Breton** (1896-1966) — **Yves Bonnefoy** (1923-2016) — **Philippe Jaccottet** (né en 1925)

1 Avant la guerre : « l'esprit nouveau »

• **Guillaume Apollinaire (1880-1918)**

Tout en exprimant ses sentiments dans une poésie lyrique, Apollinaire évoque la **modernité (« l'esprit nouveau »)** du siècle. La libération de la forme entamée dans la seconde moitié du XIXe siècle se poursuit et se généralise aux autres arts (le cubisme en peinture, par exemple). Apollinaire abandonne la ponctuation et explore les liens entre poésie et dessin en composant ses *Calligrammes* (1918).

Ex. : « À la fin tu es las de ce monde ancien
Bergère ô tour Eiffel le troupeau des ponts bêle ce matin
Tu en as assez de vivre dans l'antiquité grecque et romaine
Ici même les automobiles ont l'air d'être anciennes
La religion seule est restée toute neuve la religion
Est restée simple comme les hangars de Port-Aviation »
(Apollinaire, « Zone », in *Alcools*, 1913).

• **Blaise Cendrars (1887-1961)**

Se souvenant d'un voyage en Russie effectué à 16 ans, Frédéric-Louis Sauser, dit Blaise Cendrars, publie, en 1913, *La Prose du transsibérien et de la petite Jehanne de France*, un long poème illustré par Sonia Delaunay. Le vers libre métamorphose la forme ancienne de la ballade : **au croisement de la tradition et de la modernité**, la poésie réside dans le **mélange des arts**.

• **Tradition et modernité.** La poésie du début du siècle approfondit les **voies déjà ouvertes**. On retrouve ainsi, avec Saint-John Perse (Alexis Leger, 1887-1975), un lyrisme hérité des romantiques mais renouvelé par la quête d'une harmonie profonde entre la nature et l'Homme. S'inscrivent dans ce courant d'une poésie sensible et ambitieuse les poètes Pierre Reverdy ou Max Jacob.

Ex. : « Crusoé ! – ce soir près de ton Île, le ciel qui se rapproche louangera la mer, et le silence multipliera l'exclamation des astres solitaires »
(Saint-John Perse, « Images à Crusoé », in *Éloges*, 1909).

▲ Robert Delaunay, *Tour Eiffel*, 1910, Basel, Kunstmuseum.

2 Après la guerre : le surréalisme

A Le dadaïsme

Après l'euphorie des premières années du siècle, la Première Guerre mondiale provoque un sentiment d'absurdité. L'horreur et l'inutilité des combats appellent une révolte qui se traduit dans les arts. Le dadaïsme, conduit par Tristan Tzara, tourne en dérision les valeurs et les formes traditionnelles.

B Le surréalisme

Ainsi baptisé lors de la parution du *Manifeste du surréalisme* (1924), le surréalisme est un courant conduit par André Breton qui poursuit l'entreprise de destruction amorcée par Tzara tout en proposant de nouvelles valeurs. **L'amour et l'inconscient permettent d'atteindre une surréalité** que la raison et la conscience nous empêchent de rejoindre. S'affranchissant de la logique, poésie et peinture explorent de nouveaux territoires. Aux côtés de poètes comme **Paul Eluard** (1895-1952) ou **Louis Aragon** (1897-1982), on trouve les peintres Magritte ou Dali, le cinéaste Buñuel.

3 La Seconde Guerre mondiale : poésie et engagement

Durant la guerre, nombreux sont les poètes qui s'engagent du côté de la **Résistance** : Paul Eluard, Louis Aragon, René Char, Robert Desnos (mort en déportation)… Leurs poèmes célèbrent les héros de la lutte contre le nazisme et défendent les valeurs de la liberté. Leur engagement ne se réduit pas à la diffusion clandestine de leurs œuvres ; ils participent également aux missions sur le terrain.

Ex. : « Un homme est mort qui n'avait pour défense
Que ses bras ouverts à la vie
Un homme est mort qui n'avait d'autre route
Que celle où l'on hait les fusils »
(Paul Eluard, « Gabriel Péri », in *Au rendez-vous allemand*, 1945).

4 La diversité de la poésie contemporaine

A Des chemins variés

Francis Ponge (1899-1988) prend le parti des choses (*Le Parti pris des choses*, 1942). Chez lui, la croûte du pain *« façonnée »* dans le *« four stellaire* […] *en vallées, crêtes, ondulations, crevasses »* acquiert une dimension cosmique, tandis que l'on admire avec l'orange le *« fragile et rose ballon ovale »* et *« la forme parfaite du fruit »*. Le poète modifie notre regard sur le réel. D'autres poètes, comme **Raymond Queneau** (1903-1976) et le groupe de l'**Oulipo** (Ouvroir de littérature potentielle), inventent de nouvelles contraintes formelles pour stimuler l'écriture poétique. La littérature devient jeu chez **Georges Perec** (1936-1982) ou **Jacques Prévert** (1900-1977) sans perdre de sa force émotive.

B Et aujourd'hui ?

La poésie n'est pas lettre morte malgré le triomphe du genre romanesque ; on peut évoquer **Philippe Jaccottet** (né en 1925), **Yves Bonnefoy** (1923-2016) ou **Jean-Michel Maulpoix** (né en 1952) et rappeler que des revues et de nombreux sites, des manifestations comme « Le Printemps des poètes » ou des rencontres de slam continuent de faire vivre la poésie.

1 *Les Contemplations* (I à IV) de Victor Hugo

A Le contexte

• **Le romantisme.** Le romantisme rejette non seulement la rigueur des classiques mais aussi la médiocrité et la rigidité de la société de la Restauration. L'expression des sentiments est placée au premier plan ; ainsi, le lyrisme domine dans *Les Contemplations* (**voir p. 326**).

• **La mort de Léopoldine.** Âgée de 18 ans, Léopoldine, la fille du poète, se noie dans la Seine avec son mari le 4 septembre 1843. Hugo, bouleversé, ne publiera rien pendant dix ans.

• **L'exil.** Après avoir critiqué Napoléon III en 1853 dans *Châtiments* (rebaptisé *Les Châtiments* en 1870), Hugo, trouvant une certaine paix à Guernesey, réunit les poèmes qui, sous le titre des *Contemplations*, seront publiés en 1856 et obtiendront un grand succès.

Auteur

Victor Hugo (1802-1885), dramaturge, romancier et poète, est le **chef de file du mouvement romantique**.

B Les principaux repères

• **Composition du recueil.** La ligne directrice de l'ouvrage est **chronologique**, et le **bouleversement** que représente la **mort de Léopoldine** aimante un recueil qui comprend deux grands mouvements : « Autrefois » (I : la jeunesse ; II : l'amour pour Juliette Drouet ; III : les combats) et « Aujourd'hui » (livres IV à VI). Sur une page blanche, entre le deuxième et le troisième poème de *Pauca meae* (livre IV), une ligne de pointillés, titrée « 4 septembre 1843 », marque la rupture.

Info-clé

Pauca meae (Virgile) se traduit par **« Peu de choses pour la mienne »**. Le sens ambigu (« quelques poèmes pour ma fille » ? « peu de souvenirs de ma fille » ?) invite le lecteur à lire activement le recueil *« miroir »* (préface) de sa propre vie.

• **Réflexions sur la mort.** Le deuil amène le poète à exprimer ses **réactions successives** à l'insoutenable : révolte, nostalgie, quête d'un sens ; la rébellion contre un Dieu injuste fait place à une acceptation des projets divins.

• **Au-delà du lyrisme.** Les tonalités lyrique, élégiaque mais aussi pathétique (« Mélancholia »), vibrent dans ce recueil romantique. Mais le lyrisme vise l'universel, comme le précise la préface adressée au lecteur : *« Ma vie est la vôtre ;* […] *la destinée est une. Prenez donc ce miroir et regardez-vous-y. »*

C Parcours : *« Les Mémoires d'une âme »*

• **Poésie et écriture de soi.** Le terme *« Mémoires »* employé par Hugo dans la préface des *Contemplations* affecte à la poésie une **mission autobiographique**. On retrouvera cette veine lyrique chez Baudelaire, Rimbaud ou Verlaine.

• **La dimension spirituelle.** La poésie, selon Hugo, participe à une **quête de l'invisible**. Il s'agit de *« traverser les tumultes »* de l'existence pour *« contempler Dieu »* (préface). Le titre même du recueil invite à cette *« contemplation »*, ce dépassement que chercheront, ensuite, Baudelaire ou Rimbaud.

2 *Les Fleurs du Mal* de Baudelaire

A Le contexte

• **« Les poètes maudits ».** Cette expression dont Verlaine fait, en 1884, le titre d'un de ses recueils désigne les poètes qui, tels Baudelaire, Rimbaud ou Verlaine, se sont sentis **incompris et rejetés**. Les poètes de la seconde moitié du XIXe siècle sont les héritiers de la génération romantique, victime du « mal du siècle ». La mort de son père, le remariage de sa mère, une jeunesse désordonnée qui conduit sa famille à le placer sous tutelle : Baudelaire est tout le contraire de Victor Hugo, écrivain établi et reconnu.

Auteur

Charles Baudelaire (1821-1867). Héritier des romantiques, Baudelaire ouvre une voie vers la **poésie moderne**.

• **La place des femmes.** Les femmes occupent une place importante dans la poésie de Baudelaire. Trois d'entre elles sont à connaître : l'exotique et sensuelle **Jeanne Duval**, **Marie Daubrun**, la comédienne aux yeux verts qui le quittera pour un autre poète et **Madame Sabatier** l'égérie des artistes qui incarne l'amour idéalisé.

• **Du romantisme au symbolisme : une conception ambitieuse de la poésie.** Depuis l'Antiquité **(voir p. 321)**, deux conceptions de la poésie coexistent : l'une d'elles voit en l'artiste un *être exceptionnel « Qui plane sur la vie et comprend sans effort / Le langage des fleurs et des choses muettes »* (Baudelaire, « Élévation »). Sans appartenir à un courant défini, Baudelaire se situe entre les romantiques (le poète est un *« prophète »*, un *« rêveur sacré »* selon Hugo) et les symbolistes, qui, dans une perspective platonicienne, entreprennent de découvrir, au-delà de nos sens, un monde plus vrai qui nous dépasse.

• **La publication des *Fleurs du Mal*.** Rassemblant des poèmes publiés dans des revues et des textes inédits, Baudelaire, en perfectionniste, compose minutieusement un recueil de cent poèmes qu'il publie en **juin 1857**. En raison de quelques poèmes critiqués dans la presse, Baudelaire, accusé d'« offense à la morale religieuse et aux bonnes mœurs », est condamné à une amende et doit retirer six pièces. La décision ne sera annulée qu'en 1946.

Rappel

Le **Second Empire** voudrait soumettre les arts à la morale ; et, en 1857, se tiennent les **procès de deux grandes œuvres littéraires : *Madame Bovary*** de Flaubert (procès gagné) et ***Les Fleurs du Mal*** de Baudelaire.

B Les principaux repères

• **La composition du recueil de 1857.** Deux principes président à l'organisation du recueil :

Un parcours autobiographique, selon le modèle des romantiques (*Les Contemplations* de Hugo) mais avec une *« impersonnalité volontaire »* (une lettre de 1858) ouvrant sur l'universel.	Le premier poème, « Bénédiction », marque la naissance du poète et le dernier, « La Mort des artistes », sa disparition.
Une composition théâtrale en cinq actes, le premier acte exposant le problème et les quatre suivants déployant des réponses possibles.	*Spleen et Idéal :* le dilemme fondateur
	Fleurs du Mal : la débauche
	Révolte : le poète maudit
	Le Vin : la fuite dans le paradis artificiel
	La Mort

• **L'édition de 1861.** Baudelaire enrichit *Spleen et Idéal* et *La Mort* ; il crée une nouvelle section *(Tableaux parisiens)* qui comprend des poèmes figurant en 1857 dans *Spleen et Idéal* et de nouveaux poèmes. Le recueil compte désormais **126 poèmes**.

• **Le renouvellement du lyrisme.** Influencé par les romantiques, Baudelaire écrit à la 1re personne, exprime ses émotions, raconte ses souvenirs. Mais il s'agit moins de parler de soi que d'**atteindre l'universel**. Le « je » est un procédé d'écriture : il peut représenter Baudelaire mais aussi le poète ou l'homme en général.

• **Le déchirement entre le spleen et l'idéal.** Aspirant à s'élever pour atteindre l'idéal et déchiffrer enfin le monde, le poète est prisonnier du *« spleen »* qui l'étouffe et l'empêche de s'élever.

• **Thèmes traditionnels et thèmes nouveaux.** On retrouve, dans *Les Fleurs du Mal*, les thèmes de la femme, de l'exotisme, du souvenir, de la mort, mais aussi des thèmes plus originaux comme la ville *(Tableaux parisiens)* ou le chat.

C Parcours : « Alchimie poétique : la boue et l'or »

• ***« Tu m'as donné ta boue et j'en ai fait de l'or. »*** Ce dernier vers de « Ébauche d'un épilogue pour la deuxième édition des *Fleurs du Mal* » résume une des lignes majeures du recueil. Le poète est doublement ambitieux. Dans le sonnet des « Correspondances », il adopte une **vision platonicienne du monde** et se donne pour vocation d'utiliser la palette des sensations pour déchiffrer *« la forêt de symboles »* et atteindre les *« choses infinies »*. Le titre du recueil comme le dernier vers de l'épilogue ouvrent une perspective un peu différente : le poète, en alchimiste, **métamorphose la réalité négative**. Il tire ses *« Fleurs »* du *« Mal »* lui-même comme en témoigne le poème « Une charogne ».

> **Info-clé**
>
> **Platon** est un **philosophe grec** pour qui notre monde sensible, c'est-à-dire perceptible par nos sens, n'est que le pâle reflet d'un monde parfait, appelé « monde des idées ».

• **Les poètes alchimistes.** Le terme *« alchimiste »*, qui exprime cette transformation d'une réalité décevante en un monde idéal, renvoie à **Arthur Rimbaud** qui a intitulé un de ses textes « L'Alchimie du verbe » : *« J'inventai la couleur des voyelles ! – A noir, E blanc, I rouge, O bleu, U vert. –* [...] *je me flattai d'inventer un verbe poétique accessible, un jour ou l'autre, à tous les sens. »* La transformation de la *« boue »* en *« or »* suppose un **travail sur le langage**, mais son ambition démesurée porte les germes de l'échec : l'angoisse du spleen chez Baudelaire ou la folie chez Rimbaud.

• **La beauté repensée.** On retiendra aussi l'idée que la beauté d'un poème ne tient pas à ce qu'il peint (une charogne chez Baudelaire, un pou chez Lautréamont) mais à sa **métamorphose par la force du langage poétique**. Francis Ponge **(voir p. 330)**, dont les poèmes travaillés transfigurent les objets du quotidien, est, à sa façon, aussi un alchimiste.

3 *Alcools* (1913) d'Apollinaire

A Le contexte

• **L'« esprit nouveau ».** Les artistes et écrivains de la fin du XIXe siècle ont amorcé le virage de la modernité, et les quatorze premières années du XXe siècle sont marquées par une euphorie à peine assombrie par la perspective de la guerre.

• **Les villes** se développent, et cette urbanisation, déjà célébrée dans *Les Fleurs du Mal*, inspire les poètes comme les peintres. Mais la représentation fidèle de la réalité n'est plus un enjeu ; le **regard personnel de l'artiste** compte désormais davantage. Le rêve et la fantaisie, présents dans les œuvres, font écho à l'euphorie générale.

> **Auteur**
>
> 
>
> Guillaume Apollinaire de Kostrowitzky, dit **Guillaume Apollinaire (1880-1918)**, illustre le bouillonnement artistique des premières années du XXe siècle.

• **La liberté de la forme.** Baudelaire et Rimbaud ont introduit de nouvelles formes poétiques libérées des contraintes de la versification traditionnelle ; avant les surréalistes **(voir p. 330)**, Apollinaire, pour mieux exprimer une modernité dynamique, renonce à la ponctuation et met à mal la syntaxe. Associant poésie et dessin, il compose les *Calligrammes* (1918) **(voir p. 322)**.

• **Le voyage en Allemagne.** *Alcools*, notamment la section *Rhénanes*, est fortement marqué par le séjour d'Apollinaire sur les bords du Rhin, comme en témoignent les mythes évoqués (les ondines ou la Loreley), les paysages, les noms propres…

• **Les amours déçus.** Certains poèmes sont des « *chanson*[s] *du Mal-Aimé* » : en Allemagne, Apollinaire tombe amoureux d'Annie Pleyden qui le repousse ; la relation nouée en 1907 avec l'artiste-peintre Marie Laurencin s'achève en 1912.

B Les principaux repères

• **Composition du recueil.** Le recueil se constitue progressivement ; en 1904, Apollinaire pense à un recueil intitulé *Vent du Rhin* ; le titre *Alcools*, retenu en 1912, suggère le pluriel et le désordre. En effet, Apollinaire multiplie les thèmes et les points de vue selon une **esthétique de la désorganisation** qui rappelle la peinture cubiste. Certains poèmes sont très longs (ex. : « Vendémiaire ») d'autres, très courts (ex. : « Chantre », réduit à 1 vers unique) ; certains ont un titre et d'autres non ; certains sont isolés, d'autres regroupés en sections ; certains sont en vers réguliers ou presque (ex. : « La Loreley »), d'autres en vers libres (ex. : « Zone »). Le **désordre**, à l'image du « cœur changeant », semble être, paradoxalement, le principe d'organisation d'*Alcools*, comme l'indiquent d'ailleurs les poèmes qui ouvrent et ferment le recueil. Le premier vers de « Zone » commence par *« À la fin »*, tandis que « Vendémiaire » s'achève sur une naissance : *« le jour naissait à peine »*.

• **Les principaux thèmes.** La **figure du Mal-Aimé**, les images à la fois idéalisées et cruelles de la femme traversent le recueil. La **quête amoureuse** prend la forme de l'errance, partagée avec les musiciens, tziganes ou saltimbanques croisés dans de nombreux poèmes. Elle rejoint d'autres aspirations ou itinéraires : le voyage dans les souvenirs, la recherche de l'identité (« Guillaume, qu'es-tu devenu ? »), le désir d'un monde nouveau (« Zone », « Vendémiaire »).

• **Le lyrisme.** La présence de la 1re personne, l'évocation des souvenirs et l'expression des sentiments relèvent de la tonalité lyrique, voire élégiaque (*« Tu seras loin je pleurerai / J'en mourrai peut-être »* dans « Les Cloches »). Mais le « je » est aussi une instance poétique qui permet au lecteur de s'approprier le poème.

C Parcours : « Modernité poétique ? »

• **Les différentes facettes de la « modernité ».** L'évocation **de la ville**, du train (le transsibérien de Cendrars), de la tour Eiffel (« Zone ») érigée en 1887-1889 sont des signes tangibles de la modernité poétique. Le recours au **vers libre** en est un autre, de même que la **disparition de la ponctuation**. Le lecteur est alors amené à participer à la création du poème en y mettant ses propres signes, son propre rythme. Cette démocratisation de la poésie se poursuivra avec les surréalistes.

• **Une modernité qui se nourrit de la tradition.** *« À la fin tu es las de ce monde ancien »* écrit Apollinaire dans le premier vers d'*Alcools*. Mais le passé, bien que mis à distance, nourrit la modernité. Après Rimbaud qui disait s'inspirer de la *« vieillerie poétique »*, des *« refrains niais »* et des *« rythmes naïfs »*, Apollinaire, comme Cendrars, reprend des personnages (les saltimbanques, la Loreley), des formes (la chanson), une tonalité (le lyrisme) pour les renouveler à sa façon.

Si la pensée mathématique abstraite ou la démarche scientifique expérimentale (la physique, par exemple) démontrent des vérités vérifiables, **les sciences humaines** et **la littérature d'idées,** quant à elles, **confrontent des opinions.**

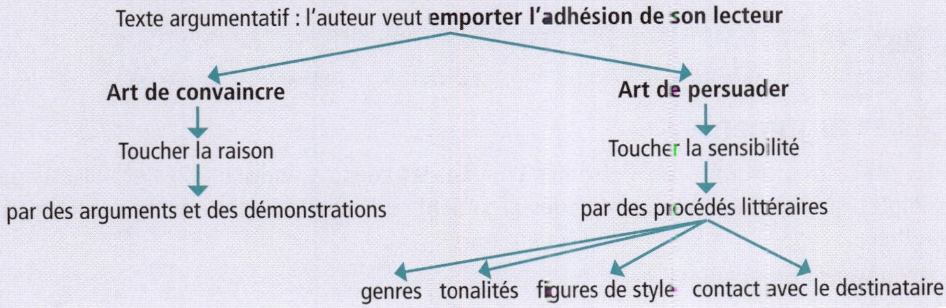

1 Littérature d'idées : enjeux et démarches

A Définition et enjeux

- **Un texte à comprendre dans son contexte.** Plus que tout autre, le texte d'idées (ou texte argumentatif) doit être situé dans son contexte car c'est souvent celui-ci qui explique les prises de position de l'auteur. Ainsi, on ne peut lire convenablement une fable de La Fontaine comme « Les Obsèques de la Lionne » sans connaître, au préalable, le fonctionnement de la Cour. Par conséquent, lorsqu'on aborde un texte d'idées, il est essentiel de **s'interroger sur l'identité de l'auteur et des destinataires visés ainsi que sur le contexte du propos**.
- **Un texte qui cherche à emporter l'adhésion du lecteur/spectateur.** Avec la seule force de la logique et des mots, il s'agit d'**amener quelqu'un à adopter un point de vue** qui n'était peut-être pas le sien au départ. La naissance de la démocratie athénienne (Ve siècle av. J.-C.) est aussi celle de la **rhétorique** qui permet de régler les conflits sans user de violence. La rhétorique antique distingue trois sortes d'éloquences :

L'éloquence judiciaire	Le discours s'adresse à des juges ; il s'agit d'accuser (le **réquisitoire**) ou, au contraire, de défendre (la **plaidoirie**) une personne ou une situation.
L'éloquence délibérative	Le discours s'adresse à une assemblée et pèse les différentes positions possibles avant de se prononcer pour une solution.
L'éloquence épidictique	Le discours trouve sa place dans une cérémonie au cours de laquelle il fait l'**éloge** ou le **blâme** d'une personne ou d'une situation. On peut citer, pour exemple, l'éloge de Jean Moulin par Malraux à l'occasion du transfert des cendres du résistant au Panthéon.

B Les démarches

- **Convaincre,** c'est toucher la **raison** du destinataire en présentant une **thèse** étayée par des **arguments**, eux-mêmes illustrés par des **exemples**. Lorsque le locuteur s'oppose à une thèse, on parle de **« réfutation »**.

• **Persuader.** Toucher la raison du destinataire s'avère souvent insuffisant si, par ailleurs, on n'atteint pas sa **sensibilité**. Tel est l'art de persuader grâce à des **procédés** littéraires : genres, tonalités, ressources grammaticales et stylistiques.

• **Délibérer.** La délibération suppose une discussion, une **confrontation** des différents points de vue. Elle peut prendre la forme d'un dialogue ou ne concerner qu'un seul individu qui, envisageant différentes perspectives, cherche à prendre la décision la mieux adaptée.

2 Argumenter et raisonner : l'art de convaincre

A Les arguments

• **La place des arguments.** Présentés comme des constats indiscutables et illustrés par des exemples qui montrent leur solidité, les arguments viennent soutenir ou, au contraire, réfuter une thèse.

• **Arguments particuliers**

L'argument *ad hominem* consiste à viser la personne que l'on critique plutôt que l'opinion qu'elle défend.

Ex. : En répondant à d'Alembert qui tentait d'apaiser sa colère contre Rousseau, Voltaire définit son ennemi comme *« un petit bout d'homme pétri de vanité »*.

On parle d'**« argument d'autorité »** quand on fait référence à des auteurs connus.

B Les raisonnements

• **Le raisonnement inductif** part d'observations particulières pour en tirer une conclusion plus générale.

Ex. : « Jetez les yeux sur toutes les nations du monde, parcourez toutes les histoires. Parmi tant de cultes inhumains et bizarres, parmi cette prodigieuse diversité de mœurs et de caractères, vous trouverez partout les mêmes idées de justice et d'honnêteté, partout les mêmes notions de bien et de mal. » Dans ce passage de l'*Émile* (1762), Jean-Jacques Rousseau s'appuie sur *« toutes les nations du monde »* pour tirer une morale universelle.

> **Rappel**
>
> Le **syllogisme** est un raisonnement déductif complexe et aisément détourné. Il comprend trois étapes : les **deux prémisses** et la **conclusion**.
>
> *Ex. :* « Tous les hommes sont mortels ; or Socrate est un homme ; donc Socrate est mortel. »
> Un syllogisme faux : « Tout ce qui est rare est cher ; or un cheval pas cher est rare ; donc un cheval pas cher est cher. »

• **Le raisonnement déductif,** à l'inverse du raisonnement inductif, **part d'une considération générale pour l'appliquer ensuite à un cas particulier.**

• **Le raisonnement par analogie** consiste à **rapprocher la situation à laquelle on s'intéresse d'une autre qui ne prête pas à débat afin d'en tirer des conclusions.**

Ex. : Molière a recours de façon amusante à ce type de raisonnement dans *Le Médecin malgré lui*, lorsqu'il compare les médecins aux cordonniers : *« Un cordonnier en faisant des souliers ne saurait gâter un morceau de cuir qu'il n'en paie les pots cassés ; mais ici l'on peut gâter un homme sans qu'il en coûte rien. »*

• **Le raisonnement par l'absurde.** On parle de « raisonnement par l'absurde » quand l'auteur **tire les conséquences absurdes de la thèse qu'il veut réfuter.**

Ex. : Dans *Le Meilleur des mondes* (1932), Aldous Huxley s'en prend aux dérives de la science en envisageant les conséquences effrayantes de son développement.

• **Le raisonnement concessif** consiste à **admettre certains des arguments de la thèse adverse** pour mieux conforter sa propre position.

3 L'art de persuader

A Le contact avec le destinataire

Les indices personnels	Pronoms personnels de 1re ou 2e personne, déterminants *(mon, votre)* ou pronoms *(le mien, le vôtre)* possessifs.
Les apostrophes	*Ex. : « Peuples ! Écoutez le poète ! »* (Hugo).
Les interrogations rhétoriques	*Ex. : « Qui ne fait châteaux en Espagne ? »*
Les modalisateurs	Les *peut-être* et les *sans doute* expriment la subjectivité de l'auteur.
Le vocabulaire affectif	Il exprime l'implication de l'auteur et touche le destinataire.

B Les figures de style (voir p. 316)

La comparaison, la métaphore	Elles touchent la sensibilité du lecteur et l'invitent à participer à la démarche argumentative.
Les figures de répétition, les procédés d'amplification et le jeu sur les rythmes	Ils donnent de la force au propos.
Les figures d'opposition (paradoxe, antithèse, oxymore)	Elles attirent l'attention du lecteur et peuvent le choquer pour l'amener à réagir.
La litote et l'ironie	Elles établissent une connivence entre l'auteur et le lecteur, qui doit déchiffrer les sous-entendus.

C Les tonalités

- La tonalité caractérisant, par définition, l'effet d'un texte sur son destinataire, il n'est pas étonnant de voir les auteurs en jouer pour toucher leurs lecteurs ou spectateurs.
- Ainsi, Marivaux (*La Vie de Marianne*, 1731) a recours à la **tonalité pathétique** pour émouvoir ses lecteurs et dénoncer une société souvent égoïste et hypocrite.
- De même, les **tonalités comique** (Rabelais par exemple) ou **satirique** (*Les Caractères* de La Bruyère) invitent le lecteur à se ranger du côté de l'auteur en considérant les travers de tel caractère ou l'absurdité de telle situation.
- Quant à la **tonalité polémique**, fortement présente chez Olympe de Gouges, prenant position dans un débat, elle se met aisément au service d'une thèse.

D Les genres : argumentations directe et indirecte

- Les auteurs ont recours à des genres variés pour défendre leurs positions :

– l'**argumentation directe** expose **explicitement** la thèse (le genre privilégié est l'**essai**) ;

– l'**argumentation indirecte** passe par le **détour de la fiction** (conte, fable, roman, théâtre…).

- Si des siècles de rhétorique ont démontré l'efficacité des procédés de style et des tonalités dans l'argumentation, on peut s'interroger sur l'efficacité du détour par la fiction. Que retenons-nous de *Candide* : la réflexion philosophique et la critique sociale ou bien les pérégrinations du personnage éponyme à la surface du globe ? En effet, si, d'un côté, la fiction séduit le lecteur et maintient son attention, d'un autre côté, ne l'accapare-t-elle pas au détriment de la thèse elle-même ?
- Il ne faut cependant pas oublier de prendre en compte la censure qui fait de l'argumentation indirecte une arme susceptible de franchir les contrôles.

L'argumentation directe **défend des idées sans le détour de la fiction.** Elle prend principalement la forme de l'essai.

Montaigne, *Essais* (1580-1588)

Pascal, *Pensées* (1670)

Montesquieu, *De l'esprit des lois* (1748)

Diderot et l'*Encyclopédie* (1751-1772)

Rousseau, *Discours sur l'inégalité* (1755)

1 Lire ou étudier une argumentation directe

A Thème, thèse, arguments et exemples

Un essai traite d'un **thème**, et il est important de le dégager clairement. Dans l'extrait que vous lisez, s'agit-il de penser l'histoire (Montesquieu, *Considérations sur les causes de la grandeur des Romains et de leur décadence*, 1734), la politique (Montesquieu, *De l'esprit des lois*, 1748), la nature humaine (Montaigne, *Essais*) ? Dans le cadre de ce thème, l'auteur défend une **thèse** et s'appuie, pour cela, sur des **arguments** et des **exemples**.

B Un contexte historique

L'essai trouve sa place dans un débat d'idées, et l'auteur prend position par rapport à d'autres points de vue.

> *Ex. :* Voltaire, dans l'article « Homme » du *Dictionnaire philosophique* (1764), s'oppose à la position que Rousseau expose dans le *Discours sur l'origine et les fondements de l'inégalité* (1755) : « *L'homme abandonné à la pure nature n'aurait pour tout langage que quelques sons mal articulés* [...]. *Il n'aurait pas plus de connaissance de Dieu et de l'âme que des mathématiques ; ses idées seraient renfermées dans le soin de se nourrir. L'espèce des castors serait très préférable.* »

C Un contexte biographique

Ajoutons au contexte historique les données biographiques. Ainsi, on comprendra mieux le combat mené par Olympe de Gouges en faveur des enfants non reconnus par leur père quand on connaît les circonstances de sa naissance. De manière générale, il est important de **mesurer le degré d'implication personnelle de l'auteur** et la part de **subjectivité** de ses propos.

Citation-clé

Écrire pour se comprendre : « *Me peignant pour autrui, je me suis peint en moi de couleurs plus nettes que n'étaient les miennes premières. Je n'ai pas plus fait mon livre que mon livre m'a fait, livre consubstantiel à son auteur, d'une occupation propre, membre de ma vie* » (Montaigne, *Essais*, livre II, 1588).

2 Diversité des formes et des projets

A Le choix de la forme brève

Le moraliste du XVIIe siècle **La Rochefoucauld** exprime ses préceptes et réflexions avec des **maximes**. La forme brève séduit, permet une lecture plus libre, favorise la méditation. Le lecteur est, en effet, invité à s'arrêter pour savourer la formulation autant que l'idée exprimée.

La forme concise et fragmentaire des ***Caractères*** de La Bruyère autorise un rythme de lecture personnel : il est possible de piocher un portrait ou un autre et de s'y arrêter pour réfléchir.

Les ***Pensées*** de **Pascal** réunissent également des fragments variés qui s'offrent à notre réflexion.

> Ex. : *« Que chacun examine ses pensées : il les trouvera toujours occupées au passé et à l'avenir. Nous ne pensons presque point au présent ; et, si nous y pensons, ce n'est que pour en prendre la lumière, pour disposer de l'avenir. Le présent n'est jamais notre fin ; le passé et le présent sont nos moyens ; le seul avenir est notre fin. Ainsi nous ne vivons jamais, mais nous espérons de vivre ; et, nous disposant toujours à être heureux, il est inévitable que nous ne le soyons jamais »*
> (Pascal, *Pensées*, 1670).

B L'éloge paradoxal

Les auteurs, pour capter l'attention de leur lecteur au cours d'un essai, peuvent recourir à des anecdotes ou à des digressions, comme le fait Montesquieu dans *De l'esprit des lois* en abordant, sur le mode de l'**éloge paradoxal**, la question de l'esclavage.

> **Définition-clé**
> **Éloge paradoxal :** éloge qui, en réalité, sert à dénoncer un fait, un comportement…

> Ex. : *« Si j'avais à soutenir le droit que nous avons eu de rendre les nègres esclaves, voici ce que je dirais : "Les peuples d'Europe ayant exterminé ceux de l'Amérique, ils ont dû mettre en esclavage ceux de l'Afrique, pour s'en servir à défricher tant de terres.*
> *Le sucre serait trop cher, si l'on ne faisait travailler la plante qui le produit par des esclaves" »*
> (Montesquieu, *De l'esprit des lois*, 1748).

C L'essai comme instrument d'interrogation

- Lorsqu'on parle d'« essai », on pense à des traités qui défendent une thèse, comme l'*Émile* de Rousseau ; il existe, en effet, de nombreux ouvrages composés pour défendre un point de vue.

- Mais la notion d'« essai » recouvre aussi une autre perspective : celle de la **réflexion**. L'auteur s'interroge, fait le point sur son existence. L'essai est plus proche alors de la méditation que de l'argumentation. C'est le cas des ***Essais*** de **Montaigne** : l'écriture est un **instrument de réflexion plus que de démonstration**, laissant la place à l'interrogation et au doute.

Si cette introspection peut intéresser le lecteur, c'est qu'il partage la même *« humaine condition »* que Montaigne. L'expérience et les réflexions personnelles acquièrent une portée universelle.

- Au XVIIIe siècle, la deuxième phrase de l'œuvre autobiographique de Rousseau, *Les Confessions*, rappelle qu'en s'étudiant soi-même on peut atteindre l'universel : *« Je veux montrer à mes semblables un homme dans toute la vérité de la nature ; et cet homme, ce sera moi. »*

11

Forme privilégiée du débat, le dialogue, quelle que soit sa forme littéraire, se prête bien à l'argumentation.

1 Le fonctionnement argumentatif du dialogue

A L'art de convaincre et d'interroger

• **Le dialogue didactique.** La fonction du **dialogue entre un maître et son disciple** est, en général, **didactique** : la forme dialoguée est alors davantage une mise en scène attrayante relevant de l'art de persuader.

Ex. : C'est ce qui se passe dans les *Entretiens sur la pluralité des mondes* (1686) de Fontenelle, au cours desquels le philosophe amène la Marquise à réfléchir. Dans sa préface, l'auteur présente son ouvrage destiné à transmettre ses connaissances en sciences physiques : *« J'avertis ceux pour qui ces matières sont nouvelles que j'ai cru pouvoir les instruire et les divertir tout ensemble. »*

> **Étymologie**
> « Heuristique » et « maïeutique » viennent, respectivement, des mots grecs ***eurestikos*** (« qui permet de découvrir ») et ***maieutikos*** (« art d'accoucher »).

• **Le dialogue heuristique** est, quant à lui, une **recherche** et non une démonstration. La confrontation des points de vue soulève des questions, et le lecteur nourrit sa réflexion ; le débat ne lui apporte pas une solution préfabriquée mais le guide dans ses analyses.

Ex. : Ainsi, les deux personnages, « Moi » et « Lui », du *Neveu de Rameau* de Diderot se quittent sans être parvenus à une conclusion commune.

Platon confère au dialogue heuristique une force particulière, celle de la **maïeutique :** Socrate interroge son interlocuteur et l'amène à dégager et approfondir ce qu'il savait implicitement.

B L'art de persuader

• **Des idées incarnées par des personnages.** Le dialogue est un moyen efficace pour **toucher la sensibilité du lecteur ou du spectateur**, car les personnages peuvent aisément incarner des idées. Les notions abstraites prennent corps, et le destinataire les comprend plus aisément.

• **L'efficacité de la double énonciation**

En général, l'**empathie** ou, au contraire, l'**antipathie** du lecteur/spectateur pour le personnage influent sur sa réception des idées exprimées. Les personnages mis en présence dans le dialogue ne sont, en réalité, que des pantins dans la main de l'auteur. Manipulé par l'écrivain, le lecteur est amené à se ranger du côté du protagoniste raisonnable en rejetant la position adverse.

Ex. : On se rangera plus aisément du côté d'Elmire, qui défend des positions raisonnables, que du côté de Tartuffe, dont on a perçu toute l'hypocrisie dans la comédie de Molière.

C'est la **double énonciation**, caractéristique du **dialogue fictif**, qui rend possible cette utilisation ; en effet, doivent être distingués l'échange qui a lieu entre les deux personnages et celui qui rapproche l'auteur de son destinataire.

Ex. : Ainsi, quand, dans la scène d'exposition de *Tartuffe*, Madame Pernelle, discréditée par sa colère, vante le comportement religieux de Tartuffe, le spectateur comprend que Molière, lui, le dénonce.

2 Les formes littéraires du dialogue

A Le dialogue en tant que genre spécifique

• **Les origines du genre.** Lorsqu'on parle de « dialogue », on évoque aussi un genre à part entière dont l'origine remonte à l'Antiquité avec les célèbres dialogues dans lesquels le philosophe grec Platon (Ve-IVe siècles av. J.-C.) met en scène son maître Socrate. La plupart des dialogues ont pour titre le nom de l'interlocuteur de Socrate : Protagoras, Ménon…

• **Le dialogue au XVIIIe siècle.** Les philosophes des Lumières apprécient le genre du dialogue car il répond à la fois au souci de construire un raisonnement cohérent et à celui de ne pas rebuter le lecteur par une démonstration désincarnée. **Voltaire** emprunte cette forme *(Dialogues philosophiques)* et **Diderot** l'apprécie tout particulièrement *(Le Neveu de Rameau)*.

• **Les formes du dialogue.** Le dialogue est, en général, rapporté sous une **forme théâtrale**, comme dans le *Supplément au voyage de Bougainville* de Diderot (1772/1796). Il peut aussi être inséré dans une trame narrative.

B Le dialogue de théâtre

• Dans la **comédie**, le dialogue peut devenir un outil au service de l'opinion que le dramaturge veut transmettre.

Ex. : Lorsque, au tout début de *L'École des femmes*, Arnolphe dit ce qu'il pense de l'éducation des jeunes filles, son égoïsme dessert son point de vue, et le spectateur adhère rapidement à la thèse adverse.
« Et c'est assez pour elle, à vous en bien parler,
De savoir prier Dieu, m'aimer, coudre, et filer »
(Molière, *L'École des femmes*, I, 1, 1663).

> **Info-clé**
> L'interdiction, en leur temps, de *Tartuffe* (1669) et du *Mariage de Figaro* (1784) montre bien que la censure a perçu la **force subversive du théâtre.**

• La **tragédie**, parce qu'elle met en avant les valeurs d'une société, a plus rarement une fonction argumentative. On peut tout de même s'interroger sur l'assise du pouvoir royal en voyant la fragilité du roi dans *Le Cid* de Corneille ou réfléchir à la tyrannie en regardant évoluer Néron et sa mère Agrippine dans *Britannicus* de Racine.

C Le dialogue dans le roman et dans le conte philosophique

• **Les personnages incarnent des positions.**

Dans les contes philosophiques et dans certains romans, les personnages incarnent des positions, et **le lecteur est amené à réfléchir aux points de vue qui sont exprimés.**

Les péripéties de l'intrigue sont l'occasion de dialogues dans lesquels s'expriment les opinions des personnages. Selon que les personnages sont négatifs ou positifs, le lecteur sera ou non disposé à recevoir la thèse incarnée.

Ex. : Pangloss, obstiné et incapable de s'adapter, incarne une vision optimiste (celle du philosophe Leibniz) que Voltaire rejette.
« Il est démontré, disait-il [Pangloss], *que les choses ne peuvent être autrement : car, tout étant fait pour une fin, tout est nécessairement pour la meilleure fin. Remarquez bien que les nez ont été faits pour porter des lunettes ; aussi avons-nous des lunettes »*
(Voltaire, *Candide*, 1759).

• **La vie des personnages sert la thèse de l'auteur.**

D'une autre manière, le dialogue, quand il révèle la cruauté ou la misère des personnages, peut servir la position de l'auteur ; il ne s'agit plus là d'incarner une position mais de **servir d'exemple** pour soutenir une thèse ou nourrir une dénonciation.

12

En racontant une histoire, l'écrivain amène son lecteur à **réfléchir tout en le divertissant.**

1 Le roman

• **Terrain privilégié** de l'**analyse des rapports de l'homme et du monde**, le roman, explicitement ou implicitement, permet à l'auteur d'exprimer ses critiques, ses réflexions ou ses valeurs. Avant la naissance de ce genre au XVIIe siècle, Rabelais a recours au récit de fiction pour exprimer les valeurs de la Renaissance. Les géants incarnent l'appétit de savoir des humanistes.

Quelques exemples de romans du XVIIIe siècle à visée argumentative :

Montesquieu, *Lettres persanes,* 1721	Le roman réunit la correspondance de deux Persans avec leurs amis restés en Perse. Le regard étranger permet, de façon amusante, la dénonciation des mœurs et des institutions. Grâce à la fiction le romancier contourne la censure.
Rousseau, *La Nouvelle Héloïse,* 1761	Centré sur l'analyse de la passion et de la vertu, ce roman épistolaire exprime également la place de la nature : le monde de Clarens est un paradis terrestre ayant échappé à la corruption de la modernité.
Choderlos de Laclos, *Les Liaisons dangereuses,* 1782	Dans ce roman épistolaire, l'auteur analyse les rouages du libertinage et montre les ravages d'une société hypocrite et dénuée de sentiments.
Diderot, *La Religieuse,* 1796	En imaginant les Mémoires de Suzanne Simonin, contrainte d'entrer au couvent par ses parents, Diderot fait le procès des institutions religieuses et célèbre la liberté, cette valeur-clé des Lumières.

• **Au XIXe siècle,** le roman, notamment avec Victor Hugo *(Claude Gueux, Les Misérables)* et Émile Zola *(Germinal, L'Assommoir)*, continuera d'alerter les lecteurs sur les souffrances et les injustices dont le peuple est victime.

2 L'apologue

A Le conte

• **Charles Perrault.** Transmis par la tradition orale, les **contes populaires** sont, en France, écrits par **Charles Perrault au XVIIe siècle**. L'histoire se déroule dans un espace-temps lointain *(« Il était une fois… »)*, et les personnages, simplifiés à l'extrême, en général dépourvus d'une identité définie (Cendrillon, le Petit Poucet…), servent une démonstration destinée aux adultes, principalement aux femmes, dans les salons.

> **Définition-clé**
>
> **Apologue : court récit à visée didactique** ; la morale peut être **explicite** (une moralité à la fin, par exemple) ou **implicite**.

• **Le conte philosophique.** S'inspirant des contes traditionnels et des romans d'aventures pour les détourner et s'en moquer, Voltaire excelle dans le genre du conte philosophique. Dans *Zadig (1747-1748), Candide* (1759) et *L'Ingénu* (1767), ses trois grands récits, il imagine un personnage qui découvre un nouvel environnement. La progression d'ensemble du conte sert un **projet philosophique**, tandis que les chapitres, à la fois indépendants et liés comme les maillons d'une chaîne, s'en prennent à différentes institutions ou situations : l'intolérance, la guerre ou l'esclavage dans *Candide,* par exemple.

B La fable

- Le poète grec Ésope (VIIe-VIe siècles av. J.-C.) est, traditionnellement, considéré comme le père de la fable. Au XVIIe siècle, Jean de La Fontaine renouvelle le genre en donnant vie aux récits. Les **personnages simplifiés** – animaux ou êtres humains – servent une démonstration.
- La morale peut être une **leçon de vie** *(« Rien ne sert de courir ; il faut partir à point »)* ou une **critique des institutions** comme dans « Les Animaux malades de la peste ». Veillez, toutefois, à ne pas lire toutes les fables avec l'éclairage de cette dénonciation des abus de pouvoir, car La Fontaine peut aussi exprimer son admiration pour le prestige royal comme dans « Le Chêne et le Roseau ».
- Attention à ne pas restreindre la fable à sa visée argumentative car elle a une **force poétique** essentielle : jeu sur les tonalités et l'implicite, théâtralisation du récit, utilisation originale de la versification.

Ex. : « Pour moi, satisfaisant mes appétits gloutons,
J'ai dévoré force moutons.
Que m'avaient-ils fait ? Nulle offense :
Même il m'est arrivé quelquefois de manger
Le Berger »
(Jean de La Fontaine, « Les Animaux malades de la peste », in *Fables*).
La brièveté du 5e vers de ce passage, combinée avec le rejet, contribue à donner vie aux propos du Lion et à souligner la gravité de ses crimes.

C L'utopie

• Définition et fonctions

Étymologiquement, l'utopie est un **« non-lieu »**, un lieu qui n'existe nulle part. Le mot a été créé par l'Anglais Thomas More (1478-1535), qui, avec *Utopia* (1516), imagina une île merveilleuse s'opposant en tous points à l'Angleterre de son époque. Mais l'idée de décrire un monde parfait pour nous amener à réfléchir sur le réel ne date pas de la Renaissance ; le philosophe grec Platon a déjà eu recours à ce procédé dans *La République*.

L'utopie fait rêver le lecteur. Elle est aussi un **miroir tendu à un réel critiquable** en même temps qu'un **laboratoire d'idées nouvelles** en matière d'urbanisme, d'organisation sociale, de politique, etc.

• Quelques utopies

Rabelais, *Gargantua* (1534)	**L'abbaye de Thélème,** imaginée à l'inverse de la vie monastique ordinaire, démontre les vertus de la liberté et de l'éducation.
Cyrano de Bergerac, *L'Autre monde – Les États et Empires de la Lune, Les États et Empires du Soleil* (1657/1662)	L'écrivain réfléchit à la société de son temps en présentant des sociétés idéales.
Fénelon, *Les Aventures de Télémaque* (1699)	**La Bétique :** une réflexion sur les conditions du bonheur.
Montesquieu, *Lettres persanes* (1721)	**Les Troglodytes :** une réflexion sur les conditions du bonheur.
Voltaire, *Candide* (1759)	**L'Eldorado :** un modèle de science et de sagesse.

• Les contre-utopies

Au XXe siècle, certains auteurs montreront que les mondes stables ne sont pas toujours des modèles. Les contre-utopies (ou dystopies) que sont *Le Meilleur des mondes* (Huxley 1932) ou *1984* (Orwell, 1949) dénoncent les totalitarismes et s'inquiètent d'une mauvaise utilisation de la science.

13

La Renaissance est littéralement vécue comme une « seconde naissance ». L'humanisme, **né en Italie au XVᵉ siècle,** se répand en Europe.

Imprimerie par Gutenberg (v. 1440-1450) | **Découverte de l'Amérique** (1492) | **Rabelais** (1494-1553) | **Ronsard** (1524-1585) | **Montaigne** (1533-1592) | **Massacre de la Saint-Barthélemy** (1572)

1 Le contexte

A Les découvertes scientifiques

• **La révolution copernicienne.** Au Moyen Âge, les hommes, suivant le modèle biblique, pensent que la Terre est au centre de l'Univers. Après avoir lu les ouvrages grecs des pythagoriciens, l'astronome polonais **Copernic** (1473-1543) révolutionne la science en montrant, en 1543, que les planètes tournent sur elles-mêmes et autour du Soleil – ce que vérifiera Galilée avec sa lunette au début du XVIIᵉ siècle.

• **L'imprimerie.** Vers 1440-1450, l'Allemand **Gutenberg** met au point l'imprimerie qui permet à la fois une plus grande diffusion des textes et une plus grande fiabilité.

Rappel

La **Bible** est le premier ouvrage imprimé.

• **La médecine.** L'Église interdit la dissection des cadavres au nom de la future résurrection des corps ; mais le chirurgien français Ambroise Paré (v. 1509-1590) ne s'arrête pas à cette interdiction et pose, grâce à la dissection, les **fondements de l'anatomie moderne**. La connaissance du corps humain fait partie du savoir humaniste.

B Les Grandes Découvertes

Christophe Colomb débarque en Amérique du Sud. **Vasco de Gama** fait route vers l'Inde. **Magellan** entreprend le tour du globe. **Jacques Cartier** découvre le Canada… Ces découvertes repoussent les frontières du monde connu et assurent la fortune des pays européens.

La prise de position du dominicain **Las Casas** en faveur des Indiens d'Amérique montre que la découverte d'autres civilisations pose la difficile question de la nature humaine. La colonisation brutale des peuples et leur conversion forcée au catholicisme choquent la pensée humaniste faite de tolérance et de mesure.

C Le modèle italien

• **La prospérité italienne : le *Quattrocento*.** Depuis le XIVᵉ siècle, l'Italie exerce sa **domination économique** sur l'Europe grâce à ses banques, ses ports et son industrie. Le *Quattrocento* marque le **début de la Renaissance**.

Info-clé

Quattrocento est la contraction, en italien, de ***millequattrocento*** (XVᵉ siècle).

Quand, en 1453, Constantinople, l'ancienne capitale de l'Empire romain d'Orient, est prise par les Turcs, de nombreux savants, emportant leurs manuscrits grecs et latins, se réfugient en Italie : l'Antiquité va bientôt inspirer toute l'Europe. Lors des guerres d'Italie (1494-1559), les Français découvrent puis adoptent le raffinement et la culture du *Quattrocento*.

• **Des conditions favorables aux artistes.** Comme l'Italie, la France connaît, au XVIe siècle, un développement économique favorable aux artistes. De nouvelles catégories sociales urbaines apparaissent : les banquiers, les riches marchands, les artisans. La noblesse et la haute bourgeoisie protègent et financent les artistes. Ainsi, François Ier accueille Léonard de Vinci à Amboise, dans l'actuel château du Clos-Lucé où il mourra trois ans plus tard, en 1519.

2 La question religieuse

A Le retour aux textes

• L'imprimerie permet une diffusion plus large de la Bible, et les humanistes prônent le **retour aux sources** du savoir. C'est ce que l'on voit dans le programme éducatif de Gargantua qui consacre de nombreuses heures à la lecture des textes anciens.

• Les humanistes, tels Érasme ou Rabelais, critiquent l'église catholique et prônent une religion plus proche des textes et de l'esprit de bienveillance des Évangiles. Cette protestation conduit à la **Réforme** menée par **Luther** (1483-1546). Le mouvement se propage en Allemagne et en Europe du Nord. **Calvin** (1509-1564) l'introduit en France.

B Les guerres de Religion

• Après l'enthousiasme et l'esprit de tolérance de la première moitié du XVIe siècle, la réconciliation entre les catholiques et les partisans de la Réforme s'avère impossible. Le conflit se déchaîne de 1562 à 1598, date de l'**édit de Nantes** qui autorise le culte protestant.

• Le 23-24 août 1572, lors de la **nuit de la Saint-Barthélemy**, plus de 20 000 protestants sont massacrés à Paris. La confiance en l'homme qui caractérisait les premières décennies de la Renaissance est fortement entachée.

3 Les valeurs et la littérature d'idées

A La culture antique et la défense de la langue française

Les **sujets mythologiques** apparaissent dans la littérature, la peinture et la sculpture. Mais la Renaissance, loin d'être un repli sur le passé, revendique, au contraire, une **modernité** qui se nourrit du savoir et de l'esthétique antiques. Ainsi, **Joachim Du Bellay**, dans sa *Défense et Illustration de la langue française* (1549), affirme la grandeur du français devenu, avec François Ier, la **langue officielle** du royaume de France.

B Une réflexion sur l'homme

• **La place de l'homme.** L'homme est au cœur des préoccupations humanistes, et l'on ne s'étonne pas de voir **Montaigne** se prendre lui-même pour objet d'étude afin de découvrir les traits essentiels de la nature humaine : « *Chaque homme porte en lui la forme entière de l'humaine condition* », écrit-il dans le 3e livre des *Essais*.

Rappel

Les **humanistes** de la Renaissance souscrivent à la devise du poète latin Térence (v. 185-159 av. J.-C.) : *« Je suis homme, et rien de ce qui est humain ne m'est étranger. »*

En faisant de ses héros des géants pacifiques et bons vivants, Rabelais manifeste son enthousiasme pour la **capacité de l'homme à rayonner sur son univers**. Montaigne, après les guerres de Religion, se montrera plus mesuré.

• **L'homme idéal** de la Renaissance est **instruit** de tout, **curieux** de tout et **capable de vivre heureux** en société. La liberté de pensée, la tolérance et l'ouverture aux autres sont des valeurs essentielles que les philosophes des Lumières reprendront à leur compte.

C Les valeurs humanistes défendues par les écrivains

• **La tolérance et la question de la guerre.** Les humanistes de la Renaissance ont pris **conscience de la relativité des valeurs** : *« Le monde n'est que variété et dissemblance »*, écrit **Montaigne**. Ils prônent donc la paix et la tolérance. Ainsi, Rabelais se moque de l'esprit conquérant de Picrochole (inspiré de Charles Quint) et souligne l'esprit pacifique de Gargantua. **Érasme** (v. 1469-1536), le grand humaniste hollandais ami de Rabelais, ne cessera de vouloir réunir les hommes : *« le monde entier est notre patrie à tous »*, proclame-t-il en regrettant les querelles religieuses.

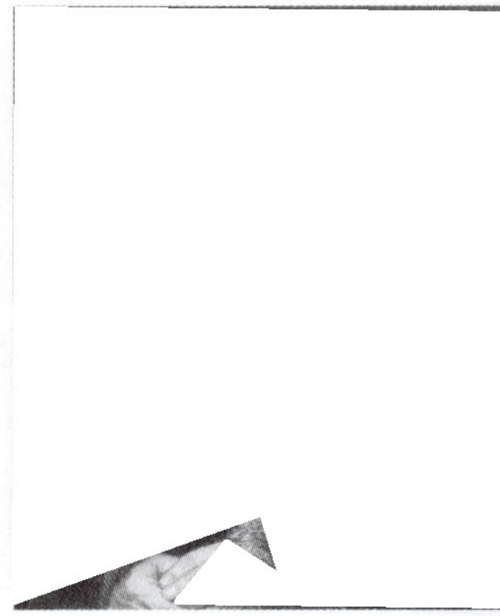

▲ Érasme.

• **L'éducation.** Les humanistes accordent autant d'importance au développement du **corps** qu'à celui de l'**intelligence**. *« Mens sana in corpore sano »* : la devise latine de Juvénal préside à l'éducation du géant Gargantua. Si le programme scolaire du géant multiplie les matières et suppose qu'il se lève à 4 heures du matin, Rabelais insiste sur la lecture des textes originaux et la nécessité de se forger sa propre opinion. Montaigne reprendra cette idée dans sa formule *« Mieux vaut tête bien faite que tête bien pleine »*.

D Rabelais : l'enthousiasme et la fantaisie

Médecin humaniste et grand érudit, Rabelais (v. 1494-1553) exprime sa **confiance en l'homme** dans quatre récits divertissants destinés à **amuser autant qu'à instruire**, car, sous la Renaissance, on ne saurait dissocier les plaisirs du corps et ceux de l'esprit. Jouant sur les mots et passant, sans transition, de l'invention du *« torchecul »* à des réflexions sur la guerre ou le savoir, Rabelais nous fait rire tout en exprimant les **grands combats de l'humanisme**.

Citation-clé

« Rire est le propre de l'homme » (Rabelais.)

E Montaigne : un humanisme plus posé et inquiet

• Michel Eyquem de Montaigne (1533-1592) est en quête de la nature humaine *(« l'humaine condition »)* et d'une sagesse universelle. L'écriture devient l'instrument de cette recherche, si bien que les *Essais* sont constitués des différentes strates des éditions amendées et remaniées. Traitant de l'amitié, de l'éducation ou de la diversité des usages dans le monde, Montaigne exprime **toutes les valeurs de tolérance de l'humanisme**. Mais l'expérience des guerres de Religion ont assombri sa vision de l'homme : *« Il n'y a point de bête au monde tant à craindre à l'homme que l'homme. »*

• Difficile d'utiliser le terme d'« autobiographie » pour qualifier les *Essais*, car il ne s'agit pas, pour Montaigne, comme ce sera plus tard le cas pour Rousseau avec ses *Confessions*, de se raconter pour s'analyser et se comprendre.

14

Le XVIIe siècle n'introduit pas de rupture par rapport à la Renaissance. **Les réflexions morales et religieuses occupent le premier plan.**

Blaise Pascal (1623-1662) — **François de La Rochefoucauld** (1613-1680) — **Jean de La Fontaine** (1621-1695) — **Jean de La Bruyère** (1645-1696) — **Jacques Bossuet** (1627-1704) — **Fénelon** (1651-1715)

1 Le contexte

- Henri IV (roi de 1594 à 1610) puis Louis XIII (roi de 1610 à 1643) ont progressivement **renforcé le pouvoir royal**. Après la Fronde (rébellion de la noblesse) sous la régence d'Anne d'Autriche, **Louis XIV**, âgé de 16 ans en 1655, exerce une **autorité absolue**.
- L'homme idéal est l'« honnête homme » ; il est mesuré, curieux de tout sans excès, sociable.

2 Pascal : scientifique et philosophe

Savant et écrivain janséniste, Pascal présente, dans son œuvre, sa vision du monde : interprétant les **textes de saint Augustin**, les jansénistes croient à la **prédestination**. Après la rédaction des *Provinciales*, lettres anonymes critiquant très sévèrement les jésuites, il approfondit sa réflexion sur l'homme, sur le monde et sur Dieu dans des fragments regroupés sous le titre de *Pensées*.

3 Réflexions sur l'homme et la société

A Réflexion sur la société et les institutions

- **Cyrano de Bergerac,** notamment dans *Les États et Empires de la Lune*, imagine un monde utopique qui lui permet d'exprimer sa vision de la société et des hommes de son temps.
- En 1699, **Fénelon,** dans *Les Aventures de Télémaque,* critique le siècle de Louis XIV.

B Les moralistes

- **La Bruyère,** avec ses **portraits satiriques** (*Les Caractères*, 1688-1696), dénonce les travers de ses contemporains et définit l'idéal de l'honnête homme, un homme avant tout sociable.
- **La Rochefoucauld** adopte la forme concise de la **maxime** pour édicter des règles de vie.
- Les *Oraisons funèbres* de **Bossuet** ainsi que ses différents écrits *(Sermons, Discours sur l'histoire universelle…)* sont caractérisés par la morale religieuse et l'art de l'**éloquence**.

C La Fontaine

S'inspirant d'Esope et jouant avec toutes les ressources de la narration et de la versification, La Fontaine fait œuvre de **moraliste** et réfléchit aux **institutions** de son temps.

Renouant avec l'humanisme de la Renaissance, les écrivains des Lumières **défendent des valeurs qui sont les nôtres aujourd'hui.**

Montesquieu (1689-1755) | **Voltaire** (1694-1778) | **Diderot** (1713-1784) | **Rousseau** (1712-1778) | **D'Alembert** (1717-1783) | **Beaumarchais** (1732-1799)

1 Le contexte

A Une société en mouvement

• **Une société d'ordres et un pouvoir absolu.** La société française, figée dans son carcan d'Ancien Régime hérité du Moyen Âge est organisée en **trois ordres immuables** : le tiers état, le clergé, et la noblesse. Le **roi**, qui gouverne de manière absolue, est perçu comme la **clé de voûte** de cette société immobile. Quand, à la mort de Louis XIV en 1715, Louis XV est trop jeune pour régner, le duc d'Orléans assure la Régence ; Paris retrouve alors un climat de fête qui perdure sous Louis XV (règne de 1723 à 1774) puis Louis XVI.

• **La montée de la bourgeoisie.** Le XVIIIe siècle voit la montée d'une **bourgeoisie d'affaires** dont le **rôle économique** s'affirme. Écartée du pouvoir politique et dépourvue de privilèges, elle n'apprécie pas l'aristocratie de la Cour. Cette progression de la bourgeoisie se lit dans *Zadig* (1747-1748) de Voltaire, par exemple : le marchand Sétoc se montre plus ouvert que les piliers de la Cour (l'Envieux) et de la religion (les prêtres des Étoiles).

B L'ouverture sur le monde

• **La circulation des idées en Europe.** En Europe, les idées circulent. Par exemple, Voltaire échange plus de 20 000 lettres avec les intellectuels de l'Europe des Lumières. Les **régimes politiques de Prusse** (un monarque éclairé, c'est-à-dire raisonnable) et **d'Angleterre** (une monarchie constitutionnelle) deviennent des **modèles**. La justice anglaise intéresse aussi les philosophes : depuis 1679, l'*habeas corpus* protège l'individu contre une justice arbitraire puisque toute arrestation s'accompagne obligatoirement d'un passage devant un juge – ce qui n'est pas le cas en France avec les lettres de cachet.

> **Info-clé**
> Les **lettres de cachet** transmettent un ordre direct du roi et peuvent conduire à une incarcération sans jugement.

• **Un monde élargi à des colonies.** Depuis la découverte du « Nouveau Monde » (1492), les pays européens n'ont cessé d'installer leurs **influences dans les territoires nouvellement découverts et conquis**. Sources de rivalités, ces colonies ont également une importance économique. En effet, le **commerce triangulaire** qui se met en place (France, Afrique, Antilles) est source de gros profits, qu'il s'agisse de la vente des esclaves ou de celle du sucre. L'existence de ce commerce d'hommes ainsi que la multiplication des **récits de voyage** remettent à l'ordre du jour la question de la nature humaine et de la dignité, déjà soulevée à l'occasion des Grandes Découvertes de la Renaissance. Olympe de Gouges fera des colons une de ses cibles.

2 La pensée des Lumières

A Un modèle social : le philosophe

Après l'« honnête homme » du XVIIe siècle, cultivé et sociable, vient, au XVIIIe siècle, le **« philosophe »**. Il fréquente les salons, les cafés ou les clubs. Les idées bouillonnent ; la **raison** et l'**expérience** dominent – ce qui n'empêche pas l'humour (« l'esprit ») d'être présent.

B La dénonciation et l'expression des valeurs

- **La dénonciation des abus. Les écrivains revendiquent la liberté et dénoncent les abus de toutes sortes :** ceux de la justice comme ceux de la noblesse. C'est au nom de la liberté et de la dignité de l'homme que les philosophes, notamment Montesquieu et Voltaire, rejettent l'esclavage. Beaumarchais, lui, s'en prend aux privilèges de la noblesse.
- **La dénonciation de la monarchie absolue. Les philosophes critiquent l'absolutisme.** Ils ne remettent pas pour autant en cause le régime monarchique, ni n'envisagent un bouleversement radical ; il s'agit, tout au plus, de rendre les institutions en place plus équitables et efficaces.
- **La question religieuse.** L'existence de Dieu n'est pas remise en question, mais Il est, avant tout, conçu comme le ***« grand horloger »*** qui a créé le monde, laissant ensuite le mécanisme fonctionner tout seul. Les philosophes s'en prennent aux institutions catholiques jugées intolérantes et prisonnières des apparences.
- **Les valeurs.** Développant un fort esprit critique, les Lumières défendent des valeurs : la **liberté** de l'homme, sa **dignité**, la place de la raison et du **progrès** dont témoigne le grand projet de l'*Encyclopédie* conduit par Diderot et d'Alembert.

C Les grands auteurs

- **Montesquieu (1689-1755).** Le roman épistolaire des *Lettres persanes* (1721) permet à Montesquieu de poser sur la société parisienne un œil étranger et **critique**. Dans ses *Considérations sur les causes de la grandeur des Romains et de leur décadence* (1734) et surtout dans *De l'esprit des lois* (1748), il fait porter son **étude sur la société française et son régime politique**.
- **Denis Diderot (1713-1784).** Diderot participe activement à la rédaction de l'*Encyclopédie* et exprime, dans des œuvres de formes variées, ses pensées philosophiques (loin de Dieu, et proche de la nature et de l'homme) et esthétiques.

> **Citation-clé**
> *« Je pense, donc je suis. »* Cette célèbre citation est la seule certitude de **Descartes**, celle à partir de laquelle il construit son savoir. **Son *Discours de la méthode* (1637) ouvre la voie du doute et de la raison** qu'empruntent, après lui, les philosophes des Lumières.

- **Voltaire (1694-1778).** Son œuvre est très variée ; on retient, notamment, ses contes philosophiques : *Zadig* (1747-1748), *Micromégas* (1752), *Candide* (1759), *L'Ingénu* (1767). Dans ces fictions amusantes, Voltaire présente ses réflexions philosophiques ou politiques.

  Ex. : Le discours du roi idéal de L'Eldorado : *« Je n'ai pas assurément le droit de retenir des étrangers ; c'est une tyrannie qui n'est ni dans nos mœurs, ni dans nos lois : tous les hommes sont libres »* (Voltaire, *Candide*, 1759).

- **Jean-Jacques Rousseau (1712-1778).** Rousseau, grand ennemi de Voltaire, défend l'idée que la civilisation pervertit un **homme naturellement bon**. Il écrit des essais consacrés à la **société** (*Du contrat social* en 1762, *Discours sur l'origine et les fondements de l'inégalité parmi les hommes* en 1755) et à l'**éducation** (*Émile ou De l'éducation*, 1762).

16

1 *Gargantua* de François Rabelais

A Le contexte

• **La genèse de l'œuvre.** En 1532, découvrant un **récit populaire fantaisiste**, *Les Grandes et Inestimables Chroniques du grand et énorme Gargantua,* Rabelais entreprend d'en écrire la suite. Quelques mois plus tard, il publie *Pantagruel*, sous le pseudonyme d'Alcofribas Nasier, anagramme de son nom. Désormais, il poursuivra son entreprise littéraire parallèlement à sa carrière de médecin. En 1534 paraît *Gargantua,* le personnage éponyme étant le père de Pantagruel ; Le *Tiers Livre* et le *Quart Livre* sont respectivement publiés en 1546 et 1552. Un *Cinquième Livre* dont l'authenticité est discutée paraîtra après la mort de l'écrivain en 1564. Ces récits sont condamnés par l'Église.

• ***Gargantua*, un récit humaniste.** **(Voir p. 361.)**

Auteur

Moine **humaniste**, médecin, **François Rabelais (1494 ?-1553)** maîtrisait parfaitement le latin et le grec mais s'intéressait aussi à la **culture populaire**. Il est principalement connu pour ses deux récits *Pantagruel* et *Gargantua.*

Citation-clé

À propos de Rabelais : « *Il berce Adam pour qu'il s'endorme / Et son éclat de rire énorme / Est un des gouffres de l'esprit !* » (Victor Hugo, « Les Mages », in *Les Contemplations*, 1856).

B Les principaux repères

• **Les principaux personnages.**

– **Gargantua :** un géant, fils de Grandgousier et de Gargamelle.

– **Les précepteurs :** les sophistes (contre-modèle) et Ponocrates (le modèle).

– **L'ami :** Frère Jean des Entommeures, un moine à qui Gargantua offre l'abbaye de Thélème.

– **Les ennemis :** Picrochole et ses mauvais conseillers.

• **Les grandes étapes du récit.** L'histoire se déroule en Touraine (région de Rabelais) et à Paris. Le récit suit un ordre chronologique :

Chapitres 1 à 6	Généalogie et naissance de Gargantua
Chapitres 7 à 15	Jeunesse de Gargantua
Chapitres 16 à 24	Gargantua à Paris ; son éducation
Chapitres 25 à 51	Guerre contre Picrochole
Chapitres 52 à 58	Fondation de l'abbaye de Thélème

• **Le mélange des tonalités.**

– Rabelais, reprend le ton fantaisiste et joyeux des *Chroniques du grand et énorme Gargantua.* Il n'écrit pas en latin comme ses contemporains lettrés mais dans un **français courant**, voire trivial. Le style reste cependant littéraire. Le genre noble de l'épopée est parodié ; en effet, le **burlesque** (voir p. 310) occupe une place centrale : la naissance de Gargantua, l'invention du torche-cul, la façon dont le héros « [paie] *sa bienvenue aux Parisiens* » (chapitre 17)...

– Rabelais est un humaniste qui, sans jamais abandonner la fantaisie débridée du **récit populaire**, propose à ses lecteurs **ses réflexions sur les grands sujets de son temps** tels que l'éducation, la guerre ou la religion.

C Parcours : « Rire et savoir »

• **La place du savoir.** Composé dans la **première moitié du XVIe siècle**, avant que les guerres de religion ne viennent assombrir les perspectives, *Gargantua* témoigne de l'enthousiasme caractéristique de l'humanisme naissant. Rabelais, comme Érasme ou Thomas More, affirme sa confiance dans la capacité de l'homme à comprendre le monde et exprime une **soif de savoir à la mesure des géants** qu'il imagine.

• **La place du rire et de la fantaisie.** Chez Rabelais comme chez l'auteur anglais d'*Utopia* (1516), **la fantaisie narrative est le vecteur des valeurs à défendre**. En imaginant une île qui donne son nom au genre de l'utopie, Thomas More divertit son lecteur tout en lui proposant un modèle de société. Rabelais emprunte ce chemin, comme en témoigne le chapitre 57 consacré à l'abbaye idéale de Thélème, mais la fantaisie chez lui prend une **tonalité burlesque**. Le rire est franc et les sujets les plus grossiers sont abordés. Le savoir n'est pas chez Rabelais l'objet sacré d'un culte ; il est à la portée de qui veut s'en emparer. Rabelais, qui parle latin et grec, fait le choix du français, langue populaire, pour partager ses réflexions.

• **Les fonctions du rire.** Le rire joue **plusieurs rôles** : il **réjouit** et donne envie de poursuivre la lecture, il installe une **connivence** entre l'auteur et son lecteur, il permet d'adopter le **recul nécessaire** à un savoir solide. On pourra ici se rapprocher de la comédie et de la **fonction critique** (*castigat ridendo mores*, voir p. 382) qu'elle revendique.

2 *Les Caractères* (livres V à X) de Jean de La Bruyère

A Le contexte

• **Le règne de Louis XIV.** La Bruyère forme le projet de **peindre les mœurs de son époque** à partir du moment (1661) où Louis XIV se met à exercer un pouvoir absolu. Le roi fixe l'étiquette de la cour qu'il déplace à Versailles en 1673 et les courtisans, soucieux de plaire au roi ou aux Grands, sont les cibles privilégiées de La Bruyère.

• **L'idéal de l'honnête homme.** Au XVIIe siècle, le modèle est l'« honnête homme ». **Cultivé, modéré et sociable**, il fuit les excès de la passion.

Auteur

Auteur d'une seule œuvre, *Les Caractères*, étoffée au fil de ses rencontres et de ses observations, **Jean de La Bruyère (1645-1696)** est un moraliste de la fin du Grand Siècle (XVIIe siècle), célèbre pour ses portraits satiriques.

• **Le classicisme.** À contre-courant de l'esthétique baroque qui domine en Europe à cette époque, Louis XIV impose le modèle classique **inspiré de l'Antiquité**. La Bruyère d'ailleurs commence par traduire *Les Caractères* de Théophraste (IVe siècle av. J.-C.). Rien ne plaît tant aux classiques que **l'équilibre et la juste mesure**. Ce mouvement touche aussi bien la littérature que l'architecture (Jules-Hardouin Mansart) ou l'art des jardins (André Le Nôtre). Il rejoint l'idéal social et moral de l'honnête homme.

B Les principaux repères

Citation-clé

« Je rends au public ce qu'il m'a prêté ; j'ai emprunté de lui la matière de cet ouvrage » (La Bruyère, préface des *Caractères*, 1688).

• **Une écriture discontinue.** L'œuvre de La Bruyère est divisée en **seize chapitres, eux-mêmes formés de nombreuses « remarques »** enrichies au fil des ans. Le principe d'organisation des *Caractères* est justement cette fragmentation : la mosaïque de portraits et de maximes constitue dans son ensemble une peinture de la société du XVIIe siècle. Le choix de la forme brève permet le recours à différents procédés susceptibles de **séduire le lecteur tout en servant la satire** : les formules percutantes (l'attaque au début et la pointe à la fin), la généralisation, le choix des détails significatifs, l'implicite.

• **La progression des chapitres V à X. Les chapitres au programme suivent l'ordre social.** Après une vision globale des comportements mondains dans le chapitre V, La Bruyère emprunte le chemin de l'ascension sociale, par le biais de la fortune (VI), de l'installation en ville (VII), de la fréquentation de la cour (VIII) et notamment des Grands (IX). Le chapitre X atteint, avec le roi, le sommet de la pyramide.

• **La satire sociale.** La Bruyère fait œuvre de **moraliste**. Les bourgeois ne rêvent que de s'enrichir et d'approcher la noblesse. Les courtisans sont animés d'une ambition similaire. On les voit, **superficiels et hypocrites**, renier leurs amis et flatter les Grands.

• **La réflexion politique.** Le roi n'échappe pas à la plume satirique de La Bruyère qui dénonce son goût pour le luxe, ses abus de pouvoir, son mépris pour ses sujets. L'idéal de l'honnête homme reste la mesure qui révèle **les excès d'un monarque** ayant pris comme symbole le soleil.

C Parcours : « La comédie sociale »

• **Une formulation à plusieurs sens.** La formulation du parcours peut surprendre pour une œuvre qui ne relève pas du genre théâtral. **On peut la comprendre de deux manières** selon que l'on rapporte le mot « comédie » à la société elle-même ou à l'œuvre qui la représente : la vie mondaine est une comédie dont La Bruyère dénonce la futilité et l'hypocrisie ; la comédie est un genre qu'il ne faudrait pas restreindre au théâtre.

• **La dénonciation de l'hypocrisie.** La Bruyère dénonce les prétentions et les faux-semblants. La **transparence** et l'**ordre** sont des **valeurs à la fois esthétiques et morales**. Relisez *Les Précieuses ridicules* et *Le Misanthrope* de Molière. Écoutez Cléanthis peindre sa maîtresse dans *L'Île des esclaves* de Marivaux. Découvrez les pages que Proust consacre au salon de Madame Verdurin. Selon Roland Barthes, *« nous avons eu en France **une grande littérature de la mondanité, de Molière à Proust** : et c'est dans cette tradition d'un imaginaire tout entier dirigé vers les phénomènes de **clôture sociale** que s'inscrit évidemment La Bruyère. »*

• **La théâtralisation.** La brièveté des « remarques » et l'art de mettre en scène des personnages types s'apparentent chez La Bruyère aux **procédés de la comédie**. Les romanciers aussi composent des scènes qui se déroulent dans des **mondes clos** : on pense aux salons fréquentés par la Princesse de Clèves (Madame de Lafayette), par Bel-Ami (Maupassant), ou par Swann (Proust).

3 *Déclaration des droits de la femme et de la citoyenne* d'Olympe de Gouges

A Le contexte

• **La Révolution et la *Déclaration des droits de l'homme et du citoyen* de 1789.** L'Assemblée des États généraux, convoquée par le roi pour régler les problèmes financiers de l'État, se proclame Assemblée nationale, puis Assemblée constituante. Le **26 août**, comme préalable à la Constitution, elle vote la ***Déclaration des droits de l'homme et du citoyen***. Cette dernière est composée d'un préambule et de dix-sept articles. Selon l'article I, *« Les hommes naissent et demeurent libres et égaux en droits »*. Le terme est à prendre au sens d'« être humain » mais **les femmes ne bénéficient pas de ces droits** alors que nombre d'entre elles ont participé activement aux événements révolutionnaires.

Auteure

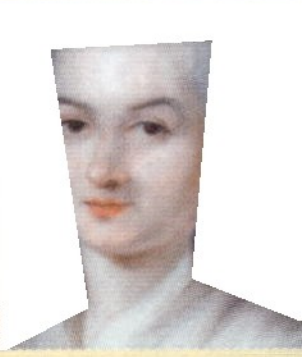

Redécouverte récemment, **Olympe de Gouges (1748-1793)** est une révolutionnaire engagée qui a lutté contre l'esclavage et s'est battue pour les droits des femmes. Elle est morte guillotinée sous la Terreur.

• **Un texte adressé à la reine.** En 1791, Olympe de Gouges, qui avait déjà exprimé ses idées dans des lettres et affiches, adresse à la reine Marie-Antoinette, **une version détournée de la *Déclaration* d'août 1789**. Elle reprend le préambule et les dix-sept articles en remplaçant notamment les occurrences du mot *« homme »* par le mot *« femme »*, ou par les mots *« homme et femme »*, puis elle ajoute un « postambule » virulent.

B Les principaux repères

> **Citation-clé**
> *« La femme a le droit de monter sur l'échafaud ; elle doit avoir également celui de monter à la tribune »* (O. de Gouges, article X, in *Déclaration des droits de la femme et de la citoyenne*, 1791).

• **Une œuvre de circonstances.** La *Déclaration* de 1791, marquée par le contexte révolutionnaire et le bouillonnement d'idées des Lumières, est à lire en parallèle de la *Déclaration* de 1789.

• À une époque où la supériorité masculine est acceptée comme une évidence, les revendications de l'auteure passent inaperçues et l'œuvre ne sera publiée dans son intégralité qu'en 1986 par Benoîte Groult.

• **Un pastiche et un pamphlet.** Le préambule et les dix-sept articles de la *Déclaration* d'Olympe de Gouges constituent **un pastiche du texte promulgué en 1789**. Le postambule, adressé aux femmes, adopte une tonalité plus ouvertement polémique. L'ensemble, parce qu'il **dénonce l'abus de pouvoir des hommes**, peut être considéré comme un **pamphlet**.

• **Un manifeste et ses enjeux.**

– Il s'agit aussi **d'un manifeste revendiquant pour les femmes la liberté et les mêmes droits que les hommes** : constitutionnel (article IV), pénal (VII à X), d'expression (X et XI), fiscal (XIII à XV), de propriété (XVII). Les articles XII et XVI soulignent l'importance pour la société tout entière de garantir les droits des femmes.

– Olympe de Gouges **dénonce la condition des femmes** qui, mariées ou non, subissent la tyrannie des hommes et ne peuvent accéder aux responsabilités alors qu'elles ont participé à la Révolution. Sous l'Ancien Régime, selon l'auteure, elles exerçaient secrètement le pouvoir grâce à leurs charmes ; mais la Révolution a mis fin à cette immoralité de l'aristocratie sans donner aux femmes le moyen de jouer un rôle dans la vie politique.

C Parcours : « Écrire et combattre pour l'égalité »

• **Écrire et combattre.**

– L'intitulé du parcours rapproche **deux verbes que l'on pourrait être tenté d'opposer**. En effet, l'écrivain est souvent présenté comme un être replié sur son œuvre, aux antipodes de l'homme d'action. Mais de nombreux auteur(e)s ont été aussi des hommes ou des femmes d'action tels George Sand (une femme), Albert Camus, ou le romancier anglais George Orwell.

– Une autre façon de relier les deux verbes est de considérer avec **Jean-Paul Sartre** que **la plume peut être prise pour une épée**. Ainsi, pour lutter contre le totalitarisme qui fait de certains hommes des esclaves, George Orwell s'est battu aux côtés des Républicains durant la guerre d'Espagne et a écrit *La Ferme des animaux*.

• **Le combat pour l'égalité.** Se battre pour l'égalité consiste souvent à débusquer les inégalités de tous ordres. On peut identifier trois grands domaines de lutte :

– **L'égalité des sexes.** Le combat semble récent mais déjà au Moyen Âge, avec Christine de Pizan (ou Pisan), les femmes tentaient de s'affirmer. Ce combat, selon les époques et les cultures, connaît des formes et des enjeux variés.

– **La lutte contre le racisme.** Après Montesquieu et Voltaire, qui dénonçaient l'esclavage au XVIIIe siècle, on peut citer *La Case de l'oncle Tom* de la romancière Harriet Beecher Stowe (1852) ou *La Couleur des sentiments* de Kathryn Stockett (2009).

– **L'égalité sociale.** Les auteurs sont nombreux à dénoncer l'injustice sociale : Victor Hugo et Émile Zola ou Charles Dickens…

Les causes peuvent se croiser comme dans le film *Les Figures de l'ombre* de Theodore Melfi (2016) rendant hommage aux mathématiciennes afro-américaines, qui ont travaillé pour la NASA au début de la conquête spatiale.

17

De l'épopée antique à l'autofiction contemporaine en passant par les grands romans réalistes ou naturalistes du XIXe siècle, la **palette des genres narratifs** est très étendue. Certaines techniques sont toutefois communes.

1 Techniques narratives

A Histoire et récit : le traitement du temps

• **L'histoire et le récit.** Histoire et récit sont à distinguer : l'**histoire** concerne l'enchaînement des événements et suit, nécessairement, un déroulement chronologique, alors que le **récit** est la mise en forme de l'histoire par un narrateur, qui raconte, à sa manière, ce qui s'est passé.

Des études portant sur les contes ont montré que l'histoire s'organisait, le plus souvent, selon un **schéma narratif** identique. Ce schéma ne s'étudie que sur une histoire complète, principalement les contes, fables et nouvelles, qui forment un tout, et cet outil n'est donc pas pertinent pour étudier une simple page de roman.

• **Le traitement du temps.** Le récit est le fait d'un narrateur qui prend position par rapport à l'histoire. Plusieurs démarches peuvent se combiner, jouant sur la position du narrateur par rapport au fait raconté ou sur le rythme du récit.

Notion-clé

Le schéma narratif :
– la situation initiale est stable ;
– l'élément perturbateur rompt l'équilibre initial…
– … et déclenche les péripéties ;
– l'élément de résolution apporte une réponse au problème posé au départ ;
– la situation finale est stable.

Récit chronologique	Le narrateur raconte les événements dans l'ordre où ils se sont produits.
Retour en arrière ou analepse	Le narrateur évoque des événements antérieurs à l'action principale.
Anticipation ou prolepse	Le narrateur évoque des événements qui se produiront plus tard.
Ellipse	Le narrateur saute certains moments jugés peu importants.
Sommaire	Le narrateur résume certains moments jugés peu importants.
Pause	Le narrateur interrompt son récit pour insérer une description ou émettre un jugement.

B Histoire et récit : la position du narrateur

La position du narrateur par rapport à l'histoire n'est pas toujours la même :

• **Narrateur externe.** Le narrateur n'appartient pas à l'histoire, qui semble se raconter toute seule, à la **3e personne**. Cependant il peut arriver que l'**auteur**, par de ponctuelles **intrusions**, vienne exprimer son opinion.

Notion-clé

L'auteur est la personne bien réelle qui a écrit l'œuvre (tableau, musique, roman, essai…) ; **le narrateur** est la personne qui raconte une histoire. Dans le récit fictif à la 1re personne, il faut distinguer l'auteur (réel) et le narrateur (fictif).

• **Narrateur interne.** Qu'il soit partie prenante de l'action ou simple témoin, le narrateur prend la parole à la **1re personne** et exprime sa **subjectivité**. Il **se raconte**, comme dans *À la recherche du temps perdu*, ou bien il **évoque un personnage qu'il a connu**, comme dans *Le Grand Meaulnes* d'Alain-Fournier.

• **Les points de vue.** On appelle « point de vue » (ou « focalisation ») l'angle selon lequel le narrateur présente les événements ; cet angle peut changer au cours du récit, et certains écrivains, tel Flaubert, aiment à glisser d'un point de vue à un autre.

Point de vue omniscient ou « focalisation zéro »	L'auteur sait tout de ses personnages.
Point de vue (ou focalisation) externe	Le lecteur voit ce qui se passe comme s'il se tenait devant la scène représentée.
Point de vue (ou focalisation) interne	Le lecteur voit ce qui se passe par les yeux d'un personnage.

C L'insertion du dialogue : les paroles rapportées

• **Le discours direct.** Les paroles sont rapportées **telles qu'elles ont été prononcées** et insérées dans le récit par des **propositions introductrices** placées au début de la réplique ou bien par des **propositions incises** appelées aussi **« incises narratives »**. Les intonations sont exprimées par la ponctuation et le verbe de parole employé *(murmurer, crier…)*.

• **Le discours indirect.** Les paroles sont **insérées dans une proposition subordonnée**, et l'intonation de l'oral a disparu. Les personnes et les temps sont modifiés. Le futur du discours direct devient, par exemple, un présent du conditionnel.

• **Le discours indirect libre garde l'intonation de la parole prononcée** sans recourir à des guillemets ou des incises. Les temps du récit et la 3e personne sont conservés. Très souvent employé par Flaubert et Maupassant, il permet d'entrer dans la pensée du personnage.

Ex. : Les pensées de Jeanne en discours indirect libre : « *Et parfois elle s'arrêtait tout à coup, et s'asseyait au bord de la route pour réfléchir à des choses tristes. Pourquoi n'avait-elle pas été aimée comme les autres ? Pourquoi n'avait-elle pas même connu les simples bonheurs d'une existence calme ?* » (Maupassant, *Une vie*, 1883).

• **Le discours narrativisé.** Les propos du personnage sont simplement **résumés**, et c'est au lecteur de les imaginer avec les renseignements donnés.

D L'insertion de la description

• Les techniques d'insertion de la description dans un récit

– Certains auteurs choisissent de glisser les **notations descriptives** dans la narration proprement dite, sous forme de petites touches brèves qui ne viennent pas interrompre le cours du récit.

– La description peut aussi être placée à l'occasion d'une pause dans la narration, pour poser le cadre ou parce que l'action justifie cette insertion. On parlera alors de « pause descriptive ».

Ex. : La description de la pension Vauquer et de sa gérante au début du *Père Goriot* de Balzac.

– D'autres romanciers ont recours au **point de vue interne** pour insérer une description. Le personnage arrive dans un endroit nouveau et prête son regard au lecteur.

Ex. : La célèbre scène de la première rencontre de Frédéric Moreau avec Madame Arnoux au début de *L'Éducation sentimentale* (1869) de Flaubert : « *Frédéric, pour rejoindre sa place, poussa la grille des Premières, dérangea deux chasseurs avec leurs chiens. Ce fut comme une apparition : elle était assise, au milieu du banc, toute seule ; ou du moins il ne distingua personne, dans l'éblouissement que lui envoyèrent ses yeux.* »

La gérante de la pension Vauquer. ▶

• **L'organisation de la description.** Lorsqu'elle constitue une pause dans le récit, la description est **organisée** : la progression est verticale ou horizontale, d'une vision d'ensemble à une représentation précise, d'un plan à un autre pour créer un effet de profondeur.

• **Les fonctions de la description**

Effet de réel	La description donne l'illusion que le cadre et l'intrigue sont réels. Parfois même, le décor fictif du roman trouve sa place dans un contexte réel : le Paris sous Haussmann dans *Au Bonheur des dames* de Zola, par exemple.
Fonction informative	Le texte a une visée didactique : décrire un milieu de façon précise, scientifique.
Fonction symbolique ou programmatique	La description contribue à élaborer le sens même du roman et annonce ce qui va se passer : c'est souvent le cas dans les romans de Zola.
Fonction esthétique	Le romancier manie sa plume comme un pinceau (les descriptions impressionnistes dans *L'Œuvre* de Zola, par exemple).

• **Le portrait** est une forme particulière du **discours descriptif**. On distingue, en général, le portrait physique du portrait moral, mais les deux sont liés quand les romanciers s'attachent à faire passer, par une silhouette ou un visage, des informations sur le caractère de leur personnage.

Ex. : Dans les premières pages du *Colonel Chabert*, Balzac fait de son héros une créature fantastique, digne d'un tableau de Rembrandt en clair-obscur, afin d'exposer, de façon implicite, le destin particulier de ce soldat que l'on a cru mort.

2 Identité et rôle des personnages

A Une identité et une personnalité

En apportant des détails sur le milieu évoqué et sur ses personnages, l'écrivain donne naissance à l'illusion romanesque. Les héros semblent au lecteur de véritables personnes à qui il peut s'identifier.

• **Le nom du personnage**

Dans le conte, les personnages n'ont pas toujours de nom (le roi, la fée…) ou bien ils ont un surnom (Cendrillon, Candide). Les héros des nouvelles ou des romans ont, de leur côté, une identité. Tout d'abord, ils ont un nom, et **ce nom peut être particulièrement significatif**.

> **Roman-clé**
>
> ***Madame Bovary* de Flaubert :** le nom de jeune fille de l'héroïne est Emma Rouault. Le titre choisi par le romancier efface le prénom du personnage pour inscrire un statut social (une femme mariée : « *Madame* ») qui sera au cœur de l'intrigue et de la réflexion sur la société.

Ex. : La particule d'Eugène de Rastignac le situe dans le monde de l'aristocratie et lui ouvre les portes des salons de la noblesse (Balzac, *Le Père Goriot*).

Souvent le personnage romanesque fait corps avec son milieu.

Ex. : Conformément au déterminisme cher à Zola (voir p. 367), Claude Lantier *(L'Œuvre)* se définit par le milieu des peintres auquel il appartient et qu'il contribue à représenter.

• **La personnalité**

Les personnages des contes sont, en général, simplifiés à l'extrême. Candide, par exemple, incarne la naïveté suggérée par son prénom. Les héros de romans sont, eux, beaucoup plus complexes : les **données physiques et psychologiques** viennent étoffer leur portrait. Et différents procédés permettent de leur donner vie :

Portrait complet du personnage	Le portrait du colonel Chabert au début du roman de Balzac.
Notations descriptives	Le portrait de Madame Arnoux au fil de *L'Éducation sentimentale* de Flaubert.
Monologue intérieur	Les rêveries de Madame Bovary dans le roman de Flaubert.
Confrontation entre les personnages	Rastignac tenté par Vautrin et Bianchon dans *Le Père Goriot* de Balzac.

B Le personnage : héros ou antihéros ?

• **Un modèle.** Héritier du héros de l'Antiquité, de ce demi-dieu qui accomplit des exploits, le héros peut être considéré comme un modèle à suivre. C'est ce qui se passe dans les **épopées**, les **récits de chevalerie** à la gloire des valeurs médiévales. Les **romans d'aventures**, tels *Le Comte de Monte-Cristo* d'Alexandre Dumas ou *Michel Strogoff* de Jules Verne, s'inscrivent aussi dans cette lignée, de même que certains contes qui présentent des modèles de comportement (la patience et la douceur de Cendrillon, par exemple). Le lecteur est invité à s'identifier à un modèle de courage, de vertu ou d'intelligence.
Dans ce cas, le personnage est, avant tout, un instrument au service de l'éducation du lecteur.

• **Un modèle détourné.** Le modèle épique s'estompe au fil des siècles, et les personnages se font de plus en plus humains. On peut même avancer que la naissance du roman s'accompagne d'une désacralisation du héros, avec le personnage de **Don Quichotte**, le héros médiocre et décalé du roman de Cervantès (1605-1615).

Certains romanciers inversent même les valeurs héritées de l'épopée pour imaginer des héros dont le triomphe repose sur un détournement de la morale.

Ex. : Bel-Ami, le personnage du roman éponyme de Maupassant.

• **Un miroir.** Davantage qu'un modèle ou qu'un repoussoir, le personnage du roman ou de la nouvelle est, le plus souvent, un miroir dans lequel le lecteur cherche une analyse de ses propres sentiments et émotions.

Ex. : Ainsi, Marcel Proust décortique la jalousie dans *Un amour de Swann*.

C Personnages et intrigue : le schéma actanciel

Selon le schéma actanciel de Greimas, les personnages se définissent par la place qu'ils occupent dans l'intrigue. On distingue six fonctions :

Le sujet	Moteur principal de l'action, il accomplit une quête.
L'objet	Il est le but de cette quête.
L'adjuvant	Il aide le sujet.
L'opposant	Il contrarie le parcours du sujet.
Le destinateur	À l'origine de l'action du sujet, il le pousse à agir.
Le destinataire	Il tire profit de cette action.

Rappel

Les personnages peuvent changer de **fonction** au cours du roman. Les six forces répertoriées ci-contre ne sont pas nécessairement incarnées par des personnages : il peut s'agir d'institutions ou de valeurs.

D Les fonctions du personnage

• **La représentation d'un type.** Le personnage peut représenter **un type humain ou une catégorie sociale**.

– Dans les contes populaires et philosophiques, les personnages se réduisent souvent à **une seule caractéristique** : par exemple la méchanceté (les sœurs de Cendrillon, Vanderdendur dans *Candide*) ou bien l'intelligence (le Petit Poucet, Zadig).

– Chez Balzac, les personnages, bien que dotés d'une personnalité plus riche que les héros des contes, représentent aussi un **type humain** : le père Goriot symbolise la paternité malheureuse, Grandet *(Eugénie Grandet)* l'avarice, Rastignac l'ambition sociale…

– Chez Zola, la famille de Maheu, dans *Germinal* (1885), illustre la **condition sociale** misérable des mineurs ; les différents membres de la famille, masculins ou féminins, jeunes ou âgés, incarnent divers destins possibles.

• **Au service d'une cause.** Le personnage, principalement dans le roman et la nouvelle, peut aussi exprimer la vision du monde de l'écrivain, voire son **engagement**.

Ex. : Victor Hugo, en écrivant son court récit *Claude Gueux,* puis son grand roman *Les Misérables,* dénonce la misère du peuple et l'injustice d'une société qui punit au lieu de soigner et d'éduquer. Le destin de Jean Valjean, ancien forçat désireux d'aider les plus pauvres, sert la cause de l'auteur.
Émile Zola *(Germinal, L'Assommoir)* dénonce la misère des ouvriers ou, au contraire, fait l'éloge de la modernité *(Au Bonheur des dames).*
Albert Camus, au XXe siècle, invente les personnages de *La Peste* pour montrer nos différentes réactions face à une situation de crise et souligner l'importance de l'action au service des hommes.

• **L'illusion de réel.** En choisissant de placer certains personnages au premier plan, le récit ne donne qu'une « vision » (Maupassant) et non une photographie de la réalité. Le lecteur suit des héros qui se détachent en se distinguant des autres personnages – ce qui crée une illusion de réel. On distingue ainsi traditionnellement :
– les personnages principaux ;
– les personnages secondaires ;
– les figurants anonymes que les héros croisent en diverses circonstances…
Balzac, en inventant le **retour des personnages** d'un roman à un autre (un personnage de premier plan dans une œuvre fait une apparition dans un autre récit), crée un véritable **univers romanesque parallèle au réel** – avec son notaire (Derville) ou son médecin (Bianchon). Grâce à ce procédé qui sera, ensuite, repris par d'autres romanciers (la famille des Rougon-Macquart de Zola, par exemple), la fiction devient un trompe-l'œil efficace.

3 Les différents genres narratifs

A Les récits vrais (principaux genres)

L'autobiographie	L'auteur raconte sa propre vie ; il emploie un point de vue rétrospectif en proposant un retour en arrière sur les événements qu'il a vécus. Il raconte et analyse les faits passés en demandant à son lecteur d'accorder crédit à ses propos. Il peut écrire pour mieux se comprendre, se justifier, étudier la nature humaine. On considère que Rousseau a ouvert la voie de l'autobiographie avec *Les Confessions.*
Le journal intime	Le récit de vie n'est pas rétrospectif mais s'écrit au fil des jours.
Les Mémoires	L'auteur évoque sa vie parce qu'il a vécu des événements historiques importants. C'est le cas de Chateaubriand *(Mémoires d'outre-tombe)* ou du général de Gaulle *(Mémoires de guerre).*
La biographie	L'auteur raconte, de façon plus ou moins romancée, la vie d'une autre personne.

Il peut arriver que fiction et vérité se mêlent étroitement, soit que l'auteur modifie, consciemment ou non, les événements, soit qu'il choisisse de recourir au détour de la fiction (autofiction) pour parler de lui, comme dans certains romans de Marguerite Duras *(L'Amant, L'Amant de la Chine du Nord)* ou dans *W ou le Souvenir d'enfance* de Georges Perec.

B Les récits fictifs

Selon la longueur de l'œuvre et sa visée, on distingue plusieurs genres :

Le roman	Long récit dans lequel les personnages peuvent être nombreux et complexes, les intrigues multiples.
La nouvelle	Récit resserré dans lequel les personnages et les péripéties sont réduits.
L'apologue (conte, fable)	Récit court à visée didactique (l'histoire véhicule une leçon).

C La place dominante du roman

• **Définition.** Le roman se définit, sans doute, par son souci **de donner vie à un monde complexe** qui associe **mensonge et vérité**. Fruit d'une création, comme le rappelle Proust en faisant œuvre de romancier et non d'autobiographe, le genre romanesque nous invite à pénétrer dans un monde original qui, pourtant, d'une manière ou d'une autre, ressemble au nôtre.

• **La diversité du genre romanesque**

– **Priorité à l'intrigue.** Certains romans accordent la priorité à l'intrigue : c'est le cas des **romans d'aventures** ou **de science-fiction**, héritiers, pour nombre d'entre eux, des épopées antiques. Le **roman policier**, notamment lorsqu'il est centré sur une énigme à résoudre, appartient aussi à cette catégorie.

– **Priorité à l'analyse psychologique.** On parle alors de « **romans d'analyse** » (Madame de Lafayette en est le précurseur avec *La Princesse de Clèves*) ou bien encore de « **romans d'apprentissage** » lorsqu'ils montrent l'évolution d'un personnage en prise avec la société.

– **Priorité à la représentation du réel.** Le roman **historique** cherche à faire vivre le passé et s'en approche au plus près. De nombreux romanciers privilégient l'analyse de la **société**, pour la transformer, comme Victor Hugo avec *Les Misérables*, ou bien dans un but presque scientifique, comme Balzac, écrivain réaliste, et Zola, chef de file du naturalisme. Pour les **réalistes** ou les **naturalistes** (voir p. 367), les personnages et l'intrigue sont ainsi des instruments au service d'une démonstration.

▲ *Vingt Mille Lieues sous les mers* de Jules Verne.

Œuvre-clé

***À la recherche du temps perdu* de Marcel Proust** (1871-1922) comprend sept volumes (dont *Du côté de chez Swann* en 1913, *À l'ombre des jeunes filles en fleurs* en 1918, *Le Temps retrouvé* en 1927). L'écrivain s'inspire de sa propre vie pour écrire un roman dont l'ambition est de lutter contre le temps destructeur en créant une œuvre d'art éternelle

– **Priorité à la création.** Le romancier puise, dans la réalité historique ou autobiographique, un matériau qui nourrit une œuvre originale, dotée de sa propre vie.

18

Dans l'Antiquité, l'épopée est un genre prestigieux ; au Moyen Âge, le roman, qui lui succède, est un genre populaire.

L'ÉPOPÉE →	L'ÉPOPÉE MÉDIÉVALE	→	LES RÉCITS HUMANISTES DE RABELAIS	
L'*Iliade* et l'*Odyssée* d'Homère (VIIIe s. av. J.-C.)	*Chanson de Roland* (fin XIe s.)	*Le Roman de la Rose* de G. de Lorris et J. de Meung (XIIIe s.)	*Pantagruel* (1532)	*Gargantua* (1534)

1 L'épopée

A Épopée antique et action

Dans l'*Iliade* et l'*Odyssée* d'**Homère** (VIIIe siècle av. J.-C.), les péripéties s'enchaînent : scènes de combat (Achille et Hector), retournements de situation (la ruse du cheval de Troie)... Ces épopées inspireront nos romans d'aventures et de science-fiction.

> **Rappel**
> **À l'origine de nos romans d'apprentissage :** Ulysse, orgueilleux et curieux au début de son voyage, devra apprendre la patience et la modestie pour triompher des épreuves.

B Épopée antique et héros

L'*Iliade* et l'*Odyssée* mettent en scène des **personnages hors du commun** capables de nous éblouir par leur force (Achille) ou leur ruse (Ulysse). Virgile s'inspire de ces deux épopées fondatrices pour glorifier Rome et son héros Énée (*Énéide*, Ier siècle av. J.-C.). Mais les héros épiques, dont le destin est tracé par les dieux, demeurent, avant tout, des symboles et non des êtres de chair.

2 Naissance du mot *roman*

A Sens premier du mot

Au Moyen Âge, le mot *roman* désigne la langue populaire pour la distinguer du latin. Cette étymologie nous éclaire tout en rappelant deux caractéristiques du roman : sa **laïcité** et sa **dimension populaire**.

B La chanson de geste et les romans médiévaux

- Les romans de chevalerie et les romans courtois, plus proches de l'épopée que du roman, sont, en fait, de **longs poèmes en vers** écrits en langue romane.
- **Les chansons de geste,** telle la *Chanson de Roland*, défendent les **valeurs guerrières** de l'honneur, du **courage** et de la **fidélité**. Le chevalier Roland qui, tombé dans un piège tendu par un traître, se bat jusqu'à la mort sans demander de l'aide est un modèle d'héroïsme selon les critères du Moyen Âge.

Mort de Roland à la bataille de Roncevaux. ▶

• **Les romans courtois** mettent aussi en avant les qualités extraordinaires des **preux chevaliers**, mais les héros combattent autant pour une dame que pour leur suzerain ou pour la réalisation d'une **quête prestigieuse** comme celle du Graal. Outre les différentes versions de la légende de Tristan et Iseut au XIIe siècle, on retiendra les romans de Chrétien de Troye (XIIe siècle) tels *Le Chevalier au lion* ou *Le Conte du Graal*, dont d'autres auteurs imagineront la suite au XIIIe siècle. On peut citer aussi *Le Roman de la Rose* de Guillaume de Lorris puis Jean de Meung (XIIe siècle) qui raconte, de façon métaphorique, une conquête amoureuse.

> **Œuvre-clé**
>
> Le ***Roman de Renart***, qui comprend 30 000 vers, est constitué de courts récits indépendants composés par différents auteurs à partir du XIIe siècle. Les héros sont des animaux, notamment Renart le goupil (le renard) et Ysengrin le loup. Les auteurs s'amusent souvent à parodier les romans de chevalerie.

• **Les lais,** tels ceux de Marie de France, présentent de courtes histoires destinées à faire rêver le lecteur ou à lui proposer une analyse des sentiments.

• **Les fabliaux** (XIIIe-XIVe siècles) s'inspirent de la vie quotidienne des citadins et des vilains (paysans libres).

3 Rabelais et le récit humaniste au XVIe siècle

A L'humanisme

Ce mouvement qui va transformer les mentalités en Europe se développe d'abord en **Italie dès la fin du XIVe siècle** : les artistes et les intellectuels se tournent vers **le savoir et la culture gréco-latins**, tout en formant le projet d'explorer les espaces inconnus. Les **découvertes scientifiques de Copernic (1473-1543) qui seront confortées par Galilée (1564-1642)** et les **progrès de l'imprimerie dès le XVe siècle** contribuent à changer les repères et donnent à l'homme un pouvoir sur le monde qui l'entoure.
L'humanisme se répand en Europe : le mot désigne à la fois les humanités (la culture antique) et la dignité de l'homme.

B Rabelais et les géants

Médecin humaniste, grand érudit, **Rabelais** (v. 1494-1553) exprime sa **confiance en l'homme** dans quatre récits divertissants destinés à amuser autant qu'à instruire car, à la Renaissance, on ne saurait dissocier les plaisirs du corps de ceux de l'esprit. **Rabelais nous fait rire** *(« Rire est le propre de l'homme »)* **tout en exprimant les valeurs essentielles de l'humanisme**, notamment le respect de l'autre et l'éducation.

Bien qu'ils développent des récits de fiction, on peut penser que *Gargantua* et *Pantagruel* ne sont pas des romans comme on l'entend aujourd'hui. En effet, les péripéties paraissent s'enchaîner au hasard des circonstances et les héros ne sont pas dotés d'une psychologie complexe ; ils sont là pour divertir en incarnant les valeurs humanistes.

> **Roman-clé**
>
> Le récit ***Gargantua*** paraît en 1534, deux ans après ***Pantagruel***, avec le titre *La Vie très horrifique du grand Gargantua, père de Pantagruel, jadis composée par M. Alcofribas abstracteur de quinte essence – Livre plein de pantagruélisme.* Gargantua, fils de Grandgousier et de Gargamelle, est le père de Pantagruel.

Pantagruel par Gustave Doré. ▶

Au XVIIe siècle, tandis que le conte divertit et instruit, le roman prend son essor ; le genre n'étant pas encore codifié, il présente des formes variées qui continueront de se diversifier par la suite.

Cervantès, *Don Quichotte* (1605-1615)

Madame de Lafayette, *La Princesse de Clèves* (1678)

Charles Perrault, *Histoires ou Contes du temps passé (Contes de ma mère l'Oye)* (1697)

1 L'essor du genre romanesque

A Les débuts du roman

Le roman est, au départ, un **divertissement mondain** qui ne prétend aucunement égaler la poésie ou la tragédie, toutes deux considérées comme des genres nobles. Les femmes sont les principales lectrices de ces œuvres dont la publication se poursuit, parfois, sur plusieurs années.

Progressivement, le genre s'affirme et séduit des auteurs désireux de faire partager à leurs lecteurs leurs **réflexions philosophiques** et leur **vision du monde**.

B Le développement de l'individualisme

Certes, il existe des récits depuis d'Antiquité : les épopées d'Homère et de Virgile, les chansons de geste, les romans courtois, les lais et fabliaux, les récits de Rabelais… Mais il faut attendre le XVIIe siècle pour découvrir des personnages qui ne sont plus de simples pantins incarnant un modèle (héros courageux ou sage humaniste).

À une époque où l'individualisme gagne du terrain, où l'homme commence à acquérir son indépendance par rapport à Dieu et aux valeurs de Son monde, il devient possible de créer des personnages qui se définissent justement par le fossé qu'ils creusent entre eux et leur environnement.

Ex. : Le géant Gargantua de Rabelais (XVIe siècle) n'est pas un héros de roman car il fait corps avec le projet humaniste qu'il incarne. À l'inverse, l'héroïne de Madame de Lafayette, la princesse de Clèves (XVIIe siècle), trace elle-même son destin, contre l'avis de son milieu.

C Deux œuvres fondatrices

• ***L'Ingénieux Gentilhomme Don Quichotte de la Manche* (1605-1615).** Ce roman de l'auteur espagnol **Cervantès** raconte les aventures d'un pauvre noble épris de chevalerie. Mais le preux Don Quichotte ne trouve pas de combat à sa mesure. Ce personnage décalé inaugure le héros solitaire, en marge d'une société dont les valeurs nouvelles lui restent étrangères. À sa manière, Emma Bovary (Flaubert, 1857), qui ne comprend pas la réalité et rêve sa vie, est une descendante de Don Quichotte.

• *La Princesse de Clèves* (1678). **Madame de Lafayette** met en scène une héroïne tragique, éprise du duc de Nemours mais fidèle à son mari. Les personnages idéalisés acquièrent, ici, une psychologie et une force individuelle. Prisonnière des lois de la Cour, la Princesse **affirme sa liberté** et, même après la mort de son mari, se refuse à l'homme qu'elle aime pourtant passionnément.
Ce roman, écrit par une femme de la Cour pour les lectrices des salons, est bien plus qu'un roman précieux. La multiplicité des péripéties romanesques a fait place à un resserrement autour du déchirement tragique vécu par le personnage.

D Des genres variés

D'autres œuvres, de tonalités variées, sont aussi à retenir.

• **Le roman sentimental.** À partir de 1607, *L'Astrée* d'Honoré d'Urfé inaugure la mode des bergers et des paysages bucoliques. Le roman renoue avec la littérature courtoise en faisant de la femme aimée un être inaccessible. Le **mouvement précieux**, qui rejette l'ordinaire, compose des œuvres qui codifient le parcours amoureux, comme chez **Mademoiselle de Scudéry** avec la « carte du Tendre ».

• **Le roman héroïque et ses parodies.** S'inspirant de l'épopée, le roman héroïque fait l'éloge de personnages de l'Antiquité ou du Moyen Âge. Il suscite la parodie, et certains romanciers, comme **Scarron** (*Le Roman comique*, 1651-1657), se moquent de cet idéalisme.

> **Citation-clé**
> La scène du bal au début de *La Princesse de Clèves* fonde le *topos* romanesque de la première rencontre : *« Monsieur de Nemours fut tellement surpris de sa beauté que, lorsqu'il fut proche d'elle, et qu'elle lui fit la révérence, il ne put s'empêcher de donner des marques de son admiration. Quand ils commencèrent à danser, il s'éleva dans la salle un murmure de louanges. »*

• **Le roman philosophique.** La forme romanesque peut devenir un **instrument de réflexion** : **Cyrano de Bergerac** (1619-1655) écrit *Les États et Empires de la Lune* puis *Les États et Empires du Soleil*, deux utopies qui dénoncent le réel ; en 1699, **Fénelon** mêle pensées philosophiques et politiques dans *Les Aventures de Télémaque*.

2 Charles Perrault : un Moderne

A Le contexte : la querelle des Anciens et des Modernes

La Renaissance a pris l'Antiquité comme référence. Dans la première moitié du siècle, les quelques auteurs, dont Corneille, qui tentent de s'affranchir de ces modèles anciens sont rappelés à l'ordre.

La querelle entre les Anciens (Boileau, Bossuet, Racine, La Bruyère...) et les Modernes (Perrault, Fontenelle...) est ouvertement déclenchée, en 1687, lorsque Charles Perrault présente, à l'Académie française, son poème *Le Siècle de Louis le Grand* dans lequel il place la littérature de son époque au-dessus de celle des Latins.

B Les contes publiés en 1697

Pour se démarquer des modèles antiques qu'il rejette, Charles Perrault réunit les **contes populaires** transmis par la tradition orale et leur donne une forme littéraire. Lus dans les salons, ils sont davantage destinés aux femmes qu'aux enfants.

Ex. : Dans « Le Petit Chaperon rouge », la fillette qui a obéi sagement finit dévorée par le loup. C'est la mère, parce qu'elle a imprudemment envoyé sa fille dans les bois sans l'avertir des dangers, qui est punie chez Perrault : les femmes sont bien les destinataires du conte.

20

Tandis que le conte s'avère un moyen de contourner la censure pour exprimer les valeurs des Lumières, le roman, profitant de ce qu'il échappe à toute codification, prend son essor et acquiert ses lettres de noblesse.

Montesquieu, *Lettres persanes* (1721) — **Abbé Prévost,** *Manon Lescaut* (1731) — **Voltaire,** *Candide* (1759) — **Rousseau,** *La Nouvelle Héloïse* (1761) — **Diderot,** *Jacques le Fataliste* (1765-1784) — **Choderlos de Laclos,** *Les Liaisons dangereuses* (1782)

1 L'essor des genres narratifs

A Le contexte : un souffle de liberté

Sous la régence de Philippe d'Orléans (1715-1723), puis sous Louis XV et Louis XVI, les fêtes se multiplient, le libertinage des mœurs accompagne les idées nouvelles. La fantaisie et les subtilités du langage sont à la mode. Dans les cafés, qui abondent, les philosophes échangent leurs réflexions sur le monde, la société, les institutions…

B Le succès du roman

Ayant échappé à la codification littéraire, le roman est le genre idéal pour les écrivains en quête de liberté et trop à l'étroit dans l'esthétique classique. Sa forme convient parfaitement aux auteurs qui souhaitent faire passer des idées et une sensibilité nouvelles.

C Réalisme et analyse psychologique

Les écrivains du Siècle des lumières imaginent des intrigues qui se déroulent au cœur de la **réalité** : **passion et société** dans *La Nouvelle Héloïse* (1761) de Rousseau, **liberté féminine** dans *La Vie de Marianne* de Marivaux (1731-1741) ou *La Religieuse* de Diderot (1796)… On aurait tort de penser que seule la raison trouve grâce aux yeux des auteurs du XVIIIe siècle. C'est l'être humain tout entier, avec ses raisonnements mais aussi ses sentiments, qui les intéresse.

Info-clé

En Angleterre, ***Robinson Crusoé***, écrit par Daniel Defoe en 1719, souligne la force dominatrice de l'homme civilisé et fonde un mythe que les auteurs continuent de décliner.

D La naissance de l'autobiographie

Les Confessions, que Rousseau publie en 1782, sont considérées comme la première autobiographie car l'auteur part en quête de lui-même, se raconte pour mieux se comprendre et confie au lecteur le soin de garantir la sincérité de son portrait.

Citation-clé

« Je veux montrer à mes semblables un homme dans toute la vérité de la nature ; et cet homme ce sera moi » (Rousseau, première page des *Confessions*).

2 La diversité des formes romanesques

A Le roman picaresque

Venu d'Espagne au XVIIe siècle, le roman picaresque est une forme de **roman d'aventures** où les péripéties se multiplient : *Histoire de Gil Blas de Santillane* (publié entre 1715 et 1735) de Lesage. Voltaire s'en moque en multipliant, dans ses contes, les péripéties invraisemblables.

B Le roman épistolaire

- Si les romans épistolaires prolifèrent au XVIIIe siècle, c'est sans doute pour plusieurs raisons : l'illusion de réel qu'ils procurent, le goût pour le naturel, la possibilité de l'analyse psychologique.
- Dans les *Lettres persanes*, la lettre est avant tout un moyen, pour Montesquieu, de présenter avec un regard neuf (celui des Persans) la vie et les institutions françaises.
- En 1761, dans une tout autre tonalité, **Rousseau** écrit *La Nouvelle Héloïse*, un vaste roman qui raconte l'amour impossible de Julie et de Saint-Preux. Le titre fait allusion à la correspondance célèbre du moine Abélard et de la jeune Héloïse au Moyen Âge.
- L'utilisation que **Laclos** fait de la lettre en 1782 est encore différente : *Les Liaisons dangereuses* est un roman libertin dans lequel seul le dénouement sauve la morale.

C Les pseudo-Mémoires

Dans un souci de réalité, de nombreux romans prennent la forme de Mémoires et donnent l'**illusion de l'authenticité** : *La Vie de Marianne* de Marivaux ou encore *Manon Lescaut* de l'**abbé Prévost**.

D Un roman novateur : *Jacques le Fataliste* de Diderot

Ce roman, dont l'écriture s'étend de 1765 à 1784, date de la mort de son auteur, se noue et se dénoue en permanence pour mieux surprendre le lecteur. Diderot poursuit une réflexion sur la fatalité et la liberté dans un récit qui se permet même de se moquer de son lecteur : « *Vous voyez, lecteur, que je suis en beau chemin, et qu'il ne tiendrait qu'à moi de vous faire attendre, un an, deux ans, trois ans, le récit des amours de Jacques, en le séparant de son maître et en leur faisant courir à chacun tous les hasards qu'il me plairait.* »

3 Le conte

A La découverte des *Mille et Une Nuits*

À partir de 1704, Antoine Galland traduit de l'arabe le recueil anonyme des *Mille et Une Nuits*. Les féeries orientales séduisent le public.

B Les contes destinés aux enfants

Le XVIIIe siècle s'intéresse à l'éducation des enfants, et certains récits connaissent un succès qui traverse les siècles comme *La Belle et la Bête* publiée par Madame Leprince de Beaumont en 1757.

C Les contes de Voltaire

Pour se moquer de ses contemporains ou des genres à la mode mais aussi pour critiquer les institutions et exprimer ses idées, Voltaire reprend et **détourne le genre du conte**. Les héros (Zadig, Candide, l'Ingénu) posent un **regard distancié sur la réalité** (voir aussi p. 349).

Le roman est le **genre majeur du XIXe siècle.** Mode d'expression favori de la bourgeoisie, il profite du développement des villes et d'une plus grande diffusion du livre et de la presse. Les nouvelles, aussi appelées « contes », occupent une place importante, notamment en raison de leur parution dans les journaux.

Balzac, *La Comédie humaine* (1829-1850) — **Stendhal,** *Le Rouge et le Noir* (1830) — **Flaubert,** *Madame Bovary* (1857) — **Hugo,** *Les Misérables* (1862) — **Zola,** *Les Rougon-Macquart* (1871-1893)

1 Le récit romantique

A Roman et romantisme en Angleterre et aux États-Unis

- Si le romantisme français s'exprime surtout au théâtre et en poésie, la situation n'est pas la même en Angleterre où ce courant donne naissance au roman noir (*Dracula* de Bram Stoker, 1897), aux romans psychologiques des sœurs Brontë ou aux œuvres engagées de Dickens (*David Copperfield*, 1849-1850).
- L'Américain Edgar Poe choisit la forme resserrée de la nouvelle pour donner toute leur force à ses récits fantastiques qui seront traduits par Baudelaire (*Histoires extraordinaires*, 1856).

B Le roman et l'expression du *moi*

La sensibilité romantique s'épanche dans une poésie lyrique et trouve peu sa place dans le genre romanesque. On citera, quand même, les récits *Atala* (1801) et *René* (1802) de **Chateaubriand**, les romans *Adolphe* (1816) de Benjamin Constant et *La Confession d'un enfant du siècle* (1836) de **Musset**.

C Le récit engagé

- L'écrivain romantique se doit de **guider les hommes** et d'**améliorer leur sort**. **Victor Hugo** s'en prend à une société qui punit au lieu d'éduquer en imaginant le personnage de Jean Valjean dans *Les Misérables*. Il avait déjà pris parti contre le système judiciaire dans deux récits de jeunesse : *Le Dernier Jour d'un condamné* (1829) et *Claude Gueux* (1834).
- D'autres écrivains empruntent cette voie du roman social, comme Eugène Sue avec ses *Mystères de Paris* (1842-1843) ou la romancière George Sand dans *La Mare au diable* (1846).

▲ Chateaubriand (1768-1848).

D Le roman populaire

Le roman de cape et d'épée, qui situe ses actions aux multiples rebondissements dans un cadre historique, connaît ses heures de gloire avec **Alexandre Dumas**, qui publie plus d'une centaine de romans dont *Les Trois Mousquetaires* (1844) et *Le Comte de Monte-Cristo* (1844-1846). Ces romans sont d'abord publiés en feuilletons dans la presse.

2 Le récit réaliste

A Balzac et le réalisme

• **L'illusion de réel.** En imaginant *La Comédie humaine* (une centaine de romans), Honoré de Balzac crée un prodigieux univers parallèle à la réalité. Lorsque le lecteur retrouve, dans *Illusions perdues*, Eugène de Rastignac, le héros du *Père Goriot*, il a l'impression d'avoir affaire à un monde bien réel.

Citation-clé

« Un roman : c'est un miroir que l'on promène le long d'un chemin » (attribué à Saint-Réal par Stendhal dans *Le Rouge et le Noir*).
Stendhal se veut réaliste, mais ses romans, *Le Rouge et le Noir* (1830), *La Chartreuse de Parme* (1839) laissent percevoir ses aspirations romantiques.

• **L'ambition de *La Comédie humaine*.** L'organisation du roman en plusieurs parties appelées « scènes » *(Scènes de la vie parisienne, Scènes de la vie privée…)* révèle le projet du romancier : il s'agit bien de tendre à la réalité le miroir évoqué par Stendhal et, comme il l'affirme dans son avant-propos, de *« faire concurrence à l'état civil »*. Les mécanismes sociaux (notamment l'argent) et psychologiques (la passion amoureuse, l'ambition) sont découpés au scalpel.

B Flaubert et la voie du roman moderne

• **Un projet réaliste.** Après Balzac, Flaubert emprunte à son tour le chemin du réalisme et s'applique à donner une image sans indulgence de son époque. Dans le conte *Un cœur simple* ou dans les grands romans que sont *Madame Bovary* (1857) et *L'Éducation sentimentale* (1869), il mêle pathétique et ironie pour transmettre une vision sombre et grinçante de son temps.

Info-clé

En 1857, *Madame Bovary* et *Les Fleurs du Mal* sont accusés d'« outrage à la morale publique et religieuse ». Flaubert gagne son procès alors que Baudelaire le perd.

• **Un projet esthétique.** Mais, pour Flaubert, le réalisme n'est pas une fin en soi, car **l'œuvre n'a d'autre but qu'elle-même**. Les phrases sont ciselées, passées au « gueuloir » (Flaubert avait l'habitude de hurler ses romans). Ce projet esthétique *(« un livre sur rien, un livre sans attache extérieure »)*, qui prime sur l'intention réaliste, ouvre la voie au roman moderne.

3 Le récit naturaliste

A Émile Zola et le roman expérimental

• **Journaliste et romancier, Émile Zola (1840-1902)** est une figure importante de la littérature et de la vie politique de la fin du XIXe siècle. Très connu depuis le succès de *Thérèse Raquin* en 1867, il continue d'écrire des nouvelles *(Contes à Ninon)* qui paraissent dans la presse et des articles dans lesquels il prend courageusement position. On se souvient notamment de « J'accuse ! », sa lettre ouverte au président parue dans le journal *L'Aurore* en 1898.

Émile Zola : « une plume-scalpel » (*La Halle aux charges*, juillet 1885). ▶

• **Un projet scientifique : *Les Rougon-Macquart.*** À une époque où la science a le vent en poupe, Émile Zola se passionne pour les travaux du médecin Claude Bernard et se propose d'étudier le **double déterminisme social et familial** à partir d'une famille de son invention : les Rougon-Macquart. Inspirée de *La Comédie humaine* de Balzac, la fresque romanesque de Zola compte 20 romans chargés de démontrer que les personnages sont marqués par leur hérédité et leur environnement.

Rappel

La théorie de l'hérédité chez Zola s'exprime par le thème de l'alcoolisme, qui marque les fils de Gervaise *(L'Assommoir)* : Étienne *(Germinal)* ne supporte pas l'alcool, Claude *(L'Œuvre)* devient fou et se suicide, Jacques *(La Bête humaine)* a des pulsions meurtrières.

• **Du projet à sa réalisation.** Zola se documente beaucoup avant d'écrire ses romans ; on le voit visiter les mines en vue de la rédaction de *Germinal* ou rencontrer la directrice du *Bon Marché* pour mettre au point *Au Bonheur des dames*. Les descriptions sont précises et minutieuses, mais **le projet réaliste bascule souvent dans le fantastique**. Malgré le souci de vérité et la démonstration du double déterminisme, l'écriture, pour notre plus grand plaisir, dépasse le projet austère et laisse libre cours à l'imaginaire.

B Maupassant et la « vision du monde »

Comme Zola, Maupassant situe ses personnages dans un milieu qu'il souhaite analyser : le journalisme parisien dans *Bel-Ami* (1885), la spéculation immobilière autour des villes de cure dans *Mont-Oriol* (1887). Pour Maupassant, le roman est plus une « vision » qu'une démonstration scientifique.

Citation-clé

« Le réaliste, s'il est un artiste, cherchera non pas à nous montrer la photographie banale de la vie, mais à nous en donner la vision plus complète, plus saisissante, plus probante que la réalité même » (Maupassant, préface de *Pierre et Jean*).

4 Le récit fantastique ou surnaturel

• Parallèlement aux deux courants qui se succèdent – le réalisme puis le naturalisme – apparaissent des contre-courants qui explorent de nouvelles voies, notamment le surnaturel et le fantastique : Barbey d'Aurevilly (*L'Ensorcelée*, 1854) et Villiers de L'Isle-Adam (*Contes cruels*, 1883), par exemple.

• Les auteurs réalistes ou naturalistes peuvent eux-mêmes se tourner vers le fantastique comme Balzac dans son roman *La Peau de chagrin* (1831), Mérimée avec *La Vénus d'Ille* (1837) ou Maupassant dans de nombreuses nouvelles et dans son récit intitulé *Le Horla* (1886-1887).

• La nouvelle, par sa brièveté, convient particulièrement à la tonalité fantastique car elle permet un resserrement de l'intrigue autour de l'hésitation entre une interprétation réaliste et une interprétation surnaturelle des événements étranges racontés.

Illustration de la nouvelle *Le Horla* de Maupassant. ▶

Au XXe siècle, tandis que certains romanciers continuent d'écrire pour donner une image du réel, d'autres écrivains s'interrogent sur les enjeux de la littérature et brouillent les frontières entre les récits vrais et les fictions.

Proust, *À la recherche du temps perdu* (1913-1927) — **Céline,** *Voyage au bout de la nuit* (1932) — **Malraux,** *La Condition humaine* (1933) — **Camus,** *L'Étranger* (1942) — **Robbe-Grillet,** *La Jalousie* (1957) — **Le Clézio,** *Le Procès-Verbal* (1963)

(Cette liste est, bien sûr, incomplète, et nous n'avons pas assez de recul pour sélectionner des noms plus récents.)

1 Dans la continuité du XIXe siècle

A Les fresques romanesques

Au début du XXe siècle, sous l'influence de Balzac et de Zola, certains romanciers composent des **romans-fleuves** afin de donner une image de la société.

Ex. : Les Thibault (1922-1940) de Roger Martin du Gard.

B Les écrivains engagés

Certains écrivains utilisent la fiction pour exprimer leur opinion. André Malraux, en inscrivant ses romans dans l'histoire récente (*La Condition humaine* en 1933), montre que l'écrivain se doit de réfléchir aux grandes questions de son temps. Jean-Paul Sartre et Albert Camus (*La Peste*, 1947) érigent en principe l'**engagement de l'écrivain**.

2 De nouvelles voies : première moitié du XXe siècle

A Marcel Proust : le roman comme œuvre d'art

Empruntant une voie ouverte par Flaubert, Marcel Proust compose un long cycle romanesque : *À la recherche du temps perdu* (1913-1927). Tout en représentant la société de son temps et en analysant la personnalité et les émotions d'un narrateur qui lui ressemble fort, Proust affirme que **la littérature est, avant tout, une création** : « *le produit d'un autre moi que celui que nous manifestons* » dans la réalité.

Rappel

Selon Proust, alors que le temps détruit les êtres et les souvenirs, le romancier construit une œuvre qui donne vie aux personnages. C'est pourquoi le dernier volume de ce cycle s'intitule *Le Temps retrouvé*.

B André Gide : genèse du roman

Le roman *Les Faux-Monnayeurs* (1926) exprime tout le malaise d'un genre lassé des formes anciennes. En effet, André Gide compose un **roman à tiroirs**, racontant l'histoire de sa propre genèse. Son ambition est de « *purger le roman de tous les éléments qui n'appartiennent pas spécifiquement au roman* » et d'inviter le lecteur à participer à la création du livre.

C Louis-Ferdinand Céline : un nouveau langage

En donnant une **dimension littéraire au langage familier**, Céline (Louis-Ferdinand Destouches) renoue avec les origines du genre. Dans *Voyage au bout de la nuit* (1932), il exprime sa vision sombre du destin des hommes.

Ex. : « *Les miennes d'idées elles vadrouillaient plutôt dans ma tête avec plein d'espace entre. C'étaient comme des petites bougies pas fières et clignoteuses à trembler toute la vie au milieu d'un abominable univers bien horrible* » (dernière page du *Voyage au bout de la nuit*).

3 Le Nouveau Roman

A Le refus du roman traditionnel

- Les deux Guerres mondiales ont bouleversé la pensée et la sensibilité occidentales, si bien que **les notions d'« individu » et de « personnage » sont remises en question**.
- Dans *La Jalousie*, Alain Robbe-Grillet nomme un de ses personnages « A. » ; le deuxième s'appelle simplement « Franck » ; quant au troisième, il n'est jamais désigné, et on ne devine sa présence que par le verre ou le couvert qui lui sont destinés.

Citation-clé

Le personnage « *a, peu à peu, tout perdu : ses ancêtres, sa maison soigneusement bâtie* [...], *ses propriétés et ses titres de rente, ses vêtements, son corps, son visage, et, surtout, ce bien précieux entre tous, son caractère qui n'appartient qu'à lui, et souvent jusqu'à son nom.* » (Nathalie Sarraute, *L'Ère du soupçon*, 1956).

B Les traits distinctifs du Nouveau Roman

Le **rejet des repères traditionnels** que sont l'intrigue et les personnages n'aboutit pas à leur disparition complète. Mais **la description prend le dessus**, le plus souvent minutieuse et en focalisation externe.

C Des voies différentes

- Les romanciers au cœur ou en marge du Nouveau Roman suivent des routes qui leur sont propres : celle de la « sous-conversation » chez Nathalie Sarraute ou celle de l'objectivité chez Alain Robbe-Grillet. Michel Butor, dans *La Modification*, écrit un récit à la 2e personne du pluriel, amenant le lecteur à adopter l'identité du personnage.

Ex. : *La Modification* de Michel Butor s'ouvre sur cette phrase : « *Vous avez mis le pied gauche sur la rainure de cuivre, et de votre épaule droite vous essayez en vain de pousser un peu plus le panneau coulissant.* »

• Pour d'autres romanciers, comme les membres de l'Oulipo (Ouvroir de littérature potentielle), le renouveau du roman passe par l'invention de **nouvelles contraintes formelles**, comme dans *Le Chiendent* (1933) de Raymond Queneau ou le roman *La Disparition* (1969), dans lequel Georges Perec n'utilise pas la voyelle *e*.

Ex. : La Disparition de Georges Perec commence ainsi : *« Anton Voyl n'arrivait pas à dormir. Il alluma. Son Jaz marquait "minuit vingt". Il poussa un profond soupir, s'assit dans son lit, s'appuyant sur son polochon. »*

▲ Les écrivains du Nouveau Roman devant le siège des éditions de Minuit, en 1959. De gauche à droite : Alain Robbe-Grillet, Claude Simon, Claude Mauriac, Jérôme Lindon, Robert Pinget, Samuel Beckett, Nathalie Sarraute, Claude Ollier.

4 Les chemins de l'autobiographie

• Certains écrivains écrivent ce qu'ils ont vu ou vécu dans les camps de la Seconde Guerre mondiale pour témoigner. Leur récit autobiographique est destiné à garder la **mémoire** de ce qui s'est passé et à alerter les lecteurs. On peut citer *L'Écriture ou la Vie* (1994) de George Semprun, *Si c'est un homme* (1947) de Primo Levi.

• Mais la plupart des récits autobiographiques affichent une **quête de soi**. Certains auteurs choisissent, pour cela, **la fiction** ; on parle alors d'**« autofiction »**. La vérité factuelle n'est pas nécessaire ; les scènes recréées parlent autant de soi si ce n'est mieux, que les faits avérés. Ainsi, d'une manière ou d'une autre, Marguerite Duras se raconte dans ses romans, depuis *Un barrage contre le Pacifique* (1950) jusqu'à *L'Amant* (1984) et *L'Amant de la Chine du Nord* (1991). Les récits de Patrick Modiano (prix Nobel en 2014) poursuivent une enfance douloureuse. On peut aussi citer, pour exemple de cet enjeu du récit, les œuvres d'Éric Fottorino, qui, de *Rochelle* (1991) à *Dix-Sept-Ans* (2018), évoquent la même quête d'identité.

Info-clé

Autofiction est un mot créé en 1977 par Serge Doubrovsky, critique littéraire et romancier, pour désigner son roman *Fils*. Plus largement, ce mot caractérise les œuvres qui croisent récit autobiographique et fiction dans le but d'affiner la quête de soi.

5 Et aujourd'hui ?

• Il semblerait que le roman français continue de frôler les marges du genre romanesque en mettant **l'auteur et sa conscience au centre de l'œuvre**. Parallèlement, d'autres auteurs continuent de faire vivre des personnages, comme J.-M. G. Le Clézio (prix Nobel en 2008), évoquent l'Histoire, comme Pierre Lemaitre (*Au revoir là-haut* en 2013) ou accordent une grande place à l'imaginaire, comme Laurent Gaudé (*La Mort du roi Tsongor*, 2002). D'autres continuent d'analyser la réalité de leur temps, tel Nicolas Mathieu qui a obtenu le Prix Goncourt en 2018 pour *Leurs Enfants après eux*.

• La biographie romancée est en vogue ces dernières années. On peut citer *Charlotte* (2014) de David Foenkinos qui évoque la vie tragique de Charlotte Salomon, une femme peintre, ou encore *Légende d'un dormeur éveillé* (Gaëlle Nohant, 2017) sur le poète résistant Robert Desnos.

23

1 *La Princesse de Clèves* (1678) de Madame de Lafayette

A Le contexte

• **Le monde de la Cour.** Depuis 1661, Louis XIV règne en monarque absolu et organise, autour de lui, une Cour occupée par les plaisirs mondains. Dans le même temps, les jansénistes prônent une morale austère qui condamne les passions.

• **La préciosité.** Art de vivre mondain plus que courant littéraire, la préciosité se caractérise par un rejet de l'ordinaire, un raffinement dans les vêtements et le langage, une idéalisation de l'amour. Les nombreuses hyperboles, sous la plume de Madame de Lafayette, rappellent le style des précieux.

• **L'essor du roman.** **(Voir pp. 362-363.)**

• **Le classicisme.** **(Voir pp. 381-382.)** Madame de Lafayette écrit *La Princesse de Clèves* quatre ans après que Boileau a codifié les canons du classicisme dans son *Art poétique*.

Auteur

Femme cultivée de la Cour, **Marie-Madeleine de Lafayette ou La Fayette (1634-1693)** écrit, avec *La Princesse de Clèves* (1678), le premier grand roman de la littérature française.

B Les principaux repères

• **Le cadre du récit.** L'histoire se déroule en 1558-1559, à la toute fin du règne d'Henri II. Le raffinement de la Cour des Valois, longuement décrite au début du roman, rappelle la Cour de Louis XIV que connaît Madame de Lafayette.

• **Les principaux personnages : le triangle romanesque et tragique.**

– **La princesse de Clèves :** très jeune (16 ans) et très belle, Mademoiselle de Chartre a reçu, de sa mère qui l'aimait, une éducation stricte. Elle épouse le prince de Clèves, un homme plus âgé, qu'elle estime mais n'aime pas.

– **Le prince de Clèves :** très amoureux de son épouse, le Prince est un homme d'honneur, « *l'unique homme du monde capable de conserver de l'amour dans le mariage* ».

– **Le duc de Nemours :** le Duc est un séducteur mais il éprouve pour la Princesse un amour sincère et profond.

• **Une intrigue tragique.** L'intrigue est resserrée ; les personnages sont prisonniers d'une passion qui les dépasse et contre laquelle la Princesse lutte. À la fin, le Prince puis la Princesse meurent.

Tome I	**Le nœud tragique.** Lors d'un bal, le duc de Nemours et la princesse de Clèves tombent amoureux l'un de l'autre. Avant de mourir, la mère de la Princesse lui recommande de se méfier des passions.
Tome II	**Les péripéties.** La Princesse souhaite s'éloigner de la Cour et de ses intrigues amoureuses (scène du portrait, épisode des lettres), mais son mari veut qu'elle reste à Paris.
Tome III	La Princesse avoue à son mari qu'elle aime un autre homme dont elle ne révèle pas l'identité.
Tome IV	Le duc de Nemours tente en vain d'approcher la Princesse. **Dénouement tragique.** Le Prince meurt de chagrin, et sa femme, restée fidèle, mourra jeune.

• **La force d'un roman classique.** La vraisemblance, la mesure, le resserrement, tous trois inédits dans les récits précieux mais conformes à l'esthétique classique, inaugurent une ère romanesque nouvelle dans laquelle les œuvres sont centrées sur l'analyse psychologique du personnage principal **(voir p. 363)**.

C Parcours : « Individu, morale et société »

• **L'individu au cœur du roman.** Alors que, dans les récits du Moyen Âge, de la Renaissance ou de la préciosité, les personnages illustrent une démonstration, Madame de Lafayette fait de la personnalité même de la Princesse, en marge des attendus de la Cour, le thème de son roman. Ses émotions et ses sentiments sont disséqués dans de fréquents monologues intérieurs. L'auteur laisse au lecteur le soin de prendre position. Cette analyse psychologique approfondie et cette quête de vérité deviendront, par la suite, deux grands enjeux du roman, au XVIIIe (Marivaux, Rousseau) comme au XIXe siècle (Balzac, Flaubert, Maupassant).

• **L'individu et la morale.** La morale peut être présentée comme une norme imposée ou, au contraire, comme un choix de vie garantissant l'intégrité du personnage. Dans le roman de Madame de Lafayette, la morale, incarnée par Madame de Chartre, est un garde-fou qui protège la princesse de Clèves des désordres d'une passion présentée comme destructrice et des galanteries de la Cour.

Citation-clé

« Veux-je manquer à Monsieur de Clèves ? Veux-je me manquer à moi-même ? » (Madame de La Fayette, *La Princesse de Clèves*, 1678).

• **L'individu et la société.** C'est la Cour, c'est-à-dire la société, qui présente le duc de Nemours à la princesse de Clèves. Cette dernière fuit la galanterie et veut se tenir à l'écart de ses pairs. Par la suite, les romanciers continueront à mettre en scène des héros ou des héroïnes confrontés à une société qui cherche à imposer ses pratiques **(voir « Valeurs » p. 374)**.

2 *Le Rouge et le Noir* (1830) de Stendhal

A Le contexte

• **La genèse du *Rouge et le Noir*.** Stendhal s'inspire de **deux faits divers** dont celui d'un séminariste condamné à mort pour l'assassinat de sa maîtresse.

• **Romantisme et réalisme.** Stendhal rejette le lyrisme des romantiques, prône *« la sécheresse du Code civil »* et dépeint sans pitié la société de la Restauration. Toutefois, les élans, les passions de son personnage, ainsi que le dénouement tragique qui place la vérité sur soi au-dessus de la réussite sociale rappellent les **aspirations des héros romantiques**.

B Les principaux repères

• **Un récit réaliste.** Le sous-titre « Chronique de 1830 » inscrit *Le Rouge et le Noir* dans la veine réaliste. Stendhal crée l'**illusion de vérité** en insérant des détails vrais comme la représentation d'*Hernani* de Hugo en 1830. Quelques calculs permettent de comprendre que l'histoire se déroule de 1826 (Julien, le personnage principal, a 19 ans) à 1830. Le roman est centré sur la **personnalité du héros** et sur sa **perception subjective des événements**.

• **Le titre.** À l'image de l'œuvre elle-même, le titre est bipartite : le **noir de la tenue religieuse** (1re partie du roman et le **rouge de l'uniforme militaire** (2nde partie) ou bien le **noir de l'hypocrisie** et le **rouge de la violence**, celle des passions et celle du meurtre.

Auteur

Henri Beyle, dit **Stendhal (1783-1842)**, grand admirateur de Napoléon, peine à se faire une place dans la société de la Restauration.
Il est l'auteur de deux grands romans, entre romantisme et réalisme : ***Le Rouge et le Noir*** (1830) et ***La Chartreuse de Parme*** (1839).

• **Deux parties opposées qui se font pourtant écho :**

	Livre premier	Livre second
Projets de Julien	Réussir en province (Verrières) comme précepteur.	Réussir à Paris comme secrétaire du marquis de La Mole, devenir officier.
Amours de Julien	Madame de Rénal : figure maternelle.	Mathilde de La Mole : orgueil et passion.
Dénouements	Dénoncé par une lettre adressée à Monsieur de Rénal, Julien part au séminaire.	Dénoncé par une lettre de Madame de Rénal, Julien tire sur elle dans l'église de Verrières. Malgré les efforts des deux femmes qui l'aiment, Julien est guillotiné.

• **Les deux livres présentent des points communs.** À deux reprises, Julien est introduit dans une famille aristocratique par un prêtre, connaît une nuit romanesque (l'échelle), est dénoncé dans une lettre puis enfermé (séminaire, prison).

C Parcours : « Le personnage de roman, esthétiques et valeurs »

• **Esthétiques.** Le personnage **(voir p. 356)** est une des composantes de l'univers esthétique romanesque. La diversité des sous-genres et des œuvres invite donc à employer ce mot au pluriel et à mettre en avant quelques lignes majeures.

– **Un personnage qui semble vrai.** Il a des qualités et des défauts ; il appartient à un milieu social et aspire à trouver sa place dans le monde. Le réseau des adjuvants et des opposants **(voir p. 357)** qu'il rencontre contribue à étoffer sa personnalité. Cette illusion de réel permet au lecteur de s'identifier au héros. Le regard mi-moqueur, mi-bienveillant de l'auteur (ses nombreuses intrusions dans le récit) sur Julien Sorel semble garantir la réalité du personnage.

– **Un personnage qui évolue.** *Le Rouge et le Noir* est un roman d'apprentissage. Julien évolue en se confrontant aux autres et aux situations qu'il rencontre.

– **Un élément moteur.** Ce sont les désirs et les passions du personnage qui font avancer l'histoire. Avant Rastignac (*Le Père Goriot*, 1834-1835) et Bel-Ami (Maupassant, 1885), Julien Sorel est animé par une ambition sociale qui oriente son parcours. Toutefois, il semble prisonnier d'un destin tragique que l'exécution de Louis Jenrel (anagramme de Julien Sorel) annonce dès la première partie.

– **Un témoin.** Les succès et les échecs du personnage éclairent la société dans laquelle il évolue. Son regard sur le réel nourrit notre réflexion. Chez Stendhal, ce regard est enrichi par celui du romancier lui-même lorsqu'il se moque gentiment de son héros.

> **Rappel**
>
> **Le personnage : miroir de l'ambition sociale.** Le héros, simple *« fils Sorel »* au début du roman, se forge une nouvelle identité : le voilà *« chevalier Sorel de La Vernaye »*. En 1885, dans le roman éponyme de Maupassant, Georges Duroy deviendra, lui aussi, George du Roy de Cantel.

• **Valeurs.**

– **L'affirmation de soi contre le monde.** Au cœur de la création romanesque vibre une irréductible tension entre l'homme et le monde. Le héros cherche à s'imposer dans une société qui l'ignore ou le rejette. Ce que nous montre *Le Rouge et le Noir*, centré sur l'ambition de Julien, se retrouve également dans *La Vie de Marianne* (Marivaux, 1731-1741), *Eugénie Grandet* (Balzac, 1833) ou *Madame Bovary* (Flaubert, 1857). **(Voir « L'individu et la société », p. 373.)**

– **La quête d'un sens et d'une vérité.** Le roman s'interroge sur le sens de notre existence. Stendhal met en scène l'ambition et la revanche sociale, mais il nous montre aussi un personnage en proie à un destin qui le dépasse. Le dénouement nous présente un héros qui, renonçant à toute ambition, se réconcilie avec lui-même et finit par trouver le bonheur en prison : *« Je serais mort sans connaître le bonheur si vous n'étiez venue me voir dans cette prison. »* D'autres romans proposeront des réponses différentes, comme l'action au service des hommes dans *La Peste* de Camus ou *La Condition humaine* de Malraux, par exemple.

3 *Mémoires d'Hadrien* (1951) de Marguerite Yourcenar

A Le contexte

• **À l'écart des modes.** Certains romanciers tels Jean Giono, Julien Gracq ou Marguerite Yourcenar écrivent **en marge des courants dominants (voir pp. 370-371)**. Cette dernière renouvelle, à sa manière, le **roman historique** en 1951 avec les *Mémoires d'Hadrien*, une œuvre dont le succès fut immédiat.

• **Rigueur et érudition.** Marguerite Yourcenar a reçu une éducation imprégnée de **culture classique**. Érudite, elle manie la langue avec rigueur mais aussi avec poésie. Les *Mémoires d'Hadrien* sont le fruit d'une longue enquête relatée dans les *Carnets de notes* qui suivent le récit.

Auteur

Marguerite Yourcenar (1903-1987), de son vrai nom Marguerite de Crayencour, est la première femme à être entrée, en 1980, à l'Académie française.

B Les principaux repères

• **Une forme originale.** Plusieurs genres se croisent dans les *Mémoires d'Hadrien* : la biographie documentée mais romancée, le genre épistolaire (Hadrien écrit une longue lettre à Marc Aurèle), l'autobiographie (l'empereur, à la fin de sa vie, se raconte afin de mieux se comprendre), les Mémoires (le récit témoigne d'une époque).

• **Les principaux personnages.**
– **Hadrien :** le héros est un humaniste érudit, attaché à la liberté, désireux d'*« imposer doucement au monde »* la sagesse de la culture grecque. Il se dit *« responsable de la beauté du monde »*. Les deux événements centraux de sa vie sont sa rencontre avec Antinoüs et la mort de celui-ci.
– **Antinoüs :** le jeune homme d'une grande beauté, fasciné par la mort, reste mystérieux, moins humain que divin, comme sorti d'un mythe.
– De nombreux personnages, adjuvants ou opposants **(voir p. 357)**, gravitent autour d'Hadrien, tissant tout un réseau de ressemblances et d'oppositions (par exemple, Attianus et Plotine ou bien Lucius et Antinoüs).

• **La composition.** Les **six parties** regroupent un nombre varié de chapitres, sauf l'ouverture et la conclusion qui en comptent deux. L'ascension d'Hadrien jusqu'à l'âge d'or de sa vie *(saeculum aureum)*, illuminé par la rencontre avec Antinoüs, est minutieusement évoquée pour nous montrer la lenteur de cette progression. Des analepses et des prolepses **(voir p. 354)** brouillent la chronologie et créent des échos et des annonces sources d'émotions pour le lecteur.

C Parcours : *« Soi-même comme un autre »*

• **Parler de soi.** Devançant les autofictions **(voir p. 371)**, les *Mémoires d'Hadrien* peuvent aussi se lire comme la propre introspection de l'auteur. L'homosexualité, l'érudition, et surtout la quête de la beauté et les valeurs défendues nous invitent, bien que l'auteur s'en défende, à associer au « je » d'Hadrien celui de Marguerite Yourcenar. Il s'agit, dans le même temps, de se mettre à distance, de s'envisager comme un autre, ce que permet tout récit de vie.

• **À la recherche de notre humanité.** Outre les **exigences de la recherche historique** *(« tout lire », « s'informer de tout »)* pour qui veut écrire la vie d'un autre, Marguerite Yourcenar *(Carnets de notes)* affirme la nécessité de retenir *« ce qu'il y a de plus durable, de plus essentiel en nous », « comme point de contact avec ces hommes qui comme nous croquèrent des olives, burent du vin, [...] et pensèrent, et vieillirent, et moururent »*. Les quêtes de la vérité sur soi et de la vérité sur l'autre se rejoignent dans un même désir d'atteindre notre essence humaine et de la partager avec le lecteur.

Info-clé

Dans ses ***Carnets de notes,*** Marguerite Yourcenar, pour expliquer son **intérêt pour Hadrien**, cite Flaubert : *« Les dieux n'étant plus et le Christ n'étant pas encore, il y a eu, de Cicéron à Marc Aurèle, un moment unique où l'homme seul a été. »*

24

Le terme grec qui a donné le mot *théâtre* désigne « ce qui est regardé » et définit ainsi la spécificité de ce **genre littéraire : une représentation avant d'être un texte**. C'est donc sous l'angle du **spectacle** que le texte de théâtre doit être abordé et étudié.

1 Le texte théâtral

A L'organisation spécifique du texte de théâtre

- La spécificité du texte théâtral tient à sa finalité qui est la **représentation**. En effet, l'organisation en **actes** et en **scènes**, plutôt qu'en parties et en chapitres, est liée au spectacle lui-même.
- À l'origine, les changements d'acte permettent le renouvellement des bougies. Quant aux changements de scène, invisibles pour les spectateurs, ils facilitent le calendrier des répétitions en indiquant les noms des comédiens présents à tel ou tel moment de la pièce.

Vocabulaire-clé

- **Didascalie :** indication concernant le décor ou le jeu des comédiens.
- **Réplique :** parole d'un personnage.
- **Dialogue :** échange de répliques.
- **Stichomythie :** échange de répliques très brèves.
- **Tirade :** longue réplique.
- **Monologue :** parole d'un personnage seul sur scène (à ne pas confondre avec la tirade).
- **Aparté :** parole qu'un personnage prononce à seule destination du public.

B Un texte destiné à être prononcé

- **Le texte en vers.** La tragédie classique (XVIIe siècle) tire sa force et sa musicalité de la **versification** elle-même afin d'émouvoir les spectateurs.

  Ex. : Les alexandrins de l'Infante au début du *Cid* de Corneille expriment le déchirement tragique du personnage.

- **La *commedia dell'arte*** propose à ses comédiens d'improviser à partir d'une grille définie : le **« scénario »**. Sans le jeu des acteurs, la pièce n'existe pas.

▲ Une représentation de *commedia dell'arte* par la troupe des Gelosi (1571-1604).

C La question de la place du texte

La tradition littéraire occidentale tend à sacraliser le texte en accordant à la **parole des personnages** la première place. Des auteurs et des théoriciens comme Eugène Ionesco *(Notes et Contre-Notes)* ou Antonin Artaud (*Le Théâtre et son Double*, 1938) ont condamné cette suprématie de la parole et souligné la place du spectacle.

Citation-clé

Influencé par le théâtre asiatique, celui de Bali notamment, Artaud prône un *« théâtre de la cruauté »*, c'est-à-dire un spectacle où s'affirme la présence physique intense des comédiens.

D Un genre qui puise ses racines dans l'Antiquité

• Qu'elles s'en nourrissent ou qu'elles le rejettent, les œuvres théâtrales de notre histoire littéraire se définissent par rapport à la tragédie et à la comédie de l'Antiquité grecque.

• **La tragédie.** Elle célèbre les **valeurs** (honneur, gloire…) de la société et expose les **forces** (destin, dieux…) à redouter. Elle fédère les spectateurs en leur faisant éprouver ***« terreur et pitié »*** (Aristote) : cette fonction cathartique (la catharsis) ***« purge les passions »*** des spectateurs.
Les personnages de haut rang sont déchirés par un **dilemme**, entraînés vers la mort par un destin qu'ils ne peuvent contrer malgré leurs efforts.

• **La comédie.** Destinée à faire rire, elle a aussi une **fonction satirique**. Elle met en scène des personnages types : le barbon (vieillard avare, égoïste, naïf), les jeunes gens amoureux, ainsi qu'un esclave (un valet ou une servante) débrouillard et insolent. L'intrigue tourne autour d'un mariage, et tout se termine bien pour les jeunes gens qui s'aiment.

2 Les contraintes du théâtre

A Les contraintes matérielles

• **Le temps de la représentation.** Alors que le romancier dispose d'une infinie liberté, le dramaturge voit peser sur son œuvre une succession de contraintes matérielles. Il évolue tout d'abord dans un **temps réduit**. Les tentatives pour créer de très longues pièces (*Le Soulier de satin* de Paul Claudel, par exemple) restent exceptionnelles, et la représentation devra être relativement brève.

De plus, si le lecteur peut revenir en arrière et reprendre un passage qu'il a mal compris, le spectateur, lui, est pris dans le **rythme imposé** par la représentation. À l'auteur donc de veiller à ce que son texte soit clair en soulignant ou répétant les éléments essentiels.

• **L'espace de la représentation.** De même, l'**espace est réduit** : les comédiens se déplacent entre les trois murs de la scène, auxquels s'ajoute le **« quatrième mur »** virtuel.

> **Notion-clé**
>
> **« Quatrième mur ».** Cette notion a été mise en avant par le metteur en scène André Antoine dans un souci de vraisemblance. Dans cette **conception de l'espace scénique**, le spectateur est un voyeur devant une action qui semble se dérouler sans lui. Cette notion appartient, en réalité, à Denis Diderot qui, en 1758, dans son *Discours sur la poésie dramatique*, écrit : *« Imaginez, sur le bord du théâtre, un grand mur qui vous sépare du parterre ; jouez comme si la toile ne se levait pas. »*

B La codification du théâtre

À ces contraintes matérielles s'ajoutent des **contraintes culturelles** : le théâtre est un genre traditionnellement codifié **(voir p. 382)**.
On peut supposer que cette codification, qui existe dans d'autres pays comme le Japon, est inhérente au genre théâtral lui-même. En effet, le théâtre, destiné à être représenté devant un groupe, est une célébration collective qui trouve sa place dans une société elle-même régie par des codes.
De plus, pour être compréhensible aisément, le théâtre doit se définir par rapport à des **repères** que le spectateur maîtrise ; par exemple, les conditions sociales et les caractères sont rapidement identifiables : le valet fourbe, le vieillard égoïste et avare…

3 Une œuvre collective

A Les personnes impliquées dans la représentation théâtrale

La représentation théâtrale est bel et bien une création collective. Le travail de l'**auteur** est prolongé par celui du **metteur en scène** qui dirige les **comédiens** et les **techniciens** (lumière, costumes, son...). Le public est partie prenante de la représentation. Le dramaturge peut même lui confier un rôle, comme le fait Molière dans *L'Avare* (1668) lorsque le monologue d'Harpagon devient un véritable dialogue avec la salle.

> **Citation-clé**
>
> *« Que de gens assemblés ! [...] De grâce, si l'on sait des nouvelles de mon voleur, je supplie que l'on m'en dise. N'est-il point caché là parmi vous ? Ils me regardent tous et se mettent à rire. Vous verrez qu'ils ont part sans doute au vol que l'on m'a fait »* (célèbre monologue d'Harpagon dans *L'Avare* de Molière).

B Le metteur en scène : les choix

- **Le metteur en scène fait son apparition à la fin du XIXe siècle,** avec André Antoine (1858-1943), quand le genre théâtral s'est assoupli. Entre le **simple traducteur** fidèle et invisible de la pensée de l'auteur (les metteurs en scène Jacques Copeau ou Jean Vilar) et le **créateur** qui utilise la pièce du dramaturge pour en faire sa propre œuvre (Antoine Vitez), il existe des conceptions différentes du rôle du metteur en scène.
- **Le metteur en scène doit répondre à différentes questions :** traduction du texte ou utilisation/recréation ? mise en valeur de la psychologie (la dimension romanesque du théâtre) ou projet pictural ? quelle place accordée aux spectateurs ? À cette dernière question, Ariane Mnouchkine (le Théâtre du Soleil) répond en repensant l'espace scénique (plusieurs scènes, par exemple) pour permettre au public de participer pleinement à la représentation.

4 Un spectacle

A Le décor et ses fonctions

- **Une fonction esthétique.**

Lorsque le rideau se lève, c'est le décor que le spectateur découvre en premier, un décor dont la fonction peut être de le **séduire** par sa précision (dans *Rhinocéros* de Ionesco, par exemple) ou, au contraire, par son dépouillement (*En attendant Godot* de Samuel Beckett).

> **Info-clé**
>
> À la fin du XIXe siècle, avec l'électricité, l'**éclairage** devient une des **ressources du théâtre**. Il est possible de mettre en lumière un personnage ou, au contraire, de le dissimuler, comme Musset en rêvait au début de *Lorenzaccio* (pièce destinée à être lue) lorsqu'il imaginait une scène nocturne.

- **Une fonction informative.**

Le décor délivre des **informations** sur le milieu social.

Ex. : Le Bourgeois gentilhomme nous montre, par exemple, la maison d'un riche bourgeois.

Les meubles ou accessoires peuvent, par ailleurs, jouer un rôle dans l'intrigue.

Ex. : Dans *Le Tartuffe*, Elmire invite son mari Orgon à se cacher sous une table pour surprendre les intentions du personnage éponyme.

- **Une fonction symbolique.**

Le décor et les accessoires ont souvent une fonction symbolique.

Ex. : L'épée que brandit Iphicrate au début de *L'Île des esclaves* de Marivaux représente le pouvoir exercé par la force ; c'est, d'ailleurs, le sens du nom du personnage.

B Le costume et ses fonctions

• Une fonction informative.

Comme le décor, le costume informe les spectateurs.

Ex. : La tenue de M. Jourdain, au début du *Bourgeois gentilhomme*, indique l'époque et la position sociale du personnage.

Mais les metteurs en scène ou les auteurs eux-mêmes, tel Anouilh dans *Antigone*, peuvent choisir, au contraire, des costumes neutres ou contemporains afin de donner à leurs personnages une **valeur atemporelle**.

• Un rôle dans l'intrigue.

Dans la comédie, le travestissement est un des ressorts de l'action.

Ex. : Dans *Le Jeu de l'amour et du hasard* (Marivaux), l'échange des conditions sociales qui est au cœur de l'intrigue s'exprime par un échange de costumes entre les maîtres et leurs serviteurs.

• Une fonction symbolique.

De façon plus profonde, le costume peut aussi symboliser le personnage.

Ex. : C'est le cas d'Harpagon (*L'Avare* de Molière), qui porte un costume élimé et démodé.

C Le jeu du comédien

Mentionnés par des didascalies ou créés par le metteur en scène, les jeux de scène font appel aux **gestes** et aux **expressions** des comédiens. Leur rôle peut être simplement comique ; les gestes peuvent aussi influencer l'évolution de l'intrigue.

Ex. : Dans *Le Cid*, le soufflet du Comte qui humilie Don Diègue déclenche la logique tragique de la vengeance.

D Un théâtre destiné à être écouté

• Le rôle des intonations.

Le texte de théâtre est destiné à être prononcé, voire déclamé.

Ex. : Molière, dans *Les Précieuses ridicules*, critique la diction très exagérée des comédiens de l'Hôtel de Bourgogne et propose un jeu plus proche de la parole ordinaire.

• Rires et cris.

Le langage du comédien ne se réduit pas à des mots ; la représentation donne vie à ce qui n'est que *« Ah ! Ah ! »* dans le texte imprimé.

Ex. : Les cris (ceux de Toinette au début du *Malade imaginaire*) ou les rires (celui de Zerbinette à la fin des *Fourberies de Scapin*) ne laissent jamais le spectateur indifférent.

• Le bruitage et la musique.

Outre les paroles, les cris et les rires, les bruits font également partie de la représentation théâtrale.

Ex. : Que serait la fin de *Dom Juan* sans les coups de tonnerre qui manifestent la puissance divine ?

La musique peut être un choix du metteur en scène ou s'inscrire dans le projet initial de l'auteur comme dans la comédie-ballet, un genre apprécié à la cour de Louis XIV.

Ex. : Le Bourgeois gentilhomme est le fruit de la collaboration de Molière et du musicien Lully.

Poussée à l'extrême, cette association, qui vise à créer un spectacle total, mène à l'opéra.

Les racines de notre théâtre puisent dans l'Antiquité, qu'il s'agisse de nous émouvoir ou de nous faire rire.

POÈTES GRECS — POÈTE LATIN — MOYEN ÂGE

Eschyle (v. 525-456) — Sophocle (v. 495-406) — Euripide (480-406) — Aristophane (v. 445-v. 385) — Térence (v. 185-159) — Mystères et farces

1 Le théâtre antique

A Une célébration collective

Le théâtre tel que nous le connaissons naît à Athènes au ve siècle av. J.-C. Les pièces sont montées à l'occasion des fêtes de la cité. En ce sens, dès son origine, le théâtre joue un **rôle social** particulier. Les comédies sont données entre deux tragédies afin de détendre l'atmosphère.

> **Info-clé**
>
> Dans sa *Poétique*, Aristote explique que la tragédie doit être « *mimésis* » (elle montre, imite la réalité) et « *catharsis* » (inspirant « ***terreur et pitié*** », la tragédie purge les spectateurs de leurs passions).

B La tragédie

Les sujets sont historiques ou mythologiques, et le chœur représente les **interrogations des spectateurs**. Trois grands noms sont à retenir : Eschyle, Sophocle et Euripide. Progressivement, les personnages acquièrent plus d'autonomie et les dieux se font moins directifs.

C La comédie

Les personnages de comédie sont des **personnages ordinaires dont on peut rire**. Aristophane est le principal auteur de comédies littéraires grecques ; il inspire deux grands auteurs latins : Plaute (v. 254-184 av. J.-C.) et Térence.

2 Le théâtre français au Moyen Âge et à la Renaissance

A Le théâtre médiéval

Le théâtre médiéval s'inspire des textes religieux : les mystères, qui reprennent des épisodes de l'Évangile, sont, en effet, joués à l'occasion des **fêtes religieuses**. Les farces, elles, mettent en scène des personnages ordinaires et n'hésitent pas à recourir au comique le plus grossier.

B Le théâtre de la Renaissance

En 1548, un décret royal met fin à la représentation des mystères. Tandis que les farces continuent de faire rire, les humanistes redécouvrent les chefs-d'œuvre de l'Antiquité et imposent le **modèle grec**.

26

Alors que l'esthétique baroque domine en Europe, le classicisme, marqué par la raison et les modèles antiques, imprègne en profondeur le théâtre français jusqu'à la fin du XVIIIe siècle.

Corneille,
Le Cid
(1637)

Molière,
Le Tartuffe
(1664-1669)

Boileau,
Art poétique
(1674)

Racine,
Phèdre
(1677)

1 Deux mouvements esthétiques

A Le baroque

Le mot « baroque » vient du portugais ***barrocco*** qui désigne une perle irrégulière. Après la période troublée des guerres de Religion, le baroque est un **mouvement esthétique** qui exprime toute la **complexité d'un univers échappant à l'emprise de l'homme**. Les jeux de miroir, les trompe-l'œil, les décors chargés sont des caractéristiques de ce mouvement qui domine en Europe jusqu'au milieu du XVIIIe siècle.

Pierre Paul Rubens (1577-1640), *La Chute de Phaéton* (v. 1604-1605), National Gallery of Art, Washington. ▶

B Le classicisme

En réaction au baroque, le classicisme est un **mouvement esthétique français** qui prône l'**ordre**, la **mesure**, l'**équilibre** selon les modèles antiques. Les jardins dits « à la française » du château de Versailles en sont une bonne illustration.

2 Un théâtre baroque

• Sous Louis XIII (1601-1643), Corneille écrit des comédies baroques. Ainsi, *L'Illusion comique* (1636) est bâtie sur un jeu de théâtre dans le théâtre.

• Louis XIV, maître des arts, impose l'esthétique classique sans pour autant chasser totalement le baroque comme en témoigne la Galerie des glaces de son château et certaines comédies de Molière.

Œuvre-clé

***Dom Juan* de Molière (1665) : une comédie baroque.** Chacun des actes se déroule dans un décor différent : intérieurs, forêt, bord de mer à l'acte II… Les personnages sont nombreux, à peine esquissés comme Charlotte et Mathurine dans l'acte II. Plusieurs intrigues se croisent ; leur seul point d'ancrage est le personnage éponyme, *« grand seigneur méchant homme »*. Le dénouement est spectaculaire, la statue du Commandeur offensé entraînant Dom Juan dans les flammes de l'enfer.

3 Le théâtre classique

A Les règles du théâtre classique

• **La règle des trois unités** demande à ce que l'action se déroule en **un seul jour**, en **un seul lieu** et qu'elle ne pose qu'**un seul problème**. Ainsi, les tragédies de Racine sont concentrées et le cadre choisi est épuré : le vestibule d'un palais où les différents personnages vont se croiser.

Citation-clé

« Qu'en un lieu, qu'en un jour, un seul fait accompli /Tienne jusqu'à la fin le théâtre rempli » (Nicolas Boileau, *Art poétique*, 1674).

• **La règle de vraisemblance** n'oblige pas à la vérité mais demande d'**imiter le vrai**. Les batailles ou les combats mythologiques (la mort d'Hippolyte terrassé en combattant un monstre marin dans *Phèdre* de Racine) ne peuvent donc être représentés et doivent faire l'objet d'un récit.

• **La règle de bienséance** permet de **ne pas choquer le spectateur**. Ainsi, les personnages ne peuvent mourir sur scène.

Ex. : Dans *Le Cid* de Corneille, le combat verbal entre Rodrigue et le Comte (acte II, scène 2) se prolonge en coulisses par un duel aboutissant à la mort du Comte.

B Les genres codifiés

• **La tragédie,** selon le modèle antique, met en scène des **personnages de haute lignée** prisonniers d'un destin qui les mène à leur perte.

Ex. : Titus (*Tite et Bérénice* de Corneille, *Bérénice* de Racine) est un roi de Rome. Thésée, personnage de *Phèdre*, est un roi lui aussi.

• **La comédie,** dont la fonction est satirique, met en scène des **personnages du peuple ou de la bourgeoisie**, comme le montre le titre même du *Bourgeois gentilhomme*. La première scène de *L'École des femmes* souligne le milieu populaire auquel appartient Arnolphe.

Citation-clé

« Castigat ridendo mores ». Molière reprend la devise de la comédie latine : *« La comédie corrige* (castigat) *les mœurs* (mores) *par le rire* (ridendo). *»*

• À côté de ces deux grands genres hérités de l'Antiquité conformément à l'esthétique classique, **la tragi-comédie** est un genre qui reprend les codes de la tragédie mais propose un **dénouement heureux**.

Ex. : Les personnages du *Cid* sont des nobles de haut rang, et Rodrigue (le Cid) fait face à un dilemme qui devrait le conduire à la mort. Mais la pièce n'est pas une tragédie : dans cette tragi-comédie, le héros peut épouser, à la fin, la fille de l'homme qu'il a tué en duel.

4 Trois grands dramaturges du XVIIe siècle

A Pierre Corneille (1606-1684)

- Le « grand Corneille » commence sa carrière littéraire comme **auteur de comédies** ; *L'Illusion comique*, en 1636, une pièce baroque, sera sa dernière comédie.
- En 1637, on reproche au ***Cid***, une **tragi-comédie** qui obtient un grand succès, son invraisemblance et la complexité de l'intrigue.
- Les très nombreuses **tragédies** qui suivent seront plus conformes aux canons du classicisme : *Horace* (1640), *Cinna* (1641), *Polyeucte* (1642)… *Tite et Bérénice* (1670), *Suréna* (1674). Corneille puise la plupart de ses sujets dans l'histoire antique ; il met en scène des personnages déchirés entre des exigences contradictoires en soulignant à la fois leur **héroïsme** et leur **fragilité humaine**.

B Jean Racine (1639-1699)

- Plus jeune que Corneille à qui il va faire de l'ombre, Racine est insensible au baroque. Élevé dans la rigueur du jansénisme (courant religieux austère qui croit à la prédestination), il compose des tragédies dont l'équilibre et le resserrement deviennent des **modèles du classicisme pur**. Les intrigues sont simples, les personnages se croisent dans un lieu unique (le vestibule du palais).
- Comme son prédécesseur, il s'inspire de l'Antiquité, notamment de la mythologie. Ses héros, comme ceux de Sophocle, sont **prisonniers d'un destin auquel ils ne peuvent échapper**. Ses pièces sont moins nombreuses que celles de Corneille : *Andromaque* (1667), *Britannicus* (1669), *Bérénice* (en 1670, comme *Tite et Bérénice* de son rival), *Iphigénie* (1674), *Phèdre* (1677)… *Les Plaideurs* (1668) est son unique comédie.

> **Œuvre-clé**
>
> ***Phèdre*, un modèle du classicisme.**
> Sous l'emprise de Vénus « *tout entière à sa proie attachée* », Phèdre aime Hippolyte, son beau-fils. L'aveu de cette passion déclenche un mécanisme mortel (la « catastrophe » de la tragédie) que les personnages ne peuvent enrayer. La mort d'Hippolyte ordonnée par Thésée provoque celle de Phèdre et de sa confidente Œnone.

C Jean-Baptiste Poquelin, dit « Molière » (1622-1673)

- Molière est à la fois **acteur, directeur d'une troupe et auteur**. Selon les modèles de la comédie latine et de la *commedia dell'arte*, il écrit, met en scène et joue de nombreuses comédies.
- Tout en respectant les codes du genre et en divertissant son public, **il s'attaque à la société de son temps** : les médecins, les avares, les nobles désargentés (Dorante dans *Le Bourgeois gentilhomme* en 1670), les dévots proches du roi – ce qui lui vaudra l'interdiction du *Tartuffe* en 1664.
- Si certaines pièces (*Les Fourberies de Scapin*, 1671) sont proches de la farce, d'autres, écrites en vers, comme *L'École des femmes* (1662) ou *Le Misanthrope* (1666), donnent ses lettres de noblesse à la comédie.

> **Citation-clé**
>
> « *Les comédies ne sont faites que pour être jouées* » (Molière, préface de *L'Amour médecin*, 1665).

27

Après la mort de Louis XIV (1715), dont la fin de règne a été austère, les mœurs et les pensées se libèrent, mais le théâtre reste sous l'influence des deux courants dominants, le classicisme français et le baroque (prolongé par le rococo).

Marivaux, *Le Jeu de l'amour et du hasard* (1730)

Beaumarchais, *Le Mariage de Figaro* (1784)

1 Le prestige de la tragédie

Les tragédies de Corneille et de Racine sont toujours jouées et vénérées. Des auteurs essaient de les égaler tel Voltaire avec *Zaïre* (1732), par exemple.

2 Le renouvellement de la comédie

A La comédie après Molière

- Après la mort de Molière en 1673, Louis XIV ordonne la fusion de sa troupe et de celle de l'hôtel de Bourgogne pour donner naissance à la Comédie-Française (1680). Les comédiens italiens sont chassés en 1697 – ce qui provoque le développement des théâtres de la foire (théâtres populaires à l'occasion des foires). En 1716, le Régent autorise le retour des comédiens italiens à Paris.
- À la fin du siècle, un nouveau genre fait son apparition : le **drame bourgeois**. Puisant dans la tragédie comme dans la comédie, il se veut un *« genre sérieux »* (Diderot). On peut citer *La Mère coupable* de Beaumarchais jouée en 1792.

B Marivaux (1688-1763)

Comme Molière, Pierre Carlet de Chamblain de Marivaux est fasciné par le théâtre italien, pour lequel il écrit. Il n'hésite pas à reprendre les personnages de la *commedia dell'arte* comme Arlequin ou Silvia. Sous sa plume, ces personnages types prennent du relief et leurs sentiments sont étoffés pour être décortiqués. Certaines comédies, comme *L'Île des esclaves* (1725) ou *Le Jeu de l'amour et du hasard* (1730), imaginent une **inversion de la hiérarchie sociale**, les valets devenant des maîtres et inversement. Mais nous ne sommes qu'à l'aube des Lumières, et le théâtre de Marivaux, alliant **fantaisie et morale**, ne propose pas encore une réflexion politique.

C Beaumarchais (1732-1799)

Pierre-Augustin Caron de Beaumarchais poursuit ce renouvellement de la comédie avec une pièce qui fut censurée, *La Folle Journée ou le Mariage de Figaro* (1784), deuxième volet d'une trilogie qui comprend *Le Barbier de Séville* (1775) et *La Mère coupable* (1792). Dans l'esprit rapide de la *commedia dell'arte*, Beaumarchais met en scène un personnage qui hérite du Sganarelle de Molière et de l'Arlequin de Marivaux. Mais Figaro et son auteur vont beaucoup plus loin en **dénonçant ouvertement les privilèges de la noblesse**, notamment dans le célèbre monologue de l'acte III, scène 5.

Citation-clé

« […] noblesse, fortune, un rang, des places, tout cela rend si fier ! Qu'avez-vous fait pour tant de biens ? Vous vous êtes donné la peine de naître, et rien de plus […] » (Beaumarchais, *Le Mariage de Figaro*, II, 5, 1784).

Sur tous les plans – politique, social, économique, esthétique –, le XIXe siècle est une période de grands bouleversements ; les anciens repères sont remis en question.

Hugo, *Hernani* (1830)

Musset, *Lorenzaccio* (1834)

Vigny, *Chatterton* (1835)

Labiche, *Le Voyage de M. Perrichon* (1860)

Rostand, *Cyrano de Bergerac* (1897)

1 La révolution romantique

- Les romantiques, sous la houlette de Victor Hugo, **rejettent le classicisme**. Il n'est plus question de s'inspirer de la mythologie antique, de reprendre les genres codifiés depuis l'Antiquité, de suivre les règles édictées par Boileau dans son *Art poétique* (1674). Alors que les dramaturges et le public du XVIIIe siècle ont continué de voir en Racine et Corneille les modèles de la littérature française, les romantiques veulent imiter Shakespeare et prônent de nouvelles valeurs.
- Le romantisme ne s'installe pas sans heurts, et les pièces suscitent autant de haine que d'enthousiasme. Ainsi, le 25 février 1830, la première représentation d'*Hernani*, de Victor Hugo, déclenche une bagarre entre admirateurs et détracteurs dans la salle même de la Comédie-Française.

Citation-clé

« Dans l'armée romantique comme dans l'armée d'Italie, tout le monde était jeune. / Les soldats pour la plupart n'avaient pas atteint leur majorité, et le plus vieux de la bande était le général en chef, âgé de vingt-huit ans. C'était l'âge de Bonaparte et de Victor Hugo à cette date » (Théophile Gautier, *Histoire du romantisme*).

Albert Besnard (1849-1934), *La Première d'« Hernani » (avant la bataille)*. Paris, musée Victor Hugo. ▶

2 Le drame romantique

A Les principes

La *liberté* est le mot d'ordre des romantiques. Victor Hugo souhaite et pratique le **mélange des genres et des tonalités**. Dans le drame romantique, une scène comique peut succéder à une rencontre tragique. L'unité d'action et l'impression de réel restent nécessaires à la crédibilité des pièces, mais les unités de lieu et de temps sont rejetées. Les intrigues se complexifient, et les personnages se multiplient au point que certaines pièces sont difficiles à mettre en scène. L'alexandrin n'est pas banni mais il s'assouplit (un alexandrin plus ternaire que binaire) et n'est pas obligatoire (*Les Caprices de Marianne* de Musset, par exemple).

Les romantiques veulent un théâtre libre, naturel, susceptible d'exprimer toute la **palette des sentiments et des émotions humaines**.

> **Citation-clé**
> *« Toute époque a ses idées propres : il faut qu'elle ait aussi les mots propres à ses idées »* (Victor Hugo, préface de *Cromwell*, 1827).

B Les principales œuvres

- *Hernani* (1830) et *Ruy Blas* (1838) sont les drames de Victor Hugo les plus connus ; dans cette seconde pièce, le dramaturge emprunte à la comédie le *topos* du valet travesti en maître mais lui donne une force tragique.
- D'autres poètes romantiques écrivent aussi pour le théâtre, comme Alfred de Vigny, qui compose *Chatterton* en 1835, et Alfred de Musset, qui crée *Lorenzaccio* en 1834. La particularité des pièces d'Alfred de Musset est qu'elles ne sont pas destinées à être jouées mais lues en imaginant ce que serait leur représentation.
- En 1897, Edmond Rostand renoue avec l'inspiration des romantiques de la première moitié du siècle et obtient le plus grand succès de l'histoire du théâtre français avec *Cyrano de Bergerac*, un drame inspiré par un personnage qui a vraiment existé au XVIIe siècle.

3 Un théâtre pour divertir

Dans le prolongement de la **comédie satirique**, avec Labiche, Feydeau et Courteline, le théâtre de boulevard, ou vaudeville, s'amuse des travers de la société. De **nouveaux personnages types** apparaissent : le mari trompé, l'amant…

4 Le théâtre à la fin du XIXe siècle

A Le théâtre symboliste

Maurice Maeterlinck (1862-1949), né en Belgique, invente le **théâtre symboliste** pour exprimer « les puissances supérieures » qui régissent l'Univers.

B Le théâtre d'Alfred Jarry (1873-1907)

En 1896, *Ubu roi* ressemble au canular d'un étudiant provocateur, mais l'absurdité de la pièce ouvre la voie au théâtre moderne.

> **Citation-clé**
> « **Père Ubu –** *C'est fort possible, mais j'ai changé le gouvernement et j'ai fait mettre dans le journal qu'on paierait deux fois tous les impôts et trois fois ceux qui pourront être désignés ultérieurement. Avec ce système, j'aurai vite fait fortune, alors je tuerai tout le monde et je m'en irai.* » (Alfred Jarry, *Ubu roi*, III, 4, 1896).

29

La Première Guerre mondiale vient briser l'enthousiasme et la confiance nés des progrès du XIXe siècle. L'art entre dans une ère de doute et de remise en cause.

Claudel, *Le Soulier de satin* (1929)

Cocteau, *La Machine infernale* (1934)

Camus, *Caligula* (1944)

Anouilh, *Antigone* (1944)

Ionesco, *La Cantatrice chauve* (1950)

Beckett, *En attendant Godot* (1953)

1 Théâtre et texte poétique

A La force lyrique de la parole

Paul Claudel (1868-1955), diplomate et écrivain religieux, compose des drames où la parole lyrique donne toute sa puissance au théâtre. Ses principales œuvres pour le théâtre sont *Le Partage de midi* (1905), *L'Annonce faite à Marie* (1912), *Le Soulier de satin* (1929). D'autres dramaturges comme **Henri de Montherlant** (1895-1972), **Jean Anouilh** (1910-1987) ou **Jean Giraudoux** (1882-1944) donnent aussi une force poétique à la prose théâtrale.

B Le retour de la tragédie

Alors que l'Histoire semble un inéluctable destin qui mène l'humanité d'une guerre mondiale à une autre, la tragédie fait son retour. Sans doute les auteurs voient-ils en elle une forme susceptible d'exprimer ce **conflit de la liberté individuelle et d'une force** – *« une machine infernale »* (Jean Cocteau) – **qui la dépasse**. Reprenant les récits antiques, **Anouilh, Giraudoux** ou **Cocteau** écrivent des tragédies modernes qui montrent la vérité éternelle des mythes.

Ex. : *« Et voilà. Maintenant, le ressort est bandé. Cela n'a plus qu'à se dérouler tout seul. C'est cela qui est commode dans la tragédie. On donne le petit coup de pouce pour que cela démarre, rien, un regard pendant une seconde à une fille qui passe et lève les bras dans la rue, une envie d'honneur un beau matin, au réveil, comme de quelque chose qui se mange, une question de trop que l'on se pose un soir… C'est tout. Après, on n'a plus qu'à laisser faire. On est tranquille. Cela roule tout seul. C'est minutieux, bien huilé depuis toujours »* (Anouilh, *Antigone*, 1946).

2 Le théâtre engagé

Pour **Jean-Paul Sartre** (1905-1980), l'homme se définit par son engagement ; la littérature est donc militante, et le théâtre devient une tribune pour exprimer des idées philosophiques comme dans *Huis clos* (*« L'enfer, c'est les autres »* ; 1944) ou politiques comme dans *Les Mains sales* (1948). Le théâtre d'**Albert Camus** (1913-1960) s'interroge également sur le pouvoir et sur les relations entre les hommes : *Caligula* (1944), *Les Justes* (1949).

3 Le théâtre de l'absurde

A L'impossibilité de communiquer

• Dénonçant notre langage vide et notre incapacité à vraiment communiquer, **Samuel Beckett** (1906-1989) et **Eugène Ionesco** (1909-1994) mettent en scène des dialogues qui ne sont plus de véritables échanges.

> **Œuvre-clé**
> *La Cantatrice chauve* est jouée sans interruption au théâtre parisien de la Huchette depuis sa création en 1950. Ionesco, s'inspirant des méthodes de langue, écrit, par exemple : « *L'huile de l'épicier du coin est de bien meilleure qualité que l'huile de l'épicier d'en face.* »

• Cette **communication impossible** condamne les hommes à la solitude et à un destin misérable, comme les personnages exclus d'*En attendant Godot* (1953) de Samuel Beckett.

B La violence

Le contexte historique de la Seconde Guerre mondiale contribue à expliquer cette **violence** qui domine dans nombre de pièces des années 1950, comme *Les Bonnes* (1947) de Jean Genet (1910-1986) ou *La Leçon* (1951) d'Eugène Ionesco. Mais la violence est aussi une forme de présence qui donne toute sa puissance à la représentation théâtrale, comme le veut Antonin Artaud, partisan d'un « *théâtre de la cruauté* ».

C Un nouveau théâtre

Dans les pièces de Ionesco et de Beckett, les **didascalies** foisonnent : le spectacle est total car le théâtre ne se réduit pas au dialogue des personnages ; **tout fait sens**, du décor aux costumes en passant par la mise en place des comédiens.

4 Le théâtre aujourd'hui

Sans doute n'avons-nous pas suffisamment de recul pour percevoir les lignes de force majeures des œuvres contemporaines. On peut, tout de même, citer quelques auteurs reconnus.

• **Michel Vinaver** (né en 1927) a été longtemps le P-DG de Gillette tout en menant une carrière de dramaturge. Sa pièce *L'Ordinaire* est entrée au répertoire de la Comédie-Française en 2009 ; s'inspirant d'un fait réel, elle réunit sur scène des dirigeants d'entreprise coupés du monde suite à un accident d'avion et contraints de se poser la question du cannibalisme.

• Le théâtre de **Valère Novarina** (né en 1947) s'inspire de celui d'Antonin Artaud et s'attache à montrer la force des mots : « *Le vrai sang des choses est à chercher au fond des mots* » dit-il.

• **Bernard-Marie Koltès** (1948-1989), qui a beaucoup travaillé avec le célèbre metteur en scène Patrice Chéreau, est notamment l'auteur du *Retour au désert* en 1988, une pièce qui mélange les tonalités pour exprimer les déchirures familiales.

• **Jean-Luc Lagarce,** décédé du sida à 38 ans en 1995, est un des auteurs contemporains les plus joués en France et à l'étranger. Sa pièce la plus connue, *Juste la fin du monde*, a été composée en 1990 ; elle est entrée au répertoire de la Comédie française en 2007 et a été adaptée au cinéma par Xavier Dolan. Le film obtient le Grand Prix du festival de Cannes en 2016 et trois Césars en 2017 (voir p. 392).

• On peut citer aussi **Yasmina Reza** (née en 1959) dont la pièce *Art* (1994), interprétée par Pierre Vaneck, Fabrice Luchini et Pierre Arditi, est souvent reprise. L'intrigue est un huis clos : face à la question de l'art contemporain trois amis se déchirent et en viennent aux mains. *Le Dieu du carnage*, pièce créée en 2008, a été adaptée au cinéma par Polanski (*Carnage*, 2011).

30

1 *Le Malade imaginaire* (1673) de Molière

A Le contexte (voir p. 383)

• **La dernière comédie de Molière.** Après une grande comédie en vers, *Les Femmes savantes* (1672), Molière renoue avec la farce et la comédie ballet mais, brouillé avec Lully qui a composé la musique du *Bourgeois Gentilhomme* (1670), il fait appel au musicien Marc-Antoine Charpentier pour écrire son dernier spectacle, *Le Malade imaginaire*, dans lequel, très malade, il tient le rôle-titre d'Argan. Pris d'un malaise à la quatrième représentation, il meurt quelques heures plus tard.

• **Une comédie classique.** Molière, conformément à l'esthétique classique, reprend le modèle antique de la comédie : une intrigue familiale centrée sur un mariage problématique, une fin heureuse, des personnages types, une visée satirique (*castigat ridendo mores* : « corriger les mœurs en faisant rire »).

• **Une farce et une comédie ballet.** La farce (voir p. 380) n'hésite pas à recourir à un comique grossier (Argan courant au bassin) et la gestuelle occupe une place de choix. Dans cette dernière œuvre, Molière cherche avant tout à divertir son public, dont le roi, en le faisant rire et en satisfaisant ses goûts : préciosité, *commedia dell'arte* et exotisme dans les ballets.

Auteur

Molière (1622-1673) est un dramaturge qui donne ses lettres de noblesse à la comédie.

Info-clé

Louis XIV règne sur les Arts. Molière a célébré sa puissance à la fin du *Tartuffe*. En 1673, comme le roi lui préfère Lully, il essaie de regagner ses bonnes grâces en composant une comédie ballet divertissante dont le prologue souligne les « beaux faits », et « l'intrépide courage » du monarque.

B Les principaux repères

• **L'intrigue.** Argan, avare et prétendument malade, veut que sa fille Angélique épouse un médecin alors que cette dernière aime Cléante d'un amour réciproque. À ce nœud traditionnel s'ajoutent les manœuvres de Béline, la seconde épouse d'Argan, qui cherche à récupérer la fortune de son mari. Les discours de Béralde, l'énergie d'Angélique et les ruses de Toinette permettront aux jeunes gens de se marier tandis qu'Argan sera intronisé médecin.

• **Les principaux personnages.**

– **Argan** : barbon de la comédie, il est égoïste, avare et naïf. Le spectateur se moque de son attitude ridicule mais il pourrait être en même temps touché par les inquiétudes du personnage, la façon dont sa jeune épouse le manipule, l'affection qu'il peut témoigner à ses filles.

– **Angélique et Cléante** : ce sont les jeunes gens-types de la comédie. Angélique se montre ferme face à son père. Mais elle est aussi un modèle d'amour filial.

– **Béralde** : à la manière de Chrysalde dans *L'École des femmes*, il tente de faire entendre raison à son frère. À ce titre, il exprime les idées de Molière (*cf.* acte III, scène 3).

– **Toinette** : effrontée et rusée, la servante met son habileté au service d'Angélique et Cléante tout en cherchant à éclairer Argan son maître.

– **Béline** : intéressée et sans cœur, elle amène le spectateur à voir en Argan une victime autant qu'un bourreau.

C Parcours : « Spectacle et comédie »

• **Théâtre et spectacle.** Le mot « théâtre », dérivé en grec d'un verbe signifiant « regarder », rejoint dès son origine le mot « spectacle ». Au-delà du genre particulier de la comédie, c'est le théâtre lui-même qui est destiné aux regards. Aristote le souligne en faisant remarquer qu'à la différence des genres narratifs, le théâtre est *mimésis* (imitation) : sans nécessairement reproduire fidèlement le réel, il le révèle. Antonin Artaud (voir p. 376) regrette que, dans notre théâtre occidental, le texte ait pris le pas sur le spectacle.

> **Citation-clé**
> *« Les comédies ne sont faites que pour être jouées [...] avec les ornements qui les accompagnent ».*
> Molière, préface de *L'Amour Médecin.*

• **Comédie et spectacle.** À la différence de la tragédie traitant de façon noble (en vers) et souvent figée des sujets mythologiques ou historiques, la comédie connaît une plus grande liberté. Elle n'est pas prisonnière d'un texte comme nous le rappelle la *commedia dell'arte* (voir p. 376) et accorde une place primordiale au spectacle : décor, costumes, diction, jeux de scène, tout fait sens (voir p. 378).

• **Les fonctions du spectacle.**

– **Une fonction divertissante :** les procédés comiques reposent autant sur la gestuelle et les mimiques que sur les jeux de mots. On peut penser à Orgon caché sous la table dans *Le Tartuffe* (IV, 5), au ballet des assiettes dans *Dom Juan* (IV, 7). Le travestissement est un ressort apprécié dans la comédie : Molière y a souvent recours mais aussi Marivaux *(Le Jeu de l'amour et du hasard)* et Beaumarchais (*Le Mariage de Figaro*, V, 7). Ce procédé, au cœur même du jeu théâtral puisque le comédien emprunte une autre identité, nourrit de nombreux moments de « théâtre dans le théâtre ».

– **Une fonction satirique :** les costumes des personnages (avare ou bourgeois gentilhomme) contribuent à les ridiculiser et à dénoncer les travers qu'ils incarnent.

– **Une fonction esthétique :** les moyens techniques employés et l'existence depuis le début du XXe siècle de la profession spécifique du metteur en scène montrent l'importance de cette fonction. Les comédies ballets de Molière et l'opéra (*Dom Juan* ou *Les Noces de Figaro* de Mozart) suggèrent l'ouverture du texte théâtral au projet d'un spectacle total destiné à nous enchanter.

2 *Les Fausses Confidences* (1737) de Marivaux

A Le contexte

• **Le Théâtre-Italien.** À côté de la Comédie-Française, qui défend le patrimoine classique, les Italiens proposent un théâtre plus léger, celui de la *commedia dell'arte* avec ses personnages-types et ses *lazzi* (acrobaties) Mais au fil du siècle, les rôles s'affinent et certains valets comme Dubois ouvrent la voie qui mène au Figaro de Beaumarchais.

• **Le renouvellement de la comédie après Molière.** On retrouve dans *Les Fausses Confidences* le thème du mariage, le travestissement, la question de l'argent (la fortune d'Araminte) et du rang (le comte) qui sont au cœur de la comédie classique. Mais l'intrigue diffère des schémas traditionnels car Araminte, étant veuve, n'est pas tenue d'obéir à sa mère. De plus, ni l'autorité familiale ni la satire d'un travers ne sont au centre de la comédie de Marivaux.

> **Auteur**
> 
> **Marivaux (1715-1763)** écrit principalement pour le Théâtre-Italien. Ses comédies s'écartent du modèle classique (Molière) et utilisent toutes les subtilités du langage pour analyser les sentiments et les relations humaines (voir p. 384).

• **Le succès de la pièce.** Après des débuts difficiles sous le titre de *La Fausse Confidence*, *Les Fausses Confidences* s'avère un grand succès de Marivaux. La pièce a été représentée plus de sept cents fois à la Comédie-Française depuis 1793.

B Les principaux repères

• **L'intrigue.** Dorante, bien fait mais sans fortune, est tombée amoureux d'Araminte, une riche veuve. Dubois, son valet, est entré au service de la jeune femme avec l'intention de l'amener à aimer le jeune homme. Ce dernier suit les directives du valet qui, déployant un savant stratagème (confidences, portrait, lettre…), rend possible le mariage en dépit des différences de fortune et des interventions de tierces personnages tels Marton la servante, Madame Argante la mère d'Araminte et le comte, le prétendant finalement éconduit.

• **Les principaux personnages.**

– **Dubois** : s'il rappelle Scapin (*Les Fourberies de Scapin*, Molière, 1671), Dubois, parce qu'il déploie toute une stratégie pour amener Araminte dans les filets de Dorante, ressemble aussi à Dom Juan, à Flaminia dans *La Double Inconstance*, et annonce les libertins de Laclos (*Les Liaisons dangereuses*, 1782).

– **Dorante** : personnage ambigu, Dorante applique les consignes de son valet tout en revendiquant la sincérité de son amour. Son aveu dans la scène 12 de l'acte III sauve la morale de la pièce.

> **Citation-clé**
>
> « *Dans tout ce qui s'est passé chez vous, il n'y a rien de vrai que ma passion qui est infinie […]. J'aime encore mieux regretter votre tendresse que de la devoir à l'artifice qui me l'a acquise* » Dorante (III, 13)

– **Araminte** : la jeune veuve est seule car les autres personnages, pensant l'éclairer (sa mère) ou décidés à servir leurs propres causes (Dubois, Marton), cherchent à influencer ses décisions alors qu'elle ne revendique que sa liberté.

• **Le marivaudage.** Terme dépréciatif à l'origine quand les philosophes des Lumières reprochaient à Marivaux sa légèreté, le mot « marivaudage » désigne à présent un art du langage inspiré du romanesque précieux (voir p. 372). L'art subtil de distiller des informations sous forme de confidences constitue le principal ressort de la pièce.

C Parcours : « Théâtre et stratagème »

• **Le stratagème.** Le mot « stratagème », désigne une ruse de guerre. En l'employant fréquemment pour évoquer le théâtre, on laisse entendre que les rapports entre les personnages se nouent sur le mode du conflit ou d'une volonté de pouvoir, qui tous deux, génèrent la tension dramatique indispensable à l'intrigue.

• **Comédie et stratagème.** La comédie est le genre privilégié du stratagème : ce dernier est un moteur de l'intrigue, un révélateur des travers à dénoncer, un prétexte à des jeux de scène comique. Le valet ou la servante sont au premier plan mais aussi parfois des maîtres comme dans *Le Jeu de l'amour et du hasard*. Dans certains cas, le stratagème est le fait d'un personnage extérieur, un maître du jeu, tel Flaminia dans *La Double Inconstance* de Marivaux.

• **Théâtre et stratagème.** La comédie n'a pas l'exclusivité du stratagème. Pensons à Agrippine dans *Britannicus* (1669) de Racine ou bien, plus nettement encore, à deux drames romantiques de Musset, *Lorenzaccio* et *On ne badine pas avec l'amour*. Il semblerait que le théâtre contemporain en quête d'une expression plus spontanée, libérée de l'obligation d'une intrigue, se soit détourné de ce ressort traditionnel.

3 *Juste la fin du monde* (1999) de Jean-Luc Lagarce

A Le contexte

• **La création de la pièce.** Jean-Luc Lagarce a la confirmation de sa séropositivité au VIH en juillet 1988 ; ses jours sont désormais comptés. En 1990, il achève *Juste la fin du monde*, une pièce commencée en février 88 sous le titre *Les Adieux* et qui, sans être autobiographique, se nourrit de l'expérience personnelle d'une mort annoncée. La pièce sera mise en scène pour la première fois en 1999 par Joël Jouanneau puis par de nombreux metteurs en scène en différentes langues.

Auteur

Jean-Luc Lagarce (1957-1995) a obtenu de grands succès pour ses mises en scène de pièces classiques ou contemporaines ainsi que pour ses propres œuvres, la plus célèbre étant *Juste la fin du monde*.

• **Un théâtre du quotidien et de l'intime.** Après les pièces de Ionesco et de Beckett qui ont montré les difficultés à communiquer en mettant en scène des situations absurdes, les dramaturges continuent d'explorer la faillite du langage mais dans un cadre plus ordinaire.

B Les principaux repères

• **L'intrigue.** Louis, âgé de 34 ans, qui a quitté sa famille brusquement, revient des années plus tard avec l'intention d'apprendre aux siens qu'il va bientôt mourir. Finalement, après les longues tirades des uns et des autres, il repart sans avoir rien révélé. Aucun événement ne vient infléchir le drame de cette parole à la fois libérée et interdite.

• **La composition de la pièce.** Encadrée par un prologue et un épilogue, la pièce est composée de deux parties séparées par un intermède. Ce qui marque surtout le spectateur, c'est la position originale de Louis, à la fois personnage et narrateur.

• **La place de la parole.** Le vocabulaire, simple voire familier, inscrit l'action dans un contexte ordinaire, accessible à tous. Mais la langue est originale : la pièce est en vers libres, souvent répétitifs, comme si le personnage peinait à s'exprimer et devait sans cesse remettre en cause les mots et la syntaxe choisis.

Info-clé

Le dramaturge Michel Vivaner distingue la « pièce-machine » de la « pièce-paysage » : la première déroule une intrigue selon un enchaînement de causalité et la parole y est un instrument tandis que la seconde, comme *Juste la fin du monde*, libérée de la nécessité de raconter une histoire, accorde à la parole une place particulière.

• **Héritage et innovation.** La langue de Lagarce et la composition de la pièce sont innovants mais cette nouveauté se nourrit de nombreuses références culturelles bibliques (le retour du fils prodigue, mais le père est absent) ou antiques (thèmes du voyage et du retour, messager et chœurs tragiques).

C Parcours : « Crise personnelle, crise familiale »

• **Un cadre familial dans le théâtre classique.** Depuis son origine antique, la comédie propose des intrigues qui se nouent dans un cadre familial, autour d'un conflit. La tragédie se déroule, quant à elle, dans les hautes sphères du pouvoir mais la famille est tout autant impliquée. La crise, indispensable à la tension dramatique, est souvent liée à un abus d'autorité.
La crise familiale est aussi la crise personnelle des héros qui voient leurs aspirations contrariées.

• **Individu et famille en crise.** La famille aujourd'hui n'est plus le cadre ferme des siècles passés ; elle peut même être perçue comme la source des souffrances de l'individu. Dans *Juste la fin du monde*, elle est un univers que Louis a rejeté, qui va sur sa « fin » mais qu'il recherche pourtant. L'amour et les tensions se mêlent inextricablement, ce qui rend la communication quasi impossible.

Histoire Géographie

(Enseignement commun)

MÉTHODES

COURS

Histoire

Géographie

LES MÉTHODES

Répondre à une question problématisée en histoire

COMMENT FAIRE ?

La **réponse à une question problématisée** en histoire permet au candidat de montrer qu'il maîtrise les **connaissances** du programme et qu'il sait utiliser à bon escient les **notions** et les **échelles chronologiques**. Il traite le sujet par une **réponse organisée**, composée d'une introduction, de plusieurs paragraphes et d'une conclusion.

Étapes de préparation

Analyser le sujet

Il faut bien **comprendre** les mots du sujet et le **délimiter** dans le **temps** et dans **l'espace**.

Mobiliser ses connaissances

Cet exercice doit **répondre à la problématique** avec logique, grâce à une certaine hiérarchie et organisation des connaissances. Pour cela, il faut se poser les **grandes questions** : *qui ? quoi ? comment ? pourquoi ? quand ? où ?* etc. Elles permettent de **mettre** toutes ses connaissances en vrac, au brouillon, avant de les **trier** et de les **hiérarchiser**.

Appliquer les savoir-faire

Rédiger une problématique

Dégagez une **problématique** : discernez la ou les questions auxquelles le devoir devra répondre. Elle sert de **fil directeur** à la réflexion et donc au plan.

Faire un plan

Cadre de la démonstration, le plan permet de classer les éléments de réponse à la problématique en adoptant une structure **chronologique** ou **thématique**.

Rédiger le devoir

L'introduction

Après avoir montré que vous avez bien compris le sujet par **une analyse des termes**, présentez la **problématique** sous forme de question directe ou indirecte et **annoncez le plan**.

Le développement du devoir

Le corps du devoir est formé de **2 à 4 paragraphes**. Chaque partie comprend plusieurs arguments développés par un exemple, un fait précis et/ou une explication.

La conclusion

Elle apporte une **réponse à la problématique**. Elle peut finir par **l'élargissement du sujet** : il s'agit de l'ouvrir sur des perspectives plus larges.

Tout le devoir doit être rédigé en soignant l'expression et l'orthographe.

Analyser un document en histoire

COMMENT FAIRE ?

Cet exercice permet à l'élève de faire la preuve de sa capacité à comprendre le **contenu**, l'**apport** et la **portée** d'un document. Aussi, après l'avoir replacé dans son contexte historique, il s'agit de le mettre en relation et de le confronter à des connaissances personnelles pertinentes, grâce à la consigne qui accompagne le document et qui a pour but d'orienter l'analyse.
Lorsqu'un document est proposé, il faut :
– en **dégager le sens général** par rapport au chapitre d'histoire auquel il se rapporte ;
– le **critiquer**, c'est-à-dire en montrer l'intérêt et les limites, permettant ainsi de mieux comprendre la période historique concernée.

Étapes de préparation

Cerner le contexte

Après avoir présenté le document, dégagez les éléments qui permettent d'expliquer le contexte historique, les circonstances immédiates et globales dans lesquelles ce document a été produit.

Analyser le texte selon la ou les questions

D'abord, lisez attentivement le document et prenez soin de bien le comprendre. Repérez les mots-clés et la structure de l'argumentation, puis lisez attentivement la consigne pour bien cerner la logique de l'exercice. Ensuite, relisez le texte en soulignant et en annotant les éléments qui vous permettront de répondre à la consigne. Enfin, organisez les éléments du texte pour répondre de manière structurée au questionnement historique auquel il se rapporte.

Appliquer les savoir-faire

Rédiger l'analyse

Votre rédaction doit être organisée mais elle doit rester concise en raison du temps limité. Présentez le document à travers une **courte introduction**. Le **développement** en deux ou trois parties s'appuie sur les thèmes principaux du document en respectant l'orientation donnée par la consigne.
Votre analyse doit **toujours s'appuyer d'abord sur les documents**, en localisant le mieux possible l'élément que vous souhaitez expliquer (en utilisant les différents plans d'une photographie, les lignes et paragraphes d'un texte, les figurés d'une carte...).
La paraphrase est totalement à proscrire : il faut reformuler les idées du document en justifiant l'analyse par des citations courtes et bien sélectionnées. **La conclusion** fait le bilan de la réponse en une ou deux phrases de synthèse.
Bien que l'ensemble de vos réponses ne comporte pas de limite de volume, attention à ne pas rédiger une sorte de mini-composition, un exposé général qui n'utilise le document que comme support d'un cours.

LES MÉTHODES

Analyser deux documents en histoire

COMMENT FAIRE ?

L'analyse de documents peut demander à l'élève de **confronter deux documents** de même nature ou de nature différente. L'objectif de l'exercice reste le même : il s'agit de répondre à la question posée à partir de l'analyse des documents développée par l'ajout de connaissances. Aussi, lorsque deux documents sont proposés, l'élève doit **dégager le sens général de chacun des documents** dans la perspective de la question historique à laquelle il se rapporte, puis il doit les mettre en relation afin de **souligner l'intérêt de cette confrontation**.

Étapes de préparation

Identifier les documents

L'identification de chaque document est primordiale pour pouvoir les confronter avec un certain esprit critique. Après avoir bien identifié la **nature** et la **source** du document, il faut en cerner avec précision l'**auteur** et le **contexte**. Cette première étape permet de poser la base de l'exercice : les deux documents s'opposent-ils ? Ou vont-ils se renforcer l'un l'autre ? **On commence à identifier la relation entre les deux documents**.

Les reporter à la question

Travaillez ensuite sur les documents en fonction de la question posée. Il s'agit de bien **comprendre** chaque élément – ce qui demande du temps –, et d'identifier les éléments de réponses. La **structure des documents apparaît**. **Confrontez**-les alors avec la question historique à laquelle ils se rapportent et faites **ressortir des axes** qui formeront les idées.

Cerner la relation entre les documents

Le travail sur les documents permet de faire **ressortir des points communs ou des points de divergence**, des **relations de cause à effet** ou une **évolution** entre les documents. Certains éléments peuvent expliquer des arguments présents dans l'un des documents ou **souligner les limites ou l'intérêt** particulier des sources. Cette confrontation, cette relation entre les documents vous permettra de trouver le plus souvent **l'articulation des arguments**.

Exercice d'application

ÉNONCÉ

Comparez ces deux gravures satiriques révolutionnaires pour établir les transformations politiques et sociales entre les deux régimes.

A. « Â faut espérer qu'eu s jeu la finira ben tôt » **B.** « J'savais ben qu'jaurions not' tour »

▲ Caricatures révolutionnaires du XVIIIe siècle. Gravures anonymes coloriées, BNF, Paris.

CORRIGÉ

Présenter les documents et le contexte

Les deux documents sont des **gravures anonymes coloriées, du dernier quart du XVIIIe siècle**, conservées à Paris à la Bibliothèque nationale. Ces **images satiriques** commencent à être diffusées au début de l'année 1789 dans un contexte de crise aiguë de la monarchie absolue et d'effervescence politique et sociale. Réalisée au printemps 1789, la **première gravure** dénonce l'**inégalité de la société d'ordres**. La **seconde** témoigne des **changements politiques et sociaux** consécutifs à la première année de la Révolution française.

Décrire la première gravure et l'interpréter

Cette gravure représente **deux personnages richement vêtus assis sur le dos d'un homme dépenaillé**. Ils symbolisent les **trois ordres de la société française** de l'Ancien Régime. À califourchon, on identifie d'abord le **clergé** avec sa croix (premier ordre de la société française) et la **noblesse** avec son épée. Celui qui porte la charge symbolise le **tiers état**, représenté par un paysan. La caricature dénonce la société d'ordres et de privilèges de l'Ancien Régime. Elle montre concrètement la domination du clergé et de la noblesse qui pèsent sur le tiers état. Comme le souligne le titre, la caricature exprime le souhait que cette situation cesse.

Décrire l'évolution dans la seconde gravure et l'interpréter

Le **tiers état** est à présent **sur le dos de la noblesse**. Il a abandonné sa binette pour une épée et ramène fièrement un lapin qu'il a chassé. Le paysan porte une veste rouge sans accroc et arbore sur son chapeau, comme les deux autres ordres, la **cocarde tricolore**. Il frappe dans ses mains et donne le rythme au trio dirigé par le clergé qui porte la **balance de l'égalité**. La seconde gravure montre que l'ordre social a changé. Les privilèges, l'impôt dû au clergé (la dîme) et les droits seigneuriaux ont été abolis (4 août 1789). Les principes de liberté et d'égalité de tous face à la justice, aux impôts et aux emplois sont proclamés dans la **Déclaration des droits de l'homme et du citoyen**. La Révolution permet au tiers état de prendre sa revanche.

Conclure

Le changement politique évoqué par ces deux gravures représente donc le **passage d'une monarchie absolue de droit divin à une monarchie constitutionnelle** où la Nation est au cœur de la vie politique. La nouvelle monarchie est instaurée par une constitution rédigée en septembre 1791. Les annotations (« Vive le Roi, Vive la Nation », « Paix et concorde ») permettent de dater la gravure des années 1790-1791, à une période où le roi, qui prête serment à la **Constitution**, semble accepter le régime.

LES MÉTHODES

Répondre à une question problématisée en géographie

COMMENT FAIRE ?

Comme en histoire, la **réponse à une question problématisée** en géographie permet au candidat de montrer qu'il maîtrise les **connaissances** du programme et qu'il sait utiliser à bon escient les **notions** et les **échelles géographiques**.

Étapes de préparation

Les points communs avec l'épreuve d'histoire

Les **étapes de préparation** sont exactement les mêmes : analysez le sujet, mobilisez vos connaissances, faites un plan détaillé au brouillon. La **rédaction** de la problématique comporte les mêmes enjeux. Le devoir doit avoir la **même forme** qu'en histoire (introduction, paragraphes, conclusion) et les différentes étapes de rédaction sont identiques.

Spécificités en géographie

Mais il existe quelques **particularités** :
– dans l'introduction, lorsque le sujet est défini, pensez à en préciser les **limites spatiales** ;
– vous pouvez utiliser un **plan à échelles**, pour montrer un phénomène sous ses différents aspects.
Quel que soit le plan choisi, la dimension spatiale doit toujours être au centre de votre réflexion.

Appliquer les savoir-faire

Attitude à avoir

Tout au long du temps de l'exercice, demandez-vous régulièrement **si vous êtes toujours dans l'optique du sujet**. **Relisez-vous** régulièrement et, à la fin, prennez cinq à dix minutes pour vérifier l'**expression** et l'**orthographe**.

Conseils liés à la rédaction

N'employez jamais le futur, n'utilisez pas « va » ou « vont ». Évitez les parenthèses ou les guillemets, sauf pour une citation (dont on indiquera l'auteur, la date et les circonstances). Évitez l'emploi de la première personne du singulier (*je*) ainsi que certaines expressions (*au niveau de, sur le plan de, de tout temps, il y a*…). Faites des **phrases simples et assez courtes**, avec une ponctuation précise. La **présentation** doit être claire : sautez deux lignes entre chaque paragraphe, avec des alinéas. Veillez à **l'équilibre des parties**.

Erreurs à éviter

Ne vous contentez pas de généralités : à **chacune de vos idées doit correspondre un exemple précis** (daté, localisé, chiffré), à chaque exemple correspond une idée. Enchaînez logiquement les idées en évitant de « passer du coq à l'âne » : il s'agit de faire une **démonstration**. Évitez le **hors sujet**, en particulier la simple récitation intégrale d'un cours et d'une leçon sans avoir sélectionné ce qui concernait uniquement le sujet.

LES MÉTHODES

Réaliser un croquis en géographie

COMMENT FAIRE ?

Un croquis de géographie est une **réponse cartographique à un sujet qui pose une problématique**. Il est le produit d'une **réflexion argumentée** et montre comment un territoire s'organise en fonction du sujet traité. Il suppose un **tri**, des **croisements**, des **choix** et une **hiérarchisation des informations**.

Étapes de préparation

Analyser le sujet et dégager une problématique

La démarche est la même que pour une composition. Définissez les termes du sujet et le cadre spatial, dégagez-en les enjeux pour élaborer une problématique qui sert de fil directeur à la réflexion spatiale et donc à la construction de la légende.

Mobiliser ses connaissances

Rassemblez les informations cartographiables qui répondent à la problématique et ne retenez que les informations nécessaires au traitement du sujet pour éviter de surcharger la carte ce qui nuirait à sa lisibilité.

Appliquer les savoir-faire

Construire la légende

La légende doit être structurée, hiérarchisée et faire apparaître une démonstration. Elle est organisée en parties (deux ou trois en général), voire en sous-parties, qui portent un titre court et qui doivent révéler la cohérence de l'argumentation. Les informations figurées dans la légende doivent bien correspondre aux titres et sous-titres proposés.

Choix des figurés

À chaque information doit correspondre un figuré pertinent en vérifiant si les figurés choisis peuvent se superposer et se hiérarchiser, en respectant les conventions du langage cartographique. Il existe **trois types de figurés** : de **surface**, **ponctuels**, **linéaires**, dont on fait varier la taille, la couleur (gradation ou contrastes), l'épaisseur, l'orientation (pour les hachures). Les figurés de surface permettent de représenter les aires géographiques. Les figurés ponctuels permettent de localiser des phénomènes précis. Les figurés linéaires (lignes, flèches) doivent être utilisés pour représenter les réseaux de communication routiers et fluviaux, les axes, ainsi que les échanges (flux).

Choix des couleurs

La couleur doit suggérer le phénomène représenté (par exemple, utilisez le bleu pour tous les éléments se rapportant à l'eau ou au froid). Attention ! Le blanc est la couleur du vide : un espace laissé en blanc sur le fond de carte signifie qu'il n'est pas compris dans le sujet. **Le blanc ne doit pas être un figuré de surface dans la légende.**

Réaliser le croquis

C'est un travail de localisation précise d'informations sélectionnées et de respect de codes graphiques. La légende doit pouvoir être lue en même temps que le croquis. **Il faut être attentif à l'exactitude des localisations, au soin et à la lisibilité du croquis.**

Reporter les informations

Commencez par dessiner les figurés de surface (plages de couleur, puis hachures), puis les figurés ponctuels et linéaires. Chaque information de la légende doit se retrouver à l'identique sur le croquis.

Indiquer la nomenclature

Les noms en relation avec le sujet doivent être écrits horizontalement, sauf ceux du réseau hydrographique qui doivent suivre les cours d'eau. L'écriture et la taille des noms sont les mêmes pour un même type d'information. Donner un titre et orienter le croquis.

Exercice d'application

ÉNONCÉ

Mumbai, une métropole fragmentée

Le sujet s'inscrit dans la partie du programme intitulée « La métropolisation : un processus mondial différencié ». Il convient de montrer, dans un premier temps, que Mumbai est une métropole moderne et mondialisée : un certain nombre de figurés ponctuels doivent souligner la présence de centres économiques, culturels et scientifiques et de nœuds de communication majeurs. Dans un deuxième temps, il est nécessaire de s'intéresser aux recompositions en cours dans la métropole indienne : des figurés linéaires permettent de mettre en évidence les nouveaux axes de développement de la ville. Enfin, grâce surtout à des figurés de surface, peuvent être étudiés plus spécifiquement les espaces différenciés produits par ces processus à l'œuvre aujourd'hui, et qui font de Mumbai une métropole peu durable aux fortes inégalités.

CORRIGÉ

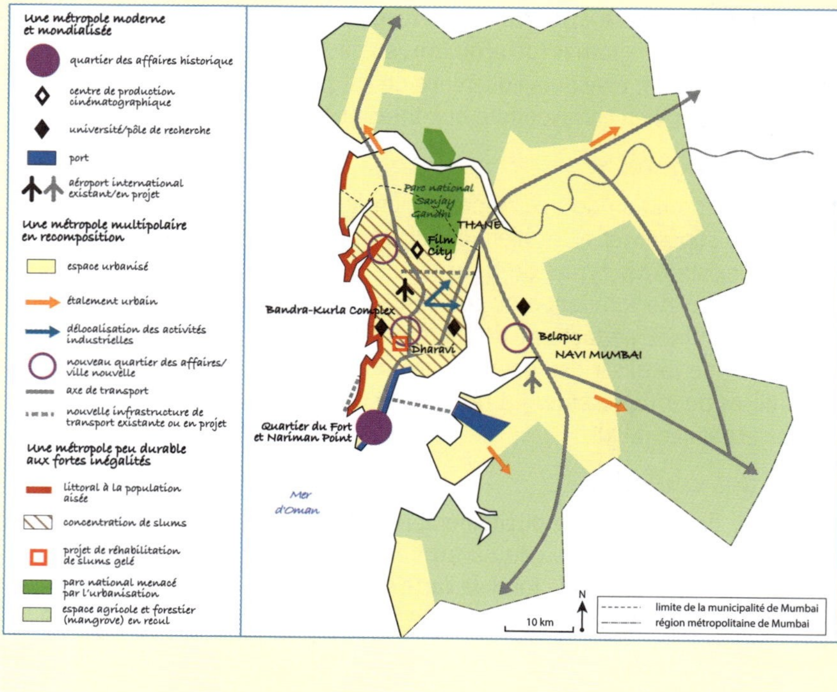

Mumbai, une métropole fragmentée. ▶

Analyser deux documents en géographie

COMMENT FAIRE ?

Comme en histoire, l'exercice d'analyse de documents comporte **un titre, un ou deux documents** qui peuvent être de nature différente. Il est accompagné d'une **consigne** qui guide l'analyse du ou des documents. Cette analyse doit permettre à l'élève de faire la preuve de sa capacité à **comprendre le contenu, l'apport** du ou des documents, en fonction de la question posée, et les **enjeux spatiaux** qu'ils abordent.

Étapes de préparation

Comprendre la consigne

Commencez par **bien lire** et **comprendre** la consigne qui oriente l'analyse des documents. Or, celle-ci comporte forcément une **dimension spatiale**, propre à la géographie, que vous devez cerner dès le début du travail. Elle mène à la **confrontation des documents**.

Comprendre les documents

Il s'agit souvent de **deux documents de nature différente**. Vous devez **discerner l'importance de chacun** et leur **appliquer une dimension spatiale** : *quel est l'espace concerné ? quelle est l'échelle concernée ? peut-on l'analyser sous différentes échelles spatiales* ? De plus, il est indispensable de les confronter pour **les situer l'un par rapport à l'autre** et **saisir la pertinence de ce choix**.

Appliquer les savoir-faire

Étapes de la réponse

Comme en histoire, après une **introduction** succincte mais claire où vous posez le sujet, le **développement** se présente sous forme de **paragraphes**. Chaque paragraphe développe une **idée**, un argument qui s'appuie sur des **éléments du document** : lorsqu'il s'agit d'une carte, d'un graphique ou d'un tableau, il faut donner des chiffres, des localisations, etc. Il faut ensuite **les expliquer et les développer à l'aide des connaissances**. Enfin, la **conclusion** répond à la problématique, critique éventuellement les documents et peut ouvrir la perspective.

Éclairer les documents

Partir de la description des documents est primordial. Mais complétez aussi impérativement cette description par **un apport de connaissances** lesquelles viennent expliquer l'analyse des cartes ou des tableaux. La démarche géographique doit toujours être appliquée : faites attention aux **échelles géographiques** et aux **systèmes des acteurs spatiaux**. Enfin, **confronter** les documents permet de voir s'ils se complètent, se contredisent, se développent...

Entre 1789 et 1815, la **France** connaît un **bouleversement politique sans précédent**. La monarchie absolue cède la place à une **monarchie constitutionnelle**, puis à une **République** qui se termine par un **coup d'État en 1799** instaurant un nouveau régime. D'abord **consul**, **Napoléon Bonaparte** se fait sacrer **empereur** en 1804. La volonté nouvelle d'unir la nation autour de **grands principes** a des échos dans toute l'Europe.

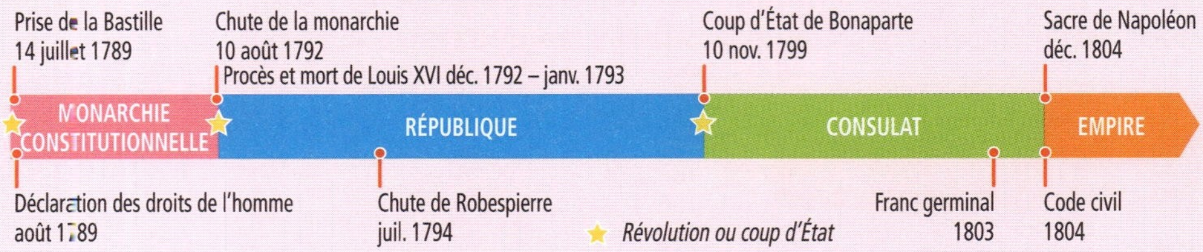

1 De la monarchie constitutionnelle à la République

A La mise en avant de grands principes

• **La révolution des députés.** L'absence de réaction de Louis XVI face à ses réclamations pousse le tiers état à se proclamer le 17 juin Assemblée nationale. Les députés, réunis dans la salle du Jeu de paume, font le serment de ne se séparer qu'après avoir rédigé une Constitution.

• **L'effondrement de la monarchie.** Une révolution populaire violente débouche, le 14 juillet, sur la prise de la Bastille, symbole de l'arbitraire royal. Afin de sauver le droit de propriété, l'Assemblée abolit les privilèges et les droits seigneuriaux et adopte, le 26 août, la Déclaration des droits de l'homme et du citoyen.

• **Le divorce entre le roi et la nation.** Le 14 juillet 1790, la fête de la fédération célèbre une France nouvelle où la souveraineté réside dans la nation et où les Français sont devenus des citoyens. Mais la fuite de Louis XVI ouvre une grave crise politique entre une partie du peuple, acquise à la République et la bourgeoisie modérée. La République est proclamée dans l'urgence en septembre 1792.

Mot-clé

La Déclaration des droits de l'homme et du citoyen : s'inspire à la fois de la pensée des Lumières et des Déclarations des droits anglaise et américaine. Elle définit de grands principes devenus universels. Reprise ensuite dans la constitution des IVe et Ve Républiques, elle a inspiré la rédaction de la Déclaration universelle des droits de l'homme de 1948.

◄ *Le Serment du Jeu de Paume*, le 20 juin 1789. Jacques Louis David, vers 1791. Huile sur toile

B Conflits et débats

• **Des députés divisés.** Au sein de l'Assemblée, les Montagnards souhaitent se diriger vers une démocratie sociale. Leurs adversaires, les Girondins, s'inquiètent de cette pression populaire permanente et entendent surtout consolider les grands principes de 1789. Lors du procès du roi, les arguments des Montagnards l'emportent et Louis XVI est déclaré coupable de trahison.

• **La République montagnarde.** Face aux attaques des Etats voisins et au soulèvement des Vendéens, le gouvernement est confié en mars 1793 à un Comité de salut public où Robespierre joue un rôle dominant. Les libertés individuelles sont suspendues et Robespierre instaure une véritable dictature, éliminant ses opposants, comme Madame Roland exécutée en novembre 1793. Inquiets, les députés modérés le font arrêter et guillotiner le 28 juillet 1794 sans procès.

Mot-clé

La Terreur : mise à l'ordre du jour le 5 septembre 1793 dans le but d'éliminer les ennemis de la Révolution. À l'automne, les invasions étrangères sont arrêtées, les fédéralistes et vendéens écrasés mais la Terreur a fait 17 000 victimes et la guerre civile environ 200 000.

2 Du Consulat à l'Empire

A Réconcilier les Français

• **Consolider l'héritage de la Révolution.** Marqué par les acquis de la Révolution et décidé à stabiliser le nouveau régime, Bonaparte fait adopter une Constitution qui maintient la République, mais fonde un régime exécutif fort, le Consulat. Le Code civil confirme l'égalité des droits proclamée en 1789, mais le droit de grève et d'association est interdit.

• **Pacifier le pays.** Bonaparte mène une politique de réconciliation nationale. Il autorise le retour des nobles émigrés. Il offre des postes de fonctionnaires aux anciens royalistes comme aux anciens révolutionnaires. Il se réconcilie avec les catholiques en signant avec le pape le Concordat de 1801. Prenant le prétexte d'un complot royaliste, il se fait proclamer en 1804, par plébiscite, empereur des Français.

B Armer la nation

• **Un régime autoritaire.** Après son sacre, Napoléon se comporte comme un roi. Il crée une cour autour de lui et une nouvelle noblesse, la noblesse impériale. Il gouverne désormais seul ; les assemblées ne sont plus consultées, ni même les ministres. Les libertés de presse et de réunion disparaissent et les opposants sont arrêtés.

• **Des guerres meurtrières.** À partir de 1803, la guerre reprend, opposant bientôt de nouveau la France à toute l'Europe. En 1812, Napoléon subit un grave revers en Russie et, en 1814, la France est envahie par l'Europe coalisée. De nouveau vaincu à Waterloo en 1815, il est exilé dans la lointaine île de Sainte-Hélène, où il meurt en 1821.

C L'Europe et la Révolution française

• **Espoirs de liberté.** En Europe, la Révolution de 1789 a d'abord suscité l'espoir des partisans des Lumières. Dans les pays où elles pénètrent à partir de 1794, les armées françaises sont accueillies en libératrices : la France supprime la dîme, les droits seigneuriaux, les privilèges.

• **Rejet de la domination.** Mais les armées françaises survivent en pillant les pays qu'elles occupent ; de plus les populations doivent payer de lourds impôts à la France et fournir des soldats à la Grande Armée de Napoléon. En Espagne, le peuple se soulève contre l'occupant à partir de 1808 et, dans la plupart des pays occupés, le sentiment national se développe.

Les guerres révolutionnaires, poursuivies par Napoléon Bonaparte jusqu'en 1815, propagent **en Europe les idées de la Révolution,** notamment les idées de libertés politiques, économiques et religieuses, mais aussi le **droit des peuples à disposer d'eux-mêmes.** Contre **les monarchies restaurées** par le Congrès de Vienne, des **courants nationaux et libéraux** s'organisent alors, **en Grèce** d'abord puis **en France** et **en Europe.** Ils s'accompagnent de l'apparition de **sociétés secrètes.**

1 L'Europe du congrès de Vienne

A La restauration de l'ordre monarchique

• **Le système Metternich.** Les monarques européens vainqueurs de Napoléon à Waterloo en juin 1815, refusent de prendre en compte les aspirations de leurs peuples et suppriment les libertés, de peur de voir leur pouvoir se fragiliser. Une diplomatie nouvelle est mise en place à l'instigation du ministre des Affaires étrangères autrichienne, Metternich.

• **Le mépris des nationalités.** Le congrès de Vienne rétablit un ordre conservateur. En 1815, les souverains ont rétabli leur pouvoir absolu. Ils ont redessiné les frontières sans tenir compte des nationalités. Ainsi les Allemands sont divisés en plusieurs États, alors que l'Empire autrichien comprend de nombreuses nationalités : Allemands, Hongrois, Tchèques, Croates…

▲ *Scène des massacres de Scio : familles grecques attendant la mort ou l'esclava*
Eugène Delacroix, 1824.
Huile sur toile.

• **De nouvelles aspirations.** Après 1815, des mouvements libéraux et nationaux se développent. Les libéraux veulent des constitutions limitant le pouvoir des rois et plus de libertés. Les patriotes réclament l'indépendance pour leur peuple, ou son unification lorsqu'il est divisé en plusieurs États.

B Restauration et monarchie de Juillet en France

• **La Restauration par Louis XVIII.** En 1814, la monarchie est restaurée par les souverains d'Europe. Un frère de Louis XVI devient roi sous le nom de Louis XVIII. Il reprend le drapeau blanc et accorde une constitution aux Français.

• **La Monarchie de Juillet.** On qualifie de monarchie de Juillet le règne de Louis-Philippe arrivé sur le trône en juillet 1830. Plus libéral que son prédécesseur, le roi adopte le drapeau tricolore et élargit le droit de vote.

2 Les révolutions en France et en Europe

A À l'origine de l'indépendance grecque

• **Le mouvement national et libéral grec.** C'est dans le milieu de la bourgeoisie fortunée qu'est fondée une société secrète, l'Hétairie, qui se donne pour but d'unir les Grecs en vue de leur indépendance. Un véritable réseau clandestin de résistance aux Turcs se forme dans le pays et les Grecs parviennent à proclamer en janvier 1822 l'indépendance du pays.

• **Répression ottomane et intervention européenne.** La riposte des Turcs est féroce : le massacre de Chios (avril 1822) provoque l'indignation de l'Europe et la naissance d'un puissant courant philhellénique. Face à la triple alliance (Grande-Bretagne, France, Russie) dirigée contre eux, les Ottomans sont obligés de reconnaître en février 1830 un État grec indépendant.

B 1830 en France et en Europe

• **Les Trois Glorieuses.** Charles X, qui avait succédé à son frère Louis XVIII en 1824, suspend en 1830 la liberté de la presse et limite le droit de vote aux propriétaires terriens les plus riches. Ces décisions provoquent une révolution : du 27 au 29 juillet 1830, les Parisiens chassent Charles X, qui est remplacé par Louis-Philippe, plus libéral.

• **Des guerres meurtrières.** D'autres soulèvements ont lieu en Europe mais ils n'aboutissent pas ; seuls les Belges, révoltés contre la Hollande, obtiennent leur indépendance en 1830.

C 1848 en France et en Europe

• **La Révolution de 1848 en France.** En 1848, une nouvelle vague révolutionnaire secoue l'Europe. Elle commence à Paris, le 24 février. La population est épuisée par la crise économique qui la plonge dans le chômage et la misère, et elle revendique davantage de libertés. Les ouvriers et les étudiants se soulèvent ; le roi Louis-Philippe est renversé et la monarchie est remplacée par une république. Mais les premières mesures des parlementaires ne sont pas favorables aux ouvriers, qui se révoltent (23-26 juin). L'Assemblée réprime violemment l'insurrection.

• **Le « printemps des peuples ».** Cette révolution se propage dans toute l'Europe au printemps 1848. Dans l'Empire d'Autriche, les États allemands, les États italiens, les libéraux et les patriotes dressent des barricades et obtiennent des constitutions. Les patriotes allemands tentent aussi de réaliser l'unité nationale, alors que, dans l'Empire d'Autriche, les Tchèques et les Hongrois proclament leur indépendance. L'Italie, divisée en sept États, est en proie depuis 1847 à une agitation menée par le Risorgimento, mouvement unificateur.

> **Biographie**
> **Giuseppe Mazzini** (1805-1872). Nationaliste italien, membre de la société secrète Carbonaria, il fonde le mouvement Jeune Italie en 1831. Il est le principal acteur du nationalisme italien jusqu'en 1848.

• **L'échec des mouvements.** Le « printemps des peuples » ne dure pas. Les armées, fidèles aux souverains, matent les révoltes, et ces derniers parviennent à rétablir leur autorité absolue. Les frontières restent inchangées. L'écrasement par l'armée autrichienne de la révolution viennoise, puis, avec l'aide des Russes, de l'insurrection hongroise, rétablit l'Autriche dans son rôle de gendarme de l'ordre de 1815.

Les révolutionnaires de février 1848 entendent établir une **république démocratique et sociale.** Les mesures prises en faveur des chômeurs effraient le reste de la société. La question sociale conduit à une guerre civile et au **retour d'un pouvoir autoritaire. Napoléon III** rétablit l'Empire et réprime les opposants.

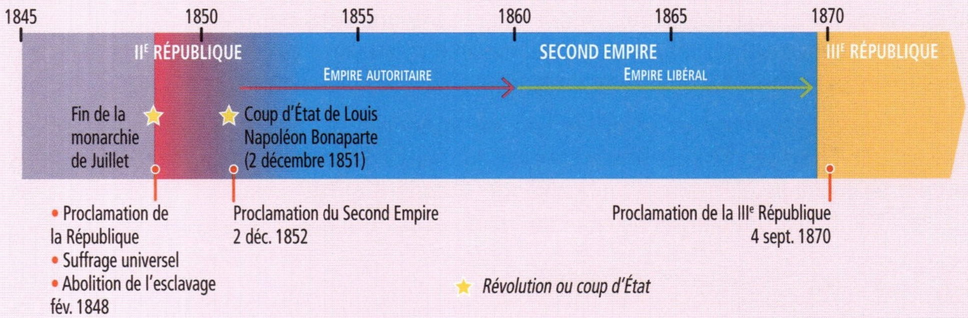

1 La Deuxième République

A De grandes avancées démocratiques

• **Les premières mesures.** Après la révolution de février 1848, la République est proclamée et un gouvernement provisoire se met en place avec des personnalités comme le poète Lamartine, Ledru-Rollin ou Louis Blanc, favorables à une république démocratique et sociale. Il établit le suffrage universel masculin, crée des ateliers nationaux pour employer des chômeurs, diminue la durée de la journée de travail.

• **L'abolition de l'esclavage.** Sous-secrétaire d'État à la Marine en 1848, Victor Schœlcher prépare et fait voter le décret d'abolition immédiate et complète de l'esclavage dans les colonies françaises, ainsi que l'article de la Constitution qui fait des esclaves libérés des citoyens français. Mais la réalité est rude : livrets de travail et passeports intérieurs obligatoires pour tout déplacement de « nouveaux libres » sont instaurés et des arrêtés fixent la police du travail.

▲ *Le vote ou le fusil,* par Bosredon. Gravure imprimée en 1848. « Ça, c'est pour l'ennem du dehors ; pour le dedans, voici comme l'on combat loyalement les adversaires… »

B Des tensions qui font échouer le projet républicain

• **Le pouvoir aux républicains modérés et aux bourgeois libéraux.** Les élections à l'Assemblée constituante ont lieu en avril 1848. Elles donnent une large majorité aux républicains modérés. Ils décident aussitôt la fermeture des ateliers nationaux accusés d'être trop coûteux. Les ouvriers se révoltent (23-26 juin), mais l'Assemblée réprime violemment l'insurrection (20 000 morts).

• **Une République divisée.** Des tensions s'expriment entre conservateurs et républicains, villes et campagnes, bourgeois et ouvriers. En mai 1850, l'Assemblée vote une loi qui oblige à justifier de trois ans de résidence dans la même commune pour pouvoir voter. Elle a pour conséquence de retirer le droit de vote à 3 millions de Français, essentiellement des ouvriers.

• **Louis Napoléon Bonaparte, premier président.** Le 10 décembre 1848, Louis Napoléon Bonaparte, le neveu de Napoléon Ier, avait été élu président de la République au suffrage universel. Mais, peu avant la fin de son mandat, le 2 décembre 1851, il organise un coup d'État : il dissout l'Assemblée et s'empare de la totalité des pouvoirs. La résistance au coup d'État est faible et rapidement brisée.

2 Le Second Empire (1852-1870)

A Un régime autoritaire

• **Le rétablissement de l'Empire.** Après son coup d'État, Louis Napoléon crée une nouvelle constitution qui lui donne la totalité du pouvoir. En décembre 1852, il rétablit l'Empire à la suite d'un plébiscite et devient empereur sous le nom de Napoléon III.

• **Des mesures économiques efficaces.** Durant son règne, Napoléon III favorise la croissance économique du pays. Le réseau ferré passe ainsi de 3 600 à 16 000 kilomètres ; les premières banques de dépôts apparaissent : le Crédit Lyonnais (1863) et la Société Générale (1864). Pour développer le commerce, l'empereur signe un traité de libre-échange avec l'Angleterre (1860).

Biographie

George Sand (1804-1876). De son vrai nom Amantine Aurore Lucile Dupin, l'écrivain George Sand ouvre ses romans à la question sociale en défendant les ouvriers et les pauvres. Elle s'engage activement en politique à partir de 1848, inspirant Ledru-Rollin, participant au lancement de trois journaux, plaidant auprès de Napoléon III la cause de condamnés, notamment celle de Victor Hugo.

• **Une politique de grandeur nationale.** Napoléon III mène une politique extérieure active. Il aide le Piémont-Sardaigne à unifier l'Italie et obtient en contrepartie Nice et la Savoie (1860). Il achève la conquête de l'Algérie et acquiert la Nouvelle-Calédonie.

• **La limitation des libertés.** Jusqu'en 1860, le régime est autoritaire. Les libertés fondamentales (de réunion, de presse...) sont fortement limitées.

B Oppositions et répression

• **L'exil de Victor Hugo.** Les opposants sont arrêtés ou contraints à l'exil. Ainsi, l'écrivain Victor Hugo, farouche opposant à Napoléon III, doit quitter la France.

• **Vers un Empire plus libéral.** Après 1860, l'Empire devient plus libéral. Napoléon accorde le droit de grève aux ouvriers en 1864, tolère les syndicats et rétablit partiellement les libertés de presse et de réunion (1868). Mais l'opposition républicaine progresse et ces mesures ne font que la renforcer.

• **La fin de l'Empire.** En 1870, Napoléon III déclare la guerre à la Prusse mais il est fait prisonnier avec le gros de son armée à Sedan, dans les Ardennes. À Paris, un gouvernement provisoire proclame la République, le 4 septembre 1870.

Allégorie de l'abolition de l'esclage à La Réunion, 20 décembre 1848. Alphonse Garreau, 1849. Huile sur toile. ►

HISTOIRE

Défaite par l'Allemagne, la France met du temps avant de parvenir à adopter une **nouvelle constitution républicaine.** À partir de 1879, les républicains posent le socle d'une **culture politique** qui restera celle de toute la IIIe République. Mais des oppositions persistent et les Français se divisent sur les **grands principes** qui doivent guider la vie politique.

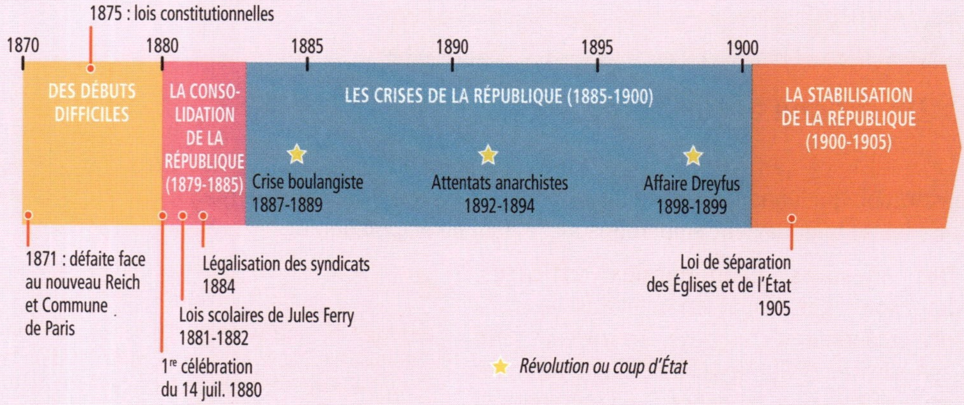

1 La mise en place de la IIIe République

A L'affirmation de la démocratie et des libertés

• **Les débuts de la République.** En 1871, après la défaite contre la Prusse, une organisation ouvrière révolutionnaire se met en place à Paris : la Commune. Mais cette insurrection est écrasée dans le sang par la toute nouvelle Assemblée nationale à majorité monarchiste.

• **Un régime parlementaire.** En 1875, une partie des royalistes de l'Assemblée se joint aux républicains pour voter les lois constitutionnelles qui organisent la nouvelle République. Le parlement, élu au suffrage universel, joue un rôle prépondérant dans la vie politique d'autant qu'à partir de 1879, le président de la République renonce à utiliser son droit de dissolution de l'Assemblée.

• **Les libertés : socle de la démocratie.** La liberté d'expression est renforcée en 1881 par des lois instaurant une large liberté de la presse, du colportage et de l'affichage. Le développement de la vie politique est encouragé par la liberté de réunion. En 1884, une loi autorise les syndicats et accorde ainsi au monde ouvrier la possibilité légale de s'organiser et de défendre ses intérêts.

▲ *L'arrestation de Louise Michel (pendant la Commune).* Jules Girardet. 1871. Huile sur bo

B L'enracinement de la culture républicaine

• **République et sentiment national.** L'idée républicaine est indissociable du patriotisme. La grandeur de l'histoire nationale et la diversité du territoire français sont exaltées afin de renforcer l'amour de la patrie et de présenter la défense du pays comme un devoir.

• **L'école au cœur du projet républicain.** L'école primaire devient obligatoire, gratuite et laïque en 1881-1882. L'école forme les futurs citoyens en les préparant à leurs devoirs civiques. Elle est aussi censée assurer l'égalité des chances et la promotion par le mérite. Mais, si l'école primaire est ouverte à tous, le lycée reste payant et les bourses sont peu nombreuses.

> **Mot-clé**
>
> **Les lois Ferry** : en juin 1881 et mars 1882, Jules Ferry, ministre de l'Instruction publique, fait voter les lois scolaires : la gratuité de l'école primaire publique, l'obligation scolaire de six à treize ans et la laïcité de l'enseignement public.

• **Symboles et lieux de référence.** *La Marseillaise* redevient hymne national en 1879 et le 14 juillet est institué fête nationale en 1880. Dans toutes les villes de France, des avenues et des places prennent le nom de la République. La devise « Liberté, Égalité, Fraternité » est inscrite sur les bâtiments publics où sont installés des bustes de Marianne. Le Panthéon est laïcisé en 1880 et on y enterre les grands hommes auxquels la République se réfère (Voltaire, Rousseau). À l'occasion des funérailles de personnalités républicaines, comme Victor Hugo (1885), sont organisées d'imposantes cérémonies populaires.

2 Des oppositions qui perdurent

A Les tensions avec l'Église

• **L'avènement d'une République laïque.** Les gouvernements successifs de la IIIe République adoptent une législation anticléricale à partir des années 1880. Les symboles religieux sont retirés des lieux publics, le divorce est rétabli (1884). La campagne de laïcisation se fait dans une ambiance de lutte politique au Parlement et de débats enflammés dans la société.

• **La séparation des Églises et de l'État.** En décembre 1905 est votée la loi de séparation des Églises et de l'État. Un inventaire des biens ecclésiastiques est prévu pour qu'ils deviennent propriété de l'État. En 1907, tous les biens de l'Église sont remis aux communes, les lieux de culte sont laissés à la disposition des fidèles et des ministres du culte.

B Crises et faiblesses de la République

• **Nationalisme et antisémitisme.** Plusieurs crises politiques secouent la République à la fin du XIXe siècle. En 1889, le général Boulanger rallie autour de lui les opposants à la République et semble prêt à faire un coup d'État, mais il y renonce. Entre 1892 et 1894, des anarchistes multiplient les attentats pour déstabiliser la République, sans y parvenir. Enfin, en 1898-1899, l'affaire Dreyfus divise les Français et révèle l'existence de l'antisémitisme en France.

• **Le refus du vote des femmes.** La première suffragette française, Hubertine Auclert, considère le droit de vote comme le préalable nécessaire à tout progrès pour la condition féminine. En 1880, elle refuse de s'acquitter de ses impôts estimant que, ne votant pas, elle n'avait pas à les payer. Ses actions sont soutenues par un certain nombre de personnalités mais le droit de vote des femmes n'est pas mis en discussion à l'Assemblée.

• **La place croissante de la question militaire.** À partir de 1909, la rivalité avec l'Allemagne met les questions militaires au premier plan.

> **Mot-clé**
>
> **Suffragettes :** les femmes qui se sont battues pour obtenir le droit de vote pour les femmes. Les premières suffragettes apparaissent au Royaume-Uni à partir des années 1870 sous le nom d'abord de « suffragistes ».

La seconde moitié du XIXe siècle est marquée au niveau économique et social par le développement d'une **industrialisation massive**, qui s'accompagne d'un **essor des villes** et d'un important **exode rural**. Ces changements provoquent de **nombreuses mutations** dans la société et des tensions qui font de la **question ouvrière** un élément-clé de la vie politique.

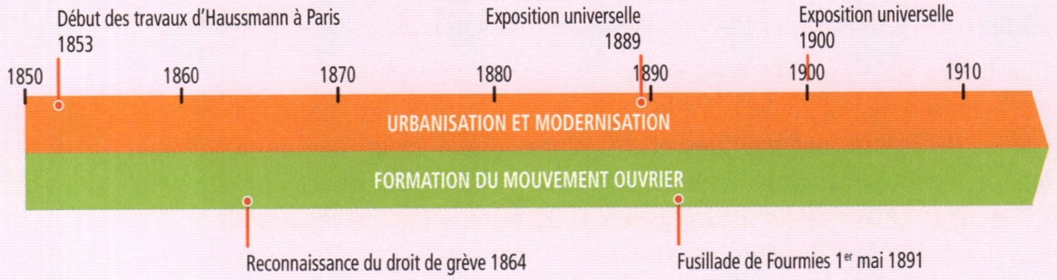

1 Industrialisation, urbanisation et modernisation

A La transformation des modes de production

• **Une première industrialisation.** L'industrialisation concerne d'abord le textile, où les nouvelles machines permettent de produire beaucoup de tissus. La sidérurgie et la métallurgie fournissant des quantités croissantes de machines, de rails, de ponts, de charpentes métalliques (tour Eiffel pendant l'Exposition universelle de 1889), la production de charbon, nécessaire à la machine à vapeur et à la sidérurgie, augmente fortement.

• **Une seconde industrialisation.** Une seconde industrialisation démarre dans les années 1880 avec le début de l'électricité qui sert d'abord à produire de la lumière, puis à actionner des machines. Le pétrole commence aussi à être exploité pour alimenter des moteurs. L'industrie chimique (colorants, engrais) connaît à cette époque un essor rapide. À partir de 1900, c'est le début de l'industrie automobile.

• **Les régions industrielles.** Les industries textiles et métallurgiques se concentrent surtout sur les gisements de charbon et de minerai de fer, donnant naissance aux pays noirs. Les industries de la seconde industrialisation se localisent en général près des grandes villes, où se situent la main-d'œuvre et les consommateurs, et dans les ports.

B Croissance urbaine et exode rural

• **L'essor des villes.** La croissance urbaine concerne surtout la capitale, les cités industrielles ou minières, et les ports. La croissance des villes s'explique surtout par l'exode rural. En effet, la

▲ *Napoléon III remettant au baron Haussmann le décret d'annexion des communes limitrophes.*
Yvon Adolphe. 1865. Huile sur toile.

situation des ruraux est difficile : les artisans des campagnes subissent la concurrence de l'industrie, les ouvriers agricoles sont remplacés par les machines et les petits paysans souffrent de la baisse des prix agricoles. Ils partent donc pour les villes où ils peuvent facilement trouver du travail dans les nouvelles usines. Le salariat se développe.

• **La nécessaire modernisation urbaine.** Les nouveaux venus s'entassent dans des quartiers insalubres du centre des villes ou à leur périphérie, dans les banlieues misérables. Cet afflux de personnes entraîne des problèmes de logement, d'hygiène (eau potable et égouts insuffisants), de circulation (éloignement entre domicile et travail), de délinquance. Entre 1852 et 1870, à Paris, de grands travaux d'urbanisme dirigés par le préfet Haussmann ont pour principal objectif de résoudre ces problèmes.

Biographie

Les frères Pereire : Émile (1800-1875) et Isaac Pereire (1806-1880) sont les hommes d'affaires parmi les plus importants du Second Empire, qui dominaient le secteur des transports, des banques et assurances et de l'immobilier.

2 Permanences et mutations de la société

A Le poids croissant des ouvriers

• **Un lent progrès social.** Depuis 1803, les ouvriers devaient posséder un livret rempli par les patrons (dates d'embauche, salaire, comportement), faute de quoi ils pouvaient être arrêtés pour vagabondage. En 1864, la grève est autorisée, le livret supprimé.

• **La question ouvrière.** Face à des conditions de travail encore très difficiles, les ouvriers multiplient les actions afin d'obtenir petit à petit une réduction du temps de travail et une législation sociale plus favorable. Ces revendications prennent la forme de manifestations qui sont parfois réprimées dans le sang par les forces de l'ordre, appelées par les préfets sur la demande du patronat local.

Événement-clé

La fusillade de Fourmies : le 1er mai 1891, les ouvriers de cette petite ville textile du Nord manifestent pour revendiquer l'amélioration de leurs conditions de travail. Des grévistes sont arrêtés et, lorsque la foule marche pour les libérer, l'armée ouvre le feu, faisant plus de 35 blessés et neuf morts, dont quatre jeunes femmes et un enfant.

B Immigration et place des étrangers

• **Un recours massif à la main-d'œuvre étrangère.** Du fait des progrès de l'industrialisation et de la dénatalité précoce, la France a trouvé une réponse à la pénurie de main-d'œuvre en ayant massivement recours à l'immigration depuis la fin du XIXe siècle. À la veille de la Première Guerre mondiale, les étrangers représentent 3 % de la population totale.

• **Des conditions de vie précaires.** L'État encourage d'abord la venue d'une population frontalière (Belges, Italiens et Allemands). En 1889, la loi sur le droit du sol (don de la nationalité française aux enfants nés en France de parents étrangers) facilite leur intégration. Ce sont ainsi plus de 5 000 enfants qui sont naturalisés Français tous les ans jusqu'en 1914. Mais les étrangers ne peuvent pas bénéficier des lois sociales, par exemple de la protection pour les accidentés du travail (1889).

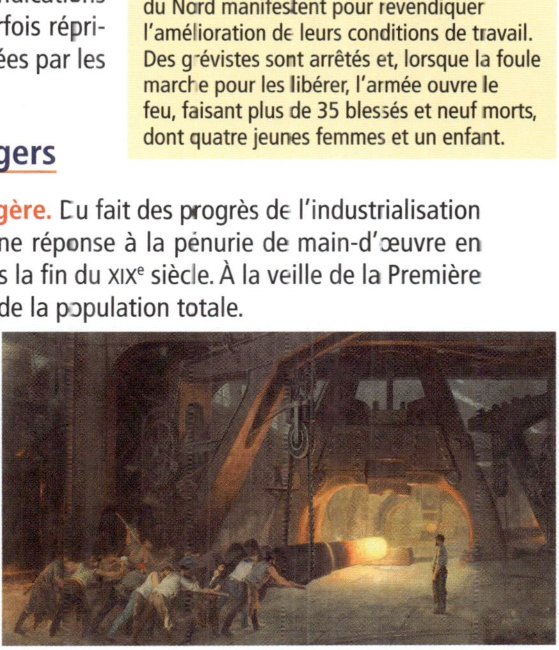

▲ **Le marteau-pilon, forges et aciéries de Saint-Chamond. Joseph-Fortuné Layraud, 1889. Huile sur toile**
Le marteau-pilon était une imposante machine-outil de forge, haute de 21 mètres et pesant 100 tonnes. Démonté en 1930, puis érigé à l'entrée sud de la ville, il est devenu l'emblème de l'usine du Creusot. Ce tableau a été réalisé pour l'Exposition universelle de 1889.

6

La seconde moitié du XIXe siècle est marquée en France par une **politique d'expansion territoriale.** En Europe, Napoléon III entend intervenir dans les affaires politiques des Italiens et des Allemands. La IIIe République met en œuvre une **politique coloniale**, qui concurrence les ambitions des autres grandes puissances européennes.

1 La France et la construction des unités italienne et allemande

A Le Second Empire et l'unité italienne

• **L'appui de Napoléon III à Cavour.** Après l'échec des révolutions de 1848, l'Italie demeure divisée en plusieurs États. Le royaume de Piémont-Sardaigne est le plus industrialisé des États italiens. Son roi, Victor-Emmanuel II, est un roi libéral qui respecte une constitution. En 1852, il nomme un Premier ministre libéral, Cavour, qui se donne pour objectif de réaliser l'unité de l'Italie. Cavour, avec l'appui des troupes françaises de l'empereur Napoléon III, réussit à chasser les Autrichiens de Lombardie (région de Milan) en 1859. Dans le centre de l'Italie et dans les États du pape, les partisans de l'unité italienne votent leur rattachement au Piémont. La France laisse faire en échange de la Savoie et de Nice (1860).

• **La protection de Rome par Napoléon III.** En 1860, Garibaldi, un ardent patriote, débarque en Sicile, puis en Italie du Sud, à la tête d'une armée de volontaires ; les régions du Sud sont à leur tour rattachées au Piémont. En 1861, Victor-Emmanuel II est proclamé roi d'Italie. En 1866, la Prusse bat l'Autriche. L'Italie profite de l'affaiblissement de cette dernière pour lui arracher la Vénétie. Soucieux de ne pas mécontenter les catholiques français, l'empereur Napoléon III maintient des troupes à Rome pour protéger les États du pape. Mais, en 1870, la France, en guerre contre la Prusse, rappelle son armée. Rome est aussitôt occupée par l'armée italienne et devient la capitale de l'Italie en 1871.

B Le Second Empire et l'unité allemande

• **La Prusse pousse Napoléon III à la guerre.** Au milieu du XIXe siècle, les Allemands sont dispersés en 39 États. Deux d'entre eux veulent réaliser l'unité des Allemands : la Prusse et l'Autriche. En 1862, le roi de Prusse, Guillaume Ier, nomme Bismarck chancelier. Pour réaliser l'unité de l'Allemagne, celui-ci doit d'abord éliminer l'Autriche. Il modernise et renforce l'armée prussienne, puis provoque une guerre contre l'Autriche et la bat à Sadowa, en 1866. La victoire de la Prusse renforce sa puissance et son prestige. En 1870, Bismarck manœuvre pour que la France déclare la guerre à la Prusse. Les États de l'Allemagne se rangent aussitôt à ses côtés. La France est envahie et vaincue.

• **La proclamation du Reich à Versailles.** La victoire sur la France permet l'achèvement de l'unité allemande. Le 18 janvier 1871, dans la galerie des Glaces du palais de Versailles, les princes allemands proclament Guillaume Ier empereur d'Allemagne. La France, défaite, signe le traité de Francfort avec l'Empire allemand en mai 1871. Elle lui cède l'Alsace et le nord-est de la Lorraine.

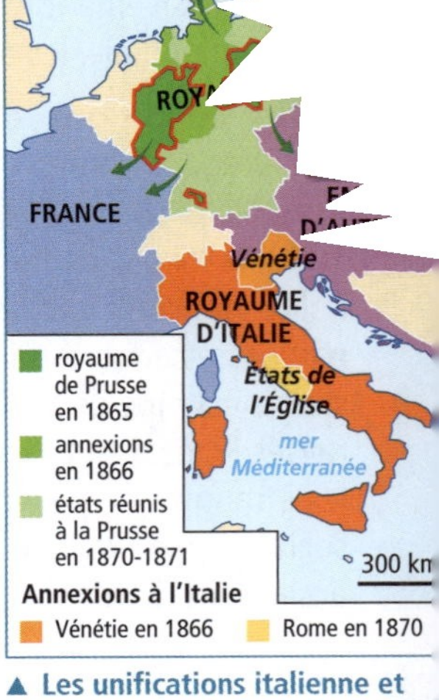

▲ Les unifications italienne et allemande entre 1864 et 1870

2 Métropole et colonies

A Une colonisation avant tout militaire

• **Les conquêtes coloniales.** À partir de 1830, les pays européens se lancent à la conquête de nouveaux territoires en Asie et en Afrique. La colonisation s'intensifie après 1870. La supériorité militaire des Européens leur permet de s'imposer facilement, parfois à la suite de massacres. En 1914, les conquêtes coloniales sont presque achevées : la France et le Royaume-Uni possèdent à cette époque les empires coloniaux les plus étendus.

• **Des motivations contestables.** La colonisation s'explique d'abord par le développement du sentiment national en Europe. Chaque peuple européen veut montrer qu'il est supérieur aux autres en conquérant davantage de territoires. Les puissances européennes veulent aussi obtenir des débouchés, c'est-à-dire disposer de territoires pour y écouler leurs produits industriels, à une époque où ils se vendent mal, et s'y procurer des matières premières (minerais surtout). Elles recherchent aussi des bases terrestres pour pouvoir contrôler les grandes routes maritimes, favoriser leur commerce et leurs déplacements dans le monde. Elles veulent enfin des terres pour y installer des colons. Les Européens pensent que les peuples d'Afrique et d'Asie sont arriérés et que la colonisation leur apporte la civilisation et le progrès.

B Une société coloniale très hiérarchisée

• **Plusieurs types de colonies.** Certaines colonies sont des colonies de peuplement. Mais la plupart sont essentiellement destinées à être exploitées, et les Français sont peu nombreux à y vivre. Les colonies proprement dites, comme l'Algérie, sont administrées par un gouverneur et des fonctionnaires issus de la métropole. Dans les protectorats, comme la Tunisie ou le Maroc, la métropole laisse un gouvernement indigène en place, mais celui-ci doit obéir aux ordres.

• **L'exploitation des colonies.** Après la colonisation, les colons et les sociétés françaises s'approprient les meilleures terres agricoles pour y faire des plantations, c'est-à-dire des cultures destinées à l'exportation. Ils se mettent aussi à exploiter les richesses minières. Mais ils ne développent pas l'industrie. Les Français construisent des voies de chemin de fer et des ports afin de faciliter le commerce avec la métropole. Autour des ports, ils bâtissent de nouvelles villes sur le modèle français, destinées à l'administration coloniale et aux colons. Les indigènes doivent payer de nouveaux impôts en argent. Dans la plupart des colonies, ils doivent aussi fournir des corvées pour la construction des routes ou des chemins de fer.

Mot-clé

Code de l'indigénat : recueil des mesures d'exception que doivent suivre les populations indigènes dans les colonies, d'abord en Algérie, puis dans toutes les colonies à partir de 1887. Il place les populations colonisées dans un statut juridique inférieur. Privées de droits politiques, elles restent soumises à une justice particulière.

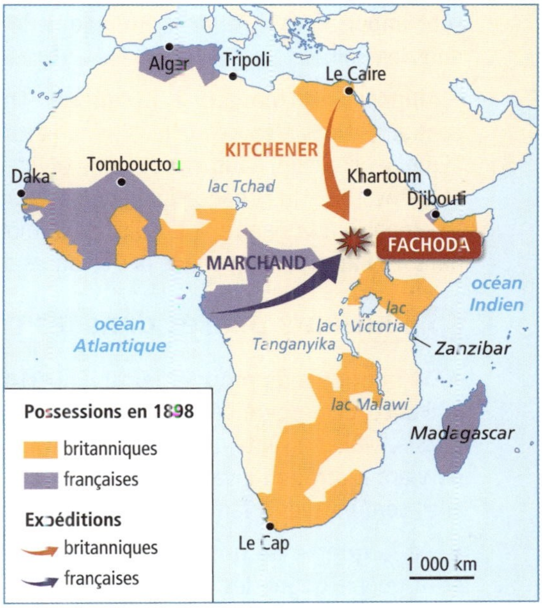

Fachoda, le choc des impérialismes. ►

La guerre de 1914-1918 est la première **guerre mondiale**, qui mobilise des territoires coloniaux sur toute la planète. C'est aussi une **guerre totale** qui abolit la distinction entre militaires et civils.

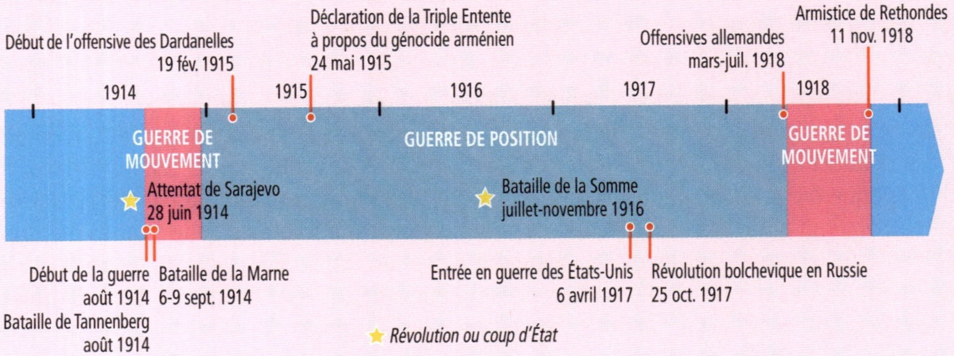

1 Un embrasement mondial et ses grandes étapes

A Aux origines de la guerre

• **Les rivalités européennes.** Depuis la fin du XIXe siècle, les rivalités économiques entre les pays européens s'intensifient. Ainsi, le Royaume-Uni craint la concurrence commerciale de plus en plus vive de l'Allemagne. Les puissances européennes se disputent aussi les derniers territoires à coloniser ; en 1905 et en 1911, par exemple, la France et l'Allemagne évitent deux fois une guerre à propos du Maroc qu'elles convoitent l'une et l'autre. Enfin, les rivalités territoriales sont importantes. L'Autriche-Hongrie et la Russie veulent toutes deux étendre leur influence dans les Balkans.

• **Alliances et marche à la guerre.** Dans la crainte d'affrontements, les États d'Europe contractent des alliances défensives à partir de la fin du XIXe siècle : la Triple-Alliance rassemble l'Empire allemand, l'Autriche-Hongrie et l'Italie, alors que la Triple-Entente unit la France, la Russie et le Royaume-Uni. Chaque État augmente aussi fortement ses dépenses militaires et semble ainsi se préparer à la guerre. À la suite de la mobilisation de l'armée russe contre l'Autriche-Hongrie dans les Balkans, l'engrenage des alliances débouche sur le début de la guerre.

B Plusieurs phases dans les combats

• **De la guerre de mouvement...** En 1914, l'armée allemande envahit la Belgique neutre, puis la France. Elle espère l'écraser rapidement pour pouvoir ensuite retourner ses troupes contre la Russie. Mais, en septembre, le général français Joffre lance une contre-offensive sur la Marne et parvient à arrêter l'invasion. Sur le front oriental, les armées russes pénètrent en Prusse, mais elles sont battues à Tannenberg (27 août) et commencent alors à reculer.

• **...à la guerre de position.** À partir de 1915, les deux camps se trouvent de nouveaux alliés et la guerre gagne les Balkans (offensive des Dardanelles, 1915), l'Italie et le Moyen-Orient.

À l'ouest, les deux armées se fixent sur un front qui va de la mer du Nord à la Suisse. De 1915 à 1917, les offensives pour percer ce front se soldent à chaque fois par des échecs sanglants (offensive de l'Entente sur la Somme en 1916).

Mot-clé

Brutalisation : notion forgée par l'historien George Mosse qui exprime un accroissement de la violence subie et donnée par les combattants.

• **Le tournant de 1917.** L'année 1917 est un tournant. En avril, les États-Unis déclarent la guerre à l'Allemagne. En octobre, les bolcheviks s'emparent du pouvoir en Russie ; peu après ils signent l'armistice, puis la paix de Brest-Litovsk avec l'Allemagne (mars 1918). Cela provoque la dernière offensive allemande vers l'ouest, qui les mène de nouveau jusqu'à la Marne. Mais les armées alliées disposent du renfort de près de deux millions de soldats américains et de nouveaux tanks très efficaces. En quelques mois, les puissances centrales s'effondrent. En Allemagne, une révolution chasse l'empereur Guillaume II et le nouveau gouvernement républicain signe l'armistice à Rethondes, le 11 novembre 1918.

2 Les sociétés en guerre : des civils acteurs et victimes de la guerre

A Combattants et civils subissent les violences de la guerre

• **L'épreuve du feu.** Avec la guerre de position, les soldats connaissent des conditions de vie effroyables. Les bombardements pulvérisent les corps, mal protégés, provoquant de terribles mutilations et des troubles psychiques durables. La scientifique Marie Curie se bat pour que des appareils à rayon X puissent arriver sur le front et permettre de repérer les fractures et localiser les éclats d'obus.

• **Une guerre qui touche aussi les civils.** Toutes les armées ont commis des atrocités sur les civils. Cette violence atteint son paroxysme avec le génocide commis contre les Arméniens par les Ottomans en 1915 : 1,5 million d'Arméniens périssent. Le 24 mai 1915 la Triple-Entente publie une déclaration à propos des « crimes contre l'humanité et la civilisation » perpétrés contre les Arméniens de l'Empire ottoman.

Mot-clé

Génocide : crime qui consiste en l'élimination physique intentionnelle, totale ou partielle, d'un groupe national, ethnique ou religieux.

HISTOIRE

B À l'arrière, des sociétés civiles mobilisées

• **Les liens entre le front et l'arrière.** Dans les usines ou les champs, les femmes remplacent les hommes partis au combat. Les colonies fournissent des soldats, mais aussi des travailleurs qui viennent en Europe occuper les postes vacants dans l'industrie. Des associations de bénévoles, comme les « marraines de guerre », apportent leur soutien moral aux soldats.

• **La mobilisation des esprits.** La censure stricte de la presse et de la correspondance des soldats doit empêcher le découragement des populations. Une propagande active se met en place qui se transforme en « bourrage de crâne » lorsqu'elle diabolise l'ennemi décrit comme un barbare.

▲ Ouvrières préparant les têtes des obus dans l'usine d'armement de Birkenhead (Angleterre, 1917)

8

La Grande Guerre représente un **désastre humain et matériel** sans précédent. Malgré les propositions du président américain Wilson, la paix qui se dessine avec les **traités d'après-guerre** est fragile. La Russie est en guerre jusqu'en 1922. En France, les **mémoires de la guerre** émergent dans leur diversité.

1 Bilans de la guerre et traités de paix

A Le bilan humain et matériel et les propositions de Wilson

• **Un désastre d'abord européen.** Entre 1914 et 1919, la guerre a fait plus de 8 millions de victimes et 6 millions d'invalides. Il faut y ajouter les morts de la grippe espagnole qui a fait des ravages en 1919 sur la population affaiblie (1 million de morts). Le désastre est aussi matériel et financier. Les régions situées sur les fronts sont ravagées. Les États sont déjà très endettés et ils doivent en plus financer la reconstruction et aider les veuves, les orphelins, les invalides. Enfin, la hausse des prix s'amplifie, liée à la création artificielle de monnaie, mais aussi à la forte demande de marchandises alors que la production est faible.

• **Le projet du président Wilson.** Thomas Woodrow Wilson emporte les élections présidentielles américaines en 1912. Lors du déclenchement de la Première Guerre mondiale, il annonce la neutralité de son pays. C'est sur ce programme de paix qu'il est réélu en 1916 ; en 1917 pourtant, il demande au Congrès américain de déclarer la guerre à l'Allemagne. Il s'agit selon lui d'une « guerre de la liberté et du droit » au service de la démocratie et de la paix. Le 8 janvier 1918, il définit les buts de guerre dans ses « Quatorze points » qui sont aussi bien la liberté du commerce maritime que le droit de tous les peuples européens à avoir chacun un État ou la création d'une Société des Nations chargée de maintenir la paix dans le monde. Il reste à la Maison-Blanche jusqu'en 1921.

> **Rappel**
> **Les 14 points du président Wilson :** programme de paix présenté par le président des États-Unis Woodrow Wilson devant le Congrès le 8 janvier 1918 pour mettre fin à la Première Guerre mondiale et reconstruire l'Europe.

B Les traités de paix

• **L'Europe redessinée.** La Conférence de la paix s'ouvre à Paris en janvier 1919. Les pays vainqueurs y réfléchissent à des traités de paix mettant en place un ordre international plus juste tout en satisfaisant leurs intérêts nationaux. Le texte servant de base à leurs discussions est le message en 14 points du président Wilson. À l'issue des discussions, un traité est signé entre les Alliés et chaque pays vaincu (1919 et 1920) ; le traité de Versailles, signé avec l'Allemagne, cherche avant tout à l'empêcher de refaire une guerre ; les autres traités signés avec l'Autriche, la Hongrie et la Turquie démembrent les empires et dessinent les frontières de nouveaux États. Une Société des nations (SDN) est créée pour maintenir la paix dans le monde. En 1922, le Haut-commissariat pour les réfugiés de la SDN permet aux apatrides de pouvoir voyager (passeport Nansen).

▲ *Lénine et Staline en discussion à Go*
Anonyme. 1922.

• **L'Allemagne jugée coupable.** Le traité de Versailles entre les puissances victorieuses et l'Allemagne est signé le 28 juin 1919. L'Allemagne est rendue responsable de la guerre et, à ce titre, elle est obligée de payer des réparations pour dommages de guerre aux vainqueurs. Elle perd une partie importante de son territoire (l'Alsace-Lorraine qui revient à la France, les régions orientales rattachées à la nouvelle Pologne) et se trouve partagée en deux zones isolées l'une de l'autre par le « couloir de Dantzig ». Elle perd aussi toutes ses colonies. L'armée allemande est réduite à 100 000 volontaires et privée d'armes lourdes comme les tanks ou les avions. De plus, la région du Rhin est démilitarisée et en partie occupée.

• **La paix, une œuvre fragile.** Les Allemands considèrent que le traité de Versailles a été « dicté » par les Alliés et qu'il est profondément injuste. Dans les années qui suivent la guerre, ils le rendent responsable de toutes les difficultés que traverse le pays. Beaucoup d'États ne se satisfont pas de leurs nouvelles frontières et les conflits frontaliers se multiplient. Il faut attendre 1923 pour que les frontières se stabilisent. Si les principales nationalités d'Europe ont obtenu leur indépendance, il subsiste des minorités nationales avides de libertés dans de nombreux États (Allemands et Hongrois en Tchécoslovaquie par exemple).

2 La guerre après la guerre

A À l'Est, une guerre qui continue

• **La guerre civile en Russie.** Le 3 mars 1918, la Russie bolchevique de Lénine signe la paix de Brest-Litovsk avec l'Allemagne au prix de lourdes pertes territoriales (le quart de son territoire). À partir de 1918, les « Russes blancs », partisans de l'ancien régime tsariste, cherchent à renverser le gouvernement bolchevik avec le soutien des puissances européennes. En 1920, la Pologne attaque aussi la Russie pour étendre son territoire vers l'est.

• **Le « communisme de guerre ».** Dans la tourmente, les bolcheviks mettent en place le « communisme de guerre » : ils imposent leur dictature, nationalisent l'industrie et le commerce, réquisitionnent les récoltes des paysans pour ravitailler l'armée et les villes et organisent l'Armée rouge. En 1922, ils l'emportent, mais le pays est ravagé.

> **Mot-clé**
> **Communisme de guerre :** ensemble des politiques adoptées par les bolcheviks de 1918 à 1922 dans le contexte de la guerre civile russe.

B À l'Ouest, des mémoires divisées

• **La question des disparus.** Au sortir de la guerre, plus de 250 000 soldats demeurent disparus en France, leurs corps n'étant pas localisés. Le 10 novembre 1920, huit cercueils contenant les corps de soldats non identifiés sont rassemblés dans la forteresse de Verdun, lieu symbolique de la guerre. Un des cercueils est transporté vers Paris et placé le 11 novembre 1920 sous l'arche de l'Arc de Triomphe, lors d'une cérémonie officielle. Une « flamme du souvenir » est installée près de ce « soldat inconnu ».

• **Les monuments aux morts.** Durant les années 1920, presque toutes les communes de France financent, avec l'aide de l'État et d'associations d'anciens combattants, la construction d'un ou plusieurs monuments aux morts. Ces constructions révèlent des sentiments bien différents dans la société au sortir de la guerre, certaines soulignant l'héroïsme des poilus, d'autres mettant en avant leurs souffrances ou appelant au pacifisme.

9

Depuis 2007, 50 % de la population mondiale vit en ville ; cette urbanisation ne cesse de progresser et s'accompagne d'une **concentration dans les très grandes villes multimillionnaires** des populations, des activités et des fonctions de commandement.

1 Le poids croissant des métropoles

A Un monde d'urbains

• **Un phénomène mondial.** En 2019, 56 % de la population mondiale, soit plus de 4 milliards de personnes, se concentre dans les agglomérations urbaines alors qu'elles étaient 800 millions en 1950. En 2050, cette proportion devrait atteindre 66 % et les villes devraient accueillir 6,3 milliards d'habitants.

• **Une urbanisation ralentie dans les villes du Nord.** La forte croissance urbaine des pays du Nord date des années 1950-1980 et les taux d'urbanisation, aujourd'hui, y dépassent souvent 75 %. La croissance urbaine se poursuit mais à un rythme ralenti (0,5 % par an).

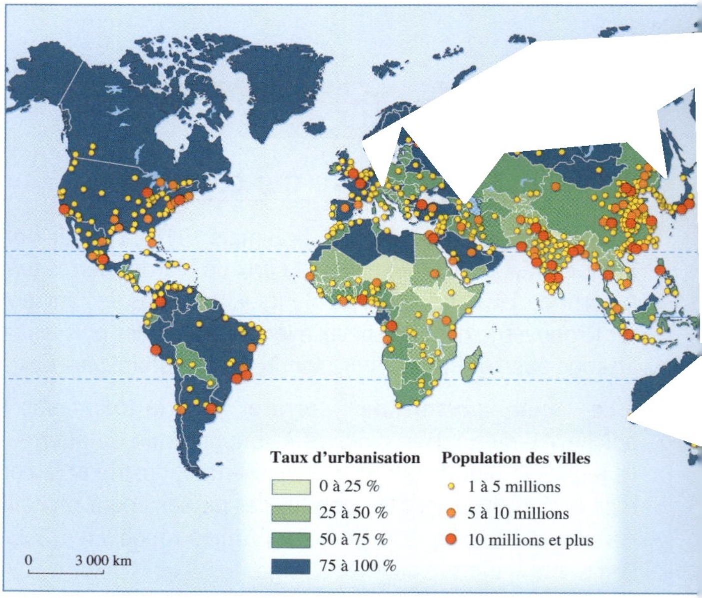

▲ L'urbanisation dans le monde en 2025 : projection de l'ONU.

• **Des villes du Sud en pleine expansion.** Si l'urbanisation est moindre dans les pays du Sud, 40 % en moyenne, les rythmes d'urbanisation sont plus forts que dans les pays développés (plus de 3 % par an). L'Afrique et l'Asie, moins urbanisées pour l'instant, ont des villes en très forte croissance.

B Une métropolisation croissante mais inégale

• **Métropoles et mégapoles.** Une métropole est un pôle urbain majeur exerçant une influence sur un vaste territoire et doté de fonctions de commandement, de capacités d'innovation et d'investissement ainsi que d'activités de niveaux national et international. Selon leur taille, leurs fonctions et leur influence, on peut différencier les métropoles. Trois continents vont ainsi accueillir des mégapoles de plus de 20 millions d'habitants en 2050 selon l'ONU : l'Asie (Delhi, Tokyo, Shanghai, Dacca, Mumbai, Beijing, Karachi, Jakarta, Séoul), l'Amérique (Mexico, São Paulo, New York) et l'Afrique (Kinshasa, Lagos, Le Caire).

• **Les grands projets métropolitains.** Autre marqueur du caractère métropolitain des villes, l'existence de grands projets urbains, portés par les élus et sollicitant les architectes et les urbanistes les plus renommés (gratte-ciels, musées, monuments).

• **Des métropoles en concurrence.** Ces très grandes villes entretiennent d'importants réseaux (télécommunications, congrès, voyages aériens). Elles bénéficient d'excellentes conditions d'accessibilité, d'accueil et d'hébergement, mais également d'effets d'image positifs. Dans l'espace mondialisé, l'enjeu pour les métropoles consiste à attirer hommes et capitaux pour asseoir leur croissance, d'où l'importance du « marketing urbain ».

Mot-clé

Ville mondiale : le concept de ville mondiale est attribué à la sociologue **Saskia Sassen**, auteur du livre *The Global City* (1991). Elle s'applique aux villes qui exercent une grande influence au niveau mondial. Londres, New York, Paris et Tokyo sont traditionnellement considérées comme les quatre grandes villes du monde. Selon d'autres auteurs, on peut citer Hong Kong, qui, à bien des égards, a dépassé Paris. La question de savoir si une ville correspond ou non à ce concept de ville mondiale a fait l'objet de nombreuses discussions.

2 Des espaces métropolitains en mutation

A Partout, des métropoles qui s'étalent

• **L'extension spatiale de l'espace métropolitain.** Le processus qui domine est l'étalement ; la croissance s'opère par l'intégration des zones rurales devenues périurbaines. Du point de vue démographique, cet étalement profite surtout aux périphéries, alors que les centres voient leur population se stabiliser, voire décroître.

• **Au Nord, périurbanisation et « desserrement urbain ».** Le long des voies de communication, puis, en taches d'huile entre ces principaux axes, les citadins s'éloignent du centre des agglomérations pour trouver un cadre de vie plus agréable, plus près de la nature et moins cher.

• **Au Sud, un étalement anarchique.** Si les centres-villes restent encore densément peuplés, l'habitat précaire, ou bidonvilles, s'est emparé des périphéries où s'installent les nouveaux venus sur des terrains inoccupés, ce qui entretient le processus d'étalement.

B Fractures sociales, fractures spatiales

• **Spécialisation des espaces métropolitains.** Le centre-ville concentre les fonctions les plus prestigieuses. Il est aussi rénové et réhabilité pour les populations aisées. À la périphérie, se situent les quartiers résidentiels et certaines activités de production qui recherchent de l'espace (aménagements de loisirs, aéroports, aires de stockage).

• **De nouveaux centres fonctionnels.** De nouvelles centralités, à proximité des nœuds de communication, s'affirment à la périphérie des villes, là où, aujourd'hui, se concentrent les urbains : centres commerciaux, technopôles, nouveaux quartiers d'affaires.

• **De forts contrastes spatiaux et sociaux.** Plus du tiers de la population des métropoles des pays en développement vit dans des bidonvilles. Aux quartiers populaires dégradés s'opposent des quartiers résidentiels fermés pour les populations aisées.

Mot-clé

Ségrégation socio-spatiale : processus de division sociale et spatiale des populations urbaines en unités distinctes (par exemple par quartiers), impliquant à la fois un mouvement d'exclusion et un mouvement de réunion des semblables. Les groupes isolés et mis à l'écart subissent ainsi des discriminations au niveau politique, juridique ou économique.

10

La France urbaine est marquée par le phénomène de métropolisation. Celui-ci génère de nouvelles différenciations, d'une part entre **Paris et les autres métropoles** françaises, d'autre part entre les **villes petites et moyennes** qui se marginalisent ou, au contraire, se revitalisent.

1 La diversité des métropoles françaises

A Paris, ville primatiale

• **Une ville mondiale.** L'influence politique de Paris est liée au fait qu'elle est le siège d'institutions internationales comme l'UNESCO et l'OCDE. Ses monuments (tour Eiffel, Notre-Dame de Paris) et ses musées (le Louvre) attirent, chaque année, plus de 40 millions de touristes du monde entier. Ses universités et ses écoles prestigieuses accueillent des dizaines de milliers d'étudiants venus de l'étranger.

• **Une dynamique démographique particulière.** Jeunes étudiants et jeunes actifs qualifiés (célibataires ou en couple sans enfants) affluent à Paris. Ce renouveau profite aux arrondissements péricentraux (notamment X^e^ et XIe), voire centraux (IIe, IIIe et IVe). Dans la périphérie parisienne, les arrivées sont le fait des étudiants, mais aussi de jeunes actifs ou de familles à revenus modestes.

• **La métropole du Grand Paris (MGP).** Depuis le 1er janvier 2016, la métropole du Grand Paris regroupe les communes de Paris, les trois départements de la petite couronne (Hauts-de-Seine, Seine-Saint-Denis et Val-de-Marne) et quelques communes de la grande couronne (Argenteuil et les communes de la communauté d'agglomération Les Portes de l'Essonne).

▲ Paris, ville mondiale.

B Des dynamiques urbaines variées

• **Une hiérarchisation des métropoles.** Les métropoles les plus peuplées sont celles de Paris (12 millions d'habitants), de Lyon (2,2 millions), de Marseille-Aix (1,7 million), de Toulouse, Lille, Bordeaux et Nice (entre 1 et 1,3 million). La localisation des pôles de haute technologie obéit en partie à un processus de polarisation sur les grandes métropoles du Midi et, à un moindre degré, de l'Ouest. Outre Paris, les principales métropoles de l'innovation sont Lyon, Grenoble, Toulouse, Bordeaux, Rennes, Nantes, Montpellier, Strasbourg et Lille.

• **Un rayonnement européen limité.** Hormis Paris, la France compte peu de métropoles de rang international. C'est un effet du centralisme français. Seule Lyon a un rayonnement international, comparable à des métropoles européennes comme Glasgow, Bologne ou Cologne. Les autres métropoles ont un rayonnement international soit modeste (Marseille, Strasbourg, Nantes, Toulouse, Lille), soit potentiel (Bordeaux, Nice, Montpellier, Grenoble et Rennes). Cela tient notamment à leur faible influence scientifique et au nombre modeste de grands groupes ou de banques internationales.

Mot-clé

Grand Paris : le futur réseau de transports du Grand Paris comprendra 200 km de métro automatique, 4 lignes et 68 nouvelles gares, pour près de 2 millions de voyageurs quotidiens. Il devrait être achevé en 2030.

2 Attractivité des métropoles et effets sur les autres villes

A Une attractivité variable et des croissances inégales

• **Une attractivité variable.** L'attractivité des métropoles varie selon les régions. Les jeunes de 20 à 29 ans cherchent d'abord un emploi à Paris ou dans une métropole d'une région économiquement dynamique (Alsace, Rhône-Alpes). Ce n'est qu'ensuite qu'ils cherchent à s'installer dans une métropole du Sud.

• **Des croissances inégales.** Les métropoles ont globalement des taux de croissance supérieurs à ceux des villes moyennes. Les grandes agglomérations qui connaissent toutefois une faible croissance se concentrent dans le quart nord-est du pays (au nord d'une ligne Le Havre-Montbéliard), à l'exception notable de l'Alsace avec Strasbourg. Ce sont surtout les métropoles des régions industrielles en reconversion qui perdent de la population (Lens, Valenciennes, Thionville…).

B Des effets contrastés sur les villes petites et moyennes

• **De la périurbanisation à la rurbanisation.** La croissance de la population des villes petites ou moyennes est positive autour des grandes métropoles ou dans leurs aires d'influence, comme en région parisienne. Depuis 1999, la croissance de la population dans les communes de moins de 10 000 habitants est forte jusqu'à 50 km de la métropole et son maximum est atteint dans un rayon de 25 km autour d'elle.

Mot-clé

Rurbanisation : intégration de communes rurales dans les couronnes périurbaines du fait de l'installation de personnes conservant leur emploi dans la métropole.

• **L'émergence des villages-dortoirs.** Mais même dans ce périmètre sous influence métropolitaine, on assiste à une dévitalisation des centres-villes des petits pôles urbains. Les nouveaux habitants préfèrent s'installer dans des lotissements de maisons individuelles en périphérie, à proximité des échangeurs des voies rapides et des grandes surfaces commerciales. Cet habitat récent ressemble à celui des banlieues pavillonnaires : on passe des cités-dortoirs aux villages-dortoirs.

Une ville de banlieue en Île-de-France avec de grands ensembles. ▶

GÉOGRAPHIE

La révolution des transports, les mutations de l'économie et l'augmentation des échanges liés à la mondialisation se traduisent par de **nouvelles localisations des espaces productifs**.

1 Espaces productifs majeurs et facteurs de localisation

A Le poids des héritages dans la localisation des activités

• **L'importance des facteurs naturels.** La diversité et la richesse des sols et des climats sont à l'origine de la puissance de certains grands espaces agricoles. Les conditions climatiques des côtes maritimes et de certaines montagnes ont favorisé aussi très tôt le développement du tourisme saisonnier. De nombreuses localisations industrielles sont liées à la présence de gisements de matières premières (charbon, fer) et de sources d'énergie (barrages hydroélectriques).

• **Le rôle de la main-d'œuvre pour la grande industrie.** Pour la grande industrie (textile, mécanique), le facteur premier de localisation est celui d'une main-d'œuvre abondante. Cela suppose une implantation de ces espaces industriels à proximité de métropoles susceptibles de fournir des dizaines de milliers de travailleurs.

• **L'importance nouvelle du cadre de vie.** La nature est devenue davantage un élément du cadre de vie qu'un gisement de ressources à exploiter. À titre d'exemple, l'énergie est à présent disponible dans de nombreuses régions du monde avec la généralisation de l'électricité produite par les centrales nucléaires, les éoliennes ou les panneaux photovoltaïques. Les activités qui ne nécessitent pas la proximité immédiate d'un grand bassin d'emploi ou de consommation (comme les nouvelles technologies) ont donc tendance à se localiser dans des régions à l'environnement agréable.

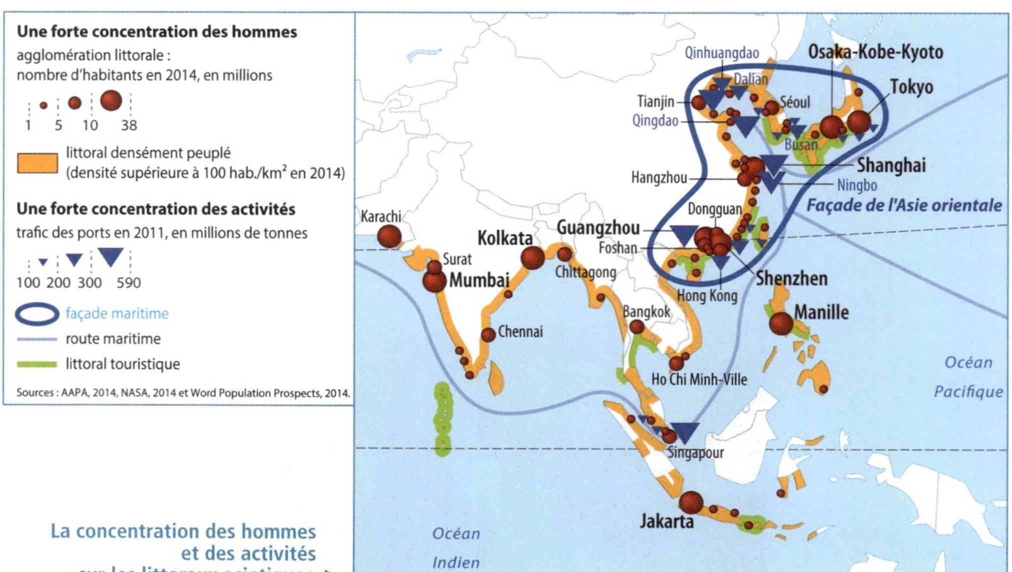

La concentration des hommes et des activités sur les littoraux asiatiques. ▶

B Littoralisation et métropolisation de la production

• **La révolution des transports et des télécommunications.** L'accessibilité des lieux est devenue un facteur déterminant pour de nombreuses localisations. Les transports (notamment par conteneurs) sont un vecteur essentiel de l'intégration des espaces. Les positions de carrefour (métropoles, ports, aéroports) et les grands axes d'échanges à l'échelle nationale, continentale, voire mondiale, apparaissent comme des lieux privilégiés de localisation des activités.

• **Le rôle des grands ports.** On peut citer l'exemple de l'industrie lourde (métallurgie, sidérurgie, raffinerie), qui est devenue une industrie sur l'eau, dans des zones portuaires permettant l'importation rapide de la matière première et facilitant l'exportation du produit manufacturé.

• **Compétence de la main-d'œuvre.** Avec l'essor de l'économie de la connaissance ou du savoir, les hautes qualifications sont devenues une des principales exigences pour la localisation des nouvelles activités.

> **Mot-clé**
>
> **Technopôle :** pôle d'activité réunissant des universités, des laboratoires de recherche et des entreprises fabriquant des biens de haute technologie.

2 De nouvelles stratégies pour les entreprises

A Les entreprises obéissent à de nouvelles logiques

• **Les stratégies des firmes transnationales (FTN).** Les firmes des secteurs énergétique, minier et agroalimentaire ont investi dans les pays du Sud pour y exploiter les richesses minérales et agricoles, destinées à alimenter l'industrie des pays du Nord. D'autres ont délocalisé leur production pour contourner les barrières douanières ou pour réduire les coûts de production.

• **La division internationale du travail.** Les FTN mettent en place un marché mondial du travail : les cadres internationaux sont gérés par la maison mère, les travailleurs peu qualifiés de l'industrie et des services sont recrutés dans les territoires aux règles fiscales et sociales quasi inexistantes, ce qui permet de mettre en concurrence des milliers de fournisseurs dans les pays à bas salaires de l'Amérique latine et de l'Asie, et de maintenir des salaires excessivement bas. Dans les pays développés, cette stratégie entraîne des destructions d'emplois et l'apparition de travailleurs pauvres en Europe et aux États-Unis.

B Délocalisations des espaces productifs

• **Les phénomènes de délocalisation.** Délocaliser, c'est déplacer vers des pays étrangers tout ou partie des activités, des capitaux et des emplois d'une entreprise. Les phénomènes de délocalisation d'activités industrielles, voire d'activités de services, apparus dès les premières décennies du xxe siècle, se sont multipliés et accélérés depuis la fin des années 1990. Si les délocalisations concernaient d'abord des secteurs comme l'habillement, l'électroménager ou l'électronique, elles touchent aujourd'hui des activités de services à distance (maintenance informatique, numérisation, saisie et archivage de textes).

• **Une géographie mouvante.** La stabilité de la nouvelle localisation dépend du but recherché par l'entreprise. Lorsqu'il s'agit d'une implantation sur un marché stable, celle-ci est souvent durable. En revanche, lorsque la délocalisation est liée à un avantage comparatif à court terme (coût de la main-d'œuvre comme pour la fabrication automobile), l'installation peut n'être que temporaire.

> **Mot-clé**
>
> **Firme transnationale :** entreprise qui, à partir d'une base nationale, développe son activité à une échelle internationale en implantant des filiales et des unités de production dans au moins cinq États différents.

GÉOGRAPHIE

12

L'espace économique français a connu de **profondes transformations** depuis les années 1970. Les **espaces productifs** se reconvertissent ou se relocalisent, sur le territoire ou au-delà des frontières nationales. On assiste comme ailleurs à une **polarisation des activités** dans ou près des grandes métropoles.

1 De nouvelles localisations des espaces productifs

A Une relocalisation et une reconversion des activités

• **Des régions industrielles en mutation.** La révolution des transports et l'augmentation de la concurrence dans les années 1970-1980 ont abouti au déclin en France de certains bassins d'extraction de minerais et à une relocalisation des activités. Mais certaines de ces branches ne subsistent aujourd'hui que grâce au soutien financier de l'État, qui veut limiter les licenciements dans des villes où une grande partie de la population vit de la présence des activités industrielles.

• **L'aide à la reconversion.** Dès le début des années 1970, certaines vieilles régions industrialisées (bassins houillers du Nord, centres de la sidérurgie lorraine, foyers de la métallurgie de Franche-Comté) frappées par la crise entament leur reconversion vers des activités plus dynamiques. Mais le coût de cette reconversion s'est révélé exorbitant et son bilan reste fragile.

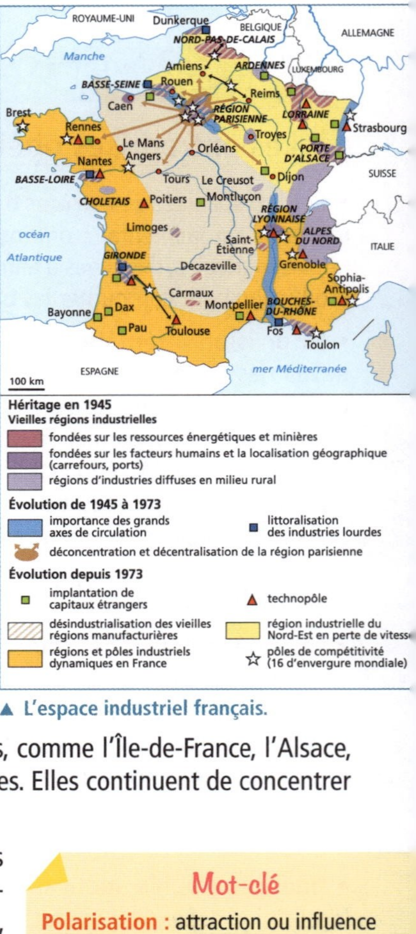

▲ L'espace industriel français.

B Un espace économique déséquilibré

• **Des disparités qui ne s'effacent pas.** Certaines grandes oppositions tendent à disparaître : entre la France industrielle (à l'est d'une ligne Le Havre-Marseille) et la France rurale (à l'ouest), et entre l'Île-de-France et la province. Pourtant l'espace économique reste déséquilibré. Des régions, comme l'Île-de-France, l'Alsace, la région lyonnaise ou les Alpes du Nord, demeurent puissantes. Elles continuent de concentrer capitaux, main-d'œuvre et consommateurs.

• **L'exemple des zones industrialo-portuaires (ZIP).** Les littoraux sont aussi les lieux privilégiés de cette nouvelle géographie économique. À partir des années 1960 par exemple, l'État crée des ZIP pour promouvoir l'industrie sur l'eau française et assurer les approvisionnements en hydrocarbures. Quatre ports se spécialisent : sidérurgie à Dunkerque, produits pétroliers à Fos-sur-Mer, chantiers navals à Saint-Nazaire, terminaux porte-conteneurs au Havre.

Mot-clé

Polarisation : attraction ou influence qu'exerce une métropole sur un espace périphérique plus ou moins étendu et hétérogène et qui se trouve dans une situation de dépendance à l'égard de ce centre.

2 Entre valorisation locale et intégration européenne et mondiale

A L'ouverture sur l'Europe et le monde

• **Les bases du système productif français.** La puissance de la France à l'exportation repose d'abord sur ses FTN : on parle d'internationalisation des entreprises. Des sociétés comme Danone, Total, Michelin, Carrefour, AXA sont présentes partout dans le monde et peuvent réaliser des alliances (Renault avec le Japonais Nissan). Les petites et moyennes entreprises et industries (PME et PMI) emploient près de 50 % des salariés. Leur flexibilité permet aux grands groupes de développer une sous-traitance très performante.

• **L'importance des nœuds de communication et des espaces frontaliers.** La performance des communications concerne évidemment Paris mais aussi la région lyonnaise, Bordeaux, Toulouse, les grandes vallées (comme celle du Rhin), les littoraux et les espaces frontaliers surtout du Nord-Est (Nord-Pas-de-Calais, Lorraine, Alsace). L'État aménageur s'engage dans la construction des grandes infrastructures (projets actuels du canal Seine-Nord Europe et du tunnel ferroviaire Lyon-Turin).

• **Délocalisation ou relocalisation ?** Dans le contexte de crise financière internationale et de fermeture d'usines en France, l'État a décidé de renforcer les aides à la réindustrialisation (ARI) ou à la relocalisation, en proposant aux entreprises des avances remboursables. Le gouvernement veut, par exemple, encourager la création de nouveaux centres d'appels en France. Le mouvement de relocalisation ne se fait cependant qu'au rythme d'une centaine d'entreprises par an : on compte en moyenne un cas de relocalisation pour vingt cas de délocalisation.

B Le rôle des métropoles et des espaces technopolitains

• **Des métropoles de plus en plus spécialisées.** La décision de l'État de favoriser le développement extra-parisien a abouti à soutenir le développement des grandes métropoles du sud et de l'ouest de la France (les huit métropoles d'équilibre), notamment l'essor des universités et des grandes écoles. L'État a choisi Toulouse pour accueillir l'aéronautique, Bordeaux pour les activités aérospatiales, Rennes pour les télécommunications, Grenoble pour l'électronique.

• **Répartition des industries de pointe et des activités high-tech.** Trois grands types d'espaces accueillent les pôles de l'innovation : la région parisienne, qui concentre main-d'œuvre qualifiée et grand marché d'emploi et de consommation, les périphéries méridionales et occidentales, aux nombreuses aménités pour les ingénieurs (mer ou océan, soleil et cadre champêtre ou montagnard) et, enfin, les villes proches des frontières, qui profitent des dynamiques transfrontalières.

• **Les synergies puissantes des parcs technologiques ou scientifiques.** Les espaces technopolitains se caractérisent d'abord par les synergies qu'ils ont suscitées entre les entreprises ou les start-up d'un même secteur, entre des spécialités différentes mais complémentaires, entre des grandes entreprises et un vivier de PME (fournisseurs et sous-traitants), entre l'industrie d'une part et d'autre part l'appareil de recherche public (CNRS, INRA, CNES…) et privé et l'appareil de formation de haut niveau (universités, IUT, grandes écoles).

> **Mot-clé**
> **Aménités :** ensemble d'éléments contribuant à rendre appréciable et agréable un lieu pour ceux qui y vivent (climat, paysage, ambiance).

GÉOGRAPHIE

13

Dans un monde de plus en plus urbanisé, se pose la question des **spécificités des espaces ruraux**. Les **fonctions non agricoles** (résidentielles, touristiques ou encore industrielles) tendent de plus en plus à s'y développer. Les campagnes dans le monde sont donc marquées par de **profondes mutations** et une diversification qui peut aller jusqu'à la **fragmentation**.

1 Nouvelles campagnes, nouveaux espaces ruraux

A Des campagnes en négatif des villes ?

• **Espace rural, espace urbain.** La notion de campagne comporte étymologiquement une dimension plus agricole (champs et terres cultivés, au service de la ville) que celle d'espace rural. On définit généralement l'espace rural en négatif de l'espace urbain. Ce serait donc un espace marqué par les faibles densités (de population, de constructions, d'emplois, d'équipements, etc.), par les paysages où prédominent les formations végétales (forêts, prairies, cultures, friches, etc.) et, enfin, par l'importance des activités agricoles en termes de surfaces (plus qu'en termes d'actifs).

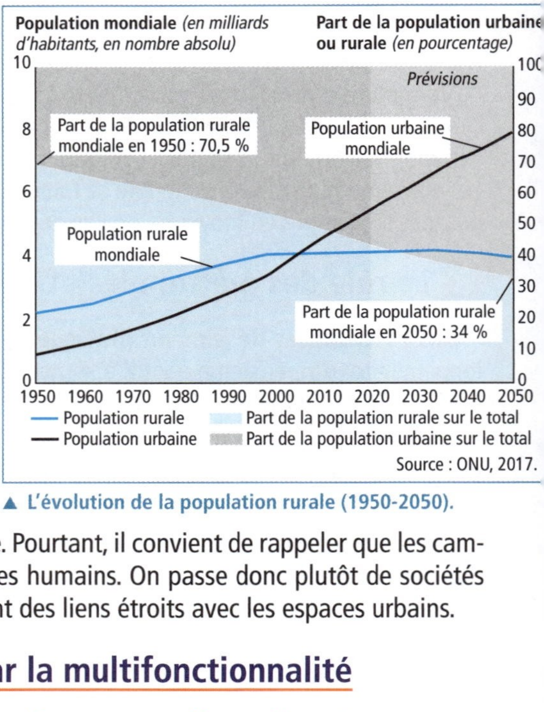

▲ L'évolution de la population rurale (1950-2050).

• **La campagne, un territoire mineur ?** Dans le monde d'aujourd'hui, et plus particulièrement dans les pays du Nord, la campagne apparaît comme vidée de sa population, fragilisée. Pourtant, il convient de rappeler que les campagnes continuent d'accueillir 3,5 milliards d'êtres humains. On passe donc plutôt de sociétés paysannes à des sociétés rurales qui entretiennent des liens étroits avec les espaces urbains.

B Des espaces ruraux marqués par la multifonctionnalité

• **Une fonction agricole entre enjeux alimentaires et non alimentaires.** Dans les pays en développement et émergents, l'agriculture reste encore, et largement, la première activité rurale : les campagnes peuvent, dans leur très grande majorité, y être encore qualifiées de paysannes. Au contraire, dans les pays développés, l'agriculture est désormais très minoritaire dans les espaces ruraux en termes d'emploi (moins de 10 % des ruraux sont des actifs liés à ce secteur) et de création de richesses, même si elle continue de marquer la plupart des paysages ruraux et d'occuper la majeure partie de l'espace. Au-delà de sa fonction première de production alimentaire, l'agriculture y remplit des rôles multiples (entretien des paysages, renforcement des identités territoriales par les produits de qualité du terroir, production d'agrocarburants…).

• **L'essor des fonctions résidentielles.** Après la fin du phénomène massif d'exode rural, certaines campagnes se mettent à accueillir des populations venues des villes, à la recherche d'un logement moins cher et d'un environnement considéré comme plus agréable. Ces déplacements concernent d'abord les campagnes périurbaines : les nouveaux habitants continuent de travailler en ville et effectuent des migrations quotidiennes entre leur lieu de domicile, rural, et leur lieu de travail, urbain.

• **Fonctions productives et fonctions de protection.** Certains espaces ruraux voient se développer des activités productives industrielles (souvent le fait de petits établissements) et touristiques (dans les campagnes offrant un patrimoine culturel et naturel remarquable). Mais les conflits entre fonctions productives et fonctions de protection ne sont pas rares. On attribue en effet de plus en plus aux espaces ruraux des fonctions de protection de l'environnement, sous forme de parcs naturels et d'aires protégées.

Mot-clé

Ruralité : au sens large, caractère rural d'un espace, d'une population etc. ; au sens plus étroit, ensemble de représentations collectives et de caractères concourant à une forme d'identité et de fonctionnement des espaces ruraux. Selon le géographe **Alexis Gonin**, cette ruralité reposerait notamment sur l'importance des espaces ouverts et végétalisés, la valorisation d'un ancrage local, le poids des liens de proximité et d'interconnaissance, etc.

Les environs de Colmar, entre champs et villages dortoirs. ▶

2 Des espaces ruraux entre contraste et fragmentation

A À l'échelle mondiale

• **Une diversification croissante.** On constate un accroissement des inégalités entre les campagnes qui demeurent principalement agricoles, et celles qui parviennent à diversifier leurs activités, et donc à créer de nouveaux emplois et à renouveler leur population.

• **Une opposition Nords-Suds.** À l'échelle mondiale, les contrastes sont forts entre espaces ruraux développés et multifonctionnels des Nords et espaces ruraux en développement des Suds, dans lesquels les « petites » agricultures peu productives restent prépondérantes.

B Aux échelles régionales et locales

• **Entre déclin et maintien de fortes densités.** Les inégalités sont fortes entre les espaces ruraux qui doivent gérer une déprise démographique, ceux qui connaissent une « renaissance rurale », et ceux qui atteignent des niveaux records de densités. Les trajectoires démographiques et les enjeux de développement rural sont très différents entre les espaces ruraux anciennement très peuplés (Asie du Sud-Est), les espaces ruraux nouvellement confrontés au défi du nombre (Afrique subsaharienne) ou les campagnes en phase de réinvention entre déclin et renouveau (Europe).

• **Le cas des espaces en déprise.** La déprise est un processus de fragilisation de l'espace rural, marqué par le dépeuplement des campagnes (exode rural) et une disparition progressive des activités rurales (agriculture, commerces, services, artisanat, industrie, etc.). La déprise rurale peut accompagner une déprise agricole (fragilisation, voire abandon progressif des activités agricoles et des terres agricoles).

Mot-clé

Néoruraux : citadins choisissant de s'installer à la campagne et y travaillant également, que ce soit dans l'agriculture (généralement de qualité, maraîchère ou d'élevage), dans le tourisme (agritourisme, tourisme vert) ou dans des activités tertiaires, grâce au télétravail.

14

La **diversification des fonctions productives** est très marquée dans le cas des campagnes françaises. Ces mutations s'accompagnent d'**enjeux d'aménagement** et de développement rural qui mobilisent des acteurs à différentes échelles, du développement local aux **politiques nationales et européennes**.

1 Des espaces ruraux en mutation

A L'isolement du rural profond ou hyper-rural

• **La diagonale des déprises.** Les campagnes en décroissance démographique sont celles qui sont éloignées d'un pôle urbain ; les déplacements quotidiens vers les lieux de travail n'y sont pas possibles. On constate qu'elles sont presque toutes situées le long d'une diagonale traversant des régions avec une faible densité de population, la « diagonale du vide » ou « diagonale aride », qui va du sud du Massif central aux Ardennes, coupant la France en deux.

• **Les autres campagnes isolées.** Une grande partie des Alpes du Sud et de la Corse donne aussi une impression de vide. À une échelle plus fine, les campagnes « profondes » sont celles où les pôles urbains sont moins importants, où l'activité agricole est la plus en difficulté, où la diversité des emplois est moindre.

• **Le manque de services et d'équipements.** Au total, le rural isolé ou profond comprend plus de 16 000 communes et abrite environ 12 % de la population sur plus de la moitié du territoire. Dans les espaces en déprise, on assiste, malgré la mobilisation des habitants, à la fermeture de certains services publics (écoles, poste, centre des finances publiques, tribunaux de grande instance, maternités) et commerciaux (boulangeries…). Les difficultés des familles pauvres et des personnes âgées y sont tout aussi sensibles, bien que moins visibles, que celles rencontrées dans certaines banlieues.

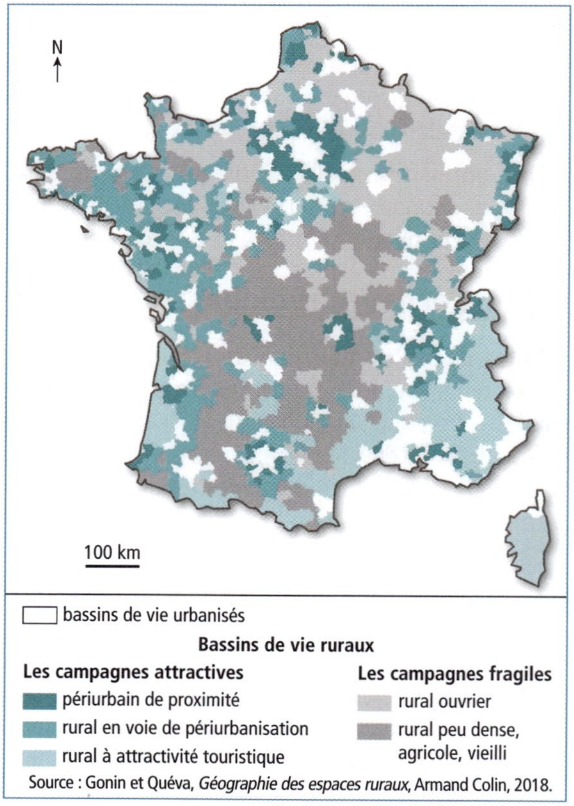

Source : Gonin et Quéva, *Géographie des espaces ruraux*, Armand Colin, 2018.

La diversité des campagnes françaises. ▶

B De nouvelles formes de développement

• **Le développement résidentiel.** Dans certains de ces espaces isolés, des retraités réinvestissent la maison de famille. Le télétravail permet aussi à quelques familles, disposant en général de plusieurs voitures, de venir s'installer.

> **Mot-clé**
> **Agrotourisme :** forme de tourisme fondée sur l'articulation entre activité agricole et activité touristique ; il s'appuie sur une pluralité de produits touristiques (hébergement, restauration, visites guidées, dégustation de produits du terroir, etc.).

• **Le développement touristique.** Les espaces ruraux en déprise peuvent transformer leurs handicaps en atouts : leur faible densité en fait des espaces attractifs pour des citadins en quête de nature. Leur patrimoine culturel mais aussi gastronomique peut être valorisé. Habitants et communautés de communes développent ainsi des formes de tourisme vert ou de vacances à la ferme, construisent des écomusées, créent des gîtes ruraux et des parcours de golf ou transforment une partie de leur territoire en réserve naturelle protégée mais ouverte aux visiteurs.

• **Le développement des PME.** Les petites et moyennes entreprises peuvent aussi être attirées par les avantages comparatifs de ces espaces ruraux : main-d'œuvre parfois qualifiée (dans les anciennes régions spécialisées) et moins exigeante en termes de salaire, cadre de travail calme… C'est le cas de la plasturgie d'Oyonnax dans le Jura, de la coutellerie dans la région de Thiers ou à Laguiole dans le Massif central, du textile dans la région de Cholet (Maine-et-Loire).

2 Des enjeux d'aménagement aux niveaux local et européen

A À l'échelle locale et nationale

• **L'accès au numérique.** 2 % des lignes téléphoniques (600 000 foyers) sont inéligibles à l'ADSL. Pour désenclaver ces zones blanches rurales, les collectivités territoriales proposent des aides pour accompagner l'équipement en accès haut débit par des technologies alternatives comme le satellite ou le WiMax. Mais 27 % des lignes (8 millions de foyers, localisés notamment en zones rurales isolées) ne permettent pas un accès à plus de 2 Mbits par seconde, ce qui rend l'accès à certains sites difficile.

• **Pôles d'excellence et zones de revitalisation.** Parmi les territoires de projet, les pôles d'excellence rurale doivent favoriser l'activité économique ou l'offre de services des régions rurales. Pour lutter contre la déprise qui touche près de 40 % du territoire, des zones de revitalisation rurale (ZRR) sont créées en 1996 : maintien de services publics (écoles, poste) et d'activités (subventions aux petits commerces), aide à l'installation de jeunes agriculteurs et au développement des gîtes ruraux et des installations touristiques. L'ouverture du prêt à taux zéro (PTZ) permet la rénovation de logements anciens dans 6 000 communes rurales.

B A l'échelle européenne

> **Mot-clé**
> **PAC :** politique agricole commune, mise en place par la Communauté européenne en 1962 pour atteindre l'autosuffisance alimentaire et améliorer les revenus des agriculteurs.

• **L'UE et la réduction des inégalités socio-spatiales.** Le Fonds européen de développement régional (FEDER) a pour vocation de renforcer la cohésion économique et sociale dans l'UE en accordant une attention particulière aux spécificités territoriales. Il cible particulièrement les problèmes économiques, environnementaux et sociaux dans les zones présentant des handicaps géographiques naturels (régions peu peuplées).

• **Les financements du FEDER.** Les investissements du FEDER se concentrent sur plusieurs domaines : l'innovation et la recherche ; la stratégie numérique ; le soutien aux petites et moyennes entreprises (PME) ; l'économie sobre en carbone.

15

Fin 2014, la Chine est devenue la **première économie mondiale** en parité de pouvoir d'achat, avec 16,5 % du PIB mondial. Ses succès industriels, commerciaux et financiers font d'elle un moteur de l'économie mondiale. Mais cette intégration à la mondialisation ne va pas sans poser des **problèmes de développement et d'environnement**.

1 Développement et inégalités

A Vers une société de plus en plus inégale

• **Un des États les plus inégalitaires au monde.** Les inégalités de richesse sont de plus en plus fortes en Chine, faisant du pays l'un des États les plus inégalitaires au monde : 20 % de la population concentre plus de la moitié des richesses du pays alors que les 20 % les plus pauvres ne s'en partagent que 4,7 %.

• **Surmasculinité et vieillissement.** La Chine présente une situation démographique particulière issue d'une politique ancienne de l'enfant unique (1979) avec une préférence accordée aux garçons et des progrès spectaculaires de l'espérance de vie. On prévoit un déficit en femmes estimé à 50 millions en 2050 ainsi qu'un vieillissement accéléré dans un contexte d'urbanisation rapide et de faible couverture sociale.

▲ La Chine, entre croissance économique et défis environnementaux.

B La première des puissances émergentes

• **La Chine dans la mondialisation.** En ouvrant leur pays aux investissements étrangers, les dirigeants chinois ont sorti leur pays du sous-développement et ont voulu élever le niveau de vie de leur population. Entrée dans l'OMC en 2001, la Chine est devenue le pays asiatique le plus attractif pour les investisseurs. Elle connaît un taux de croissance d'environ 7 à 10 % par an. Atelier du monde, elle accueille les produits semi-finis et les réexpédie vers les marchés extérieurs une fois finis. Premier exportateur mondial, la Chine inonde la planète de ses produits manufacturés à bas prix.

• **Un pays de plus en plus dépendant de l'économie mondiale.** Pour garantir sa propre croissance, la Chine doit être de plus en plus présente sur tous les continents et sur les lignes de communications maritimes (océan Indien, pourtour de l'Afrique). Elle investit surtout sur le marché des matières premières (hydrocarbures, métaux) en raison de ses besoins élevés. Elle est devenue le deuxième consommateur de pétrole après les États-Unis et en importe pour 100 milliards de dollars chaque année.

• **Une diplomatie au service de ses besoins.** La diplomatie doit permettre à la Chine de s'assurer un accès privilégié aux ressources naturelles indispensables, à la fois chez ses proches voisins riches en sources d'énergie (Russie, Kazakhstan), mais aussi chez les pays du Moyen-Orient, d'Afrique et d'Amérique latine qui lui fournissent des métaux et du pétrole.

2 Des ressources et des environnements sous pression

A Le risque énergétique

• **Le poids des énergies fossiles.** 70 % de l'électricité consommée en Chine provient encore des énergies fossiles. La Chine représente 25 % de la consommation globale de l'énergie, 16 % de la consommation chinoise étant satisfaite par l'importation de pétrole et de gaz. On estime que la demande chinoise d'énergie pourrait augmenter de 75 % à l'horizon 2035, ce qui peut générer une pénurie d'approvisionnement.

• **Les impacts environnementaux.** La Chine est le plus grand producteur et consommateur de charbon, bien qu'elle ne détienne que 13 % de la réserve mondiale avec 114,5 milliards de tonnes. Sa production représente 48 % de la production mondiale avec 1,8 milliard de tonnes, et sa consommation de charbon s'élève à 1,9 milliard de tonnes soit la moitié de la consommation mondiale. Les impacts du charbon sur l'environnement sont sévères en Chine où la pollution dans les grandes villes ainsi que la forte diminution des terres arables sont des phénomènes préoccupants.

> **Mot-clé**
>
> **Surmasculinité :** le sex-ratio ou rapport de masculinité, exprime la proportion des hommes et des femmes dans une population. Il permet de mesurer un surnombre d'hommes (surmasculinité) ou de femmes (surféminité). À la naissance, dans le monde, le rapport de masculinité est de 105 garçons pour 100 filles, mais la mortalité des garçons étant plus élevée que celle des filles, le rapport s'inverse au fil du temps. En Chine, il y aurait en moyenne 120 garçons pour 100 filles.

• **Le phénomène « d'airpocalypse ».** La pollution de l'air est parfois si extrême que certaines périodes ont été qualifiées d' « airpocalypse ». En réponse, les autorités ont ordonné aux usines les plus polluantes de quitter Pékin et ses environs, et ont désigné des « zones sans charbon » où plus de trois millions de foyers sont passés brusquement au gaz et au chauffage électrique.

B Déforestation et désertification

• **L'avancée des déserts.** Croissance urbaine et surexploitation agricole ont provoqué un recul des terres arables et une désertification dans les régions du nord comme les environs du désert de Gobi. Le nombre d'habitants de la Mongolie-Intérieure, par exemple, a officiellement quadruplé durant les cinquante dernières années et le nombre de têtes de bétail a été multiplié par six. La zone est devenue un désert, alimentant des tempêtes de sable (« dragon jaune ») qui balaient régulièrement Pékin, à 350 kilomètres au sud. Les étendues sablonneuses qui touchent 27 % du pays progressent rapidement : elles gagnent du terrain sur les terres arables au rythme de 260 000 hectares par an (soit la superficie du Luxembourg), au lieu de 155 000 hectares dans les années 1950.

> **Mot-clé**
>
> **Désertification :** dégradation progressive des terres les transformant en milieux désertiques. La désertification peut avoir pour origine des variations climatiques et/ou les activités humaines.

• **La Grande muraille verte (GMV).** Depuis 1978, des barrières vertes sont construites contre le vent : des millions de pins, de peupliers et de saules sont plantés à travers tout le nord de la Chine. Le projet de « Brise-Vent des trois Nords » vise à planter, d'ici à 2050, 35 millions d'hectares, créant une ceinture végétale d'environ 4 500 kilomètres de long sur 1 450 kilomètres de large.

16

Les **disparités régionales** sont flagrantes entre les régions littorales de l'Est et celles de l'intérieur ou de l'Ouest, moins dynamiques. Le gouvernement chinois mène des projets économiques de développement en Chine intérieure et sur les marges de l'Ouest pour prévenir les **risques de dislocation interne**.

1 Favoriser les liaisons littoral / arrière pays

- **Une littoralisation massive.** La Chine est un pays immense où les masses humaines se concentrent principalement dans les plaines, ce qui crée un déséquilibre au profit de l'est de la Chine. Le développement du pays depuis les années 1980 a fortement aggravé ces inégalités régionales. Les régions littorales représentent 14 % du territoire mais concentrent 43 % de la population.

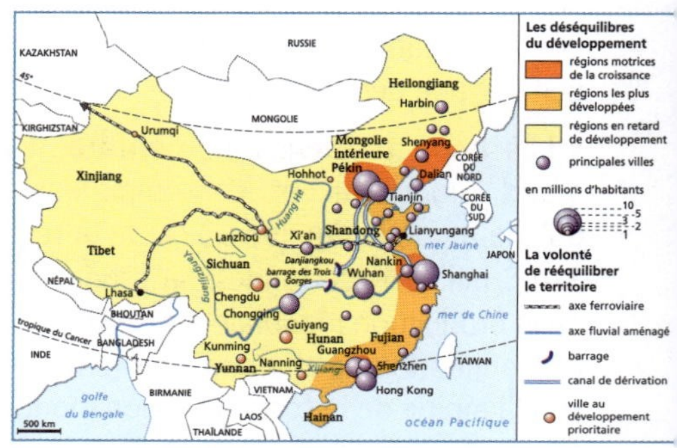

▲ Aménagement du territoire chinois.

- **Les tensions dans l'ouest.** Dans les régions de l'Ouest où l'on trouve des minorités non chinoises (Tibet, Xinjiang), les tensions ont augmenté suite à l'arrivée massive de colons chinois (de l'ethnie Han). Le Xinjiang, où vivent les Ouïghours turcophones et musulmans, riche en pétrole et en charbon, constitue une zone de transit pour les hydrocarbures venus d'Asie centrale.

- **Le désenclavement des périphéries marginalisées de l'Ouest.** Le gouvernement chinois s'efforce de faciliter les liaisons entre le littoral et l'intérieur pour que les provinces de l'arrière-pays se développent. L'État a pour projet de désenclaver les marges lointaines de l'Ouest par le développement du transport aérien et la construction de neuf nouvelles autoroutes.

2 Développer l'ouverture internationale

- **Une nouvelle route de la soie.** L'initiative *Belt and Road* repose sur un important volet terrestre, ferroviaire et routier *(Silk Road Economic Road).* Un premier corridor doit relier le grand Ouest chinois à l'Asie centrale et au Moyen-Orient vers la Turquie via l'Iran. Le corridor Chine-Pakistan (CEPC), ou route méridionale, doit aller de la province chinoise du Xinjiang au port en eau profonde pakistanais de Gwadar.

- **La relance du train.** Des relations ferroviaires intercontinentales sont prévues entre la côte Pacifique et Rotterdam. La nouvelle voie ferrée qui permet d'atteindre Lhassa en deux jours depuis Pékin servira à faire du Tibet une plateforme d'exportation des produits chinois vers l'Asie du Sud. Ces projets visent aussi à assimiler et à siniser les minorités tibétaines et ouïghoures.

> **Mot-clé**
> **Désenclavement :** action d'aménagement du territoire qui consiste à sortir une région ou une ville, peu desservie par des routes ou des voies de communication, de son isolement.

Langues vivantes

(Enseignement commun)

ANGLAIS

ESPAGNOL

ALLEMAND

1

1 Parler du présent

A Le présent simple

Le présent simple est employé pour :

• **exprimer une habitude,** un fait habituel
Ex. : *I* ***wake up*** *at 6 a.m. every morning.* (Je me lève à 6 heures tous les matins.)

• **définir une caractéristique du sujet**
Ex. : *She* ***plays*** *the piano.* (Elle joue du piano.)

• **exprimer une vérité générale**
Ex. : *Water* ***boils*** *at 100 degrees.* (L'eau bout à 100 degrés.)

• **exprimer un état, un sentiment ou une opinion**
Ex. : *I* ***think*** *you* ***are*** *right.* (Je pense que tu as raison.)

• **présenter une succession rapide d'actions,** d'événements
Ex. : *She* ***hears*** *the phone,* ***gets*** *out of her bath and* ***runs*** *to answer.*
(Elle entend le téléphone, sort de son bain et court répondre.)

> **Attention !**
> Veillez à ne pas oublier le -s de la **3e personne du singulier !**
> John **plays** tennis every Sunday morning.
> *John joue au tennis le dimanche matin.*

B Le présent *be + V-ing*

Le présent ***be + V-ing*** est employé pour :

• **décrire un fait, une action, un événement** en train de se produire
Ex. : *The children* ***are crossing*** *the street.* (Les enfants sont en train de traverser la rue.)

• **les verbes d'attitude**
Ex. : *She* ***is lying****. They* ***are sitting****.* (Elle est allongée. Ils sont assis.)

• **décrire ce que la personne qui parle voit ou sait** au moment où elle parle
Ex. : *My sister is in London. She* ***is learning*** *English.*
(Ma sœur est à Londres. Elle apprend l'anglais.)

• **exprimer l'irritation,** associé à un adverbe indiquant la répétition, l'habitude
Ex. : *Mark* ***is*** *always* ***bullying*** *other kids.* (Mark n'arrête pas d'harceler d'autres enfants.)

2 Parler du passé

A Le prétérit

• **Le prétérit** est le temps que l'on emploie pour **parler d'un événement, d'une action passés,** datés de façon précise :
Ex. : *I* ***lived*** *in Paris from 1999 to 2001.* (J'ai vécu à Paris de 1999 à 2001.)

> **Attention !**
> Le **prétérit** est utilisé pour indiquer la durée écoulée depuis un événement situé dans le passé.
> She left the country **two years ago**.
> *Elle a quitté le pays il y a deux ans.*

• **Formation**
– **Verbes réguliers** : base verbale + ***-ed***
Ex. : *I* ***walked*** *2 miles.* (J'ai marché 3 kilomètres.)
– **Verbes irréguliers** : formes à connaître par cœur
Ex. : *She* ***ate*** *sushi, then* ***went*** *to bed.* (Elle a mangé des sushis puis s'est couchée.)

B Le *present perfect*

• **Le *present perfect* relie le passé au présent.** L'utilisation de cette forme signifie que :
– **l'action ou l'état viennent juste de se terminer**
Ex. : *I **have read** for two hours.* (Je viens de lire pendant deux heures.)
– **l'action passée ou l'état du sujet ont des répercussions sur le présent**
Ex. : *He **has mud** on his clothes. He **has played** outside.*
(Il a de la boue sur ses vêtements. Il a joué dehors.)

• **Formation**
Have au présent + participe passé (***V-ed*** ou 3e colonne de la liste des verbes irréguliers).

• **Cette forme** peut être associée avec des termes permettant de **dater le début de l'action** ou de **donner la durée de l'action**.
– ***Since*** + date ou événement précis
Ex. : *They have lived here **since they got married**.*
(Ils habitent ici depuis qu'ils sont mariés.)
– ***For*** + durée
Ex. : *They have lived here **for eleven years**.*
(Ils habitent ici depuis onze ans.)

Attention !

Le *present perfect* ne doit pas s'employer tout le temps pour parler du passé. Ce n'est pas parce que la structure de cette forme évoque celle du passé composé qu'elle est systématique ! Observez :
Does he have a new car? *A-t-il une nouvelle voiture ?*
Yes, he bought it last week. *Oui, il l'a achetée la semaine dernière.*

C Le *present perfect* continu

• **Le *present perfect* continu** est très similaire au ***present perfect*** mais, en l'utilisant, on insiste sur la **durée**.
Ex. : *She **has been doing** her homework for two hours now.*
(Elle fait ses devoirs depuis deux heures maintenant.) *[sous-entendu : c'est long]*

• **Formation**
Have au présent + ***been*** + ***V-ing***

D Les actions habituelles du passé que l'on ne fait plus

• ***Used to*** **+ verbe**
On insiste sur la coupure entre passé et présent.
Ex. : *When he was a child, he **used to walk** to school.*
(Quand il était enfant, il allait à l'école à pied.)

• ***Would*** **+ verbe**
On insiste sur la répétition, l'habitude, un trait de caractère ou une volonté du sujet grammatical.
Ex. : *When she was little, she **would spend** hours staring at the sky.*
(Quand elle était petite, elle passait des heures à regarder le ciel.)

3 Parler de l'avenir

Le temps grammatical du futur n'existe pas en anglais. Pour parler de l'avenir, on peut employer diverses structures.

• ***Will*** **+ verbe**
Ex. : *We **will go** to the cinema as soon as my mother gives me money.*
(Nous irons au cinéma dès que ma mère m'aura donné de l'argent.)

• ***Shall* + verbe**
S'emploie surtout à la forme interrogative pour faire une suggestion ou demander un conseil.
Ex. : ***Shall we*** *go now?* (Est-ce que l'on y va maintenant ?)

• ***Be going to* + verbe**
– **Exprime l'intention** du sujet grammatical.
Ex. : ***I'm going to do*** *the washing up.* (Je vais faire la vaisselle.)
– **Énonce une prédiction** fondée sur ce que l'on constate.
Ex. : *It's sunny, it**'s going to be** a beautiful day.* (Il y a du soleil, ça va être une belle journée.)

• ***Be to* + verbe**
– **Implique que l'action a été convenue**, organisée à l'avance.
Ex. : *We **are to fly** to Ireland for Christmas.* (Nous devons aller en Irlande pour Noël.)
– **Exprime un ordre** ou une **obligation**.
Ex. : *You **are to obey** your teacher at once!* (Tu dois obéir à ton professeur tout de suite !)

• ***Be about to* + verbe**
Exprime un **futur immédiat** : l'action ou l'événement est sur le point de se produire.
Ex. : *He **is about to divorce**.* (Il est sur le point de divorcer.)

4 Les modaux

• ***Can, could***
– **Forme affirmative :** expriment la **capacité**, la **possibilité**, la **probabilité**.
Ex. : *She **can** drive.* (Elle sait conduire.)
*You **could** do it if you tried.* (Tu pourrais y arriver si tu essayais.)
– **Forme interrogative :** expriment une **demande** ou une **demande de permission**.
Ex. : ***Can** I come with you?* (Est-ce que je peux venir avec toi ?)
***Could** I borrow your phone?* (Pourrais-je emprunter votre téléphone ?)
– **Forme négative :** expriment l'**impossibilité ou l'interdiction**.
Ex. : *You **can't** park here.* (Vous ne pouvez pas vous garer ici.) *Mark **couldn't** come to the cinema, he was sick.* (Mark ne pouvait pas venir au cinéma, il était malade.)

• ***Must***
– **Forme affirmative :** exprime le **devoir**, l'**obligation** ou la **forte probabilité**.
Ex. : *You **must** listen to your parents.* (Il faut que tu écoutes tes parents.)
*He **must** be sleeping.* (Il doit être en train de dormir.)

• ***May, might***
– **Expriment la permission**.
Ex. : ***May** I come in?* (Vous permettez que je rentre ?)
– **Expriment la probabilité**, **l'éventualité**, **le doute**.
Ex. : *He **may** be exhausted.* (Il doit être épuisé.) *They are nowhere to be found, they **might** have gone out.* (Ils sont introuvables : il se pourrait qu'ils soient sortis.)

• ***Would***
– **Exprime le conditionnel**.
Ex. : *He **would** have better grades if he worked more.*
(Il aurait de meilleures notes s'il travaillait davantage.)
– **Exprime la volonté**.
Ex. : *She insisted but her son **wouldn't** do his homework.*
(Malgré son insistance, son fils a refusé de faire ses devoirs.)

• ***Should***

Exprime le conseil.

Ex. : *You **should** read more books.* (Tu devrais lire davantage.)

• ***Should + have* + participe passé**

Exprime le reproche ou le **regret**.

Ex. : *Mike **should have driven** more carefully.* (Mike aurait dû conduire plus prudemment.)

5 Le discours direct et le discours indirect

A Passage du discours direct au discours indirect

• **Proposition principale introductive** du discours indirect au **présent** ou au ***present perfect***. La subordonnée est au même temps que dans le discours direct.

– Discours direct

Ex. : *The journalist writes: "The President has delivered a speech."*

– Discours indirect

Ex. : *The journalist writes that the President has delivered a speech.*

• **Proposition principale introductive** au **prétérit** ou au **plus-que-parfait**. Il y a alors un changement de temps.

– Discours direct

Ex. : *He said: "I want to go to Italy, I will book plane tickets."* *She said: "I ate too much."*

– Discours indirect

Ex. : ***He said that he wanted** to go to Italy and that **he would book** plane tickets.*
***She said that she had eaten** too much.*

– Les paroles prononcées au présent sont rapportées au prétérit : ***want*** devient ***wanted***.

– Les paroles prononcées au futur ou au conditionnel sont rapportées au conditionnel : ***will book*** devient ***would book***.

– Les paroles prononcées au ***present perfect*** ou au **prétérit** sont rapportées au ***past perfect*** : (***had*** + participe passé) : ***ate*** devient ***had eaten***.

B Questions au discours indirect

• On note les mêmes changements de temps, de pronoms et d'adjectifs.

• De plus, on passe de la forme interrogative à la forme affirmative.

• Enfin, on doit introduire ***if*** ou ***whether*** dans la phrase s'il n'y a pas déjà un pronom interrogatif.

– Discours direct

Ex. : *She asked: "**Can you** stop talking?"* *He asked her: "**Where did you go** last weekend?"*

– Discours indirect

Ex. : *She asked him **whether / if he could** stop talking.*
*He asked her **where she had gone** the previous weekend.*

Conseil

Veillez à bien changer les pronoms lorsque vous passez du discours direct au discours indirect. De même, les repères temporels et spatiaux doivent être modifiés :

Last → The previous
Next → The following
Today → That day
Tomorrow → The next day
Last week → The previous week
Next month → The following month
Yesterday → The day before
Here → There

C Ordres au discours indirect

Discours direct

Ex. : *Our parents told us: "Turn the TV off and go to your bed."*

Discours indirect

Ex. : *Our parents told us to turn the TV off and to go to our bed.*

> **Attention !**
>
> Il faut bien faire la **différence** entre *say* et *tell.*
>
> • ***To say something to somebody.***
>
> He **said** hello to his neighbour.
>
> *Il a dit bonjour à son voisin.*
>
> • ***To tell somebody something.***
>
> He **told** his children to tidy their room.
>
> *Il a dit à ses enfants de ranger leur chambre.*

6 Le passif

A Formation

• Pour passer **de la forme active à la forme passive**, l'objet de l'action devient le sujet grammatical.

• On conjugue l'auxiliaire ***be*** au temps de la voix active et on utilise le participe passé du verbe (***V-ed*** ou 3e colonne de la liste des verbes irréguliers).

Ex. : *The cat* ***eats*** *the mouse.* (Le chat mange la souris.) *[actif]*

The mouse ***is eaten*** *by the cat.* (La souris est mangée par le chat.) *[passif]*

B Emplois

• **Mise en valeur de l'objet de l'action**

Le passif permet de choisir un point de vue différent en se focalisant sur l'objet de l'action. On introduira l'agent de l'action par ***by***.

Ex. : *Thousands of viewers watched the match last night.*

(Des milliers de spectateurs ont regardé le match hier soir.)

The match ***was watched*** *by thousands of viewers last night.* (Le match a été regardé par des milliers de spectateurs hier soir.) *[Dans le 2d énoncé, l'accent est mis sur le match.]*

• **Absence de mention du sujet de l'action**

On utilisera le passif si l'on ne connaît pas le sujet de l'action ou si ce sujet est tellement évident qu'on peut l'omettre sans dénaturer le message.

Ex. : *My wallet* ***has disappeared!*** (Mon portefeuille a disparu !)

Obama ***was elected*** *in 2008.* (Obama a été élu en 2008.)

• **Traduction de « on »**

La tournure impersonnelle « on » est très souvent traduite par le passif.

Ex. : *I* ***was told*** *that…* (On m'a dit que…)

7 Les tags

• **Les tags, ou *question tags*, sont des petites questions placées en fin de phrase.** Ils servent à **demander une confirmation ou un avis** sur ce qui vient d'être énoncé.

• Ils sont peu employés en français mais **très courants en anglais** et correspondent à des interjections familières telles que « non ? », « hein ? », « pas vrai ? », « n'est-ce pas ? ».

• **Structure.** Auxiliaire ***be***, ***do*** ou ***have*** / ou **modal (*n't*)** + pronom sujet (selon le verbe et le sujet de la phrase).

– Après un énoncé à la forme affirmative, le tag est à la forme négative.

Ex. : *He helped her,* ***didn't he?*** (Il l'a aidée, n'est-ce-pas ?)

– Après un énoncé à la forme négative, le tag est à la forme affirmative.

Ex. : *You* ***haven't seen*** *that film,* ***have you?*** (Tu n'as pas vu ce film, hein ?)

> **Attention !**
>
> *Le tag de "I am" est "Aren't I?"*
>
> I **am** late, **aren't I**? *Je suis en retard, n'est-ce-pas ?*

2

1 Identités et échanges / *Identities and Exchanges*

Abréviations
- **qch :** quelque chose
- **qqn :** quelqu'un
- **sth :** something
- **sb :** somebody

A Noms et expressions avec des noms

un immigrant légal ≠ illégal a legal ≠ an illegal immigrant
le taux d'immigration the immigration rate
un camp de réfugiés a refugee camp
sans papier undocumented
le contrôle des frontières border control
l'exil exile
un passeur a smuggler
la citoyenneté citizenship
la persécution persecution
l'expulsion deportation
la survie survival
l'hospitalité hospitality
le dialogue dialogue
le partage sharing
le racisme racism
le protectionnisme protectionism
la mondialisation globalisation
la mobilité mobility
le multiculturalisme multiculturalism
un ghetto a ghetto
un quartier a neighbourhood
des bidonvilles slums / shanty towns
les tensions tensions
le rêve américain american dream
le niveau de vie the living standard
un emploi subalterne a menial job
un atelier (personnel exploité) a sweatshop
main d'œuvre bon marché cheap labour
la richesse ≠ la pauvreté wealth ≠ poverty
l'asile politique political asylum
le droit d'asile the right of asylum
le choc des cultures culture shock
l'incompréhension culturelle cultural misunderstanding
le déclassement social social downgrading
la mixité sociale social mix
un voyage a trip
le tourisme tourism
un dépaysement a change of scenery

B Adjectifs

compréhensif understanding
culturel cultural
désillusionné disillusioned
linguistique linguistic
menaçant threatening
optimiste / plein d'espoir hopeful
problématique problematic
tendu tensed

C Verbes et expressions avec des verbes

assimiler to assimilate
échanger to exchange
émigrer to emigrate
entrer en masse to swarm into
être accueilli à bras ouverts to be welcome with open arms
être attiré par une vie meilleure to be lured by a better life
être déraciné to be uprooted
être rejeté to be rejected
expulser to deport
faire entrer clandestinement to smuggle in
fuir un pays to flee a country
mettre un frein à l'immigration to curb immigration
monter dans l'échelle sociale to climb the social ladder
recommencer to start afresh
restreindre to restrict
saisir sa chance to seize the opportunity
se mélanger avec to mix with / to blend with
transgresser la loi to break the law
vivre sous le seuil de pauvreté to live below the poverty line

2 Espace privé et espace public / *Private Space vs. Public Space*

A Noms et expressions avec des noms

l'éducation education
l'émancipation emancipation
la rue street
le village village
le centre-ville downtown
l'habitat housing
les banlieues the suburbs
les bidonvilles slums / shanty towns
l'église church
la mosquée mosque
le temple temple
les transports en commun public transportation
la mobilité sociale upward mobility
la parité parity
le monde du travail the world of work
le télétravail teleworking / working from home
la société society
les droits rights
les devoirs duties
la sociabilité sociability
la famille family
l'entourage circle of acquaintances
la sphère privée / publique private / public realm
le machisme machismo
le féminisme feminism
les clichés clichés / stereotypes
les valeurs values
les mentalités mentalities
les us et coutumes habits and customs
la transformation transformation
la hiérarchie hierarchy
les inégalités inequalities
les traditions traditions
les croyances beliefs
le refus rejection
l'évolution evolution
les mutations changes
l'égalité hommes-femmes gender equality
le fossé entre les sexes the gender gap
la liberté de mouvement freedom of movement
les espaces religieux religious places
le plafond de verre glass ceiling
l'échelle sociale social ladder
l'égalité des chances equality of opportunity

B Adjectifs

conditionné conditioned
égalitaire egalitarian
familial familial / family
féministe feminist
machiste macho
médiatique newsworthy
professionnel professional
religieux religious
social social
traditionnel traditional

C Verbes et expressions avec des verbes

attirer l'attention sur to draw attention to
distinguer to distinguish
évoluer to evolve
faire le trajet domicile-travail to commute
hiérarchiser to prioritise
jouer un rôle to play a part
mettre en lumière to highlight
mettre sur un pied d'égalité to put on equal terms
passer inaperçu to go unnoticed
présager to foreshadow
reléguer au second plan to put on the back burner / to overshadow
s'adapter to adapt
s'émanciper to become emancipated
se fondre dans la masse to blend into the masses
sensibiliser to create awareness about

3 Art et pouvoir / *Art and Power*

A Noms et expressions avec des noms

l'architecture architecture
les bâtiments buildings
les monuments monuments
la musique music
un hymne a hymn
un chant a song
la littérature literature
une satire a satiric pamphlet / a satire
la propagande propaganda
un prospectus a flyer
une affiche a poster
une caricature a caricature
la peinture painting
un portrait a portrait
le film the movie (US) / the film (UK)
la culture ≠ la contre-culture culture ≠ counterculture
l'art officiel official art
l'art de rue street art
la liberté de création freedom of creation
un porte-parole a spokesperson
une critique a criticism
un détracteur a critic
l'idéologie ideology
les convictions beliefs
l'opposition opposition
l'apologie the promotion
l'avant-garde avant-garde
une manifestation / une contestation a protest / a demonstration
un rassemblement a rally
un dissident a dissident
des troubles unrest
un point de vue a point of view
la sensibilisation awareness
la censure censorship
des mesures de répression a crackdown
l'engagement social et politique social and political commitment
le contre-pouvoir opposing power

B Adjectifs

caricatural caricatural
controversé controversial
engagé committed
influent influential
institutionnel institutional
officiel official
patriotique patriotic
provocateur provocative

C Verbes et expressions avec des verbes

censurer to censor
condamner to condemn
convaincre to convince
critiquer to criticise
défendre to defend
être contre qch to be against sth
faire l'apologie de to champion / to advocate sth
faire la lumière sur to shed light on / to highlight
faire passer un message to get a message across
influencer to influence
légitimer to legitimate
limiter la liberté de qqn to curtail sb's freedom
museler to muzzle
passer sous silence to pass over in silence
prévenir to warn
protester contre qch to protest against sth
pousser un cri d'alarme to issue a warning
provoquer une prise de conscience to raise awareness
remettre en question to call sth into question
s'engager dans to commit oneself into
s'exprimer to express oneself
se soulever contre qch to rise up against sth
souligner / accentuer to emphasise

4 Citoyenneté et mondes virtuels / *Citizenship and Virtual Worlds*

A Noms et expressions avec des noms

un blog a blog
un forum a forum
les relations relationships
la confiance ≠ la méfiance trust ≠ mistrust / distrust
les risques risks
un cyberpirate a hacker
le piratage piracy
le cyber-harcèlement cyber-bullying
l'anonymat anonymity
les fausses informations fake news
les réseaux sociaux social networks
l'éducation aux medias education to the media
le paiement virtuel virtual payment
l'accès au savoir access to knowledge
les données personnelles personal data
la prudence caution
le contrôle parental parental control
le progrès progress
les nouvelles technologies new technologies
le profil the profile
le téléchargement downloading
les mensonges lies
la vérité the truth
les repères landmarks
l'escroquerie fraud
une atteinte à la vie privée an invasion of privacy
le repli sur soi withdrawal
l'intelligence artificielle artificial intelligence
la démocratie participative participative democracy
le contrôle d'Internet Internet control
la liberté d'expression freedom of speech
l'usurpation d'identité identity fraud
un lanceur d'alerte a whistleblower
l'esprit critique critical mind
les traces numériques digital traces
le droit à l'oubli the right to oblivion
le droit à la vie privée the right to privacy
le droit à l'image the right of publicity
une plateforme collaborative a collaborative platform
informatique IT (information technology)

B Adjectifs

anonyme anonymous
dangereux dangerous
faux false / fake
fiable reliable
juste et précis accurate
malintentionné malicious
numérique digital
partial / pas objectif biased
privé private
prudent cautious
ultra connecté ultra-connected
virtuel virtual

C Verbes et expressions avec des verbes

arnaquer to con
chercher des informations to search for information
contrôler to control
démêler le vrai du faux to know right from wrong
entrer en contact avec qqn to get in touch with sb
espionner to spy on
être accro à Internet to be addicted to the Internet
être discriminé to be prejudiced against
harceler to harass
harceler en ligne to cyberbully
manipuler to manipulate
partager des données to share data
pirater to hack
provoquer l'indignation to cause an outrage
se connecter ≠ se déconnecter to log in ≠ to log off
se faire passer pour qqn to pretend to be
surfer sur Internet to surf on the Internet
tchater to chat online

5 Fictions et réalités / *Fictions and Realities*

A Noms et expressions avec des noms

un hommage a tribute
un mythe a myth
une légende a legend
une figure tutélaire a figurehead / a guardian figure
l'incarnation embodiment
une icône an icon
un modèle a model
le héros the hero
le super-héros the superhero
l'exemple the example
les civilisations civilisations
l'éthique ethics
la morale morality
les sources d'inspiration the sources of inspiration
l'imagination imagination
le retour à la réalité back to reality
la ressemblance resemblance
la science-fiction science fiction
le champ des possibles the field of possibilities
la fantaisie fantasy
la représentation representation
la vision vision
le réalisme realism
la mythologie mythology
les histoires stories
la pensée the thought
le récit the narrative
un récit à la 3e personne a third person narrative
la fiction fiction
une dystopie a dystopia
une utopie an utopia
le patrimoine patrimony
un archétype an archetype

B Adjectifs

esthétique aesthetic
éthique ethical
fantastique fantastic
fictif fictional
imaginaire imaginary
légendaire legendary
merveilleux magic / supernatural
politique political
réel ≠ irréel real ≠ surreal
utopique utopian

C Verbes et expressions avec des verbes

croire à to believe in
être déconnecté de la réalité to be disconnected from reality
fantasmer to fantasise
incarner to embody
interpréter to interpret
s'échapper de to escape from
penser à to think of / to think about
quand la réalité dépasse la fiction when reality surpasses fiction
raconter to tell
ramener à la réalité to bring back to reality
réfléchir to think
rêver d'un monde meilleur to dream of a better world
s'évader to escape
s'identifier à qqn to identify with sb
(s')imaginer to imagine (oneself)
s'inspirer de to draw from
(s')inventer to invent (oneself)
se battre contre to fight against
(se) representer to represent (oneself)

Attention !

Ne mélangez pas les adjectifs finissant en **-ing** et ceux finissant en **-ed** !

Tiring → *Fatigant*
Frightening → *Effrayant*
Tired → *Fatigué*
Frightened → *Effrayé*

6 Innovations scientifiques et responsabilité / *Scientific Innovations and Responsibility*

A Noms et expressions avec des noms

les sciences sciences
une expérience an experiment
une découverte a discovery / a finding
une découverte capitale a breakthrough
un chercheur a researcher
le clonage cloning
les manipulations génétiques genetic engineering
les vaccins vaccines
les dérives abuses
la surpopulation overcrowding
la consommation consumption
la croissance growth
la pollution pollution
les gaz d'échappement exhaust gas
le forage drilling
le déboisement deforestation
l'empreinte carbone the carbon footprint
le réchauffement climatique global warming
l'effet de serre the greenhouse effect
la hausse du niveau de la mer the sea-level rise
la couche d'ozone the ozone layer
les réserves en eau water supplies
l'épuisement des ressources naturelles the exhaustion of natural resources
les espèces en voie d'extinction species facing extinction
les espèces menacées endangered species
une inquiétude / une préoccupation a concern
une menace a threat
une pénurie / un manque a shortage
l'épuisement des ressources ressources depletion
l'environnement the environment
la faune fauna
la flore flora
la biodiversité biodiversity
le développement durable sustainable development
la transition énergétique energy transition
l'énergie renouvelable / durable renewable / sustainable energy
le recyclage recycling
la prise de conscience the awareness
le covoiturage carpool
les éoliennes wind turbines
une centrale nucléaire a nuclear power station
les robots robots
une ONG an NGO (Non Governmental Organization)
un plaidoyer a plea
des dégâts irréversibles irreversible damages

B Adjectifs

alarmant alarming
biologique biological
écologique ecological
génétique genetic
nucléaire nuclear
préjudiciable detrimental
responsable responsible
technologique technological

C Verbes et expressions avec des verbes

agir to act
améliorer to improve
démontrer to demonstrate
détruire to destroy
dévoiler / divulguer to disclose
éclipser to overshadow
endommager to damage
épuiser des ressources to deplete ressources
être menacé d'extinction to face extinction
être sensible à to be sensitive to
faire des recherches sur to research
faire entendre sa voix to speak up
gaspiller to waste
innover to innovate
mettre en péril to jeopardise
polluer to pollute
réduire to decrease
résoudre un problème to solve a problem

7 Diversité et inclusion / *Diversity and Inclusion*

A Noms et expressions avec des noms

l'invalidité disability
un handicap a handicap
un handicapé a disabled person
la différence difference
les générations generations
le fossé des générations the generation gap
les personnes âgées the elderly / the seniors
une population vieillissante an ageing population
la vieillesse old age
les barrières linguistiques language barriers
les langues régionales / officielles / étrangères regional / official / foreign languages
le métissage culturel cultural melting-pot
la religion religion
la sexualité sexuality
la nationalité nationality
une minorité a minority
l'inclusion ≠ l'exclusion inclusion ≠ exclusion
l'intégration integration
la cohésion cohesion
la solidarité solidarity
l'entraide mutual aid
l'égalité equality
un salaire décent a living wage
le pouvoir d'achat the purchasing power
la tolérance tolerance
une discrimination a discrimination
un bouc émissaire a scapegoat
les préjugés prejudices
le sectarisme sectarianism
le mépris disdain / scorn
la xénophobie xenophobia

B Adjectifs

contraire à l'éthique unethical
controversé / polémique controversial
cosmopolite cosmopolitan
inégal unequal
intergénérationnel intergenerational
majoritaire predominant
minoritaire minority
ouvert d'esprit ≠ fermé d'esprit open-minded ≠ close-minded / narrow-minded
respectueux ≠ irrespectueux respectful ≠ disrespectful
solidaire supportive
tolérant ≠ intolérant tolerant ≠ intolerant

C Verbes et expressions avec des verbes

avoir accès à to have access to
avoir confiance en qqn to trust sb
avoir de l'estime pour qqn to esteem sb
compter les uns sur les autres to rely on one another
discriminer to discriminate
élever un enfant to raise a child
être conscient de to be aware of
être égaux to be equal
être partagé entre deux cultures to be torn between two cultures
être victime de discrimination to be discriminated against
exclure ≠ inclure to exclude ≠ to include
faire évoluer les mentalités to change mentalities
lutter pour l'égalité to fight for equality
maltraiter qqn to ill-treat sb
menacer to threaten
mettre sur un pied d'égalité to put on equal terms / to put on an equal footing
provoquer un débat to spark a debate
relancer un débat to reignite a debate
satisfaire les besoins de sa famille to provide for one's family
s'élever socialement to work one's way up
se méfier to distrust
se mobiliser to mobilise
tisser des liens to create links
vivre ensemble to live together

8 Territoire et mémoire / *Territory and Memory*

A Noms et expressions avec des noms

la colonisation colonisation
les colonies colonies
l'esclavage slavery
l'exploitation exploitation
la conquête the conquest
l'expédition the expedition
l'avènement the advent
l'effondrement the collapse
le déclin the decline
la destinée the destiny
l'humanité mankind
la nation the nation
le nationalisme nationalism
le séparatisme separatism
l'unité unity
le peuple the people
le pays the country
la communauté the community
un guerrier a warrior
la résistance resistance
la défaite defeat
un pionnier a pioneer
l'indépendance independence
une lutte sans merci a merciless battle
les événements the events
les faits the facts
les racines the roots
l'héritage heritage
l'oubli oblivion
le souvenir remembrance
un témoignage a testimony
un hommage a tribute
l'amnistie amnesty
l'amnésie amnesia
un traumatisme a trauma / a traumatism
l'histoire officielle official history
à la mémoire de qqn in someone's memory
la commémoration commemoration
un monument aux morts a war memorial
le devoir de mémoire the duty of memory

B Adjectifs

colonial colonial
contemporain contemporary
emblématique iconic
frontalier frontier
historique historical
individuel individual
moderne modern
mythique mythical
national national
régional / local regional / local
solennel solemn / formal
traumatisant traumatic

C Les verbes

coloniser to colonise
commémorer to commemorate
conquérir to conquer
écrire une nouvelle page to write a new page
être en deuil to grieve
être gravé dans la pierre to be cast in stone
envahir to invade
faire le deuil de qqn / qch to mourn sb / sth
gracier to pardon
hériter to inherit
inscrire dans le marbre to set in stone
prendre son indépendance to become independent
rendre un dernier hommage à to pay one's last/final tribute / respects to
rester gravé dans sa mémoire to remain in someone's memory
se souvenir to remember
témoigner to testify
tourner la page to turn the page

1 *Otro* et *otra*

- On ne met jamais d'article indéfini devant ***otro*** et ***otra***.

Ex. : ***Otra*** *trabajo.* (Un autre travail.) ***Otra*** *persona.* (Une autre personne.)

- En revanche, ils peuvent être précédés d'un article défini.

Ex. : ***El*** *otro libro.* (L'autre livre.) ***Las*** *otras personas.* (Les autres personnes.)

2 Le verbe *avoir* : *tener* ou *haber* ?

- On emploie le verbe ***tener*** pour exprimer le fait de posséder quelque chose.

Ex. : ***Tengo*** *una casa muy grande.* (J'ai une très grande maison.)

- On emploie le verbe ***haber*** comme auxiliaire pour former les temps composés. Il est alors immédiatement suivi d'un participe passé invariable.

Ex. : ***Hemos*** *trabajado mucho.* (Nous avons beaucoup travaillé.)

3 Le verbe *demander* : *preguntar* ou *pedir* ?

- On emploie le verbe ***preguntar*** pour poser une question.

Ex. : *Le* ***pregunto*** *a qué hora empieza la clase.*
(Je lui demande à quelle heure commence le cours.)

- On emploie ***pedir*** pour solliciter, chercher à obtenir quelque chose, réclamer.

Ex. : *Te* ***pido*** *ayuda.* (Je te demande de l'aide.)

- ***Pedir que*** **+ subjonctif**, permet de traduire ***demander de*** **+ infinitif**.

Ex. : *Te* ***pido que*** <u>*te calles*</u>. (Je te demande de te taire.)

Attention !

Il faut penser à respecter **la concordance des temps,** et utiliser le subjonctif imparfait dans un contexte passé **(voir p. 451)**.

4 L'obligation

- Pour exprimer l'obligation personnelle (lorsque le sujet est désigné), on utilise ***tener que*** **+ infinitif** ou ***deber*** **+ infinitif**.

Ex. : ***Tengo que*** *estudiar.* (Je dois étudier.)
Mi vecino ***debe*** *irse.* (Mon voisin doit partir.)

- Pour exprimer l'obligation impersonnelle (lorsque le sujet n'est pas désigné) on emploie ***hay que*** **+ infinitif**.

Ex. : ***Hay que*** *escuchar al profesor.* (Il faut écouter le professeur.)

Rappel

Hay est la forme impersonnelle de l'auxiliaire ***haber***. Elle peut donc être conjuguée à tous les temps.
Había que escuchar al profesor.
Il fallait écouter le professeur.

5 La négation

Pour former une phrase négative, on place la négation ***no*** devant le verbe. Seul un pronom complément peut l'en séparer.

Ex. : ***No*** *quiero ir al cine.* (Je ne veux pas aller au cinéma.) ***No*** *te hablo.* (Je ne te parle pas.)

6 Le verbe *être* : *ser* ou *estar* ?

Emplois de *ser*	Exemples
Ser + nom	***Son*** *personas agradables.* (Ce sont des personnes agréables.)
Ser + pronom	***Eres*** *tú*. (C'est toi.)
Ser + infinitif	*Lo importante* ***es*** *participar*. (L'important c'est de participer.)
Ser + numéral	***Somos*** *tres en el coche*. (Nous sommes trois dans la voiture.)
Ser + nationalité	*Ella* ***es*** *española*. (Elle est espagnole.)
Ser de + origine	***Soy de*** *Barcelona*. (Je suis de Barcelone.)
Ser de + matière	*La mesa* ***es de*** *madera*. (La table est en bois.)
Ser de + possession	*El libro* ***es de*** *mi hermano*. (Le livre est à mon frère.)
Ser + participe passé Pour passer à la **voix passive**. Le complément d'agent est introduit par la préposition ***por*** lorsqu'il est exprimé.	*Mi puerta* ***fue*** *forzada por ladrones.* (Ma porte a été fracturée par des voleurs.)
Ser + lieu / endroit Pour **situer dans l'espace** et traduire **« se tenir »**, **« avoir lieu »**, **« se passer »**, **« se dérouler »**. (À bien distinguer de l'expression habituelle de la spatialité, qui se fait toujours avec *estar*.)	*La fiesta* ***es*** *en casa de Juan*. (La fête a lieu chez Juan.)
Ser + heure / jour / date / saison Pour **situer dans le temps** de façon impersonnelle.	***Son*** *las tres y media de la tarde*. (Il est 15 h 30.) *Hoy* ***es*** *lunes*. (Aujourd'hui c'est lundi.)

Emplois de *estar*	Exemples
Estar + lieu Pour **situer dans l'espace** et traduire **« se situer »**, **« se trouver »**, **« être »**.	*Mis zapatos* ***están*** *en tu casa*. (Mes chaussures sont chez toi.)
Estar + date Pour **situer dans le temps** de façon personnelle.	***Estamos*** *a 29 de junio*. (Nous sommes le 29 juin.)
Estar **+ gérondif** Pour traduire **« être en train de »**.	*La gente* ***está*** *hablando*. (Les gens sont en train de parler.)
Estar **+ participe passé** Pour indiquer le résultat d'une action antérieure.	*La puerta* ***está*** *cerrada*. (La porte est fermée.)

Emplois de *ser* / *estar* + adj. qualificatif	Exemples
Ser + adjectif Lorsque la **caractéristique est essentielle**, (physique ou morale), qu'elle peut définir le sujet.	*Mi vecino* ***es*** *alto*. (Mon voisin est grand.) *Mis padres* ***son*** *generosos*. (Mes parents sont généreux.)
Estar **+ adjectif** Lorsque la **caractéristique est passagère**, dépendante de circonstances particulières, durables ou non (état physique ou moral par exemple).	***Estamos*** *cansados por el trabajo.* (Nous sommes fatigués à cause du travail.) *Hoy* ***estoy*** *triste*. (Aujourd'hui je suis triste.)

Attention !

Certains **adjectifs** changent de sens selon qu'ils sont employés avec ***ser*** ou avec ***estar***. C'est le cas de **bueno**, **malo**, **listo**, **rico**, **moreno**.

7 Les prépositions a / en / de / por / para

Prép.	Emplois	Exemples
a	Après un verbe de mouvement, pour indiquer la destination	*Voy* ***a*** *la piscina.* (Je vais à la piscine.)
	Devant un COD de personne	*Respeto* ***a*** *la gente.* (Je respecte les gens.)
en	Pour situer dans l'espace	*Estoy* ***en*** *España.* (Je suis en Espagne.)
	Pour situer dans le temps	***En*** *aquella época.* (À cette époque-là.)
de	Pour indiquer l'origine	*Soy* ***de*** *Madrid.* (Je suis de Madrid.)
	Pour indiquer la possession	*Este libro es* ***de*** *mi vecino.* (Ce livre est à mon voisin.)
	Pour définir la matière	*La cartera es* ***de*** *cuero.* (Le cartable est en cuir.)
por	Pour exprimer la cause	*No puedo salir* ***por*** *la lluvia.* (Je ne peux pas sortir à cause de la pluie.)
	Pour indiquer le déplacement dans un lieu	*Me paseo* ***por*** *el parque.* (Je me promène dans le parc.)
	Pour exprimer la notion d'échange	*Me compré un coche* ***por*** *5 000 euros.* (Je me suis acheté une voiture pour 5 000 euros.)
para	Pour exprimer le but	*Voy a casa* ***para*** *estudiar.* (Je vais chez moi pour étudier.)
	Pour exprimer son point de vue	***Para*** *mí, es una mala idea.* (Pour moi, c'est une mauvaise idée.)
	Pour préciser le destinataire, la destination	*Tengo un regalo* ***para*** *tus padres.* (J'ai un cadeau pour tes parents.)

8 Les verbes à valeur affective

- Le verbe ***gustar*** (*aimer quelque chose*) est le plus utilisé. Il se construit comme le verbe *plaire* en français.
- Le sujet de ***gustar*** peut être pluriel avec un COI singulier, ou singulier avec un COI pluriel.
Ex. : ***Te gustan*** *los gatos*.
(Tu aimes les chats. / Les chats te plaisent.)
Os gusta *la película*.
(Vous aimez le film. / Le film vous plaît.)
- Pour insister, on peut placer devant l'ensemble de la construction : *A mí ; A ti ; A él / ella / usted ; A nosotros / nosotras ; A vosotros / vosotras ; A ellos / ellas / ustedes.*
Ex. : ***A mí*** *me gusta leer.* (Moi, j'aime lire.)
- D'autres verbes se construisent sur le même modèle : ***encantar*** (*adorer*), ***extrañar*** (*surprendre, étonner*), ***doler*** (*faire mal*), ***dar miedo*** (*faire peur*), etc.
Ex. : ***Me encantan*** *los viajes.* (J'adore les voyages.)
Me duele la pierna. (J'ai mal à la jambe.)

me	
te	*gusta* + nom singulier
le	
nos	*gustan* + nom pluriel
os	*gusta* + infinitif
les	

Attention !

Lorsque le sujet d'une **tournure affective** est un nom propre ou un groupe nominal, il doit être précédé de la préposition ***a***, et il faut répéter le pronom COI, ***le*** ou ***les*** devant le verbe.
A Paula le gustan los coches.
Paula aime les voitures.

9 La comparaison

• **Comparatif de supériorité**

– ***Más*** **+ adjectif +** ***que***

Ex. : *Es* ***más*** *listo* ***que*** *su amigo.* (Il est plus intelligent que son ami.)

– ***Más*** **+ adjectif +** ***de lo que*** **+ verbe conjugué**

Ex. : *Es* ***más*** *listo* ***de lo que*** *pensamos.* (Il est plus intelligent que nous ne le pensions.)

• **Comparatif d'infériorité**

– ***Menos*** **+ adjectif +** ***que***

Ex. : *Es* ***menos*** *simpático* ***que*** *su vecino.* (Il est moins gentil que son voisin.)

– ***Menos*** **+ adjectif +** ***de lo que*** **+ verbe conjugué**

Ex. : *Es* ***menos*** *simpático* ***de lo que*** *pensamos.* (Il est moins gentil que nous ne le pensions.)

• **Comparatif d'égalité**

– ***Tanto*** **+ nom +** ***como***

Ex. : *Compro* ***tantos*** *caramelos* ***como*** *mi hermana.*
(J'achète autant de bonbons que ma sœur.)

– ***Tan*** **+ adjectif/adverbe +** ***como***

Ex. : *Es* ***tan*** *listo* ***como*** *su hermano.*
(Il est aussi intelligent que son frère.)

Attention !

Tanto s'accorde en genre et en nombre avec le nom qu'il détermine.

• Il y a **quatre comparatifs irréguliers** :
bueno/a → ***mejor*** (meilleur/e) ; *malo/a* → ***peor*** (moins bon/ne / pire) ; *grande* → ***mayor*** (plus grand/e) ; *pequeño/a* → ***menor*** (plus petit/e).

10 Le vouvoiement

• **Vouvoiement singulier :** ***usted*** **+ verbe conjugué à la 3e personne du singulier.**

Ex. : *Señor,* ***usted*** *ha olvidado sus llaves.* (Monsieur, vous avez oublié vos clés.)

• **Vouvoiement pluriel :** ***ustedes*** **+ verbe conjugué à la 3e personne du pluriel.**

Ex. : *Señoras,* ***ustedes*** *lucen encantadoras.* (Mesdames, vous êtes ravissantes.)

• **Les possessifs correspondants :** ***su*** (votre) / ***sus*** (vos).

Ex. : ***Su*** *casa es grande.* (Votre maison est grande.)

• **Le pronom réfléchi :** ***se.***

Ex. : *Usted* ***se*** *equivoca. / Ustedes* ***se*** *equivocan.*
(Vous vous trompez.)

Attention !

La présence de *usted* et *ustedes* devant le verbe est obligatoire pour éviter toute confusion avec ***él /ellos / ella / ellas.***

• **Les pronoms personnels compléments non réfléchis COD :**

– ***Usted*** → ***le*** / ***lo*** (masculin), ***la*** (féminin).

Ex. : *Señor,* ***le/lo*** *veo.* (Monsieur, je vous vois.) / *Señora,* ***la*** *veo.* (Madame, je vous vois.)

– ***Ustedes*** → ***los*** (masculin), ***las*** (féminin).

Ex. : *Señores,* ***los*** *veo.* (Messieurs, je vous vois.) / *Señoras,* ***las*** *veo.* (Mesdames, je vous vois.)

• **Les pronoms personnels compléments non réfléchis COI :**

– ***Usted*** → ***le*** (masculin / féminin).

Ex. : *Señor / Señora ,* ***le*** *digo la verdad.* (Monsieur / Madame, je vous dis la vérité.)

– ***Ustedes*** → ***les*** (masculin / féminin).

Ex. : *Señores / Señoras,* ***les*** *digo la verdad.* (Messieurs / Mesdames, je vous dis la vérité.)

11 La concordance des temps

La concordance des temps est obligatoire en espagnol. Le temps de la proposition principale permet de choisir entre le subjonctif présent ou le subjonctif imparfait dans la subordonnée.

Prop. principale	Prop. sub.	Exemples
Présent de l'indicatif Passé composé Futur simple Impératif	Subjonctif présent	***Quiero que vengas*** *con nosotros.* (Je veux que tu viennes avec nous.) *Le **diré que venga** con nosotros.* (Je lui dirai de venir avec nous.)
Imparfait de l'indicatif Passé simple Conditionnel présent Plus-que-parfait	Subjonctif imparfait	***Yo quería que vinieras*** *con nosotros.* (Je voulais que tu viennes avec nous.) *Le **dije que viniera** con nosotros.* (Je lui ai dit de venir avec nous.)

12 Les principaux emplois du subjonctif

Emplois	Exemples
Après les verbes exprimant **la volonté, le désir** *(querer, esperar, desear…).*	*Quiero que **respetes** a los demás.* (Je veux que tu respectes les autres.)
Après les verbes exprimant **l'ordre, la prière** *(decir, pedir, ordenar…).*	*Dile que **se calle.*** (Dis-lui de se taire.)
Après les verbes exprimant **le regret, la crainte** *(sentir, temer, lamentar…).*	*Tememos que ella se **haya ido.*** (Nous craignons qu'elle soit partie.)
Après ***para que***, pour exprimer **le but**.	*Te lo digo para que **hagas** esfuerzos.* (Je te le dis pour que tu fasses des efforts.)
Après les **verbes d'opinion à la forme négative** *(no creer que, no pensar que…).*	*No pienso que **sea** útil* (Je ne pense pas que ce soit utile)
Après *Quizá(s) / Tal vez / Acaso* pour exprimer l'**éventualité**.	*Tal vez no **vengas.*** (Tu ne viendras peut-être pas.)
Après la négation ***no*** pour exprimer **l'interdiction, la défense**. C'est-à-dire l'ordre négatif.	*No se lo **digas** a tus padres.* (Ne le dis pas à tes parents.)

13 Les emplois des temps du passé

- **Le passé simple, ou prétérit** s'emploie lorsque l'on veut parler d'un fait passé qui n'a plus de rapport avec le présent. On parle alors de passé révolu.
Ex. : *Ayer, **fui** al cine.* (Hier, je suis allé au cinéma.)

- **Le passé composé** s'emploie lorsque l'on veut parler d'un fait passé qui a encore un rapport avec le présent.
Ex. : *Me **he roto** el brazo hace tres días.* (Je me suis cassé le bras il y a trois jours.)

- **L'imparfait de l'indicatif** est le temps du récit au passé et de la description. Il permet d'exprimer la continuité, la répétition d'une action qui se déroule dans le passé ainsi que la durée dans le passé.
Ex. : *Yo **iba** a la biblioteca tres veces a la semana.* (J'allais à la bibliothèque trois fois par semaine.)

2

1 Identités et échanges / *Identidades e intercambios*

Abréviations
qch : quelque chose
qqn : quelqu'un

A Noms et expressions avec un nom

l'émigration la emigración
l'immigration la inmigración
la fuite la huida
le départ la salida
l'exil el exilio
la frontière la frontera
le contact el contacto
le partenariat la asociación / la alianza
l'accueil la acogida
l'hospitalité la hospitalidad
l'intégration la integración
le partage el compartir / el reparto
le dialogue el diálogo
la compréhension ≠ l'incompréhension la comprensión ≠ la incomprensión
la curiosité la curiosidad
la découverte el descubrimiento
les voyages los viajes
le tourisme el turismo
le changement el cambio
le dépaysement el cambio de ambiente
le mélange la mezcla
la diversité la diversidad
la mondialisation la mundialización
la menace la amenaza
le conflit el conflicto
la mobilité la movilidad
le clan el clan
le ghetto el gueto
le quartier el barrio
les tensions las tensiones
l'acculturation la aculturación
le choc des cultures el choque de culturas / el choque cultural
le groupe social el grupo social
la société de castes la sociedad de castas
l'ascension sociale la ascensión social
le déclassement social la pérdida de categoría social
la demande d'asile la solicitud / la petición / la demanda de asilo
le droit d'asile el derecho de asilo

B Adjectifs

accueillant/e acogedor/a
compréhensif/ive comprensivo/a
culturel/le cultural
linguistique lingüístico/a
menaçant/e amenazador/a
mixte mixto/a
problématique problemático/a
tendu/e tenso/a

C Verbes et expressions avec un verbe

accueillir acoger
braver un interdit desafiar una prohibición
comprendre comprender / entender
découvrir descubrir
dialoguer dialogar
échanger intercambiar
émigrer emigrar
entrer en contact avec qqn entrar / ponerse en contacto con alguien
être accueilli à bras ouverts recibir con los brazos abiertos
fuir huir de
immigrer inmigrar
risquer sa vie arriesgarse la vida
transgresser la loi transgredir [i] la ley
traverser cruzar
s'exiler exiliarse
saisir sa chance aprovechar la oportunidad

2 Espace privé et espace public / *Espacio privado y espacio público*

A Noms et expressions avec un nom

la société la sociedad
le rôle el papel
l'émancipation la emancipación
les droits los derechos
la liberté de mouvement la libertad de movimiento
la sociabilité la sociabilidad
la famille la familia
l'entourage el entorno
la sphère privée / publique la esfera privada / pública
l'éducation la educación
la liberté la libertad
le monde du travail el mundo laboral
le télétravail el teletrabajo / el trabajo a distancia
le lieu / l'endroit el lugar
les lieux de convivialité los lugares de convivencia
l'évolution la evolución
la parité la paridad
le machisme el machismo
le féminisme el feminismo
l'habitat el hábitat
les distinctions las distinciones
les clichés los estereotipos / los clichés
les valeurs los valores
les mentalités las mentalidades
les us et coutumes los usos y costumbres
la transformation la transformación
la structure la estructura
la hiérarchie la jerarquía
la mixité la mixidad
l'égalité la igualdad
les inégalités las desigualdades
les traditions las tradiciones
les croyances las creencias
le modèle el modelo
les coutumes las costumbres
le refus el rechazo
les changements los cambios
les mutations las transformaciones / los cambios
au sein de la société en el seno de la sociedad / en el interior de la sociedad / dentro de la sociedad
être logé à la même enseigne estar en el mismo caso

B Adjectifs

conditionné/e condicionado/a
familial/e familiar
féministe feminista
machiste machista
médiatique mediático/a
politique político/a
professionnel/le profesional
religieux/euse religioso/a
social/e social
traditionnel/le tradicional

C Verbes et expressions avec un verbe

accepter aceptar
attirer l'attention llamar la atención
changer cambiar
désirer / souhaiter desear
distinguer distinguir
évoluer evolucionar
hiérarchiser jerarquizar
jouer un rôle desempeñar un papel
mettre sur un pied d'égalité poner en pie de igualdad / al mismo nivel
passer inaperçu/e pasar desapercibido/a
refuser rechazar
reléguer au second plan relegar a un segundo plano
s'adapter adaptarse
s'émanciper emanciparse
se fondre dans la masse mezclarse con la gente
sensibiliser sensibilizar
structurer organizar / estructurar
vouloir querer [ie]

3 Art et pouvoir / *Arte y poder*

A Noms et expressions avec un nom

l'architecture la arquitectura
les immeubles / les bâtiments los edificios
les résidences las residencias
les monuments los monumentos
les infrastructures las infraestructuras
l'œuvre d'art la obra de arte
la peinture la pintura
le tableau el cuadro
le portrait el retrato
la gravure el grabado
la musique la música
l'hymne / le chant el himno / el canto
la littérature la literatura
la satire la sátira
le cinéma el cine
le film la película
la propagande la propaganda
l'affiche el cartel
le pouvoir el poder
le contre-pouvoir el contrapoder
la culture la cultura
la contre-culture la contracultura
la critique la crítica
la caricature la caricatura
la censure la censura
la liberté de création la libertad de creación
la résistance la resistencia
l'expression la expresión
le mépris el desprecio
les idées las ideas
l'idéologie la ideología
les convictions las convicciones
le témoignage el testimonio
l'opposition la oposición
l'approbation el consentimiento
l'apologie la apología
la contestation la protesta / el desacuerdo
l'avant-garde la vanguardia

B Adjectifs

abstrait abstracto/a
avant-gardiste vanguardista
caricatural/e caricaturesco/a
comique cómico/a
controversé/e controvertido/a
culturel/le cultural
disproportionné/e disproporcionado/a
engagé/e comprometido/a
institutionnel/le institucional
officiel/le oficial
patriotique patriótico/a
polémique polémico/a
puissant/e poderoso/a
satyrique satírico/a

C Verbes et expressions avec un verbe

appuyer / soutenir apoyar
caricaturer caricaturar
célébrer celebrar
censurer censurar
condamner condenar
construire construir
convaincre convencer
critiquer criticar
défendre defender [ie]
dire tout haut ce que tout le monde pense tout bas decir en voz alta lo que muchos prefieren callar
être contre qch estar en contra de algo
être d'accord avec qch estar de acuerdo con algo
être pour qch estar a favor de algo
faire le portrait de qqn retratar a alguien
légitimer legitimar
passer sous silence callar / pasar por alto
peindre pintar
protester contre qch protestar contra algo
pousser un cri d'alarme dar la voz de alarma
remettre en question poner en tela de juicio
(s')exprimer expresar(se)
(s')opposer oponer(se)
se soulever contre qch levantarse contra algo
tourner un film rodar [ue] (una película)

4 Citoyenneté et mondes virtuels / *Ciudadanía y mundos virtuales*

A Noms et expressions avec un nom

les relations las relaciones
les données personnelles / les coordonnées los datos personales
la communication la comunicación
les contacts los contactos
la confiance la confianza
la méfiance la desconfianza / el recelo
le danger el peligro
les risques los riesgos
le blog el blog
le forum el foro
le progrès el progreso
les nouvelles technologies las nuevas tecnologías
l'intelligence artificielle la inteligencia artificial
le lanceur d'alerte el informante / el denunciante / el alertador
la liberté d'expression la libertad de expresión
les réseaux sociaux las redes sociales
le profil el perfil
la manipulation la manipulación
les informations las informaciones
l'accès au savoir el acceso al saber
les mensonges las mentiras
la prudence la prudencia
le contrôle parental el control parental
la vérité la verdad
l'aide la ayuda
l'utilité la utilidad
le harcèlement / le cyber-harcèlement el acoso / el ciberacoso
l'agresseur el/la agresor/a
l'usurpation d'identité la usurpación de identidad
les repères los puntos de referencia
l'escroquerie la estafa / el fraude
le contrôle el control
la censure la censura
une atteinte à la vie privée una violación a / de la privacidad
le repli sur soi el aislamiento / el ensimismamiento

B Adjectifs

connecté/e conectado/a
dangereux/euse peligroso/a
faux/ausse falso/a
indispensable imprescindible / indispensable
malintentionné/e malintencionado/a
numérique digital / numérico/a
réel/le real
prudent/e prudente
utile ≠ inutile útil ≠ inútil
virtuel/le virtual

C Verbes et expressions avec un verbe

agresser agredir [i]
arnaquer / escroquer timar / estafar
chater / tchater chatear
chercher des informations buscar información
contrôler controlar
démêler le vrai du faux distinguir entre lo verdadero y lo falso
entrer en contact avec qqn entrar en contacto con alguien
être accro à Internet ser adicto/a a Internet
harceler acosar
manipuler manipular
mentir mentir [ie/i]
partager compartir
raconter des mensonges contar [ue] mentiras
se connecter conectarse
se faire passer pour qqn fingir ser alguien diferente
se passer de qch prescindir de algo / vivir sin algo
surfer sur le net navegar por Internet
twitter tuitear
usurper usurpar
utiliser utilizar / usar
diffuser / répandre difundir

5 Fictions et réalités / *Ficciones y realidades*

A Noms et expressions avec un nom

la littérature la literatura
les mythes los mitos
les croyances las creencias
les histoires las historias
les civilisations las civilizaciones
le patrimoine el patrimonio
le modèle el modelo
l'éthique la ética
l'incarnation des valeurs la encarnación de los valores
l'inspiration la inspiración
les sources d'inspiration las fuentes de inspiración
l'imagination la imaginación
le héros / l'héroïne el héroe / la heroína
le super-héros el superhéroe
l'exemple el ejemplo
la figure la figura / el personaje
la réalité la realidad
en deçà de la réalité inferior a la realidad
entre la réalité et la fiction entre realidad y ficción
les légendes las leyendas
quand la réalité dépasse la fiction cuando la realidad supera la ficción
retour à la réalité regreso a la realidad
la ressemblance la semejanza
la science-fiction la ciencia ficción
le champ du possible / des possibles la esfera de lo posible / el mundo de posibilidades
la fantaisie la fantasía
la morale la moraleja
la représentation la representación
la vision la visión
le réalisme el realismo
l'hyperréalisme el hiperrealismo
la mythologie la mitología
la pensée el pensamiento
l'utopie la utopía
le récit el relato
la fiction la ficción

B Adjectifs

culturel/le cultural
esthétique estético/a
éthique ético/a
fantastique fantástico/a
fictif/ve ficticio/a
imaginaire imaginario/a
légendaire legendario/a
réel/le ≠ irréel/le real ≠ irreal
politique político/a
utopique utópico/a

C Verbes et expressions avec un verbe

croire (à) creer (en)
être déconnecté/e de la réalité estar desconectado/a de la realidad
incarner encarnar
interpréter interpretar
penser (à) pensar [ie] (en)
raconter contar [ue]
ramener à la réalité traer de vuelta a la realidad
réfléchir reflexionar
rêver d'un monde meilleur soñar [ue] con un mundo mejor
s'évader evadirse
s'inspirer de inspirarse en
(s')imaginer imaginar(se)
(s')inventer inventar(se)
(se) représenter representar(se)
transformer transformar

Attention !

Les verbes à **diphtongue,** à **affaiblissement** et à **alternance** sont signalés par **[ie]**, **[ue]**, **[i]** et **[ie/i]**.

6 Innovations scientifiques et responsabilité / *Innovaciones científicas y responsabilidad*

A Noms et expressions avec un nom

les découvertes los descubrimientos
le progrès el progreso
les améliorations las mejoras
les avancées los avances
les sciences las ciencias
la planète el planeta
l'environnement el medio ambiente
la pollution la contaminación
les gaz d'échappement los gases de escape
l'effet de serre el efecto invernadero
la recherche la investigación
le clonage la clonación
les transports los transportes
le recyclage el reciclaje
la biodiversité la biodiversidad
l'humanité la humanidad
les robots los robots
coûte que coûte a toda costa / cueste lo que cueste
une ONG una Organización No Gubernamental
des produits jetables productos de usar y tirar
des dégâts irréversibles daños irreversibles
la prise de conscience la toma de conciencia
le réchauffement climatique el calentamiento global
le covoiturage el coche compartido
la surpopulation la superpoblación
la manœuvre la maniobra
la consommation el consumo
les expériences los experimentos
les chercheurs los investigadores
le forage la perforación
les forêts los bosques
les essais los ensayos / las pruebas
la destruction la destrucción
l'épuisement des ressources naturelles el agotamiento de los recursos naturales
une planète qui ne cesse de se dégrader un planeta en continua degradación
la faune / la flore la fauna / la flora
les espèces en voie d'extinction las especies en vía(s) de extinción
l'énergie la energía
les éoliennes los aerogeneradores
les énergies renouvelables las energías renovables
les dérives los desvíos / las desviaciones
la croissance el crecimiento
les vaccins las vacunas
la bioéthique la bioética

B Adjectifs

biologique biológico/a
écologique ecológico/a
éthique ético/a
génétique genético/a
nucléaire nuclear
préjudiciable dañino/a / perjudicial
responsable responsable
technologique tecnológico/a

C Verbes et expressions avec un verbe

agir actuar
alléger la tâche de l'homme aliviar la tarea del hombre
améliorer mejorar
consommer consumir
détruire destruir
développer desarrollar
endommager dañar / deteriorar
faire des recherches sur investigar
faire entendre sa voix hacer oír su voz / hacerse escuchar
innover innovar
mettre en danger poner en peligro
porter préjudice perjudicar
réduire reducir
rendre la vie plus agréable amenizar la vida

7 Diversité et inclusion / *Diversidad e inclusión*

A Noms et expressions avec un nom

la discrimination la discriminación
l'intégration la integración
l'égalité ≠ l'inégalité la igualdad ≠ la desigualdad
l'émancipation la emancipación
la différence la diferencia
le handicap la discapacidad
un handicapé un discapacitado / un minusválido
la génération la generación
les langues régionales / officielles / étrangères las lenguas regionales / oficiales / extranjeras
la culture la cultura
les valeurs los valores
le respect el respeto
la liberté la libertad
l'évolution la evolución
les préjugés los prejuicios
les minorités las minorías
l'acceptation la aceptación
la tolérance la tolerancia
la solidarité la solidaridad
l'entraide la ayuda mutua
le soutien el apoyo
la pitié la compasión
la religion la religión
la croyance religieuse la creencia
les coutumes las costumbres
la tradition la tradición
la sexualité la sexualidad
la nationalité la nacionalidad
l'ethnie / la communauté la etnia
les clichés los tópicos / los clichés
les menaces las amenazas
le mépris el desprecio
la cohésion la cohesión / la unidad / la unión
la marginalisation la marginación / la marginalización
le/la marginal/e el/la marginado/a

B Adjectifs

cosmopolite cosmopolita
ethnique étnico/a
handicapé/e discapacitado/a / minusválido/a
intergénérationnel/le intergeneracional
majoritaire mayoritario/a
minoritaire minoritario/a
moderne moderno/a
ouvert/e abierto/a
respectueux/euse ≠ irrespectueux/se respetuoso/a ≠ irrespetuoso/a
solidaire solidario/a
tolérant/e ≠ intolérant/e tolerante ≠ intolerante

C Verbes et expressions avec un verbe

avoir confiance en qqn confiar en alguien
avoir de l'estime pour qqn sentir [ie/i] aprecio por alguien
avoir des préjugés tener prejuicios
compter les uns sur les autres contar [ue] (los) unos con (los) otros
discriminer discriminar
faire évoluer les mentalités hacer evolucionar las mentalidades
inclure incluir
insulter insultar
intégrer integrar
lutter pour l'égalité luchar por la igualdad
menacer amenazar
mettre sur un pied d'égalité poner en pie de igualdad
respecter respetar
s'entendre bien (mal) avec qqn llevarse bien (mal) con alguien
se mobiliser movilizarse
tisser des liens establecer lazos
vivre ensemble convivir

8 Territoire et mémoire / *Territorio y memoria*

A Noms et expressions avec un nom

l'histoire la historia
les espaces los espacios
les frontières las fronteras
les colonies las colonias
le passé el pasado
l'avenir el porvenir / el futuro
le patrimoine el patrimonio
l'héritage la herencia
le droit de connaître la vérité el derecho a conocer la verdad
la commémoration la conmemoración
la conquête la conquista
la colonisation la colonización
la reconquête la reconquista
l'indépendance la independencia
les évènements los acontecimientos
l'amnésie la amnesia
le témoignage el testimonio
l'oubli el olvido
les racines las raíces
la nation la nación
le pays el país
le peuple el pueblo
les conquistadors los conquistadores
l'expédition la expedición
l'organisation la organización
la résistance la resistencia
la défaite la derrota
l'exploitation la explotación
l'esclavage la esclavitud
le nationalisme el nacionalismo
le séparatisme el separatismo
les faits los hechos
le devoir de mémoire el deber de memoria / el deber de recordar
le souvenir el recuerdo
à la mémoire de qqn en memoria de alguien
une lutte sans merci una lucha sin piedad / un combate sin piedad
le monument aux morts el monumento a los caídos

B Adjectifs

collectif/ive colectivo/a
controversé/e controvertido/a
emblématique emblemático/a
frontalier fronterizo/a
historique histórico/a
individuel/le individual
national/e nacional
régional/e regional
territorial/e territorial
mondial/e global / mundial

C Verbes et expressions avec un verbe

coloniser colonizar
commémorer conmemorar
conquérir conquistar
gracier amnistiar
hériter heredar
imposer imponer
prendre son indépendance independizarse
se produire suceder / acontecer
raconter (un fait) relatar (un hecho)
témoigner testimoniar
tourner la page pasar página
régner de manière autoritaire reinar de forma autoritaria
rester gravé/e dans sa mémoire quedarse en su memoria / permanecer en su memoria
se rappeler qch recordar [ue] algo
se souvenir de qch acordarse [ue] de algo
vaincre vencer

1

1 Le système de conjugaison

A Généralités

• **Il n'existe que deux séries de terminaisons verbales :**

	Terminaisons du présent	Terminaisons du prétérit
1re p. du sing. *(ich)*	-e	Ø
2e p. du sing. *(du)*	-st	-st
3e p. du sing. *(er/sie/es)*	-t	Ø
1re p. du plur. *(wir)*	-(e)n	-(e)n
2e p. du plur. *(ihr)*	-t	-t

Attention !

Les deux séries de terminaisons ne diffèrent l'une de l'autre qu'à deux personnes : **la 1re et la 3e du singulier.**

• **L'infinitif** se compose de la même façon pour tous les verbes : **radical + *-en* ou *-n*.**

• **La classification des verbes.** On distingue **six catégories de verbes**, en fonction des variations de radical par rapport à celui de l'infinitif, soit des plus irréguliers aux plus réguliers.

B Les trois auxiliaires (*haben*, *sein* et *werden*)

• **Ils sont très irréguliers** (parce que leur radical change souvent). Ils nécessitent d'apprendre par cœur la conjugaison au présent, au prétérit de l'indicatif, ainsi que le participe passé.

	haben (rad. de l'inf. : *hab-*)	**sein** (rad. de l'inf. : *sei-*)	**werden** (rad. de l'inf. : *werd-*)
Présent	ich habe **du hast** **er/sie/es hat** wir haben ihr habt sie/Sie haben	**ich bin** **du bist** **er/sie/es ist** **wir sind** **ihr seid** **sie/Sie sind**	ich werde **du wirst** **er/sie/es wird** wir werden ihr werdet sie/Sie werden
Prétérit	**ich hatte** **du hattest** **er/sie/es hatte** **wir hatten** **ihr hattet** **sie/Sie hatten**	**ich war** **du warst** **er/sie/es war** **wir waren** **ihr wart** **sie/Sie waren**	**ich wurde** **du wurdest** **er/sie/es wurde** **wir wurden** **ihr wurdet** **sie/Sie wurden**
Participe passé	gehabt	**gewesen**	**geworden**

• ***haben*** et ***sein*** sont les **auxiliaires des temps composés** : parfait (équivalent du passé composé) et plus-que-parfait de l'indicatif.

• ***werden*** est l'**auxiliaire** :
– du futur de l'indicatif.
Ex. : *Die Katze **wird** die Maus **fressen**.* (Le chat mangera la souris.)

– du conditionnel.

Ex. : *Wenn sie Hunger hätte, **würde** die Katze die Maus **fressen**.*
(S'il avait faim, le chat mangerait la souris.)

– de la voie passive.

Ex. : *Die Maus **wird** von der Katze **gefressen**.* (La souris est mangée par le chat.)

C Les six verbes de modalité

• Il s'agit de ***dürfen*** et ***können*** (possibilité), ***müssen*** et ***sollen*** (devoir), ***mögen*** (***ich möchte***) et ***wollen*** (volonté), dont le radical peut changer ou non.

	dürfen (dürf-)	**können** (könn-)	**müssen** (müss-)	**sollen** (soll-)	**mögen** (mög-)	**wollen** (woll-)
Prés.	**ich darf** **du darfst** **er/sie/es darf** wir dürfen ihr dürft sie/Sie dürfen	**ich kann** **du kannst** **er/sie/es kann** wir können ihr könnt sie/Sie können	**ich muss** **du musst** **er/sie/es muss** wir müssen ihr müsst sie/Sie müssen	**ich soll** du sollst **er/sie/es soll** wir sollen ihr sollt sie/Sie sollen	**ich mag** **du magst** **er/sie/es mag** wir mögen ihr mögt sie/Sie mögen	**ich will** **du willst** **er/sie/es will** wir wollen ihr wollt sie/Sie wollen
Prét.	**ich durfte** **du durftest** **er durfte** **wir durften** **ihr durftet** **sie durften**	**ich konnte** **du konntest** **er konnte** **wir konnten** **ihr konntet** **sie konnten**	**ich musste** **du musstest** **er musste** **wir mussten** **ihr musstet** **sie mussten**	ich sollte du solltest er/sie/es sollte wir sollten ihr solltet sie/Sie sollten	**ich mochte** **du mochtest** **er mochte** **wir mochten** **ihr mochtet** **sie mochten**	ich wollte du wolltest er/sie/es wollte wir wollten ihr wolltet sie/Sie wollten
P. passé	**gedurft**	**gekonnt**	**gemusst**	gesollt	**gemocht**	gewollt

• **Les verbes de modalité fonctionnent :**

– **par groupe de deux.** Deux d'entre eux expriment la possibilité : *dürfen* et *können*, deux autres le devoir : *müssen* et *sollen* et les deux derniers la volonté : *mögen* (*ich möchte*) et *wollen* ;

– **par groupe de trois.** Trois d'entre eux expriment l'indépendance du sujet grammatical : *können* (savoir, être capable de), *müssen* (avoir conscience de devoir absolument) et *wollen* (vouloir absolument) et les trois autres une dépendance par rapport au monde extérieur : *dürfen* (avoir la permission de quelqu'un d'extérieur), *sollen* (devoir parce que quelqu'un d'extérieur le demande) et *mögen* sous la forme *ich möchte* (j'aimerais bien… mais je dois tenir compte des contraintes extérieures indépendantes de ma volonté).

D Le verbe *wissen* (*savoir*)

Il se conjugue comme un verbe de modalité sans en avoir le sens.

	wissen (rad. de l'inf. : *wiss-*)	
Présent	**ich weiß** **du weißt** **er/sie/es weiß**	wir wissen ihr wisst sie/Sie wissen
Prétérit	**ich wusste** **du wusstest** **er/sie/es wusste**	**wir wussten** **ihr wusstet** **sie/Sie wussten**
Participe passé	**gewusst**	

E Les verbes forts ou verbes irréguliers

Il s'agit par exemple de ***fahren***, ***geben*** et ***gehen*** dont le radical :

• **change toujours au prétérit** (équivalent de l'imparfait et du passé simple français) :

	fahren (rad. de l'inf. : *fahr-*)	**geben** (rad. de l'inf. : *geb-*)	**gehen** (rad. de l'inf. : *geh-*)
Prétérit	**ich fuhr** **du fuhrst** **er/sie/es fuhr** **wir fuhren** **ihr fuhrt** **sie/Sie fuhren**	**ich gab** **du gabst** **er/sie/es gab** **wir gaben** **ihr gabt** **sie/Sie gaben**	**ich ging** **du gingst** **er/sie/es ging** **wir gingen** **ihr gingt** **sie/Sie gingen**

• **peut changer, ou non :**

– à la 2e et 3e personnes du singulier du présent de l'indicatif (c'est le cas des « verbes forts en "a" , en "e" ou en "o" ») ;

– à la formation du participe passé.

	fahren (rad. de l'inf. : *fahr-*)	**geben** (rad. de l'inf. : *geb-*)	**gehen** (rad. de l'inf. : *geh-*)
Présent	ich fahre **du fährst** **er/sie/es fährt** wir fahren ihr fahrt sie/Sie fahren	ich gebe **du gibst** **er/sie/es gibt** wir geben ihr gebt sie/Sie geben	ich gehe du gehst er/sie/es geht wir gehen ihr geht sie/Sie gehen
Participe passé	gefahren	gegeben	**gegangen**

• Comme il n'y a aucun moyen de savoir si le radical d'un verbe fort subit ou non un changement, il est recommandé de les apprendre par cœur.

F Les huit verbes mixtes

Il s'agit de ***brennen*** = brûler, ***bringen*** = apporter, ***denken*** = penser, ***kennen*** = connaître, ***nennen*** = nommer, ***rennen*** = courir, ***senden*** = envoyer et ***(sich) wenden*** = (se) tourner, dont le radical :

• **ne change pas au présent de l'indicatif**

	brennen	**bringen**	**denken**	**kennen**	**nennen**	**rennen**	**senden**	**wenden**
Présent	es brennt	ich bringe du bringst er bringt wir bringen ihr bringt sie bringen	ich denke du denkst er denkt wir denken ihr denkt sie denken	ich kenne du kennst er kennt wir kennen ihr kennt sie kennen	ich nenne du nennst er nennt wir nennen ihr nennt sie nennen	ich renne du rennst er rennt wir rennen ihr rennt sie rennen	ich sende du send**est** er send**et** wir senden ihr send**et** sie senden	ich wende du wend**est** er wend**et** wir wenden ihr wend**et** sie wenden

• **change au prétérit et au participe passé**

	brennen	**bringen**	**denken**	**kennen**	**nennen**	**rennen**	**senden**	**wenden**
Prétérit	es brannte	ich brachte du brachtest er brachte wir brachten ihr brachtet sie brachten	ich dachte du dachtest er dachte wir dachten ihr dachtet sie dachten	ich kannte du kanntest er kannte wir kannten ihr kanntet sie kannten	ich nannte du nanntest er nannte wir nannten ihr nanntet sie nannten	ich rannte du ranntest er rannte wir rannten ihr ranntet sie rannten	ich sandte du sandtest er sandte wir sandten ihr sandtet sie sandten	ich wandte du wandtest er wandte wir wandten ihr wandtet sie wandten
P. passé	gebrannt	gebracht	gedacht	gekannt	genannt	gerannt	gesandt	gewandt

G Les verbes faibles ou verbes réguliers

Il s'agit des verbes dont le radical ne change jamais.

	machen (rad. de l'inf. : *mach-*)
Présent	ich mache du machst er/sie/es macht wir machen ihr macht sie/Sie machen
Prétérit	ich machte du machtest er/sie/es machte wir machten ihr machtet sie/Sie machten
Participe passé	gemacht

Attention !

Les **formes verbales** signalées en **gras** correspondent à des **irrégularités** par rapport à la règle générale.

2 La place du groupe verbal

La place du groupe verbal (verbe conjugué + partie non conjuguée et invariable du groupe verbal) varie en fonction du type de phrases.

Types de phrases		Place du verbe conjugué	Place de la partie non conjuguée du groupe verbal
GV à l'infinitif	construction	dernière place	avant-dernière place
	exemple	*sich (A)* ***beeinflussen lassen****.* (Se laisser influencer.)	
Déclarative	construction	deuxième place	dernière place
	exemple	*Er* ***lässt*** *sich* ***beeinflussen****.* (Il se laisse influencer.)	
Interrogative globale	construction	première place	dernière place
	exemple	***Lässt*** *er sich* ***beeinflussen*** *?* (Se laisse-t-il / Est-ce qu'il se laisse influencer ?)	
Interrogative partielle	construction	deuxième place	dernière place
	exemple	*Warum* ***lässt*** *er sich* ***beeinflussen*** *?* (Pourquoi se laisse-t-il influencer ?)	
Impérative	construction	première place	dernière place
	exemple	***Lassen*** *Sie sich nicht* ***beeinflussen*** *!* (Ne vous laissez pas influencer !)	
Subordonnée	construction	dernière place	avant-dernière place
	exemple	*Ich bin der Meinung, dass er sich* ***beeinflussen lässt****.* (Je pense qu'il se laisse influencer.)	

3 Les déclinaisons

A Les pronoms personnels et les adjectifs possessifs

		Pronoms personnels			Adj. possessifs* correspondants
		Nominatif	Accusatif	Datif	
Singulier	1re pers.	ich	mich	mir	mein...
	2e pers.	du	dich	dir	dein...
	3e pers. masc.	er	ihn	ihm	sein...
	3e pers. fém.	sie	sie	ihr	ihr...
	3e pers. neutre	es	es	ihm	sein...
Pluriel	1re pers.	wir	uns	uns	unser...
	2e pers.	ihr	euch	euch	euer...
	3e pers. / form. de politesse	sie / Sie	sie / Sie	ihnen / Ihnen	ihr... / Ihr...

*** L'adjectif possessif se décline comme :**
– l'article indéfini ***ein...*** quand il sert de déterminant à un GN singulier ;
– l'article défini ***die*** quand il sert de déterminant à un GN pluriel.

B Le groupe nominal

		Masculin	Féminin	Neutre
Nominatif (GN sujet ou attribut du sujet)	art. déf.	der große Mann	die große Frau	das brave Kind
	art. indéf.	ein Ø großer Mann	eine große Frau	ein Ø braves Kind
	Ø art.	Ø guter Käse	Ø gute Milch	Ø gutes Brot
Accusatif (GN COD ou après certaines prép.)	art. déf.	den großen Mann	die große Frau	das brave Kind
	art. indéf.	einen großen Mann	eine große Frau	ein Ø braves Kind
	Ø art.	Ø guten Käse	Ø gute Milch	Ø gutes Brot
Datif (GN COI, COS ou après certaines prép.)	art. déf.	dem großen Mann	der großen Frau	dem braven Kind
	art. indéf.	einem großen Mann	einer großen Frau	einem braven Kind
	Ø art.	Ø gutem Käse	Ø guter Milch	Ø gutem Brot
Génitif (GN complément du nom)	art. déf.	des großen Mannes	der großen Frau	des braven Kindes
	art. indéf.	eines großen Mannes	einer großen Frau	eines braven Kindes
	Ø art.	Ø guten Käses	Ø guter Milch	Ø guten Brot(e)s

- **Les prépositions toujours suivies de l'accusatif :** ***durch***, ***für***, ***gegen***, ***ohne***, ***um***, ***wider***.
- **Les prépositions toujours suivies du datif :** ***aus***, ***bei***, ***mit***, ***nach***, ***seit***, ***von***, ***zu***.

Info

Dans ce tableau, les déclinaisons des **noms** sont indiquées en vert et celles des **adjectifs** en rouge.

2

1 Identités et échanges / *Identität und Austausch*

A Noms et expressions avec des noms

Abréviations

qch : quelque chose qqn : quelqu'un etw : etwas jmd : jemand (N) jn : jemanden (A) jm : jemandem (D) jds : jemandens (G) A : accusatif D : datif N : nominatif

l'identité die Identität(en)
la nationalité die Nationalität(en) / die Staatsangehörigkeit(en)
la citoyenneté die Staatsbürgerschaft(en)
la communauté die Gemeinschaft(en)
le groupe die Gruppe(n)
le cercle der Kreis(e)
le quartier der Stadtteil(e) / der Bezirk(e)
le ghetto das G(h)etto(s)
la tension die Spannung(en)
la menace die Bedrohung(en)
le conflit der Konflikt(e)
la frontière die Grenze(n)
la fuite die Flucht(en)
l'exil das Exil(e)
l'émigration die Auswanderung(en)
l'immigration die Einwanderung(en)
le droit d'asile das Asylrecht(e)
le demandeur d'asile der Asylbewerber(-)
l'échange der Austausch(e)
le dialogue der Dialog(e) / das Gespräch(e)
l'intégration die Integration
le mélange die Mischung
le contact der Kontakt(e)
la découverte die Entdeckung(en)
le partenariat die Partnerschaft(en)
la mixité die Mischung / die Durchmischung
l'hospitalité die Gastfreundschaft
l'accueil die Aufnahme
la mobilité die Mobilität
la mondialisation die Globalisierung
le choc des cultures der Kulturschock
le tourisme der Tourismus
la curiosité die Sehenswürdigkeit(en)
le voyage die Reise(n)
l'expérience (personnelle) die [persönliche(n)] Erfahrung(en)

B Adjectifs

accueillant gastfreundlich
compréhensif verständnisvoll
culturel kulturell
linguistique sprachlich
menaçant bedrohend
mixte gemischt
problématique problematisch
tendu gespannt

C Verbes et expressions avec des verbes

accueillir qqn jn auf/nehmen (i ; a, o) / jn empfangen (ä ; i, a)
comprendre qqn / qch jn / etw (A) verstehen (a, a)
découvrir qch etw (A) entdecken
échanger avec qqn sich (A) mit jm aus/tauschen
émigrer aus/wandern
être accueilli à bras ouverts herzlich aufgenommen werden (i ; u, o)
faire partie d'un groupe einer Gruppe an/gehören / zu einer Gruppe gehören
fuir flüchten / fliehen (o, o)
immigrer ein/wandern
intervenir dans un conflit bei in einem Konflikt ein/greifen (i, i)
prendre contact avec qqn mit jm Kontakt auf/nehmen (i ; a, o)
risquer sa vie sein Leben aufs Spiel setzen
saisir sa chance sein Glück versuchen
s'exiler ins Exil gehen (i, a)
s'identifier à qqn / qch sich (A) mit jm / etw (D) identifizieren
transgresser la loi gegen das Gesetz verstoßen (ö ; ie, o)
voyager reisen

2 Espace privé et espace public / *Privatsphäre und Öffentlichkeit*

A Noms et expressions avec des noms

l'espace privé die Privatsphäre
la vie privée das Privatleben
le cercle familial der Familienkreis(e)
le membre de la famille das Familienmitglied(er), der / die Verwandte *(adj. subst.)*
le cercle d'amis der Freundeskreis(e)
la confiance ≠ la défiance das Vertrauen ≠ das Misstrauen
l'atmosphère familière die Gemütlichkeit
la zone de confort der Komfortbereich / die Komfortzone
le marginal der Außenseiter(-)
l'espace public der öffentliche Raum / die Öffentlichkeit
l'opinion publique die öffentliche Meinung
le semblable der Mitmensch(en, en)
la vie professionnelle das Berufsleben
la coopération die Zusammenarbeit
l'engagement das Engagement
la participation à qch die Teilnahme an etw (D)
le poste à responsabilité der Führungsposten(-)
la parité homme-femme der gleiche Anteil von Männern und Frauen
l'éducation die Erziehung
l'espace religieux der religiöse Bereich / der religiöse Raum
les traditions die Traditionen / die Sitten und Bräuche
les valeurs die Werte
la liberté de mouvement die Bewegungsfreiheit

B Adjectifs

casanier häuslich
confortable gemütlich
(dés)agréable (un)angenehm
(in)dépendant (un)abhängig
méfiant misstrauisch
personnel persönlich
privé privat
professionnel beruflich
public öffentlich
qui aime sortir ausgehfreudig
qui inspire confiance vertrauenerweckend
réservé zurückhaltend
seul einsam
social sozial / gesellschaftlich
timide schüchtern
traditionnel traditionell

C Verbes et expressions avec des verbes

agir handeln
aller volontiers au devant des autres gern mit anderen in Kontakt treten (i ; a, e)
bien aimer sortir gern aus/gehen (i, a)
bien s'amuser ensemble zusammen Spaß haben*
entrer dans la vie active in den Beruf ein/steigen (ie, ie)
(ne pas) être capable de s'intégrer sich (A) (nicht) integrieren können*
être là l'un pour l'autre füreinander da sein*
exercer une activité professionnelle einen Beruf aus/üben / berufstätig sein*
faire carrière Karriere machen
faire confiance à qqn ≠ se méfier de qqn jm vertrauen ≠ jm misstrauen
mener à bien un projet ein Projekt aus/führen
(ne pas) nouer de contact avec qqn (keinen) Anschluss finden (a, u)
profiter de la vie das Leben genießen (o, o)
s'engager pour / contre qch sich (A) für / gegen etw (A) ein/setzen
s'ennuyer sich (A) langweilen
s'émanciper (de qch) sich (A) (von etw) emanzipieren
sensibiliser qqn à qch jn für etw (A) sensibilisieren
se replier sur soi / se retirer du monde sich (A) [von der Welt] zurück/ziehen (o, o)
se sentir en sécurité sich (A) geborgen fühlen
se retirer de la vie active sich (A) ins Privatleben zurück/ziehen (o, o)
soutenir un projet ein Projekt unterstützen
travailler (ensemble) (zusammen/)arbeiten
vivre dans sa bulle zurückgezogen leben

3 Art et pouvoir / *Kunst und Macht*

A Noms et expressions avec des noms

l'art die Kunst (die Künste)
les arts plastiques die bildende Kunst (die bildenden Künste)
l'artiste der Künstler(-)
la musique die Musik / das Musizieren
la peinture (en tant qu'art) die Malerei / das Malen
le cinéma (en tant qu'art) der Film / das Filmen
le théâtre (en tant qu'art) das Theater(spielen)
la sculpture (en tant qu'art) die Bildhauerei
le dessin (en tant qu'art) das Zeichnen
la danse (en tant qu'art) der Tanz / das Tanzen
la photographie (en tant qu'art) das Fotografieren
la poésie (en tant qu'art) die Dichtung
l'œuvre / le chef-d'œuvre das Werk(e) / das Kunstwerk(e)
la liberté de création die Kunstfreiheit
le pouvoir ≠ le contre-pouvoir die Macht ≠ die Gegenmacht
la culture ≠ la contre-culture die Kultur ≠ die Gegenkultur
l'offre culturelle das Kulturangebot(e)
la critique die Kritik(en)
la caricature die Karrikatur(en)
la mise en garde die Warnung(en) / Mahnung(en)
l'art dégénéré entartete Kunst
la censure die Zensur
l'interdiction d'exercer sa profession das Berufsverbot(e)
l'interdiction de peindre das Malverbot(e)
l'interdiction d'écrire das Schreibverbot(e)
la manipulation die Manipulation
l'exposition die Ausstellung(en)
la collection die Sammlung(en)

B Adjectifs

artistique künstlerisch
caricatural / stéréotypé klischeehaft
censuré zensiert
contemporain zeitgenössisch
créatif kreativ
doué begabt
engagé engagiert
intéressé par la culture kulturinteressiert
institutionnel institutionell
passionné d'art kunstbegeistert
qui aime les arts musisch
talentueux talentiert

C Verbes et expressions avec des verbes

censurer qch etw (A) zensieren
critiquer qqn /qch jn / etw (A) kritisieren / Kritik an jm / etw (D) üben
délivrer une interdiction d'exercer sa profession (à qqn) (jm) Berufsverbot erteilen
être d'accord avec le système angepasst sein*
être surveillé (par qqn) (von jm) überwacht werden (i ; u, o)
exprimer qch etw (A) aus/drücken / etw (A) zum Ausdruck bringen (a, a)
faire allusion à qch auf etw (A) an/spielen
faire / jouer de la musique musizieren / Musik machen
interdire qch à qqn jm etw (A) verbieten (o, o)
mettre qqn en garde jn warnen / jn mahnen
peindre malen
prendre une décision eine Entscheidung treffen (i ; a, o)
recevoir une interdiction d'exercer sa profession Berufsverbot bekommen (a, o)
remettre qch en question etw (A) in Frage stellen
résister à qch etw (D) widerstehen (a, a)
s'exprimer sich (A) aus/drücken
s'opposer au système sich (A) gegen das System stellen
sculpter la terre formen
sculpter la pierre meißeln
sculpter le bois schnitzen
se produire sur scène auf/treten (i ; a, e) / auf der Bühne stehen (a, a)
se rebeller (contre qch) [gegen etw (A)] rebellieren / sich (A) [gegen etw (A)] auf/lehnen
tourner un film einen Film drehen

4 Citoyenneté et mondes virtuels / *Bürgerschaft und virtuelle Welten*

A Noms et expressions avec des noms

la citoyenneté die Staatsbürgerschaft(en) / die Bürgerschaft(en)
l'initiative citoyenne die Bürgerinitiative(n)
le devoir die Pflicht(en)
la règle die Regel(n)
le droit / le droit des citoyens das Recht(e) / die Bürgerrechte
la punition / la peine die Strafe(n)
la valeur der Wert(e)
le civisme die Zivilcourage
l'engagement das Engagement
les libertés fondamentales die Grundfreiheiten
la liberté de la presse die Pressefreiheit
la liberté d'opinion die Meinungsfreiheit
l'info(rmation) die Information(en) / die Info(s)
la collecte d'info(rmations) die Informations-beschaffung
le flot d'info(rmations) die Informationsflut
la nouvelle die Nachricht(en)
le reportage der Bericht(e) / die Reportage(n)
l'émission de télévision die Fernseh- sendung(en)
le monde virtuel die virtuelle(n) Welt(en)
le changement der Wandel
la tendance der Trend(s)
les nouvelles technologies die neuen Technologien
internet das Internet
la consommation internet der Internetverbrauch
l'internaute der Internet-Nutzer(-)
la page web die Webseite(n)
le réseau (social) das [soziale(n)] Netzwerk(e)
l'addiction / la dépendance die Süchte
le danger die Gefahr(en)
le harcèlement moral das Mobbing
les fake news die Fake News
le scandale der Skandal(e)
le risque das Risiko (die Risiken)
les données personnelles die Privatdaten
la protection des données der Datenschutz
le contrôle parental die elterliche Kontrolle
le cyber-harcèlement das Cybermobbing

B Adjectifs

anonyme anonym
connecté online / vernetzt
dangereux gefährlich
déconnecté offline
dépendant (à internet) (internet)süchtig
moderne modern
nouveau neu
tendance trendy
vrai / faux wahr / falsch
virtuel virtuell

C Verbes et expressions avec des verbes

aller voir sur internet ins Internet gehen (i, a)
contrôler qch etw (A) kontrollieren
(en)courir un risque ein Risiko ein/gehen (i, a)
évoluer / se transformer sich (A) entwickeln
faire preuve de civisme Zivilcourage zeigen
falsifier qch etw (A) (ver)fälschen
partager qch / des données / une information sich (D) etw (A) / Daten / eine Information teilen
rendre compte de qch über etw (A) berichten
respecter qqn / qch jn / etw (A) respektieren
s'engager pour qqn / qch sich (A) für jn / etw (A) engagieren / ein/setzen
s'informer / informer qqn sur qch sich (A) / jn über etw (A) informieren
surfer sur Internet im Internet surfen
susciter l'attention de qqn jds Aufmerksamkeit erregen
veiller à qch auf etw (A) achten / auf/passen
vivre dans un monde virtuel in einer virtuellen Welt leben
faire l'expérience de qch / vivre qch etw (A) erleben

Rappel

- Les **voyelles** derrière les verbes à l'infinitif correspondent aux temps forts des verbes irréguliers.
- Le « * » signale les auxiliaires ***haben*** ou ***sein***, les modaux.
- (en, en) derrière le nom signale les **masculins faibles.**
- Le « / » indique un verbe à **particule séparable.**
- Le **pluriel des noms** est entre parenthèses.

5 Fictions et réalités / *Fiktion und Wirklichkeit*

A Noms et expressions avec des noms

la fiction die Fiktion(en)
l'imagination die Fantasie / die Einbildungskraft / die Vorstellungskraft
la créature imaginaire das Fantasiegebilde
le cinéma (en tant qu'art) der Film
le film der Film(e)
la littérature die Literatur
l'aventure das Abenteuer(-)
le côté aventureux die Abenteuerlichkeit
la soif d'aventure die Abenteuerlust
le roman d'aventure der Abenteuerroman(e)
la poésie (en tant que genre littéraire) die Dichtung
le théâtre (en tant que genre littéraire) das Theater
la pièce de théâtre das Theaterstück(e)
la création das Schaffen
le rêve der Traum (die Träume)
la réalité die Wirklichkeit
le fait die Tatsache(n)
l'absence d'imagination die Fantasielosigkeit
le quotidien der Alltag
le train-train der Alltagstrott
la routine die Routine
l'affaire courante die Routineangelegenheit(en)
le travail de routine die Routinearbeit(en)
la question de routine die Routinefrage(n)
le réalisme der Realismus
le récit die Erzählung(en)
la source d'inspiration die Inspirationsquelle(n)
l'utopie die Utopie(n)
la légende die Legende(n) / die Sage(n)
la mythologie die Mythologie
la science-fiction die Science-Fiction
le héros der Held(en, en)

B Adjectifs

abstrait abstrakt
aventureux abenteuerlich
banal / dépourvu d'imagination fantasielos
concret konkret
culturel kulturell
fictif fiktiv
imaginatif fantasievoll
qui a beaucoup d'imagination fantasiebegabt
qui a le goût de l'aventure abenteuerlustig
réel wirklich
routinier routinemäßig
utopique utopisch

C Verbes et expressions avec des verbes

avoir soif d'aventures vor Abenteuerlust brennen (a, a)
créer qch etw (A) schaffen (u, a)
convevoir qch etw (A) konzipieren
correspondre à la réalité der Wirklichkeit entsprechen (i ; a, o)
dépasser l'imagination / l'entendement die Vorstellungskraft übersteigen (ie, ie) / sprengen
devenir réalité Wirklichkeit werden (i ; u, o)
écrire qch etw (A) schreiben (ie, ie) / verfassen
être de toutes les aventures sich (A) in jedes Abenteuer stürzen
être (toujours) en quête d'aventure auf Abenteuer aus sein*
être inspiré de faits réels auf wahren Begebenheiten basieren
être profondément ému (par qch) [von etw (D)] auf sehr tiefe Weise berührt werden (i ; u, o)
(af)fabuler (à propos de qqn / qch) [von jm / etw (D)] fantasieren
faire réfléchir (qqn) à qch (jn) zum Nachdenken bringen (a, a)
incarner des valeurs Werte verkörpern
inventer qch etw (A) erfinden (a, u)
raconter qch (à qqn) (jm) etw (A) (nach)erzählen
ramener qqn à la réalité jn auf den Boden der Tatsachen zurück/holen
reprendre son train-train quotidien in den Alltagstrott zurück/kehren
rêver de qch von etw (D) träumen
s'imaginer / se représenter qch sich etw vor/stellen / etw (A) vor seinem geistigen Auge sehen (ie ; a, e)

6 Innovations scientifiques et responsabilité / *Wissenschaftliche Innovationen und Verantwortung*

A Noms et expressions avec des noms

l'innovation die Innovation(en)
la science die Wissenschaft(en)
la recherche die Forschung
la découverte die Entdeckung(en) / die Erfindung(en)
l'expérience scientifique das Experiment(e)
le progrès der Fortschritt(e)
la centrale nucléaire das Atomkraftwerk(e) / das Kernkraftwerk(e)
l'énergie nucléaire die Atomkraft / die Kernkraft
la manipulation génétique die Genmanipulation
la responsabilité die Verantwortung(en)
la menace die Bedrohung(en)
les dérives der Fehltritt(e)
la prise de conscience die Bewusstwerdung
la biodiversité die Biodiversität
l'énergie renouvelable die erneuerbare(n) Energie(n)
le risque das Risiko (die Risiken)
les déchets der Müll
le sac en plastique die Plastiktüte(n)
le continent de plastique / le 7e continent das Plastikmeer
la pollution de l'environnement die Umweltverschmutzung
la qualité de vie die Lebensqualität
le choc climatique der Klimaschock
le changement climatique der Klimawandel

B Adjectifs

avancé / progressif fortschrittlich
(co)responsable (mit)verantwortlich
dangereux gefährlich
démesuré übermäßig
écologique ökologisch
éthique ethisch
génétique genetisch
innovant innovativ
nuisible pour l'environnement umweltschädlich
raisonnable vernünftig
respectueux de l'environnement umweltfreundlich

C Verbes et expressions avec des verbes

avertir / prévenir qqn de qch jn vor etw (D) warnen
causer / occasionner qch (de négatif) etw (A) an/richten
consommer qch etw (A) verbrauchen
(en)courir un risque ein Risiko ein/gehen (i, a)
découvrir qch etw (A) entdecken
développer qch (avec qqn) etw (A) [mit jm] entwicklen
détruire / anéantir qch etw (A) zerstören / vernichten
être responsable de qch für etw (A) verantwortlich sein*
faire de la recherche [nach etw (D)] forschen
faire des expériences scientifiques experimentieren
gaspiller qch [etw (A)] verschwenden
inventer qch etw (A) erfinden (a, u)
mettre en danger la nature / l'équilibre die Natur / das Gleichgewicht gefährden
nuire à / détruire l'environnement der Umwelt schaden / die Umwelt zerstören
polluer (qch) [etw (A)] verschmutzen
préserver / protéger l'environnement die Umwelt schonen / schützen
procéder scientifiquement wissenschaftlich vor/gehen (i, a)
produire qch etw (A) produzieren / her/stellen
progresser / faire des progrès fort/schreiten (i, i) / Fortschritte machen
prouver qch etw (A) nach/weisen (ie, ie)
renoncer à qch auf etw (A) verzichten
respecter la nature auf die Natur achten
se dégrader sich (A) verschlechtern
se poser des questions sur qch etw (A) hinterfragen
sortir du nucléaire aus der Atomenergie aus/steigen (ie, ie)
utiliser qch etw (A) benutzen / verwenden

7 Diversité et inclusion / *Vielfalt und Einbeziehung*

A Noms et expressions avec des noms

la diversité die Vielfalt
l'enrichissement die Bereicherung
la tolérance ≠ l'intolérance die Toleranz ≠ die Intoleranz
la similitude die Ähnlichkeit(en)
le point commun die Gemeinsamkeit(en)
la différence der Unterschied(e)
le préjugé das Vorurteil(e)
le cliché das Klischee(s)
le stéréotype das Stereotyp(e)
la discrimination die Diskriminierung
le racisme der Rassismus
la xénophobie die Fremdenfeindlichkeit
le harcèlement moral das Mobbing
le handicap die Behinderung(en)
la minorité die Minderheit(en)
la cohésion sociale der gesellschaftliche Zusammenhalt
l'exclusion die Ausgrenzung(en)
l'inclusion das Beteiligen / die Einbeziehung
l'intégration die Integration
la culture die Kultur(en)
la langue die Sprache(n)
la connaissance / le savoir die Kenntnis(se)
la particularité die Besonderheit(en)
l'acceptation / la reconnaissance de qch die Anerkennung etw (G)
la relation avec / le rapport à qqn die Beziehung(en) / das Verhältnis zu jm

B Adjectifs

cosmopolite kosmopolitisch / weltoffen
différent unterschiedlich / verschieden
égaux en droits gleichberechtigt
intégré integriert / eingelebt
(in)tolérant (in)tolerant
multiculturel Multikulti-
ouvert aufgeschlossen / offen
raciste rassistisch
respectueux respektvoll
semblable ähnlich
sociable kontaktfreudig
solidaire solidarisch
varié / divers vielfältig / facettenreich
xénophobe fremdenfeindlich

C Verbes et expressions avec des verbes

accepter / reconnaître qch / qqn etw (A) / jn akzeptieren / an/erkennen (a, a)
avoir bcp de choses en commun vieles gemeinsam haben*
avoir une représentation juste / fausse de qqn / qch eine richtige / falsche Vorstellung von jm / etw (D) haben*
avoir des préjugés envers qqn / qch jm / etw (D) gegenüber voreingenommen sein*
combattre les préjugés Vorurteile bekämpfen
contribuer à qch zu etw (D) bei/tragen (ä ; u, a)
être conscient de qch sich (D) einer Sache bewusst sein*
être harcelé par qqn von jm gemobbt werden (i ; u, o)
être prêt à qch zu etw (D) bereit sein*
être victime de discrimination (de la part de qqn) (durch jn) diskriminiert werden (i ; u, o)
faire des efforts sich (A) an/strengen
faire évoluer les mentalités für ein thema sensibilisieren (ä ; ie, a)
faire participer qqn à qch jn an etw (D) beteiligen
lutter pour l'égalité für Gleichberechtigung kämpfen
mettre qqn sur un pied d'égalité (avec qqn) jn auf die gleiche Stufe stellen (wie jmd)
nouer de nouveaux contacts / de nouvelles amitiés neue Kontakte / Freundschaften knüpfen
participer à qch sich (A) an etw (D) beteiligen
prendre part à qch bei etw (D) mit/machen / an etw (D) teil/nehmen (i ; a, o)
s'adapter à qch sich (A) an etw (A) an/passen
s'intégrer sich (A) integrieren / sich (A) ein/leben
s'ouvrir à qqn / qch sich (A) jm / etw (D) öffnen
se faire de nouveaux amis Freunde gewinnen (a, o)

8 Territoire et mémoire / *Territorium und Gedächtnis*

A Noms et expressions avec des noms

le territoire das Territorium (die Territorien) / das Gebiet(e)
la naissance de qch die Entstehung etw (G)
le pays das Land (die Länder)
la frontière die Grenze(n)
le royaume das Königreich(e)
l'empire das Kaiserreich(e)
la démocratie die Demokratie(n)
la dictature die Diktatur(en)
le Troisième Reich das Dritte Reich
la guerre (mondiale) der Krieg(e) / der Weltkrieg(e)
le crime contre l'humanité das Verbrechen(-) gegen die Menschlichkeit
le criminel de guerre der Kriegsverbrecher(-)
la république die Republik(en)
la République fédérale d'Allemagne (RFA) die Bundesrepublik Deutschland (BRD)
la République démocratique allemande (RDA) die Deutsche Demokratische Republik (DDR)
la construction du mur de Berlin der Bau der Berliner Mauer / der Mauerbau
la chute du mur de Berlin der Fall der Berliner Mauer / der Mauerfall
la réunification die Wiedervereinigung
la Résistance der Widerstand
la mémoire das Gedächtnis
l'histoire die Geschichte
le souvenir (de qqn / qch) die Erinnerung [an jn / etw (A)]
le devoir de mémoire die Erinnerungspflicht
le lieu du souvenir der Erinnerungsort(e)
le lieu de mémoire die Gedenkstätte(n)
la plaque commémorative die Gedenktafel(n)
le monument commémoratif das Mahnmal(e) / das Denkmal (die Denkmäler)
le témoignage das Zeitzeugnis(se)
le témoin der Zeitzeuge(n, n)
la victime das Opfer(-)
le juif der Jude(n, n)
les Tziganes d'Allemagne die Sinti und Roma
les victimes de l'euthanasie die Euthanasie-Opfer
l'opposant(e) der / die Oppositionelle *(adj. subst.)*
l'opposant politique der politische(n) Gegner(-)
l'homosexuel der / die Homosexuelle *(adj. subst.)*
l'intellectuel(le) der / die Intellektuelle *(adj. subst.)*
le résistant der Widerstandskämpfer(-)

B Adjectifs

allemand deutsch
controversé umstritten
démocratique demokratisch
historique historisch
juif jüdisch
national-socialiste nationalsozialistisch / NS-

C Verbes et expressions avec des verbes

anéantir qch / exterminer qqn etw (A) / jn vernichten
attaquer un pays ein Land an/greifen (i, i)
commémorer qch etw (G) gedenken (a, a)
déclarer la guerre à un pays einem Land den Krieg erklären
détruire qch etw (A) zerstören
entretenir la mémoire de qqn / qch die Erinnerung an jn / etw (A) wach/halten (ä ; ie, a)
envahir (un pays) in ein Land ein/marschieren
faire un discours eine Rede halten (ä ; ie, a)
fonder un état einen Staat (be)gründen
hériter (qch de qqn) [etw (A) von jm] erben
libérer qch / qqn etw (A) / jn befreien
naître / voir le jour entstehen (a, a)
occuper qch etw (A) besetzen
témoigner de qch von etw (D) zeugen
tourner la page die Vergangenheit bewältigen
se souvenir de qqn / qch sich (A) an jn / etw (A) erinnern

Enseignement scientifique

(Enseignement commun)

Une longue histoire de la matière

Le Soleil, notre source d'énergie

La Terre, un astre singulier

Son et musique, porteurs d'information

1

Les noyaux des atomes des éléments chimiques stables naissent au sein des étoiles. Certains noyaux, instables, peuvent se désintégrer. **Comment peut-on décrire ces réactions nucléaires ?**

1 L'origine des éléments chimiques

• **Le big bang est un modèle** permettant de décrire l'évolution de l'Univers depuis sa naissance, ainsi que la formation des éléments chimiques qui le composent. Lors de son évolution, les constituants de l'Univers se sont peu à peu formés et organisés.

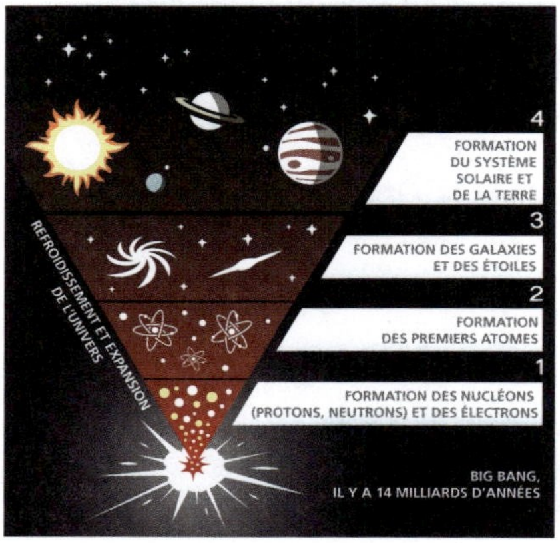

◄ La théorie du big bang.

• **La matière dans l'Univers se transforme continuellement.** L'hydrogène se transforme en hélium puis en d'autres éléments plus lourds, comme l'oxygène, le carbone, le fer, le silicium par des **réactions nucléaires** au sein des étoiles.

Rappel
Lors d'une **réaction nucléaire,** un élément se transforme en un autre élément.

Hydrogène H	Hélium He	Oxygène O	Carbone C	Néon Ne	Azote N	Magnésium Mg	Silicium Si	Fer Fe	Soufre S
90 %	9 %	0,1 %	0,06 %	0,012 %	0,01 %	0,005 %	0,005 %	0,004 %	0,002 %

▲ Abondance des éléments chimiques (proportions) dans l'Univers.

Oxygène O	Magnésium Mg	Fer Fe	Silicium Si	Soufre S	Aluminium Al	Nickel Ni	Chrome Cr	Hydrogène H	Carbone C
48,8 %	16,5 %	14,3 %	13,8 %	3,7 %	1,6 %	0,8 %	0,2 %	0,2 %	0,02 %

▲ Abondance des éléments chimiques (proportions) dans le globe terrestre.

Hydrogène H	Oxygène O	Carbone C	Azote N	Phosphore P	Calcium	Soufre	Sodium	Potassium	Chlore
61 %	24 %	13 %	1,4 %	0,25 %	0,24 %	0,05 %	0,04 %	0,03 %	0,03 %

▲ Abondance des éléments chimiques (proportions) dans le corps humain.

2 La source d'énergie des étoiles

Une étoile est principalement composée d'hydrogène. Elle est le siège de **réactions de fusion nucléaire** qui libèrent une grande quantité d'énergie. Lors de la fusion nucléaire, des noyaux légers s'unissent (ils fusionnent) pour former un noyau plus lourd.

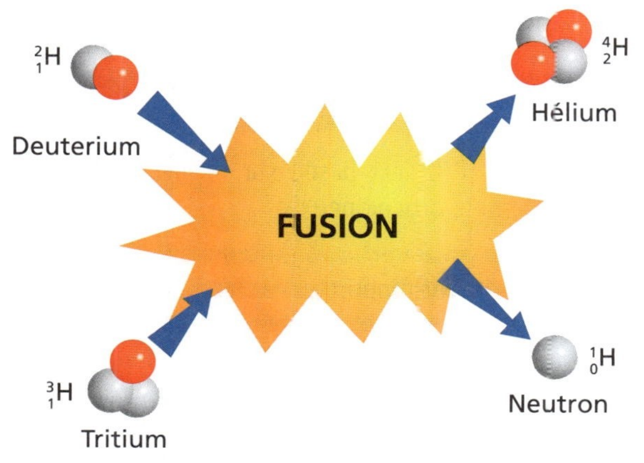

$$^{3}_{1}H + ^{2}_{1}H \rightarrow ^{4}_{2}He + ^{1}_{0}n$$

▲ Réaction de fusion nucléaire.

3 La radioactivité

- **Certains noyaux sont instables** et se désintègrent en émettant d'autres particules plus petites et un rayonnement. On parle de **désintégration radioactive (radioactivité)**.
- **La désintégration radioactive d'un noyau est un phénomène aléatoire.** Il n'est pas possible de prévoir à quel instant elle aura lieu.
- **La demi-vie.** Soit N_0 le nombre de noyaux radioactifs dans un échantillon à l'instant $t = 0$.
Au bout d'une demi-vie ($t = T$), le nombre de noyaux radioactifs sera divisé par deux, soit

$$N = \frac{N_0}{2}.$$

Mot-clé
Période radioactive (ou demi-vie) : temps T nécessaire à la désintégration de la moitié des noyaux contenus dans un échantillon macroscopique.
C'est une caractéristique du noyau.

Zoom
La période radioactive du carbone 14 est de 5 600 ans.

Date	$t = 0$	$t = T$	$t = 2T$	$t = 3T$	$t = nT$
Nombre de noyaux radioactifs	$N = N_0$	$N = \frac{N_0}{2}$	$N = \frac{N_0}{4}$	$N = \frac{N_0}{8}$	$N = \frac{N_0}{2^n}$

Isotope		Période
Tritium	^{3}H	12,3 ans
Plutonium	^{239}Pu	24 300 ans
Iode	^{129}I	17 millions d'années
Uranium	^{238}U	4,5 milliards d'années

▲ Périodes radioactives de quelques isotopes.

4 Dater la matière avec la radioactivité

• **La datation au carbone 14** (^{14}C) est basée sur la mesure de l'activité radioactive du carbone 14 contenu dans la matière organique.

• **Un organisme vivant échange du carbone** (et donc du carbone 14) avec son environnement. La proportion de carbone 14 par rapport au carbone total dans un organisme vivant à un instant *t* est la même que dans l'atmosphère au même instant.

• **Lorsqu'un organisme vivant meurt,** ces échanges cessent. La quantité de carbone 14 qu'il contient décroît au cours du temps car les noyaux se désintègrent.

• **En mesurant le rapport du carbone 14 au carbone total** dans un échantillon de matière, on peut donc déterminer son âge.

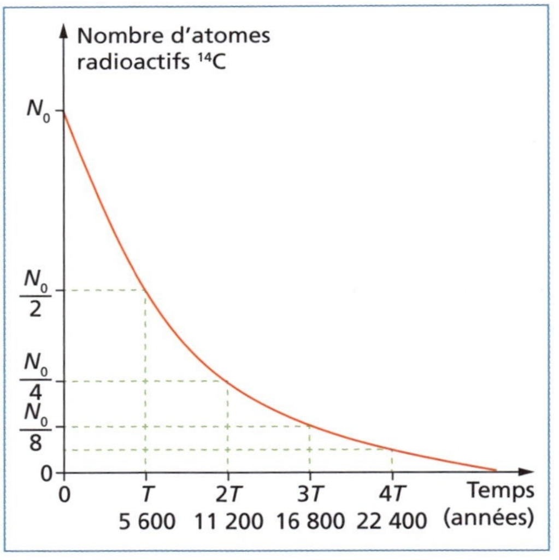

▲ Décroissance radioactive du carbone 14.

2

Lors d'un repas, on peut servir les boissons dans un verre ordinaire ou bien dans un verre « en cristal ». Cette appellation est trompeuse. Pour le scientifique, le cristal est bien différent du verre. **Comment distinguer cristal et verre ?**

1 Le chlorure de sodium : un exemple de cristal

• **Dans la nature, le chlorure de sodium peut être trouvé sous deux états : dissous** en solution ou bien **solide**. Ce sel provient de deux sources : il est récolté par évaporation de l'eau de mer dans les marais salants, ou bien extrait en profondeur à partir du sel gemme ou halite, une roche.

• **Le cristal de chlorure de sodium est constitué d'un empilement régulier** de deux ions : Na^+ et Cl^-. Ces ions se disposent les uns par rapport aux autres dans un empilement cubique. Au sommet du cube, on trouve un ion Cl^-, ainsi qu'au centre de chaque face du cube. Au milieu des arêtes du cube, on trouve un ion Na^+ ainsi qu'au centre du cube.

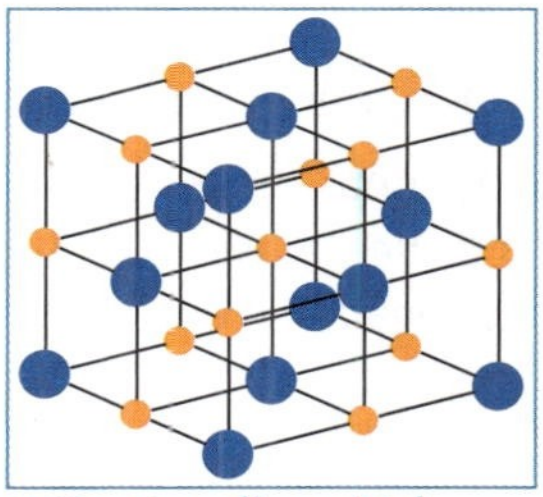

▲ Structure d'un cristal de chlorure de sodium. Bleu : Cl^-, orange : Na^+.

• **La structure cubique est répétée.** Aussi, les atomes des sommets, des faces et des arêtes sont partagés par plusieurs cubes. **Cet empilement régulier et répété désigne l'état cristallin.** Cet état cristallin se manifeste dans la structure du cristal au niveau macroscopique : il est possible de distinguer des formes cubiques dans des cristaux de sel gemme dits automorphes.

2 La structure cristalline

A La maille cristalline

• L'exemple du chlorure de sodium peut être généralisé. Tous les solides cristallisés présentent une structure cristalline qui est définie par une **maille élémentaire** caractérisée par une forme géométrique où sont empilés les constituants, ou entités, du solide cristallisé. **Cette maille est répétée périodiquement.**

• **Une maille a une forme géométrique particulière :** maille **cubique**, **hexagonale**, quadratique… Les entités qui sont empilées dans la maille sont de natures diverses : atomes, ions ou molécules. La position des entités dans la maille n'est pas la même d'une structure cristalline à l'autre.

• Ainsi, un **type cristallin est-il défini par la forme géométrique de la maille,** la nature et la position dans la maille des entités qui le constituent.

• Les cristaux les plus simples correspondent, comme l'exemple du chlorure de sodium, à une maille cubique. La position des entités dans cette maille permet de distinguer les réseaux cubiques simples et des réseaux cubiques à faces centrées. Dans la maille **cubique simple,** les entités se trouvent aux huit sommets du cube. Dans la maille **cubique à faces centrées,** les entités se trouvent aux huit sommets du cube et au centre de chacune de ses six faces.

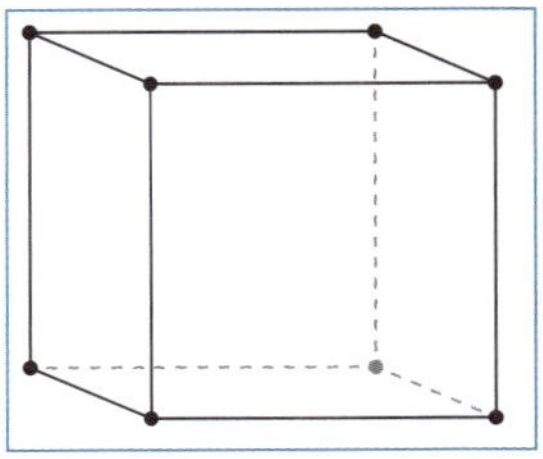

▲ Maille cubique simple.

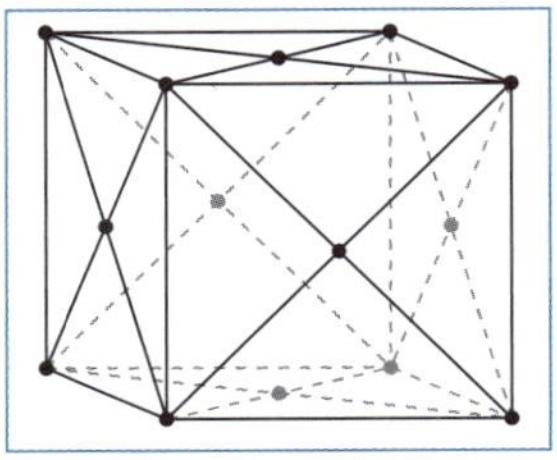

▲ Maille cubique à face centrée.

B Caractéristiques microscopiques de la maille

La connaissance des caractéristiques de la maille d'un cristal est importante pour déterminer différents paramètres d'un cristal.

- **Nombre d'entités par maille,** noté N.

– Une entité située au sommet du cube est commune à huit mailles voisines.
– Une entité située sur une face du cube est commune à deux mailles.
– Une entité située au centre d'un cube n'appartient qu'à une seule maille.

- **Volume de la maille,** noté V.

Pour une maille cubique, son volume est calculable par la formule : $V = a^3$, a désignant la longueur d'un côté du cube.

- **Compacité de la maille,** notée C.

La compacité est un rapport entre le volume occupé par les entités dans la maille et le volume de la maille. On considère que les entités chimiques de la maille sont sphériques et tangentes entre elles.

$$C = N \times \frac{\frac{4}{3} \times \pi \times r^3}{V}$$

, r étant le rayon des entités sphériques.

Si plusieurs entités de rayons différents sont présentes, on fera la somme des différents volumes des entités.

- **Masse volumique du cristal,** notée ρ.

Le cristal a une masse volumique qui est celle de la maille.

$$\rho = \frac{N \times M}{N_A \times V}$$

M est la masse molaire des entités. Si plusieurs entités différentes sont présentes, on fera la somme des différentes masses molaires. N_A est le nombre d'Avogadro, il a pour valeur $6{,}02.10^{23}\ mol^{-1}$.

Zoom
Les propriétés microscopiques d'un cristal conditionnent ses propriétés macroscopiques, comme la masse volumique.

3 L'état cristallin à différentes échelles

- Un cristal est composé de mailles répétées.
- Les géologues utilisent le terme de **minéral** qui désigne un état cristallin. Un composé de

formule chimique donnée peut cristalliser sous différents types de structures qui ont des propriétés macroscopiques différentes. La même composition chimique peut alors cristalliser sous différents minéraux. La silice a comme formule chimique SiO_2 ; elle cristallise sous différentes formes minérales qui ont des mailles, et par conséquent des masses volumiques, différentes. Le plus connu des minéraux de la silice est le **quartz,** mais on connaît aussi la tridymite, la calcédoine, la coésite…

- Les minéraux peuvent se présenter dans la nature sous la forme d'un cristal parfait : on parle alors de minéraux **automorphes.** Le plus souvent, ils sont associés entre eux dans des roches. Une roche peut être formée de l'association de cristaux d'un même minéral ou de plusieurs minéraux. Ces minéraux présentent des caractéristiques optiques qui permettent de les distinguer les uns des autres.

▲ Exemple de roche observée au microscope. Chaque plage correspond à un minéral.

- Des structures cristallines existent aussi dans les organismes biologiques (coquille, squelette, calcul rénal…).

4 Solides cristallisés et solides amorphes

- Dans certains cas, les entités s'empilent sans ordre géométrique. Cela génère un solide dit **amorphe.** C'est le cas du verre. L'introduction avait posé la question de la différence d'un verre en verre et d'un verre en cristal. Les deux sont constitués de solide amorphe mais de compositions chimiques différentes.

> **À noter**
> Dans le langage courant, il y a confusion entre les termes « verre » et « cristal ».

- Les roches sont constituées principalement de minéraux, donc de cristaux. Certaines roches volcaniques peuvent contenir du verre. Si la lave refroidit lentement, les entités chimiques s'empilent dans un ordre géométrique particulier formant des minéraux. Si la lave refroidit très rapidement, les entités chimiques ne peuvent pas s'empiler dans un ordre géométrique ; cette absence d'ordre est à l'origine du **verre volcanique.**

La compréhension de l'organisation cellulaire et de ses implications est le fruit d'une succession de progrès techniques. **Comment l'organisation cellulaire a-t-elle été découverte ?**

1 La naissance de la théorie cellulaire

Depuis l'Antiquité, deux faits étaient communément admis : les animaux et les plantes sont constitués d'éléments qui se répètent mais que l'on ne connaît pas. Par ailleurs, la génération spontanée explique l'apparition des êtres vivants.

A Le bouleversement du XVIIe siècle

• **Le microscope optique.** En 1632, Anton Van Leeuvenhoek, naturaliste et drapier hollandais, invente le premier **microscope optique** qui permet une observation de formes de vie microscopiques avec des appareils qu'il perfectionne tout au long de sa vie. Les plus puissants associent différentes lentilles pour un grossissement de 400.

• **La cellule.** En 1665, Robert Hooke, physicien britannique, utilise un microscope pour observer des fragments minces de liège (tissu végétal). Il remarque des petites loges répétées qu'il nomme **« cellules »**. Ce qu'il décrit sont des cellules mortes dont il voit uniquement la paroi. Il dessine ce qu'il observe.

• La mise au point des microscopes de plus en plus puissants aux XVIIIe et XIXe siècles s'accompagne de progrès notables sur la notion de cellule.

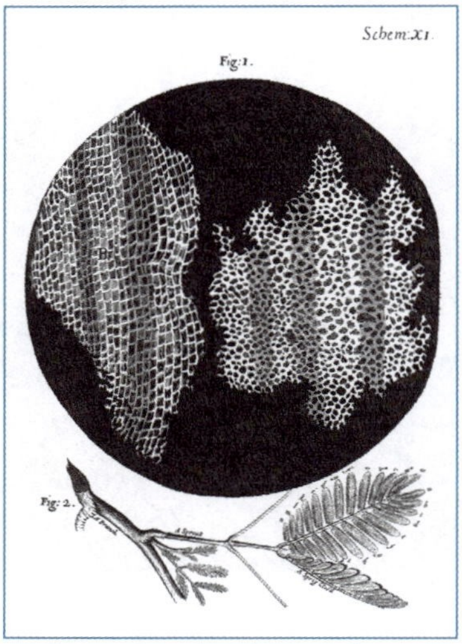

▲ Observations de Robert Hooke sur la structure cellulaire du liège (1665).

B La théorie cellulaire

Au XIXe siècle est formulée la théorie cellulaire. Trois savants ont un rôle important.

• En 1838, **Mathias Jakob Schleiden,** botaniste allemand, publie un ouvrage sur les végétaux dans lequel il relate que ses études sur les différents tissus végétaux montrent que ces derniers sont tous constitués de cellules et, plus particulièrement, il identifie le **noyau,** élément constant dans les cellules.

• **Théodore Schwann** est un zoologiste allemand, collègue de Schleiden. Lors d'un dîner en 1838, Schleiden montre ses travaux à Schwann. Celui-ci prend conscience de l'existence du noyau, et donc de cellules, dans les tissus animaux qu'il observe.

• En 1858, **Rudolph Virchow,** physicien allemand, observe des divisions cellulaires et comprend que les cellules proviennent de cellules pré-existantes, remettant en causes la génération spontanée.

Ces trois savants ont permis l'énoncé des deux principes de la théorie cellulaire.

Zoom

Les principes de la **théorie cellulaire :**
– Tout être vivant est constitué de cellules.
– Toute cellule est issue d'une autre cellule.

2 Les progrès de l'observation et l'ultrastructure cellulaire

• **Les nouvelles techniques.** La fin du XIXe et le début du XXe siècle voient les microscopes optiques devenir de plus en plus performants. Des techniques de **colorations** sont mises en place. Le contenu cellulaire devient plus visible.

• **Deux grands groupes de cellules** sont décrits : les **procaryotes** sans organite et les **eucaryotes** contenant des organites.

• **Chez les eucaryotes,** le noyau est de mieux en mieux décrit. On constate qu'il disparaît lors de la division cellulaire pour laisser place à des bâtonnets qui seront appelés **chromosomes**. De nombreux organites sont décrits : c'est le cas de l'**appareil de Golgi**, par exemple.

• **Le microscope électronique.** Dans la seconde moitié du XXe siècle est mis au point un nouveau microscope : le microscope électronique qui permet d'observer des échantillons à des grossissements bien plus importants que les meilleurs microscopes optiques. Les plus performants grossissent jusqu'à 5 millions de fois l'échantillon. Ce type de microscopie n'utilise pas la lumière pour illuminer l'échantillon, mais un faisceau d'électrons. L'**ultrastructure cellulaire** devient alors de plus en plus complète.

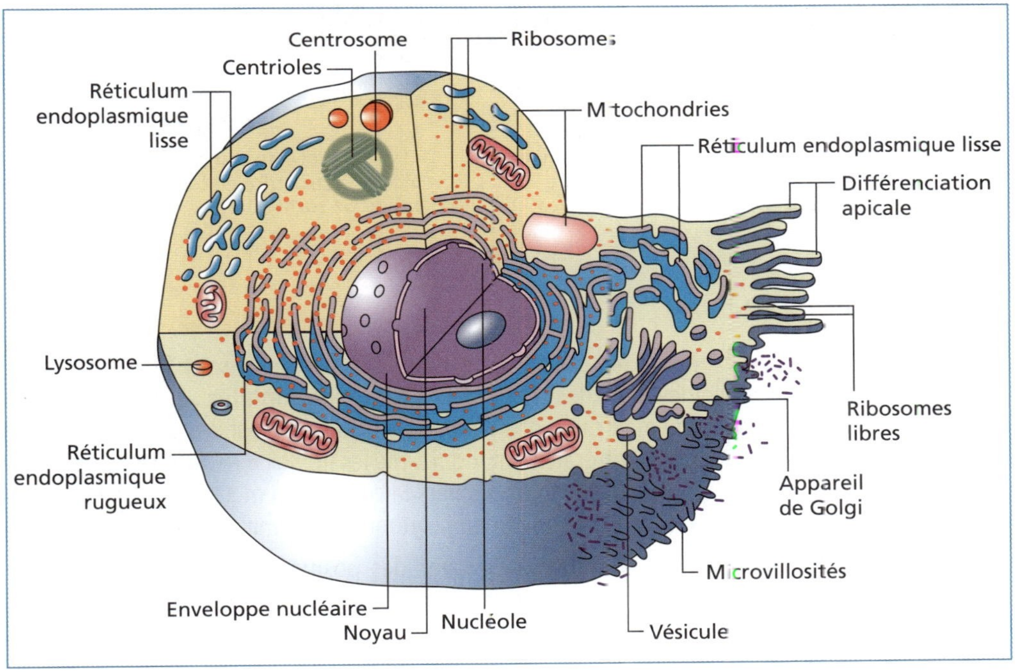

▲ Ultrastructure d'une cellule animale.

• **Les progrès des moyens d'observations,** mais également des **techniques biochimiques d'identification** des molécules, ont permis aussi de faire le **lien entre molécules et structure cellulaire**. Le cas de la membrane plasmique va être développé par la suite.

3 Les molécules de la membrane plasmique

A La membrane plasmique

• **La membrane plasmique délimite toute cellule.** Les organites sont, eux aussi, limités par une ou deux membranes. L'organisation de la membrane est assez générale. Elle est décrite dans un modèle dit « de Sanger et Nicholson » en 1972, illustré ci-dessous. La membrane est constituée d'un assemblage de différentes molécules : des **lipides**, des **protéines** mais aussi des **glucides**.

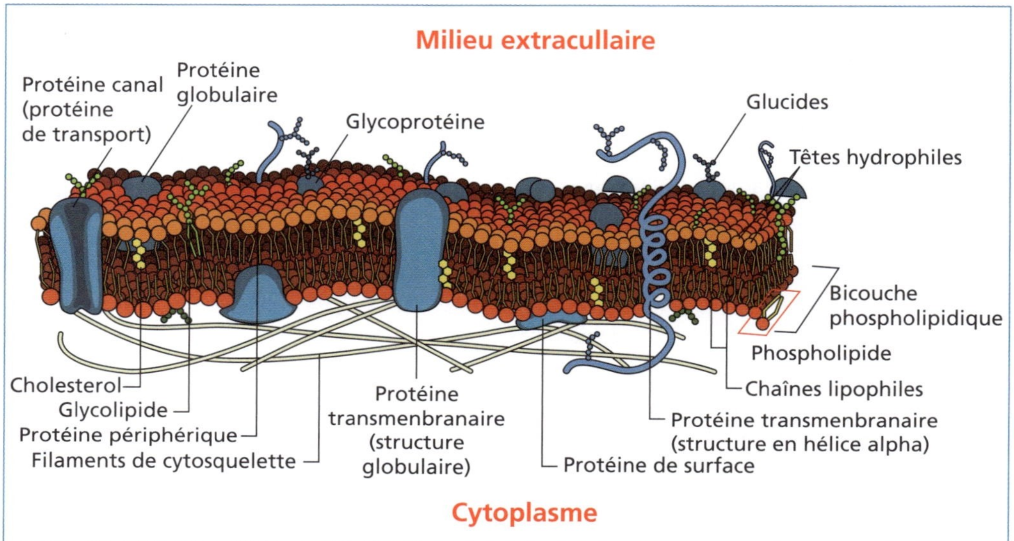

▲ Modèle de la membrane plasmique.

• **Les lipides (phospholipides)** sont associés en deux couches se faisant face : c'est une **bicouche lipidique**. Ces lipides sont des molécules dites **« amphiphiles »** : ils portent des parties **hydrophiles** (littéralement « qui aime l'eau » ; « têtes hydrophiles » sur le schéma ci-dessus) et des parties **lipophiles** (littéralement « qui aime les lipides » ; « chaînes lipophiles » sur le schéma). Les parties lipophiles sont tournées vers le cœur de la membrane, alors que les parties hydrophiles sont au contact du milieu aqueux (cytoplasme et milieu extracellulaire).

• **Des protéines** sont associées à la membrane avec des positions différentes : **protéines transmembranaires**, mais aussi des protéines plus périphériques à la membrane. Les protéines transmembranaires ont une partie lipophile qui traverse la membrane, alors que les parties externes sont hydrophiles.

• **Les glucides** associés à la membrane sont hydrophiles et se trouvent surtout du côté extracellulaire.

B Ordres de grandeur

La cellule eucaryote (20 à 100 micromètres ou μm) apparaît constituée d'**organites** (quelques μm pour les plus gros), eux-mêmes limités par une membrane épaisse d'une dizaine de nanomètres (nm). La **membrane** est constituée d'une association de molécules (dont la taille est de l'ordre de quelques nm). Les molécules sont constituées d'atomes de taille inférieure au nm.

4

La Terre reçoit son énergie du Soleil. Comment notre étoile produit-elle son énergie ?
Quelles informations apporte l'étude du rayonnement émis par une étoile ?

1 L'énergie du Soleil

• **Origine de l'énergie du Soleil.** Au cœur du Soleil la température est de 15 millions de degrés Celsius. L'énergie du Soleil est due à une chaîne de **réactions nucléaires de fusion** qui s'y produisent. Des noyaux d'hydrogène se transforment en noyaux d'hélium. Ces réactions peuvent être schématisées par l'équation :

$$4\,{}^{1}_{1}\text{H} \rightarrow {}^{4}_{2}\text{He} + 2\,{}^{0}_{1}\text{e}\,.$$

> **Zoom**
> Lors des réactions de fusion, il y a aussi émission de rayonnement électromagnétique gamma (γ).

• **La perte de masse.** Lors d'une réaction nucléaire, la masse des produits formés est inférieure à la masse des réactifs utilisés. La différence de masses est appelée **perte de masse** $|\Delta m|$. La relation d'Einstein permet de calculer cette perte de masse :

$$E = |\Delta m| \times c^2$$

avec E : énergie libérée en joule ;
$|\Delta m| = |m_{produits} - m_{réactif}|$ en kilogramme ;
c : célérité de la lumière, $c = 3.10^8$ m.s^{-1}.

2 La masse du Soleil

La puissance totale émise par le Soleil est de $3{,}9.10^{26}$ W. Chaque seconde, l'énergie émise par le Soleil est donc égale à $3{,}9.10^{26}$ J. La perte de masse s'obtient par le calcul :

$$|\Delta m| = \frac{E}{c^2} = \frac{3{,}9.10^{26}}{9.10^{16}} \approx 4{,}3.10^9 \text{ kg}.$$

Chaque seconde, la masse solaire transformée en énergie est d'environ 4,3 millions de tonnes.

> **Rappel**
> **Relation entre puissance et énergie : $E = P \times \Delta t$,** avec E en joule, P en watt et Δt en seconde.

3 Profil spectral et température des étoiles

• **Le profil spectral d'une étoile** représente l'intensité lumineuse des radiations émises par ce corps, en fonction des longueurs d'onde de ces radiations. En utilisant le profil spectral de l'étoile, on détermine la longueur d'onde λ_{max} donnant une intensité maximale. La **loi de Wien** permet de déterminer la température de surface d'un corps chaud.

• **La température θ de l'étoile** s'obtient alors par la formule :

$$\theta = \frac{2{,}89.10^6}{\lambda_{max}} - 273$$

avec θ en degré Celsius ;
λ_{max} en nanomètre.

Plus la longueur d'onde maximale est faible, plus la température de surface de l'étoile est élevée.

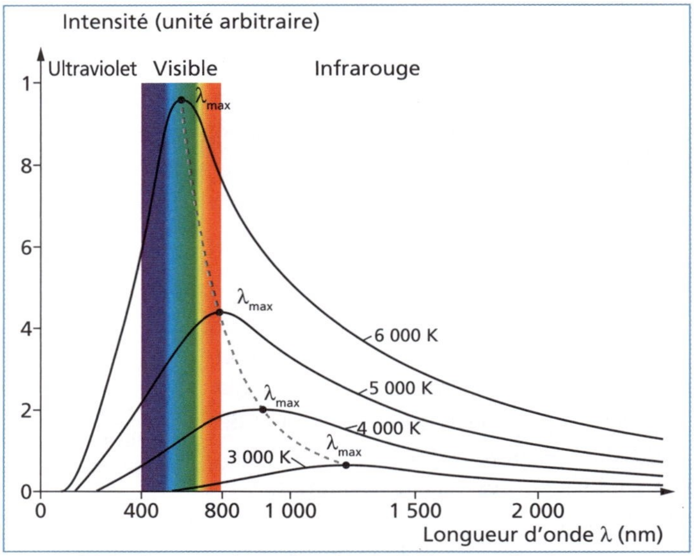

▲ Intensité lumineuse émise en fonction de la longueur d'onde pour des corps de températures différentes.

4 Rayonnement solaire

Comme toutes les étoiles, le Soleil perd de l'énergie par rayonnement. **Le rayonnement solaire est l'ensemble des ondes électromagnétiques émises par le Soleil**. C'est ce rayonnement électromagnétique que la Terre intercepte et qui nous fournit lumière et chaleur.

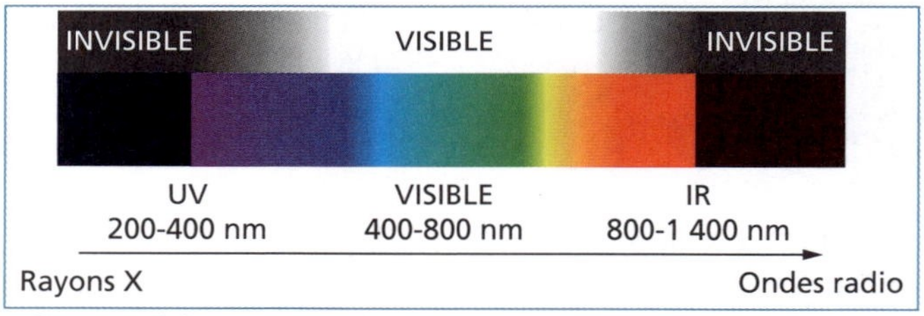

▲ Spectre solaire.

5 Puissance solaire reçue par la Terre

• **La puissance radiative** reçue du Soleil par une surface plane est **proportionnelle à l'aire de la surface éclairée**. Elle dépend aussi de l'angle entre la normale à la surface et la direction des rayons du Soleil.

Rappel

Pour une même surface, la puissance solaire reçue dépend aussi de l'heure, de la saison, de la latitude.

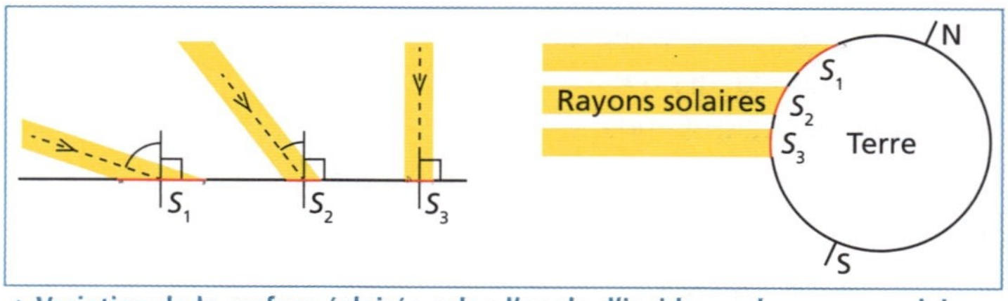

▲ Variation de la surface éclairée selon l'angle d'incidence des rayons solaires.

• **La puissance reçue** est maximale lorsque la surface éclairée est minimale. Ici, $S_1 > S_2 > S_3$, donc $P_1 < P_2 < P_3$.

5

La Terre est l'une des planètes du système solaire. Elle reçoit du Soleil l'énergie indispensable à la vie et aux différents phénomènes physiques qui s'y produisent. **Quel est le devenir de l'énergie reçue ?**

1 Caractéristiques du rayonnement solaire reçu par la Terre

- **L'énergie de la fusion nucléaire de l'hydrogène au cœur de notre Soleil** traverse de nombreuses couches jusqu'à sa surface pour y être libérée, en grande partie sous forme de **rayonnement solaire**. Ce **flux de photons** forme des ondes électromagnétiques qui se propagent dans toutes les directions de l'espace, et notamment vers la Terre.
- **Le maximum d'émission lumineuse du Soleil** se situe à une **longueur d'onde d'environ 0,5 µm**. La partie visible du spectre est comprise entre 0,38 et 0,78 µm (du violet au rouge). Le Soleil émet donc la plus grande partie de son rayonnement dans le **visible** (le jaune, plus exactement).
- La puissance émise par le Soleil par unité de surface, E_s, est égale à 6.10^7 W.m^{-2}. La surface du Soleil étant une **sphère**, sa puissance est émise dans toutes les directions de l'espace. Le rayonnement solaire est un **rayonnement électromagnétique**, il ne se dissipe pas pendant sa propagation dans le vide. La puissance totale émise par le Soleil est équivalente à celle émise par la mégasphère qui a pour rayon la distance Terre-Soleil.

$$P_{totale} = E_s \times \text{(surface solaire)} = E_s \times 4 \times \pi \times R_{Soleil}^2$$

$$P_{totale} = 6.10^7 \times 4 \times \pi \times (7.10^8)^2 = 3{,}7.10^{26} \text{ W.}$$

La Terre étant en moyenne à 148 millions de kilomètres du Soleil :

$$C_T = \frac{P_{totale}}{\text{surface}_{\text{mégasphère}}} = \frac{P_{totale}}{4 \times \pi \times D^2}$$

$$C_T = \frac{3{,}7.10^{26}}{4 \times \pi \times (1{,}48.10^{11})^2}$$

$$\mathbf{C_T = 1\,344\ W.m^{-2}.}$$

Cette valeur C_T est la **constante solaire.**

- **La Terre intercepte un disque de rayonnement solaire.** Ce disque est de **rayon égal** à celui de la Terre. À la surface de ce disque, on sait que la puissance reçue du Soleil est C_T (1 344 W.m^{-2}), la puissance totale reçue par la Terre vaut donc C_T multipliée par la surface de ce disque. Cette puissance va être répartie sur la totalité de la surface de la Terre. La valeur de la constante solaire par unité de surface terrestre sera donc

$$C_V = C_T \times \frac{\text{surface}_{\text{disque}}}{\text{surface}_{\text{Terre}}} = C_T \frac{\pi \times R_T^2}{4 \times \pi \times R_T^2} = \frac{1\,344}{4} = 336 \text{ W.m}^{-2}$$

La constance solaire par unité de surface terrienne vaut donc 336 W.m^{-2}.

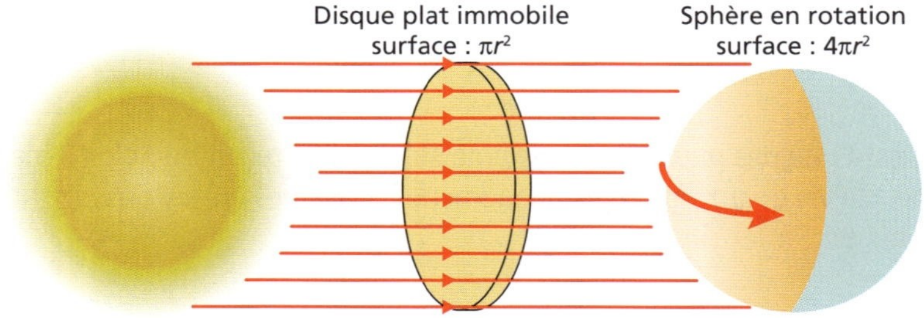

▲ Calcul de la surface de projection du rayonnement solaire.

2 Devenir du rayonnement solaire que reçoit la Terre

• **L'atmosphère terrestre interagit avec le rayonnement solaire** qui n'atteint pas complètement le sol au niveau de la mer. L'essentiel du spectre reçu se trouve ainsi entre 400 et 700 nm, ce qui correspond au domaine de sensibilité de l'œil humain.

• **Les molécules constituant l'air diffusent également le rayonnement solaire.** La lumière bleue est plus diffusée dans l'atmosphère que la lumière rouge. Cela explique la couleur bleue du ciel.

• **La fraction du rayonnement solaire incident** réfléchie sans être absorbée est appelée **« albédo ».** Sur Terre, environ 30 % du rayonnement solaire est réfléchi sans être absorbé (20 % par les nuages et 10 % par les surfaces gelées). Le reste est absorbé par l'atmosphère, les continents et les océans. **L'albédo global de la Terre est donc de 0,3.** Le flux de photons réellement absorbé par la Terre est donc de 340 $\times$ 0,7 = 238 W. m^{-2}.

> **Rappel**
> L'air est constitué à 80 % de N_2, 19 % de O_2 et d'autres gaz comme H_2O, l'argon…

• **Le rayonnement solaire absorbé par l'atmosphère est réémis** en grande partie sous forme d'un rayonnement infrarouge vers le sol et vers l'espace.

• **Les continents et les océans réémettent également l'énergie absorbée** sous forme d'un **rayonnement électromagnétique** dans le domaine infrarouge. Plus la température de la surface est élevée, plus la puissance réémise par unité de surface est importante.

• Si l'on considère que la Terre est en **équilibre radiatif,** ce qui signifie qu'elle émet autant de rayonnement qu'elle en absorbe, on peut utiliser la **loi de dite de Stefan** pour déterminer sa température de surface. On obtient une température de – 18 °C, soit un écart de plus de 30 °C par rapport à ce qui est mesuré.

• L'absorption des radiations infrarouges par certaines molécules atmosphériques est responsable de cette différence. On nomme ce phénomène **effet de serre.**

• **L'étude des spectres du rayonnement solaire** mesuré au sommet de l'atmosphère (en rouge sur la figure ci-après) et au niveau de la mer (en bleu) permet de déterminer les molécules responsables de cet effet de serre. Ce sont les molécules d'**eau** et de **dioxyde de carbone.**

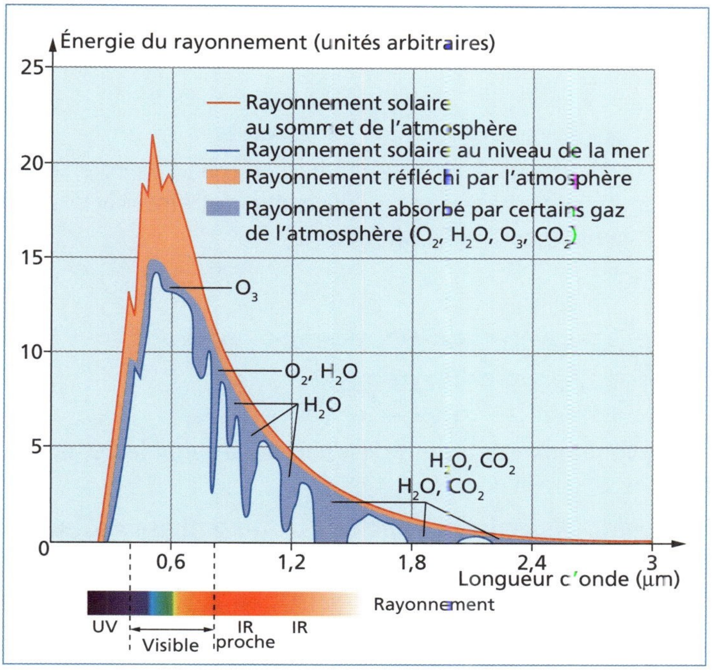

▲ Spectres du rayonnement solaire mesuré au sommet de l'atmosphère (en rouge) et au niveau de la mer (en bleu).

- **La puissance reçue par le sol en un lieu donné** est égale à la somme de la puissance reçue du Soleil et de celle reçue de l'atmosphère. Ces deux dernières sont du même ordre de grandeur.
- **Un équilibre, qualifié de dynamique,** est atteint lorsque le sol reçoit au total une puissance moyenne égale à celle qu'il émet. La température moyenne du sol est alors constante.

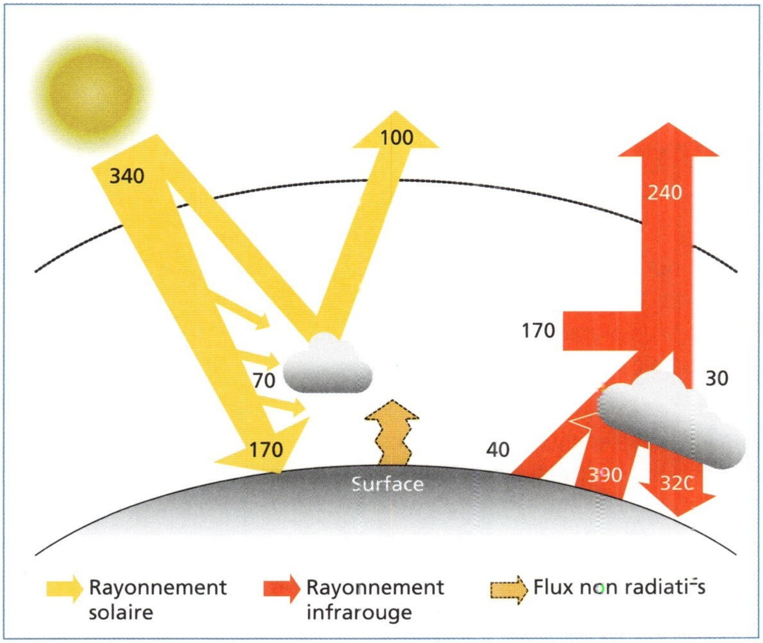

▲ Bilan radiatif de la Terre.

6

L'utilisation par la photosynthèse d'une infime partie de l'énergie solaire reçue par la planète fournit l'énergie nécessaire à l'ensemble des êtres vivants. **Quelle place occupe la photosynthèse dans la biosphère ?**

1 La synthèse de matière organique à partir d'énergie lumineuse

• **À la lumière, les végétaux produisent des glucides** à partir de CO_2 et H_2O. Cette production est accompagnée d'un rejet de O_2.

• **Cette synthèse photo-dépendante, appelée « photosynthèse »** a lieu dans des organites particuliers, les **chloroplastes**. Ce processus permet la transformation d'énergie lumineuse en énergie chimique.

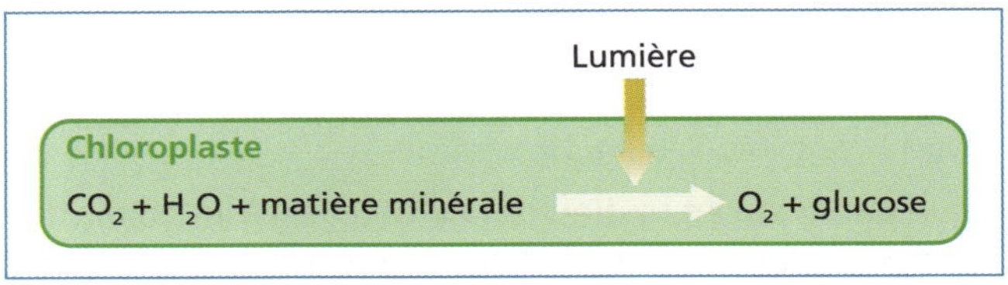

▲ Équation bilan de la photosynthèse.

• **À partir des premiers produits de la photosynthèse,** un végétal fabrique d'autres types de molécules organiques (lipides, protéines, acides nucléiques…).

• La photosynthèse a lieu dans les **parties chlorophylliennes** du végétal. Les feuilles sont les principaux organes chlorophylliens.

2 L'utilisation de l'énergie solaire durant la photosynthèse

• **Lorsque la lumière rencontre la matière,** celle-ci peut la diffuser ou l'absorber. Les substances qui absorbent la lumière visible chez les organismes s'appellent **pigments**. Si un pigment absorbe toutes les longueurs d'onde, il paraît noir.

> **Mot-clé**
> **Pigment :** substance responsable de la couleur d'un milieu dans lequel elle est insoluble.

• **Une feuille nous semble verte** parce que les pigments qu'elle contient absorbent la lumière rouge et la lumière bleue en même temps qu'ils diffusent la lumière verte. Les algues rouges, au contraire, nous paraissent rouges parce que leurs pigments absorbent surtout la lumière verte et la bleue.

• On peut mesurer la **capacité d'un pigment à absorber diverses longueurs** d'onde en utilisant un **spectrophotomètre.** Cet appareil dirige un faisceau lumineux de plusieurs longueurs d'onde à travers une solution du pigment en question et mesure la proportion de lumière transmise selon chaque longueur d'onde. Cela permet de réaliser un **spectre d'absorption** des pigments chlorophylliens.

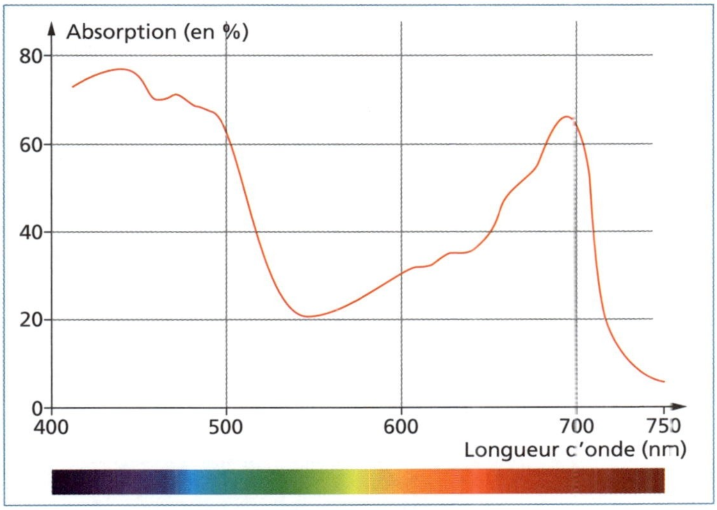

▲ Spectre d'absorption des pigments chlorophylliens.

• Ce spectre permet d'imaginer que la lumière bleu-violet et la lumière rouge sont les plus favorables à la photosynthèse chez les plantes, parce qu'elles sont absorbées, tandis que la lumière verte est la moins favorable.

• **Cette hypothèse a été validée par Theodor W. Engelmann en 1883.** Il a dirigé sur une algue filamenteuse de la lumière qu'il avait préalablement fait passer à travers un prisme. Il a ainsi exposé des segments distincts de l'algue à des longueurs d'onde différentes. Il a utilisé des bactéries pour repérer les segments libérant le plus de dioxygène, ce qui permet de savoir à quels endroits la photosynthèse est la plus productive. Les bactéries se sont agglutinées autour des parties de l'algue exposées à la lumière rouge et à la lumière bleu-violet.

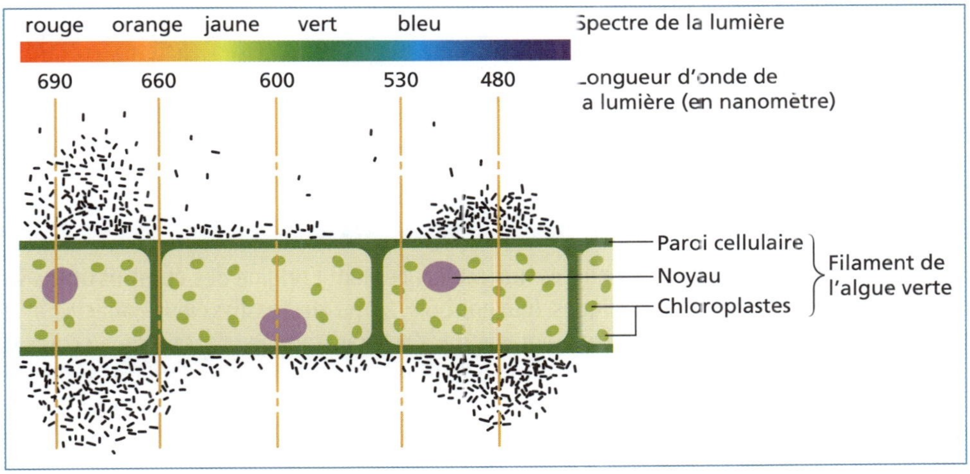

▲ Résultat de l'expérience réalisée par Engelmann.

3 L'importance de la photosynthèse dans la biosphère

• **La biosphère est constituée d'un ensemble d'écosystèmes.** Un écosystème est composé d'êtres vivants, d'un environnement et de l'ensemble des relations entre les êtres vivants et l'environnement.

• **Dans un écosystème, les végétaux occupent une place particulière.** Étant les seuls êtres vivants à pouvoir synthétiser de la matière organique à partir de matière minérale et de lumière, **les végétaux se trouvent à la base des réseaux trophiques** dans les écosystèmes. Ils sont les **producteurs primaires** de la matière organique.

• **À l'échelle de la planète,** la photosynthèse permet l'**entrée d'énergie et de matière minérale dans la biosphère**. L'énergie solaire ayant permis la photosynthèse est stockée sous forme chimique. Ce n'est qu'une infime partie de l'énergie solaire reçue par la planète : environ 0,1 % de la puissance solaire totale disponible.

• **La respiration cellulaire et la fermentation** extraient l'énergie emmagasinée dans les molécules organiques pour produire l'énergie nécessaire au fonctionnement des êtres vivants.

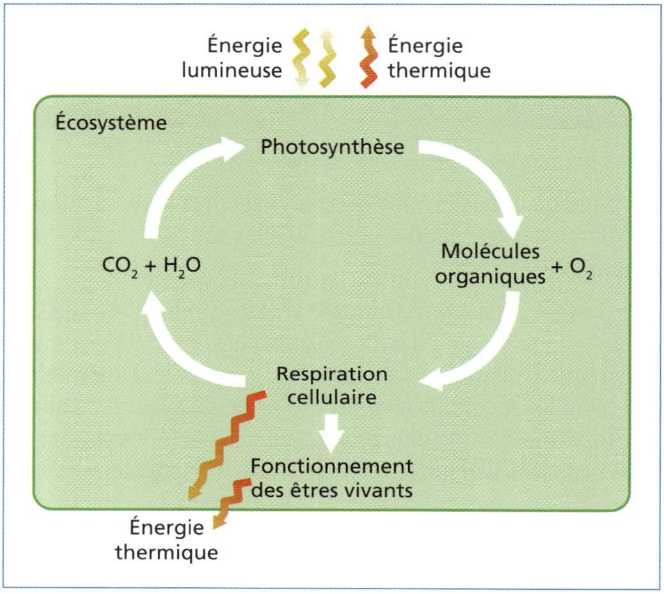

▲ Flux d'énergie et de matières dans un écosystème.

4 L'origine des combustibles fossiles

L'étude de gisements permet d'obtenir des **indices** concernant l'origine des **combustibles fossiles**. La présence de restes organiques (pollen, bois…) ou de fossiles, leur capacité à être brûlés montrent qu'ils sont issus d'une biomasse qui s'est transformée et fossilisée au cours des temps géologiques. Seule une très **faible proportion** de la matière organique produite peut échapper à l'**action des décomposeurs**. Brûler un combustible fossile, c'est en réalité utiliser une énergie solaire du passé piégée dans des roches depuis longtemps (plusieurs dizaines, voire centaines de millions d'années).

7 Le bilan thermique du corps humain

Il existe différents échanges d'énergie entre l'organisme et le milieu extérieur. **Quels sont-ils ?**

1 L'apport énergétique des aliments

- **Les nutriments sont de petites molécules présentes dans le sang.** C'est notre alimentation qui permet à notre organisme de s'approvisionner en nutriments. Ceux-ci appartiennent à trois groupes : les **glucides**, les **protides** et les **lipides.**

- Il est possible d'estimer la quantité d'**énergie chimique contenue dans les nutriments** en la transformant en énergie thermique. L'unité dans laquelle on exprime l'énergie est le **joule** (J). Lorsque l'on fait brûler 1 g de protides, 1 g de glucides et 1 g de lipides, la chaleur dégagée lors de cette combustion reflète l'**énergie thermique libérée** par ces substances :
– 1 g de protides fournit 17 kJ ;
– 1 g de glucides fournit 17 kJ ;
– 1 g de lipides fournit 38 kJ.

- Dans l'organisme, cette transformation s'accomplit lors de la **respiration cellulaire.** Cette succession de réactions chimiques nécessite du **dioxygène** qui est prélevé dans le sang, comme les nutriments.

- **Les nutriments fournissent aux organes de l'énergie** en fonction de la valeur énergétique qu'ils possèdent : les lipides sont, par exemple, les nutriments les plus énergétiques (38 kJ contre 17 kJ pour la même quantité de protides ou de glucides).

- **Le rendement énergétique du corps humain** (énergie consommée par rapport au travail fourni par les muscles) se situe entre 20 % et 25 %.

- **Selon l'activité physique réalisée,** la dépense énergétique sera variable.

Nature de l'activité	Dépense énergétique
1 h de travail scolaire	180 kJ
1 h de marche	400 kJ
1 h de natation	1 600 kJ
1 h de football	2 200 kJ

▲ Quelques exemples de dépense énergétique en fonction de l'activité physique.

- **Si l'apport énergétique** provenant de l'alimentation est supérieur à la dépense énergétique, l'organisme **stockera** le surplus **sous forme de graisse**.

2 Les différents échanges d'énergie entre l'organisme et le milieu extérieur

• **La température usuelle du corps humain** se situe **entre 36,1 °C et 37,8 °C**. Cette valeur dépend de l'endroit du corps où est faite la mesure, de l'heure de la journée et du niveau d'activité de la personne.

• **La température du corps est relativement stable.** Cette stabilité résulte d'un équilibre dynamique entre l'**énergie thermique** produite la respiration cellulaire, ou fermentation, et l'**énergie dissipée** par l'organisme.

• **Les pertes de chaleur du corps humain** se répartissent ainsi :
– 40 % par rayonnement infrarouge ;
– 30 % par évapotranspiration ;
– 20 % par convection ;
– 10 % par conduction.

• Globalement, la **puissance thermique d'un corps humain** adulte est de l'ordre de **100 W**, celui d'un adolescent environ 130 W. Cela veut dire qu'un adulte doit consommer $100 \times 3\,600 \times 24 = 8\,600$ kJ d'aliments et un adolescent de l'ordre de 11 000 kJ. Évidemment, si l'activité physique augmente, les pertes augmentent, ainsi que les besoins alimentaires. Le même phénomène se produit lorsque l'on s'éloigne de la température d'équilibre thermique du corps humain (de l'ordre de 20 °C).

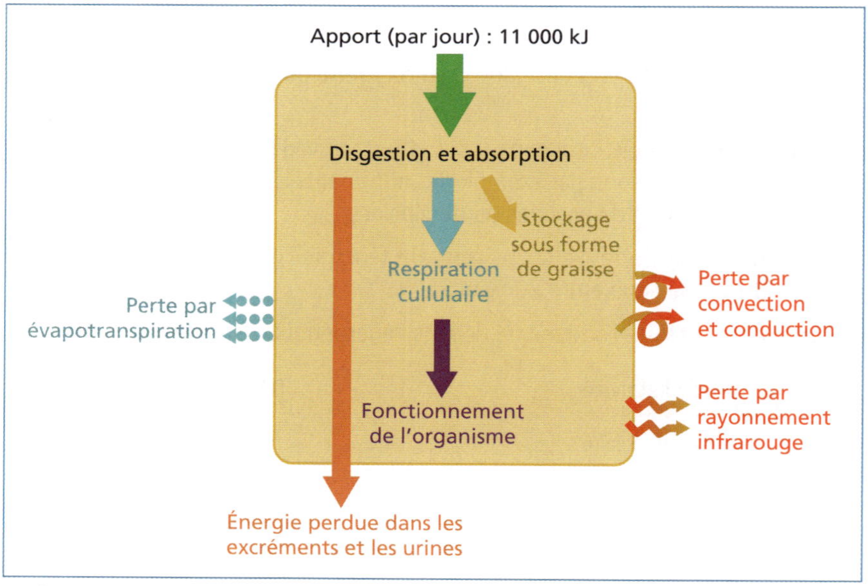

▲ Équilibre énergétique d'un organisme.

8 La forme de la Terre

La Terre est ronde alors que, localement, elle nous apparaît plane dans la plupart des expériences quotidiennes. Pourquoi la Terre est-elle ronde ? Comment peut-on la décrire ? **Comment a-t-on déterminé la longueur du méridien terrestre ?**

1 La forme de la Terre

La forme de la Terre est due à une force appelée **force gravitationnelle**. Cette force a permis à la matière de se rapprocher et de former la Terre primitive. Une fois la planète formée, le centre de la Terre attire la matière avec une force égale dans toutes les directions. Progressivement, la Terre prend alors sa forme : une **sphère.**

Rappel

Attraction gravitationnelle.
Deux corps possédant une masse exercent l'un sur l'autre une action attractive, à distance, qui dépend de la masse des corps et de la distance qui les sépare.

2 Se repérer sur la Terre

• **Méridiens et parallèles.** Pour se situer sur la Terre, l'Homme a tracé des lignes imaginaires à sa surface : les méridiens et les parallèles.
Les **méridiens** sont des demi-cercles qui joignent les deux pôles. Le méridien de référence est le **méridien de Greenwich**.
Les **parallèles** sont des cercles imaginaires parallèles à l'équateur. L'**équateur** est le parallèle de référence.

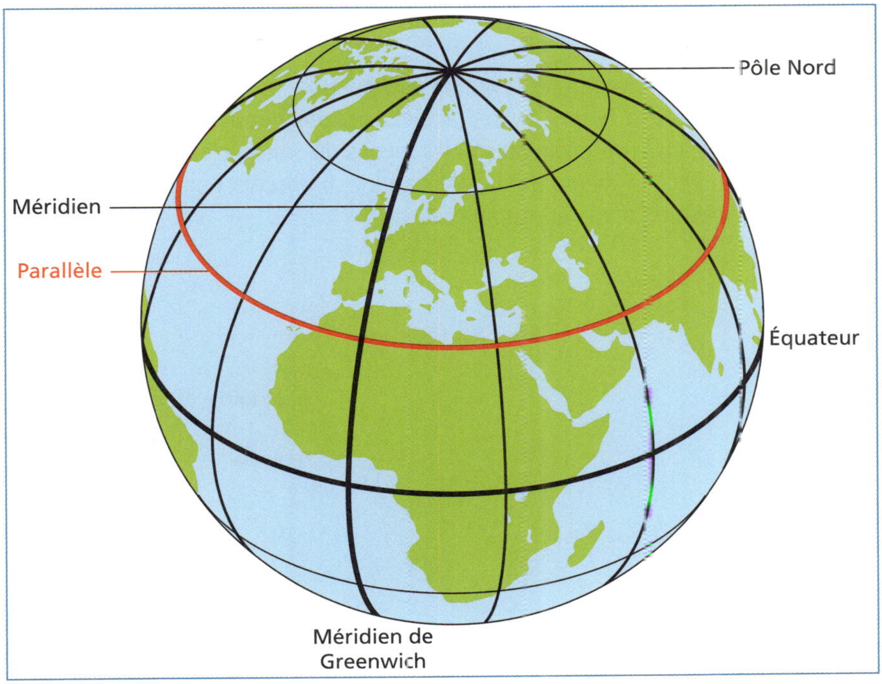

▲ Méridiens et parallèles.

• **Longitude et latitude.** Pour repérer un point à la surface de la Terre, on utilise ses **coordonnées géographiques** (ou coordonnées angulaires) : la longitude et la latitude.

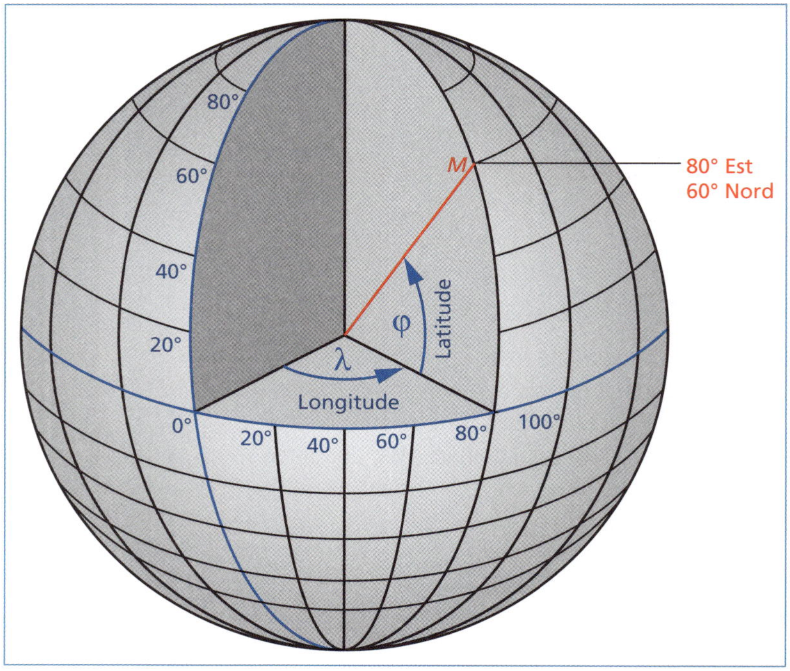

▲ Longitude et latitude.

La longitude λ est l'angle formé entre le méridien de référence (méridien de Greenwich) et le méridien du point *M*. Ici la longitude est 80° Est. **La latitude** φ est l'angle formé entre l'équateur et le parallèle du point *M*. Ici la latitude est 60° Nord.

3 La mesure du méridien par Ératosthène

• **L'expérience d'Ératosthène.** Il fut le premier à mesurer la longueur du méridien terrestre et à en déduire le diamètre de la Terre. À Syène (actuelle Égypte), il observa qu'au solstice d'été, à midi (lorsque le Soleil est à la verticale du sol) les rayons du Soleil éclairaient le fond d'un puits (ils sont donc verticaux). À la même date, à Alexandrie, il observa l'ombre d'un bâton planté verticalement et en mesura l'angle au sommet.

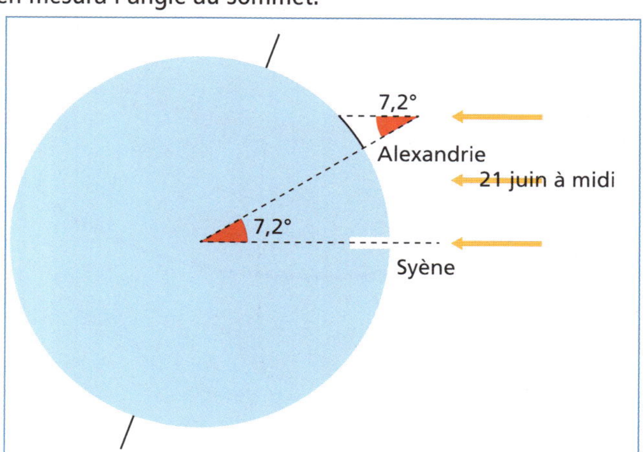

▲ Expérience d'Ératosthène à Syène et à Alexandrie, 200 av. J.-C.

• **Calcul.** En utilisant la propriété des **angles alternes-internes,** Ératosthène détermina l'angle séparant les deux villes : 7,2°. Cet angle correspond à 1/50e de la circonférence d'une sphère, donc de la Terre. Connaissant la distance séparant Syène et Alexandrie, deux villes situées sur le même méridien et distantes de 900 km, il en déduit la circonférence de la Terre. Il trouva, par cette méthode, une circonférence de 39 375 km.

4 La mesure du méridien par Delambre et Méchain

• **La triangulation.** En 1791, Jean-Baptiste Delambre et Pierre Méchain sont chargés par l'Académie des sciences de mesurer la longueur de l'arc de méridien entre Dunkerque et Barcelone. Pour cela, ils utilisent la méthode de la **triangulation**. Grâce à leurs mesures, la **valeur du mètre** a pu être fixée comme le dix millionième du quart du méridien terrestre.

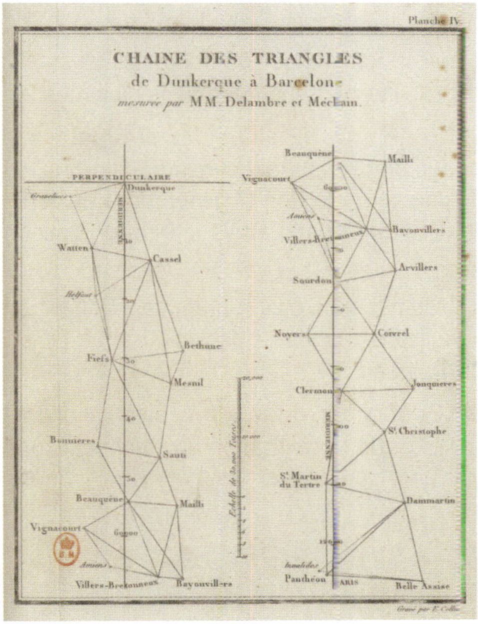

▲ Chaîne des triangles de Dunkerque à Barcelone.

• **Loi des sinus.** Si on connait la mesure de deux angles et la longueur d'un côté du triangle, alors on peut connaître la mesure du troisième angle et la longueur des deux autres cotés.

$$\frac{a}{\sin\widehat{A}} = \frac{b}{\sin\widehat{B}} = \frac{c}{\sin\widehat{C}}$$

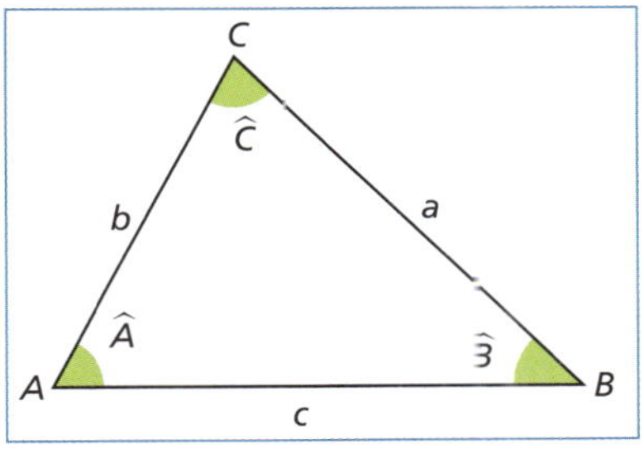

▲ La loi des sinus.

9 L'histoire de l'âge de la Terre

L'âge de la Terre sera estimé à 4 000 ans av. J.-C. au XVIe siècle, quelques dizaines de millions d'années à la fin du XIXe siècle, pour être déterminé aujourd'hui à 4,55 milliards d'années. **Comment les scientifiques ont-ils pu faire vieillir notre planète de plus de 4 milliards d'années en 400 ans ?** La réponse à cette question convoque à peu près toutes les sciences (mathématiques, physique, chimie, biologie, histoire…).

1 L'âge biblique

- Après avoir rejeté toute conception cyclique du temps, les savants de la Renaissance ont évalué l'âge de la Terre d'après une interprétation des récits bibliques.
- **La Bible contient une chronologie détaillée des premières générations :** Adam a vécu 930 ans, il enfanta Seth à l'âge de 130 ans, qui engendra Énoch à 105 ans, etc. Il est alors possible de déduire la date de naissance de Noé (7 générations après Enoch) : 1 056 ans après la Création. Comme Noé avait 600 ans quand arriva le Déluge, ce dernier est daté de 1 656 ans après la Création.
- À l'aide de ces données, l'estimation la plus couramment admise au début du XVIIe siècle était celle du chef de l'Église anglicane irlandaise, **James Ussher (1581-1656),** estimant que la **Terre s'était formée 4 004 ans av. J.-C.**
- **L'existence de différentes versions de la Bible,** ainsi qu'une meilleure connaissance des dynasties impériales chinoises et de la civilisation égyptienne, vont remettre progressivement en cause cette estimation.

2 Le début des temps modernes

- Depuis la seconde moitié du XVIIe siècle, **la stratigraphie** (étude des dépôts successifs de matériaux) permet de réaliser une **datation relative** des événements géologiques. Par exemple, elle permet de déduire la simultanéité ou l'antériorité d'une éruption volcanique avec la mise en place d'une couche sédimentaire.
- **Si l'on est capable de déterminer la vitesse à laquelle se forme un dépôt sédimentaire,** par exemple un millimètre d'argile, il est alors possible de déduire, par proportionnalité, le temps de dépôt d'une couche d'un mètre d'épaisseur d'argile. Le temps de dépôt est de 100 000 ans.
- **En étudiant l'épaisseur des couches sédimentaires dans les Alpes, Buffon (1707-1788)** aboutit à un âge estimé de la Terre entre plusieurs millions et plus d'un milliard d'années. Buffon n'osa pas publier ses résultats, ceux-ci venant heurter l'estimation issue de la Bible.

▲ Georges Louis Leclerc, (comte de) Buffon.

• **Buffon chercha à valider ses résultats** en les recoupant par une datation basée sur une autre méthode scientifique. Il fit l'hypothèse que la Terre était au départ une **sphère incandescente** qui ensuite s'est **refroidie.** Dans ses forges de Montbard, il chauffe des sphères de rayons différents, puis en mesure les temps de refroidissement. Il extrapole ses résultats à une sphère aux dimensions terrestres. Ses expériences lui inspirent des durées de l'ordre de 100 000 ans.

• **Les lois de diffusion de la chaleur** ont été établies par **Joseph Fourier (1768-1830)** quelques années après.

• **En s'appuyant sur les travaux de Buffon et de Fourier, lord Kelvin (1824-1907)** donne d'abord une fourchette de 20-400 millions d'années, puis la réduit à 20-40 millions en 1897 en datant l'âge du Soleil *« probablement inférieur à 100 millions d'années »*.

Lord Kelvin.

• **L'idée que les lois de la physique sont universelles,** applicables non seulement dans le présent, mais aussi dans le passé et le futur, peut sembler évidente aujourd'hui. Cela n'était pas de cas au XVIIIe siècle.

• **Kelvin jouissant d'une autorité immense,** cet âge de la Terre de quelques dizaines de millions d'années sera finalement accepté par une partie de la communauté scientifique. Même l'Église renoncera à son estimation de 4 004 ans établie par James Ussher.

3 La controverse entre les géologues et les physiciens

• À la fin du XIXe siècle, la plupart des géologues estiment l'âge de la Terre à plusieurs milliards d'années. Pour **Charles Darwin (1809-1882),** cette estimation est plus vraisemblable que celle de Kelvin. **Pour rendre compte de l'évolution de la faune et de la flore,** quelques millions d'années ne se suffisent pas. Des couches géologiques de plusieurs dizaines de millions d'années ne contiennent pas de variations significatives dans l'évolution des fossiles qu'elles ont emprisonnés.

• **Thomas Henry Huxley (1825-1895),** scientifique britannique, cira pour défendre Darwin sur ce point : *« La mathématique peut se comparer à un moulin d'une facture exquise, qui peut moudre de la matière à n'importe quel degré de finesse. Cependant, ce que l'on en tire dépend de ce que l'on y a mis ; et de même que le meilleur moulin du monde n'extraira pas de la farine de blé de cosses de petits pois, ainsi des pages de formules ne fourniront pas un résultat fiable à partir de données imprécises. »* Aujourd'hui, nous connaissons l'origine de l'erreur commise par Kelvin : la Terre ne peut pas être considérée comme un solide homogène.

4 La radioactivité

• **En 1902, Ernest Rutherford (1871-1937) et Frederick Soddy (1877-1956)** établissent la notion de **période d'un élément radioactif**. Pour caractériser la radioactivité d'un élément, ils en mesurent l'activité, c'est-à-dire le nombre de désintégrations qu'il subit par unité de temps. Ils s'aperçoivent que le temps qu'il faut pour que l'activité d'un élément radioactif diminue de moitié est une constante qui ne dépend que du noyau étudié. Ce temps, appelé période T de du noyau radioactif, est caractéristique : à chaque intervalle de temps T, la quantité de noyaux radioactifs restante est divisée par deux. Il en résulte que la radioactivité est exponentiellement décroissante.

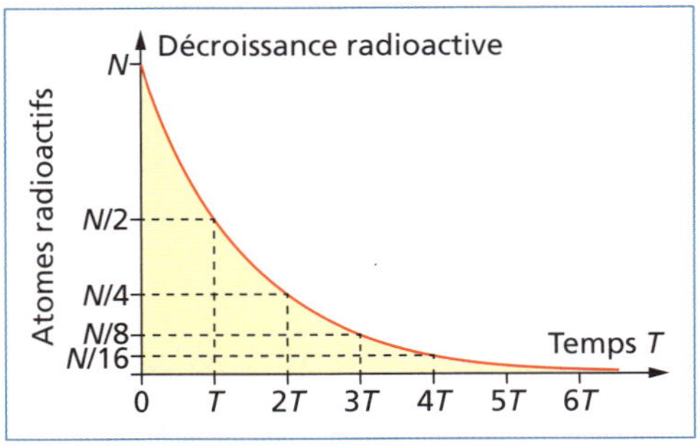

▲ Courbe de décroissance radioactive.

• **C'est cette régularité qui fait de la radioactivité une horloge.** On doit à Rutherford d'avoir exploité cette loi de décroissance pour la datation des roches. Il estime l'âge d'un granite à 497 millions d'années.

• **En 1938, Alfred Nier (1911-1994) propose une approche isotopique** de la datation radiométrique. Il mesure la composition isotopique du plomb (rapport ^{207}Pb / ^{206}Pb) et trouve, pour les plus vieux échantillons de roche, des âges de 2,5 Ga. À la même époque, l'astronome **Edwin Hubble** avait estimé l'âge de l'Univers entre 1,8 et 2 Ga, en utilisant l'**éloignement progressif des galaxies**.

À noter
Ga = milliard d'années.

• **Au début des années 1950, la spectrométrie de masse** a fait des progrès. **Clair Patterson (1922-1995)** procède à l'analyse de la composition isotopique des météorites et montre que la Terre et les météorites se sont formées à la même époque, il y a 4,55 Ga, à partir d'un même matériau. C'est donc l'âge de formation du système solaire. Cet âge sera confirmé par d'autres méthodes isotopiques. **L'âge de l'Univers sera réévalué par les astronomes et estimé à 14 Ga.**

5 Conclusion

Cette détermination de l'âge de la Terre est exemplaire du **tournant opéré dans le monde savant depuis la Renaissance**. Pour Ussher, la réponse se trouvait dans la Bible, source divine de vérité. La détermination scientifique de l'âge de la Terre a été réalisée en confrontant des données, des théories et des hypothèses. Loin d'une vision statique, la recherche scientifique est faite de **débats**, de **réfutations** et d'**évolutions**. Comme toute question scientifique complexe, elle a été résolue grâce à la participation de nombreux scientifiques : mathématiciens, physiciens, chimistes, biologistes et géologues.

10 La Terre dans l'Univers

D'un point de vue scientifique, l'Univers est l'ensemble de tout ce qui existe. **La place de la Terre dans l'Univers fut l'objet de nombreuses controverses scientifiques** au cours des siècles. Deux systèmes cosmologiques se sont affrontés : le géocentrisme et l'héliocentrisme.

1 Du géocentrisme à l'héliocentrisme

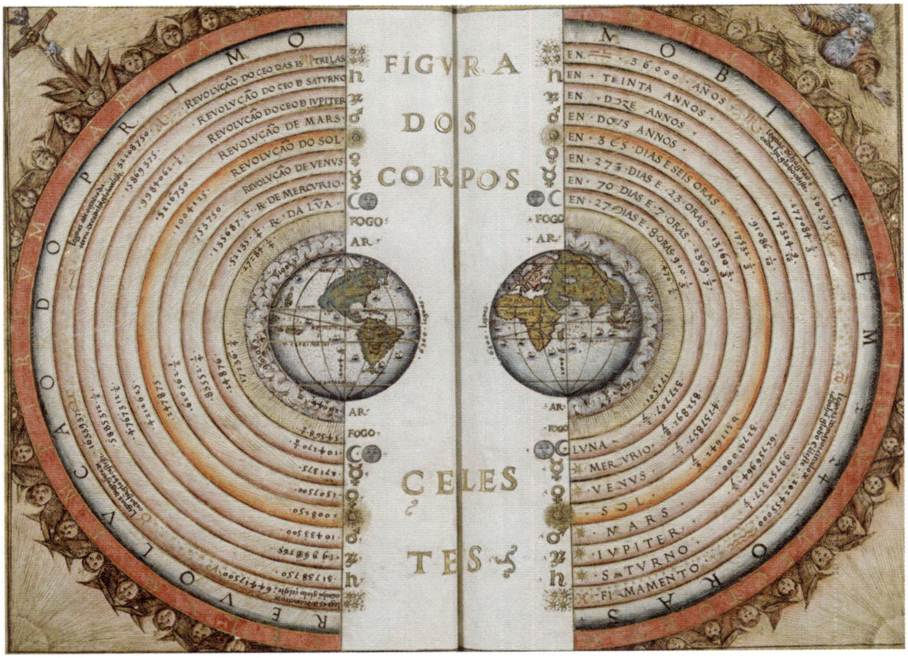

▲ Modèle géocentrique du système solaire de Ptolémée.

A Le modèle géocentrique

• **Le modèle géocentrique** date de l'Antiquité. Il est défendu par **Ptolémée** et par Aristote qui placent la Terre au centre de l'Univers. Dans ce système, la Terre est immobile. Les planètes et le Soleil tournent autour de la Terre sur des orbites circulaires parfaites. Le modèle géocentrique est autant une conception scientifique qu'une conception philosophique.

> **À noter**
> Dans le modèle géocentrique, l'alternance des jours et des nuits, ainsi que les saisons est due au **mouvement du Soleil** autour de la Terre.

• **Défauts du modèle.** Certains astres viennent mettre à mal ce modèle. En effet, l'observation astronomique montre que les planètes semblent faire des allers-retours sur leur trajectoire au fil des mois. Pour expliquer le mouvement de ces « astres errants », les Grecs imaginent les trajectoires des planètes comme des combinaisons de mouvements circulaires complexes.

B Le modèle héliocentrique

• **La théorie de Copernic.** Un nouveau modèle s'oppose à cette vision de l'Univers. Le **modèle héliocentrique,** défendu par **Copernic (1473-1543),** place alors le Soleil au centre de l'Univers. Les planètes (dont la Terre) tournent sur des orbites circulaires. La Terre tourne aussi sur elle-même. Entre la fin du XVIe siècle et le début de XVIIIe siècle, la controverse entre les deux modèles fait rage. L'héliocentrisme est même interdit par le dogme religieux. Il faudra attendre le milieu du XVIIIe siècle pour qu'il soit enfin accepté.

> **À noter**
> C'est l'astronome grec **Aristarque de Samos** qui, dès le IIIe siècle av. J.-C., imagine un système héliocentrique. Copernic s'en inspira pour développer son modèle.

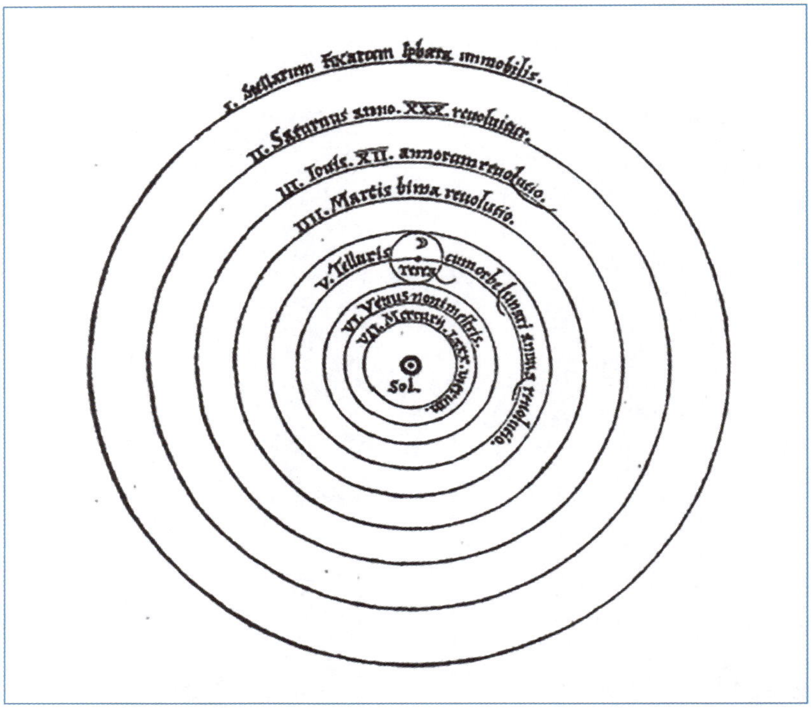

▲ Système héliocentrique de Copernic.

• **Découvertes ultérieures.** L'héliocentrisme sera encore réfuté par de nombreux scientifiques mais, grâce aux travaux de plusieurs autres, ce modèle théorique sera progressivement validé et affiné. Dès la fin du XVIe siècle, les observations de la Lune et des planètes par **Galilée** appuient le modèle héliocentrique. Au XVIIe siècle, les lois de **Kepler** permettent de décrire plus précisément les mouvements des planètes autour du Soleil : elles seront expliquées par la loi de gravitation de **Newton**. Et c'est à **Foucault** et son **pendule** que l'on doit la première expérience prouvant le mouvement de rotation de la Terre (XIXe siècle).

2 La notion de référentiel

• Pour décrire un mouvement, il faut d'abord définir l'objet par rapport auquel on va étudier le mouvement : c'est le **référentiel.**

• Pour étudier le mouvement des planètes, on se place dans le référentiel lié au centre du Soleil : c'est le **référentiel héliocentrique.**

▲ Référentiel héliocentrique.

• Pour étudier le mouvement des satellites de la Terre, on se place dans le référentiel lié au centre de la Terre : c'est le **référentiel géocentrique.**

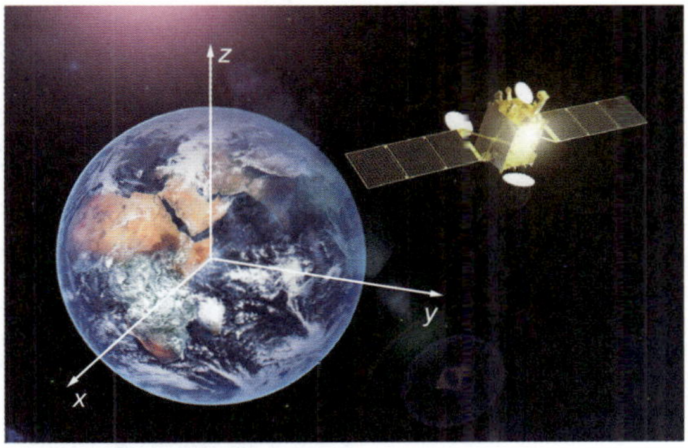

▲ Référentiel géocentrique.

3 La Lune, satellite de la Terre

• **La Lune est le satellite de la Terre.** Dans le référentiel géocentrique, la Lune tourne autour de la Terre sur une orbite quasi circulaire de 384 000 kilomètres de rayon. Sa période de révolution est d'environ 27 jours.

À noter

La **période de rotation de la Lune** est égale à sa période de révolution. C'est pour cette raison que, vue de la Terre, la Lune nous présente toujours la même face.

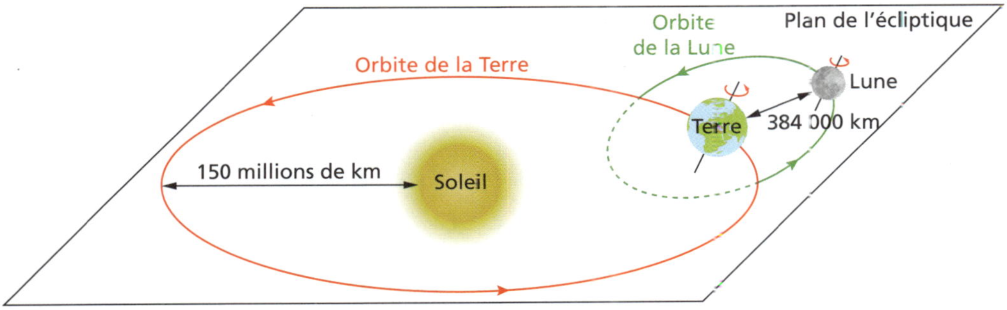

▲ Système Soleil-Terre-Lune.

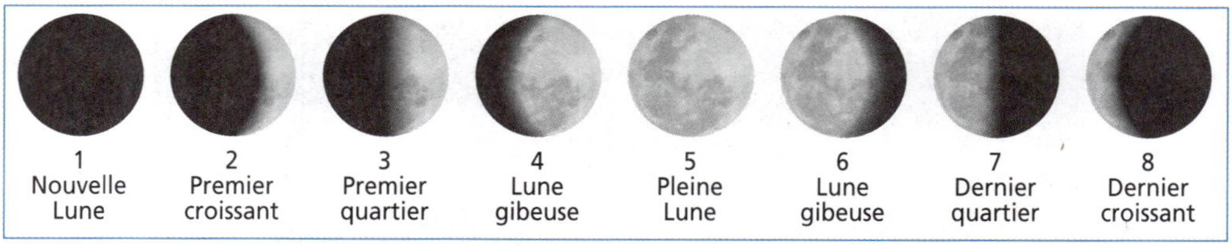

▲ Observation de la Lune vue de la Terre.

• Quelle que soit sa position autour de la Terre, la Lune est toujours à demi éclairée par le Soleil. Vue de la Terre, cette partie éclairée présente **différentes phases.**

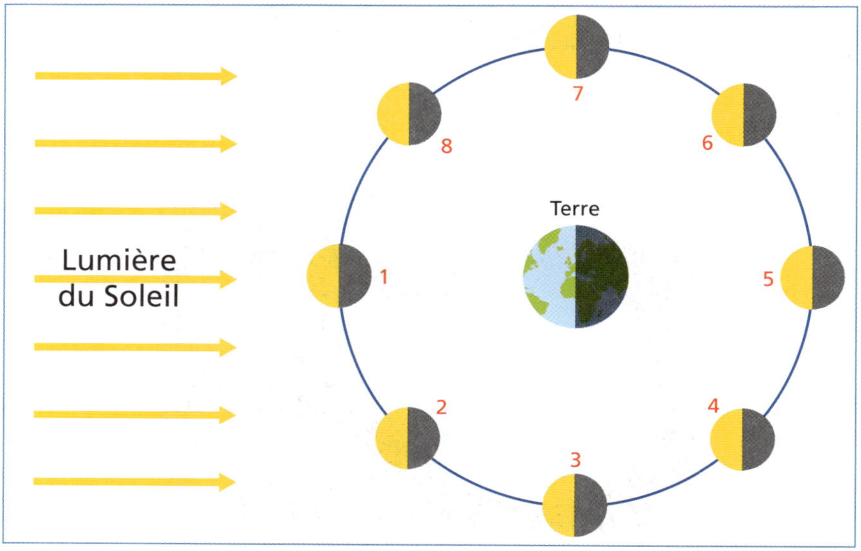

▲ Mouvement de la Lune autour de la Terre.

11 Le son, phénomène vibratoire

Un son est une onde produite par la vibration mécanique d'un objet (une corde de guitare, par exemple). L'onde sonore produite se propage alors dans un milieu matériel (air, eau…). Un son peut être **pur** ou **complexe.** Le niveau d'intensité sonore permet de déterminer si un son est **faible** ou **fort.**

1 Intensité et niveau d'intensité sonore

• **Intensité sonore.** La sensation auditive perçue par l'oreille humaine dépend de l'**intensité sonore *I*** du son émis. Celle-ci dépend de la puissance acoustique *P* du son ainsi que de la surface *S* du récepteur. L'intensité sonore s'obtient par la formule :

$$I = \frac{P}{S}$$

– *P* en watt (W) ;
– *S* en mètre carré (m^2) ;
– *I* en $W.m^{-2}$.

• **Niveau d'intensité sonore.** La sensation auditive n'étant pas proportionnelle à l'intensité sonore, on définit alors une nouvelle grandeur permettant d'en rendre compte : le **niveau d'intensité sonore *L*.**

$$L = 10 \log \frac{I}{I_0}$$

– *I* : intensité sonore ($W.m^{-2}$) ;
– I_0 : seuil d'audibilité égal à 10^{-12} $W.m^{-2}$
– *L* : niveau d'intensité sonore en décibel (dB).

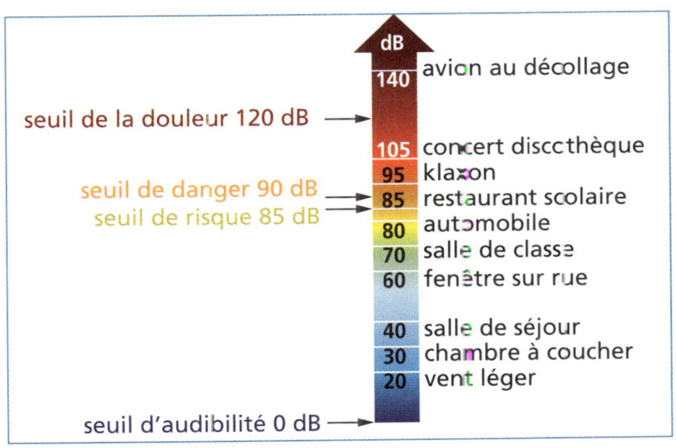

Échelle du bruit en dB. ▶

2 Son pur

Un son pur est caractérisé par une **onde sonore sinusoïdale.** C'est le cas d'un son émis par un diapason.

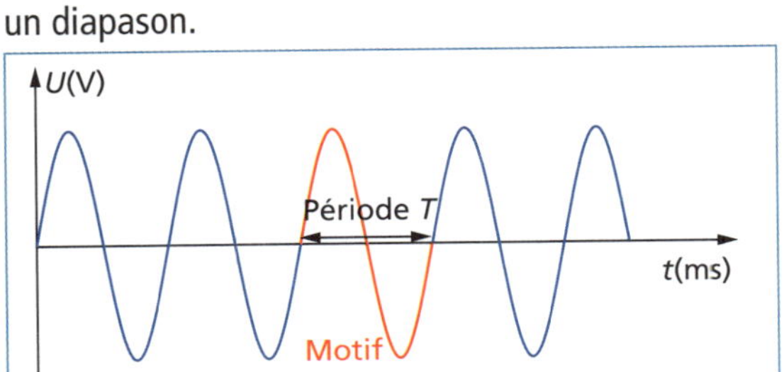

◀ Représentation temporelle d'un son pur.

Rappel

La **période temporelle *T*** d'une onde sonore sinusoïdale et sa fréquence *f* sont reliées par la formule :

$$\text{Hz} \rightarrow f = \frac{1}{T} \leftarrow \text{s}$$

3 Son composé

• **Un son composé est une onde sonore périodique.** Sur sa représentation temporelle, on distingue un motif qui se répète à intervalles de temps identiques. On appelle **fondamental** f_1 la fréquence de cette onde sonore.

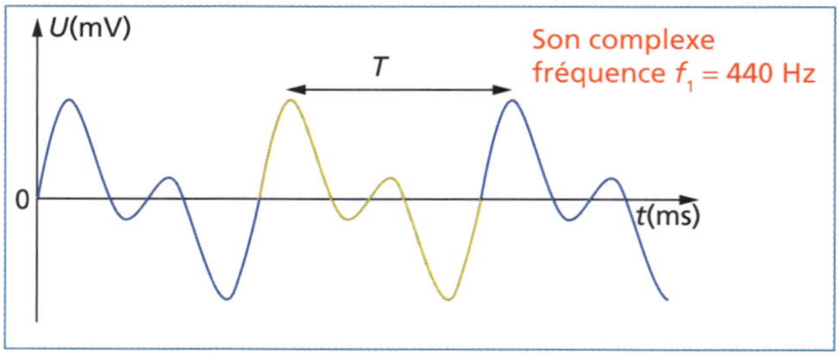

▲ Représentation temporelle d'un son complexe.

• **Décomposition d'un son complexe.** Un son complexe peut être décomposé en une somme de sons purs (ici, deux), appelées **harmoniques**. La fréquence de ces harmoniques est :

$$f_n = n \times f_1$$

– f_n fréquence de l'harmonique de rang n ;
– f_1 fréquence du son fondamental.

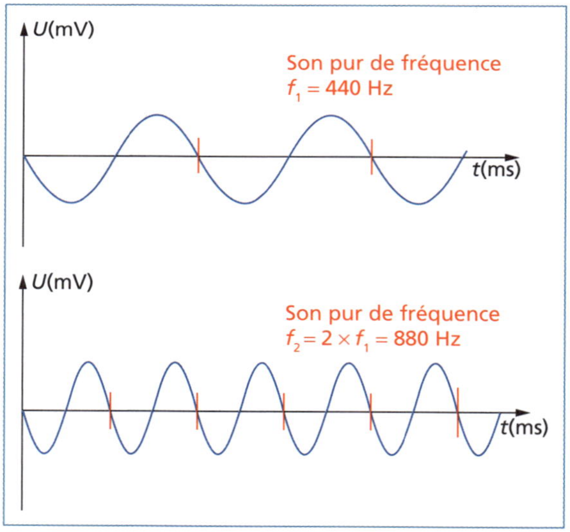

▲ Sons purs composant le son complexe ci-dessus.

À noter

C'est au mathématicien et physicien français **Joseph Fourier** qu'on doit l'étude des propriétés des sons complexes.

4 Analyse spectrale d'un son

Le diagramme en bâtons présentant l'amplitude relative du fondamental et des harmoniques est appelé **spectre d'un son.**

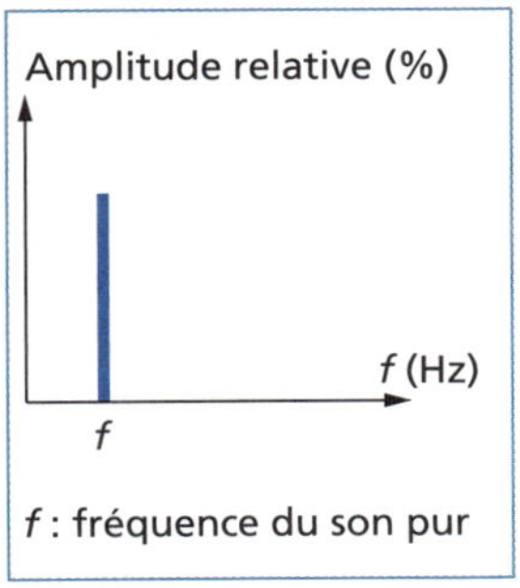

▲ Spectre d'un son pur.

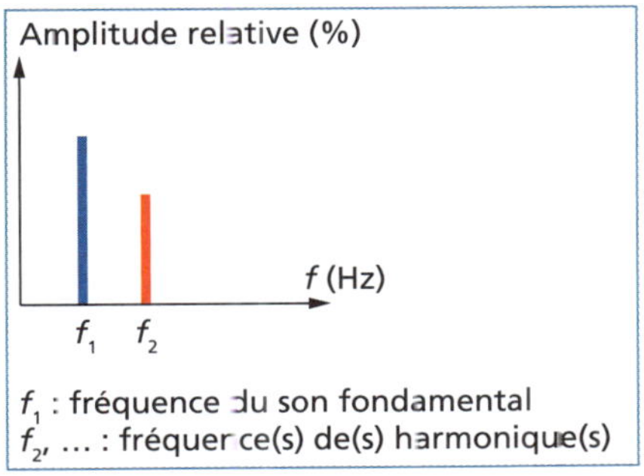

▲ Spectre d'un son composé.

À noter

Deux instruments différents jouant la même note produisent deux sons de même hauteur. La fréquence du son fondamental est donc la même. Les deux instruments n'ont pas le même timbre : leurs spectres sont donc différents.

5 Acoustique musicale

• **Instruments à cordes.** Lorsqu'on fait vibrer la corde d'un instrument à cordes, elle émet un son. La **fréquence fondamentale** du son émis ne dépend que des caractéristiques de la corde (sa longueur, sa tension, sa masse linéique).

• **Une harpe.** Les sons produits par les cordes d'une harpe varient selon la **longueur de la corde**. Les sons les plus aigus sont obtenus avec les cordes les plus courtes. La fréquence fondamentale du son produit par une corde augmente lorsque la longueur de la corde diminue.

▲ Harpe.

Zoom

Lorsqu'on souffle dans un **instrument à vent,** une colonne d'air entre en vibration. Pour modifier la hauteur du son (fréquence), on modifie la longueur de la colonne.

12 La musique ou l'art de faire entendre les nombres

En faisant vibrer une corde et en variant sa longueur, Pythagore montra que la fréquence est inversement proportionnelle à sa longueur. Il constata aussi que certaines associations de sons étaient agréables à l'oreille ; les rapports de leur longueur avaient alors une valeur déterminée.

1 De la fréquence à la note

• **Intervalle.** Chaque note jouée par un instrument de musique peut être identifiée par la fréquence fondamentale. On appelle « **intervalle** » l'écart de hauteur (fréquence) entre deux notes. Il s'obtient par le rapport des fréquences fondamentales des deux notes.

• **Octave.** Deux sons dont les fréquences sont dans le rapport 2 / 1 correspondent à la même note à deux hauteurs différentes. On appelle « **octave** » l'intervalle qui sépare deux notes dont les fréquences sont dans le rapport 2 / 1.

▲ Une octave.

Fréquence Do_3 : 261,63 Hz
Fréquence Do_4 : 523,26 Hz
Le Do_3 et le Do_4 sont séparés par une octave.

$$\frac{f_{Do4}}{f_{Do3}} = 2$$

2 Les gammes

Une **gamme** est une suite de notes réparties sur une octave et ayant entre elles des **propriétés de consonance**. La dernière note répétant la première à l'octave supérieure (pour une gamme ascendante) ou inférieure (pour une gamme descendante). Il existe plusieurs systèmes de gammes.

A Gamme de Pythagore

• **Sons consonants.** Dès l'Antiquité, la construction des gammes est basée sur des fractions simples (2 / 1, 3 / 2, 4 / 3). En effet, deux sons dont les fréquences sont dans des rapports simples sont agréables à l'oreille : ils sont consonants.

À noter
Deux sons de fréquences f_1 et f_2 sont à la **quinte** l'un de l'autre si le rapport de leur fréquence $f_2 / f_1 = 3 / 2$.

• **Les gammes naturelles, dites « de Pythagore »,** sont basées sur le cycle des **quintes**. La gamme est obtenue en prenant les quintes successives d'une note de départ. Les rapports de fréquence seront donc 3 / 2, $(3 / 2)^2$, $(3 / 2)^3$, $(3 / 2)^4$...

Cycle des quintes	Ramenée à l'octave	
Note de départ : **Do $_1$**	**Do$_1$**	
La quinte du Do$_1$ est le **Sol$_1$** : $f_{sol1} = 3/2 \times f_{Do1}$	soit $f_{Sol1} = 3/2 \times f_{Do1}$	**Sol$_1$**
La quinte du Sol$_1$ est le **Ré$_2$** : $f_{re2} = (3/2)^2 \times f_{Do1} = 9/4 \times f_{Do1}$	soit $f_{Re1} = f_{Re2}/2 = 9/8 \times f_{Do1}$	**Re$_1$**
La quinte du Ré$_2$ est le **La$_2$** : $f_{la2} = (3/2)^3 \times f_{Do1} = 27/8 \times f_{Do1}$	soit $f_{La1} = f_{La2}/2 = 27/16 \times f_{Do1}$	**La$_1$**
La quinte du La$_2$ est le **Mi$_3$** : $f_{mi3} = (3/2)^4 \times {}_{Do1} = 81/16 \times f_{Do1}$	soit $f_{Mi1} = f_{Mi3}/4 = 81/64 \times f_{Do1}$	**Mi$_1$**
La quinte du Mi$_3$ est le **Si$_3$** : $f_{si3} = (3/2)^5 \times f_{Do1} = 243/32 \times f_{Do1}$	soit $f_{Si1} = f_{Si3}/4 = 243/128 \times f_{Do1}$	**Si$_1$**
L'octave du Do$_1$ est le **Do$_2$** : $f_{Do2} = 2/1 \times f_{Do1}$	**Do$_2$**	

▲ Gamme pythagoricienne basée sur un cycle de sept quintes successives, ramenées sur une seule octave.

Note	Do	Ré	Mi	Fa	Sol	La	Si	Do
Rapport	1	9 / 8	81 / 64	4 / 3	3 / 2	27 / 16	243 / 128	2

Le Fa, par exemple, s'obtient en prenant la quinte inférieure (descendante) au Do$_1$.

$f_{Do1} = 3/2 \times f_{Fa0}$ soit $f_{Fa0} = 2/3 \times f_{Do1}$ ramenée à l'octave :
$f_{Fa1} = 4/3 \times f_{Do1}$

> **Zoom**
> Le Fa n'est obtenu d'après un cycle de 11 quintes successives. Il est possible de l'obtenir plus simplement en prenant une quinte descendante.

• **Dans une gamme naturelle, l'écart entre deux notes d'une octave n'est pas constant.** Cette variation peut provoquer des **dissonances.** Une nouvelle gamme a donc été créée afin de remédier à tous ces problèmes de dissonances et de modulation.

B Gamme tempérée

• **La gamme tempérée** est constituée de 12 notes séparées par des intervalles de temps égaux : un demi-ton.
Do – Do# – Ré – Ré# – Mi – Fa – Fa# – Sol – Sol# – La – La# – Si.

> **Zoom**
> Dans une **gamme tempérée,** l'écart entre deux notes d'une octave est constant.

▲ La gamme tempérée.

• **La gamme chromatique** est constituée de 12 demi-tons. Le rapport des fréquences entre deux demi-tons vaut donc $\varepsilon = \sqrt[12]{2}$.

$f_{Do3\#} / f_{Do3} = 277{,}18 / 261{,}63 = \sqrt[12]{2}$
$f_{Ré3} / f_{Do3\#} = 293{,}67 / 277{,}18 = \sqrt[12]{2}$

Dans cette échelle et sur une même octave, on détermine la fréquence d'une note par la formule :

$f_{note} = f_{Do(de\ l'octave)} \times (\sqrt[12]{2})^{\text{nombre de demi-tons séparant les deux notes}}$.

Par exemple, le Do$_3$ et le Mi$_3$ sont séparés par 4 demi-tons :
$f_{Mi3} = f_{Do3} \times (\sqrt[12]{2})^4 = 261{,}63 \times (\sqrt[12]{2})^4 = 329{,}63$ Hz.

> **À noter**
> $\varepsilon = \sqrt[12]{2} = 2^{1/12}$
> Ce rapport est un nombre irrationnel.

13 Le son, une information à coder

Le son produit par un instrument de musique peut être capté par un microphone. Pour numériser ce son et obtenir un fichier informatique, il faut passer d'un **signal analogique** à un **signal numérique.** Pour stocker ou envoyer le fichier obtenu, il est parfois nécessaire de le compresser.

1 Signal analogique et signal numérique

• **Le signal analogique est un ensemble continu d'informations.** Il peut prendre une infinité de valeurs. Lorsqu'un microphone capte un son, il apparaît une variation de tension à ses bornes.

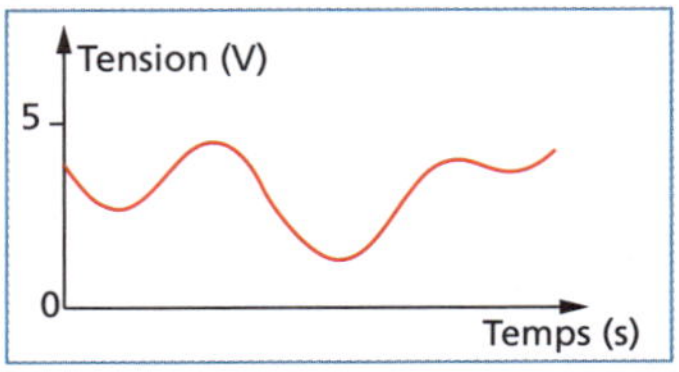

▲ Signal analogique.

• **Le signal numérique est un ensemble discontinu (discret) d'informations.** Il ne peut prendre que deux valeurs : 0 et 1.

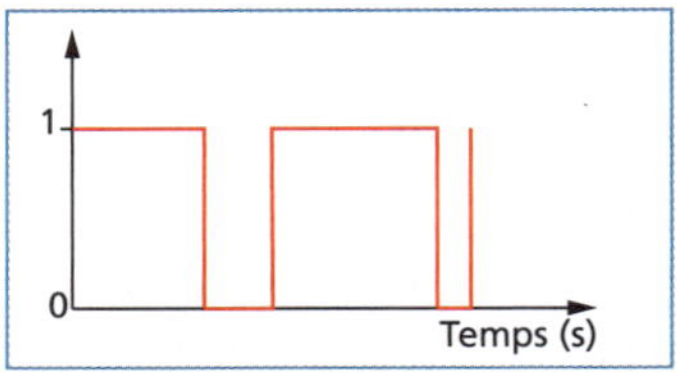

▲ Signal numérique.

2 Numériser un son

• **Passage d'un son analogique à un son numérique.** Pour numériser un son, on procède à la discrétisation du signal analogique. On transforme les **informations continues** dans le temps en **grandeurs discontinues,** qui varient par paliers. Cette opération s'effectue en plusieurs étapes.

> **À noter**
> Pour que la numérisation soit convenable, il faut que la fréquence d'échantillonnage soit au moins deux fois supérieure à la fréquence du son à numériser : c'est le **théorème de Shannon.**

• **L'échantillonnage** consiste à relever à intervalles de temps égaux T_e des échantillons du signal. On appelle **fréquence d'échantillonnage** f_e le nombre d'échantillons mesurés par seconde, avec $f_e = 1 / T_e$. L'échantillonnage couramment utilisé pour numériser un son est de 44,1 kHz car la fréquence maximale audible pour l'oreille humaine est de 20 kHz.

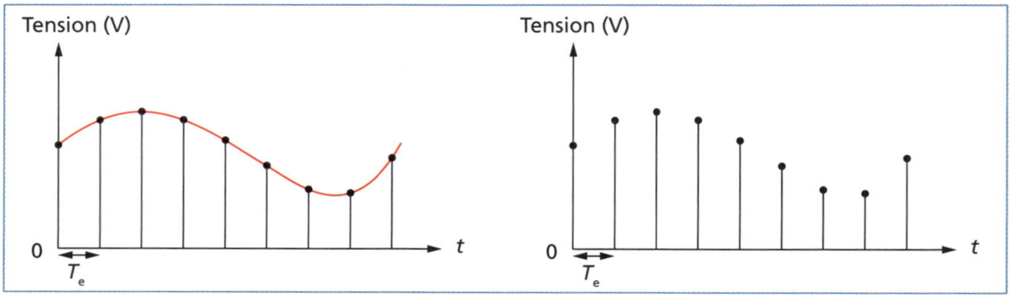

▲ Échantillonnage.

• **La quantification** consiste à **discrétiser l'amplitude du signal.** Chaque échantillon est alors associé à une valeur d'amplitude, exprimée en **bit.** Le bit est un chiffre binaire, il peut prendre la valeur 0 ou 1.

Zoom
Une quantification en n bits permet de traduire la valeur de l'amplitude de l'échantillon avec une précision de 2^n valeurs.

Une quantification en 2 bits, permet de décrire le signal avec 4 valeurs : 00 ; 01 ; 10 ; 11.
Une quantification en 3 bits est plus précise qu'une quantification en 2 bits car elle permet de décrire le signal avec 8 valeurs : 000 ; 001 ; 010 ; 011 ; 100 ; 101 ; 110 ; 111.

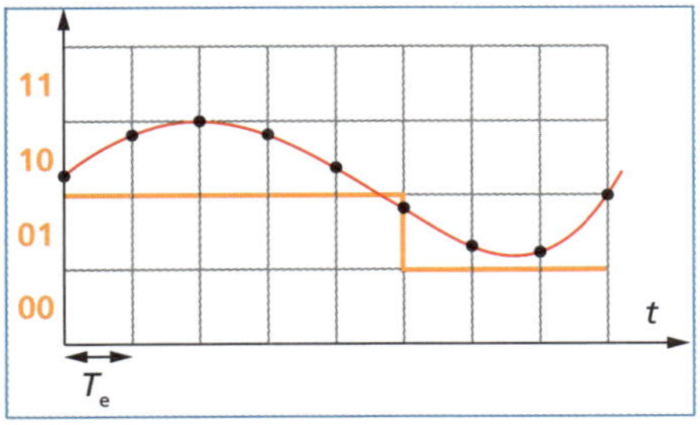

▲ Codage du 2 bits.

Signal numérisé
Signal analogique

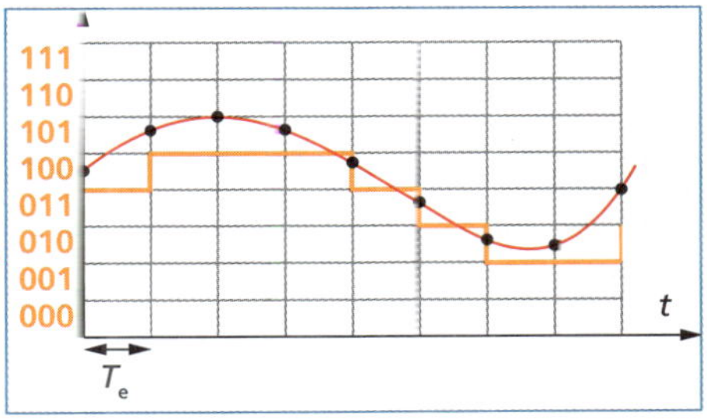

▲ Codage sur 3 bits.

• **La taille d'un fichier audio** varie selon la fréquence d'échantillonnage f_e, la quantification Q, le nombre de voies n (son mono : $n = 1$, son stéréo : $n = 2$) et sa durée t (seconde). Elle s'exprime en **octet** et s'obtient par la formule :

$$N = f_e \times \frac{Q}{8} \times n \times t$$

La taille d'un fichier son d'une minute numérisée en 44,1 kHz, 16 bits stéréo est :
$N = 44{,}1 \cdot 10^3 \times (16/8) \times 2 \times 60 = 10\ 584\ 000$ octets, soit 10 335 ko, soit environ 10,09 Mo.

À noter
1 kilo-octet (ko) = 1 024 octets.
1 mégaoctet (Mo) = 1 024 ko.

3 Compresser un fichier son

• **Compresser un son** est un traitement numérique qui permet de **réduire la taille du fichier** en dégradant le moins possible la qualité du son à transmettre.

• **Le format** le plus couramment utilisé pour compresser un son est le **format mp3.**

Quantité de données traitées en kilobit par seconde kbps	Format	Ratio de compression	Taille du fichier	Qualité
1411,2	Wav	1 : 1	10,09 Mo	CD audio
192	Mp3	1 : 7	1,44 Mo	CD audio
128	Mp3	1 : 11	0,92 Mo	Proche CD audio
96	Mp3	1 : 15	689 ko	Moyenne
64	Mp3	1 :22	470 ko	Mauvaise

▲ Comparaison de la taille du fichier d'un son de 1 minute selon la nature du format et de la compression.

• **Le ratio ou quotient de compression Q** s'obtient par le rapport volume initial des données sur le volume après compression. Pour un son traité en 192 kbps : $Q = 10{,}09 / 1{,}44 \approx 7$.
Le fichier compressé est 7 fois plus petit que le fichier original.

14 Entendre la musique

L'air est le vecteur de la musique, du son. Au niveau d'une source sonore (instrument, enceinte…) l'air est comprimé, décomprimé. Cela génère des ondes sonores qui ne deviennent musique que grâce aux oreilles et au cerveau. **Comment oreilles et cerveau permettent-ils d'entendre la musique ?**

1 L'organisation de l'oreille

L'oreille est sensible aux ondes sonores. Elle est organisée en trois parties.

- Le pavillon et le canal auditif forment l'**oreille externe.**
- **L'oreille moyenne** est une cavité remplie d'air, limitée par deux membranes : le **tympan** vers l'extérieur et l'autre au niveau de la **fenêtre ovale.** Cette cavité contient **trois osselets** qui sont, dans l'ordre, de l'extérieur vers l'intérieur : le marteau, l'enclume et l'étrier.
- **L'oreille interne** et formée du **vestibule,** structure permettant le maintien de l'équilibre et de la **cochlée,** constituée de trois canaux enroulés, contenant les récepteurs de l'audition en lien avec le **nerf auditif.**

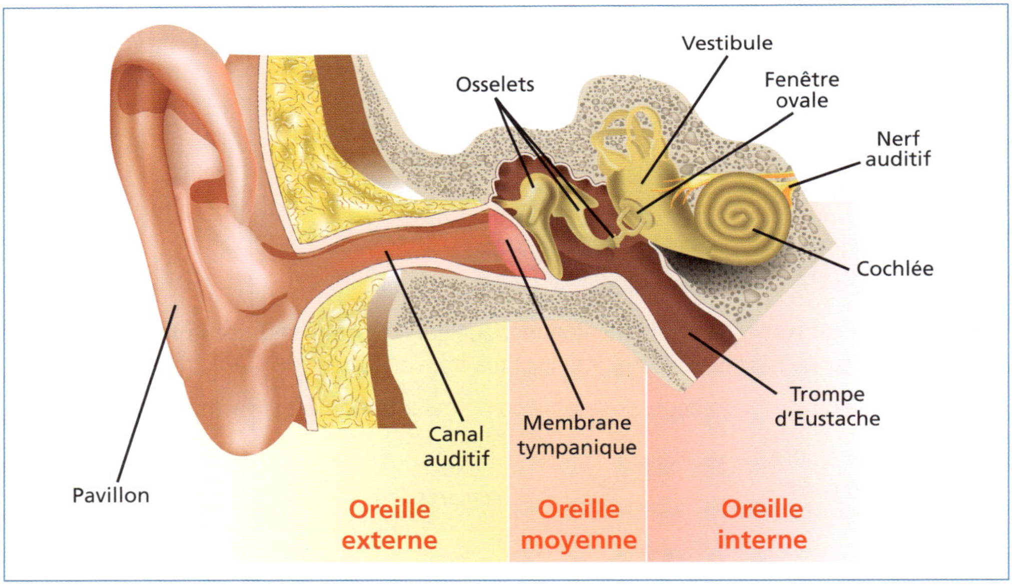

▲ Les trois parties de l'oreille.

2 De l'oreille externe à l'oreille interne

A L'oreille externe et l'oreille moyenne

- **Le pavillon** a une forme qui permet de diriger les ondes sonores vers le **canal auditif**. Ces ondes font alors vibrer le **tympan** qui entre en résonnance.

• **Cette résonnance** est transmise *via* les **trois osselets** de l'oreille moyenne vers la membrane de la **fenêtre ovale.** La présence des osselets et la taille plus petite de la fenêtre ovale amplifient les vibrations du tympan.

B L'oreille interne

• **La cochlée** est un **labyrinthe creux** constitué de trois canaux en spirale contenant chacun un liquide : de la **lymphe**.

• **Au niveau du canal central,** appelé **conduit cochléaire,** on trouve une structure sensible aux vibrations, l'**organe de Corti,** constitué de cellules sensorielles ciliées, liées par des **cils vibratiles** à une structure rigide, la membrane de Corti. On dénombre environ 15 000 cellules.

• **Les vibrations de la membrane** de la fenêtre ovale mettent en mouvement le liquide qui lui-même met en mouvement la membrane de Corti.

• **Les cils vibratiles** des cellules ciliées entrent alors en **résonnance.** Les cellules génèrent alors un message nerveux transmis par le **nerf auditif** vers le cerveau

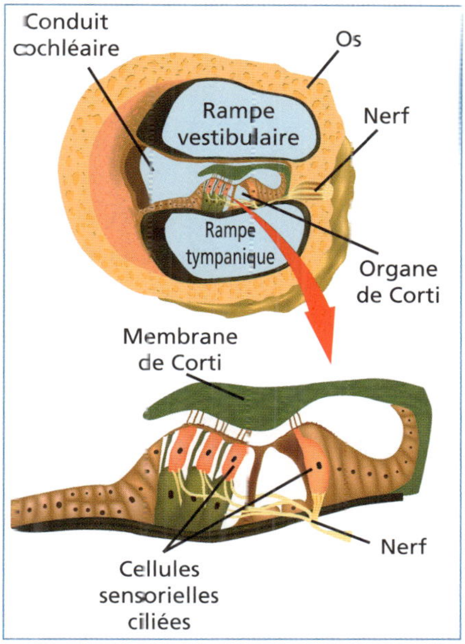

▲ L'organisation de la cochlée.

3 Ce que peut entendre l'oreille

• **Le son se propage sous forme d'ondes sonores.** Localement, l'air (ou l'eau) est comprimé(e), décompressé(e). L'amplitude de la variation de pression (ou **intensité**) est mesurée en **décibels** (dB). Les ondes sont caractérisées par la **fréquence** de la répétition de la variation de pression. La fréquence est exprimée en hertz (Hz).

• Un être humain jeune est capable d'entendre des sons dont l'intensité varie à peu près entre **0 et 120 dB.** En dehors de ces valeurs, l'oreille n'est pas sensible. Des sons de plus de 130 dB deviennent douloureux. Les mesures montrent que **l'oreille humaine est sensible à des fréquences comprises entre 20 et 20 000 Hz.**

4 La fragilité du système auditif

• **L'oreille est un dispositif fragile** qui, lorsqu'il est détérioré, diminue sa performance. Tous les éléments de ses différentes parties sont fragiles.

• **Le tympan peut être perforé** par des **infections**, telles les otites, ou bien des **bruits trop intenses,** comme une explosion. Le sujet n'entend plus, ou moins bien. Le tympan peut cicatriser seul. Dans certains cas, une chirurgie réparatrice peut être utile.

• **Les cellules ciliées sont très fragiles** face à des sons de **fortes intensités** émis pendant de **longues périodes.** Une exposition prolongée à des sons d'intensité supérieure à 90 dB conduit à une destruction définitive et non récupérable de cellules ciliées et donc à une diminution des capacités auditives.

5 Le rôle du cerveau dans l'audition

• **Les messages nerveux élaborés au niveau des cellules ciliées gagnent le cerveau.** Ces informations sont d'abord envoyées vers le **cortex auditif** sur la partie temporale du cerveau. Ce cortex est organisé en deux parties : le cortex primaire et le cortex secondaire, qui reçoivent des informations des deux oreilles.

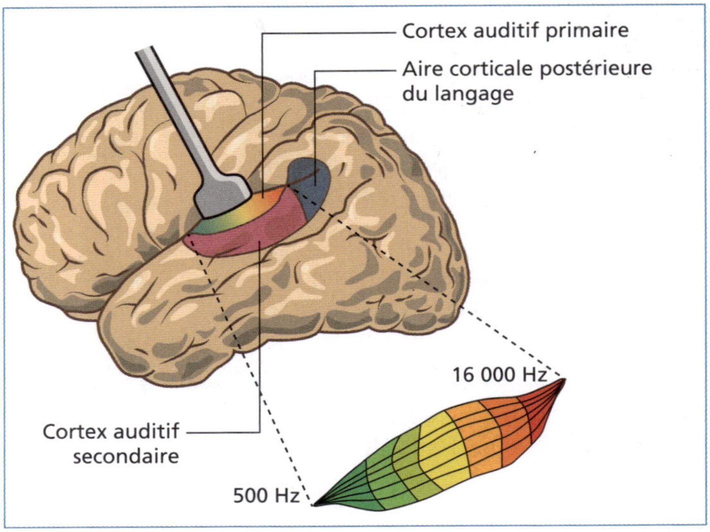

▲ Le cortex auditif.

• **Le cortex auditif primaire** est le **lieu d'un traitement simple des informations auditives**, comme la reconnaissance de la fréquence des sensations auditives.

• **Le cortex auditif secondaire** contient l'**aire du langage.** Il permet une compréhension des sons, de la parole.

• **L'imagerie médicale** permet de comprendre que les informations auditives sont aussi traitées dans d'autres zones du cerveau ayant des fonctions différentes. Si l'écoute fait appel à la mémoire, le cortex dit **« préfrontal »**, vers l'avant du cerveau, et une structure profonde, l'**« hippocampe »**, sont sollicités. Si le sujet parle en écoutant ou bien bat la mesure sur une musique, c'est le cortex **moteur,** en partie médiane, qui devient actif.

• **Écouter de la musique déclenche des émotions.** Ces émotions sont traitées dans des structures profondes du cerveau, comme une zone appelée **« amygdale »**, mais aussi dans une zone plus périphérique, appelée le **« cortex orbitofrontal »**.

Zoom

Écouter de la musique sollicite tout le cerveau. Ce qui permet de **donner du sens à ces vibrations,** plus ou moins complexes, perçues par les oreilles.

Achevé d'imprimer en juin 2021 en Espagne par Macrolibros
Dépôt légal : juillet 2021 - Édition 01 - 20/9618/3